Nick Stone

Todesritual

Thriller

Deutsch
von Heike Steffen

GOLDMANN

Die Originalausgabe erschien 2011
unter dem Titel »Voodoo Eyes« bei Sphere,
an imprint of Little, Brown Book Group, London.

MIX
Papier aus verantwortungsvollen Quellen
FSC® C014496

Verlagsgruppe Random House FSC-0100
Das FSC® -zertifizierte Papier *München Super* für dieses Buch
liefert Arctic Paper, Mochenwangen GmbH.

Deutsche Erstveröffentlichung September 2012

Umschlaggestaltung: UNO Werbeagentur München
Umschlagmotiv: © Getty Images/Roberto A Sanchez
Redaktion: Eva Wagner
AG · Herstellung: Str.
Satz: IBV Satz- u. Datentechnik GmbH, Berlin
Druck und Bindung: GGP Media GmbH, Pößneck
Printed in Germany
ISBN 978-3-442-47716-6

www.goldmann-verlag.de

Für
meine Frau Hyacinth,
meine Agentin Lesley Thorne,
meine erste Lektorin Beverley Cousins
und den Grafen und den Prinzen, meine Freunde
Und in liebender Erinnerung
an Elaine Flinn,
Cal de Grammont, Dick Gallagher,
»Birdie« Lena Bent und
John Weller

Ah-ha-ha!
Ever get the feeling you've been cheated?

Johnny Rotten

Der Ring ist leer

28. Oktober 2008

Ausnahmslos jeden Morgen ließ sich Eldon Burns im Taxi von seinem Haus in Coconut Grove zu dem Boxstudio auf der 7th Avenue fahren, das ihm gehörte. Es lag in Liberty City, dem härtesten und schäbigsten Stadtteil Miamis – kein Ort für einen vernunftbegabten Mann seines Alters. Obwohl das Studio schon seit über acht Jahren nicht mehr als solches fungierte, wollte Eldon das Gebäude weder verkaufen noch verpachten, weil er sich nur dort, in diesen vier Wänden, noch ein klein wenig so fühlen konnte wie früher. Dort hielt er Zwiesprache mit seinen Erinnerungen, lächelte den Geistern vergangener Erfolge zu und gedachte der Zeiten, in denen im Grunde er, als stellvertretender Polizeipräsident, die Geschicke dieser Stadt gelenkt hatte.

Drinnen herrschte der Verfall. Tag für Tag wurde es ein bisschen schlimmer. Der Betonfußboden, den einst komplizierte Schaubilder aus nummerierten Füßen zierten, lag unter einer dicken Staubschicht begraben, die an verfaultes Manna erinnerte. Und sie wurde immer dicker. Dichter Dunst aus feinem Staub hing in der Luft und raubte den breiten Sonnenstrahlen, die durch die Fenster fielen, die Kraft. Die schweren Boxsäcke hingen starr an roststeifen Ketten und Halterungen. In der Mitte der riesige Boxring – früher der größte seiner Art in ganz Florida –, ein unansehnlicher Haufen aus modrigem Eichenholz und verschimmeltem Segeltuch. Er war zusammengebrochen, nachdem sich ein nicht behobenes Loch im Dach bei einem Gewitter zu einem Wasserfall geöffnet hatte. Das Segeltuch war komplett durchnässt worden und die Feuchtigkeit ins Holz eingedrungen. Zeit, Hitze und Vernachlässigung hatten den Ring schließlich in sich zusammensacken lassen wie einen erschöpften Boxer, ein Bein nach dem anderen. Inzwischen beherbergte er eine Kolonie großer brauner Ratten, deren Fiepen und Trippeln die Geräusche des Boxstudios ersetzt hatten – zusammen mit dem hartnäckigen Summen Tausender Insekten, die durch das immer größer werdende Loch im Dach hereinkamen. Manchmal flogen auch Papageien, Möwen und sogar Pelikane herein, fanden aber nur selten wieder hinaus; was die Ratten von ihnen übrig ließen, verstärkte noch den aggressiven Fäulnisgestank.

Die Ratten hatten keine Angst vor Eldon. Sie hatten sich an seine täglichen Besuche gewöhnt, an diesen vierundachtzigjährigen Mann, der jeden Tag den gleichen Weg durch den Staub nahm, mit langsamen Schritten und gesenktem Kopf, weil er ihn nicht mehr so hoch tragen konnte wie früher. Sie spähten mit glänzenden Augen unter dem Segeltuch hervor zu ihm hinauf, als fragten sie sich, ob dies der Tag war, an dem es ihm ergehen würde wie den verirrten Vögeln.

Eldon schenkte ihnen genauso wenig Beachtung wie den Überresten seines Boxstudios. Er verschwand in seinem Büro, das hinter der Tür in der Mitte der verspiegelten Wand zur Rechten lag. Es waren Einwegspiegel, genau wie in den Verhörzimmern der Polizei.

Er ließ sich an seinem Schreibtisch nieder und schaute hinaus in den Trainingsraum. Er sah ihn nicht so, wie er war, sondern wie er damals gewesen war, in den guten alten Zeiten, in *seinen* Zeiten: ein Dutzend Boxer aller Altersstufen am Springseil, beim Sparring, am Speedbag, beim Schattenboxen vor dem Spiegel, sich seiner Gegenwart ebenso wenig bewusst wie damals. Er hörte das Krachen ihrer Fäuste gegen die Boxsäcke, das gleichförmige Trappeln der Füße beim Seilspringen; er hörte den Drei-Minuten-Summer und wie Abe Watson – der Cheftrainer, Manager und Mitinhaber des Studios – die beiden zukünftigen Boxgrößen aus dem Ring rief. Er beobachtete seinen alten Freund mit der roten Kangol-Kappe, wie er, springlebendig, den beiden Anfängern, die er unter seine Fittiche genommen hatte, Ratschläge gab.

Eldon Burns war so sehr mit den Geräuschen und Bildern in seinem Kopf beschäftigt, dass er das leise Quietschen der Studiotür nicht hörte und auch nicht die Person sah, die eintrat.

Eldons Absturz war schnell und hart gewesen.

Zuerst hatte ihm seine Frau Lexi am Vorabend ihres fünfzigsten Hochzeitstags eröffnet, dass sie sich scheiden lassen wolle. Sie habe die Alkoholsucht besiegt, in die Eldon sie mit seiner Unaufmerksamkeit und seinen Affären getrieben habe, und wolle nun auch das andere Übel ihres Lebens loswerden. So zumindest hatte sie es gesagt. In Wahrheit hatten sie sich auseinandergelebt, seit ihre jüngste Tochter Leanne und ihr Adoptivsohn Frankie Lafayette-Burns – ein haitianisches Boxwunder, den er trainiert hatte – 1990 bei einem Bootsunglück in Mexiko ums Leben gekommen waren. Anschließend hatten sie erfahren, dass die beiden kurz zuvor geheiratet hatten und Leanne schwanger war. Das hatte Eldon mehr zu schaffen gemacht als die Nachricht von dem Unfall – der Junge, den er aufgenommen und erzogen hatte wie seinen eigenen Sohn, hatte seine jüngste Tochter gevögelt.

Aber Eldon war froh gewesen, Lexi los zu sein, die Scheidung hatte also nicht allzu wehgetan, wohl aber die Abfindung: 10 Millionen Dollar und das Haus in Hialeah. Er hatte dieses Haus geliebt.

Dann hatte er Abe verloren. Sein bester Freund und einstiger Partner bei der Polizei von Miami hatte im Sommer 1999 die Diagnose Lungenkrebs bekommen. Dreiundvierzig Jahre lang hatte Abe jeden Tag zwei Schachteln Chesterfield ohne Filter geraucht. Eldon hatte mit angesehen, wie Abe auf einem Krankenhausbett dahinsiechte, bis nicht viel mehr von ihm übrig war als ein pfeifender Kopf auf einem spindeldürren Körper, der durch Schläuche ernährt wurde und durch Schläuche atmete, pinkelte und schiss. Er starb an Silvester 2000 wenige Minuten vor Mitternacht.

Abe war begraben worden, wie er es sich gewünscht hatte: in Ausgehuniform, den 1911er Colt mit dem perlmuttbesetzten Griff an der Hüfte, und an den Füßen die Stiefel, die sein gefallener Sohn in Vietnam getragen hatte. In der Hand eine Flasche Wray & Nephew, sein Lieblingsrum, und in den Hosentaschen zwei Schachteln Zigaretten, sein Zippo und ein Beutel Silberdollars. Erklärt hatte er Eldon seine Beerdigungswünsche folgendermaßen: »Wahrscheinlich muss ich mich für alles, was ich angestellt habe, aus der Hölle freikaufen oder freischießen. Wenn das nicht hinhaut, kann ich immer noch mit dem Teufel einen trinken.«

In den folgenden zwei Monaten hatte sich das Boxstudio nach und nach geleert. Eldon hatte weder Zeit noch Lust, die Boxer selbst zu trainieren, und auf keinen Fall wollte er einen Ersatz für Abe einstellen. Und so entschwanden seine Leute zu anderen Studios, anderen Sportarten oder zurück auf die Straße, von der sie gekommen waren.

Und das war erst der Anfang.

Eldon hatte das neue Jahrtausend als Sonderberater des

Polizeipräsidenten begonnen, aber wer sich auskannte in dieser Stadt, wusste, dass das ein rein nomineller Titel war, der nur dazu diente, seine Anwesenheit in den Reihen der Polizei von Miami auch nach seiner offiziellen Pensionierung zu rechtfertigen.

Dann hatte die Innenrevision Eldons Beziehung zu Victor Marko unter die Lupe genommen, einem Problemlöser der Politik, der wegen Mordes unter Anklage stand. Für die Dauer der Ermittlungen zu dieser Verbindung, die sich über dreißig Jahre erstreckte, war Eldon vom Dienst suspendiert worden.

Drei Monate später hatten sie ihn zum Verhör geladen. Eldon war vorbereitet gewesen. Er war schon lange vorbereitet gewesen. Er ging ohne Anwalt. Er brauchte keinen. In all den Jahren bei der Polizei hatte er bei ungefähr jedem, der je den Eid geleistet hatte, irgendeinen Dreck auf der Weste gefunden und dokumentiert.

Ganze zwanzig Minuten behielten die Ermittler ihn im Verhörzimmer. Er redete offen und sehr deutlich mit ihnen und legte dabei nur die Spitze des Scheißbergs frei, den er aus dem Leben ihrer Vorgesetzten zusammengetragen hatte – welche allesamt im Nebenzimmer vor dem Videobildschirm saßen und zusahen.

Man bot ihm einen Deal an. Er durfte alles behalten – sein Vermögen, seine Häuser, seine Pension, seinen Ruf und seine Freiheit –, aber er musste sein Amt auf der Stelle niederlegen und schnell und sehr, sehr leise von der Bildfläche verschwinden.

Und so hatte er sich in das Studio auf der 7th Avenue zurückgezogen, wo, in vielerlei Hinsicht, alles begonnen hatte.

Eldon brauchte eine Weile, um den Mann, der vor der Glasscheibe zu seinem Büro stand, von den Geistern zu unterscheiden, die er heraufbeschworen hatte. Erst als er begriff, dass der *Neger* kein Produkt seiner Fantasie war, kehrte er in die verwahrloste, vereinsamte Gegenwart seines Studios zurück, in der es nur sie beide gab.

Es sah aus, als würde der Mann Eldon durch den Spiegel hindurch direkt anschauen, dabei durchdrang sein ruhiger und unverwandter Blick nur sein eigenes Spiegelbild.

Er war groß und dünn, beinah dürr. Seine Kleider – ein kurzärmeliges schwarzes Hemd und eine Hose von dem gleichen Dunkelbraun wie seine Haut – bauschten sich in der sanften Brise, die durch die zerbrochenen Fenster und das eingefallene Dach wehte, um seinen Körper. Auf das Hemd waren goldene Vögel gedruckt.

Eldon kannte ihn nicht. Was zum Teufel wollte der? In den letzten acht Jahren hatte er hier nicht einen einzigen Besucher gehabt.

Nicht einen.

Wie ein Penner sah der Bursche nicht aus. Dafür war seine Kleidung zu gut und sein Haar zu kurz.

Vielleicht wollte er boxen lernen.

Wie wäre es damit?

Eldon dachte darüber nach. Wann hatte er zum letzten Mal einen Grünschnabel auf die Probe gestellt? Konnte er das noch – in seinem Alter?

Der Impuls durchfuhr ihn wie ein warmer, belebender Schauer, und er lachte leise in sich hinein.

Er musterte den Jungen. Bestenfalls vierzehn. Und ein Weichling. Die Gesichtszüge noch immer glatt wie Babyspeck, keine Kanten, wenig Charakter. Bis auf den Mund. Herrgott, küssen konnte der wohl nicht! Wo zum Teufel hatte er das denn her? Den Kämpfer sah er jedenfalls nicht in ihm, nicht richtig – gar nicht. Ein Boxhieb, und der Knabe würde tot umfallen. Je länger Eldon ihn anschaute, umso weniger sportliches Potenzial konnte er an ihm entdecken. Er hatte die Größe eines Basketballspielers, war aber kein bisschen robust. Zu lahm, zu ausgemergelt, zu schwach.

Dann, als hätte der Junge Eldons Gedanken gelesen, drehte er sich um und ging in Richtung Tür.

Er wollte abhauen.

Das durfte er nicht.

Noch nicht.

Eldon erhob sich, so schnell er konnte. Er musste den Neger abfangen, bevor er weg war.

Er riss die Bürotür auf.

»Warte!«

Der Junge drehte sich um und betrachtete Eldon, der ihm über den staubigen Fußboden entgegeneilte.

»Elton Booorns?« Er sprach mit starkem hispanischem Akzent. Frisch vom Boot gesprungen, vermutete Burns, wahrscheinlich Kubaner, auch wenn die in letzter Zeit immer weniger geworden waren.

Eldon nickte, und während er auf ihn zuging, sah er, wie der Blick des Jungen durch den Raum wanderte, ohne ihn je ganz aus den Augen zu lassen. Er war aufgeweckt und sehr schnell. Eldon hätte wetten können, dass er sehr gute Reflexe hatte.

Er beschloss, sich den Spaß zu gönnen und dem Neger die gleiche Behandlung zuteil werden zu lassen wie jedem Grünschnabel, der durch diese Türen trat und Boxer werden wollte. Früher hatte Eldon eine ganz eigene – und legendäre – Methode gehabt, die, die es ernst meinten, von den ernsthaft Verwirrten zu unterscheiden.

»Was willst du?« Eldon war vor ihm stehen geblieben. Er war nur ein Junge – ein gutes Stück größer als er, der Kopf zwei Nummern zu groß für den ausgemergelten Körper. Und Eldon konnte nicht aufhören, ihm auf den Mund zu starren, auf jenen wild gewachsenen Wust aus Fleisch unter seiner Nase.

»Willst du Boxer werden? *Quieres ser boxeador?*«

Der Junge nickte.

»Wie heißt du?«

»Osso.«

»Osso? Woher kommst du? Aus Kuba?«

Osso antwortete nicht. Wahrscheinlich ein Illegaler, dachte Eldon. Wie Frankie damals.

»Aus deinem Land kommen viele gute Boxer, weißt du das? Die besten Amateurboxer der Welt. *Los mejores boxeadores son cubanos.*«

Da lächelte der Junge, und sein Lächeln war ein furchtbarer Anblick, wie ein gerade überfahrenes Tier auf dem Freeway. Keine Zähne zu erkennen. In gewisser Weise, dachte Eldon, keine schlechte Voraussetzung. Von Nahem erkannte er, dass er sich geirrt hatte. Der Bursche war jung, aber längst kein unbeschriebenes Blatt mehr. Und viel zu verlieren hatte er bei dem Gesicht nicht. Seine Nase war schon platt, und über seine rechte Wange liefen parallel zueinander zwei tiefe Narben. Vielleicht konnte Eldon etwas für ihn tun, ihn zu einem von den beiden Studios schicken, die von Boxern geleitet wurden, die früher bei ihm trainiert hatten.

Aber zuerst musste er wissen, wie sehr Osso boxen wollte, wie entschlossen er war. Zuerst musste der Junge den Test bestehen.

»Okay, Osso. Ich sage dir jetzt, was ich von dir will«, sagte Eldon. »Ich will, dass du mich ins Gesicht schlägst.«

Verwirrt starrte Osso ihn an.

So reagierten die Neulinge am Anfang immer, das hatte nichts zu bedeuten. Auf die nächste Reaktion kam es an.

»Schlag mir ins Gesicht. Ich meine es ernst«, sagte Eldon. Osso rührte sich nicht. Er blickte verwundert drein.

Dann dachte Eldon, dass der Neger ihn vielleicht nicht richtig verstand, also ballte er die Hand zur Faust und sagte es auf Spanisch: »*Golpéame en la cara. Da me tu mejor golpe. Vamos, cabrón!*«

Das kam an. Eldon sah es in seinen Augen. Etwas rührte sich darin, als wäre ein Schatten über sein Gehirn gewandert.

Osso zog den rechten Arm zurück, und Eldon machte sich bereit, einem wilden Heuholer auszuweichen.

Aber der Junge schlug nicht zu.

Er zog eine Waffe.

Und nicht irgendeine Waffe.

Abes Waffe. Seinen 45er-Colt, seinen ganzen Stolz – die Waffe, mit der er begraben worden war.

Eldon erkannte den perlmuttbesetzten Griff, die Kerbe an der Mündung, und zuletzt auch Abes Initialen – A.J.W. – auf dem Abzugsbügel.

Sein halbes Leben lang hatte Eldon damit gerechnet, dass dieser Augenblick kommen würde, und jetzt, wo er tatsächlich da war, hatte er nicht einmal Angst. Nur wer an Gott glaubte oder etwas hatte, für das es sich zu leben lohnte, hatte Angst vor dem Tod. Er gehörte nicht zu diesen Leuten. Und auf diese Entfernung würde es so schmerzlos sein, wie im Koma zu sterben. Er würde tot sein, bevor sein Körper es wusste.

Das Einzige, was ihn bewegte, war Neugier.

»*Quién te envió?*«, fragte er seinen zukünftigen Mörder.

»Vanetta Brown.«

»Wie bitte?«

Hinter dem Mörder schwang die Tür auf. Und das Allerletzte, was Eldon Burns sah, war ein Mensch, der wieder in sein Leben trat.

1. Teil

Stadt der Würmer

1

Miami war keine gute Stadt für eine Ehe. Zu diesem Schluss kam Max Mingus, als er in Zimmer 29 des Hotel Zürich an der Ecke 8th Street und Collins Avenue darauf wartete, dass die Ehebrecher nebenan endlich zur Sache kamen, damit er die seine abschließen konnte.

Von allen Menschen, die er kannte, war nur noch sein bester Freund Joe Liston mit seiner ersten Frau zusammen. Alle anderen lebten entweder in zweiter oder dritter Ehe, waren scheidungsgeschädigte Alleinstehende oder – wie er – Witwer oder Witwen, die ihr Leben mit Geistern teilten.

Diese Stadt war kein Ort für Langzeitbeziehungen. Sie war von Natur aus wechselhaft, ihr Geist ruhelos. Sie war in ständiger Veränderung begriffen und warf eine glitzernde Haut nach der anderen ab, wie eine Strassschlange auf Speed. Miami lag genau mittig zwischen einem anderen und einem besseren Ort, kaum jemand stammte von hier, und kaum jemand blieb lange. Die meisten waren auf der Durchreise, sie zogen weiter und machten Platz für andere ihrer Art. So weit Max' Theorie, so sah er die Dinge. Miami war ein reißender Fluss auf Treibsand: Man konnte nicht darin stehen und ganz bestimmt nicht darauf bauen.

Er wischte sich den Schweiß von der Stirn. Er war noch nicht lange hier, aber sein Taschentuch war schon durchnässt. Die Klimaanlage war defekt. Die Hitze war mörderisch, es roch nach Erbrochenem und vergammeltem Essen.

Das Fenster wollte er nicht aufmachen, weil der Lärm von draußen die Geschehnisse nebenan übertönen würde. Im Moment plauderten die beiden. Das machten sie immer am Anfang. Reden. Und ein bisschen lachen. Vor allem sie.

Er beobachtete das Pärchen nun schon seit sechs Wochen. Fabiana Prescott und Will Cortland. Beide anderweitig verheiratet. Cortland, einunddreißig, arbeitete für eine Limousinen-Agentur namens *Island Limos*. Er war groß, blond, fitnessstudio-gestählt und von jener unverfänglichen, gesunden, durch und durch amerikanischen Attraktivität, die man aus den Werbespots von Banken und Ferienanlagen kennt. Fabiana, fünfundzwanzig, war die vierte Ehefrau von Emerson Prescott, Max' Klienten. Ein Mördergeschoss: Latina mit langem schwarzem Haar, dunkler Haut und großen braunen Augen, dazu ein Körper, dessen Kurven zu perfekt und zu ausladend waren, um echt zu sein. Wo immer sie auftauchte, drehte sich jeder heterosexuelle Mann nach ihr um.

Max konnte keinem von beiden einen Vorwurf machen. Besonders nicht Fabiana.

Emerson Prescott war ein steinreicher Zahnarzt, der in drei Praxen in Los Angeles, New York und Miami eine exklusive Klientel bediente. Max hatte ihn in seinem Büro in der Innenstadt aufgesucht und ihn vom ersten Augenblick an verabscheut. Prescott war ein kleines, über sechzigjähriges Relikt von einem Mann, der mit Haarimplantaten, Gesichtslifting, Botox und käuflichen Gattinnen wie Fabiana den Zahn der Zeit auszutricksen versuchte. Und so hatte Max den Auftrag selbstverständlich angenommen. Genau genommen hatte er, des Geldes wegen, gar keine andere Wahl gehabt, und schon der erste Blick auf Prescott hatte ihm verraten, dass die Sache schnell und leicht sein würde. Natürlich wurde Prescott von seiner Frau betrogen.

Die beiden lebten in Los Angeles. Ihr Verhältnis war schon seit einigen Jahren etwas schwierig, hatte Emerson erklärt, seit seine Praxis in New York immer besser lief und er mehr und mehr Zeit dort verbrachte.

Jeden Donnerstagmorgen flog Fabiana von Los Angeles nach Miami, wo Will Cortland sie mit unbewegter Miene und einem Schild, auf dem ihr Name stand, am Flughafen in Empfang nahm. Sie taten, als hätten sie einander noch nie gesehen. Er fuhr sie zum Shore Club, wo sie eine Suite hatte. Abends holte er sie dort ab und fuhr sie zum Hotel Zürich, wo er ihr mit einigen Minuten Abstand aufs Zimmer folgte. Später fuhr er sie zurück zum Shore Club, brachte den Wagen in die Garage von Island Limos und ging nach Hause, in seine Mietwohnung in Hallandale.

Am nächsten Morgen holte er Fabiana gegen zehn Uhr wieder am Shore Club ab und kutschierte sie durch die Stadt. Sie ging zum Arzt und zum Steuerberater und traf sich zum Mittagessen mit einer Freundin. Anschließend fuhr Cortland sie zum Flughafen, wobei sie unterwegs anhielten, um auf dem Rücksitz Abschied zu nehmen. Gegen sechs saß sie wieder im Flieger. Eine Woche später begann die ganze Farce von vorn. Wahrscheinlich machte nicht zuletzt dieses Rollenspiel den Reiz für sie aus, vermutete Max.

Max hatte die vereinbarten zwei Wochen damit verbracht, Fabiana zu beschatten und alle ihre Bewegungen von Weitem mit Zoom zu fotografieren. Er hatte sich die Zeiten ihrer Rendezvous notiert und alles, was er sah, schriftlich festgehalten. Er war beeindruckt von der professionellen Distanz, die Fabiana und Will hielten, wie sie nur am zweiten Tag ein klein wenig auftauten – alles, um den Schein zu wahren. Diese letzte Beobachtung, beschloss er, würde er nicht in den Bericht aufnehmen, den er Emerson Prescott aushändigen wollte. Das ging den alten Widerling nichts an – auch wenn er dafür bezahlte.

Max war ein geübter Überbringer schlechter Nachrichten. Alles eine Frage des Ausdrucks und des Timings, und die hatte er in den zehn Jahren bei der Polizei gelernt und perfektioniert. Er hatte sich eine Nummer zurechtgelegt, eine Rolle. Mit dunkler Kleidung und passendem Gesichtsausdruck – tiefste Enttäuschung mit einem guten Schuss zerschlagener Zuversicht, als hätte er irgendwie doch mit einem anderen Ergebnis gerechnet – bereitete er seine Klienten auf das vor, was sie erwartete. Allzu schwer fiel ihm das nicht. Er gehörte ohnehin nicht zu den Strahlemännern dieser Welt. Seine faltige, zerfurchte, achtundfünfzigjährige Visage eignete sich hervorragend für die finstere, abgeklärte Leckt-mich-doch-alle-am-Arsch-Miene, die er wie eine Uniform trug. Sie hielt die Menschen davon ab, zu genau hinzuschauen, sie gingen lieber weiter. So sahen sie die Traurigkeit nicht, die ihn umgab, sahen nicht seinen Lebensweg, der mit Reue gepflastert war.

In diesem sorgfältig vorbereiteten Setting kam er direkt zur Sache. Er milderte den Schlag nicht ab. »Mr./Mrs. Betrogene, Sie hatten recht. Ihr Mann/Ihre Frau hat eine Affäre.« Dann redete er ein bis eineinhalb Minuten und nannte die wesentlichen Fakten. Er überreichte seinen vollständigen Bericht mitsamt Fotos. Dann gab er dem Klienten Zeit, die Information zu verarbeiten und zu begreifen. Sobald das geschehen war, schaltete er um auf Kundenbetreuung. Er drückte sein Bedauern aus. Er zeigte Mitgefühl oder spendete Trost oder lauschte der ätzenden, zutiefst verletzten Schimpfkanonade – oder alles auf einmal. War das vorbei, versicherte er, man könne ihn jederzeit anrufen, und verabschiedete sich. Eine Woche später schickte er die Rechnung.

So war es immer gelaufen.

Bis zu Emerson Prescott.

Max hatte Prescotts Büro mit seinem Schauspielergesicht betreten, doch die Reaktion seines Klienten hatte ihn aus dem Konzept gebracht. Prescott hatte Max' Mimik gesehen und gelächelt. Und das Lächeln war nur noch breiter geworden – so breit, wie die chirurgisch gedehnte und botoxgespritzte Haut es zuließ, die Lippen wie rosafarbene, fast durchscheinende, zum Zerreißen gespannte Gummibänder, dahinter die perfekten weißen Zähne im Wert von mehreren zehntausend Dollar. Max musste an aufgereihte Toilettenschüsseln in einer Bäderausstellung denken.

Bevor Max mit den wesentlichen Fakten durch war, fragte Prescott ihn, ob er Fotos von den beiden beim Sex habe. Auf seine abschlägige Antwort reagierte Prescott mit unübersehbarer Enttäuschung.

Max wusste nichts Besseres zu tun, als in der Rolle zu bleiben und das Spiel zu Ende zu spielen. Er war kurz davor, sein Bedauern zum Ausdruck zu bringen, als ihn Prescott mit einer Handbewegung zum Schweigen brachte.

»Das ist ein guter Anfang. Ein sehr guter Anfang«, sagte der Zahnarzt.

»Ein guter Anfang?«

»Ich brauche mehr.«

»Mehr?«

»Beweise.«

»Beweise?«

»Ja, Beweise, Mr. Mingus. Beweise für die tatsächliche Penetration. Sie wissen schon … Gonzo-Zeug«, sagte Prescott. Auf Max' verblüfften Gesichtsausdruck hin wurde er noch deutlicher: »Sexfotos. Viele, viele Sexfotos. Und nicht aus irgendeinem Versteck heraus, sondern schön mit der Handkamera. Ordentlich verwackelt und alles. Und zwar bis Ende nächsten Monats, pünktlich zu Halloween.«

Und so kam es, dass sich Max Mingus nun in einem Zimmer des Hotels Zürich wiederfand.

Als Erstes war er sich mit Teddy, dem Nachtportier, einig geworden, einem rothaarigen Typen mit randloser Brille, der aussah wie gerade mal achtzehn. Er und der Wachmann waren offensichtlich die Einzigen, die um diese Zeit im Hotel im Einsatz waren.

Für 400 Dollar hatte Teddy ihm verraten, dass das Paar jeden Donnerstagabend zwischen sieben und neun Uhr auf Zimmer 30 verbrachte und dass Fabiana ebenjenes Zimmer bis Ende des Jahres reserviert hatte. Max mietete für einen Monat das Nebenzimmer.

Zimmer 29 und 30 waren durch eine Tür verbunden. Teddy erklärte, früher einmal seien die beiden Zimmer als Suite vermietet worden, als im Zürich noch hauptsächlich Familien und ältere Gäste abgestiegen waren. Den Schlüssel zur Zwischentür hatte Teddy ihm für weitere 400 Dollar ausgehändigt. Die steifen und quietschenden Angeln hatte er ohne Aufpreis geölt. Noch einmal 400 Dollar – und die Aussicht auf mehr Geld später – kosteten Teddys Schweigen, seine Diskretion und seine Wachsamkeit.

Max hatte das Liebesnest in Augenschein genommen. Es sah fast genauso aus wie sein Zimmer: ein Doppelbett, darüber in einem Bilderrahmen ein altes Werbeplakat der Tourismusbehörde von Miami, vor dem Fenster ein runder Tisch mit zwei Korbsesseln und einer Lampe, neben der Tür drei kleine Spiegel in der Form fliegender Gänse, in der

Ecke ein Fernseher mit DVD-Spieler. Teddy hatte erzählt, die Poster seien das einzig Bemerkenswerte an dem Hotel – in jedem Zimmer hänge ein historisches Unikat. Das in Max' Zimmer stammte von 1950, dem Jahr seiner Geburt. Das in Zimmer 30 war von 1961. Der einzige erkennbare Unterschied bestand darin, dass nebenan die Klimaanlage funktionierte – die Luft roch sehr viel frischer.

Am nächsten Donnerstag nahm er die Zeit.

19:07 Uhr bis 19:23 Uhr: Reden. Hauptsächlich Cortland, aber verstehen konnte Max ihn nicht, weil er sehr leise redete, ein tiefes Gemurmel. Es war wohl witzig, oder aber Fabiana war verliebt, jedenfalls lachte sie viel.

19:24 bis 19:41: Meistens Stille, dann das eine oder andere Stöhnen.

19:43 bis 20:17: Vögeln. Laut. Sie stöhnte, wimmerte und jaulte. Er ächzte und schnaufte. Dann fing sie an zu schreien und zu kreischen. Auf Spanisch. *»Más profuuuundo! Mások pro!-fuuuundo! Sí! Sí! Mi amor! Sí, mi amor! Allí! Allí! Sí! Síííí! Mi amor! Mi ángel.«*

Da hatte sich Max auf der anderen Seite der Tür bereits die Finger in die Ohren gesteckt, um das Schlimmste auszublenden. Es war ihm über die Maßen peinlich, überhaupt da zu sein, er schämte sich, auf diese Art sein Geld zu verdienen.

20:18 bis 21:04: Tiefes, erschöpftes Atmen – von ihr und von ihm. Fabiana sagte: *»Su pene es una varita mágica«*, worauf Cortland lachte und sagte: »Nenn mich Harry Ficker, Baby.«

Max hörte die Dusche.

21:38: Die Tür fiel ins Schloss.

Max schaute aus dem Fenster und sah Fabiana aus dem Hotel treten und in Richtung Collins Avenue gehen.

21:52: Ein zweites Mal die Tür.

Cortland verließ das Hotel und ging in die gleiche Richtung davon wie zuvor Fabiana.

Drei Wochen lang hatte Max das Paar belauscht. Mehr Zeit, als er brauchte, aber er hatte keinen Folgeauftrag, und er konnte seinen Klienten nicht ausstehen, weshalb er die Sache so weit in die Länge zog, wie es sich irgendwie rechtfertigen ließ.

Die beiden fingen heute etwas später an als beim ersten Mal, aber die Zeiten waren praktisch identisch.

Und die ganze Zeit hatte er sich den Kopf zerbrochen, wie er sich ins Zimmer schleichen und Fotos machen sollte, ohne gesehen zu werden. Zwei Möglichkeiten waren ihm eingefallen. Erstens: sich im Kleiderschrank gegenüber dem Bett verstecken. Er hatte es versucht, passte aber nicht ganz hinein. Die Türen waren zu schmal für seine Schultern, sodass er sich nur seitlich hineinzwängen konnte. Das war ihm zwar mit Mühe und Not gelungen, aber drinnen hatte er feststellen müssen, dass er kaum den Kopf drehen, geschweige denn die Kamera vors Gesicht heben konnte. Dann war er mit einem Fuß durch den Schrankboden gebrochen. Und so hatte er auf die noch ungeliebtere Methode zurückgreifen müssen: sich ins Zimmer schleichen, während die beiden vögelten. Eine hochriskante Strategie. Seine Arbeit stand und fiel mit seiner Unsichtbarkeit. Wenn er die verlor, verriet er seinen Klienten.

Dankenswerterweise fand er eine Lösung. Die Zwischentür ging von rechts nach links auf. Er brauchte sie nur zehn Zentimeter weit zu öffnen, um ungehinderte Sicht aufs Bett zu haben und so viele Fotos zu schießen, wie er wollte, ohne gesehen zu werden. Er musste Zimmer 30 nicht einmal betreten.

Problem gelöst. Alles bereit.

Um 19:56 Uhr schaltete Max seine Kamera ein – eine Spiegelreflex von Canon mit sehr gutem Leica-Objektiv, die zehn Fotos pro Sekunde schoss – und stellte sich an der Zwischentür auf. Fabiana hatte noch nicht zu schreien angefangen, aber ihr Stöhnen wurde lauter. Genau wie Cortlands Schnaufen und Keuchen.

Es war so weit.

Er legte die Hand auf die Klinke und zog sie ruckartig wieder zurück, als eine schmierige Welle der Übelkeit durch seine Magengrube schwappte und er würgen musste.

Er hatte sich immer geschworen, keine Scheidungsfälle zu übernehmen, schon seit er zum allerersten Mal mit dem Gedanken gespielt hatte, den Polizeidienst zu quittieren und Privatdetektiv zu werden. Dieses schäbige Paparazzi-Dasein war nichts für ihn. Klar, die Bezahlung war gut und die Aufträge zahlreich, und neben der Wirtschaftskriminalität war es der sicherste Zweig in seiner Branche – schlimmstenfalls riskierte man ein blaues Auge oder eine geplatzte Lippe, wenn der Ehebrecher schnell genug in die Hose springen konnte, um einen einzuholen. Aber Max hatte so nicht seinen Lebensunterhalt bestreiten wollen. Er wollte Menschen helfen, nicht Ehen zerstören und Scheidungsanwälte reich machen.

Das Leben hatte die dumme Angewohnheit, einem die Prinzipien zu vergiften.

Er ließ das Gefühl vorüberziehen und öffnete die Tür einen Spalt breit. Sie hatten das Licht angelassen. Fabiana schrie: *»Mi ángel!«* Cortland schnaufte und keuchte, abwechselnd. Max war sicher, dass sie im ganzen verdammten Hotel zu hören waren.

Er stieß die Tür ein Stück weiter auf, und im Sucher erschien das Bett. Max sah Weiß. Nur Weiß. Er zoomte heran.

Nichts. Er zoomte wieder weg. Jetzt hatte er das ganze Bett im Blick: Laken, Kissen, bläuliche Schatten am Rand.

Niemand drin.

Im Zimmer wurde es immer lauter, die beiden schrien im Chor. Vielleicht waren sie auf dem Fußboden.

Max senkte die Kamera und spähte durch den Türspalt. Er konnte fast das ganze Zimmer sehen. Und was er nicht sah, war zu klein für zwei Menschen. Er war verwirrt. Er konnte sie doch hören. Sie waren gellend laut. Trotzdem war das Zimmer offensichtlich leer.

Er stieß die Tür ganz auf und tat ein paar vorsichtige Schritte. Jetzt stand er in Zimmer 30. Er schaute sich um. Das Bett war unberührt. Frisch bezogen.

Er schaute im Badezimmer nach – ebenfalls leer.

Er war perplex. Tausend Fragen schwirrten ihm durch den Kopf.

Dann sah er den Fernseher.

Auf dem Bildschirm wurde eine dunkelhaarige Frau auf allen vieren von einem großen, blonden Mann gevögelt, dessen Arme über und über tätowiert waren. Der Mann war Will Cortland. Und die Frau Fabiana Prescott. Auch sie war tätowiert: zwei ineinander verschränkte Herzen auf dem unteren Rücken, ein Teufelchen mit Forke seitlich auf dem Bauch, ein Sternenregen auf dem Oberschenkel.

Der Film kam von einer DVD, die Geräusche waren die, die sich Max in den letzten drei Wochen eingeprägt hatte.

Er stand da und starrte benommen und blicklos in den Fernseher und überlegte, was soeben passiert war, was hier gelaufen war.

Dann schaute er genauer hin. Das Poster, das in dem Film über dem Bett hing, war just das aus Zimmer 30. Die Aufnahmen waren hier gedreht worden, in diesem Zimmer.

Max zog die Zimmertür auf und spähte auf den Flur. Leer und verlassen. Komisch für einen Donnerstagabend, dachte er. Um diese Zeit kamen normalerweise die Ausgehwütigen von außerhalb in die Stadt.

Er ging zurück ins Zimmer und schaute aus dem Fenster auf die Straße hinunter, aber er wusste, dass er die beiden nicht sehen würde.

Er schaltete den Fernseher aus und ließ sich die DVD auswerfen.

Sie war unbeschriftet.

Als Max nach unten kam, war Teddy nicht an der Rezeption. Stattdessen ein Asiate mit einem Namensschild, auf dem »George« stand.

»Wo ist der Portier?«, fragte er.

»Ich bin der Portier. Was kann ich für Sie tun?«

»Der andere Portier, wo ist der?«

Max versuchte sich zu erinnern, wie er früher am Abend hier eingetroffen war. Hatte er Teddy an der Rezeption gesehen? Er hatte nicht nach ihm Ausschau gehalten. Er war geradewegs hoch in sein Zimmer gegangen.

»Sie meinen Ted? Der hat letzten Sonntag gekündigt«, sagte der Portier.

»Am Sonntag? Warum?«

»Das weiß ich nicht. Ich habe nicht danach gefragt. Man hat mir nur den Job angeboten.«

»Wann haben Sie hier angefangen?«, fragte Max und spürte Wut in sich aufsteigen.

»Haben Sie eine Beschwerde wegen Ihres Zimmers, Sir?«

»Haben Sie Teddys Adresse? Oder seine Telefonnummer?«

»Die kann ich nicht herausgeben, Sir.«

»Wie viel?«, seufzte Max.

»Sir?«

»Wie viel wollen Sie für die Nummer? Was kostet sie?«

»Sir, ich muss Sie bitten zu gehen.«

»Wie bitte?«

»Ich werde Ihnen die Kontaktdaten nicht geben«, beharrte der Mann selbstgerecht und unterstrich seine Worte, indem er die schmale Brust herausstreckte und die dürren Schultern straffte.

»Mit wem stecken Sie unter einer Decke?«

Der Portier hob die Hand und winkte jemanden herbei.

»Sir, ich muss Sie bitten, das Hotel auf der Stelle zu verlassen. Unser Sicherheitsdienst wird Sie zu Ihrem Zimmer begleiten, damit Sie Ihre Sachen packen können.«

In dem Spiegel hinter der Rezeption sah Max den übergewichtigen, kahlköpfigen schwarzen Wachmann breitbeinig dastehen, die Daumen in dem breiten Ledergürtel, an dem das Holster hing und den er sich um den gewaltigen Bauch geschlungen hatte. Auf seiner Oberlippe saß ein spärlicher Schnurrbart wie schmutziger Schaum.

Max sah auch sich selbst. Ebenfalls kahl. Schneeweiße Glatze und kleine Schweißperlen zwischen den Haarstoppeln. Müdes Gesicht. Rot vor Wut und Demütigung, die Augen stechend und eisblau. Er war noch immer kräftig gebaut, aber so langsam besiegte der Speck die Muskeln. Der Portier war dreißig Jahre jünger. In seinen alten Zeiten hätte Max den kleinen Scheißer über den Tresen gezogen und die Auskunft aus ihm rausgeprügelt. In seinen alten Zeiten war er Bulle gewesen.

Er musterte den kleinen Mann. Wusste er Bescheid? Wahrscheinlich nicht. Er war nur irgendein Wicht, der in einem Scheißhotel in einem Scheißjob die beschissenste Schicht hatte. Davon gab es hier viele.

Max ging an dem Wachmann vorbei hinaus auf die Straße. Die heiße Nachtluft Miamis schlug ihm ins Gesicht. Der Wind trug Gerüche von Essen, Parfüm und dem Meer heran. Von überall her kam Musik: aus den Autos, den Restaurants, Clubs und Geschäften. Er kannte kein einziges Lied. Für ihn waren das fremdartige Geräusche, nicht mehr als Pieptöne in seinen Ohren. Hip-Hop, Rythm & Blues, roboterartiger Salsa und etwas, das sich anhörte wie der Herzinfarkt eines Elefanten. Menschen strömten an ihm vorbei, streiften ihn, rempelten ihn an. Alle in Sommerkleidern, alle jung, lächelnd und aufgeregt redend. Auf dem Weg zum Ocean Drive, zum Essen und Frauenaufreißen, oder zur Washington Avenue, zum Tanzen und Frauenaufreißen. Unbeschwert und sorglos. Die Probleme vor der Tür geparkt. Er beneidete jeden Einzelnen von ihnen.

Er überlegte, was jetzt zu tun sei. Zum Shore Club fahren und in Erfahrung bringen, ob Fabiana dort war? Da würde er nicht allzu viel herausfinden. Luxushotels beschirmten ihre Gäste. Er war neugierig zu erfahren, was da gelaufen war, aber zugleich wollte er es nicht wirklich wissen, wollte lieber einfach weggehen und es vergessen.

Mitten in seiner Verwirrung und Unentschlossenheit bemerkte er auf der anderen Straßenseite einen groß gewachsenen Schwarzen, der ihn unverwandt ansah. Sein Gesicht konnte er nicht erkennen, es verschmolz mit der Dunkelheit und verschwamm im Neonlicht. Aber Max spürte seinen Blick, die bohrende Beharrlichkeit, die magnetische Kraft. Der Mann hatte Max bewusst aus der Menschenmenge ausgewählt, sich auf ihn konzentriert, ihn ins Visier genommen. In Miami lebten viele obdachlose Verrückte. Sie kamen des Klimas und der zerknirschten Großzügigkeit der Touristen wegen. Max hätte den Mann leicht für einen von ihnen halten können, hätte nicht sein alter Polizisteninstinkt Alarm geschlagen, sein Gespür dafür, wenn jemand nicht in Ordnung war.

Genau in diesem Moment klingelte sein Telefon. Bruce Springsteens nervtötend fröhliches »Waitin' on a Sunny Day« dudelte aus der Tasche, die er an der Hüfte trug. Es war der Klingelton, den er Joe Liston zugewiesen hatte – seinem ehemaligen Partner und dem einzigen schwarzen Springsteen-Fan, dem er bis dato begegnet war.

Joe rief ihn nie abends an. Für gewöhnlich war er um diese Zeit zu Hause bei seiner Familie.

Es musste dringend sein, musste etwas Ernstes sein.

Joe war Captain bei der Mordkommission.

Max machte sich auf das Schlimmste gefasst.

Und es kam.

»Es geht um Eldon«, sagte Joe. »Er wurde vor zwei Tagen im Boxstudio auf der 7th Avenue aufgefunden. Ermordet.«

Er hätte schockiert sein sollen, war es aber nicht. In dem Moment, als er die Nachricht vernahm, war Max plötzlich mit den Gedanken woanders. Der Mann auf der anderen Straßenseite war nicht mehr da, war spurlos verschwunden, als wäre er nie da gewesen.

»Vor zwei Tagen?«, fragte Max. »Warum hast du mich nicht sofort angerufen?«

»Ging nicht. Hier laufen Sachen, über die ich mit dir reden muss. Ich bin jetzt im Studio. Kannst du herkommen?«

»Bin schon unterwegs.«

2

Geschniegelt und gebügelt wie immer, stand Joe Liston vor dem Studio und wartete. Beigefarbener Leinenanzug, weißes Hemd, braune Krawatte und glänzende braune Lederschuhe. Er hatte schon immer großen Wert auf seine Erscheinung gelegt, weil er darin zum Ausdruck gebracht sah, wie ernst er seinen Beruf und die Verantwortung nahm, die damit einherging. Dabei war die Jackett- und Krawattenpflicht für Kriminalpolizisten in Miami schon vor längerer Zeit fallen gelassen worden, nachdem es Beschwerden gegeben hatte, dass tropische Hitze und förmliche Kleidung effizienter Polizeiarbeit nicht gerade förderlich seien. Und so erschienen die meisten Zivilpolizisten zum Dienst, wie sie auch zu einer Grillparty gehen würden: in grellbunten Strandhemden, ausgewaschenen Jeans und alten Turnschuhen. Angesichts dieses Bekleidungsliberalismus war Joe dazu übergegangen, nur noch Drei- statt Zweiteiler zu tragen.

Er war beeindruckend groß und kräftig gebaut. Das Haar, das ihm noch geblieben war, war grau und kurz geschnitten. Seinem runden Gesicht und dem noch runderen Bauch waren die hervorragenden Kochkünste seiner Frau und die letzten zehn Jahre, die er delegierend hinter dem Schreibtisch verbracht hatte, deutlich anzusehen. Ihn störte das nicht. Er versuchte weder, seine Pfunde zu verstecken, noch abzunehmen. Im Jahr zuvor war er sechzig geworden. In dem Alter, fand er, durfte man sich ein wenig gehen lassen.

Max parkte in der Nähe und ging zu ihm.

Die 7th Avenue lag menschenleer und verlassen da.

»Tut mir leid«, sagte Joe und hielt ihm die Hand hin, um sein Beileid auszudrücken.

»Danke.« Während der Autofahrt hatte Max über den Mord an Eldon nachdenken wollen, aber seine Gedanken waren immer wieder zu den Ereignissen im Hotel zurückgekehrt. Und zu dem Mann auf der Straße.

Joe durchschnitt das Siegel an der Tür, und sie gingen hinein.

Seit fast zehn Jahren hatte Max dieses Studio nicht mehr betreten, damals hatte er Eldon zum letzten Mal gesehen. Er war schockiert über den erbarmungswürdigen Zustand der Halle: der eingeknickte Boxring, das Loch im Dach, der Schutt, der Rost, die Berge von Abfall. Der Ort, der so vielen jungen Leben eine neue Wendung gegeben hatte, war nur noch eine Müllhalde.

Er hatte gehört, dass das Studio nach Abe Watsons Tod dichtgemacht hatte und dass Eldon noch immer jeden Tag hergekommen und von früh bis spät geblieben war. Als er sich nun umschaute, alles aufnahm und vergeblich versuchte, das Studio aus der Erinnerung wiederaufzubauen, begriff Max, wie ausgebrannt der alte Mann sich gefühlt haben musste. Das Studio war sein ganzer Stolz gewesen, der Grundstein für alles, was er je aufgebaut hatte, und am Ende hatte er nur noch dagesessen und zugesehen, wie alles um ihn herum zusammenbrach. Zum ersten Mal seit Joes Anruf spürte Max einen kleinen Nadelstich halbherziger Trauer. Sie traf ihn unerwartet.

Achter März 1964: An diesem Tag war Eldon Burns in sein Leben getreten. Hier an der Tür, an der gleichen Stelle, an der er nun stand, hatten sie die ersten Worte gewechselt.

Max hatte seinen Freund Manny Gomez zum Studio begleitet. Er hatte an jenem Tag nicht den Wunsch gehabt, Boxer zu werden, und auch vorher noch nie. Seine intensivste Begegnung mit dem Boxsport hatte darin bestanden, dass er auf der Ecke Fifth Street einmal Muhammad Ali, umringt von schwarzen Jugendlichen, beim Autogrammegeben gesehen hatte. Max hatte noch nie einen echten Kampf gesehen, geschweige denn in voller Länge im Fernsehen verfolgt. Boxen interessierte ihn einfach nicht. Er war nur mitgekommen, weil er nichts Besseres zu tun hatte.

Doch nachdem er hinter Manny das Studio betreten hatte, hatte sich ihm eine völlig neue Welt aufgetan und ihn ganz in sich aufgenommen. Schwarze, Latinos und ein paar Weiße aller Alters- und Gewichtsklassen. Alle aktiv und konzentriert, bei der Sache, fokussiert. Totale Zielstrebigkeit. Träume von Ruhm und Reichtum. Gebrochene Nasen, vernarbte Augenbrauen, Blumenkohlohren. Harte Gesichter, schweißnass. Aufgestaute Hitze. Der Geruch von Schweiß, Blut, Leder und Franzbranntwein. Choreographierte Gewalt. Die Schläge so schnell, dass die Fäuste in der Bewegung nicht mehr zu erkennen waren. Die vielen verschiedenen dumpfen Rhythmen der Fäuste auf den Sandsäcken, das Rasseln der Speedballs, das Pfeifen und Singen von einem Dutzend Springseilen, das Getrappel hüpfender Füße.

Aus dieser Szenerie heraus war Eldon Burns auf sie zugetreten: die Verkörperung, die Seele des Ganzen. Ein großer Mann in Jogginghose und kurzärmeligem Hemd. Kräftige Arme mit Sommersprossen, große breite Hände, ein vernarbtes, mürrisches Gesicht, fester, aber ungeduldiger Blick, eine runde, rötliche Warze an der Schläfe. »Schlag mir ins Gesicht«, hatte er zu Max gesagt. Und Max hatte Eldon mit einem schnellen rechten Haken zu Boden geschickt. Es war das erste Mal, dass ein Neuling ihn geschlagen, geschweige denn umgehauen hatte. Eldon hatte vom Fußboden aus zu Max hochgeschaut und gelächelt. Alles im Studio war erstarrt, es herrschte vollkommene Stille.

Genau wie jetzt.

Die Umrisse von Eldons Leiche waren mit leuchtend weißer Kreide und groben, geraden Linien auf den Fußboden gemalt worden. Wäre da nicht der Halbmond aus schwarz geronnenem Blut gewesen, der wie ein höllischer Heiligenschein den Kopf umgab, hätte die Abbildung in ihrer Einfachheit primitiv wirken können. Aber war nicht Mord tatsächlich die primitivste aller Handlungen, jene Tat, durch die sich der Mensch auf eine Stufe stellte mit seinen höhlenbewohnenden Vorfahren?

Joe reichte Max einen Stapel Fotos.

Das erste zeigte Eldons Leiche. Die Arme nach oben gerissen, die Fäuste geballt, die Beine leicht gespreizt: Es war die traurige Parodie der Siegerpose am Ende des Boxkampfs. Auf Eldons Brust hockte eine Ratte, zeigte ihre langen Nagezähne und schaute mit schwarzen Augen in die Kamera.

»Wir mussten die Kammerjäger rufen. Hier wimmelte es nur so von Ratten«, bemerkte Joe. »Die konnten sich gar nicht schnell genug auf ihn stürzen. Durchaus passend, könnte man meinen.« Max schaute auf zu seinem Freund, sah ihm in die Augen, sah, wie er den Blick senkte.

Joe hatte Eldon gehasst, und Eldon hatte Joe gehasst. Eldon hatte ihn hinter seinem Rücken nur »diesen Neger« genannt, und Joe hatte Eldon den Spitznamen »Sixdeep« verpasst – kurz für *Sixth Degree Burns*, Verbrennungen sechsten Grades, die schlimmsten.

Eldon war ihr Boss bei der Miami Task Force gewesen, einer Eliteeinheit der Polizei, die in den 1970er und 1980er Jahren in Miami aktiv gewesen war, als die Stadt zur Hochburg des Kokainhandels und ihre Einwohner zum Kollateralschaden eines eskalierenden Drogenkrieges rivalisierender Banden geworden waren. Eldon hatte die MTF geführt wie eine paramilitärische Einheit: eine bewaffnete Bande unter vielen, nur dass seine Leute Polizeimarken hatten und die Lizenz zum Töten. Politiker auf Bundesstaatsebene hatten ihn beauftragt, sämtliche Schwerverbrechen mit allen erforderlichen Mitteln aufzuklären – oder es zumindest so aussehen zu lassen. Lieber die Illusion von Sicherheit als gar keine Illusionen mehr.

»Mach's passend«, war sein Motto gewesen. Wem die MTF ein bestimmtes Verbrechen anhängte, spielte keine Rolle, solange die vermeintlichen Übeltäter vorbestraft waren und irgendetwas verbrochen hatten. Die MTF verstieß gegen sämtliche Verfahrensvorschriften und alle Gesetze. Auf jedes Verbrechen, das die Truppe tatsächlich aufklärte, kamen zwölf weitere, bei denen irgendwelche Leute hinter Gitter gebracht oder von der MTF erschossen wurden. Und es änderte nichts. Weiterhin starben massenweise Unschuldige, und Miami verwandelte sich in eine milliardenschwere Kloake.

Irgendwann hatte Joe da nicht mehr mitmachen wollen und sich versetzen lassen. Ein Jahr später war Max, dem sein letzter großer Fall schwer zusetzte und der darunter litt, was er inner- und außerhalb der MTF getan hatte, aus dem Dienst ausgeschieden. Eldon hatte ihn angefleht zu bleiben, hatte ihm alle möglichen Versprechungen gemacht. Als Max hart blieb, hatte Burns ihm sämtliche Obszönitäten an den Kopf geworfen, die je erfunden worden waren. Er wollte, dass Max in seine Fußstapfen trat, die MTF weiter so führte wie bisher, während er selbst die letzten Stufen der Karriereleiter erklomm. Max hatte seine sorgfältig ausgeklügelten Tagträume zunichtegemacht, die geplante Erbfolge durchkreuzt.

Danach hatten sie fast sechzehn Jahre lang kein Wort miteinander gewechselt.

Doch ihre Verbindung war erstaunlich stark geblieben. Eldon hatte für Max die Rolle des Vaters übernommen, als er einen gebraucht hatte. Max war für Eldon der Sohn gewesen, den er nie hatte. Eldon ließ ihn nicht aus den Augen. Als Max 1989 wegen Mordes ins Gefängnis kam, bestach Eldon mehrere Banden in Attica, damit ihm nichts geschah. Sein Arm reichte weit, und manchmal tat er Gutes.

Die nächsten Fotos zeigten Nahaufnahmen von Eldons Kopf. Man hatte ihm je eine Kugel durch die Augen gejagt, sodass die Höhlen aussahen, als hätte jemand einen schwarzen Penny daraufgelegt.

»Der hat aus kürzester Entfernung geschossen«, sagte Max und deutete auf die Schmauchspuren über und unter Eldons rechtem Auge. Über dem Auge waren sie besonders deutlich.

»Die meinen, das sei eine Initiation für irgendeine Gang gewesen«, sagte Joe.

Max zog noch einmal das erste Foto von der Leiche auf dem Fußboden hervor und schüttelte den Kopf.

»Der Killer hat ihm aus nächster Nähe ins rechte Auge geschossen. Eldon geht zu Boden. Der Mörder steht über ihm und schießt ihm ins linke Auge«, sagte er. »Das war keine Initiation. Das war eine Hinrichtung.«

»Genau das habe ich auch gedacht. Als die den Leichnam bewegt haben, sind ihm die Patronenhülsen aus der Hand gefallen. Der Mörder hat sie ihm in die Handfläche gelegt und die Finger darum geschlossen. Und durch die Totenstarre sind sie so geblieben«, sagte Joe.

Max sah ihn fragend an.

»Ja, versteh ich auch nicht.« Joe zuckte mit den Achseln.

»Was war das für eine Waffe? Eine Fünfundvierziger?«

»Ich habe den Ballistik-Bericht noch nicht gesehen, aber dem Aussehen nach ja.«

Max schaute sich im Studio um und versuchte, sich den Mord im Geist vorzustellen. War Eldon auf dem Weg nach draußen gewesen, als er seinem Mörder begegnete? War der Mörder schon vorher einmal im Studio gewesen? Die Schmauchspur über dem Auge verriet, dass der erste Schuss schräg von oben nach unten abgegeben worden war, was bedeutete, dass der Mörder größer sein musste als Eldon. Der alte Mann hatte um die eins achtzig gemessen. Der Mörder musste fast einen Meter neunzig groß sein.

Warum hatte er ihm in die Augen geschossen? War das eine Botschaft? Hatte Eldon etwas gesehen, das er nicht hätte sehen sollen? Oder war es einfach die Masche des Täters, seine Art zu morden?

Max hielt inne. Solche Gedanken waren ihm seit Jahren nicht mehr durch den Kopf gegangen. Er hatte sie nicht gebraucht. Er war fasziniert, wie schnell die Gewohnheit zurückkehrte.

Es war 27 Jahre her, dass er mit Joe einen Tatort in Augenschein genommen hatte. Damals waren sie hinter Solomon Boukman her gewesen, dem Haitianer, der in den furchtbaren Tagen des Kokains und der Kettensägen über die Unterwelt von Miami geherrscht hatte.

Die beiden arbeiteten noch immer gelegentlich zusammen, aber nur selten und nur höchst inoffiziell. Wenn Joe Informationen brauchte, die auf normalen Wegen nicht zu beschaffen waren, rief er Max an. Und wenn Max wissen wollte, ob irgendjemand vorbestraft war, fragte er Joe. Aber das war schon alles, private Gefälligkeiten. Mehr nicht. Keine Daten, keine Einzelheiten.

»Warum hast du mich angerufen, Joe?«, fragte Max, obwohl er die Antwort bereits kannte und schon wusste, was er darauf sagen würde. »Wir wissen beide, dass ich gar nicht hier sein darf. Und du würdest dir eher den Kopf abhacken, als gegen die Vorschriften zu verstoßen.«

»Plus ça change, plus c'est la même chose.«

»Geht es noch etwas geheimnisvoller?«

»Weißt du, wer diese Ermittlungen leitet? Das Vorbild aller Vollidioten dieser Welt: Deputy Commissioner Alex Ricon«, sagte Joe.

»Der kann nicht mal Luft mit der Tüte fangen. Eldon hat ihn nicht weniger gehasst als dich. Und das beruhte auf Gegenseitigkeit.«

»Was sagt dir das?«

»Die wollen den Mörder nicht kriegen.«

»Ganz genau.«

»Aber wir wissen ja, wie das bei Auftragsmorden ist«, sagte Max. »Man sucht nicht den Killer. Man sucht denjenigen, der ihn bezahlt hat. Das braucht Zeit und Ausdauer. Je wichtiger das Opfer, umso länger dauert es. Viel Buddelei in dunklen Ecken. Und bei Eldon kann man sicher sein, dass das eine größere Ausgrabung wird.«

»So sieht es aus«, sagte Joe. »Nur wird bei Eldon wohl nicht viel mehr gebuddelt werden als sein Grab. Morgen früh wollen sie den Medien erzählen, dass es ein Jugendlicher aus dem Viertel war, der sich mit dem Mord den Eintritt in die Gangsterwelt verschafft hat.«

»Du machst Witze.«

»Schön wär's.« Joe legte die Stirn in tiefe, zerklüftete Falten. »Sie wollen nicht graben, weil ihnen wahrscheinlich nicht gefallen wird, was sie finden werden. Eine Ahnung haben sie ja schon, was da unten alles so liegt. Die MTF hat viele Unschuldige aus dem Verkehr gezogen. Die meisten sitzen lebenslänglich. Wenn bei den Ermittlungen jetzt rauskommt, dass auch nur einer von denen entlassen werden muss, was dann? Womöglich würde es einen Freispruch nach dem anderen geben. Und dann die ganzen millionenschweren Entschädigungsklagen. Kann die Stadt sich gar nicht leisten.

Es geht das Gerücht, dass der Polizeipräsident Bürgermeister werden will. Er und Eldon waren ziemlich dicke. Wenn das alles rauskommt, wäre seine Wahlkampagne schon auf dem Reißbrett gescheitert.«

»Also setzen sie Ricon auf den Fall an, weil es den einen Scheißdreck interessiert, ob Eldons Mörder ungeschoren davonkommt«, sagte Max.

Sie schwiegen. Max schaute noch einmal die Fotos durch und betrachtete das getrocknete Blut auf dem Fußboden: mehr war von Eldon Burns nicht geblieben.

»Eldon war einer der Menschen, bei denen ich mir nie vorstellen konnte, dass sie mal sterben«, sagte er. »Schon gar nicht so. Niemals. Ich dachte, der wird hundertzehn und stirbt dann im Schlaf.«

»Ich weiß, was du meinst«, sagte Joe. »Dass jemand stirbt, der einem nahesteht, ist einfach nicht zu begreifen. Warum er, warum jetzt? Das sind Fragen, die keiner je beantworten kann; man kann nur sagen, es ist Gottes Wille.«

»Oder es ist eben so, wie es ist.«

»Manche Menschen werden mit dem Alter auch religiöser.«

»Eldon wahrscheinlich nicht«, sagte Max.

»Und du? Früher bist du in die Kirche gegangen, wenn du ein Problem hattest.«

»Ein Problem mit einem *Fall*«, korrigierte Max. Er hatte sich das angewöhnt, als er noch Polizist gewesen war. Wenn er mit einem Fall nicht weiter gekommen war, hatte er sich die nächstgelegene, ruhigste und leerste Kirche gesucht.

Raus aus dem unaufhörlichen Lärm im Büro – dem Klingeln der Telefone, dem Geklapper der Schreibmaschinen, den Streitgesprächen, den Frotzeleien – und der rauchgeschwängerten Luft, in die überarbeitete Polizisten den Gestank ihrer ungesunden Ernährung und durchzechten Nächte ausdünsteten. Er hatte sich auf eine Kirchenbank gesetzt, war die Berge von Informationen durchgegangen, die er im Kopf hatte, und hatte sich Notizen gemacht, weil er hoffte, auf die eine entscheidende Information zu stoßen, die erklären würde, warum Menschen einander all diese furchtbaren, grausamen und kranken Dinge antaten. Manchmal fand er, was er suchte: die Spur, der nachzugehen er vergessen hatte, den unscheinbaren Hinweis, der neben den aufregenderen Fakten verblasst war, die Bemerkung eines Zeugen, der er nicht genug Beachtung geschenkt hatte. Und manchmal war er auch nicht weitergekommen: Ein einsamer Mann in einer leeren Kirche, der die Buntglasfenster und die Steinheiligen betrachtete und nicht weiterwusste.

»Fragst du dich nie, was uns erwartet – nach dem hier?«, fragte Joe.

»Nein.«

»Niemals?«

»Niemals.«

Joe ließ den Blick durch die Halle schweifen und schaute dann seinen Freund an.

»Ich schon. Und ich muss dich was fragen. Klingt vielleicht komisch.«

»Lass mich das beurteilen. Raus damit.«

»Wenn du vor mir … gehst … will sagen, wenn du zuerst stirbst, könntest du mir einen Gefallen tun?«

»Wie bitte? Ich hab dann doch genug zu tun mit dem Totsein.«

»Ich meine, wenn das hier nur die erste Station einer langen Reise ist, die uns allen bevorsteht, wenn nach dem hier – nach diesem Leben – noch was kommt, könntest du mir Bescheid geben? Gib mir ein Zeichen. Lass mich wissen, dass es dir gut geht und dass ich mir keine Sorgen machen muss.«

Es war ihm ernst. Und Max fand es kein bisschen komisch. 1997 hatte Joe im Abstand von wenigen Monaten beide Eltern verloren, im Jahr darauf war sein jüngerer Brüder an einem Herzinfarkt gestorben. Seitdem dachte Joe oft über die Sterblichkeit nach, insbesondere seine eigene. Max hatte ihm das immer zugestanden. Er wusste, dass Joe eine Angst vor dem Sterben hatte, die er so nicht kannte. Max verschwendete keine Gedanken an den Tod, weil es dazu keinen Grund gab. Er war allein auf der Welt. Seine Eltern waren tot. Er hatte keine Frau, keine Freundin, keine Kinder, keine Geschwister, keine Neffen und Nichten. Kurz gesagt: keine Verantwortung. Er ließ niemanden zurück, musste sich um niemanden Sorgen machen, hatte keinen Grund, am Leben festzuhalten. Joe dagegen hatte eine siebenköpfige Familie mit einer liebenden Ehefrau. Er wollte für immer und ewig bei ihnen bleiben.

»Wenn es einen Himmel gibt, meinst du, die lassen mich rein?«, fragte Max zweifelnd. »Meinst du, Gott wird mir meine Missetaten vergeben?«

»Abwarten.«

»Was für ein Zeichen soll ich dir denn geben?«

»Ach, keine Ahnung«, sagte Joe achselzuckend. »Irgendwas – sodass ich weiß, dass es von dir kommt.«

»Und du würdest das Gleiche für mich tun, stimmt's?« Max lächelte.

»Worauf du dich verlassen kannst. Ich habe mir schon was ausgedacht.«

»Könntest du auch jetzt was für mich tun – jetzt sofort?«

»Klar«, sagte Liston.

Und Max brachte endlich das ungute Gefühl zum Ausdruck, das in ihm gewachsen war, seit er das Boxstudio betreten hatte.

»Sag mir, warum du mich herbestellt hast.«

»Ich mochte Eldon Burns nicht. Es tut mir leid, das hier und jetzt so sagen zu müssen, aber es ist die Wahrheit. Eldon war eine Katastrophe für Miami – schlimmer als alle Wirbelstürme, Rassenunruhen und Drogenwellen. Die kommen und gehen. Aber Leute wie Eldon kommen und gehen nicht wieder. Ihre Methoden finden Nachahmer, sie werden weitergetragen, verfeinert, neu aufgelegt. Ricon macht mit Eldon das, was Eldon mit hunderten von Menschen gemacht hat. Man kann das göttliche Gerechtigkeit nennen, aber das ist es nicht. Es ist das ewig gleiche ›Passendmachen‹. Und ich spiele da nicht mit. Ich habe das damals nicht gemacht, und ich werde es auch heute nicht tun.

Für mich ist das hier nicht Eldon Burns, der ermordet wurde. Für mich ist das ein alter Mann, der kaltblütig erschossen wird, und keiner schert sich drum. Und ich sehe *all* die Folgen, die das hat. Das Medienkarussell: ein wehrloser, weißer alter Mann wird in einem schwarzen Viertel ermordet – dem Viertel, in dem ich aufgewachsen bin und in dem auch du ein paar Jahre verbracht hast. Liberty City wird offiziell durch den Wolf gedreht und dem Erdboden gleichgemacht werden. Die ganzen kleinen Fortschritte, die hier gemacht wurden und über die nie einer ein Wort verliert – das zählt alles nichts mehr. Das geht alles wieder den Bach runter. Für die vielen Waffen und Drogen hier machen sie die bescheuerten Rapper verantwortlich, und Ricons frisch gegründete Schlägertruppe wird hier einmarschieren und den Leuten die Köpfe einschlagen, bis es endlich wieder Rassenunruhen gibt.«

Joe war außer Atem, er schwitzte. Max wartete, bis er sich wieder gefangen hatte, bevor er antwortete.

»Das ist nicht dein Kampf, Joe.«

»Ich mache es zu meinem Kampf.«

»Du hast nur noch sieben Monate bis zur Pensionierung.«

»Das heißt, ich habe noch sieben Monate, das zu Ende zu bringen.«

»Aber es ist nicht mehr so wie früher«, sagte Max. »Als wir hinter Solomon Boukman her waren, stand uns die Welt noch offen. Wir konnten riskieren, dass Eldon uns feuert, weil wir jung waren und noch mal ganz von vorn anfangen konnten. Aber wenn das hier vorbei ist, gehst du nirgends mehr hin. Du kannst nicht noch mal von vorn anfangen. Wenn das rauskommt, nehmen sie dir deine Pension.«

»Bis die dahinterkommen, sind sie längst ihre eigene Pension los.«

»Und was ist mit Jet? Denk wenigstens an ihn.« Jethro – Jet – Liston war Joes ältester Sohn und Max' Patenkind. Er war ein vielversprechender Basketballspieler gewesen, bis ein übles Foul seiner Karriere ein Ende gesetzt hatte. Jetzt war er Streifenpolizist, genau wie einst sein Vater.

»Es wird nicht so weit kommen, Max. Ich habe einen Plan.«

Max wusste, was Joe von ihm wollte.

»Ich kann dir dabei nicht helfen, Joe«, sagte er. »Ich bin kein Bulle mehr. Ich bin ein kleiner Mann.«

»Wir würden zusammenarbeiten.«

»Wie denn? Ich komme nicht mal ins Polizeipräsidium rein. Ich krieg nicht mal einen Besucherpass. Mein Name wird da nicht gern gehört.«

»Die ganzen Datenbankrecherchen würde ich übernehmen. Die kriminaltechnischen Berichte lesen, den Ballistikbericht. Du würdest die Befragungen machen.«

Max verkniff sich das Lachen.

»Die Leute befragen, ich? Hier? Von Tür zu Tür rennen? Das ist dein Plan? Die Leute hier reden nicht mit einem Bullen. Und schon gar nicht mit einem Weißen, der mal Bulle war.«

»Nur für eine Woche. Oder zwei. Höchstens. Vielleicht findest du ja was raus«, sagte Joe. »Sobald du was in der Hand hast oder, besser noch, einen Augenzeugen findest, gibst du mir Bescheid, und von da an übernehme ich.«

»Was hast du vor, Joe?«

»Ich will verhindern, dass jemandem ein Mord angehängt wird, den er nicht begangen hat. Genau das hat Ricon nämlich vor – der sucht sich einen jungen Schwarzen, den er in den Knast bringen kann. Wenn ich Informationen habe, die den seinen widersprechen, werde ich einen Weg finden, sie einzusetzen und das Scheißspiel zu beenden. Was denkst du, Max? Noch einmal ermitteln. Ein letztes Mal. Du und ich. *Born to Run.*«

»Jetzt komm mir bloß nicht mit Springsteen!« Eldon hatte die beiden »Born to Run« getauft, nachdem er im Zimmer seiner Tochter ein Poster des Album-Covers gesehen hatte.

Joe trat ein wenig näher an die Stelle heran, an der Eldon gelegen hatte. In diesem Moment sah er alt, müde und sehr hilflos aus. Max wusste, dass Joe in dieser Angelegenheit alles tun würde, was in seiner Macht stand. Dabei kämpfte sein Freund gegen Windmühlen an, die eine Nummer zu groß für ihn waren. Max hatte nicht den Mumm, es ihm zu sagen.

»Kann ich darüber nachdenken?«, fragte Max.

»Was gibt es da nachzudenken?« Joe drehte sich zu ihm

um, und er sah stinkwütend aus. »Alles, worum ich dich bitte, sind zwei Wochen. Zwei Wochen, Max. Was hast du denn zu tun? Wieder einen Ehebrecher jagen?«

»So ist es, ganz genau. Der Fall, an dem ich arbeite, ist gerade völlig aus den Fugen geraten.«

»Der Fall? Du nennst diesen Scheiß einen *Fall*? Das hier, Max, Eldon Burns, tot, ermordet – *das* ist ein Fall. Ein Typ, der eine Frau vögelt, die seine Tochter sein könnte, ist kein Fall. Das ist nur ein geiler alter Drecksack, der es besser wissen sollte. Ein *Fall*. Scheiße! Du musst dich mal selbst reden hören. Du warst mal einer der ganz Großen. Jetzt kriechst du nur noch auf den Knien durch die Gegend.«

Joe starrte ihn an. Verachtung lag in seinem Blick. Sehr viel Zorn. Mit genau diesem Blick hatte er früher die Verdächtigen eingeschüchtert. Max bekam eine Vorstellung davon, wie die sich gefühlt haben mussten. Noch nie hatte Joe ein Urteil darüber abgegeben, wie Max sein Geld verdiente. Eine leise Missbilligung aber hatte immer mitgeschwungen, wenn sie auf das Thema Arbeit zu sprechen gekommen waren.

Seit fast vierzig Jahren waren sie befreundet. Zwölf Jahre davon zusammen bei der Polizei. Damals waren sie wer gewesen, sie beide, dachte Max. Ein großartiges Team. Und Joe war noch immer wer. Er hatte kein Stück seiner Integrität verloren. Er war keine Kompromisse eingegangen, hatte nie weggeschaut, nie den einfachen Weg gewählt, nie Geld angenommen. Max besaß keinerlei Integrität. Nicht das Gefängnis hatte ihn gebrochen. Auch nicht der Tod seiner Frau. Sondern das, was danach gekommen war – was er aus seinem Leben gemacht hatte. Das Schicksal hatte ihm eine Rettungsleine zugeworfen, und er hatte sich einen Strick draus gedreht.

Das war der Grund, warum er mit dem Mordfall nichts zu

tun haben wollte. Er fühlte sich schmutzig, unendlich weit entfernt von allem, was einmal seine Begabung gewesen war, was ihn mit Stolz erfüllt hatte. Er hatte nicht das Gefühl, dass er es noch konnte.

Joe wandte sich von ihm ab, ging zur Tür, riss sie weit auf und trat zur Seite, als wollte er Max auffordern, für immer zu verschwinden. Draußen herrschte tiefschwarze Nacht. Grillen waren zu hören.

Max ging durch die offene Tür und drehte sich noch einmal um, wie um Abschied zu nehmen.

Hier hatte er Eldon zum letzten Mal lebend gesehen, vor fast zehn Jahren, am 18. Dezember 1998. Es hatte eine Feier gegeben, ein Wiedersehenstreffen der alten MTF-Truppe, und jeder, der noch am Leben und bei ausreichender Gesundheit war, war erschienen. Max hatte sich schwergetan mit der Entscheidung, dabei zu sein. Natürlich war er Eldon dankbar, dass er im Gefängnis seine schützende Hand über ihn gehalten hatte, aber sein alter Chef erinnerte ihn auch an die Vergangenheit – eine Vergangenheit, von der er sich jeden Tag wünschte, er könne sie ungeschehen machen, und die er dann für den Rest eines jeden Tages zu vergessen versuchte. Gesprochen hatten sie nie über das, was sie getan hatten. Max hatte sich gar nicht erst die Mühe gemacht, es anzusprechen, weil Eldon automatisch davon ausgegangen wäre, dass er verkabelt war, und kein Wort mehr von sich gegeben hätte. Er hätte ihn abgetastet und für sauber befunden und seinen ehemaligen Protegé dann als hoffnungslose Memme beschimpft und erst recht nichts gesagt. So war Eldon, so war er immer gewesen: eine Mauer aus Stein. Es lief entweder nach seiner Nase oder gar nicht.

An jenem Tag im Dezember hatte Max das Boxstudio betreten und war nicht viel weiter als bis zur Tür gekommen.

Er hatte einen Blick in die Runde geworfen und die altbekannten Gesichter gesehen, manche vom Alter und vom schlechten Leben gezeichnet und bitter geworden, andere aufgedunsen vom Erfolg und ein paar noch fast genauso, wie er sie in Erinnerung hatte, abgesehen von etwas schütterem Haar und ein paar Falten. Jeder Einzelne von ihnen hatte Blut an den Händen. Jeder Einzelne hatte ungestraft gemordet. Und er? Er war nur der letzte Gast des Abends, der Schlimmste von allen, die Speerspitze der MTF.

Als seine ehemaligen Kollegen ihn bemerkten, stellten sie einer nach dem anderen die Gespräche ein, bis in der Halle völlige Stille herrschte. Dann fing einer an zu klatschen. Und alle fielen mit ein. Mehr noch: Sie stampften mit den Füßen, riefen seinen Namen, pfiffen und johlten. Er war der heimgekehrte Held, der verlorene Sohn, der letzte Krieger von Miami, der sich noch einmal die Ehre gab. Ihm war schlecht geworden. Sie feierten nicht nur ihn, sie zelebrierten das, was sie einst gewesen waren und was sie getan hatten: die untergeschobenen Beweise, die erzwungenen Geständnisse, die Meineide, die hunderte von falschen Verurteilungen, die Morde – und das ewige Credo vom »Passendmachen«. Kein schlechtes Gewissen, kein Schuldbewusstsein – und kein Verantwortlicher.

Dann war Eldon mit weit offenen Armen aus der Menge herausgetreten und lächelnd auf ihn zugekommen, um ihn an die Brust zu drücken. Auf einmal hatte Max an Sandra denken müssen und wie sehr sie Burns verabscheut hatte. Nicht zuletzt ihretwegen hatte er den Dienst quittiert, weil sie ihn andernfalls nie geheiratet hätte. In jenem Moment hatte er ihr Gesicht gesehen, direkt vor seinen Augen, hell wie der Tag. Er war erstarrt und einen Schritt zurückgetreten. Eldon hatte die Arme sinken lassen, sein Lächeln war erstorben.

Gefolgt war eine höfliche, aber angestrengte Unterhaltung. Eldon hatte zu ihm durchzudringen, ihn zu sich zurückzuziehen versucht, aber Max war ausgewichen – kurze Sätze, Einsilber, Knurren. Zu guter Letzt hatte Eldon die Formalitäten aufgegeben und ihm die Hand zum Abschied gereicht.

»Du warst einer der ganz Großen«, hatte er gesagt.

Das waren seine letzten Worte an Max gewesen. Genau das Gleiche hatte Joe gerade gesagt, noch dazu fast an der gleichen Stelle.

Max ging zu seinem Wagen. Er dachte darüber nach, was er morgen tun würde nächste Woche und so lange, wie er noch imstande sein würde weiterzumachen. Nur darum ging es jetzt noch: weitermachen. Weitermachen in einem Beruf, den er verabscheute, weitermachen, bis er genug Geld beisammenhatte, um nicht als Penner am Strand zu enden.

Er dachte an Joe, der einen Kreuzzug starten wollte, um einem Menschen Gerechtigkeit zu verschaffen, den er verachtet hatte – weil es das Richtige war, weil er darin seine Aufgabe sah, weil er glaubte, deswegen auf dieser Welt zu sein.

Was dachte er sich dabei, einfach abzuhauen?

Joe war sein Freund.

Eldon war sein Freund gewesen.

Er war Eldon etwas schuldig.

Er war Joe etwas schuldig.

Er schloss die Augen und hielt nach seiner Frau Sandra Ausschau. Sie war nicht da.

Er war auf sich allein gestellt.

Es war seine Entscheidung.

Okay.

Er konnte das.

Noch einmal.

Born to Run.

Er drehte sich um.

Joe stand draußen vor dem Boxstudio und sah ihn an. Entweder er hatte ihm nachgesehen, oder er war einfach stehen geblieben für den Fall, dass Max doch noch seine Meinung änderte – wahrscheinlich hatte er gewusst, dass er das tun würde, dass er ihm diese Sache nicht würde abschlagen können.

3

Max fuhr nach Hause, in sein Penthouse mit Meerblick auf der Collins Avenue. 1997 hatte er für die Wohnung eine halbe Million Dollar hingelegt. Die einzige gescheite Investition, die er je getätigt hatte – zumindest hatte er das damals geglaubt. Kurz nachdem er die Wohnung bezogen hatte, hatten die Hippen und Schönen Miami für sich entdeckt, und die Immobilienpreise waren in ähnlich absurde Höhen gestiegen wie zuletzt während des Kokain-Booms. Heute wie damals hatten sich die Dinge geändert.

Die Wirtschaft befand sich im freien Fall, Banken kollabierten, Unternehmen fuhren gegen die Wand, und die Immobilienpreise stürzten in den Keller. Das ganze Land wurde mit den Füßen voran in eine neue Depression gezogen, und Miami tanzte noch um das Abflussloch.

Das Penthouse lag im 13. Stock, und er liebte es, abends draußen auf der Terrasse zu sitzen und aufs Meer hinauszuschauen. Den Wellen zu lauschen und die frische, salzige Luft auf dem Gesicht zu spüren, machte ihm den Kopf frei, und er fand ein klein wenig Frieden.

Die Räume drinnen, hinter der Fensterfront, waren dunkel

und praktisch leer. Tagsüber strömte das Sonnenlicht herein und wärmte den dunklen Mahagonifußboden, der das Licht aufsaugte wie ein Ölteppich eine Vogelfeder und die grelle Helligkeit abmilderte. Er verlieh dem Zimmer eine graphitgraue Färbung. An der rechten Wand standen, fast im Schatten verborgen, ein paar Möbel, als würden sie dort gelagert oder als hätte man sie beiseitegeschoben, um den restlichen Raum noch größer zu machen.

Es war schon eine Weile her, dass Max hier eine Party gegeben oder Besuch gehabt hatte – seit seinem achtzehn Monate währenden Besäufnis, das ihn am Ende ins Krankenhaus gebracht und ihn den Großteil seines Vermögens und seine Selbstachtung gekostet hatte.

Im Dezember 1996 war er mit 20 Millionen Dollar, die aus Drogengeldern stammten, aus Haiti heimgekehrt. Das war sein Honorar gewesen für die erfolgreich abgeschlossene Suche nach einem vermissten Kind. Damit hatte er eigentlich ausgesorgt, hätte eigentlich alles gut sein sollen. Aber es war anders gekommen.

Er hatte nicht gewusst wohin mit dem vielen Geld. Einen solchen Batzen hatte er allenfalls einmal als Polizist bei einer Drogenrazzia zu Gesicht bekommen. Zu der Zeit, als er aus dem Dienst ausgeschieden war, hatten die Drogenbarone dermaßen viel Bargeld eingenommen, dass sie allen Ernstes Land aufkauften, um es dort zu vergraben. Polizisten hatten aus beschlagnahmten Scheinen kleine Bergketten aufgetürmt und sich davor fotografieren lassen. Der eine oder andere ließ sich von den Fotos persönliche Grußkarten anfertigen.

Zur Bank bringen konnte er das Geld nicht, das hätte nur Fragen aufgeworfen, und man hätte ihn unter die Lupe genommen – die Polizei, das FBI und das Finanzamt. Die hätten das Geld beschlagnahmt und ihn auf die schwarze Liste gesetzt. Den Ärger konnte er nicht gebrauchen.

Also kaufte er sich einen Safe und baute ihn in dem Haus in Key Biscayne ein, in dem er mit Sandra gewohnt hatte. Dort wollte er den Rest seines Lebens verbringen, umgeben von den greifbaren Erinnerungen an seine Frau. Während er im Gefängnis gesessen hatte, hatte sie in dem Haus alles so belassen, wie es war, wahrscheinlich damit er in eine vertraute Umgebung zurückkehren und daran anknüpfen konnte. Ein Jahr vor seiner Freilassung war sie an einer Gehirnblutung gestorben. Er hatte ihre Kleider unberührt im Schrank und in der Kommode vorgefunden, sie trugen noch einen schwachen Hauch Parfüm. In seinen Träumen lag er neben ihr, hielt sie in den Armen und lauschte ihren Atemzügen. Wenn er morgens aufwachte, war da nur leerer Raum. Jeden Sonntag besuchte er ihr Grab, brachte ihr frische Blumen und las ihr, auf einem Jagdhocker sitzend, aus einem ihrer zahlreichen Bücher vor. Bei Regen und bei Sonnenschein. Das Leben war einfach. Niemand konnte Sandra ersetzen, und so hatte er sich gar nicht erst umgeschaut, hatte keinen Gedanken daran verschwendet.

Sechs Millionen Dollar hatte er in Treuhandfonds für Joes Kinder hinterlegt, zwei Millionen für Jet und je eine Million für die anderen. Mit dreißig würden sie darauf zugreifen können. In dem Alter, so glaubte er, würden sie vernünftig genug sein, um verantwortlich mit dem Geld umzugehen.

1997 hatte er in Joes Haus Yolande Pétion kennengelernt, eine haitianisch-amerikanische Ex-Polizistin. Sie hatte erzählt, dass sie in Miamis Little Haiti eine kleine Privatdetektei aufmachen wolle. Am Ende gründeten sie die Agentur gemeinsam. Max steuerte das Kapital für ein Büro bei. Sie nannten sich »Pétion-Mingus Ermittlungen«.

Mit der Detektei hatte Max Haiti etwas zurückgeben wollen, dem Land und den Menschen, die ihn reich gemacht hatten – und aus schmutzigem Geld sauberes machen. Das Geschäft lief nur langsam an, aber irgendwann kam die Kundschaft. Sie übernahmen jeden Auftrag, lösten Versicherungsfälle und suchten Vermisste. Jeden Fall brachten sie zu einem erfolgreichen Abschluss. Dann, im August 1999, überraschte Yolande Einbrecher in ihrer Wohnung und wurde erschossen. Sie erbeuteten Schmuck, Kreditkarten und Bargeld.

Max schloss die Detektei.

Im März des folgenden Jahres wurde er fünfzig. Joe schmiss eine Überraschungsparty für ihn. Sie gingen in einen Stripclub. Er fühlte sich ausgesprochen unwohl dort, bei so viel nackter Haut. Ihm wurde bewusst, dass er nun schon seit fünf Jahren trauerte. Er fing an, den überteuerten billigen Sekt zu trinken, der ihm direkt in den Kopf stieg. Er wurde gleich viel lockerer und lächelte sogar. Am Ende des Abends war er stockbesoffen und rauchte, ein Mädchen ließ ihren nackten Po über seinen Genitalien kreisen, und er wurde scharf wie ein Rasiermesser, sie fragte ihn, was willst du, und er sagte, ich will nur dich, Baby, nur dich. Sie einigten sich auf einen Preis.

Die Fünfzig machte ihm schwer zu schaffen. Er begriff, dass er nie wieder jung sein würde und dass ihm nur noch wenige Jahre blieben, das Leben zu genießen, bevor sein Körper nicht mehr mitmachte. Der Winter stand vor der Tür. Er wollte nicht noch mehr Grund zur Reue haben und die potenziell guten Zeiten ungenutzt verstreichen lassen. Er hatte viel Geld, er war noch immer gesund und halbwegs gutaussehend.

Und so tat er all das, was er eigentlich nicht mehr tun sollte, nun so viel wie möglich. Er rauchte weiter, in Maßen am Anfang, höchstens fünf bis sechs am Tag. Aber schon bald hatte er den Trost, den das Nikotin ihm schon früher gespendet hatte, und die Routine der Abhängigkeit neu für sich entdeckt: Da war etwas, das seinem ziellosen Leben Struktur gab. Und er fing wieder an zu trinken. Und den Frauen nachzujagen.

Dann verliebte er sich.

In Tameka Barber.

Oder »Hurrikan Tameka«, wie Joe sie später nennen sollte.

Sie lernten sich im Mai 2000 kennen. Sie arbeitete in seinem Fitnessstudio als Trainerin. Einen Meter achtzig groß, eine Göttin aus Ebenholz, sportlich, muskulös, schlank und schön. Er belegte ihre Bauchtraining-Kurse, um einen Vorwand zu haben, sie anzusprechen, er bemerkte das Tattoo auf ihrem Fußknöchel, eine rote Rose, und noch eine auf ihrer rechten Brust, wenn sie sich vorbeugte. Er mochte ihr anzügliches Lächeln und das Lachen, das damit einherging, ein wissendes, erdiges Lachen: drei Teile Sex, ein Teil Gefahr. Irgendwann lud er sie auf einen Drink ein, und sie kamen zusammen. Auf dem Papier sah es ganz gut aus: Sie war siebenunddreißig (auch wenn sie, dank ihres gesunden Lebenswandels, zehn Jahre jünger aussah). Auf der Straße aber gaben sie das typische Miami-Beach-Pärchen ab: der reiche weiße Glatzkopf und sein junges, statuengleiches, dunkelhäutiges Betthäschen. Was tun? So war es nun einmal.

Sie hatten viel Spaß zusammen. Wilden Sex – heftig, gymnastisch und kreativ. Er fand heraus, dass es mit Koks – das er zuvor erst ein einziges Mal probiert hatte – noch besser lief. Er verliebte sich in sie und sagte ihr das. Sie sagte, sie liebe ihn auch. Er spielte mit dem Gedanken, sie zu heiraten. Sie sagte, er würde einen guten Vater abgeben.

In den folgenden zwölf Monaten brachten Tameka und

er den Großteil der Haiti-Millionen durch. Sie zogen in das Penthouse. Sie ließ es neu ausstatten. Er gab ihr eine halbe Million Dollar, damit sie ein eigenes Fitnessstudio aufmachen konnte. Er flog mit ihr auf die Bahamas. Erste Klasse, fünf Sterne, wo immer sie hingingen. Er fuhr mit ihr nach Vegas, wo er ein Vermögen am Spieltisch verlor, nach Mexiko und nach Rio. Er kaufte ihr einen Mercedes und sich selbst einen Porsche. Nachdem er den Porsche zu Schrott gefahren hatte, holte er sich einen Mercedes, passend zu ihrem.

Joe beobachtete das alles und sah, wo es enden würde. Er mochte Tameka nicht, er hatte das Gefühl, dass irgendetwas an ihr nicht stimmte. Er ließ ihre Fingerabdrücke durchs System laufen. Keine Vorstrafen, nicht einmal ein Strafzettel auf ihren Namen. Aber er vertraute seinem Instinkt und grub tiefer. Als Erstes fand er die Tochter, die sie in Tucson, Arizona zurückgelassen hatte. Dann den Freund in Miami Springs, den sie alle zwei Tage besuchte und dem sie Max' Geld zuschob. Sein Name war Hector Givens. Er hatte in Arizona wegen Versicherungsbetrugs gesessen.

Er erzählte Max davon, der glaubte ihm nicht und wurde stinksauer. Dann fuhr Max zu Givens' Wohnung, wo ihm Tameka die Tür aufmachte, bekleidet nur mit einem Chanel-Handtuch, das er ihr geschenkt hatte. Sie versuchte erst gar nicht, irgendetwas zu leugnen. Er sei der größte Vollidiot aller Zeiten, teilte sie ihm mit, wenn er wirklich nichts geahnt hatte. Der einzige Grund, warum eine Frau wie sie mit ihm zusammen sei, sei das Geld. Er sagte ihr, sie sei eine großartige Schauspielerin und eine verdammte Nutte. Sie lächelte – ein seltsames, selbstgefälliges Grinsen, das er als Schadenfreude interpretierte – und schlug ihm die Tür vor der Nase zu. Hector kam mit einem Reifenheber hinter ihm hergerannt und zeterte, er könne seine Frau nicht eine geldgeile Nutte nennen, oder was auch immer er ihr an den Kopf geworfen hatte. Max zertrümmerte ihm die Schneidezähne mit einem, den Kiefer mit dem zweiten Schlag. Dann spielte er kurz mit dem Gedanken, zurückzugehen und das Gleiche mit Tameka zu machen, aber er wollte keine Frauen schlagen. Stattdessen ging er in eine Bar auf dem Ocean Drive, betrank sich, bis er nicht mehr gehen konnte, und fiel auf dem Weg zum Klo die Treppe hinunter.

Er wachte im Krankenhaus wieder auf. Schlüsselbein gebrochen, linker Arm gebrochen, Bein gebrochen. Joe stand mit einer Schüssel Weintrauben und zwei Neuigkeiten am Bett: Tameka und Givens hatten mit unbekanntem Ziel die Stadt verlassen, und in New York waren soeben die Twin Towers eingestürzt. Es war der 11. September 2001.

Als Max aus dem Krankenhaus entlassen wurde, schwor er sich, nie wieder zu trinken oder zu rauchen oder Drogen zu nehmen und, sollte eine ähnlich attraktive Frau ihn jemals wieder auch nur anlächeln, sie überprüfen zu lassen, bevor er das Lächeln erwiderte.

Er zog wieder in das Haus in Key Biscayne. Er konnte schlecht einschlafen, und die verheilenden Knochenbrüche schmerzten. Er nahm Pillen gegen beides. Am 19. Dezember wachte er auf dem Gehweg auf, weil er von einem Sanitäter geohrfeigt wurde. Sein Zuhause und das Haus nebenan standen in Flammen. Wie er herausgekommen war – oder wer ihn herausgeholt hatte –, wusste er nicht. Die Brandermittler teilten ihm später mit, sein Nachbar habe sich und sein Haus mit Benzin übergossen und angesteckt.

Es sei ein Glück, sagten sie, dass er mit dem Leben davongekommen war. Er war sich da nicht so sicher. Das Feuer hatte ihm praktisch alles genommen. Sein Geld und – was besonders wehtat – alles Materielle, das ihn an Sandra erinnert hatte. Später händigte die Polizei ihm die einzigen Gegenstände aus, die aus den Ruinen gerettet worden waren: zwei Fotos, eines von ihm und Sandra an ihrem Hochzeitstag im Jahr 1985 und eines von Solomon Boukman, wie er ihm 1996 in Haiti eine Pistole an den Kopf hielt.

Max erkannte eine gewisse kranke Symmetrie darin, dass die Flammen ihm ausgerechnet diese beiden Fotos gelassen hatten. Sandra hatte er ungefähr zu jener Zeit kennengelernt, als er in Solomon Boukmans Orbit gezogen wurde, und sie war im selben Jahr gestorben, in dem Boukman aus dem Gefängnis entlassen und nach Haiti abgeschoben worden war.

Solomon Boukman …

Der Gedanke an ihn schickte kalte Schauer durch längst vergessene Nervenbahnen. Der Fall hatte Max fertiggemacht. Was ihm einen Karrieresprung hätte bringen sollen, hatte sich als Karrierekiller erwiesen – hatte ihn an den sprichwörtlichen Abgrund gebracht, an dessen Boden er nur sein wahres Spiegelbild gesehen hatte, das ihm von unten zuzwinkerte. Er hatte das immer für neunmalklugen Unsinn gehalten, den man sich zurechtlegte, um sich von der eigenen Verantwortung freizusprechen, aber Boukman hatte ihm gezeigt, wie viel Wahrheit darin steckte, und diese Wahrheit hatte ihn getroffen wie ein Schlag ins Gesicht.

Auf der Höhe seiner Macht hatte Boukman bei allem, was groß und illegal war in Miami, die Finger im Spiel gehabt: Drogen, Prostitution, Glücksspiel, Erpressung, Waffenhandel, Geldwäsche – das ganze Programm. Und doch war er mehr als die Summe seiner Verbrechen und die millionenschwere Organisation, die er führte. Er kontrollierte seine Leute mit Hilfe von Voodoo, schwarzer Magie und extremer Gewalt und hielt alle, die je seinen Namen gehört hatten, in Angst und Schrecken. Er brachte Menschenopfer dar, machte seine Feinde mit Zaubertränken und Hypnose zu Zombies und setzte sie als Waffe ein – ein Privattrupp von Selbstmordattentätern. Und er schuf einen Mythos um sich selbst, machte sich schon zu Lebzeiten zur Legende, kreierte Schauermärchen, die Eltern abends ihren Kindern erzählten, damit sie – aus Angst – brav waren. Neuankömmlinge aus Haiti schworen Stein und Bein, Boukman sei die irdische Inkarnation von Baron Samedi, dem Voodoo-Gott des Todes. Andere hielten ihn für den Leibhaftigen selbst, weil er an mehreren Orten zur gleichen Zeit gesehen worden war. Fast alle waren sich einig, dass er ein Formwandler war – dass er nach Gutdünken jede beliebige äußere Erscheinung annehmen konnte, von der blutjungen kalifornischen Blondine bis zum alten schwarzen Mann. Kein Mensch wusste, wie er wirklich aussah. So zumindest lauteten die geflüsterten Gerüchte auf der Straße.

In Wahrheit war er nur ein Mensch – wenn auch ein kluger, skrupelloser Mensch und ein Strippenzieher, der sich selbst zur Spukgestalt ausstaffierte und auf Angst baute.

1981 hatten Max und Joe Boukman festgenommen, nachdem sie ihn durch Little Haiti verfolgt hatten. Boukman, der aus einer offenen Oberschenkelarterie blutete, war in einem leerstehenden Gebäude zusammengebrochen. Max hatte ihm die Wunde verbunden und ihn von Mund zu Mund beatmet. Dann hatten sie ihn verhaftet.

Ein Jahr später war Boukman vor Gericht gestellt, wegen Mordes für schuldig befunden und zum Tode verurteilt worden. Während des Verfahrens hatte er die Aussage verweigert und bei der Verhandlung kein einziges Wort von sich gegeben – bis Max seine Zeugenaussage abgegeben hatte und den Zeugenstand verließ. In diesem Moment hatte Boukman ihm in die Augen geschaut und ein einziges Mal sein Schweigen gebrochen: »Du gibst mir Grund zu leben«, hatte er gesagt.

Noch lange danach hatte Max an diese Worte denken müssen. Boukmans leises Zischen hatte sich in einem Winkel seines Geistes eingenistet und drang immer wieder als Echo zu ihm durch. Er verstand nicht, wie der Haitianer es gemeint hatte. War es eine Drohung, ein Versprechen oder das verzweifelte Getöse eines Untergehenden? Er hatte versucht, es zu vergessen, sich selbst zur Vernunft zu rufen. Aber der Fall setzte ihm zu, ließ ihn nicht mehr los. Als Max und Joe Boukman immer nähergekommen waren und seine Macht zu bröckeln begann, hatte der Haitianer Max entführt und gefoltert, hatte ihn zum Zombie gemacht und ihm eine Waffe in die Hand gedrückt, die er gegen Eldon und Joe hatte wenden sollen.

Im Traum hatte Max diese Erinnerungen ein ums andere Mal wieder durchlebt und war schreiend aufgewacht, um nach seinen Zigaretten, seinem Alkohol oder seinen Beruhigungsmitteln zu greifen. Sandra hatte ihm diese Friedensstifter einen nach dem anderen abgewöhnt, sodass er, wenn die Angst ihn aus dem Schlaf riss, nur noch nach ihr greifen konnte. Sie hielt ihn in den Armen und beruhigte ihn, bis er wieder eingeschlafen war. Nur ein böser Traum, sagte sie, Boukman sei längst Vergangenheit, und Träume vergingen. Und sie hatte recht.

Mit der Zeit waren die Albträume verblasst.

Dann musste Max ins Gefängnis.

Und Sandra starb ein Jahr vor seiner Freilassung.

Weshalb er diesen Auftrag in Haiti angenommen hatte – wo er Boukman das letzte Mal begegnet war, ungewollt und ohne es zu wissen.

Boukman hatte in der Todeszelle gesessen und auf das

Ergebnis seines vorletzten Gnadengesuchs gewartet, und trotzdem war er 1995 nach Haiti abgeschoben worden. Im Jahr zuvor waren die USA in Haiti einmarschiert, um den gestürzten Präsidenten im Namen der Demokratie wiedereinzusetzen. Irgendjemand irgendwo in Washington war auf die Idee gekommen, die Gelegenheit zu nutzen und sämtliche haitianische Kriminelle, die kostspielige Zellenplätze belegten, in aller Stille abzuschieben. Da Boukman kein amerikanischer Staatsbürger war, bekam er den Heimflug spendiert mit dem Argument, es sei billiger, ihn abzuschieben als ihn hinzurichten. Zu jener Zeit gab es in Haiti weder Gefängnisse noch Gerichte oder eine Polizei, nur die amerikanische Besatzungsarmee, die vollauf damit beschäftigt war zu verhindern, dass das Land in die Anarchie abglitt, und nicht auch noch Polizist spielen konnte. Und so wurden die entlassenen Kriminellen bei ihrer Ankunft in der Heimat auf freien Fuß gesetzt und auf ihre schutzlosen und bettelarmen Landsleute losgelassen wie hungrige Wölfe auf eine Schafherde. Da war niemand, der sie kontrollierte, keine Autorität, die wenigstens insgeheim die Daumen dafür drückte, dass alles gutging.

In einer Kneipe in der Nähe von Port-au-Prince hatte Boukman sich an Max herangeschlichen, ihm die Waffe aus dem Holster gezogen und sie ihm grinsend an den Kopf gehalten. Irgendjemand hatte das Foto geschossen.

Max hatte es später in einem der beiden Armeesäcke gefunden, in denen er die 20 Millionen Dollar nach Hause geschafft hatte. Auf die Rückseite hatte Boukman eine Nachricht geschrieben: »Du gibst mir Grund zu leben.«

Max wusste immer noch nicht, wie das gemeint war, aber eines wusste er mit Sicherheit: Umbringen wollte Boukman ihn nicht. Dazu hätte er in Haiti reichlich Gelegenheit gehabt.

Für Max war die Sache damit vorbei.

Er hatte das angesengte Foto in einem Bankschließfach deponiert und den Schlüssel ins Meer geworfen.

2002 fing Max wieder an, als Privatdetektiv zu arbeiten. Er schaltete eine Anzeige im *Herald* und bastelte sich eine Internetseite. Keine Woche später kam der erste Anruf, eine Frau wollte wissen, ob er auch Scheidungsfälle übernahm. Er hielt sich für ausreichend qualifiziert und sagte: »Ja. Was kann ich für Sie tun?«

Die Versicherung zahlte ihm 350 000 Dollar für das Haus. Das war alles, was er noch hatte.

4

Max braute sich einen vierfachen Bustelo-Espresso und trug die Tasse ins Arbeitszimmer. Er setzte sich, schaltete den Computer ein und wartete, bis er hochgefahren war. Der Schreibtisch war leer bis auf den Bildschirm, ein Telefon und ein Foto von ihm beim letzten Weihnachtsfest im Kreise der Familie Liston. Seit der Trennung von Tameka verbrachte er so gut wie alle Feiertage und Geburtstage bei ihnen. Joes Kinder sagten Onkel Max zu ihm.

Von seinem Schreibtisch aus schaute er über die Stadt: ein paar bunte Lichter in einem ockerfarbenen Meer aus Tausenden von Straßenlaternen. Sein Blick reichte bis zu den beleuchteten Bürohochhäusern, die die Skyline von Downtown Miami ausmachten. In wenigen Stunden würde er von der gleichen Stelle aus nur noch über eine langweilige, flache Ebene in harten Grau- und Beigetönen schauen, Beton, Glas und verlöschte Neonlichter. Für eine so berühmte und beliebte Stadt besaß Miami überraschend wenige Sehenswürdigkeiten. Es gab nichts, was diese Stadt auf Anhieb definierte, kein Symbol, das für sie stand – keine Freiheitsstatue, kein Weißes Haus, kein Hollywood-Schriftzug. Nur Strände, Hotels und Palmen – eine ganz gewöhnliche Stadt am Meer, wo es heiß war und die Menschen wohlhabend. Vielleicht war genau das ihr Markenzeichen. Vielleicht war das alles. Nur eine leere Leinwand. Miami war das, was man daraus machte.

Max wählte Emerson Prescotts Mobilnummer. Er hinterließ eine Nachricht mit der Bitte um Rückruf, und schickte gleich noch eine E-Mail hinterher. Das machte er immer so: Alles schriftlich festhalten, falls ihn mal jemand verklagen wollte.

Als er fertig war, rief er seine Mails ab.

Nichts.

Am nächsten Morgen stand Max auf den Stufen, die zum Boxstudio führten, und schaute die 7th Avenue hinauf und hinunter. Auf beiden Seiten vernagelte Geschäfte, direkt gegenüber eine Reihe ausgebrannter oder vernagelter Wohnhäuser. Dahinter ein langer Streifen Ödland, nackte Erde, wild wucherndes Unkraut und Müllhaufen.

Eldon war am Dienstag, dem 28. Oktober, gegen Mittag erschossen worden. Am helllichten Tag. Irgendjemand musste etwas gehört oder gesehen haben.

Oder nicht?

An einem Ort wie Liberty City, wo ein falscher Blick eine Menge Ärger nach sich ziehen konnte, kümmerten die meisten Leute sich um ihre eigenen Angelegenheiten, was bedeutete, dass sie nur das sahen und hörten, was sie sehen und hören wollten, mehr nicht.

Und der Schütze – wahrscheinlich ein echter Profi, der alle Eventualitäten bedacht hatte, regelmäßig wiederkehrende Passanten zum Beispiel, und sich eine Zeit ausgesucht hatte, zu der es besonders ruhig war. Ganz bestimmt war er unauffällig geblieben. Vielleicht hatte ihn jemand gesehen, aber erinnern würde sich niemand an ihn.

Der Mörder, schlussfolgerte Max, war also aller Wahrscheinlichkeit nach schwarz und – nach den Fotos von Eldons Gesicht zu urteilen – etwas über eins achtzig groß.

Viel war das nicht, aber immerhin ein Anfang.

Er überquerte die Straße, um sich das Studio von Weitem anzusehen. Ein verblasstes Wandgemälde bedeckte die Fassade, es zeigte die Gesichter aller Boxer, die dort trainiert und einen Titel gewonnen hatten, fast alles Jugendliche aus dem Viertel. Viele von ihnen kamen noch Jahre später hierher, und es erfüllte sie mit Stolz, sich noch immer an dieser Wand zu sehen, eine Erinnerung an ihre Triumphe. Das war etwas, das man den eigenen Kindern zeigen oder womit man die Freundin beeindrucken konnte. Die Zeitungen hatten geschrieben, wegen dieser Wand sei das Boxstudio bei den Unruhen der 1980er Jahre verschont geblieben, aber das war nur die halbe Wahrheit. Zorn ist kein großer Nostalgiker. Das Gebäude war vor allem deshalb nicht geplündert und niedergebrannt worden, weil viele Menschen in Liberty City Angst hatten vor Eldon und dem, was er zu tun imstande war. So einfach war das. Max suchte nach seinem eigenen Gesicht auf der Wand und hatte es schnell gefunden: Es war das einzige weiße Konterfei. Ein ganz gutes Porträt, ungefähr so hatte er damals ausgesehen.

Er ging nach links los und war fest entschlossen, den ersten Menschen anzusprechen, der ihm über den Weg lief.

Er begegnete niemandem. Es war Freitagnachmittag, Halloween, und die Straße wie ausgestorben. Nicht die normale Stille eines Sonn- oder Feiertags, wenn die Menschen zu Hause blieben, um sich zu erholen, oder aufs Land fuhren, um Verwandte zu besuchen, sondern eine anhaltende Verödung, als wäre das Viertel wegen einer Epidemie oder einer anderen Katastrophe in aller Eile verlassen worden. Reihenweise leerstehende Häuser, dazwischen vernagelte Geschäfte. Nichts war geöffnet, nichts in Betrieb. Fast rechnete er damit, Steppenläufer durch die Straßen rollen zu sehen.

Nach zehn Minuten begegnete er zwei kleinen Mädchen, die auf dem Gehweg standen, eineiige Zwillinge, die beide das gleiche schwarze T-Shirt mit dem Bild eines lächelnden Mannes trugen, der zwei Babys im Arm hielt. Als Erstes fiel Max die Familienähnlichkeit auf, dann las er den Schriftzug, der um das Bild herumlief: *Pookie Brown. 1985–2008. Wir werden Dich immer lieben.*

Die Mädchen sahen mit dem gleichen Blick zu ihm hoch, mit dem die Leute hier alle Polizisten ansahen, insbesondere weiße. Unter Polizisten hatte dieser Blick sogar einen Namen: *Liberty Clock.* Er enthielt ein Teil Misstrauen, ein Teil Feindseligkeit und zwei Teile Angst, vermischt mit einem Schuss resignierten Überdrusses. Mit diesem Blick sahen sie aus wie kleine Erwachsene. Er lächelte sie an und sagte »Hallo«, worauf sie zurückwichen und besagter Blick sich noch verstärkte. Es machte ihn traurig – um ihrer selbst und ihrer Zukunft willen –, in ihren Gesichtern die lange Geschichte von Hass und Wut zu sehen, die ihnen mit der DNS übertragen wurde und die der Wind, der durch diese trostlosen Straßen wehte, ihnen zuflüsterte. In Liberty City, hieß es, seien so oft Schusswechsel zu hören, dass die Kinder schon am Klang das Kaliber erkannten und lernten, in Deckung zu gehen, bevor sie laufen und sprechen konnten.

Max ging weiter. Gras und Unkraut wuchs kniehoch aus den Rissen im Gehweg, um die leerstehenden Gebäude herum wucherte die Natur, weil sich niemand darum kümmerte. Es war, als würde das Viertel von unten abgetragen, als würde die Erde es in sich aufsaugen.

Ein Stückchen weiter hörte er Al Greens »Belle« und folgte der Melodie bis zur offenen Tür einer Buchhandlung namens *Swopes*.

Er trat ein, der Geruch von Essen stieg ihm in die Nase, und er sah einen Mann im gestärkten weißen Hemd, der am Tresen neben der Tür saß und ein paniertes Schnitzel mit Kohlgemüse, Maisgrütze, Yamswurzeln und weißer Soße aß. Der Mann hatte kupferbraune Haut, einen graumelierten Schnauzer zum ergrauenden Afro und ruhige, haselnussbraune Augen. Max vermutete, dass er der Besitzer oder Geschäftsführer war, weil er sich alle Mühe gab, nicht diesen Liberty-Blick aufzusetzen – schließlich war nicht auszuschließen, dass Max womöglich etwas kaufen wollte.

Max lächelte und nickte, und der Mann erwiderte das Nicken.

Der Laden war sehr viel größer, als er von draußen aussah. Und es gab nicht nur Bücher zu kaufen.

Durch einen Rundbogen an der Rückwand betrat man eine Art Foto-Galerie. An den schwarzen Wänden hingen Polaroid-Fotos. Bei genauerer Betrachtung sah Max, dass es fast ausschließlich Fotos von jungen Schwarzen waren, keiner älter als Mitte zwanzig. Ein paar Ausnahmen gab es: einige wenige Frauen, ein bis zwei Kinder, ein Säugling. Über den Fotos hing ein Banner mit dem Schriftzug »Liberty City (1997 bis heute)«.

Auf einem runden Stehtisch mit schwarzer Tischdecke brannte ein Bündel dunkelroter Räucherstäbchen. Der beruhigende Duft von Lavendel erfüllte die Galerie. Zur Rechten stand eine große Tafel in Form eines T-Shirts, auf der die verfügbaren Modelle, Größen und Preise standen, die zwischen 10 Dollar für Kinder und 25 Dollar für Übergrößen rangierten. Max musste an die Zwillinge denken, die er auf dem Gehweg gesehen hatte.

Die Bücherregale an den übrigen drei Wänden bestanden aus je vier Etagen. Es gab die Rubriken Autobiographien, Belletristik, Geschichte, Rassendiskriminierung, Lebenshilfe, Diät und Fitness sowie Verschwörungstheorien – wobei Letztere den weitaus größten Raum einnahm. An den Wänden hingen gerahmte Fotos von Malcolm X, Marcus Garvey, Martin Luther King, Booker T. Washington, Rosa Parks, Maya Angelou, Angela Davis, Muhammad Ali, Jesse Owens und Barack Obama.

Max zog ein Buch aus der Rubrik Verschwörungstheorien: *Die Melanin-Räuber* von Alvin Sheen. Darin behauptete der Autor, weiße Wissenschaftler würden aus den Leichen schwarzer Verstorbener Melanin gewinnen und in allen möglichen Konsumgütern zum Einsatz bringen: vom Autoreifen bis zur Sonnenbrille. Es gab sogar ein Foto von dem hochgeheimen Labor in Afrika, wo die Gewinnung angeblich stattfand.

Max musste laut lachen, als er das Buch durchblätterte. Dann bemerkte er, dass der Mann, der eben noch gegessen hatte, im Rundbogen stand.

»Ist einer meiner Bestseller«, sagte er.

»Glauben Sie den Unsinn?« Max hielt das Buch in die Höhe.

»Da ist mit Sicherheit was dran.« Der Mann lächelte. »Aber Sie sind nicht hier, um Bücher zu kaufen, stimmt's?«

Der Mann sprach mit leiser Stimme und sehr langsam, wie jemand, der nachdachte, bevor er den Mund aufmachte.

»Sie haben recht. Tut mir leid.« Max stellte das Buch zurück ins Regal. »Ich bin hier wegen der Schießerei im Boxstudio auf der 7th Avenue. Haben Sie davon gehört?«

»Sind Sie Polizist?«

»Nicht mehr. Privatdetektiv. Ich helfe einem Freund.«

»Muss ein guter Freund sein, dass Sie seinetwegen herkommen und wegen einer Schießerei Fragen stellen.«

»Das ist er«, sagte Max.

»Ich weiß nur das, was ich im Fernsehen gesehen habe. Da hieß es, es sei eine Art Initiation in eine Gang gewesen. Das ist Unsinn. Wir sind hier nicht in LA. Die Gangs hier bringen nicht vorsätzlich irgendwelche alten weißen Männer um. Die haben genug damit zu tun, sich gegenseitig über den Haufen zu schießen.«

»Kannten Sie das Mordopfer – Eldon Burns?«

»Nein, aber ich habe öfters mal von ihm gehört. Ich kannte ein paar von den Boxern, die er trainiert hat. Die haben ihn alle respektiert. Manche sind wegen ihm Polizist geworden.«

»Da haben Sie recht«, sagte Max mit schiefem Grinsen.

»Das war am Dienstag, richtig? Wissen Sie die Uhrzeit?«

»Gegen Mittag. Warum?«

»Weil um 12 Uhr 30 direkt hier um die Ecke auf einen Mann geschossen wurde. Hinten auf der Gasse«, sagte der Buchhändler. »Ich war hier. Habe quietschende Bremsen gehört, dann hat jemand geschrien. Dann ein Schuss. Das Auto ist schnell weggefahren. Ich bin rausgegangen, und da lag White Flight.«

»Wer?«

»White Flight. Der lebt hier auf der Straße. Er lag auf dem Boden, mit einer Kugel im Hals. Er war noch am Leben. Ich habe den Krankenwagen gerufen, und die haben ihn ins Jackson Memorial gebracht.«

»Hat er überlebt?«

»Ja. Er liegt nicht mehr auf der Intensivstation.«

»Haben Sie irgendwas gesehen?«

»Nein. Nur gehört. Und wissen Sie, dass hier nie ein Polizist aufgekreuzt ist, um mit mir zu reden? Ich habe denen sogar gesagt, dass das womöglich derselbe war, der Eldon Burns erschossen hat – wegen der Uhrzeit.« Der Mann schüttelte den Kopf. »Waren Sie auch so wählerisch, als Sie noch Polizist waren?«

»Ich bin jeder Spur nachgegangen.«

Max schaute sich in der Gasse hinter dem Buchladen um. Nach wenigen Schritten sah er auf dem Asphalt ein großes Komma aus getrocknetem Blut. Daneben zwei parallele Reifenspuren – vor dem Blutfleck kurz, dahinter lang.

Er suchte den Boden neben dem Fleck ab. Blutspritzer auf dem Asphalt, ein paar an den Wänden. Vor der Wand ein Häufchen Sand, darin Scherben einer Weinflasche, im Sand und auf dem Glas Blut. Der Deckel war zugeschraubt.

Die mit Sand gefüllte Flasche hatte als Waffe gedient, als Keule.

Max ging tiefer in die Gasse hinein. Der Gestank traf ihn wie eine unsichtbare Wand aus Glas. Er hatte White Flights Wohnung gefunden: ein aus blauen Kunststoffplanen, Stangen und Ziegelsteinen zusammengeschustertes Zelt, drinnen ein geflickter Schlafsack und daneben ein Einkaufswagen mit einem Haufen schmutziger Lumpen und allerlei Krimskrams. Für einen Obdachlosen die ideale Bleibe.

Max kehrte zu den Reifenspuren und dem Blut zurück. Nach der Lage der Spuren ging er davon aus, dass der Wagen schnell in die Gasse eingebogen war und White Flight um ein Haar überfahren hätte. Der Obdachlose hatte mit seiner Flasche nach dem Wagen ausgeholt, der Fahrer hatte auf ihn geschossen.

Max ging in den Buchladen zurück und gab dem Mann seine Karte.

»Haben Sie vielleicht den Wagen gesehen?«

»Nein. Aber ein paar Leute, mit denen ich geredet habe, meinten, sie hätten einen braunen Sierra aus der Gasse kommen sehen. Das Kennzeichen haben sie sich nicht gemerkt.«

»Wissen Sie, wie White Flight richtig heißt?«

»Nein. Bin mir nicht mal sicher, ob er das weiß.« Der Mann warf einen Blick auf die Karte und zog die Stirn in Falten. »Max Mingus?«

»Ja. Ich weiß, was Sie jetzt sagen werden. Und ich bin nicht mit Charles Mingus verwandt. Mein Vater war Jazzmusiker, hat auch Kontrabass gespielt. Er war ein großer Fan von Mingus, deshalb hat er seinen Namen angenommen.«

»Ich bin Lamar Swope.«

Sie gaben sich die Hand. Max bemerkte den Obama/Biden-Button auf seinem Hemd: *»Wählen Sie den Wandel.«*

»Wissen Sie, als Sie hier reinkamen, sind Sie mir gleich irgendwie bekannt vorgekommen«, sagte Lamar.

Heutzutage reagierte Max entweder ausweichend oder abwehrend, wenn ihn jemand zu erkennen glaubte. Meist waren es irgendwelche Verrückten, die im Internet von den Morden gelesen hatten, wegen derer er im Knast gelandet war, oder Journalisten, die ein Buch schreiben oder eine Dokumentation drehen wollten. Man hatte ihm schon sehr viel Geld für seine Geschichte geboten, aber er hatte nie ernsthaft darüber nachgedacht. Aus zwei Gründen: Er wollte damit kein Geld verdienen, und er wollte nicht, dass jemand zu tief in seiner Vergangenheit grub.

»Sie nennen sich immer noch ›Pétion-Mingus Ermittlungen‹.« Swope klopfte auf die Karte. »Ich kannte Yolande.«

»Ach ja? Woher?«

»Bei der Buchmesse hier in Miami habe ich ihr ein paar Mal bei einer Veranstaltung ausgeholfen. Haben die den Kerl gekriegt, der sie umgebracht hat?«

»Nein.«

Nein, sie hatten ihn nicht gekriegt.

»Ich hab was für Sie. Rühren Sie sich nicht vom Fleck.« Lamar Swope ging nach hinten und kam mit einem kleinen Plastikbeutel zurück, der eine 45er-Patronenhülse enthielt. »Die habe ich direkt da gefunden, wo White Flight lag. Ich hab sie nicht angefasst. Hab sie mit dem Kugelschreiber aufgehoben, genau wie im Fernsehen.«

»Danke.« Max nahm den Beutel und schob ihn in die Hemdtasche. »Wenn Ihnen noch etwas einfällt, rufen Sie mich an oder schreiben Sie mir eine Mail.«

»Mach ich. Meinen Sie, Sie kriegen den Kerl, der Eldon Burns erschossen hat?«

»Wahrscheinlich nicht.«

»Warum machen Sie das dann? Ist doch gefährlich, Mörder zu jagen. Und … nichts für ungut, aber in Ihrem Alter …«

Max musste lachen. »Hier geht es nicht nur darum, den Mörder zu kriegen, Lamar. Uns geht es darum, einer Geschichte ein Ende zu setzen, die Eldon damals losgetreten hat. Der ganze Scheiß, der damals dazu führte, dass Liberty City 1980 brannte.«

»Ich erinnere mich noch gut an die Zeit. Ich erinnere mich an die Unruhen«, sagte Swope. »Meine Großeltern haben damals ihr Haus verloren. Ist abgefackelt worden. Mein Opa hat gern gelesen. Er hat ständig gelesen. Noch im Schlaf hat der gelesen. Er hatte überall Bücher. Irgendwer hat ihnen eine Brandbombe durchs Fenster geworfen. Keine Ahnung, warum. Ich hoffe, es war ein Unfall. Das Haus hat in null Komma nichts lichterloh gebrannt, wegen der ganzen Bücher.

Dieser Laden, das ist meine Hommage an meinen Großvater. Er hat mir das Lesen beigebracht und die Liebe zu Büchern. Hier kommt kaum einer rein, um ein Buch zu kaufen. Das meiste Geld verdiene ich mit den Gedächtnis-Shirts und dem Restaurant. Trotzdem behalte ich den Buchladen, in Erinnerung an meinen Großvater.«

»Das ist nobel«, sagte Max.

»Auch wenn's nichts bringt, richtig?«

»Vielleicht nicht. Aber immerhin haben Sie einen guten Grund für das, was Sie tun. Im Gegensatz zu den meisten Menschen.«

5

Für jemanden, dem man eine Kugel in den Hals gejagt hatte, der den halben Kiefer und einen Teil seiner Zunge verloren hatte und der nie wieder würde sprechen können, sah der Mann, den die Einwohner von Liberty City als White Flight kannten, einigermaßen glücklich aus, denn auf dem kleinen Teil seines Gesichts, der trotz Verband noch zu sehen war, lag ein Lächeln. Er hatte ein paar gute Schmerzmittel bekommen und saß mit einem Haufen Kissen im Rücken da, angeschlossen an Infusionsflaschen mit Kochsalzlösung und Blut sowie an einen Monitor.

»Kann sein, dass er einschläft, während Sie mit ihm reden. Nehmen Sie es nicht persönlich. Liegt an den Schmerzmitteln«, sagte die Krankenschwester, eine Latina Mitte zwanzig namens Zulay García. Zierlich, dunkle Haare, dunkle Augen. Verlobt oder verheiratet, wie an dem hellen Streifen an ihrem Ringfinger unschwer zu erkennen war.

Max stellte das nur fest, ohne Hintergedanken. Sie war

entschieden zu jung für ihn – wie praktisch alle attraktiven Frauen in Miami.

»Mr. Flight? Dieser Mann ist Polizist. Er möchte mit Ihnen besprechen, was Ihnen widerfahren ist. Ich geben Ihnen Papier und Bleistift, und Sie schreiben alles auf, so gut es geht, okay?«

White Flight nickte langsam, das gesunde Auge auf Max gerichtet, zwinkernd.

Max hatte sich nicht als Polizist vorgestellt. Er hatte sich einfach nur verhalten wie einer, seit er das Jackson Memorial Hospital betreten und gebeten hatte, das Schussopfer sehen zu dürfen. Schwierig war das nicht gewesen. Er hatte immer noch das Auftreten, den selbstherrlichen Gang, den Blick, der zu lange haften blieb, die sachliche Redeweise, einen Punkt nach dem anderen abhakend, und den strengen, offiziellen Tonfall. Die Verkörperung seines altes Ichs gelang ihm so gut, dass er weder Dienstmarke noch Waffe brauchte, um sich Gehör zu verschaffen.

Schwester García setzte sich neben White Flight aufs Bett und hielt den Stift in seiner Hand, die auf dem Block ruhte.

»Haben Sie die Person gesehen, die auf Sie geschossen hat?«

White Flight gab ein gurgelndes Röcheln von sich, das Auge trat ihm fast aus der Höhle, nur das etwas unheimliche Lächeln blieb wie aufgeklebt.

»Nicht sprechen«, ermahnte ihn die Schwester sanft, aber bestimmt. »Schreiben Sie es auf.«

Max beobachtete, wie White Flight langsam einen einzigen krakeligen Buchstaben aufs Papier malte. Jeder Strich und jeder Haken brauchte eine Ewigkeit.

Ein großes *J*.

»Mann oder Frau?«

Der Herzmonitor piepte etwas schneller, als der Patient wieder zu röcheln anfing und mit den Beinen ausschlug.

»Bitte.« Schwester García legte ihm die Hand auf die Brust. »Nicht wütend werden. Helfen Sie diesem Mann, damit er Ihnen helfen kann.«

White Flight schnaubte verächtlich, bevor er wieder langsam und krakelig zu schreiben begann.

M.

»Schwarz oder weiß?«

Ein wackliges *S.*

»Was wissen Sie noch über ihn? Haben Sie sein Gesicht gesehen?«

White Flight malte ein *N.*

»Und das Auto? Erinnern Sie sich an die Farbe?«

BR.

»Braun?«

Er malte einen Kreis um das *J.*

»Haben Sie das Fabrikat erkannt?«

Ein Kringel ums *N.*

»Ist der Mann, der auf Sie geschossen hat, ausgestiegen?«

Noch ein Kringel ums *N.*

»Wie viele Personen saßen in dem Wagen?«

Der Patient schrieb eine 2.

»Zwei? Sind Sie sicher?«

Er umkringelte das *J.*

Der Mörder hatte einen Komplizen.

»Hat der Mann, der auf Sie geschossen hat, den Wagen gefahren?«

N.

»Haben Sie den Fahrer gesehen?«

J.

»Mann oder Frau?«

?

»Sie wissen es nicht?«

White Flight malte einen Kringel um das Fragezeichen, dann schrieb er ein *J*.

»War der Fahrer schwarz oder weiß?«

W.

»Fällt Ihnen noch etwas ein zu dem Mann, der auf Sie geschossen hat? Haben Sie sein Gesicht gesehen?«

White Flight schrieb ein Wort.

HASENLIPPE.

»Er trug einen Schnurrbart?«

Ein dritter Kringel ums *N*, dann einer um *HASE*.

»Er hatte eine Hasen*scharte*?«

J.

Eine handfeste Spur.

Aber White Flight war noch nicht fertig mit Schreiben.

Max wartete.

Der Herzmonitor piepte wieder schneller, während der Bleistift übers Papier wanderte.

Noch zwei Wörter.

VOGEL HEMD.

»Der Schütze hatte Vögel auf dem Hemd?«

White Flight nickte.

»Vielen Dank, Sir. Sie haben mir sehr geholfen. Ich wünsche Ihnen eine schnelle Genesung.«

Wieder schnaubte White Flight.

Schwester García begleitete Max aus dem Zimmer.

»Was passiert mit ihm, wenn er rauskommt?«

»Er hat keine Krankenversicherung, keine Verwandten, keine Sozialversicherungsnummer. Was glauben Sie?«, fragte sie. »Sobald er wieder laufen kann, wird er auf die Straße gesetzt. So ist das in diesem Land. Die Menschen hier interessieren sich nicht für die, die durch die Maschen fallen.«

»Woher kommen Sie?«

»Aus Kuba.«

»Verstehe«, sagte Max. »Und da fällt niemand durch die Maschen?«

»Da hat jeder Anspruch auf medizinische Versorgung.«

»Davon habe ich gehört. Und ich habe auch gehört, dass dort eine brutale Diktatur herrscht. Wahrscheinlich auch der Grund, warum Sie hier sind, richtig?«

Ein fieser, sarkastischer Kommentar, den er auf der Stelle bereute. Unfair und unsensibel noch dazu. Aber für eine Entschuldigung war es zu spät.

»Dies ist ein großartiges Land, Detective«, sagte Schwester García. »Sie wissen nur nicht, wie Sie es noch besser machen können.«

Als Max aus dem Krankenhaus trat, rief er Joe an.

Viel erzählen konnte er nicht, weil Liston ihm das Wort abschnitt.

»Du kannst aufhören, Max.«

»Wie meinst du das?«

»Es gab da einen Durchbruch – wenn man es so nennen will.« Joe klang besorgt.

»Die haben den Mörder?«

»Nicht ganz, aber sie glauben zu wissen, wer es war.«

»Wer?«

»Lass uns uns heute Abend treffen. Zur üblichen Zeit am üblichen Ort«, sagte Joe. »Dann erzähl ich dir alles.«

6

Der übliche Ort war das *Mariposa* auf der Lincoln Road, ein kubanisches Restaurant, das von den gleichen Besitzern betrieben wurde wie das berühmte *Versailles* auf der Calle Ocho in Little Havana. Die Speisekarte war identisch und das Essen genauso gut, aber weil das *Mariposa* mitten im Einkaufsviertel von South Beach lag, war es fünfmal so teuer. Trotzdem kamen die Gäste. Heute war noch mehr los als üblich. Halloween und ein Freitag – Max und Joe hatten den letzten freien Tisch bekommen.

»Ich kann dir einiges erzählen, aber vieles auch nicht«, sagte Joe, nachdem die Kellnerin ihnen die Speisekarte gebracht hatte.

Liston hatte sich vorgebeugt und sprach im Flüsterton. Max sah ihm an, dass er einen langen und schwierigen Tag hinter sich hatte. Da waren die extragroßen Säcke unter den Augen, das Blumenkohlmuster auf der gerunzelten Stirn und die Besorgnis, die seinen sonst so ruhigen Blick rastlos machte.

»Weißt du, mit welcher Waffe der Mörder geschossen hat?«, fragte Joe. »Mit der von Abe Watson. Wir haben die Ballistik in der Akte. Sie deckt sich mit der von Abes Fünfundvierziger.«

»Wie sollen die denn an die Waffe gekommen sein?«

»Abe ist mit seinem Colt *begraben* worden, Herrgott. Ein 1911er Colt. Sein Grab ist wenige Wochen vor Eldons Tod geschändet worden. Du weißt ja, dass er mit dieser Waffe Geschichte geschrieben hat. Er war der erste Polizist in Miami, der eine Automatik besaß. Alle anderen hatten damals noch Achtunddreißiger. Pusterohre. Sogar Eldon.«

»Wer wusste, dass er mit der Waffe begraben wurde? Außer Verwandten und Freunden?«

»Die Leute vom Bestattungsinstitut. Sie stehen schon auf der Verhörliste.«

»Also hat das Ganze auch mit Abe Watson zu tun.« Max fing an, die Hinweise zu bündeln. »Eldon wurde mit seiner Waffe erschossen. Sie waren Partner und Freunde. Der Schütze hat die Waffe ausgegraben. Was gräbt man sonst noch aus? Sachen, die einer verbuddelt hat, die er verstecken wollte. Die Vergangenheit. Es könnte einen Zusammenhang geben mit irgendwas, das Eldon und Abe getan haben, als sie noch Polizisten waren. Und Eldon wurden zwei Kugeln in die Augen gejagt. Was sagt uns das? Hat er etwas – oder jemanden – gesehen, den er nicht hätte sehen sollen? Oder etwas, das wir – oder du – nicht sehen?«

»Eldon wurde mit Black Talons getötet«, sagte Joe. »›Das Geschoss für den schnellen Tod‹, wie es so schön hieß. Die Munition für den Polizistenmörder, weil sie auch kugelsichere Westen durchschlägt – das war zumindest der Plan.«

»Wurde die Produktion nicht schon vor zehn, fünfzehn Jahren eingestellt?«

»Für den öffentlichen Verkauf, ja. Polizei und Militär haben sie eine Zeit lang benutzt. Dann hat Winchester das Geschoss überarbeitet und als Ranger SXT neu rausgebracht. Die neuen sind nicht mehr schwarz, weil sie nicht mehr mit Lubalox beschichtet sind. Aber die, mit denen Eldon erschossen wurde, das sind noch die originalen von damals.«

»Kann man die Serie zurückverfolgen?«

»Wir arbeiten dran«, sagte Joe. »Keine leichte Aufgabe. Waffen und Munition, die hier vom Markt genommen wurden, landen häufig durch irgendwelche Hintertüren in Drittwelt-Ländern. Ich sage mal unter uns, der Mörder könnte Ausländer sein.«

»Erzähl mir mehr.«

»Kann ich nicht«, sagte Joe. »Ich hätte nicht mal das sagen dürfen.«

»Warum nicht?«

»Geht einfach nicht. Ich würd ja gern. Es gibt so vieles, das ich dir gern erzählen würde.«

»Zum Beispiel?«

»Zum Beispiel Sachen, über die ich nicht sprechen darf.«

Max erkannte seinen Freund kaum wieder. Er hatte ihn schon ganz unten und fast am Ende gesehen, er hatte ihn wütend gesehen und bereit, einen Mord zu begehen, er hatte ihn tieftraurig und mit Tränen in den Augen gesehen, er hatte ihn schon oft am Abgrund gesehen, aber gestürzt war er nie. Joes angeborene Selbstbeherrschung und seine Sturheit hatten ihn immer davor bewahrt und ihm geholfen, alle Widrigkeiten zu meistern, ohne den Kopf zu verlieren. Das Leben mochte ihn manchmal verwirrt haben, aber überwältigt hatte es ihn nie, hatte ihn nie in die Knie gezwungen. Bis jetzt.

»Was ist los, Joe? Du steckst in Schwierigkeiten.«

»Ich weiß es noch nicht«, sagte Liston.

»Kann ich was tun?«

»Nein.«

»Sicher?«

»Ja.«

Aber Max spürte, dass Joe mit ihm reden wollte. Er war noch nicht so weit, suchte noch nach dem besten Weg, die Fakten zu präsentieren, sie auf eine Art und Weise herauszugeben, mit der er leben konnte.

Gib ihm Zeit. Wechsle das Thema.

Max schaute hinaus auf die Lincoln Road. Eine schicke

und geschäftige Straße, mit Restaurants, Cafés und Bars, Zigarrengeschäften, Kunstgalerien und Boutiquen, die unter dem Baldachin aus angestrahlten Bäumen, in denen haufenweise Papageien lebten, ordentlich Umsatz machten. Vor nicht allzu langer Zeit war das hier eine zwei Meilen lange, vertrocknete Kloake zwischen der Collins Avenue und den heruntergekommenen Häusern am Jachthafen gewesen. Überall stinkende Müllhaufen, die Gebäude zu beiden Seiten entweder verrammelt oder von Obdachlosen bewohnt. Keiner hatte diese Straße je benutzt, außer vielleicht ein paar verirrte Touristen und verrückte Alte, die ihre Medikamente nicht genommen hatten, und die Polizisten und Sanitäter, die sie wieder einsammeln mussten. Kaum zu glauben, dass das dieselbe Straße sein sollte. Sogar das Theater war renoviert worden. Max musste daran denken, wie er einmal einem Taschendieb in dieses Theater gefolgt war, nur um dort unter der Bühne eine ganze Bootsladung verängstigter Haitianer anzutreffen, die kurz vorm Verhungern gewesen waren.

Abends war immer viel los auf der Lincoln Road, trotzdem war es nicht ungewöhnlich, denselben Menschen drei- oder viermal zu begegnen. Am frühen Abend waren hauptsächlich Pärchen und Familien unterwegs, oft mit Kindern und Hunden, die die großen Speisekarten vor den Restaurants und die ausgestellten Teller mit kunstvoll arrangierten Meeresfrüchten unter Frischhaltefolie in Augenschein nahmen. Später kamen die Beutelschneider und Exhibitionisten – der mittelmäßige Gitarrenspieler, der einem ein Lied aufdrängen wollte, die Freaks mit ihren Sittichen und Schlangen, der hässliche Transvestit, der Arien schmetterte, die gescheiterten Zirkusartisten. Und noch später, wenn die Clubs aufmachten, gaben sich die wahren Freaks von Miami ihr Stelldichein: die schönen, aber komplett hohlen, prominenzverliebten Partygänger, die wahrscheinlich in irgendwelchen Reality-Shows enden würden – eine schier endlose Parade der Tätowierten, Aufgepumpten, Gepiercten, Enthaarten, Fettabgesaugten, Collagen- und Botoxgespritzten, Brustvergrößerten und Gezupften. Ordinäre Selbstverliebtheit auf dem langen Laufsteg ins Nirgendwo.

In dieser Nacht bekamen sie Konkurrenz von den Halloween-Fans. Die meisten davon Erwachsene, verkleidet als Hexen, Zauberer, Vampire, Monster und Kobolde. Es gab einen Michael Myers mit einem Schlachtermesser aus Plastik, ein paar Jasons mit Hockey-Maske, eine Reihe von Leatherfaces, Pinheads und Freddy Kruegers. Max sah einen Robocop, einen Boris Karloff, einen Löwen und einen Blechmann, der Hand in Hand mit einer männlichen Dorothy die Straße entlanglief. Dort kam ein Pinball Wizard mit turmhohen Plateauschuhen und Wollmütze, danach ein Siebzigerjahre-Zuhälter, der mehrere Frauen in Glitzerkostümen mit goldenen Stringtangas und Bin-Laden-Masken an einer Kette hinter sich herzog. Auch zahlreiche Präsidenten gaben sich die Ehre: ein Washington mit gepuderter Perücke, Lippenstift und Rouge, eine schwangere Frau als Benjamin Franklin, mehrere Lincolns, einer davon auf Stelzen, ein paar Reagans und reichlich Nixons und Dubyas, mehr Dubyas als Nixons.

Dann rannte mitten durch diese filmreife Freakshow plötzlich eine Horde hüpfender Kinder, ein gutes Dutzend Mädchen und Jungen aller Hautfarben, nicht älter als zwölf, und skandierte: »*Yes, we can! Yes, we can!* GO*!-BAM-A!* GO*!-BAM-A!*« Die Leute blieben stehen und schauten ihnen nach, die meisten lächelten, manche feuerten sie an.

»Sieht ziemlich gut aus für Obama«, sagte Max schließlich. Es waren nur noch vier Tage bis zur Wahl.

»Ich kann nicht glauben, dass du nicht einmal versuchst, für McCain eine Lanze zu brechen«, sagte Joe.

»Da wäre ich eher für eine dritte Amtszeit von Bush. Ich meine, *Sarah Palin* … um Gottes willen.«

»Die Hölle ist soeben zugefroren.« Zum ersten Mal an diesem Abend lächelte Joe, und für einen kurzen Moment verflüchtigte sich die Schwere, die auf ihm lastete.

Politik war ihr einziges zweites Streitthema, neben den Verdiensten des Bruce Springsteen. Max war zeit seines Lebens Republikaner gewesen, bis vor Kurzem, Joe dagegen schon immer und seit jeher strammer Demokrat. Über die 2000er Wahl hatten sie bis zur Heiserkeit diskutiert, Joe hatte sich darauf versteift, Bush habe sich die Wahl erschlichen, Max hatte gekontert, Gores Wähler seien eben zu blöd, das richtige Loch zu machen. Der 9/11 hatte sie für kurze Zeit vereint, aber über den Krieg im Irak hatten sie wieder gestritten, Max hatte der Regierung das Gerede von Saddams Massenvernichtungswaffen abgekauft, Joe hatte das alles für Blödsinn erklärt und gemeint, es ginge nur ums Öl. Max hatte den Krieg die ganze Zeit befürwortet, noch bis Abu Ghraib. Nach der Tatenlosigkeit der Regierung während des Hurrikans Katrina hätte er zum ersten Mal in seinem Leben die Demokraten gewählt, wenn er nur gekonnt hätte – aber wegen seiner Vorstrafe hatte er das Wahlrecht verloren.

»Wir werden den Wahltag mit der Familie zu Hause im Fernsehen verfolgen«, sagte Joe. »Du bist herzlich willkommen.«

»Die Einladung nehme ich an.« Max studierte ausführlich die Speisekarte, obwohl er in diesem Restaurant ausnahmslos immer das Gleiche bestellte, sein Lieblingsgericht: *Lechón asado* (in Orangen, Knoblauch, Zwiebeln und Olivenöl marinierter Schweinebraten), *Maduros* (sautierte süße Kochbananen) und *Moros y Cristianos* (wörtlich »Mauren und Christen«: schwarze Bohnen mit Reis).

Joe wollte alles auf der Speisekarte einmal probiert haben und bestellte dementsprechend immer etwas anderes. »Weißt du, warum der Tocororo der Nationalvogel Kubas ist?«

»Wegen seiner Farben? Rot, weiß und blau?«

»Das auch«, sagte Joe. »Vor allem aber, weil man ihn nicht im Käfig halten kann, dann stirbt er. Er ist ein Symbol für die Freiheit.«

»Freiheit? In Kuba?« Max lachte. »Soll das ein Witz sein?«

»Es gibt viele Arten von Freiheit.«

»Zum Beispiel die Freiheit, die grundlegenden Freiheitsrechte aufzugeben?«, schnaubte Max.

»Warst du mal da?«

»Nein, natürlich nicht. Und du?«

Just in diesem Moment kam die Kellnerin, um die Bestellung aufzunehmen. Max nannte seine, Joe ließ sich Zeit. Diese Unentschlossenheit war sonst nicht seine Art, weshalb sich Max fragte, ob er einen Nerv getroffen hatte und Joe das zu überspielen versuchte. War Joe in Kuba gewesen? Er entschied sich, fürs Erste nicht weiter nachzuhaken.

Stattdessen schaute er sich im Restaurant um, betrachtete die schwarz-weißen Bodenfliesen und die gemalten Tocororos an den Wänden: Vögel im Flug, singende Vögel. Das Freiheitssymbol des Landes passenderweise mitten im Flug eingefroren, wie abwartend, den Schnabel geöffnet, die Stimme ungehört.

Die Patronenhülse, die Lamar Swope ihm gegeben hatte, fiel ihm wieder ein, und er zog sie aus der Brusttasche. Er erzählte Joe, was er den Tag über gemacht und was er in Erfahrung gebracht hatte.

»Der Schütze ist schwarz, und er hat eine Hasenscharte. Er trug ein schwarzes Hemd mit Vögeln drauf. Und er hat einen Komplizen, einen Fahrer, weiß. Ob Mann oder Frau, wissen wir nicht. Der Wagen ist ein brauner Ford Sierra«, sagte Max. »Du solltest sämtliche Kameraaufzeichnungen aus der Gegend besorgen, die du kriegen kannst, 7th und 8th Avenue zwischen Martin Luther King Boulevard und 54th Street.«

»Sehr gute Arbeit.« Joe steckte die Patrone ein. »Du bist wieder auf den Geschmack gekommen, was? An der Polizeiarbeit?«

»Ja.« Und ob er wieder auf den Geschmack gekommen war. So sehr, dass er alles, was er aufgegeben hatte, schmerzlich vermisste, jede falsche Entscheidung bereute, jeden Fehltritt. Wieder unterwegs zu sein und Eldons Mörder zu suchen – und echte Arbeit zu leisten – hatte ihm neuen Antrieb gegeben, einen Sinn, hatte ihn dieses langsam sinkende Boot, das sein Leben war, vergessen lassen. Er wollte nicht wieder aufgeben, was er gerade erst begonnen hatte.

Joe wusste, was in ihm vorging.

»Lass es bleiben, Max, hörst du mich?«

»Ich wüsste gern, was dir zu schaffen macht.«

Joe sah ihn an. »Ich hätte dich nicht mit reinziehen sollen.«

»Hast du aber.«

»Und jetzt sage ich dir, du sollst dich raushalten, okay?« Bei diesen Worten wurde seine Miene noch ein klein wenig düsterer, und Max wusste, dass er nicht mehr von ihm erfahren würde, dass das Thema abgeschlossen war.

Eine schwere Stille senkte sich zwischen sie. Max hielt es für das Beste, die Sache fürs Erste auf sich beruhen zu lassen.

Die Kellnerin brachte das Essen. Sie hieß Samantha, zumindest stand das auf ihrem Namensschild. Groß, lange dunkle Haare mit blonden Strähnchen und volle Lippen – ein Mördergeschoss, hätte sie nur nicht ständig so ungemein genervt dreingeschaut. Als Max sie zum ersten Mal gesehen hatte – ein Jahr zuvor –, hatte er vermutet, dass es sie wahrscheinlich rasend machte, womöglich bis ans Ende ihrer Tage als Kellnerin arbeiten zu müssen. Doch dann hatte sie sich umgedreht, und er hatte den Grund ihres Unglücks erblickt: ihren Po. Knackig und stramm, rund und fest, eine der besten Hinterpartien, die er je gesehen hatte. Er passte kaum in den knielangen schwarzen Rock, den sie trug. Auf der Straße blieben die Männer stehen, um diesen Po anzustarren, und saßen wenige Augenblicke später hier im Restaurant. Er war ein Kundenmagnet. Sie tat ihm leid. Er gab sich alle Mühe, ihr nicht auf den Po zu schauen, aber er schaffte es nicht, und so war er, zum Ausgleich, immer so freundlich wie möglich und gab stets ein großzügiges Trinkgeld. Sie schaute nur umso grimmiger drein.

Joe war Max' Blick gefolgt.

»Bist du immer noch der einsame Wolf?«, fragte er. Er hatte *Picadillo a la Criolla* mit grünen Kochbananen und gemischtem Salat bestellt.

»Natürlich.« Max nickte. Seit Hurrikan Tameka war er Single. Nicht, dass er von Angeboten überschwemmt worden wäre. Die einzigen Frauen, die ihm einen zweiten Blick schenkten, waren Prostituierte, denen er aus Versehen in die Augen geschaut hatte.

»Und wie läuft es sonst bei dir – in der Ehebrecher-Branche?«, fragte Joe.

Max erzählte ihm von Emerson Prescott und den Ereignissen im Hotel Zürich. Joe brüllte vor Lachen, als Max zu der Szene mit der DVD kam. Er lachte so heftig, dass keiner von beiden weiteressen konnte, bis er sich beruhigt hatte.

Nachdem Joe seine Fassung zurückerlangt hatte, stocherten sie auf ihren Tellern herum, beobachteten die Passanten auf der Straße und gaben ab und an einen Kommentar zur Prozession der Freaks ab. Keiner hatte es eilig. Einen halben Block entfernt auf der anderen Straßenseite klampfte ein Jugendlicher mit Topfschnitt auf einer elektrischen Gitarre und sang mit starkem spanischen Akzent »Brown Sugar«. Eine kleine Menschenmenge hatte sich um ihn versammelt, die Leute warfen Münzen in eine umgedrehte Baseballkappe und filmten ihn mit ihren Handys.

Dann bemerkte Max, wie sich Joes Gesichtsausdruck veränderte. Die gute Laune schwand aus seinen Zügen, als sein Blick zu einem Punkt hinter Max' rechter Schulter wanderte und etwas hinter ihm fixierte.

»Was siehst du da?«, fragte Max.

Joe antwortete nicht. Er sah Max in die Augen. Er sah ratlos und besorgt aus, als hätte er etwas gesehen, das er nicht ganz glauben oder verstehen konnte. Sein Blick wanderte wieder über Max' Schulter.

Max drehte sich um. Er konnte nichts Ungewöhnliches entdecken.

»Was hast du gesehen?«

»Einen Spinner«, sagte Joe und schaute über Max' andere Schulter.

»Welchen?«

Joe gluckste.

»Echt seltsam«, sagte er. »Ich dachte … Vergiss es. Erzähl weiter.«

Also kehrte Max zu Emerson Prescott zurück und versuchte herauszufinden, was zum Teufel da gelaufen war, aber Joe hörte nicht zu. Was ihm auf der Seele lag, weigerte sich, ihm eine Auszeit zu gönnen.

»Joe«, sagte Max. »Warum erzählst du mir nicht, was los ist? Was soll ich denn schon tun – außer dir zuhören? Gestern warst du noch bereit, dich gegen das ganze System zu stellen. Deinen Lebensunterhalt aufs Spiel zu setzen. Du hast mich gebeten, dir zu helfen, und ich habe es getan. Und ich würde es wieder tun, das weißt du. Also, warum erzählst du mir nicht, was los ist? Ich würde es dir erzählen.«

Joe sah Max lange an.

Dann legte er das Besteck beiseite, wischte sich mit der Serviette über den Mund und legte sie neben den Teller.

»Die Leute sagen, ein Geheimnis wahrt man am Besten, indem man es niemandem erzählt. Ich habe eins, mit dem lebe ich schon länger, als ich dich kenne. Ich habe nicht einmal meiner Frau davon erzählt – und ihr erzähle ich alles«, sagte er.

»Nur das nicht?«

»Genau. Sagt dir der Name Vanetta Brown etwas?«

Max' erste Reaktion war Nein. Aber irgendwo in weiter Ferne läutete eine kleine Glocke der Erinnerung.

»Kommt mir vage bekannt vor.«

»Nun …«, fing Joe an und hielt inne. Sein Blick schoss wieder zurück zu der Menschenmenge hinter Max' Rücken.

Als sich Max gerade umdrehen wollte, ertönte direkt hinter ihm ein ohrenbetäubender Knall, sehr nah, so nah, dass er praktisch nichts mehr hören konnte. Ein gewaltiger Knall, wie von einem Schuss, der direkt über seinem Ohr abgegeben worden war. Er spürte ihn bis hinunter in die Zehenspitzen.

Joes Kopf wurde heftig nach hinten gerissen. Die Menschen hinter ihm hatten überall Blutspritzer.

Joe balancierte auf den Hinterbeinen seines Stuhls, blieb einen Augenblick in der Luft stehen und stürzte dann nach hinten, dabei warf er mit den Beinen den Tisch um.

Instinktiv war Max zur Seite abgetaucht, ein Reflex, weg von dem Knall.

Er rollte sich auf den Rücken und schaute nach oben, aber da waren nur Menschen, die kreuz und quer durcheinanderliefen und sich gegenseitig über den Haufen rannten. Durch den Nachhall in seinen Ohren drangen Schreie und Rufen, das Splittern von Glas und Geschirr, Panik.

Er kroch zu Joe hinüber.

Seinem Freund war ins rechte Auge geschossen worden. Er lag reglos da. Max packte sein Handgelenk und schrie seinen Namen. Kein Puls. Keine Regung. Die Hand war noch warm. Sie würde nicht mehr lange warm sein. Aus seinem Hinterkopf rann Blut, dunkelrot und zäh.

Max riss Joes Waffe aus dem Holster und sprang auf.

Er hörte Geschrei und Weinen. Überall rannten Menschen, um in Hauseingängen und Geschäften Schutz zu suchen. Vor dem Restaurant war niemand mehr. Tische waren umgeworfen worden. Essen auf dem Fußboden. Hinter der Bar kauerten Gäste und sahen ihn verängstigt an.

Er konnte sich nicht bewegen. Er hatte Schmauch in der Kehle.

»Lassen Sie die Waffe fallen!«

Der Befehl eines Polizisten in seinem Ohr, hinter ihm.

»Waffe fallen lassen, sofort!«

Er ließ Joes Waffe fallen und hob die Hände. Jemand packte von hinten seine Arme und drehte sie ihm auf den Rücken. Er wurde zu Boden gedrückt, sein Gesicht ganz nah an Joes Füßen. Man legte ihm Handschellen an. Tastete ihn ab. Um ihn herum Polizisten. Er hörte Sirenen, das scharfe Knacken des Polizeifunks und in seinem Kopf den Widerhall des Schusses.

7

An dieser Stelle war er schon einmal gewesen, auf der falschen Seite des Verhörtischs, um wegen Mordes in die Zange genommen zu werden. Nur dass er dieses Mal keinen Mord begangen hatte.

Sie behandelten ihn wie einen Verdächtigen, ließen ihn in diesem weißen Zimmer mit den fest verschraubten Möbeln warten. Der Stuhl, auf dem er saß, war ein klein wenig niedriger als der auf der anderen Seite und eine halbe Hinterbacke zu schmal, als dass man bequem darauf hätte sitzen können. Die Tischoberfläche, von Faustschlägen eingedellt und aus Langeweile mit Graffiti und Kratzern übersät, erinnerte an die Innenansicht eines alten Blechtopfs. In den Fußboden waren gusseiserne Ringe eingelassen, an denen man Ketten festmachen konnte, und über dieser freudlosen Szenerie hingen in den Ecken schwarze Kameras.

Niemand hatte ein einziges Wort mit ihm gesprochen.

Er war seit zwei Stunden hier und wartete noch immer.

Joe war tot.

Ein Polizist in Uniform hatte das bestätigt. Er war hereingekommen, hatte ein Foto auf den Tisch gelegt, wortlos zu Max herübergeschoben und war wieder verschwunden.

Max starrte das Foto an.

Joe.

Eine einzige Kugel in den Kopf, genau durchs Auge.

Das Foto war keine Stunde nach dem Mord aufgenommen worden – das Leben war noch nicht ganz aus Joes Zügen gewichen. Er sah nicht aus wie tot, eher wie das Opfer eines makabren Halloween-Scherzes, als hätte ihn jemand im Schlaf geschminkt.

Hahaha. Nicht witzig. Überhaupt nicht witzig.

Max wusste: Sein Freund war nicht mehr.

Er war für immer fort.

Ihm war schlecht.

Es folgte völlige Orientierungslosigkeit. Die Himmelsrichtungen waren durcheinandergeraten, die Erdanziehungskraft neu ausgerichtet worden. Noch vor wenigen Stunden hatten sie zusammen gegessen und geredet wie zwei ganz normale Männer an einem freien Abend. Oben in der Ecke des Fotos sah er den Rand einer Speisekarte aus dem *Mariposa*. Das war das letzte Mal gewesen. Sie würden nie wieder zusammensitzen.

Max spürte nichts.

Keine Trauer, keine Wut – überhaupt keine Gefühle.

Die Trauer kam später, das wusste er. Über den Tod eines geliebten Menschen kam man niemals hinweg. Man machte Platz für die Leere und lernte, damit zu leben.

Er wollte Lena anrufen, Joes Frau, und er wollte bei der Familie sein.

Er musste an Joes Kinder denken. Er musste daran denken, dass Joe nur sieben Monate vor der Pension gestanden hatte. Er musste an Joes Enkelkinder denken, die er jetzt nicht mehr kennenlernen würde.

Dieser Name.

Vanetta Brown.

Noch immer nur ein vages Läuten, eine weit entfernte Glocke im Nebel der Erinnerung.

Joe hatte ihm gerade erzählen wollen, wer Vanetta Brown war. Dann war er erschossen worden.

Durchs Auge.
Erschossen wie Eldon.
Erschossen von Eldons Mörder.

Die Bullen waren in weniger als einer Minute am Tatort gewesen. Vier hatten sich auf ihn gestürzt, ihn zu Boden gedrückt, ihn gefilzt und in Handschellen gelegt. Um sie herum schiere Panik. Die vermeintlichen Monster waren voller Angst geflohen. Das echte war davongekommen.

Viel Neues hatte sich die Polizei von Miami seit seiner Zeit nicht einfallen lassen. Immer noch der gleiche alte Scheiß. Ein langweiliges Drehbuch. Steck den Verdächtigen in ein Zimmer und lass ihn zwei bis drei Stunden allein. Lass ihn schmoren in dem, was er getan hat, gib ihm einen Vorgeschmack auf die Haft. Derweil wird er beobachtet und auf verräterische Zeichen analysiert: Zuckt und zappelt er, weint er oder schläft er? Das entscheidet über das Auftreten: sanft oder hart, laut oder leise, Mitgefühl oder Aggressivität, guter Bulle/böser Bulle, guter Bulle/gleichgültiger Bulle, böser Bulle/noch böserer Bulle. Tatsächlich funktionierte das nur bei Anfängern. Altgediente Profikriminelle wussten, dass sie ohnehin auf dem Weg in den Knast waren, und spielten das Spielchen nur noch aus Spaß mit, um das letzte bisschen Freiheit noch etwas auszukosten.

Manche Polizisten liebten es, ihre geistigen Fähigkeiten mit denen der Verdächtigen zu messen und ihnen Fallen zu stellen, bis sie sich selbst belasteten. Meist waren diese Männer großartige Kreuzworträtsellöser und Schachspieler, aber zu dumm fürs FBI. Max und Joe hatten für Verhöre von epischer Länge nie die Geduld gehabt, vor allem nicht Max. Wenn er sicher war, dass sie den Richtigen hatten, der

Typ aber den Schlaumeier gab oder auf Zeit spielte, hatte er das Geständnis mit Hilfe eines Beutels Orangen aus ihm herausgeholt. Wenn keine Orangen zur Hand gewesen waren, hatte er ein Telefonbuch genommen. Nicht das von Miami, das war zu dünn. Er hatte die großen Städte bevorzugt, Los Angeles oder New York. Dicke Dinger, maximale Schlagwirkung, minimale Prellungen.

Er würde schnurstracks in den Knast wandern, und die Polizei würde bis auf den letzten Heller verklagt werden, wäre er heutzutage Polizist und würde sich so etwas erlauben. Er erinnerte sich an ein Gespräch mit Joe vor einem Monat. Sie hatten darüber geredet, dass die Scheidungs- und Alkoholraten bei der Polizei enorm gesunken waren. Sie hatten das darauf zurückgeführt, dass die Polizisten heutzutage nach traumatischen Erlebnissen – insbesondere nach Schießereien mit Toten – psychologisch betreut wurden. Joe hatte gewitzelt, dass Max das gar nicht gefallen würde, dass er in der Armee besser aufgehoben wäre, in der Waterboarding-Einheit.

Max hatte gelacht, und die Erinnerung machte ihn auch jetzt schmunzeln.

Einen kurzen Augenblick lang.

Dann spürte er den Schmerz tief drinnen – sehr tief drinnen. Als hätte er irgendwo in seinem Inneren eine chirurgische Naht zum Platzen gebracht.

Joe war nicht mehr da.

Ihm fiel auf, dass die Klimaanlage wieder lief. Als sie ihn hereingeführt hatten, war es kalt gewesen. Dann hatten sie die Klimaanlage abgeschaltet, und in dem kleinen Raum war es drückend heiß geworden. Ein extrem langweiliges Drehbuch. Jetzt war es wieder kühl, angenehm kühl. Das Deckenlicht war ein wenig heller geworden.

Das Verhör würde wohl bald beginnen.

Ein groß gewachsener, kräftig gebauter Latino kam mit einem Stapel Formulare in der Hand herein. Gewelltes, grau meliertes Haar, Pockennarben, müde Augen. Ende vierzig, vielleicht älter. Dunkelgrauer Anzug, weißes Hemd, graue Krawatte mit schwarzem Diamantmuster.

»Ich bin Lieutenant Perez. Mordkommission Miami Beach.« Er streckte ihm eine große Hand hin. »Mein Beileid. Joe Liston war ein guter Kerl und ein guter Polizist.«

»Kennen Sie ihn?«, fragte Max. Falsche Zeitform, dachte er sofort, aber das Bewusstsein über einen solchen Verlust kam bei ihm immer in kurzen, abrupten Schritten. Es würde eine Weile dauern, bis er begriff und irgendwann auch akzeptierte, dass Joe nicht mehr da war.

»Wir haben ein paar Mal zusammengearbeitet«, sagte Perez.

Was wohl bedeutete, dass Joe ihn gelegentlich angerufen hatte, wenn in Miami ein Tourist zu Schaden gekommen war – meist irgendwelche Ortsfremden, die in Liberty City oder Little Haiti Stoff zu kaufen versuchten, zu allem Übel noch gönnerhaft ein bisschen Rap-Jargon und Gang-Signing einflochten und dabei weit außerhalb ihrer Gewässer fischten. Seit zehn Jahren hatte sich Joe über die Polizei von Miami Beach lustig gemacht. Er nannte sie die »Baywatch-Bullen«. Ihre Aufgabe bestehe vor allem darin, in Uniform gut auszusehen und die Menschen davor zu bewahren, in Sex und Drogen zu versinken – und das auch nur, wenn sie nach Hilfe riefen.

»Tut mir leid, dass Sie warten mussten. Wir mussten zuerst ausschließen, dass Sie zu den Verdächtigen gehören. Hat eine Weile gedauert. Es gab einige Zeugen, mit denen wir sprechen mussten.«

»Haben Sie den Mörder identifiziert?«

»Wir haben eine Beschreibung, ja. Eine gute Beschreibung. Er ist verschwunden, aber wir sind ihm auf den Fersen«, sagte Perez.

»Schwarz, über eins achtzig, Hasenscharte, Hemd mit Vögeln drauf?«

»Ganz genau. Sie haben ihn auch gesehen?«

»Nein«, sagte Max. Perez runzelte die Stirn. »Das ist der Mann, der Eldon Burns erschossen hat.«

»Woher wissen Sie das?« Perez warf einen Blick in die Kamera, die hinter Max hing.

»Gleiche Vorgehensweise. Ich habe in dem Fall ermittelt.«

»Sie haben im Mordfall Eldon Burns ermittelt? Nichts für ungut, Max, aber Sie sind seit fast dreißig Jahren nicht mehr bei der Polizei. Was bedeutet, Sie sind Zivilist. Was bedeutet, dass Sie offizielle polizeiliche Ermittlungen behindern.«

»Nichts für ungut, Lieutenant, aber viel ermittelt wird da nicht.«

»Wie meinen Sie das?«

»Die Kollegen, die mit Eldons Fall befasst sind, glänzen nicht gerade mit Arbeitseifer.«

»Was soll das heißen?«

»Haben Sie bei Joe eine Patronenhülse in einem Plastikbeutel gefunden?«

»Haben wir.«

»Die habe ich ihm heute Abend ausgehändigt. Der Besitzer der Buchhandlung Swopes hat sie mir gegeben. Der Laden liegt ein paar Blocks von Eldons Boxstudio entfernt. Wenige Minuten, nachdem auf Eldon geschossen worden war, hat der Mörder um ein Haar einen Obdachlosen namens White Flight über den Haufen gefahren, und zwar auf der Straße hinter dem Buchladen. White Flight hat den Mörder in seinem Auto angegriffen ...«

»Sie haben Informationen über das Auto des Mörders?« Perez war überrascht. Wieder schaute er hoch in die Kamera. Max war versucht zu fragen, wer ihnen am Bildschirm zusah, aber eigentlich wollte er nur so schnell wie möglich raus.

»Ein brauner Sierra«, sagte er. »Ich habe heute im Krankenhaus mit White Flight gesprochen. Der Schütze hat ihm in den Hals geschossen, aber er lebt.«

»White Flight?« Perez notierte sich den Namen. »Ist er unter diesem Namen im Krankenhaus aufgenommen worden?«

»Ja. Er hat ausgesagt, der Schütze sei nicht gefahren. Was bedeutet, dass er einen Komplizen hat.«

»Das wissen wir bereits«, sagte Perez.

»Woher?«

»Ihre Fingerabdrücke sind auf den Patronenhülsen.«

»*Ihre* Fingerabdrücke? Der Mörder ist männlich.«

»Die Fingerabdrücke nicht.«

»Heißt die Komplizin Vanetta Brown?«

Perez blickte verdutzt drein.

»Hat Joe Ihnen das erzählt?«

»Er hat ihren Namen genannt, kurz bevor er erschossen wurde. Mehr hat er nicht gesagt«, sagte Max. »Wer ist das?«

»Wir glauben, dass sie dahintersteckt.«

»Wer ist das?«, wiederholte Max.

»Das muss vor Ihrer Zeit gewesen sein. Auf jeden Fall vor meiner«, sagte Perez. »In groben Zügen: Vanetta Brown leitete in den Sechzigerjahren eine Organisation, die sich Schwarze Jakobiner nannte. Hier in Miami. Das waren die Black Panther von Florida. 1968 erschoss sie einen Polizisten und floh nach Kuba, wo Castro ihr Asyl gewährte. Bis heute sind wir davon ausgegangen, dass sie noch immer dort ist.«

Für Max ergab das keinen Sinn. Überhaupt keinen Sinn.

Er wollte seine Zweifel in Worte fassen, aber Perez las sein Gesicht und hob die Hand.

»Ich habe Ihnen bereits sehr viel mehr erzählt, als ich hätte erzählen sollen, Max. Sie erinnern sich doch sicherlich noch an die Vorschriften. Jetzt muss ich Ihre Aussage aufnehmen.«

Perez legte den Vordruck für die Zeugenaussage auf den Tisch und zog die Kappe vom Stift.

»Erzählen Sie mir bitte, was heute Abend passiert ist. Und alles, was Sie sonst noch wissen. Fürs Protokoll.«

Max spulte zurück bis zu dem Zeitpunkt, als er Joe auf der Terrasse des Mariposa getroffen hatte. Joe hatte an einem Tisch gesessen, das Hemd aus der Hose gezogen, um die Waffe zu verbergen, das Jackett über die Rückenlehne gehängt, die Anspannung war ihm ins Gesicht geschrieben gewesen. Von da an erzählte er weiter: wie Joes Auge implodierte, wie aus seinem Hinterkopf das Blut auf die Gäste hinter ihm spritzte, wie Salz- und Pfefferstreuer durch die Luft flogen, als Joe nach hinten stürzte, wie neben seinem Kopf die Teller zu Boden krachten, wie in den Rinnsalen aus Blut die Salatblätter schwammen. Perez schrieb alles mit.

Neunzig Minuten später waren sie fertig. Perez nummerierte die elf Seiten durch, auf die sich Max' Aussage belief. Dann gab er Max seine Karte.

»Und jetzt tun Sie mir, der Polizei und sich selbst einen großen Gefallen«, sagte er. »Halten Sie sich aus der Angelegenheit heraus. Überlassen Sie das uns. Ich weiß, dass Joe Ihr Freund war. Und ich weiß, dass auch Eldon Ihr Freund war. Aber dies ist nicht Ihr Fall und nicht Ihre Verantwortung. Wir werden den Mörder finden. Und wir werden Vanetta Brown finden. Es tut nicht not, dass Sie die Stadt zusätzlich unsicher machen. Verstanden?«

»Klar«, sagte Max, schon in Gedanken versunken: über Eldon, über Joe und über Vanetta Brown.

8

Es war nach ein Uhr nachts, als Max vor dem Haus der Familie Liston in Biscayne Park vorfuhr. Drinnen brannte noch Licht.

Nate Rollins, der Pfarrer der Familie, öffnete ihm die Tür. Er hatte Joe und Lena getraut und ihre Kinder getauft. Er begrüßte Max mit einem Handschlag, der am Anfang fest war und sich zu einem schmerzenden Griff verstärkte, als er Max wortlos in die Augen schaute, sein Blick silbrig verschwamm und seine hängenden Wangen vor Erschütterung und aufgestauter Trauer bebten. Max vermutete, dass der Pfarrer schon den ganzen Abend da gewesen war, stoisch alle Trauer aufgesogen und so viel Trost gespendet hatte, wie er vermochte, und dabei seine eigenen Gefühle hatte unterdrücken müssen. Offensichtlich hatte er diesen Moment der Erholung gebraucht. Sie blieben zusammen in der Haustür stehen, bis der alte Mann sich wieder gefasst hatte. Dann nahm er Max beim Arm und führte ihn hinein.

Alle hatten sich im Wohnzimmer versammelt, über dreißig Menschen saßen und standen dort, sodass der sonst so große und offene Raum klein wirkte, Wände und Decke wie geschrumpft. Max kannte sie alle vom Sehen, wenn auch nicht dem Namen nach: Cousins, Freunde und Kollegen, die er bei Partys und geselligen Zusammenkünften kennengelernt hatte. Die schleppenden, pietätvoll geführten Gespräche verstummten gänzlich, als sich alle Köpfe nach ihm drehten. Niemand konnte ihm in die Augen sehen. Nicht aus Scham oder Feindseligkeit. Sondern weil jeder Einzelne im Raum wusste, dass er dabei gewesen war, als Joe ermordet wurde, dass Max es gesehen hatte, dass es stattdessen auch ihn hätte treffen können, dass der Tod ihn nur um wenige Zentimeter verfehlt hatte. Niemand fand die richtigen Worte dafür. Und niemand wollte der Erste sein, das Falsche zu sagen.

Max suchte das Zimmer nach Lena und den Kindern ab. Er durchquerte den Raum, als müsste er über einen schmalen, windgepeitschten Felsvorsprung laufen, unter sich den gähnenden Abgrund. Die Menschen traten zurück und aus dem Weg. Er sah Joes La-Z-Boy-Sessel aus braunem Leder, der groß genug war für zwei, aber leer, im Fernsehen lief stumm die Wahlberichterstattung auf CNN. Seine Augen wanderten über die eichengetäfelten Wände mit den Plaketten und Urkunden, den Belobigungen und den vielen Fotos. Eines der größten zeigte Joe und Bruce Springsteen, backstage in der AmericanAirlines-Arena vor drei Jahren. Max hatte es geschossen. Er erinnerte sich noch genau, wie Joe keinen Ton über die Lippen gebracht hatte, als er dem Boss endlich persönlich gegenüberstand. Dabei hatte er Springsteen sagen wollen, was seine Musik ihm bedeutete, aber die Worte blieben ihm im Halse stecken, und er brachte nicht mehr zuwege als ein nervöses Lächeln und einen Handschlag. Der Fairness halber sei gesagt, dass sich Bruce bei Joe für sein Kommen bedankte und dass er es ernst zu meinen schien. Joes Töchter hatten später gefragt, ob das Max sei auf dem Bild, als »Onkel Max noch Haare hatte«. Joe hatte laut losgebrüllt vor Lachen.

Die ganze Familie hatte sich um das breite Sofa versammelt. Lena saß in der Mitte, die Arme um die Zwillingstöchter gelegt, die rechts und links neben ihr lagen, die Köpfe in ihrem Schoß. Zwei ihrer Söhne, Dwayne und Dean, saßen auf den Armlehnen, hinter ihnen stand Jet in der Ausgehuniform der Polizei. Er sah genauso aus wie sein Vater vor vierzig Jahren. Es war unheimlich und irritierend, ihn dort zu sehen. Max musste an seine erste Begegnung mit Joe denken. Eldon hatte die beiden im Umkleideraum miteinander bekannt gemacht.

»Max, das ist dein neuer Partner«, hatte er gesagt. »Sieh ihm zu, hör auf ihn und lerne. *Listen to Liston* – Scheiße, ich sollte in die Werbung gehen!«

Eldon und Joe. Beide tot.

Max betrachtete sie, Joes hinterbliebene Familie, sein Vermächtnis, der Beweis, dass es in der Welt noch etwas Gutes gab. Lenas Augen leuchteten auf, als sie Max sah, als wäre ausgerechnet er der Mensch, den zu sehen sie sich am meisten gewünscht hatte.

Er wusste nicht, was tun.

Wo anfangen?

Was sagen?

Bei der Polizei hatten sie ihm beigebracht, mit dem Tod umzugehen. Und er hatte gute Lehrer gehabt. Er war mit dem Tod vertraut geworden, hatte gelernt, ihn überall zu erwarten, wo mit ihm zu rechnen war: hinter einer verschlossenen Tür oder einer dunklen Straßenecke, unter dem Armaturenbrett eines parkenden Wagens. Dann hatte er gelernt, ihn am Morgen zu begrüßen, wenn er aus dem Haus ging, und ihm abends, wenn er heimkehrte, den Finger zu zeigen. Irgendwann war der Tod ihm gleichgültig geworden. Das hatten sie ihm nicht beigebracht. Das war nicht nötig gewesen. Es war ganz von allein passiert, dieses Verschwinden einer körperlichen Reaktion, die Fühllosigkeit im Angesicht des Schreckens. Der Tod war etwas, das den anderen passierte: den Menschen, an deren Türen er klopfte, um ihnen mitzuteilen, dass ihre vermissten Angehörigen tot waren; Polizisten, die im Dienst starben. Andere Leute.

Die Stille war erdrückend. Es war nicht nur still, es war der totale Gegenpol zu laut, ein Ort, an dem keine Geräusche existierten, an dem kein Geräusch die Chance hatte zu erklingen.

Er machte den Mund auf, um etwas zu sagen, aber es kam nichts heraus. Seine Kehle war versiegelt, seine Zunge eine Skulptur aus Beton. Seine Lippen formten die Worte, die er dachte und sagen wollte – wie ein Fisch, der an der Luft ertrinkt.

Dann erhob sich Ashley, eine der Zwillinge, von der Seite ihrer Mutter, kam zu ihm und schlang die Arme um ihn. Sie drückte ihn fest an sich. Er senkte den Kopf und küsste sie aufs Haar. Eine Träne, die er nicht gespürt hatte, fiel aus seinem Auge in ihre Locken. Ashleys Schwester Briony kam dazu und drückte Max nicht weniger fest von der anderen Seite. Dann kam Lena zu ihm, legte die Arme um ihn und vergrub ihren Kopf an seinem Hals. Die drei Jungs stellten sich dazu. Einer nach dem anderen gesellten sich alle Anwesenden zu der Familie, und um Max wurde es dunkel – doch es war keine freudlose, einsame Dunkelheit, sondern eine respektvolle, als wollte das Licht sich verneigen.

Er war wieder mit Joe im Umkleideraum. Er erinnerte sich, wie sein zukünftiger Partner ihn schon damals schwer beeindruckt hatte: wie er Eldon angesehen hatte, nicht mit dem ehrfürchtigen Arschkriecherblick, den alle anderen aufsetzten, sondern mit versiertem Misstrauen und Skepsis und gerade genug Respekt, um sich keinen Rüffel einzuhandeln. Joe war immer höflich, sogar zu Rassisten. Das war sein Ding, seine Art, mit Menschen umzugehen. Lass dich nie auf deren Niveau herab, schau immer von mehreren

Stufen weiter oben auf sie runter. »Bitte« und »Danke« zu allen. Max musste an den ersten richtigen Satz denken, den Joe im Streifenwagen zu ihm gesagt hatte: »Du bist Eldon Burns' Schützling, der Boxer? Erwarte bloß keine Sonderbehandlung von mir, Kleiner. Hier auf den Straßen werden wir gehasst, von allen. Hier sind wir eine eigene Rasse. Kapiert?« Sie waren schwarz und weiß in einer Stadt, die schwarz oder weiß war, in der die Hautfarbe eine gewaltige Rolle spielte. Schwarze Polizisten trauten Joe nicht, weil er mit Max auf Streife fuhr. Weiße Polizisten trauten Max nicht, weil er von einem schwarzen Polizisten lernte. Dieses Spielfeld konnte nicht einmal eine Legende wie Eldon Burns, der für seine Skrupellosigkeit bekannt war, kontrollieren. Die Trennlinien brachten die beiden einander näher, und was sie gemeinsam durchmachten, schweißte sie zusammen. Max erinnerte sich, wie sie sich viele Male gemeinsam betrunken und bekifft hatten, wie sie gemeinsam Frauen aufgerissen, wie sie sich alles erzählt hatten. Er dachte an die Fälle, die sie gelöst hatten. Sie hatten viel gelacht. Und er dachte an ihre Streitgespräche über Musik und Politik. Bruce Springsteen gegen Curtis Mayfield. Nixon, Ford, Carter, Reagan, Bush senior, Bush junior. Bei Obama waren sie sich endlich einig gewesen.

Jetzt weinte er, eingehüllt von Wärme wie im Schoß einer Mutter, allein und doch unter Menschen, umgeben von so viel Liebe, wie er sie seit ewigen Zeiten nicht mehr gespürt hatte. Das machte ihn nur noch trauriger, weil er wusste, dass Joe das alles nicht mehr erleben würde.

9

Als Max nach Hause fuhr, regnete es. Stete, schnurgerade Bindfäden, praktisch ohne einen Windhauch. Es war halb fünf Uhr morgens, und auf der Washington Avenue wimmelte es von Menschen, die mit Jacken und Handtaschen über dem Kopf aus den Clubs gerannt kamen, in Autos oder Taxis oder jene stundenweise zu mietenden kilometerlangen weißen Limousinen mit den verdunkelten Scheiben sprangen. Partygänger unter Alkohol- und Drogeneinfluss taumelten Hand in Hand über den Gehweg, schrien und grölten, sangen und lachten und stolperten, das Wetter störte sie nicht. Ein Obdachloser mit zerfleddertem Regenschirm gab den Fred Astaire. Ein Mann in Militäruniform stand in Habachtstellung vor einer blinkenden »Stars and Stripes«-Flagge in einem Souvenirladen und hob zum Gruß die Hand an die Mütze. Eine Frau in einem silbernen Kleid kotzte sich die Seele aus dem Leib, ein Mann hielt ihr zärtlich die Haare aus dem Gesicht, in der anderen Hand ihre Schuhe. Wahrscheinlich Briten, dachte Max. Ein dumpfer, gleichförmiger Bassbeat dröhnte vor sich hin, und bei jeder einzelnen Bassnote hüpften und liefen die Regentropfen auf seiner Windschutzscheibe, liefen und hüpften. Es klang, als würde in sämtlichen Clubs der gleiche verdammte Song gespielt, und als wollten alle Noten zu einer einzigen Hymne auf die westliche Jugend des 21. Jahrhunderts verschmelzen – computergenerierte, wort- und stimmlose Baukastenmusik, die die Katastrophe ohne Rettung zelebrierte, Marschmusik für Schafe.

Er musste in die Bremsen steigen, als vor ihm eine Conga tanzende Menschenmenge unter einer Plastikplane auf die Straße lief, bestimmt fünfzig oder sechzig Männer und Frauen in Halloween-Kostümen, die sich wie ein kopfloser, transparenter chinesischer Neujahrsdrache auf und nieder schlängelten. Hinter ihm wurde gehupt. Eine Frau aus der Menge drehte sich um, zog den Reißverschluss ihres paillettenbesetzten Kleids herunter und schaukelte ihre großen, mit Troddeln versehenen Brüste – nur dass sie Implantate hatte und es aussah, als würden die Brüste sie schaukeln und nicht umgekehrt.

Während Max in seinem Acura saß und wartete, dass die höckerige menschliche Schlange endlich von dannen kroch, fühlte er sich wie ein Außerirdischer in einer Raumkapsel, der zum allerersten Mal an diesem leicht bedrohlichen und zutiefst unwirtlichen Ort gelandet war. Er konnte sich nicht vorstellen, noch sehr lange hier zu wohnen. Er spürte, dass seine Zeit so gut wie abgelaufen war. Er und diese Stadt waren fertig miteinander. Sie wollte ihn nicht. Sie hatte keinen Platz für ihn.

Es war nicht leicht in Worte zu fassen. Miami war auf dem absteigenden Ast. Die guten Zeiten waren vorbei. Natürlich hatte die Stadt immer ihre Zyklen gehabt, ihre Kultur von Tod und Wiedergeburt, zwanzig Jahre Boom und zehn Jahre Bankrott. Aber irgendetwas sagte ihm, dass sie sich dieses Mal nicht wieder erholen würde, dass er soeben der letzten großen Party beiwohnte, bevor etwas Bedeutendes zu Ende ging. Die Menschen tanzten auf kreditkartendünnem Eis über dem riesigen, dunklen Loch der Pleite, und mit jedem frenetischen Stampfen ihrer Designerabsätze beschleunigten sie den Einbruch noch. Aber sie hatten es noch nicht gemerkt, weil es ihnen egal war; und wenn der eine oder andere doch das erste Knacken hörte, steckte er sich die schicken weißen *i*-Kopfhörer nur noch tiefer in die Ohren und drehte die Musik lauter auf. Max' Generation hatte schon in jungen Jahren Entbehrungen gekannt, und deshalb waren sie immer wieder auf die Beine gekommen. Dieser verwöhnte, verhätschelte, verschuldete Haufen Idioten wusste nichts vom Leben. Wenn die am Boden aufschlugen, würden sie sich wahrscheinlich nur auf einer neuen Tanzfläche wähnen.

Die Stadt war schon früher an diesem Punkt gewesen, schon oft. Einige Male hatte er, als ahnungsloses Barometer, miterlebt, war die Welle nach unten geritten und auf der nächsten wieder nach oben gesurft; seine Augen hatten sich oft an strahlende Helligkeit und wieder an die Dunkelheit und wieder ans Helle gewöhnen müssen. Als er geboren wurde, war Miami der Spielplatz Amerikas gewesen, ein Touristenmagnet. In seiner Jugend war der Spielplatz verwahrlost, und die Art-déco-Hotels schlossen ihre Pforten. Dann hatte sich die Stadt als »Gottes Wartezimmer« neu erfunden, die Hotels hatten als ruhige Alterssitze für Ostküsten-Juden wieder aufgemacht – für die Flüchtlinge aus dem New Yorker Garment District, die es in das Gelobte Land des Sonnenscheins, der niedrigen Mieten und des Todes zog. In der Totzone der Siebzigerjahre war er Polizist gewesen, als der Freedom Tower eine Unterkunft für Obdachlose und der Ocean Drive ein Flüchtlingslager war. In jenem Jahrzehnt hatte er mit der Waffe in der Hand gegen die Kokain-Cowboys gekämpft, deren Millionen die Stadt fett und korrupt machten. Während des folgenden Niedergangs hatte er als Privatdetektiv gearbeitet, hatte Entführte und Ausreißer gesucht, deren Verschwinden stets an einen Wert in Dollar gekoppelt war. Dann hatte er zugesehen, wie Film-Crews ein halb verfallenes Hotel nach dem anderen renovierten, weil eine Fernsehserie – *Miami Vice* – eine Primetime-Version seiner Heimatstadt propagierte, die so fern der Wirklichkeit war, dass es ihn zum Lachen brachte. Es dauerte kein Jahr, bis die Touristen in Scharen die Hotels aufsuchten, die sie aus dem Fernsehen kannten, und viel Geld dafür bezahlten, durch dieselben Flure schreiten zu dürfen wie Don Johnson. Die sterbenden Juden wurden verdrängt von sterbenden Schwulen, AIDS-Kranken, die von der reichsten Nation der Welt, die medizinisch weiter entwickelt war als jede andere, fallen gelassen worden waren und nach Miami kamen, um an einem Ort zu sterben, an dem zu leben sie sich leisten konnten. Sie hauchten ihre letzten Atemzüge in die erloschene Club-Kultur Miamis und gaben ihr damit neues Leben, machten sie wieder hip. Als Max aus dem Gefängnis kam, sah er ihre Hinterlassenschaft in voller Blüte: South Beach, glitzernd und cool, wieder strahlend und en vogue wie in den Fünfzigerjahren; hetero mit schwulem Einschlag, ein Magnet für Modezaren unter der Führung ihres Kronprinzen Gianni Versace in seiner protzigen Villa auf dem Ocean Drive. Als Versace 1997 vor seiner eigenen Haustür erschossen wurde, war die Party nicht vorbei. Sie suchte sich nur ein neues Outfit. Versaces Andenken wurde begossen und anschließend in Crystal ertränkt, die Schwulenszene zog weiter nach Fort Lauderdale, und Versaces Haus wurde zum Luxushotel umgebaut. Klasse wurde abgelöst vom Ordinären, aber es war keiner da, der den riesengroßen Unterschied aufgezeigt hätte. Der nächste Abstieg Miamis war also überfällig. Er würde lang und schmerzhaft sein. Das Neonlicht würde der Dunkelheit weichen, der Lärm dem Schweigen, und die Wellen würden nicht mehr Schlaflieder säuseln, sondern beim Abtragen der postkartenperfekten Strände bedrohlich rauschen.

Max wollte das nicht mehr miterleben.

Er hatte keine Ahnung, wohin es ihn ziehen würde. Er hatte keinen bestimmten Ort im Sinn. Nur ein vages Gefühl für das, was ihm zusagen würde: irgendwo, wo es ruhig und warm war und wo es nicht zu viele Menschen gab, die alles in die Scheiße reiten konnten. Vielleicht die Wüsten Utahs.

Er musste an Joes Blut auf der Lincoln Road denken, und dass jede Spur davon inzwischen wahrscheinlich weggespült worden war. In ein paar Tagen würde das Restaurant wieder aufmachen, und die Menschen würden an der gleichen Stelle sitzen und essen, an der sein bester Freund gestorben war. Das Leben würde unbekümmert weitergehen, der endlose Kreislauf.

10

Zu Hause in seiner Küche.

Früher, als er noch trank, wäre er in der gleichen Situation tief in die Flasche gekrochen, zum Trost. Heutzutage blieb ihm als Antrieb wie zur Entspannung nur noch Kaffee.

Er schaltete die Espressomaschine ein und sah zu, wie der Bustelo zäh und schwarz in die Chromtasse troff: die stärkste Mischung, die auch Tote wecken konnte.

Er war müde und am Ende seiner Kräfte, die Augen rot und geschwollen, er konnte nicht mehr klar sehen, die Müdigkeit steckte ihm tief in den Knochen, und seine Haut hing schwer wie ein Kettenhemd an ihm.

Er hätte sich auf den Fußboden legen und auf der Stelle einschlafen können, die üblichen vier bis fünf Stunden Koma. Er hätte alles andere anhalten und Platz schaffen können für die Trauer, um zur Besinnung zu kommen, nachzudenken, um für Joes Familie da zu sein, wenn sie es wollten, wann sie es wollten.

Aber das würde warten müssen.

Vorher war Vanetta Brown an der Reihe. Wer war sie, und

warum hatte sie Joe und Eldon umbringen lassen? … Wenn es denn stimmte.

Er war sich da nicht so sicher.

Es ergab keinen Sinn.

Warum Eldon *und* Joe? Die beiden waren völlige Gegenpole gewesen. Joe hatte stets nach Vorschrift gehandelt, Eldon hatte nach seinen eigenen Regeln gelebt: Den Weg nach oben hatte er sich mit Schikane, Erpressung und Einschüchterung freigemacht und dann sowohl die Polizei als auch die Stadt mit ganz ähnlichen Methoden geführt.

Bis auf die Tatsache, dass Joe für Eldon gearbeitet hatte, konnte Max da keine Gemeinsamkeiten erkennen.

Und außerdem: Warum hatte der Mörder so lange gewartet?

Er ging in sein Arbeitszimmer und rief die E-Mails ab.

Nur eine einzige Nachricht, die allerdings vollkommen unerwartet.

Sie stammte von Jack Quinones, einem alten Freund von Joe und früher auch ein Freund von Max. Quinones war der einzige FBI-Beamte, mit dem er je zurechtgekommen war – damals. Sie hatten zusammen Fälle bearbeitet und Informationen ausgetauscht, ohne sich um endlose bürokratische Verfahrensvorschriften zu scheren und um Zuständigkeiten zu rangeln.

Inzwischen hatten sie sich nicht mehr viel zu sagen. Quinones verachtete Max – wie alle seine alten Bekannten auf der Seite der Gesetzeshüter, außer der Mannschaft der MTF. Warum Joe zu ihm gehalten hatte, hatte Max nie ganz verstanden. Er bezweifelte, dass Joe selbst es wusste – gewusst hatte. Max hatte ihn einmal danach gefragt, und Joe hatte mit den Schultern gezuckt und ewig gebraucht, eine

Antwort rauszukriegen. Am Ende hatte er nur eines gesagt: »Auch Hitler hatte Freunde.« So richtig viel besser hatte sich Max dadurch nicht gefühlt, aber es hatte ihn zum Lachen gebracht.

Max,
habe das von Joe gehört. Mein sehr aufrichtiges Beileid.
Wir müssen reden. Melde dich so bald wie möglich.
JQ

Das letzte Mal waren sie sich zufällig bei Joe zu Hause über den Weg gelaufen, ungefähr zu der Zeit, als Max »Pétion-Mingus Ermittlungen« gründete. Max war mit Joe verabredet gewesen und zu früh gekommen. So hatte er Quinones angetroffen, der sich nicht einmal die Mühe gemacht hatte, die Regeln der Höflichkeit einzuhalten. Er hatte Max einen verächtlichen Blick zugeworfen und war gegangen. Er wusste, was jeder Polizist in Miami wusste – dass Max vorsätzlich getötet hatte und nach sieben Jahren freigekommen war, dass Eldon Burns Fäden gezogen und Gefallen eingefordert, dass er den Staatsanwalt bearbeitet und das Eigenheim des Richters finanziert hatte. Würde Quinones ihn mehr mögen, wenn er lebenslang einsitzen würde? Nein. Aber darum ging es nicht.

Max ging ins Internet und suchte nach Vanetta Brown.

Viel gab es nicht – 23 Treffer auf sechs Seiten.

Die beiden ersten Links führten zu zwei Abhandlungen über die Black-Power-Bewegung, in denen die »Schwarzen Jakobiner von Miami« nur flüchtig erwähnt wurden. Sie wurden, fast abschätzig, als Randgruppe eingestuft, die die separatistischen Ideen der Black Panther nicht teilte, es fielen Bezeichnungen wie »Pantherkätzchen«, »Black Flower Power« und »Hippie-Nigger«. Außerdem erfuhr Max, dass Vanetta Brown 1968 in Miami einen Polizisten namens Dennis Peck erschossen und sich nach Kuba abgesetzt hatte, scheinbar die einzig erwähnenswerte Handlung ihres Lebens.

Danach gelangte er auf eine Seite mit dem Titel »Kuba: *Gangsta's Paradise*«, auf der sich eine Liste von 94 US-Kriminellen fand, denen das Castro-Regime zwischen 1960 und 1990 Asyl gewährt hatte. Die Liste war in fünf Kategorien unterteilt: Polizistenmörder, Mörder, Entführer, Räuber und Betrüger.

Der Name »Vanetta Brown« stand ganz oben auf der Liste der Polizistenmörder. Daneben ein Link: die blau unterlegten Buchstaben »IT«. Max klickte darauf, und es öffnete sich ein neues Fenster mit der Seite »FBI: Meistgesuchte Verbrecher«. Dort wurde Brown als »Inlandsterroristin« geführt und ihr Verbrechen kurz geschildert, es folgten Angaben zu ihrem derzeitigen Aufenthaltsort (»Havanna – nicht bestätigt«) sowie zu der von der Regierung auf ihren Kopf ausgesetzten Belohnung: 500 000 Dollar.

Als Nächstes landete Max auf Justice4Dennis.com, die der Erinnerung an Dennis Peck gewidmet war. Auf der Startseite prangte ein offizielles Polizeifoto von Peck in blauer Ausgehuniform: ein jugendlich frischer, rothaariger Fünfundzwanzigjähriger mit Sommersprossen und Grübchen, in den blauen Augen jenes vertraute Strahlen der Neulinge, die noch nicht auf der Straße gewesen waren, wo es ihnen ausgetrieben wurde. Max hatte das Gefühl, dass diese Augen auch seine hätten sein können, dass sie ein Spiegel waren, der ihm sein ganzes unerfülltes Potenzial und all die gebrochenen Versprechen mit einer einzigen Frage reflektierte: Warum hatte er sein Leben dermaßen gegen die Wand gefahren?

Unter dem Foto standen Pecks Lebensdaten: 9. November 1934 – 4. Juni 1968.

Mit dreiunddreißig gestorben.

Max fand auch eine Schilderung des Tathergangs. Vanetta Brown hatte 1968 während einer Polizeirazzia im Gebäude der Schwarzen Jakobiner in Overtown die Flucht ergriffen. Dennis Peck war an der Razzia beteiligt gewesen. Vier Augenzeugen hatten ausgesagt, gesehen zu haben, wie Brown auf ihn schoss, bevor sie durch ein Fenster im Erdgeschoss entkam.

Bei der Razzia waren große Menge Heroin, Geld und Waffen sichergestellt worden.

Captain Eldon Burns und Lieutenant Abe Watson hatten die Operation geleitet.

Vanetta Brown verschwand von der Bildfläche und entzog sich einer landesweiten Fahndung. 1971 tauchte sie in Kuba wieder auf, wo Fidel Castro sie als unschuldiges Opfer des rassistischen, imperialistischen Amerika bezeichnete. Mit Freuden gewähre man ihr Zuflucht, verkündete er. Sie bekam Asyl.

Pecks Familie und seine Kollegen riefen die Justice4Dennis-Bewegung ins Leben, deren einziges Ziel es war, Brown in die USA zurückzuholen und sie für ihr Verbrechen vor Gericht zu stellen. Seit 1972 schrieben sie Castro jedes Jahr einen Brief und beantragten ihre Ausweisung. 1997 hatten die Angehörigen sogar Papst Johannes Paul II. angeschrieben und ihn gebeten, die Angelegenheit bei seinem Kuba-Besuch im darauffolgenden Jahr mit Castro zur Sprache zu bringen. Umsonst. Castro hatte sich nicht gerührt.

Auf der Seite fand sich auch eine Diashow mit Familienfotos: Dennis Peck bei der Abschlussfeier der Polizeiakademie, an seinem Hochzeitstag und mehrmals mit seinen Töchtern

Wendy und Thelma. Wendy war die ältere. Fotos von ihr mit der Dienstmütze ihres Vaters auf dem Kopf, mit einem Ministreifenwagen spielend und am Steuer eines echten sitzend, Letzteres mit der obligatorischen Sonnenbrille, die viel zu groß war für ihr Gesicht. Dann ihre erste Kommunion und Weihnachten mit der Familie am Strand. Das letzte Foto zeigte beide Töchter, inzwischen erwachsen, Hand in Hand an Pecks Grab stehend.

Der letzte Suchtreffer führte zum Online-Fotoarchiv des *Miami Herald,* wo Max zwei mit seiner Anfrage verknüpfte Fotos fand. Das erste eine Studioaufnahme von Vanetta in Schwarz-Weiß aus dem Jahr 1967. Sie hätte Model oder eine Blaxploitation-Queen sein können. Sie war umwerfend schön – dunkle Haut, hohe Wangenknochen, volle Lippen, großer Mund –, aber mit dieser Schönheit so wütend und streitbar, dass jeder Hauch von Sinnlichkeit aus ihren Zügen gewichen war.

Bei dem zweiten Foto handelte es sich um eine offizielle Porträtaufnahme von Wendy Peck aus dem Jahr 2006, die aus Anlass ihrer Ernennung zur Leiterin der Heimatschutzbehörde von Miami an die Presse herausgegeben worden war. Schulterlanges kastanienbraunes Haar, blaue Augen und ein Lächeln, das mehr formell als freundlich wirkte. Sie ähnelte ihrem Vater.

Max schaute seine Notizen durch.

Fragen:

Joe – was hatte er damit zu tun? Er war damals noch auf Streife gefahren.

Was hatten die Detectives der Mord- und Raubkommission, Eldon Burns und Abe Watson, bei einer Drogenrazzia verloren?

Er stockte.

Ihm schwante nichts Gutes.

Er wusste, dass Eldon von Anfang an bis zum Hals in illegaler Scheiße gesteckt und nach der Pfeife von Victor Marko getanzt hatte, dem Problemlöser der Politik. Max wäre nicht im Mindesten überrascht, wäre die Hausdurchsuchung bei den Schwarzen Jakobinern eine prototypische MTF-Inszenierung gewesen. Einen Schuldigen finden, ihm Beweise unterschieben und ihn verhaften oder gleich erschießen. Und vor allem: *es passend machen.*

Aber Joe?

Wenn Max an dieser Stelle aufhörte, würde er es nie erfahren. Und es wäre zu seinem Besten. Er bliebe in seliger Unkenntnis, einträchtig lächelnd mit den anderen. Noch konnte er sich seine Erinnerungen bewahren.

Ja, *konnte* er.

Und für den Rest seines Lebens von Zweifeln zerfressen werden, von der Unwissenheit?

Ja … mit etwas Anstrengung konnte er das tun: Seine Erinnerungen waren alles, was ihm noch geblieben war.

Er betrachtete seine Notizen.

Er hatte »FBI/COINTELPRO« hingeschrieben und doppelt umkringelt.

Max tippte eine E-Mail an Jack Quinones: *Was weißt du über Vanetta Brown?*

Er schickte sie ab und druckte die Fotos aus dem *Herald* aus. Die Studioaufnahme von Vanetta Brown gleich zweimal. Einen Ausdruck heftete er an die Pinnwand in seinem Büro.

Er war hundemüde, aber er wusste, dass er nicht würde schlafen können, dass er nur daliegen und zusehen würde, wie Joe vor seinen Augen das Gehirn weggeblasen wurde.

Er duschte und kochte sich noch einen Kaffee.

Er schaltete den Fernseher ein. Die Lokalnachrichten berichteten vom Mord an Joe und gaben eine Beschreibung des Mörders heraus. Vanetta Brown wurde nicht erwähnt.

Dann fiel ihm Emerson Prescott ein.

Prescott schuldete ihm das Geld für die Observierung. Stolze 5 837 Dollar plus 1 200 Dollar Spesen. Dass die ganze Chose sich als Falle herausgestellt hatte und dass Max nun dastand wie ein Idiot und sich auch so fühlte, tat nichts zur Sache. Er hatte seine Rolle in der bescheuerten postmodernen Porno-Pantomime, die Prescott da laufen hatte, gespielt und würde sein Geld dafür einfordern.

Er musste sich ablenken und durfte nicht nur an Joe denken. Im Moment konnte er ohnehin nicht mehr tun, als die Angelegenheit der Polizei zu überlassen und für die Familie da zu sein … und mehr über Vanetta Brown in Erfahrung zu bringen.

Er ging zurück ins Arbeitszimmer und schob die DVD aus dem Hotel Zürich in den Computer.

11

Max hatte für Pornos nie viel übriggehabt, hatte den Reiz nie verstanden. Er fand Pornografie erbärmlich und schmutzig und hielt sie für eine Domäne der Selbstgefälligen und sexuell Zu-kurz-Gekommenen. Diese Abneigung begleitete ihn schon seit der Kindheit. Sein erstes Wichsmagazin hatte er im Alter von zehn Jahren gesehen. Es hatte aufgeschlagen mitten auf dem Gehweg gelegen. Zwei kleine, rechteckige Hügel aus glänzendem Papier mit leichtem Plastikgeruch. Es hieß *Farmers' Daughters* und bestand aus Muschifotos von dicken Mädchen vom Lande, die sich auf Heuballen räkelten. Nach diesem Anblick hatte er das dringende Bedürfnis gehabt, zu duschen und die Dusche anschließend niederzubrennen.

Und so hatte er nie Wichsvorlagen benutzt. Nicht einmal so harmlose wie *Playboy* oder *Penthouse*, nicht einmal als Jugendlicher. Stattdessen hatte er geboxt. Eldon Burns hatte die Angewohnheit gehabt, seinen Boxern nach jedem Titelgewinn eine Nutte zu spendieren. Nachdem Max die *South Florida Golden Gloves* gewonnen hatte, verlor er auf Eldons Kosten seine Unschuld. Als die Prostituierte erfuhr, dass es sein erstes Mal war, streichelte sie ihm das Gesicht, nahm ihn in die Arme und erzählte ihm, ihr richtiger Name sei Evangeline. Sie habe sich immer gewünscht, von jemandem in guter Erinnerung behalten zu werden, sagte sie. Und er hatte sie nie vergessen, auch wenn sie wahrscheinlich allen ihren unschuldigen Kunden das Gleiche erzählte. Neun Jahre später nahm er sie auf der Washington Avenue hoch. Dabei schwor er sich, sie mit einer Verwarnung laufen zu lassen, wenn sie ihn wiedererkannte. Aber das tat sie nicht, und so nahm er sie fest. Nachdem er ihre Personalien und Fingerabdrücke aufgenommen hatte, erzählte er Joe von ihrer gemeinsamen Vergangenheit. Joe lachte und schimpfte ihn ein herzloses Arschloch. Tatsache war: Der Sex war nicht so wahnsinnig toll gewesen. Eine Zeit lang hatte er sich sogar gefragt, was die ganze Aufregung sollte, bis er mehr Titel gewann. Und Freundinnen hatte.

Heutzutage war Pornografie in verwässerter Form überall zu sehen, um von Seife bis Musik alles an den Mann zu bringen. Noch dazu erinnerte sie ihn ans Gefängnis. In Attica waren praktisch sämtliche Wände mit Pornofotos tapeziert gewesen. Im Gefängnis wichsten alle. Das war das Einzige, was sie verband, abgesehen von der Tatsache, dass sie alle ihr Leben versaut hatten. Masturbation war die große Gleichmacherin. Schwarze, Weiße, Latinos, Asiaten, Lebenslängliche, Kurzzeiter, große Macker und ihre Nutten. Alle taten es. Sein Zellenkollege Velasquez hatte eine richtige Inszenierung daraus gemacht. Er hatte sich die Fingernägel der linken Hand wachsen lassen und rot lackiert und setzte sich ab und an für eine gute Stunde drauf, bis sie komplett taub geworden war. Dann holte er sich damit einen runter. Wenn er die Augen schloss, erklärte er, fühle es sich fast so an, als würde seine *mamacita* Melyssa es ihm machen. Dabei war sie bei der Handarbeit die Schlechteste in ganz Harlem, sagte er. Trotzdem weinte er jedes Mal, wenn er fertig war. Traurige Geschichte.

Als der Film anfing, wurde Max klar, dass er gerade zum ersten Mal seit seiner Entlassung an Velasquez gedacht hatte. Sie hatten mehr als sieben Jahre lang jeden Tag miteinander verbracht. Er hatte ihn sogar gemocht, sosehr er sich im Knast eben erlaubt hatte, jemanden zu mögen. Velasquez war in mehrfacher Hinsicht eine Nervensäge gewesen, aber es hatte ihn nicht gekümmert, dass Max früher Bulle gewesen war. Max fragte sich, was er wohl gerade tat. Wahrscheinlich saß er wieder hinter Gittern und wichste.

Der Film begann mit der wackeligen Aufnahme einer Maschine der American Airlines im Landeanflug auf *Miami International*. Dabei schienen immer wieder Sonnenflecken auf, als wäre die Sequenz mit dem Handy aufgenommen worden. Dann wurde der Bildschirm kurz schwarz. Ein greller Blitz und ein verzerrtes Geräusch – ein kurzes, tiefes Stöhnen, als ob ein Tonband mit Bassmusik gefressen wird. Dann wieder das gleiche Bild wie vorher, und er hörte das unverwechselbare Knistern einer Nadel auf Vinyl. Als die Räder des Flugzeugs die Rollbahn berührten, setzte die Musik ein. Mittelschnelles Rockgedröhne aus den Achtzigern – jedes einzelne Instrument viel zu laut aufgedreht, hallende elektronische Drums und Gitarren, die jaulten wie schreiende Katzen –, und Erinnerungen an Musikvideos kamen hoch, in denen Grimassen schneidende Männer Vokuhilas wie Davy Crockett und Dreitagebärte à la Sonny Crockett trugen. Für Max hätte die Musik besser zu einem Action-Film aus jener Zeit mit Dolph Lundgren oder einem anderen analphabetischen Muskelprotz gepasst. Doch dann drang durch den Synthesizer-Rock plötzlich mit verruchtem Tuten ein Saxophon und lieferte einen ersten Hinweis aufs Genre.

Was hatte es nur auf sich mit dem Sax und dem Sex im Film? Da musste doch mehr dahinterstecken als nur ein ähnlicher Vokal.

Auf dem Bildschirm spazierte die Frau, die er als Fabiana Prescott kannte, auf hochhackigen Schuhen und im hautengen weißen Anzug, mit großer Sonnenbrille und breitkrempigem schwarzem Schlapphut mit weißen Pünktchen auf dem Hutband, aus der Ankunftshalle. Ohne Koffer. Die Kamera zoomte Fabianas pneumatische Titten und ihren runden Hintern heran. Sie trat auf den Chauffeur zu, der mit Kappe und schwarzem Anzug am Ausgang stand.

Es usted mi chófer?

Yes, Ma'm. Ich habe ein großes Auto.

Die nächsten zehn Minuten lieferten ein Medley aus Miami-typischen Ansichten, damit man auch wusste, wo man war (Palmen, Strand, Frauen am Strand, Frauen unter Palmen), zwischendurch Aufnahmen eines *Lincoln Town Car* von vorn und von der Seite sowie aus dem Inneren des Wagens, wo Fabiana und der Fahrer vielsagende Blicke tauschten. Zahllose Zooms in Fabianas Dekolleté, Nahaufnahmen von ihren verheißungsvollen Blicken und ihrer Zunge, mit der sie sich über die kollagengespritzten Lippen fuhr. Der Chauffeur zog die Augenbrauen hoch und lockerte die Krawatte, während er das Auto zu fahren vorgab, das aber offensichtlich vor einem Supermarkt parkte. Für eine Computeranimation hatte das Budget wohl nicht gereicht, vermutete Max.

Am Ende der Sequenz hielt die Limousine vor dem *Tides* auf dem Ocean Drive. Fabiana stieg aus und ging die Stufen hinauf. Oben drehte sie sich um und zwinkerte dem Chauffeur, der am Wagen lehnte, vielsagend zu. Max musste lächeln. Sämtliche Filmsequenzen, die in Miami in einem Hotel spielten und in denen mindestens eine reiche oder vornehme Figur vorkam, wurden im *Tides* gedreht.

Dann erschien das Paar auf bekanntem Terrain: Zimmer 30 des Zürich. Max kannte Tonfall und Intonation von Fabianas Redebeiträgen auswendig, nachdem er sich beim Stoppen der Zeit jede Sprachfärbung eingeprägt hatte.

Nur noch 40 Minuten – großartige Aussichten.

Als die beiden endlich fertig waren, lagen sie schweißgebadet und keuchend auf dem Bett. Fabiana lobte ihren Chauffeur für seinen Zauberstab.

Nenn mich Harry Ficker, Baby.

Sie lachte oberflächlich, aber laut und auf Stichwort.

Sie ging als Erste duschen. Die Kamera blieb im Zimmer und filmte durch die offene Tür den beschlagenen Badezimmerspiegel. Sie schwenkte nicht. Max sah die Füße des Chauffeurs. Er hatte dicke gelbliche Zehennägel. Mehrere kurz aufblitzende Schnitte und der Geräusch-Schnipsel von eben unterbrachen die Langeweile.

Fabiana zog sich an und verabschiedete sich. Der Chauffeur ging ins Bad und schloss die Tür. Die Kamera bewegte sich nicht.

Der Bildschirm wurde schwarz.

Max war wütend, er wusste nur nicht, warum oder auf wen.

Warum zum Teufel hatte er nichts gemerkt?

Ganz einfach: weil da nichts zu merken gewesen war. Alles an dem Fall hatte völlig normal ausgesehen. Junge Frau betrügt ihren reichen alten Knacker. Der reiche alte Knacker will Beweise in Form von Fotos. Max hatte seine Arbeit gemacht. Oder vielmehr: Er hatte seine Rolle gespielt.

Er überlegte, welche Möglichkeiten er hatte.

Er konnte es sich nicht leisten, Prescott das Geld zu schenken, das der ihm schuldete. Er hatte Rechnungen zu bezahlen. Und er wollte die Antwort auf eine simple Frage: Warum hatte Prescott ausgerechnet ihn engagiert? Zufall oder Absicht?

Er wählte Prescotts Nummer und bekam eine automatische Ansage zu hören.

Diese Nummer ist nicht vergeben.

Max legte auf. War Prescott überhaupt der, der er behauptet hatte zu sein? Seine »Gattin« jedenfalls war es nicht.

12

»Er ist letzte Woche ausgezogen. Hat noch acht Monate bezahlt. Eigenartig«, sagte Dan Souza. Souza war der Immobilienmakler des Tequesta-Hauses, in dessen neuntem Stockwerk sich Prescotts Praxis befand.

Alles war noch da: Möbel, Computer, Telefon, Zimmerpflanzen, Wasserkühler, Zeitschriften auf dem Tisch. Trotzdem fühlte sich die Praxis unverkennbar verlassen an. Max hatte das gespürt, sobald er aus dem Fahrstuhl getreten war: die Stille, der Widerhall seiner Schritte an den Wänden, und wie er jedes Rascheln und Knistern seiner Kleider hören konnte. Praktisch genauso fühlte er sich manchmal morgens nach dem Aufwachen in seiner eigenen Wohnung. Wenn auch nicht an diesem Morgen. Weil er nicht aufgewacht war. Weil er nicht geschlafen hatte. Auch umgezogen hatte er sich nicht, oder geduscht oder sich rasiert oder auch nur die Zähne geputzt.

Souza war wenige Minuten nach ihm eingetroffen, Stift und Klemmbrett in der Hand, und seine Miene beim Anblick von Max hatte etwas gesagt wie: »Wer zum Teufel bist du denn?«

»Was hat er gesagt?«, fragte Max.

»Nur dass er die Praxis aufgeben und woanders weitermachen wollte. Er meinte, ich soll alles behalten. Die Sachen hier und hinten in seinem Büro sind mindestens, sagen wir, 15 000 Dollar wert. Und in die anderen Zimmer habe ich noch gar nicht reingeguckt.«

Souza war ein kleiner Mann, der die Welt durch metallgefasste Brillengläser betrachtete. Ende dreißig. Blauer Blazer, beigefarbene Hose, schwarze Slipper. Sein Haar war zu schwarz, seine Haut zu braun und die Zähne zu weiß. Übertriebener Händedruck, der die butterweichen Hände wettmachen sollte. Er trug einen Ehering. Was nicht bedeuten musste, dass er tatsächlich verheiratet war.

»Sind Sie Polizist, Sir?«, fragte er Max.

»Privatdetektiv.«

»Wenn Sie Polizist wären, hätten Sie mir Ihre Marke unter die Nase gehalten, stimmt's?«

Zu viel *CSI*, dachte Max. Wahrscheinlich glaubte er auch,

dass Polizisten den Leuten rieten, sich einen Rechtsverdreher zu besorgen. Erst vor ein paar Wochen hatte Joe darüber geschimpft, dass die neue Polizistengeneration so redete wie die Bullen im Fernsehen, dass sie die Imitate imitierten.

»Was wollen Sie hier?«, fragte er.

»Ich habe für Prescott gearbeitet. Er hat mir nicht gesagt, dass er wegzieht.«

»Schuldet er Ihnen Geld?«

»Ja«, sagte Max. »Und Ihnen?«

»Nein.«

»Hat er eine Nachsendeanschrift hinterlassen?«

»Nein.«

»Haben Sie seine private Adresse? Eine Telefonnummer?«

»Nur seine Handynummer und eine E-Mail-Adresse. Aber die kann ich Ihnen nicht geben. Selbst wenn Sie Polizist wären, bräuchten Sie dafür einen Durchsuchungsbefehl.«

»Wie haben Sie ihn kennengelernt?«, fragte Max.

»Wie ich alle potenziellen Kunden kennenlerne. Er hat mich angerufen, einen Termin vereinbart, sich hier umgeschaut und sofort die Kaution bezahlt. Das leichteste Geschäft, das ich je gemacht habe. Ich musste gar nicht viel reden.«

»Bar oder Scheck?«

»Wir tätigen keine Bargeschäfte, Mr. Mingus«, sagte Souza beleidigt.

»Auf welche Bank war der Scheck ausgestellt?«

»Das weiß ich nicht mehr. Und ich bin auch nicht verpflichtet, Ihnen das zu sagen.«

»Natürlich nicht«, sagte Max. Er wollte es sich nicht mit ihm verderben oder rausgeschmissen werden.

Aber …

Herrgott, der Typ war ein Wichser.

Was hätte ich mit dir kleinem Bürokratenarsch für einen

Spaß gehabt, dachte Max mit einem Hauch von Nostalgie. In Gedanken wanderte er zurück zu seinen Tagen bei der Polizei und malte sich aus, wie er sich den Idioten zur Brust genommen, ihn mit impliziten Drohungen zum Reden gebracht hätte. Dabei hatte er bei diesen Schlipsträgern nie wirklich handgreiflich werden müssen. Die brauchten ihn nur einmal anzusehen, und alles, was sie zu verlieren hatten – Vergangenheit, Gegenwart und Zukunft –, rauschte blitzschnell vor ihrem inneren Auge vorüber, und sie streckten die Waffen. Jetzt konnte er sich das natürlich nicht mehr erlauben. Er würde wegen Tätlichkeiten eingelocht, und das kleine Arschloch würde ihn verklagen. Eine Dienstmarke machte so manches möglich.

»War er allein hier?«

»Ja«, sagte Souza und fingerte ungeduldig an seinem Klemmbrett herum. Er hatte noch einiges vor, zum Beispiel ausrechnen, was ihm die Büroeinrichtung beim Abverkauf einbringen würde.

»Haben Sie ihn nach Referenzen gefragt?«

»Benjamin Franklin ist für mich Referenz genug. Der Scheck war gedeckt. Die Mieten hier sind nicht billig.«

»Wie teuer?«

»Für das hier? 250 000 Dollar pro Jahr. Und er hat im Voraus bezahlt.«

Eine schöne Stange Geld für einen Schmu, dachte Max. Aber worin genau bestand der Schmu? Dass man ihn dafür bezahlte, seine Zeit zu verschwenden? Benutzte Prescott ihn als Alibi für irgendetwas?

»Ist das normal? Dass jemand alles im Voraus bezahlt?«

»Nein, ist es nicht. Genau genommen ist mir das zum ersten Mal passiert. Und ich hoffe, es wird nicht das letzte Mal sein.«

»Ist Ihnen nicht in den Sinn gekommen, dass der Mann vielleicht ein Krimineller sein könnte?«

»Wenn ich mich das jedes Mal fragen würde, hätte ich bald keine Arbeit mehr«, sagte er.

Die typische Logik eines Geschäftsmanns in Miami. Die Cocainistas damals hatten ihr Geld in Immobilien investiert. Keinen hatte das gekümmert. Die Skyline von Midtown bis Downtown war zum Großteil auf Koks erbaut und mit Blut getauft worden. So betörend und verheißungsvoll sie bei Nacht mit all den funkelnden Leuchten, dem Neonlicht und den Scheinwerfern auch aussehen mochte, Max musste unweigerlich an riesige Grabsteine denken, wann immer er sie sah.

»Haben Sie ihm mal einen Besuch abgestattet? Sie wissen schon, um nach dem Rechten zu sehen?«

»Ja, einen Höflichkeitsbesuch, zwei Wochen, nachdem die Praxis eingezogen war.«

»Wer war hier?«

»Mr. Prescott natürlich, ein Besucher und eine Empfangsdame.«

»Die Empfangsdame, die aussieht wie eine minderjährige Sexbombe?«

Souza lief rot an und nickte.

»Haben Sie diese beiden schon mal gesehen?« Max reichte ihm Porträtaufnahmen von Fabiana und Cortland.

Souza betrachtete die Fotos. Bei Fabiana zeigte er keine Reaktion, aber beim Chauffeur zog er die Stirn in Falten. Und sah genauer hin. Das Stirnrunzeln glättete sich.

»Dieser Typ war hier«, sagte er. »Das war der Besucher.«

»Haben Sie mit ihm gesprochen?«

»Nein.«

»Was hat er gemacht?«

»Hat vorn am Empfang gesessen.«

»Worüber haben Sie sich mit Prescott unterhalten?«

»*Ist alles zu Ihrer Zufriedenheit? Funktioniert das Licht? Das Wasser? Die Toilette?* So was. Er hat zu allem ja gesagt. Wie schon erwähnt, er hatte alles im Voraus bezahlt.«

»Was hat er Ihnen erzählt, was er macht?«

»Er ist Architekt, hat er gesagt.«

Lachend schüttelte Max den Kopf.

»Stimmt das nicht?«

»Mir hat er erzählt, er sei kosmetischer Zahnarzt.«

»Hat er was verbrochen?«

»Vielleicht«, sagte Max. »Ich weiß es nicht. Haben Sie was dagegen, wenn ich mich mal umschaue? Dauert nur ein paar Minuten.«

»Tun Sie sich keinen Zwang an.«

Max ging in Prescotts Büro. Es sah praktisch genauso aus wie beim letzten Mal, nur der Schreibtisch war leer. Laptop und Telefon waren verschwunden. Max zog die Schreibtischschubladen und die Aktenschränke auf. Alles leer.

Am Telefon in der Rezeption drückte er »Sternchen« und die 69. Keine Anrufe, die von diesem Telefon aus getätigt worden waren.

Er hörte den Anrufbeantworter ab und lauschte den vier Nachrichten, die er Prescott hinterlassen hatte.

»Das ... verstehe ich nicht«, sagte Souza nervös und leicht aufgelöst. Seine Haut hatte ihren Glanz verloren, und auf seiner Oberlippe stand der Schweiß. Er hatte die leeren Zimmer gesehen. »Wer ist dieser Mann?«

»Ich weiß es noch nicht. Aber er hat viel Geld ausgegeben, um uns beide an der Nase herumzuführen. Vielleicht steckt gar nichts dahinter – vielleicht ist er nur ein harmloser Exzentriker mit mehr Geld und Zeit als Sinn und Verstand.«

»Aber das glauben Sie nicht?«

»Nein.«

Nur, was glaubte er? Das Ganze erinnerte an ein Rollenspiel: Fabiana, die blutjunge Ehefrau, vögelt den Chauffeur, und Prescott, der alte reiche Hahnrei, engagiert einen Privatdetektiv, um die beiden auf frischer Tat zu ertappen. Ein klassisches, reichlich ausgelatschtes Szenario. Wie aus einem schlechten Film. Oder einem Pornofilm. Vielleicht war es Prescott darum gegangen: Vielleicht hatte er seinen eigenen Porno drehen wollen, und zwar mit einem echten Privatdetektiv drin? Gonzo-Zeug, hatte er gesagt. Vielleicht war Fabiana gar nicht seine Frau, sondern eine Pornodarstellerin.

»Was meinen Sie, was ich jetzt tun soll?«, fragte Souza.

»Nichts. Sie haben nichts falsch gemacht. Aber Sie könnten mir seine Kontodaten geben.«

Max reichte ihm seine Karte. Souza betrachtete sie.

»Woher soll ich wissen, ob Sie ein echter Privatdetektiv sind, Mr. Mingus?«

»Das können Sie nicht wissen.«

13

Lamar Swope stand hinter dem Tresen seines Buchladens und unterhielt sich mit einer attraktiven Frau, als Max hereinkam. Sie hing lächelnd und mit leuchtenden Augen an seinen Lippen.

»Als Napoleon 1798 nach Ägypten einmarschierte, sah er die große Sphinx von Gizeh«, erklärte er gerade und zeigte ihr eine Seite in einem großen Bildband. »Sehen Sie, dass die Sphinx auf diesem Gemälde eindeutig schwarze Züge hat? Dieser Theorie zufolge hat Napoleon, als er das riesige schwarze Gesicht sah, das auf ihn herabschaute, und hinter sich die große Pyramide von Chephren, in diesem Moment begriffen, dass beides von Schwarzen erbaut worden war. Und weil er den Gedanken nicht ertragen konnte, weil Schwarze damals nur für die Sklaverei oder zum Abschlachten gut waren, hat er seinen Soldaten befohlen, der Sphinx das Gesicht wegzublasen.«

Max lächelte leise in sich hinein. Er wusste, dass die Theorie, die manchmal auch den Briten und manchmal den Arabern untergeschoben wurde, Schwachsinn war. Wissenschaftliche Untersuchungen hatten gezeigt, dass die Sphinx ihre Nase – und ihren Bart – ungefähr vierhundert Jahre vor Napoleon verloren hatte. Strittig war lediglich, ob Wind oder Wasser dafür verantwortlich waren. Im Gefängnis hatte er Bücher über die Geschichte Ägyptens gelesen, nachdem Sandra mit den Planungen für eine Weltreise begonnen hatte, die sie nach seiner Entlassung gemeinsam unternehmen wollten. Auch Ägypten hatte auf dem Reiseplan gestanden.

Lamar begrüßte Max mit einer kurzen Aufwärtsbewegung seines Kinns. Max erlaubte sich einen zweiten Blick auf die Frau. Ihre Hüften ragten weit über den Hocker hinaus, den sie praktisch in den Fußboden trieb. Bei jedem Atemzug wurde ihr dunkelblaues Obama-T-Shirt fast bis zum Zerreißen gespannt.

Max suchte in den Regalen nach einem Buch über Vanetta Brown. Es war nur noch ein weiterer Kunde im Laden, ein Mann mit langen grauen Dreadlocks und roter Sonnenbrille, der in einem Buch über Tookie Williams blätterte und bei jeder Seite den Kopf schüttelte und missbilligende Geräusche von sich gab. Er schaute auf und begegnete Max' Blick.

»Ich begreif diesen Laden nicht«, grummelte er. »Ich bin hier, weil ich was über W. E. B. DuBois suche, und Lamar hat nichts. Dafür hat er fünf Bücher über diesen Vollidioten hier stehen. Und was hat der geleistet? Der hat die Crips gegründet. Die Crips haben mehr Schwarze um die Ecke gebracht als der Ku-Klux-Klan und die Bullen zusammen. Und dieser Typ, dieser Autor? Der redet über den, als wär er ein Held!«

»Vielleicht stehen die Bücher da, weil keiner sie kauft. Vielleicht sehen die anderen das genauso wie Sie.«

»Nee, Mann.« Er stellte das Buch zurück. »Dieser Scheiß steht hier rum, und nicht was über wahre Helden, weil Lamar von irgendwas leben muss!«

Er verließ den Laden und nickte Lamar zu, der das Nicken erwiderte, ohne sich aus seinem Redefluss bringen zu lassen.

»Es wird immer behauptet, Napoleon sei an seinem Feldzug gegen Russland gescheitert, aber auch in Haiti hat er von Toussaint L'Ouverture ganz schön den Hintern voll gekriegt. Das hat ihm wahrscheinlich mehr wehgetan. Da ist dieser Kerl, der angeblich ein militärisches Genie sein soll, und der wird in seiner eigenen Kolonie strategisch und militärisch von einem entlaufenen Sklaven besiegt. Können Sie sich vorstellen, wie das daheim in Frankreich angekommen ist?«

»Das ist unglaublich, Mann, was du alles weißt«, seufzte die Frau.

»Ich geb mir Mühe.« Lamar entschuldigte sich und kam zu Max, nahm ihn beim Arm und führte ihn in eine andere Ecke des Buchladens.

»Haben Sie White Flight besucht?«, fragte er.

»Ja, habe ich.«

»Wie geht es ihm?«

»Er wird nie wieder sprechen können, aber er ist am Leben.«

»Was für ein Leben«, sagte Lamar. »Warum sind Sie hier?«

»Kennen Sie Vanetta Brown?«

»Natürlich. Ich habe sie oft reden gehört, in Overtown«, sagte er.

»Wie war das?«

»Inspirierend. Ungefähr so wie Barack heute, nur viel wütender – sehr viel wütender. Aber das waren auch andere Zeiten damals.«

»Klar.«

»Und wissen Sie, was mich überrascht hat bei ihren Reden? Da waren nicht nur Schwarze, da waren auch Weiße. Keine gewaltigen Massen, aber genug, dass es einem auffiel. Anständige, engagierte Leute. Nicht wie diese Heuchler heutzutage – die immer auf liberal machen und dir erzählen, sie fühlen deinen Schmerz, und diesen Hip-Hop-Jargon draufhaben, und wenn ihnen dann die Reifen geklaut werden oder das Töchterchen mit einem Schwarzen ausgeht, dann holen sie die weißen Laken raus und wollen die Rassentrennung wieder einführen.«

»Prinzipien zählen nur, wenn sie unbequem sind«, sagte Max.

»Gut gesagt!« Lamar lächelte. »Warum fragen Sie nach Vanetta?«

»Hintergrundinfo.«

»Hintergrundinfo für was? Für diesen Fall, den Sie bearbeiten?«

»Ja.«

»Meinen Sie, sie hat was damit zu tun?«

»Ich weiß es nicht.«

»Sie lebt wohl in Kuba, heißt es.«

»Das weiß ich. Sagen wir, ich folge einer Spur.«

»Klingt, als würde Sie da jemand auf den Arm nehmen.

Aber egal, ich habe ein Buch über Vanetta, wenn es Sie interessiert«, sagte Lamar.

»Klar.«

»Nur … genau genommen dürfte ich es gar nicht haben. Wenn ich es Ihnen verkaufe, dürfen Sie Ihren Kumpanen bei der Polizei nichts davon erzählen.«

»Ich habe keine Kumpane bei der Polizei. Was hat es mit dem Buch auf sich?«

»Es ist in Kuba erschienen.«

»Kein Grund zur Sorge«, sagte Max. Die halbe Bevölkerung von Little Havana trank kubanischen Rum und rauchte kubanische Zigarren. »Wo haben Sie es her?«

»Ich kenne da einen Bruder in Kanada, der in Montreal einen schwarzen Buchladen betreibt. Der wiederum kennt diesen Verleger in Havanna, einen Franzosen namens Antoine Pinel. Und der veröffentlicht Bücher über die Panther, hauptsächlich Autobiographien. *Cuban X-Press* heißt der Verlag.«

Lamar verschwand hinter seinem Tresen und tauchte einige Sekunden später mit einem Hardcover in der Hand wieder auf: *Black Power in the Sunshine State* von Kimora Harrison. Auf dem Buchdeckel prangte ein Foto von Vanetta Brown vor dem Freedom Tower, die Faust zum Power-Zeichen erhoben. Das Buch war alt, an den Rändern vergilbt, und als Max in den Seiten blätterte, stieg ein leicht muffiger Geruch auf.

»Kennen Sie irgendwen aus der Gegend, der bei den Schwarzen Jakobinern war oder Vanetta gut kannte?«, fragte Max.

»Nicht mehr. Die sind entweder tot oder nicht mehr da, eins von beiden«, sagte Lamar. »Aber ich kann Ihnen sagen, worin sich alle einig waren: Sie hat diesen Polizisten nicht erschossen.«

»Ach nein?« Max war nicht weiter überrascht. Auch Castro hielt sie für unschuldig. »Wer dann?«

»Der weiße Mann.« Lamar grinste höhnisch. »Der weiße Mann war es. Der gleiche, der allen anständigen Schwarzen in Amerika das Leben schwermacht.«

14

Max machte es sich mit Notizbuch und Stift auf dem Sofa gemütlich und las *Black Power in the Sunshine State*.

Vanetta Brown war am 17. Februar 1936 in Overtown, Miami, als Tochter einer wohlhabenden Familie geboren worden. Ihr Vater Medgar war Arzt. Ihre Mutter Nirva arbeitete als Sekretärin und stammte ursprünglich aus Haiti.

Vanetta war ein Einzelkind. Als sie zwölf wurde, hatte sie mit ihren Eltern bereits Haiti, die Dominikanische Republik, Kuba und Brasilien bereist.

Die Mutter übte einen nachhaltigen Einfluss auf sie aus, sie prägte ihr ein, niemals zu vergessen, dass sie Schwarze *und* Haitianerin in Amerika sei. Nirva erzählte ihr auch von Toussaint L'Ouverture, dem einstigen Sklaven, der sich selbst in militärischer Strategie ausgebildet hatte und so die französische Herrschaft in Haiti stürzte und sein Volk in die Freiheit führte. Mit dreizehn las Vanetta das wichtigste Werk über Toussaint und die haitianische Revolution, *Die Schwarzen Jakobiner* von C. L. R. James.

Am 28. März 1954 nahmen Mutter und Tochter in Overtown an einer Bürgerrechtskundgebung teil. Obwohl die Demonstration friedlich verlief, wurde sie von Polizisten mit Wasserwerfern und Hunden aufgelöst. Nirva wurde direkt von einem Wasserstrahl getroffen, stürzte und schlug sich auf dem Gehweg den Kopf auf. Sie fiel ins Koma und starb zehn Tage später. Medgar Brown sollte sich vom Tod seiner Frau nicht mehr erholen. Er stürzte in eine tiefe, vom Alkohol verstärkte Depression und beging 1957 Selbstmord.

Im November 1955 lauschte Vanetta im Theater auf der Flagler Street einer Rede Fidel Castros. Dort lernte sie auch Ezequiel Dascal kennen, den Sohn kubanischer Aktivisten, die auch als Spendensammler für Castro bekannt waren: Camilo und Lidia Dascal aus Miami.

Im Februar 1960 heirateten die beiden. Ihre Tochter Melody wurde im April geboren.

1962 gründeten Vanetta und Ezequiel die Schwarzen Jakobiner, anfänglich eine Wohltätigkeitsorganisation, die Immigranten aus Haiti und Kuba Hilfe anbot. In einem ehemaligen Lagerhaus in Overtown, das sie Jakobiner-Haus nannten, versorgten sie die Menschen mit Nahrung, Unterkunft, Rechtsberatung und Englischunterricht.

Nach einem Bombenattentat 1963 auf eine schwarze Kirche in Birmingham, Alabama, bei dem vier Kinder ums Leben kamen, wurden die Schwarzen Jakobiner politisch. Von nun an hielt Vanetta Brown in ganz Miami Reden und warb aktiv neue Mitglieder. Im Gegensatz zu den Black Panthers, die die Rassentrennung befürworteten, zählten die Jakobiner auch viele Latinos und Weiße zu ihren Mitgliedern – ganz im Einklang mit Toussaint L'Ouvertures ursprünglicher Vision von einer freien und multikulturellen Republik Haiti.

Die Schwarzen Jakobiner wurden in ganz Florida und schließlich im ganzen Süden berühmt. Vanetta Brown war eine leidenschaftliche Rednerin, und ihr Bekanntheitsgrad und ihr Medienprofil wuchsen entsprechend. Die Medien tauften sie »die schwarze Rote« und behaupteten, die Gruppe werde von Fidel Castro finanziert.

1965 kam das Heroin nach Südflorida. Fast täglich landete erstklassiger Stoff aus dem Goldenen Dreieck in Frachtflugzeugen der Armee, die, aus Vietnam kommend, die Militärstützpunkte in Florida anflogen, in den USA. Schon bald war Heroin die Droge der Ghettos von Miami. Die Kriminalitätsrate explodierte.

Die Schwarzen Jakobiner erklärten den Dealern, deren Nummer eins Daniel Styles alias Halloween-Dan war, einen »Krieg der Schande«. Zu ihrer Taktik gehörte es unter anderem, in der ganzen Stadt Fahndungsplakate von bekannten Dealern aufzuhängen, vor den Häusern der Dealer und bekannten Drogenumschlagplätzen Mahnwachen zu halten und Fixertreffs mit menschlichen Barrikaden abzuriegeln, sodass sie zumachen mussten. Und sie gründeten eine kostenlose Entzugsklinik in Liberty City, die eine achtzigprozentige Erfolgsquote aufweisen konnte.

Nach nur zwei Monaten waren der Drogenhandel und die Beschaffungskriminalität in der Innenstadt von Miami spürbar zurückgegangen.

Am 4. Juni 1968 unternahm die Polizei eine Razzia auf das Haus der Jakobiner. Es kam zu einem Schusswechsel, und das Gebäude wurde in Brand gesetzt. Ezequiel und Melody Dascal kamen zusammen mit fünf weiteren Jakobinern in den Flammen ums Leben.

Vanetta Brown war angeblich durch ein Fenster entkommen, nachdem sie auf Detective Dennis Peck geschossen und ihn getötet hatte – nur dass mindestens drei Augenzeugen ausgesagt hatten, Vanetta Brown zum Zeitpunkt der Razzia mehrere Meilen entfernt in Miami Springs gesehen zu haben. In Anbetracht der Aussagen der beiden hochdekorierten und angesehenen Polizeibeamten, die die Razzia geleitet hatten, nämlich Eldon Burns und Abe Watson, wurde diese widersprüchliche Beweislage jedoch außer Acht gelassen.

Im Laufe der darauffolgenden Woche stellten dieselben Polizeibeamten über einhundert Kilo Heroin, 750 000 Dollar in bar und zahlreiche halbautomatische Waffen in Wohnungen sicher, die angeblich von den Schwarzen Jakobinern genutzt worden waren – wobei zu keinem Zeitpunkt irgendwelche erhärtenden Beweise für eine Verbindung zwischen den Wohnungen und der Gruppe vorgelegt wurden.

Vanetta Brown entzog sich der landesweiten Fahnung und verschwand von der Bildfläche. Im Dezember 1971 bestätigte Fidel Castro, dass sie in Kuba lebe, eine von schätzungsweise 94 US-Kriminellen, denen das kubanische Regime seit 1962 Asyl gewährt hatte.

Vanetta führte bis dato ein sehr unauffälliges Leben. Sie war nie in der Öffentlichkeit zu sehen, und Fotos von ihr in Kuba waren nicht bekannt. Man ging davon aus, dass sie noch am Leben war und in Havanna wohnte.

Die kubanische Regierung hatte ihr eine Unterstützungsleistung von 13 Dollar pro Tag gewährt.

15

Dreieinhalb Stunden später ging Max in der Küche seine Notizen durch, während er darauf wartete, dass sich die Espressomaschine aufheizte.

Das Buch hatte alte Erinnerungen geweckt.

Sehr alte Erinnerungen.

An seine Tage bei der MTF …

Die Razzien auf das Haus der Jakobiner und die Geheimwohnungen trugen alle Merkmale einer klassischen Eldon-Burns-Operation. Max hatte selbst bei einigen mitgemischt, er wusste, wenn er eine vor sich hatte. Nur dass es dieses Mal unschön gelaufen war: Ein Kind war ums Leben gekommen und ein Polizist erschossen worden. Zu Max' Zeiten war so etwas nicht vorgekommen, aber da hatte Eldon die hohe Kunst der Beweisfälschung auch bereits perfektioniert.

Max musste an Abe Watson denken. Joe hatte ihn von Anfang an verachtet. Warum, hatte er nie erklärt. Aber man hatte es ihm angesehen, an der defensiv-aggressiven Körpersprache und der Art, wie er die Lippen extra fest zusammenpresste, wenn Abes Name fiel, wie jemand, der sich auf die Zunge beißt und gleichzeitig das Kotzen zu unterdrücken versucht. Max hatte viele Geschichten über Abe gehört, die meisten von Eldon: Abe und der bleigefüllte Beutel, den er die »Nigger-Keule« nannte, Abe und sein extraharter Umgang mit schwarzen Verdächtigen, Abe und sein ständiges Bemühen zu beweisen, dass er vor allem Polizist und erst dann Schwarzer war.

Auch an Styles – Halloween-Dan – erinnerte sich Max nur zu gut aus der Zeit, als er noch Streife gefahren war. Wie er ausgesehen hatte, ausstaffiert wie ein neonfarbener Kürbis: der knallorange Cadillac mit den orangefarbenen Reifen, orangefarbenen Sitzen und orange getönten Scheiben. Und immer vier Frauen dabei, drei hinten, eine vorn; schwarz, weiß und braun, alle in hautengen orangefarbenen Kleidern.

Ganz Miami wusste, wer Halloween-Dan war und wie er sein Geld verdiente, aber keiner konnte ihm etwas nachweisen. Er entzog sich allen Versuchen, ihn zu verhaften. Bei sämtlichen Ermittlungen gegen ihn verschwanden routinemäßig Beweismittel und wichtige Zeugen. Gerüchte gab es zuhauf: dass er ein Spitzel sei, dass er für die CIA oder das FBI hochreines Heroin verkaufe, dass er einflussreiche Freunde habe.

Doch eines Tages im Jahre 1973 war er spurlos verschwunden. Alle Welt ging davon aus, dass er ermordet worden war, in Stücke gehackt und den Haien und Hummern zum Fraß vorgeworfen. Der Drogenhandel in Miami wurde daraufhin von den Kolumbianern, den Kubanern und dem Haitianer Solomon Boukman übernommen.

Natürlich konnte Max sich irren, und Vanetta Brown und die Schwarzen Jakobiner hatten wirklich mit Heroin gedealt, aber er kannte Eldon und dessen Schlechtigkeit.

Er vermutete Folgendes: Eldons Zahlmeister aus der Politik – Victor Marko – und vielleicht auch das FBI hatten Vanetta Brown und ihre Organisation loswerden wollen. Den Job hatten sie Eldon gegeben, im Gegenzug für mehr Macht, mehr Einfluss und mehr Geld. Er hatte dankbar angenommen.

Wenn Brown unschuldig war und man den Jakobinern die Drogen, das Geld und die Waffen untergeschoben hatte, hatte sie immer noch ein Motiv, Eldon zu töten. Ein handfestes sogar. Ihr Mann und ihre Tochter – ihre Familie – waren bei der Razzia ums Leben gekommen.

Sie musste jetzt 72 sein. Vielleicht hatte sie einen Killer auf Eldon angesetzt. Durchaus möglich. Rache altert nicht.

Aber warum Joe? Der war 1968 noch ein ganz normaler Streifenpolizist gewesen.

Wo passte er ins Bild?

Was hatte er ihr angetan?

Irgendetwas stimmte da nicht.

Max' Telefon klingelte.

Es war Jack Quinones.

16

»Jack, wie geht es dir?«

Max zog einen Stuhl heran und setzte sich.

»Ich mag Miami nicht mehr«, sagte Quinones.

»Ich weiß.«

»Und dich mag ich noch weniger.«

»Auch das weiß ich.«

Sie saßen vor einem gut besuchten kreolischen Restaurant in der Bayside Mall mit großartigem Blick auf die Marina, in der lauter Touristenboote lagen, die Horden von Menschen in sich aufnahmen und wieder ausspuckten. Die Boote fuhren zu den winzigen vorgelagerten Inseln, auf denen die Reichen und Berühmten lebten. Einmal war Max mitgefahren, weil er nichts Besseres zu tun gehabt hatte und wissen wollte, wofür die Touristen neben Clubs und Cola sonst noch ihr Geld ausgaben. Das Boot hatte vor den Häusern irgendwelcher Promis angehalten, und über die Lautsprecheranlage war jedes Mal irgendetwas Passendes zum Besten gegeben worden: ein Stück Filmmusik, ein Lied, ein Slogan. Vor Sylvester Stallones Haus hatten sie in voller Lautstärke den Titelsong zu *Rocky* gespielt. Dankbarkeit hatte Max überkommen, dass er nie berühmt geworden war.

Quinones sah furchtbar aus. Max hatte zweimal genau hinschauen müssen, bevor er ihn erkannt hatte. Er war seit ihrer letzten Begegnung stark gealtert. Vor elf Jahren war er kräftig gebaut gewesen, sein Teint dunkel und die Haare schwarz, und er hatte einen Ziegenbart getragen. Jetzt wirkte er dünn und fahl, die glatt rasierten Wangen eingefallen. Sein faltiges Gesicht sah aus, als hätte es jemand in mühevoller Kleinarbeit aus tausend winzigen Stücken zusammengesetzt. Sein Haar hatte die Farbe von Asche auf Schnee.

Quinones war in den letzten Jahren durch die Hölle gegangen. 2004 war seine Frau an Krebs gestorben. Er hatte zusehen müssen , wie die Krankheit über drei Jahre hinweg sehr langsam, Stück für Stück, an ihr zehrte. Nacht für Nacht war sie schreiend und weinend vor Schmerzen aufgewacht, weil die Krankheit sie von innen auffraß. Es war ein Tauziehen, bei dem beide Seiten die scharfen Zähne fest zusammenbissen. Eines Nachts war ihnen das Morphin ausgegangen. Die Apotheken hatten geschlossen, und sie hatte Todesqualen gelitten. Joe hatte auf der Stelle etwas tun müssen, und so war er auf die Straße gegangen und hatte Heroin für sie gekauft. Damit hatte sie die Nacht überstanden.

Am nächsten Tag hatte er seinem Chef davon berichtet. Er bekam eine Disziplinarstrafe und wurde auf eine Ausbilderstelle degradiert. So viel zum Thema Ehrlichkeit. Jack war das egal gewesen. Im Grunde hatte er es so gewollt, weil ihm so mehr Zeit für seine Frau blieb.

»Wenn's nach mir ginge, hätte unsere letzte Begegnung gern unsere letzte bleiben können«, sagte Quinones. »Aber Joe war ein guter Freund, und er hat mich gebeten, für den Fall, dass etwas Derartiges passiert, mit dir zu reden.«

»Hatte er Grund zu glauben, dass er ermordet werden könnte?«

»Nein. Er hat mich einfach drum gebeten, und ich hab's ihm versprochen.«

»Ich wusste gar nicht, dass ihr zwei euch so nahestandet.«

»Es gibt vieles, was du nicht weißt.« Das Einzige, was sich an Quinones nicht verändert hatte, war seine Stimme, deren natürliche spanische Sprachmelodie von seiner schroffen Ruppigkeit immer wieder ausgebremst wurde.

Eine lächelnde Kellnerin kam mit zwei Speisekarten an ihren Tisch und zählte die Tagesgerichte auf. Schon bevor Jack ihr ins Wort fiel und ein Wasser bestellte, wusste Max, dass sie nichts essen würden. Max bestellte einen Kaffee.

»Hat Joe dir erzählt, wie wir uns kennengelernt haben?«, fragte Quinones.

»Habe ich euch nicht einander vorgestellt?«

»Joe und ich, wir kannten uns schon, da hast du noch gar keine Uniform getragen.«

Max war überrascht, und er versuchte nicht, es zu überspielen. Einen Augenblick lang saß er mit offenem Mund da wie ein gestrandeter Fisch.

Er hatte Jack im Sommer 1976 kennengelernt und war schwer beeindruckt gewesen: Jack war nicht der typische FBI-Bürokrat, der auf die lokale Polizei herabschaute und allen anderen mit seiner Intelligenz deren vermeintliche Dummheit unter die Nase reiben wollte. Er wollte einfach nur seine Arbeit machen und Verbrecher fangen.

Quinones ermittelte wegen Waffenschmuggels gegen die IRA. Die Waffen waren aus Argentinien gekommen und über Miami nach Irland verschifft worden. Zufälligerweise ermittelten Max und Joe zur gleichen Zeit gegen einen Iren, der bei einem Kreditbetrug in Cork aufgeflogen war und sich erst nach Südamerika und dann nach Miami abgesetzt hatte. Sie hatten sich mit Quinones zusammengetan, ihre Ressourcen gebündelt und ein kleines Netz von Schmugglern und Geldwäschern hochgenommen.

Während der Ermittlungen hatte Max die beiden eines Abends einander vorgestellt. Das zumindest hatte er geglaubt. Und sie hatten auch so getan, als kennten sie sich nicht. Vorsichtig tastender Smalltalk auf der Suche nach einem gemeinsamen Thema, über das man sich unterhalten konnte. Boxen war dieses Thema gewesen, und Alkohol hatte sie einander nähergebracht. Jetzt fühlte Max sich gekränkt. Er und Joe hatten sich alles erzählt. Sie hatten keine Geheimnisse voreinander gehabt. Hatte er gedacht.

»Worum geht es hier, Jack?«

»Wieso bist du in eine polizeiliche Ermittlung involviert?«

»Wer sagt, dass ich das bin?«

»Geh mir nicht auf den Wecker. Dein bester Freund wird vor deinen Augen erschossen, und du tust gar nichts? Sicher. Wenn du wüsstest, wer es war, wäre er schon tot.«

»Wer sagt, dass es ein Er war?«

Die Kellnerin brachte die Getränke. Quinones wartete, bis sie wieder außer Hörweite war.

»Es heißt, Vanetta Brown sei in der Stadt«, sagte er.

»Du kennst sie?«, fragte Max.

»Ich rede, du hörst zu. Wenn ich fertig bin, sind wir fertig. Keine Fragen. Kapiert?«

»Ja.«

»Als sie noch in Overtown lebte, war ich an einer COINTELPRO-Operation für das Büro hier in Miami beteiligt. Abteilung schmutzige Tricks. Wir haben Gruppen der Black-Power-Bewegung unterwandert. Aber nicht nur die. Wir hatten auch den Klan und die Amerikanische Nazi-Partei im Visier – keiner wurde benachteiligt. Wir schleusten Undercover-Agenten ein und behielten sie genau im Blick. Aber das war nicht alles, wir haben auch lustige Sachen gemacht, zum Beispiel mit Gerüchten und haltlosem Tratsch den Ruf mehrerer Menschen ruiniert. Wenn wir sie nicht wegen Verbrechen oder Verbindungen zu den Kommunisten oder verbotenem Sex drankriegten, haben wir uns eben was ausgedacht. Manchmal sind die Gerüchte sogar wahr geworden.« Quinones grinste. »Die Öffentlichkeit ist einfach grundbescheuert. Die glauben alles. Deshalb haben die auch Bush junior gewählt.«

»Du bist mir ein FBI-Mann, Jack.«

»Ich gewöhne mich langsam an den Gedanken, in Pension zu gehen.«

Max leerte seine Kaffeetasse.

»Ich war für die V-Leute bei den Schwarzen Jakobinern zuständig – der Gruppe von Brown«, sagte Quinones. »Die Mitglieder in Miami waren jung. Und wütend. Schwarze Jugendliche, deren Eltern sich noch gut an die Mauer durch Liberty erinnerten. Die nicht vergessen hatten, wie sie von Proleten-Bullen als ›Nigger‹ und ›Boy‹ bezeichnet wurden. Die ihr ganzes Leben lang versucht hatten dazuzugehören, die versucht hatten, weiß zu sein, sich beim Friseur die Haare glätten ließen und unterwürfig waren wie Onkel Tom. Und trotzdem mussten sie im Bus immer noch ganz hinten sitzen und durften nicht aus den gleichen Wasserspendern trinken wie die Weißen. Deren Kinder wollten da nicht mitmachen; als sie groß wurden, sagten sie: Zum Teufel damit, so will ich nicht leben.

Die Jakobiner haben wir mit einer Handvoll junger Schwarzer infiltriert, die frisch von der Polizeischule kamen und noch keine Stelle zugewiesen bekommen hatten. Die Grundlagen waren denen schon eingehämmert worden, und wir haben sie zu Spitzeln gemacht. Wir haben ihnen einen Job beim FBI versprochen oder eine schnelle Beförderung zum Detective. Mein V-Mann war Joe Liston.«

»Joe …?« Der Rest des Satzes blieb Max im Halse stecken.

»Er sah eine scheinbar gute Gelegenheit und hat zugegriffen«, sagte Quinones.

»Joe? Seine eigenen Leute verraten? Das kauf ich dir nicht ab, Jack.«

»So war es nicht. Erstens hat Joe niemanden verraten. Meinst du, Hoover hat das COINTELPRO ohne guten Grund ins Leben gerufen? Und mit Rassismus hatte das auch nichts zu tun. Hoover ist gegen weiße Extremisten genauso hart vorgegangen wie gegen schwarze – Panther, Klan, Nazis, für ihn war da kein Unterschied. Wie gesagt, volle Gleichberechtigung. Find dich damit ab. Bei den Extremisten gibt es keine Guten.«

»Und Martin Luther King? Der war doch kein Extremist!«

»Für uns war er das, damals«, sagte Quinones. »Genau wie auch Jesus zu seiner Zeit, wenn dich das tröstet. Und sieh, was mit dem passiert ist.«

»Wann hast du Joe rekrutiert?«

»Das war 1965. Er war kein Freiwilliger. Er hatte bei seiner Bewerbung für den Polizeidienst gelogen und angegeben, keine Vorstrafen zu haben. Er hatte aber zwei Strafzettel nicht bezahlt. Er meinte, er hätte einfach vergessen zu bezahlen und bla-bla, aber im Grunde war seine Karriere damit erledigt, bevor sie überhaupt angefangen hatte. Ein Polizist muss aufrichtig und gesetzestreu sein. Zumindest damals.« Er zwinkerte Max zu. »Und so haben wir ihn vor die Wahl gestellt: Arbeite eine Weile für uns, und wir wischen deine Tafel sauber. Joe war eineinhalb Jahre bei uns. Ich war sein direkter Vorgesetzter. Und sein einziger Kontakt.

Er ist dem inneren Kreis ziemlich nah gekommen, Vanetta Brown hat ihm vertraut. Und er hat die ganze Zeit über keinen einzigen Hinweis auf irgendwelche kriminellen Aktivitäten gefunden. Auch unsere anderen Jungs nicht.«

»Und, äh, 1967 hat Joe dann aufgehört, für euch zu arbeiten?«

»Ja und nein. Er sagte, er sehe keinen Sinn in der Operation. Die Schwarzen Jakobiner stellten keine Bedrohung für unsere nationale Sicherheit dar. Sie täten ziemlich viel Gutes in ihrem Viertel. Was absolut stimmte. Also ging er zur Polizei von Miami. Er hätte auch einen Job beim FBI kriegen können, wenn er gewollt hätte. Er hatte das richtige Temperament dafür. Und den Verstand. Oder er hätte in einen anderen Staat gehen können, aber Miami kannte er, und hier wollte er bleiben. Nicht mal eine schnelle Beförderung wollte er. So war Joe. Ehrlich und prinzipientreu bis zum Umfallen.«

»Und was war mit den Drogen?«

»Joe hat da nie irgendwelche Drogen gesehen. Und auch unsere anderen V-Leute nicht«, sagte Quinones.

»Soll heißen, der Stoff wurde ihnen untergeschoben?«

Quinones antwortete nicht.

Was so viel bedeutete wie ja.

Max war nicht überrascht.

»Und die Verbindungen nach Kuba, das Geld, das die Jakobiner angeblich von da kriegten?«

»Wir haben diese Gerüchte in den Medien gestreut«, sagte Quinones.

»Nichts davon stimmte?«

»Nein.«

»Warum habt ihr das getan?«

»Das war mein Job«, sagte Quinones. »Es gibt zwei Farben, die das weiße Amerika hasst: Schwarz und Rot. Die beiden zusammen bedeuten richtig Sprengstoff. Man muss sich nur anhören, was die rechten Medien heute über Obama sagen – ›Sozialist‹ sei er. Wieder Schwarz und Rot. Das hört nie auf und verfehlt nie seine Wirkung.«

Die Kellnerin räumte Max' Tasse ab. Er bestellte noch einen Kaffee.

»Wie konnte das gehen? Joe hängt seinen Undercover-Job

an den Nagel und ist als Polizist in den gleichen Straßen unterwegs, in denen er vorher demonstriert hat?«

»Joe hat Vanetta Brown erzählt, dass er aufhören will, um zur Polizei zu gehen.«

»Wie bitte?«

»Das war seine Idee. Joe hat es ihr so verkauft, dass er damit von innen was bewirken konnte, dass er Gutes tun konnte und alles, was er gelernt hatte, bei der Polizei anwenden. Er hat ihr auch versprochen, für sie zu spionieren, ihr zu erzählen, was so lief. Sie war voll dafür. Hat ihm ihren Segen gegeben. Die Schwarzen Jakobiner waren nie gegen die Polizei. Trotz allem, was Vanetta Brown passiert ist. Sie glaubte an Reformen, nicht an die Revolution.«

»Sie hat also nie Verdacht geschöpft?«

»Sie hat nie erfahren, dass er für uns gearbeitet hat, nein. Und das ist alles, was ich dir erzählen werde, Mingus, weil das alles ist, was Joe mich gebeten hat zu erzählen.«

»Du meinst, da gibt's noch mehr?«

»Es gibt immer mehr. Aber von mir wirst du nicht mehr erfahren. Du zahlst.«

Quinones erhob sich.

»Eins noch: Ich komme zur Beerdigung nächste Woche. Tu mir einen Gefallen: Setz dich nicht neben mich, rede nicht mit mir und sieh mich nicht an. Auf Wiedersehen.«

»Ja, fick dich auch, Jack«, sagte Max zu Quinones' Rücken.

Er starrte in die kleine schwarze Pfütze auf dem Boden seiner Tasse, sah sich im Restaurant um. Es war leerer geworden. Die Hintergrundmusik deutlicher zu hören. So wie auch das Kreischen der Möwen lauter war als die Gespräche der Touristen.

Er kam sich leer vor, ihm war schwindelig. Alles um ihn herum krachte zusammen. Alles, was er je gekannt hatte, dessen er sich sicher gewesen war. Kein Stein blieb mehr auf dem anderen.

17

Max stand an eine Palme gelehnt da und grub die nackten Füße in den feinen, warmen Sand.

Er war seit Ewigkeiten nicht mehr am Strand gewesen. Es erinnerte ihn zu sehr an Sandra. Als sie noch zusammen in seiner Wohnung auf dem Ocean Drive gewohnt hatten, war sie immer gern ans Meer gegangen. Bevor sie ihn kennengelernt hatte, hatte sie ihr ganzes Leben in und um Little Havana verbracht; ein Ausflug zum Strand war etwas ganz Besonderes gewesen, eine aufwendige Angelegenheit, die man nur an Feiertagen oder am Wochenende zusammen mit Freunden und Familie auf sich nahm. So nah am Meer zu leben, war für sie eine ganz neue Erfahrung gewesen. Und es war ihr nie langweilig geworden.

Er dachte gern an Sandra, aber er wurde nicht gern an sie erinnert. Gedanken konnte er kontrollieren, Erinnerungen nicht. Es waren glückliche Erinnerungen, aber sie hinterließen einen sehr bitteren Nachgeschmack. Und er wusste, was danach kam, wohin das führte.

Er war nicht wütend auf Joe, weil er ihm nicht von seiner Vergangenheit erzählt hatte. Wahrscheinlich hatte er gerade damit anfangen wollen, als er getötet wurde. Es spielte keine Rolle. Es änderte nichts an ihrer Freundschaft und dem, was sie verbunden hatte.

Aber …

Warum hatte Vanetta Brown einen Killer auf ihn angesetzt?

Hatte sie erfahren, dass er FBI-Informant gewesen war?

Eldon hatte die Razzia im Haus der Jakobiner geleitet. Vanetta Brown hatte an jenem Tag ihren Mann und ihre Tochter verloren.

Nach einem Motiv musste man da nicht lange suchen.

Alles passte zusammen.

Viel zu gut.

Wie Quinones gesagt hatte: Es gab immer mehr.

Aber …

Wäre es nicht das Beste, es dabei zu belassen und Joe so in Erinnerung zu behalten, wie er ihn gekannt hatte, und diese Version als endgültig anzunehmen, als eine von vielen möglichen Wahrheiten?

Wenn er tiefer grub, das spürte er, würde er auf Dinge stoßen, die seine Erinnerungen umschreiben, sie beschmutzen und verzerren würden. Das konnte er wirklich nicht gebrauchen, nicht jetzt, nicht in seinem Alter, wo es so wenig gab, auf das er sich freuen konnte, und so vieles, auf das er zurückblickte.

Sein Telefon klingelte.

Es war Dan Souza.

»Ich habe die Kontoverbindung von Emerson Prescott herausgesucht. Die Zahlung kam von einem Konto bei der Bank of America, das einer Firma namens RMG Ents gehört. Keine Ahnung, wofür RMG steht. Ents könnte *Entertainment* oder *Enterprises* sein.«

»Oder beides. Oder keins davon.«

»Wie bitte?«

»Ach nichts«, sagte Max. »Danke für Ihre Hilfe.«

»Gern geschehen.«

Max wollte nach Hause und nahm den Fußweg, der zwischen dem Strand und den Rückseiten der Hotels verlief. Er war Werbefläche und landschaftlich schöne Strecke zugleich, ein rosa-weißer Betonkanal, der Touristen und Jogger, Hundebesitzer, Pärchen und Arbeiter, Penner und Polizisten auf Fahrradstreife vom oberen Ende der Collins Avenue bis hinunter zum Ocean Drive beförderte.

Da war ein Mann, der ihm folgte. Kurze dunkle Haare, der Körperbau eines Footballspielers, Hose mit akkurater Bügelfalte, schwarze Lederschuhe, kurzärmeliges weißes Hemd, Krawatte, eine Ray-Ban und ein Mobiltelefon, in das er unablässig flüsterte. Er blieb ein Stück zurück und gab sich Mühe, nicht aufzufallen. Max hatte ihn schon am Strand bemerkt, als er mit Souza telefonierte. Er hatte bei einer Station der Rettungsschwimmer gestanden und getan, als wolle er Wasser kaufen, und Max dabei nicht aus den Augen gelassen. Polizist war er nicht. Ein Polizist würde nicht auf die Idee kommen, sich anzuziehen wie ein Bibelverkäufer auf der Suche nach einem Ausweg aus Gomorrha.

Max blieb stehen, setzte sich auf die Mauer und schaute seinem Verfolger entgegen. Er sah, wie sich im Gesicht des Mannes erst Verwirrung und dann Verärgerung spiegelte, bevor er ebenfalls stehen blieb und sein Mobiltelefon befragte.

Als er den Anruf beendet hatte, marschierte er schnellen und forschen Schrittes auf Max zu.

»Max Mingus?«, fragte er. »Agent Joss, Heimatschutz.« Er zeigte seine Marke.

Wie lange verfolgten die ihn schon?

»Würden Sie bitte mit mir kommen?«

»Wozu die aufwendige Observierung?«

»Ich habe Sie nicht observiert. Ich habe versucht, zu Ihnen aufzuholen.«

Da geht Stolz vor Vaterlandsliebe, dachte Max.

»Bin ich verhaftet?«, fragte er.

»Es gibt da jemanden, der mit Ihnen sprechen möchte.«

»Und wen?«

18

Wendy Peck trat mit ausgestreckter Hand und haargenau dem gleichen Lächeln, das sie auch auf ihrem offiziellen Foto zur Schau trug, hinter ihrem Schreibtisch hervor, um Max zu begrüßen. Dieses Lächeln war Ausdruck des Wohlbehagens, wie man ihn im Modul »Körpersprache« eines jeden Betriebswirtschaftskurses lernte, jenes mit Zähnen bewehrte Sehr-erfreut-Sie-kennenzulernen-Lächeln, das in den Mundwinkeln anfängt und endet und in Sekundenschnelle aufgesetzt und wieder fallen gelassen werden kann.

Das kleine Büro in Little Havana lag über einem Waschsalon direkt gegenüber dem weißen Art-déco-Gebäude des Tower Theater, das mit seiner hohen Spitze eher wie eine moderne Kirche denn wie ein Kino aussah.

Die Ausstattung war kostengünstig und funktional: zwei graue Plastikstühle, ein Schreibtisch aus Holz, Teppichfliesen auf dem Fußboden. Alles sah neu aus und roch neu, als wäre es vor einer Stunde eingerichtet worden. Keine Zimmerpflanzen, keine Telefone, keine Lampen, keine Flagge, kein Foto des Präsidenten. Dies würde eines jener Treffen werden, die nie stattgefunden hatten: Sein Wort gegen das des Staates.

»Ich bedaure, dass wir zu diesem Mittel greifen mussten, Max. Aber ich bin sicher, Sie werden es bald verstehen«, sagte sie, statt sich vorzustellen.

Auf dem Foto hatte sie robust gewirkt, eine Vertreterin der vordersten Angriffslinie Amerikas im Krieg gegen den Terror. In Fleisch und Blut aber war sie schmal, fast zierlich. Sie trug eine blassblaue Bluse zum dunkelblauen Kostüm. Keine Flagge auf dem Revers. Die breite, leicht gefurchte und vorstehende Stirn versteckte sie hinter einem Pony, der kurz über den dunklen Augenbrauen und der randlosen Brille mit den eckigen Gläsern endete.

Sie trug keine Ringe und, abgesehen von winzigen goldenen Ohrsteckern, auch keinen Schmuck. Minimales Make-up, das meiste davon auf den Lippen, die eher schmal waren. Nicht unattraktiv, dachte Max, aber sie hatte etwas Unnahbares an sich, eine zugefrorene Distanz, die nicht tauen würde. Er fragte sich, ob sie Familie hatte oder einen Partner oder ob außer dem Beruf, für den sie jeden Morgen ihr Zuhause verließ, dort überhaupt irgendetwas auf sie wartete.

Sie deutete auf den Stuhl, der vor dem Schreibtisch stand, und setzte sich, nachdem er Platz genommen hatte.

»Können wir Ihnen irgendetwas bringen, bevor wir anfangen? Wasser? Kaffee?«

Die einfühlsame Masche, dachte Max. Beim Vornamen anreden, das Unangenehme etwas weniger unangenehm machen. Ein Begrüßungsgetränk vor dem unruhigen Flug. Er wollte ihr in die Augen sehen, aber seine Versuche wurden von den grellweiß spiegelnden Brillengläsern abgeschmettert.

»Danke, nein«, sagte Max. Sie schickte Agent Joss, der ihm gefolgt war, mit einer Handbewegung aus dem Zimmer.

Zu Max' Linker lagen, eine über der anderen, zwei grüne Aktenboxen auf dem Schreibtisch. Sie klappte die erste auf und wühlte sich eilig mit den Fingerspitzen durch den Inhalt, dabei die bedruckten Seiten stapelweise aussortierend wie

Stoffmuster in einem Musterbuch, bis sie gefunden hatte, was sie suchte: ein einzelnes Blatt. Sie legte es vor sich hin, betrachtete es und schaute dann hoch zu Max.

»Warum ermitteln Sie gegen Vanetta Brown?«, fragte sie und beugte sich mit gefalteten Händen vor.

»Ich würde das nicht ermitteln nennen«, sagte er. Von Anfang an, seit der Typ ihn einkassiert hatte, hatte er gewusst, worum es ging.

»Wie würden Sie es nennen?«

»Ich versuche zu verstehen, warum sie zwei meiner Freunde getötet hat.«

»Und?«

»Ich arbeite dran.«

»Sie haben sich vor wenigen Stunden mit Special Agent Quinones getroffen. Er hat Ihnen von Captain Listons Vergangenheit als Informant des FBI erzählt. Gestern haben Sie im Buchladen Swopes ein illegales Buch erworben – *Black Power in the Sunshine State.*«

Sie sprach mit dem gleichen leichten Südstaaten-Näseln wie Max, das um jeden Vokal einen weiten Bogen beschrieb, trotzdem war in ihrer Stimme von der Wärme Floridas herzlich wenig zu spüren. Es hörte sich an, als hätte sie viel Zeit und Energie darauf verwandt, den Dixie loszuwerden.

»Warum haben Sie mich überwacht?«, fragte Max, der spürte, wie sich die Schrauben enger zogen. Er fragte sich, ob sie Jack beim FBI verpfeifen würde. Er wunderte sich selbst, dass ihn das überhaupt kümmerte, aber das tat es. Ein bisschen.

Sie überhörte seine Frage. Dies hier war ihre Show. Wieder schaute sie auf ihr Blatt Papier.

»Sie haben zu Hause lange und ausführlich im Internet über Vanetta Brown recherchiert.«

»Woher wissen Sie, was ich im Internet recherchiere?«

»Was glauben Sie?«

Das traf ihn ins Mark, dass er bespitzelt wurde. Und dann machte es ihm Angst. Was wussten die über ihn? Wie weit waren sie in die Vergangenheit zurückgegangen? Plötzlich musste er an Eldon denken. Eldon und die Berge von Dreck, die er gesammelt hatte. Seine »Versicherungspolice«, hatte er das genannt. Hatte sie die in die Finger bekommen?

Er behielt seinen Schrecken für sich. Und erinnerte sich daran, dass er nichts verbrochen hatte. Und das machte ihn wütend. Dass er überhaupt hier war, dass die so mit ihm redeten, dass gegen ihn ermittelt wurde.

»Brauchen Sie dafür nicht einen Untersuchungsbefehl?«, fragte er.

»Wir haben einen. Er heißt *Patriot Act.*«

»Hier geht es um Mord, nicht um Terrorismus.«

»Wo ist da der Unterschied?«

»Terrorismus ist Mord um einer Sache oder einer Ideologie willen – Politik, Religion, was auch immer«, sagte Max. »Hinter Vanetta Browns Taten sehe ich keine Sache und keine Ideologie. Ich sehe nur jemanden, der Gleiches mit Gleichem vergolten hat.«

»Schauen Sie genauer hin«, sagte sie. »Brown hat sich der amerikanischen Gerichtsbarkeit durch Flucht entzogen, sie hat einen Polizisten getötet und lebt in Kuba, einem Schurkenstaat. Sie hat einen Killer engagiert, um in Miami nicht nur einen, sondern gleich zwei Polizisten töten zu lassen. Sehen Sie jetzt, worauf das hinausläuft? Kuba, ein Staat, der den Terrorismus finanziert, und so weiter?«

Sie lächelte, nicht ihr Kameralächeln, sondern eines, das sie ehrlich meinte: ein ironisches, freudloses Grinsen, das Max sagte, dass diese Version vielleicht nicht die Wahrheit war, aber das, was als Wahrheit gelten würde, wenn sie das so wollte.

»Wie gut kannten Sie Captain Liston?«

»Das wissen Sie doch.«

»Erzählen Sie es mir trotzdem.«

»Wir waren fast vierzig Jahre lang die besten Freunde«, sagte er. »Ich kannte ihn wohl besser als die meisten.«

»Aber nicht so gut, wie Sie dachten.«

»Jeder darf doch ein Geheimnis haben, oder zwei.«

»Kommt auf das Geheimnis an. Warum, glauben Sie, hat er Ihnen nie davon erzählt?«

»Vielleicht hielt er es nicht für wichtig. Vielleicht hatte er geschworen, es für sich zu behalten. Oder vielleicht, weil es mich nichts anging. Ich weiß es nicht. Und ehrlich gesagt, ist es mir auch egal.«

»Warum?«

»Weil er tot ist und die Antwort mit ins Grab genommen hat. Alles andere ist reine Spekulation.«

»Wie geht es Ihnen damit, dass er ermordet wurde, so vor Ihren Augen?«

»Wie ging es Ihnen damit, dass Ihr Papi nicht mehr nach Hause kam?«

Das hatte sie getroffen. Sie zuckte zusammen, dann sah sie ihn zornig an. In diesem Moment sah er ihre Augen, die hart waren und graublau, mehr Grau als Blau, die Farbe von Eiszapfen, die sich auf einer Edelstahlfläche spiegeln. Ihre Finger verkrampften sich zu Krallen, das Blatt Papier knitterte sich unter ihren Händen. Draußen hörte er Reifen quietschen und die Anfänge eines Streitgesprächs auf Spanisch. Er spürte den Schweiß, der ihn im Nacken kitzelte.

»Warum kommen Sie nicht zur Sache und erzählen mir, wieso ich hier bin?«

Sie starrte ihn noch einen Moment lang an, den persönlichen Zorn gegen ihre beruflichen Verpflichtungen abwägend; das, was sie ihm gern antun würde, gegen das, was sie von ihm wollte. Es dauerte eine Weile, bis sie sich für Letzteres entschieden hatte, aber am Ende tat sie es, nahm sich wieder die offene Aktenbox vor und zog ein paar Fotos heraus.

»Die Polizei wird den Mann, der Captain Liston und Eldon Burns ermordet hat, nicht fassen«, sagte sie.

»Warum nicht?«

»Weil er entkommen ist. Wie alle guten Killer hat er die Stadt verlassen, sobald der Job erledigt war«, sagte sie. »Während Sie darauf warteten, von Detective Perez verhört zu werden, stieg der Mörder zusammen mit einem anderen Mann im Hafen von Miami in ein Schnellboot. Als Sie fertig waren, wechselten die beiden ungefähr fünfzehn Meilen vor der Küste in ein anderes Boot, das sie nach Kuba brachte. Sehen Sie selbst.«

Sie zählte ungefähr die Hälfte der Fotos ab und schob sie zu ihm hinüber.

Das Gesicht des Mörders schlitterte über den Tisch. Er schaute direkt in die Kamera, sah Max direkt an. Schwarze Augen, das Gesicht so schmal, dass es wie auf den Schädel gemalt wirkte, und dann diese furchtbare Hasenscharte, so auffällig und so entstellend, dass es auf den ersten Blick aussah, als wäre das Foto beschädigt, als hätte jemand die rechte untere Ecke diagonal abgeschnitten und dabei die halbe Nase, den halben Mund und das halbe Kinn mitgenommen und die Teile ungeschickt wieder zusammengesetzt, sodass die Segmente nicht mehr ganz passten, die Physiognomie verzerrt war. Max deckte den Mund ab und betrachtete das Gesicht. Der Mörder sah jung aus, Ende zwanzig, kaum erwachsen.

Als Nächstes das Original zu dem Ausschnitt, der Mörder mit Hintergrund. Er stand auf einem Pier und schaute über die Schulter zurück. Er trug Chirurgenhandschuhe und ein schwarzes kurzärmeliges Hemd mit hellen, gen Himmel fliegenden Vögeln darauf. Zu seiner Linken, am Steuer des Bootes sitzend, sein Komplize: kräftiger gebaut, schulterlanges Haar, das Gesicht in perfektem Profil vor dem hellen Boot.

Das nächste Foto zeigte eine Vergrößerung dieses Profils. Die Gesichtszüge waren wegen des schlechten Lichts und der Schatten kaum zu erkennen, wohl aber die markante Nase: ausladend am Ansatz, in der Mitte gebogen, dann in gerader Linie hinunter zur gerundeten Spitze. Er sah auch die pfeilförmige Vertiefung mitten auf der Stirn. Der Fahrer sah eindeutig männlich aus.

»Haben Sie die durch die Computer gejagt?«, fragte Max.

»Ja. Ohne Ergebnis.«

Die übrigen Fotos waren Satellitenaufnahmen des Schnellboots, das eine Linie durch den Ozean zog und sich mit einem anderen Boot traf, auf das zwei Männer überwechselten, das zweite Boot fuhr davon. Dann ging das Schnellboot in Flammen auf und brannte in Standfotos nieder: erst mehrere Aufnahmen der lodernden Flammen, zuletzt der vom Feuer definierte Umriss des Bugs, der, von Schwarz umgeben, noch aus dem Wasser ragte.

Sie hatten das Boot in Brand gesetzt, um alle kriminaltechnischen Beweise zu vernichten. Was bedeutete, dass sie nicht identifiziert werden wollten. Was wiederum bedeutete, dass ihre Daten im System erfasst waren, irgendwo.

Max nahm sich noch einmal das erste Foto vor und schaute in die leeren, tintenschwarzen Augen, die seinen Blick erwiderten. Dieses Gesicht hatten Eldon und Joe kurz vor ihrem Tod gesehen.

Wendy Peck schob ein weiteres Hochglanzfoto über den Tisch.

»Erkennen Sie die wieder?«

Eine Vergrößerung einer Patronenhülse, daneben ein Lineal.

»Die hat Lamar Swope Ihnen gegeben. Sehen Sie genau hin.«

Sofort bemerkte er die kleine schwarze Markierung mitten auf der Hülse. Sie erinnerte an die zwei Hälften eines gebrochenen Herzens, aber so ganz passten die Umrisse nicht: Oben fehlte die Rundung, und die inneren Kanten waren glatt, dafür die äußeren gezackt.

Noch ein Foto schlitterte über den Tisch, das gleiche Bild in Vergrößerung.

Und Max sah zwei lange schwarze Flügel, zusammengefaltet, wie vor dem Flug. Sie waren geformt wie eine grausame Zange, die kurz davor war, ihre Beute zu packen, und hatten zugleich auch etwas vage Menschliches an sich. Im oberen Teil erkannte Max die Silhouette eines Gesichts – geschürzte Lippen, die Andeutung eines Kinns, gerade Nase und die Stirn –, das aber auch der Kopf eines Löwen hätte sein können. Nach unten hin wurden die Flügelfedern dünner und liefen zu einer langen, gebogenen Spitze aus.

»Was ist das?«, fragte Max.

»*Las alas negras*. Schwarze Schwingen. Das Zeichen des Abakuá.«

»Was für ein Zeichen?«

»Das des Abakuá«, sagte sie und buchstabierte den Namen. »Das ist eine afro-kubanische Sekte, eine Geheimgesellschaft, die es seit über 500 Jahren auf der Insel gibt. Sie entstand zu Zeiten der Sklaverei und hat bis heute überdauert. Das ist ein Volk im Volk. Sie leben in Kuba, aber in einer eigenen

Welt. Sie sind keine Freunde Castros, nie gewesen. Sie hassen seine Revolution und sein Regime.«

»Und der Schütze ist einer von ihnen?«

»Vielleicht«, sagte sie. »Wahrscheinlich. Der Abakuá heuert öfter mal einen Killer an – unter anderem. Und zwar ausschließlich ehemalige kubanische Militärs. Bestens ausgebildet.

Der Abakuá arbeitet hauptsächlich in Südamerika, war aber auch hier in Miami schon aktiv, und in Trenton, New Jersey, und in Spanien, Frankreich, England und Russland. Die Vorgehensweise ist meist mehr oder weniger die gleiche: Zwei Kugeln durch die Augen und die Visitenkarte am Tatort, die schwarzen Schwingen. Damit auch alle wissen, wer es war. Die CIA hat gelegentlich versucht, Abakuás als Konterrevolutionäre anzuheuern. Ist nicht so gut gelaufen.«

»Soll heißen?«

»Die ersten Male ist es einfach schiefgegangen. Es wurde viel Zeit und Geld verschwendet, während die einen Agenten nach dem anderen in eine Sackgasse geführt haben. Niemand weiß, wer zum Abakuá gehört. Die geben sich nicht zu erkennen. Sie könnten mit einem von denen an der Bar sitzen und Bier trinken und würden es nicht wissen.

1975 ist ein Agent ihnen sehr nahegekommen. Scott Colby hieß er. Man nimmt an, dass er mit einem führenden Abakuá in Kontakt getreten ist, aber bestätigt wurde das nie.« Sie schwieg und sah noch mehr Fotos durch.

»Was ist passiert?«

»Der Fall ist ziemlich unschön ausgegangen. Colby ist verschwunden«, sagte sie, »und wurde einen Monat später in seinem Hotelzimmer in Havanna wieder aufgefunden.«

Sie reichte Max mehrere Schwarz-Weiß-Fotos, aufgenommen von der kubanischen Polizei.

Ein bärtiger Weißer schlaff in einem Sessel sitzend, die Arme über den Lehnen hängend, die Fäuste geballt, den Kopf im Nacken. Es sah aus, als würde er schlafen, als wäre er tagelang auf den Beinen gewesen und dann, als er sich endlich hingesetzt hatte, auf der Stelle eingeschlafen. Die nächsten Bilder zeigten sein Gesicht: sternförmige, blutige Wunden, wo die Augen sein sollten, getrocknetes Blut im Bart, die Lippen über den Hasenzähnen leicht geöffnet. Dann eine Nahaufnahme der Hände: die zur Faust geballten Finger waren vom Rechtsmediziner aufgebrochen worden, und in jeder Hand lag eine Patronenhülse. Auf beiden die schwarzen Schwingen, was die folgenden Fotos bestätigten: Großaufnahmen der Hülsen, die Schwingen klebten wie zerquetschte Insekten auf dem Metall. Es folgten die Fotos aus der Rechtsmedizin. Colby war gefoltert worden, Brust und Beine wiesen Prellungen von Fäusten und Stiefeln auf, der rechte Brustkorb war eingedrückt, auf dem Rücken waren lange Wunden unterschiedlicher Tiefe zu sehen, wie von Peitschenhieben. Verbrennungen an den Hoden, fast alle Fingernägel ausgerissen.

Max hatte schon Schlimmeres gesehen, aber das war lange her. Jetzt krampfte sich ihm beim Anblick der Leiche und der Wunden, die sie trug, der Magen zusammen.

»Er ist nicht in dem Zimmer getötet worden. Man hat ihn nach der Tat dort abgesetzt. In einem gut besuchten Hotel. Und niemand hat etwas gesehen«, sagte Peck. »Bevor sie ihn erschossen haben, haben sie alles aus ihm herausgeholt, was er über sie wusste, einschließlich der Namen sämtlicher Personen, mit denen er gesprochen hatte. Alle diese Kontaktpersonen sind am gleichen Tag verschwunden. Am achten August. In den nächsten Wochen wurde einer nach dem anderen an den Strand gespült. Alle mit einer Kugel in den Mund erschossen. Gehört auch zu den Methoden des Abakuá. Wenn jemand einen von ihnen identifiziert hat, kriegt er eine Kugel in die Augen. Wenn jemand ihre Namen nennt oder über sie redet, jagt man ihm eine Kugel in den Mund.«

»Was hat Castro unternommen?«

»Als die Leichen an den Strand gespült wurden, hat die kubanische Regierung behauptet, diese Menschen seien auf dem Weg nach Amerika ertrunken. So ist es immer. Manchmal versenkt die kubanische Polizei die Opfer des Abakuá sogar selbst im Meer.«

»Und Castro kann nichts gegen die ausrichten?«

»Er hat es nie geschafft, ihnen nahezukommen. Wie gesagt, es ist eine Geheimgesellschaft. Und in Kuba bedeutet geheim auch geheim. Man kann wohl sagen, dass er Angst hat vor ihnen – mehr als vor irgendjemandem sonst«, sagte sie. »Und das mit gutem Grund. Der Abakuá hat jeden Winkel der kubanischen Gesellschaft durchsetzt, jede Ebene des Regimes. Abakuá-Leute sitzen in der Regierung, in den Hotels, in der Armee und der Polizei, in den Taxis und Krankenhäusern. Sie sind die Streifenpolizisten auf der Straße und deren Vorgesetzter und der Vorgesetzte dieses Vorgesetzten. Der Abakuá hat sich durch das Regime gefressen wie ein Tumor. Er könnte es ohne Weiteres stürzen.«

»Und warum tut er das nicht?«

»Liegt nicht in seinem Interesse. Schließlich fährt er sehr gut damit. Er hält das Schwarzmarktmonopol, damit verdienen die ihr Geld«, erklärte sie. »Nach dem Zusammenbruch des Kommunismus hat Russland alle Hilfen an Kuba eingestellt. Kein Öl mehr, keine Maschinen, keine Lebensmittel. Das Land war ziemlich am Boden. Castro rief die so genannte ›Sonderperiode‹ aus – was bedeutete, dass die

Kubaner auch ohne Grundbedarfsgüter auskommen mussten. In einem Monat waren das Seife und Toilettenpapier, im nächsten Reis. Der Abakuá hatte das kommen sehen und Lebensmittel und Toilettenartikel gehortet, während der Ostblock bröckelte. Und dann zu überhöhten Preisen weiterverkauft. Damit haben die ein Vermögen gemacht. Es gab sogar Gerüchte, dass sie Regierungsbonzen mit Fleisch versorgten.

Und sie haben auch vorausgesehen, dass Castro die Insel irgendwann für den Tourismus würde öffnen müssen, und waren von Anfang an dabei. Heute beliefert der Abakuá sämtliche Bars, Restaurants und Hotels des Landes.«

»Und wo ist die Verbindung zu Vanetta Brown?«, fragte Max. »Sie ist bestimmt keine von denen. Sie ist nicht mal Kubanerin. Und die sind gegen das System, das sie beschützt. Sie sind Feinde des Mannes, der ihr Asyl gewährt hat.«

»Geld schmiedet die seltsamsten Allianzen«, sagte sie. »Wir glauben, dass sie dem Abakuá für die Morde an Burns und Liston Geld geboten hat, und der hat sie ausgeführt. Wer auf Rache aus ist, nutzt alle Möglichkeiten und alle Methoden, die sich ihm bieten.«

»Und alle Menschen, die sich ihm bieten«, sagte Max und sah sie vielsagend an.

Er hätte die Zweifel zum Ausdruck bringen können, die in seinem Kopf sprossen wie Pilze; die Gründe, warum die Beweise gegen Brown plötzlich so dürftig aussahen, aber er wusste, dass sie sich von ihm nicht würde umstimmen lassen. Sie hatte ihn nicht herbringen lassen, um einen Mordfall mit ihm zu diskutieren oder bei der Aufklärung seine Hilfe in Anspruch zu nehmen. Ihr ging es nicht um Eldon und Joe. Die beiden spielten hier keine Rolle. Es ging um ihren Vater.

Max überkam ein Gefühl, als würden die Wände ein wenig

näher rücken, der Fußboden sich ein wenig heben und die Decke sich in gleichem Maße senken.

Er wusste, worauf das alles hinauslief. Und er wusste, dass Wendy Peck etwas gegen ihn in der Hand hatte.

Sie beobachtete ihn und sah zu, wie in seinem Kopf alle Steine an ihren Platz fielen, wie Türen aufschwangen und die Erkenntnis hereindrängte.

»Werden Sie es tun?«, fragte sie.

»Was?«

Wieder lächelte sie. Nur war es dieses Mal ein freundliches Lächeln, das ihr ganzes Gesicht veränderte und in ihre Strenge eine bleibende Scharte schlug. Es erlaubte einen kurzen Blick auf den Menschen, der sie wohl privat sein mochte, fern vom Schreibtisch und dem unablässigen Druck: ein Spaßvogel, die womöglich geschmacklose Witze erzählte und Bier aus der Flasche trank.

»Vanetta Brown nach Miami bringen, damit sie vor Gericht gestellt werden kann.«

»Soweit ich weiß, nennt man das Entführung«, sagte er. »Und das gehört nicht zu meinem Arbeitsfeld. Ich bin ein Spezialist für Scheidungen.«

Sie legte die Fotos zurück in den Karton, klappte den Deckel zu und schob ihn ans andere Ende des Tisches. Dann öffnete sie die zweite Aktenbox und ging den Inhalt durch.

»Früher waren Sie ein Spezialist für Vermisstenfälle. Und ein guter. Der Beste, sagen manche. Sie haben nie aufgegeben.«

»Das ist lange her. Die Welt ist eine andere geworden, und auch ich habe mich verändert. Wenn auch nicht unbedingt in die gleiche Richtung.«

Sie zog einen dicken Stapel Papier heraus und legte ihn vor sich hin.

»Sie haben den Carver-Jungen in Haiti gefunden, richtig?«

»Ja.« Max spannte alle Muskeln an.

»Ich erinnere mich noch gut daran«, sagte sie. »Die Familie hatte in allen Zeitungen und im Lokalfernsehen Annoncen geschaltet. Die haben sich das viel Geld kosten lassen.«

Max wollte schlucken, aber sein Mund war trocken.

»Wie viel haben die Ihnen dafür bezahlt, dass Sie den Jungen gefunden haben? Oder anders gefragt: Wie viel Geld haben Sie 1996 aus Haiti hergebracht, Max?«

Da war es. Keine Möhre, kein Angebot, nichts, was für ihn drin wäre. Nur die Peitsche. Woher wusste sie von dem Geld? Wer hatte geredet? Wer hatte es ihr erzählt? Das Zimmer wurde noch kleiner und enger, und er hatte das Gefühl, unter ihrem Blick zu schrumpfen.

»Es waren 20 Millionen Dollar aus Drogengeldern«, fuhr sie fort. »Womit Sie der Geldwäsche *und* der Steuerhinterziehung schuldig wären. Wenn wir Ihnen das eine nicht nachweisen können, dann auf jeden Fall das andere. Sechs Millionen Dollar haben Sie für Captain Listons Kinder in Treuhandfonds hinterlegt. Die werden von der Drogenbehörde eingefroren und vom Finanzamt konfisziert. Sie besitzen ein Penthouse auf der Collins Avenue im Wert von 565 000 Dollar. Auch das wird nicht mehr Ihnen gehören. Und bis dahin haben Sie noch nicht einmal vor einem Richter gestanden. Sie sehen, wohin das führt? Sie sind erledigt. Bei Ihrem Vorstrafenregister kriegen Sie eine zweistellige Haftstrafe, und bei Ihrem Alter werden Sie im Knast sterben.«

Max schaute aus dem Fenster. Sein einziger Ausweg. Mit dem Kopf voran und auf die Straße.

»Was Sie da von mir verlangen – dazu brauchen Sie einen vom Fach. Einen ehemaligen CIA-Agenten oder einen Soldaten. Muss ja nicht mal Amerikaner sein«, sagte er.

»Wollen Sie denn nicht die Person, die Ihre Freunde getötet hat, vor Gericht bringen?«

»Doch, das will ich. Aber ich selbst kann das nicht. Sehen Sie mich an. Ich bin alt. Ich bin nicht mehr so schnell wie früher. Ich hatte seit zwölf Jahren keine Waffe mehr in der Hand, und mein letzter guter Tag liegt zehn Jahre zurück. Glauben Sie wirklich, dass ich Ihr Mann bin? Denn, um es mal so auszudrücken, ich würde mich nicht anheuern.«

»Ich heure Sie nicht an«, sagte Wendy Peck.

Das musste er ihr lassen: Sie war ein harter Brocken, fast so unangenehm, wie er gewesen war. Fast …

Max lächelte bitter.

Wie wäre das Gespräch gelaufen, wäre er kooperativer gewesen, hätte er mitgespielt? Hätte sie ihm die Sache dann als patriotische Mission verkauft? Ihm für den Erfolgsfall Aussichten auf eine Belohnung gemacht? Auf die von ihrer Website vielleicht, oder die vom FBI? Dann die Auftritte in Talkshows, der Buchvertrag, der Film zum Buch, das Computerspiel zum Film? Das Ergebnis wäre das gleiche gewesen. Er wäre auf dem Weg nach Kuba.

»Ich brauche ein paar Tage Zeit, um darüber nachzudenken«, sagte er.

»Wer sagt, dass Sie diesen Luxus haben?«

»Lady.« Max beugte sich zu ihr vor. »Was Sie hier tun, ist höchst illegal. Und Sie wissen das. Sie missbrauchen Ihre Stellung, missbrauchen Ihr Amt und bringen Ihre Behörde in Misskredit. Und Sie verschwenden die Zeit und das Geld Ihrer Behörde. Ihre Aufgabe besteht darin, echte Terroristen zu jagen und in diesem Land für Sicherheit zu sorgen, und nicht, eine private Menschenjagd auf Kosten des Steuerzahlers zu veranstalten. Sie überschreiten Ihre Kompetenzen bei Weitem. Das hier ist der gleiche illegale Scheiß, den ich gemacht habe, als ich noch Polizist war – die geheime Wohnung, die inoffizielle Überwachung, Zwang und Drohungen. Aber der Unterschied zwischen Ihnen und mir, zwischen heute und damals, ist, dass ich damals damit durchkommen konnte – und damit durchgekommen *bin*. Bei Ihnen sieht das anders aus.«

Sie sah ihn an. Und sie lächelte wieder.

»Ich rufe Sie am Dienstag an«, sagte sie.

»Am Dienstag ist die Wahl.«

»Sie sind ein verurteilter Schwerverbrecher, Max. Sie dürfen nicht wählen.«

19

Agent Joss setzte Max vor seiner Wohnung ab. Er hatte nicht nach Hause gebracht werden wollen, hatte nicht darum gebeten und das Angebot abzulehnen versucht, aber sie hatten darauf bestanden. Das war ihre Art, ihn wissen zu lassen, wo seine Leine anfing und wo sie endete.

Er schaltete die Kaffeemaschine und dann den Computer ein. Er wusste, dass Wendy Peck alle seine Eingaben überwachte, und es war ihm scheißegal. Er fütterte Google mit ihrem Namen und drückte auf »Suchen«.

Sie war älter, als sie aussah – 53. Sie war also 13 gewesen, als ihr Vater ermordet wurde.

Tadellose Karriere: bester Jura-Abschluss ihres Jahrgangs, dann zur Staatsanwaltschaft, Anklägerin, stellvertretende Staatsanwältin. Sie hatte einige Leute in den Knast gebracht. Dass sie es besonders auf Polizistenmörder abgesehen hatte, war nicht weiter verwunderlich. Sie plädierte grundsätzlich auf Todesstrafe und kriegte sie meist auch durch. Ein Karriereweg wie ihrer – für den Staat im Gerichtssaal stehen, ihr Plädoyer halten, die Argumente mit Leidenschaft würzen – führte normalerweise in die Politik, aber das war nichts für sie. Ihr fehlte die populistische Ader. Sie wechselte die Seiten, raus aus dem Staatsdienst, und war als Strafverteidigerin überaus erfolgreich.

1996 richtete sie die Website Justice4Dennis.com ein.

2005 ging sie zur Heimatschutzbehörde.

Privatleben: Heirat 1980, Scheidung 1998. Eine Tochter, Joanne.

Warum hatte sie ihn ausgesucht?

Das war nicht schwer zu beantworten – es lag auf der Hand.

Er war genau der richtige Mann für den Job.

Wenn es schiefging, würde sich die Angelegenheit ungefähr so darstellen: Vanetta Brown hatte zwei seiner Freunde umbringen lassen, weshalb er nach Kuba gereist war, um Rache zu nehmen. Es passte perfekt in seine Verhaltensmuster, so etwas hatte er schon einmal getan: drei Morde aus Rache, die ihm sieben Jahre Knast eingebracht hatten. Er hatte sich nicht gebessert, hatte nicht bereut. Wenn er erwischt wurde und von Wendy Peck erzählte, würde sie alles leugnen. Sie waren sich nie begegnet, hatten nie miteinander gesprochen, keinen Kontakt gehabt. Sein Wort gegen ihres. Und er war vorbestraft.

Auch wenn er erfolgreich war, würde sie jede Verbindung leugnen. Er war auf eigene Initiative nach Kuba gereist, weil es ihn frustrierte, dass seine Regierung nicht in der Lage war, die Ausweisung Krimineller aus einem so nahegelegenen Land zu erwirken. Die konservativen Medien würden sich auf die Geschichte stürzen und ihn zum Helden Amerikas stilisieren. Ganz Little Havana würde auf ihn anstoßen. Ein Jahr später würde Vanetta Brown wegen Mordes an Eldon Burns, Joe Liston und Dennis Peck vor Gericht gestellt.

Wendy konnte gar nicht verlieren.

Er startete eine Suche nach »Abakuá«.

Er bekam eine Handvoll Artikel über eine kubanische Tanztruppe, die durch Europa tourte, und über den Einfluss des Abakuá auf die kubanische Musik.

Gut möglich, dass Brown hinter den Morden steckte.

Sie hatte ihr gebrochenes Herz und ihren Hass mit ins Exil genommen.

Dort hatten sie Zeit gehabt, zu schwelen und zu schwären.

Sie hatte auf den richtigen Augenblick gewartet, aber die Zeit lief ihr davon. Nicht nur ihre eigene, sondern auch die der Männer, die ihr Leben zerstört hatten.

Sie war im Februar 72 geworden. Eldon, das wusste sie sicherlich, war über achtzig gewesen und hatte nicht mehr viel Zeit auf dieser Welt gehabt. Joe hatte kurz vor der Pensionierung gestanden. Entweder hielt sie deren Uhren an, oder Gott würde es tun.

Die Zeit war gekommen, offene Rechnungen zu begleichen. Jetzt oder nie.

Aber die Fingerabdrücke auf den Patronenhülsen?

Das war idiotisch.

Außer sie hatte nichts zu verlieren. Dann wäre es egal.

Oder …

Oder vielleicht wurde Vanetta etwas angehängt – wahrscheinlich zum zweiten Mal.

Irgendjemand hatte ihre Fingerabdrücke auf die Hülsen

gebracht und sie Eldon als Visitenkarte in die Hand gedrückt, um sicherzugehen, dass die Polizei sie fand.

Und wenn dem so war, wer steckte dahinter?

So oder so, die Antwort lag in Kuba.

Ihm blieben zwei Tage, bis Wendy Peck ihn anrufen und eine Antwort verlangen würde. Er wusste schon, wie die lautete.

Aber zuerst war da noch die ungeklärte Angelegenheit mit Emerson Prescott, die er zu Ende bringen wollte.

20

Normalerweise stellte Max keine Recherchen über seine Klienten an. Das gehörte zum ungeschriebenen Ehrenkodex der Privatdetektive. Er wurde dafür bezahlt, auf ihrer Seite zu stehen, und sein Vertrauen war im Honorar inbegriffen; ihre Rechtschaffenheit stand außer Zweifel, und ihre Person war tabu.

Emerson Prescotts Rechnung aber war längst überfällig. Und außerdem hatte er den Idioten noch nie gemocht.

Er setzte sich an den Computer und startete eine Suche mit dem Namen seines Klienten. Der erste Treffer galt Emerson F. Prescott, Mitinhaber von Prescott & Lamb Dental Services mit Niederlassungen in Los Angeles, New York und Miami.

Sie hatten auch eine Website. Geschmackvoll und professionell produziert, aber sehr simpel. Das Logo bestand aus großformatigen Kleinbuchstaben in Braun und Blau auf weißem Grund. Darunter eine Liste der angebotenen Dienstleistungen: Zahn- und Hautbehandlungen, Kosmetik, Wellness – es folgten die Unternehmensphilosophie, FAQs,

Anschriften, Termine und Team. Er klickte auf »Team« und wurde auf die nächste Seite geleitet. Wieder das Logo, dann eine Liste von Namen. Ganz oben Emerson F. Prescott und Arielle Lamb.

Er klickte auf Emerson Prescott.

Ein Foto und eine Kurzbiographie. Emerson Prescott, Zahnarzt mit 21-jähriger Erfahrung und zahllosen Qualifikationen hinter dem Namen, sah Max' Klienten nicht im Entferntesten ähnlich. Emerson F. Prescott war schwarz.

Er hätte weitersuchen können, um ganz sicherzugehen, aber er wusste, dass er nichts finden würde.

Er tippte »Fabiana Prescott« in die Suchmaschine und bekam ungefähr eintausend Einträge für »Fabiana« und zehntausend weitere für »Prescott«, aber keinen einzigen Treffer für beide.

Er tippte »RMG Enterprises« ein und erhielt einen Link, der zu einem Autohändler in Kalifornien führte.

Er versuchte es mit »Fabiana Prescott« und »RMG Enterprises« zusammen und starrte auf einen Haufen Links in Chinesisch und Russisch und ein Pop-up-Fenster, das ihn fragte, ob er die japanische Schrift herunterladen wolle. Ohne Nachzudenken klickte er auf »Okay« und musste zwanzig Minuten warten, bis sein Computer ein Programm heruntergeladen hatte, das er nicht brauchte. Dann musste er den Rechner neu starten.

»Fabiana Prescott Gonzo-Porno« war sein nächster Versuch.

Großer Fehler.

Man suche im Internet nach Pornos, und man kriegt eine Milliarde Seiten.

Bei der Suche nach Gonzo-Pornos ist es immer noch eine halbe Milliarde.

Und augenscheinlich gab es unzählige Frauen, die sich Fabiana oder Fabiane oder Fabbie oder Fab oder Fab Annie nannten und Gonzo-Pornos machten. Ganz zu schweigen von ihrer Konkurrenz mit dem Namen Prescott, Prescot, Prescotte, Press Cock und Pressed Cock, wobei es sich bei den beiden letztgenannten um Männer handelte.

Aber keine Fabiana Prescott.

Und so tippte er alles ein, was er hatte.

Und kriegte nur eine einzige Seite, und zwar mit einer Auflistung: Rezensionen zu Porno-DVDs.

Fabiana Prescott hatte mehrere Künstlernamen, am häufigsten aber benutzte sie Sharona S. Bliss.

Sie hieß auch Sexxx Bliss/Sexy Bliss und BJ Bliss.

Sie war überaus beliebt. Auf über neunzig Websites war sie zu bewundern.

Ihr echter Name war Gilmara Vendramini. Geboren am 28. März 1975 in Sao Paulo, Brasilien, 1986 mit den Eltern nach Lubbock, Texas gezogen.

Sie hatte für die Texas A&M University Basketball gespielt, bis sie im Alter von 21 Jahren von der Uni ging und in einem Streifen namens *Dirrrty Dreamz 4* ihr Filmdebüt feierte. Anfänglich spielte sie nur zusammen mit ihrem damaligen Ehemann Herc Ho'gan. Sie gewann drei AVN-Awards – die Oscars der Pornobranche: einen 1998 als beste weibliche Nachwuchsschauspielerin und im Jahr darauf – noch nie dagewesen – gleich zwei: einen für die Beste Schauspielerin in der Kategorie Video und einen für die Beste Schauspielerin in der Kategorie Film. In ihrer tränenreichen Dankesrede bei der feierlichen Verleihung 1999 dankte sie ihren Eltern für deren Unterstützung. Die Eltern waren nicht anwesend.

2000 ließ sie sich scheiden und verlobte sich mit dem

Regisseur, Produzenten und Eigentümer des Filmstudios Prêt-a-Porno, Rudi Milk. Sie stand bei dem Studio unter Exklusivvertrag. Geheiratet hatten sie noch nicht.

Sie spielte in mehr als 350 Pornofilmen mit.

Max betrachtete ihre Fotos aus den verschiedenen Jahren. Angefangen hatte sie als hübsches, aber nichtssagendes Mädchen von nebenan. Es gab Fotos von ihr beim Basketball und ein Mannschaftsfoto aus dem Jahr 1995. Er hätte sie nicht einmal erkannt, wäre ihr Gesicht nicht eingekringelt gewesen. Nichts an ihr war besonders auffällig: ein einfaches, nettes Mädchen mit freundlichem Lächeln, kurzen braunen Haaren und einer fast ein wenig knolligen Nase. Zwei Jahre später war ihre Nase um eine Größe geschrumpft und ihre Brüste um drei Größen gewachsen.

Er suchte nach Rudi Milk.

Anthony Rudolph Milk. Geboren am 17. November 1949 in Hoboken, New Jersey. Er fing als Musik- und Box-Promoter an und betrieb mit Mitte zwanzig ein paar Strip-Clubs in Fort Lauderdale, bevor er ins Pornofach wechselte. Er bediente sowohl den Mainstream (mit Pornos in Spielfilmlänge mit rudimentärem Manuskript und einem Ansatz von Handlung) als auch Sparten (Bondage, Erniedrigung, sämtliche Fetische von Lack bis Leder). Mitte der Achtziger gründete er zwei Unternehmen, Prêt-a-Porno und B-Spokeporno. Letzteres spezialisierte sich darauf, nach den Vorstellungen wohlhabenderer Fans Unikatfilme zu drehen, in denen diese beispielsweise mit ihren Lieblingsdarstellern »in Aktion« treten konnten.

Auf der Homepage von Prêt-a-Porno prangte eine Comiczeichnung von einer nackten, kurvenreichen Schwarzhaarigen im Profil. Sie lag auf dem Bauch, einen Fuß in der Luft, und schleckte aus einer goldenen Schale. B-Spokeporno.com zeigte dieselbe Frau, nur diesmal von vorn und auf allen vieren, wie sie sich über die Schale beugte und sich die Lippen leckte.

Max klickte auf die Zeichnung und wurde auf eine Seite mit folgendem Text geleitet:

B-SPOKEPORNO

DAS NONPLUSULTRA DER INTERAKTIVEN UNTERHALTUNG!

DREHEN SIE IHREN EIGENEN PORNO!
GANZ NACH IHREN WÜNSCHEN!
GANZ NACH IHREM GESCHMACK!
GANZ DAS, WAS SIE WOLLEN!

HIER ZÄHLEN SIE UND NUR SIE.
FÜR SIE VON UNS!

GANZ GENAU!
EIN ECHTES UNIKAT!
EIGENS FÜR SIE HERGESTELLT!

ES WIRD NUR EINE EINZIGE KOPIE DAVON GEBEN
– IHRE!

SUCHEN SIE SICH IHRE STARS AUS!
SIE BESTIMMEN, WAS SIE ANHABEN!
SIE BESTIMMEN, WAS SIE TUN!
SIE BESTIMMEN, MIT WEM SIE ES TUN!

UND VERGESSEN SIE NICHT:
NUR SIE KÖNNEN DAS SEHEN.
NUR SIE HABEN DIESEN FILM.

Ihr ganz persönlicher, einzigartiger,
individueller und absolut einmaliger Porno!

Max schaute sich das Online-Formular an: Name, Anschrift, E-Mail, Telefonnummer und ein Kästchen, in das man in groben Zügen seine Wünsche eintragen konnte. Es wurden keine Frauen beworben und keine Preise angegeben.

Max bemerkte die winzig kleine, unlesbare Schrift am Fuße des Vordrucks und vergrößerte sie.

Es war die Firmenanschrift: Rudi Milk Group Entertainments, Floor 2, Cavanaugh House, 21361 Pennsylvania Avenue, Miami, Florida.

Die Pennsylvania Avenue ging von der Lincoln Road ab, keine fünfzehn Minuten von seiner Wohnung entfernt.

Max recherchierte weiter, weil er ein Foto von Rudi Milk sehen wollte.

Er suchte.

Und suchte. Vor ihm ging die Sonne unter, und während die Nacht hereinbrach, entzündeten sich die Lichter der Stadt. Über die Brücken wanden sich die Autoschlangen, und mit jedem gelbsüchtigen Scheinwerfer wurden mehr Wochenendgäste an den Strand gekarrt.

Irgendwann landete er auf Phatboyzusa.com.

Phatboy lebte in Nebraska und bezeichnete sich selbst als »Porno-Freak«. Seine »Helden« waren Larry Flynt, Hugh Hefner und Rudi Milk, seine Lieblingsdarstellerinnen Jenna Jameson, Tera Patrick, Midori, Crystal Knight und Sharona Bliss. Onanieren, schrieb er, tue er ohne Ansehen von Herkunft oder Hautfarbe. Er hatte eine Fotogalerie mit dem Titel »Meine Heroes & Heroinen und ich« eingerichtet, die über zweihundert Fotos von ihm in der Welt des Pornos zeigte, Arm in Arm mit den Größen des Fickfilms aus vielen Jahren.

Max schaute sie alle durch. Phatboy beschäftigte sich schon lange mit diesem Thema. Es gab alte Fotos von ihm mit den »Legenden« John Holmes und Marilyn Chambers. Beide mit roten Augen und diesem wässrigen Heuschnupfen-*in-excelsis*-Blick des gewohnheitsmäßigen Koksers. Holmes trug eine Halskette in Form eines goldenen Suppenlöffels. Phatboy war damals um eine Million und einen Cheeseburger leichter gewesen.

Seit dem Ende der Neunziger und dem neuen Jahrtausend bot sich passionierten Wichsern wie Phatboy die Möglichkeit, die Objekte ihrer glasfaservermittelten Fantasien auf so genannten Kongressen persönlich anzutreffen – ja, hässliche Loser wie er hatten endlich die Chance, mit einer heißen Frau zu reden, ohne dass die ihn zum Teufel jagte oder ihren breitschultrigen Freund aufforderte, ihm doch bitte die Faust ins Gesicht zu rammen. Die Welt, so sah es Max Mingus, war eindeutig am Ende, und wo er so darüber nachdachte, war er froh, eines nicht mehr allzu fernen Tages nicht mehr dabei zu sein.

Nach dem letzten Foto kam ein Ordner mit dem Titel »Godz«. Noch mehr Fotos.

Phatboy mit Hugh Hefner im seidenen Schlafrock; Larry Flynt im Rollstuhl, eine Seidendecke auf den Knien. Bob Guccione in seinem seidenen Krankenhausbett und, im schwarzen Seidenanzug, Rudi Milk.

Max klickte auf das Foto, um es zu vergrößern.

Er erkannte ihn auf Anhieb.

»Emerson Prescott.«

Er war nicht im Mindesten überrascht.

Nur wütend.

Sehr wütend.

21

Rudi Milks Empfangsdame wollte gerade einen Schluck von der unbekannten Mischung in ihrem Starbucks-Pappbecher nehmen, als Max durch die Milchglastüren gestürmt kam. In den zwei Sekunden, die sie brauchte, ihn wiederzuerkennen, sah sie erst erschrocken und dann wie versteinert aus. Ihre Hand erstarrte in der Luft, den Becher mit spitzen Fingern an seinem billigen Pappgriff haltend.

»Wo ist Ihr Boss?«, fragte Max und stand mit vier schnellen Schritten vor ihrem Schreibtisch. Sie waren sich in der vermeintlichen Dentalpraxis mehrmals begegnet, dort hatte sie die gleiche Rolle gespielt wie hier. Sie war zuvorkommend und höflich gewesen, hatte übers Wetter und über Sport geplaudert, ihm Wasser angeboten und zwischendurch Anrufe entgegengenommen und angeblich Termine vergeben. Sie hatte immer Auf Wiedersehen gesagt, wenn er ging, was er für eine nette Angewohnheit gehalten hatte. Die meisten Empfangsdamen taten das nicht. Auch wenn das jetzt keine Rolle mehr spielte.

»Er ist nicht da«, sagte sie. »Ich habe ihn die ganze Woche noch nicht gesehen. Und auch nicht von ihm gehört.«

»Wann haben Sie ihn zuletzt gesehen?«

»Vor ein paar Tagen.«

»Ein bisschen genauer. Vor Halloween?«

»Nein«, sagte sie. »Es war an Halloween. Er war morgens für ein paar Stunden hier und ging dann wieder.«

»Hat er noch ein Büro irgendwo, ein echtes?«

»Nein. Nur dies hier.«

Max trat auf ihre Seite des Empfangstresens, baute sich wenige Schritte vor ihr auf und schaute auf sie hinunter, sah das gräuliche Gebräu in ihrem Becher und wie zierlich sie war. Er starrte sie unumwunden an, ohne zu blinzeln, mit einem Blick, der sagte: »Versuch nicht, mich anzulügen, mir machst du eh nichts vor.« Ihre Augen waren von einem tiefen Grün mit einem Hauch Gold darin, die Farbe von seichtem Meerwasser auf gelbem Sand. Sie konnte seinem Blick nicht standhalten. Sie schaute auf seine Nase, seinen Mund, die Kehle, überallhin, nur nicht in die harten, kühlen Augen, die er auf sie gerichtet hielt. Sie hatte eine Heidenangst – verständlich, wie er fand, aber zumindest konnte er so sicher sein, dass sie ihn nicht anlog.

Er bezweifelte nicht, dass sie allein im Büro war. Sie hatte gerade gehen wollen, als er kam. Sie war frisch geschminkt, ihr Parfüm beißend. Auf ihrem iMac mit dem großen Bildschirm lief Musik – überproduzierter, übertrieben gesungener und schlecht geschriebener Dreck, der sich Rhythm and Blues oder Modern Soul schimpfte, oder Urban Soul oder Kuschelsoul oder wie auch immer das vermarktet wurde.

»Machen Sie das aus.«

Sie stellte den Becher ab und bediente die Maus. Die Folter hatte ein Ende, und von allen Seiten drang Stille auf sie ein wie Luft in ein Vakuum.

Max schaute sich im Empfangsbereich um. Die Einrichtung war geschmackvoll und dezent, nichts von der pornofilmartigen Vulgarität, die er erwartet hatte. Große Palmen rechts und links des Eingangs, pastellblaue Wände, grauer Teppichboden. Bequeme schwarze Ledersofas, davor ein Glastisch mit drei ordentlichen Stapeln Zeitschriften für den aufstrebenden Teil der Bevölkerung: *Ocean Drive*, GQ und *Cool Fast Cars*. An der Wand ein Ständer mit aktuellen Tageszeitungen. Hätte das Vorzimmer eines x-beliebigen Unternehmens sein können. Und genau das, vermutete Max, war wohl Sinn und Zweck des Ganzen. Es sollte nach einer erfolgreichen Firma aussehen, die nichts Verstohlenes oder Anrüchiges hatte.

»Wo ist er hin?«, fragte Max.

»Das weiß ich nicht. Er macht das ständig. Reist einfach ab«, sagte sie. »Auf Spähtour gehen, nennt er das.«

»Spähtour? Nach Frauen suchen, oder was?«

»Genau. Meist reist er nach Südamerika. Vor allem nach Brasilien. Die sind gerade total angesagt, die Frauen. Genau das wollen die Männer. Weiße Frauen mit dem Körperbau einer Schwarzen. Gewaltige Hinterteile und Bikinistreifen. Stehen Sie auf Brasilianerinnen?«

Max überhörte die Frage. Ein nervöser Reflex, da war er sich sicher. Sie gehörte zu den Frauen, die redeten wie ein Wasserfall, wenn sie unter Druck standen.

»Und er ruft nie an, um Sie wissen zu lassen, wo er steckt?«

»Nein.«

»Ist das normal?«

»Andauernd macht er das. Er sagt ›bis morgen‹ und verschwindet für eine Weile.«

»Wie lang ist die Weile?«

»Eine Woche, zehn Tage. Nie mehr als zwei Wochen. Wenn ich gerade anfange, mir Sorgen zu machen, und überlege, ob ich zur Polizei gehen soll, ruft er mich an oder schreibt eine Mail.« Sie sprach mit einer Zuneigung, als würde sie über einen exzentrischen, aber liebenswerten Verwandten reden.

»Was ist mit seiner … seiner Verlobten, Sharona, Gilmara, wie auch immer sie heißt? Begleitet sie ihn auf diesen Reisen?«

»Nein.«

»Wo ist sie?«

»Keine Ahnung. Vielleicht zu Hause. Das weiß ich wirklich nicht. Mit ihr habe ich nicht viel zu tun. Rudi sagt, sie führen eine offene Beziehung.«

»Ach was. Wo ist zu Hause?«

»Sie wollen die Adresse?«

»Ganz genau«, sagte Max. Er wusste, dass sie versuchen würde, sich zu weigern, und trat einen Schritt näher, so nah, dass sie keine andere Wahl mehr sah, als ihm zu geben, was er wollte.

»Das darf ich eigentlich nicht.«

»Die Adresse.« Max streckte die Hand aus. Ihre Augen schossen panisch umher. »Und denken Sie nicht einmal daran, mir eine falsche zu geben.«

»Er wird mich rauswerfen.«

»Nur wenn ich ihm sage, woher ich sie habe.«

»Was haben Sie mit ihm vor?«

»Ihm ein paar Fragen stellen.«

»Mehr nicht?«

»Mehr nicht. Ich schwöre, ich werde ihm kein einziges implantiertes Haar krümmen.«

Sie musste lächeln und fing an, in ihrer Rollkartei zu blättern. Max nahm sie ihr ab und fand Milks Privatadresse: Aledo Avenue, Coral Gables.

»Wie heißen Sie?«, fragte er.

»Petra Sorenson.«

»Wie lange arbeiten Sie schon hier?«

»Im Januar sind es zwei Jahre. Ich habe als Aushilfskraft angefangen. Rudi mochte mich, und ich mochte ihn, also bin ich geblieben. Es ist ein guter Job. Gut bezahlt, gute Leistungen. Und Rudi ist ein netter Kerl.«

»Das freut mich«, sagte er. »Jetzt hätte ich gern noch eine Führung.«

Sie nahmen den Korridor zu ihrer Rechten und sahen

offene Zimmer, eine Kammer mit Büromaterial, einem Fotokopierer und einem Faxgerät, ein blitzsauberes Bad mit Dusche.

Das erste Büro im gegenüberliegenden Korridor war abgeschlossen. Beim Aufschließen erklärte sie, dies sei der Vorführraum, in dem Rudi seine neuen Filme begutachte. Ein fensterloses Zimmer mit einem Flachbildfernseher und einem Sessel.

Die nächsten beiden Büros waren praktisch identisch.

Beide leer.

»Warum habe ich so ein Gefühl von Déjà-vu?«, fragte er. »Als würde hier eigentlich niemand arbeiten?«

»Ich bin die einzige Vollzeitkraft hier. Für alles andere hat er Freelancer – Schnitt, Marketing, Vertrieb, Publicity, Buchhaltung.«

»Und warum sucht er sich dann nicht ein kleineres Büro?«

»Das hier ist zum Herzeigen, für Kunden und Investoren. Wenn die kommen, holen wir ein paar Leute dazu, damit es nach Arbeit aussieht.«

»So wie der Beschiss, den Sie für mich inszeniert haben?«

»Das war kein Beschiss … Okay, vielleicht war es eine Art Beschiss, weil wir Ihnen ja was vorgespielt haben, aber Sie haben Geld dafür bekommen. Viel Geld. Warum sind Sie so wütend?«

»Er schuldet mir noch das Honorar für zwei Wochen – plus Spesen«, sagte Max.

»Das wird er bezahlen, da bin ich sicher. Er bezahlt alle seine Rechnungen.«

Sie kamen ins Büro von Rudi Milk. Auf den ersten Blick hielt er es für ein genaues Abbild des Büros im Tequesta-Gebäude – die gleichen holzgetäfelten Wände, dicker Teppichboden, großer Mahagonischreibtisch. Dann bemerkte er die kleinen, aber entscheidenden Unterschiede: der unverwechselbare Geruch nach Vanille, die großen rechteckigen Duftkerzen auf dem Fensterbrett und die Untersetzer in Form von Puzzleteilen auf dem Couchtisch. Die Möbel waren schon ein paar Jahre alt. An der Wand, in einem Glasrahmen, eine zerrissene und schmutzige amerikanische Flagge. In diesem Büro war Leben, eine Atmosphäre von langen Arbeitstagen, Höhen und Tiefen, Erfolgen und Rückschlägen. In der Ecke hing ein Foto von einem Feuerwehrmann, der, wie Max vermutete, ebenjene Flagge aus den Ruinen des World Trade Centers trug. Darunter eine goldene Plakette mit der Inschrift: »*Never forget.*«

»Das hat Rudi bei eBay gekauft«, sagte Petra und deutete auf das *Star Spangled Banner*.

Max hob den Rahmen an, um zu sehen, ob sich dahinter ein Tresor verbarg. Nichts.

Wie in den übrigen Büros gab es auch hier nicht den leisesten Hinweis darauf, wie Rudi sein Geld verdiente. Max fragte sich, ob es ihm vielleicht peinlich war. Milk zelebrierte den Reichtum und das Image der Seriosität, aber die Quelle seines Wohlstands verleugnete er.

Max bedeutete Petra, auf einem der beiden Stühle vor dem Schreibtisch Platz zu nehmen.

»Hat jemand Sie dafür bezahlt, mich – speziell mich – für die Sache zu engagieren?«

»Das weiß ich nicht, wirklich nicht.«

»Sie sind seine persönliche Assistentin, und Sie wissen es nicht? Schwachsinn. Sie stecken mit drin.«

»Erstens bin ich nicht seine persönliche Assistentin«, sagte sie. »Ich gehe nur ans Telefon und nehme Nachrichten entgegen. Und zweitens stecke ich nicht ›mit drin‹. Er hat mir gesagt, was ich machen sollte, und ich hab's gemacht.«

»Hat er Ihnen erzählt, warum?«

»Ja. Er sagte, dass er einen Film dreht und dass Sie von nichts wüssten.«

»Aber ich komme doch gar nicht vor in dem Film«, sagte Max. »Der war doch schon fertig.«

»Wie bitte?«

Er erzählte ihr von den Ereignissen im Hotel Zürich.

»Schon komisch«, sagte sie mit gerunzelter Stirn. »Aber auch ziemlich harmlos, verglichen mit dem, was ich hier sonst so zu hören und zu sehen bekomme.«

»Kennt Rudi jemanden, für den ich mal gearbeitet habe?« Max ratterte ein paar Namen von Klienten herunter.

»Ich kenne seine Freunde nicht.«

»Keiner der Namen kommt Ihnen bekannt vor?«

»Nein.«

Max atmete tief durch. Sie sagte die Wahrheit. Am besten machte er hier Schluss und fuhr nach Coral Gables.

Er nahm die Schlüssel vom Tisch und ging mit Petra zurück in den Vorführraum. Er bat sie, sich zu setzen, und schaute sich um, ob er vielleicht etwas übersehen hatte.

»Wo ist Ihr Handy?«

»Vorn, in meiner Tasche.«

»Sie bleiben hier, bis ich wieder da bin.«

Sie sprang auf.

»Was? Nein. Nein! Das können Sie doch nicht machen!«

»Sondern? Losgehen, damit Sie Rudi anrufen können? Ich komme wieder, sobald ich mit ihm geredet habe.«

»Aber ich bin verabredet.«

»Wenn er Sie liebt, wird er warten.«

22

Ein lukratives Geschäft, die Pornografie, dachte Max, als er vor die Veranda trat und Rudi Milks Zuhause betrachtete. Eine zweistöckige, rot und weiß gestrichene Villa, in den Putz waren Delphine und Muscheln eingraviert, von den Balkonen hingen bunte Blumen, und in jeden einzelnen Schlussstein über den Bogenfenstern war ein irisches Kleeblatt gemeißelt. Max vermutete, dass dies eines der ersten Wohnhäuser der Gegend war. Es war im gleichen mediterran angehauchten Stil erbaut wie alle alten Häuser in Coral Gables. Es hatte etwas von der Solidität und der diskreten Opulenz vergangener Zeiten; ein Denkmal aus einer Zeit, als Klasse noch etwas war, das man nicht kaufen oder sich zulegen konnte, weil man sie entweder hatte oder nicht.

Schande also über seinen derzeitigen Besitzer.

Der ihm nicht die Tür öffnete.

Er klingelte ein drittes Mal. Wieder dieses leise Ding-Dong-Geglocke, das von den dicken Wänden fast verschluckt wurde. Durchs Fenster spähte er in die Eingangshalle mit Kleeblattmuster im Mosaikfußboden. Von der Decke hing ein Kronleuchter. Das einzige Möbelstück war ein zwei Meter fünfzig großes Holzding zur Rechten, das Max anfänglich für eine Standuhr hielt, bis sich seine Augen an die Dunkelheit gewöhnten und sich das, was er für Kanten und Linien gehalten hatte, als Kurven einer weiblichen Skulptur erwiesen. Sie stand mit dem Gesicht zur Wand, den gewaltigen, strammen Po der Welt zugedreht. Auf ihrem Kopf hockte eine ausgestopfte Möwe. Max hielt die Skulptur für ebenso passend wie geschmacklos – während der ursprüngliche Besitzer dieses Symbol des Erfolgs mit seinem irischen Erbe geschmückt hatte, hatte Milk dem (wie Max vermutete) brasilianischen *Bunda* ein Denkmal gesetzt. Er fragte sich, ob die Möwe zur Skulptur gehörte.

Er schaute hoch in die Überwachungskamera, die zu seiner Linken an der Wand hing und auf ihn gerichtet war. Er starrte in ihr regloses Auge. Er winkte. Er lächelte. Und er sagte mit überdeutlichen Lippenbewegungen: »Hallo, kennen Sie mich noch?«

Er drückte noch zweimal schnell hintereinander auf die Klingel. Er wusste, dass es sinnlos war. Entweder war tatsächlich niemand zu Hause, oder sie machten ihm einfach nicht auf.

Das Licht des Spätnachmittags verdichtete sich, je schwächer es wurde; ein weiches Buttergelb mit leicht ockerfarbenem Einschlag färbte die ausladenden Palmblätter golden und ließ das Gras glitzern. Ein zarter Zitronenduft lag in der Luft.

Max schaute den kurzen Kiesweg zurück zu dem offenen Tor, durch das er hereingekommen war. Ein Schild am Tor warnte vor den Hunden. Er hatte angenommen, dass ein Anwesen dieser Größe mehr als einen Wachhund brauchte, und so hatte er sich einen Teleskopstock und eine Dose Pfefferspray eingesteckt, bevor er aus dem Wagen gestiegen war. Aber bislang war kein Hund zu sehen. Er hatte nicht einmal Bellen gehört.

Er schaute wieder hoch zur Kamera, deren starres Auge auf ihn gerichtet war. Er stellte sich vor, wie Milk oben im Haus saß und ihn grinsend auf dem Monitor beobachtete, vielleicht zeichnete er ihn sogar auf, für seinen nächsten Film.

Herrgott, wie gern er wieder Polizist wäre. Die Marke, die einem überall Einlass verschaffte. Und wie gern er wieder jung wäre. Er vermisste die verwegenen, gedankenlosen Impulse, die ihn längst dazu gebracht hätten, das Schloss mit dem Dietrich oder einer Kugel aufzubrechen.

Dann plötzlich sah er etwas Helles im Fenster auftauchen, wie ein Gesicht, das hinter dem Glas erschienen war, um einen kurzen Blick zu erhaschen.

Er schaute wieder hinein.

Nichts.

Er klopfte an die Glasscheibe.

»Milk, ich muss mit Ihnen sprechen«, sagte er. Er spähte in die leere Eingangshalle. Irgendetwas hatte sich verändert. Er wusste nur nicht genau, was. »Kommen Sie schon, machen Sie auf.«

Er hämmerte noch ein paar Mal gegen das Fenster.

Sein Blick wanderte zu der Skulptur.

Und zu dem Vogel auf ihrem Kopf.

Der nicht mehr da war.

Er suchte ihn. Er saß nicht auf dem Fußboden, und er flog nicht durch die Luft.

Max schaute zu dem Kronleuchter hoch, der ganz leicht hin und her schwang. Darauf saß die Möwe und sah ihn unverwandt an.

Dann stieß sie sich ab und flog los, wobei sie zunächst gut einen Meter nach unten sackte, bevor sie sich zur Decke erhob und dann in einem eleganten, perfekten Bogen auf die Skulptur zusegelte. Sie nahm wieder ihren Platz auf dem Kopf der Frau ein, trat von einem Fuß auf den anderen und stand dann wieder reglos da.

Max stieg von der Veranda und ging zur Rückseite des Hauses. Er fand das Gartentor, das er nur ganz leicht anstieß und das wie von selbst aufschwang.

Er folgte dem gepflasterten Fußweg in den weitläufigen,

von Rosen, Bougainvilleen und Bananenstauden gesäumten Garten, wo er endete. Ganz unten standen drei Zitronenbäume, deren Früchte prall und reif waren; viele lagen auf der Erde.

Steinstufen führten hinauf zu den weißen Glastüren des Wintergartens. Max wollte gerade versuchen, ob sie abgeschlossen waren, als er das getrocknete Blut am Türgriff bemerkte. Er band sich ein Taschentuch um die Hand.

Die Tür war nicht verschlossen. Er trat ein.

Er sah die dünne Staubschicht auf dem Tresen und den Barhockern. Er ging auf die – ebenfalls weiße – Schiebetür zu, die vom Wintergarten ins Haus führte. Auch hier getrocknetes Blut, ein fingerspitzengroßer Fleck neben dem Türgriff.

Er gelangte in die Küche. Geräumig und blitzsauber, alle Gerätschaften waren in den langen Tresen mit Glasplatte eingelassen. Das Fenster über dem Spülbecken stand weit offen. So war also die Möwe hereingekommen. Am anderen Ende des Tresens stand ein Silbertablett mit sechs Champagnergläsern. Daneben ein großer silberner Sektkübel mit einer noch verschlossenen Magnumflasche Bollinger, die im Wasser schwamm.

Der Mülleimer war leer. Kein Beutel.

Max ging zu den Stufen, die von der Küche in einen tiefer gelegenen Bereich in der Mitte des Hauses führten.

Er trat auf etwas, das unter seinem Fuß knirschte.

Eine leere Patronenhülse, die mit der eingesunkenen Spitze von oben aussah wie ein goldener Backenzahn. Er nahm sie mit dem Taschentuch auf und schaute auf den Boden: 9mm Luger. Er suchte nach einer Markierung. Keine. Er ließ die Patrone in die Brusttasche seines Hemdes fallen. Der Magen krampfte sich ihm zusammen, und sein Herz schlug schneller, es pulsierte in den Handgelenken, das Uhrenband am linken Arm war zu eng geworden.

Als er die Stufen erreichte, sah er, was unten auf ihn wartete, und sein rechtes Bein erstarrte, der Fuß blieb in der Luft hängen, mitten in der Bewegung.

Um Gottes willen.

Getrocknete Blutspritzer auf dem Sofa, an den Wänden, auf dem Fußboden. Der Couchtisch umgestürzt und in der Mitte durchgebrochen. Einschusslöcher überall. Die Polstermöbel bis zu den Federn aufgeschlitzt. Leere Patronenhülsen auf dem Fußboden, sie glühten wie die Leuchtdrähte einer Glühbirne. Er ging nach unten. Langsam.

Es stank nach Blut und altem Schmauch. Unmöglich zu sagen, wie viele Menschen hier gestorben waren. Von den Unmengen an Blut auf dem Sofa, auf der Wand dahinter und am Fußboden schätzte er auf drei. Eine vierte Person war – wahrscheinlich nach den anderen – unweit der Treppe erschossen worden. Wo der Couchtisch war, lagen noch mehr Patronenhülsen. Wie viele es insgesamt waren, wusste er nicht, bei 32 hatte er aufgehört zu zählen.

Sechs Champagnergläser. Wie viele Tote?

War der Mörder einer der Gäste?

Und wo waren die Leichen?

Keine Schleifspuren auf dem Fußboden.

In der Ecke neben der Treppe, halb von getrocknetem Blut überzogen, lag ein Bündel 100-Dollar-Scheine. Vierzig bis fünfzig Scheine, die von einer schlichten rosafarbenen Banderole zusammengehalten wurden.

Er ging weiter ins Haus hinein.

Die Möwe, die noch auf der Holzstatue hockte, schaute ihn an, als er die Eingangshalle betrat. Er sah, wie sie sich aufplusterte. Er betrachtete die Frau aus Holz: Sie hielt sich die Hände vors Gesicht und bedeckte mit den Armen ihre Brüste, als schämte sie sich – ob das echt oder gespielt sein sollte, konnte er nicht erkennen.

Das nächste Zimmer war komplett leer. Weiße Wände mit seidig glänzendem Anstrich. Makellos weißer Fußboden.

Er hörte ein lautes Krähen in der Nähe und das Geräusch von Flügeln.

Er schaute aus der Tür und sah, wie die Möwe aus dem Haus flog, wie sie zuerst mit den Flügeln schlug, sie dann ausbreitete und im Tiefflug über den Rasen schwebte.

Die Sonne ging schon unter, in einer Stunde würde es dunkel sein.

Die Möwe ließ sich auf einem der Zitronenbäume am unteren Ende des Gartens nieder und stapfte geräuschvoll auf und ab, sodass es im Laub raschelte. Dann hielt sie inne, um zum Haus zurückzuschauen.

Schließlich flog sie davon, wobei ein kleiner Schauer hellgelber Früchte zu Boden regnete. Ein Dutzend Zitronen plumpste ins Gras. Max sah zu, wie sie mit einem kleinen Hüpfer aufkamen und nach rechts oder links rollten. Dabei fiel ihm auf, dass sich alle anderen Früchte zu zwei größeren Haufen zusammengefunden hatten. Seltsam. Anscheinend war da ein kleiner Hügel zwischen den Bäumen. Anscheinend war die Erde da höher.

»Das kann doch nicht wahr sein!«

Max hob die Grasnarbe an und legte ein Stück dunkler Erde frei, etwa einen Meter achtzig breit und zwei Meter fünfzig lang. Die Erde war mit einer Schaufel flachgeklopft worden. Er erkannte die rautenförmigen Abdrücke. Die Schaufel fand er am anderen Ende des Gartens, sie lehnte an den drei Hundezwingern. Milk hatte Dobermänner gehalten, aber die waren schon seit Längerem tot, ihre Kadaver in den Zwingern stanken und waren von Fliegen übersät. Kein Blut. Wahrscheinlich waren sie vergiftet worden.

Max ging zurück zu den Zitronenbäumen und fing an zu graben.

Er grub schnell und schleuderte die Erde hinter sich. Seine Arme, die Brust und der untere Rücken wurden bald steif vor Anstrengung und vor Schmerz. Er grub sich tiefer und tiefer in die Erde, der Schweiß lief ihm über den Körper, die Moskitos zerstachen ihm Hände und Gesicht. Das Licht schwand zusehends. Am lilablauen Himmel erschienen die ersten Sterne. Es wurde Nacht. Er arbeitete schneller. Von dem, was da unten vergraben war, stieg ein furchtbarer Gestank auf und blieb ihm in der Kehle stecken. Zitronen, die er mit der umherfliegenden Erde vom Baum holte, regneten auf ihn nieder. Beim Graben zermatschte er sie mit der Schaufel, und ihr intensives Aroma vermischte sich mit dem stärker werdenden Gestank. Er wusste, er würde nie wieder Zitronen riechen oder sehen oder trinken können, ohne an diesen Augenblick erinnert zu werden.

Als Erstes fand er Geld. Zahllose Bündel 100-Dollar-Noten mit blassrosa Banderole. Er hob sie mit der Schaufel auf und warf sie zur Seite, wo er sie mit einem plumpsenden Geräusch landen hörte. Mindestens zwei, vielleicht drei Millionen Dollar lagen dort, schätzte er.

Warum vergrub jemand Geld?

Er grub weiter. Mittlerweile stand er bis zu den Oberschenkeln in der Grube.

Dann traf er auf etwas Festes.

Auf den Knien schaufelte er weiter, mit den Händen, grub die Finger tief in die Boden und schleuderte die Erde hinter sich.

Ein schwarzer Leichensack. Er tastete ihn ab. Ein Kopf. Er quetschte ihm die Nase, aus Versehen. Er schaufelte noch mehr Erde beiseite, bis er den Reißverschluss gefunden hatte.

Eine Frau, die er nicht kannte, Latina. Sie trug die weiße Uniform eines Hausmädchens. Ein Dutzend blutige Löcher in der Brust, ein Teil des Kopfes fehlte, die halbe Hand ebenso. Sie trug noch ihre weißen Espadrilles, die aus irgendwelchen Gründen immer noch pieksauber waren.

Er musste die Leiche aus der Grube zerren, um an die anderen zu kommen.

Als Nächstes fand er Rudi Milk. Schüsse in den Hals und in die Brust.

Dann die Frau, die er als Fabiana gekannt hatte, sie war auf die gleiche Weise getötet worden. Wahrscheinlich hatten sie nebeneinandergesessen.

Als Nächstes der Mann, der den Chauffeur gespielt hatte. Er war kaum noch zu erkennen. Der untere Teil seines Gesichts fehlte. Die Kugeln hatten große Stücke aus seinen Oberarmen gerissen. Andere hatten den Magen, die Genitalien und die Beine durchbohrt.

Die fünfte Leiche war Teddy, der Nachtportier des Hotels Zürich. Sein Oberkörper war regelrecht zerfetzt worden.

Max zog die Säcke wieder zu und kletterte aus der Grube.

Oben blieb er bäuchlings liegen, völlig erschöpft und bewegungsunfähig.

Es kostete ihn eine gewaltige Kraftanstrengung, wieder auf die Füße zu kommen. Er war von oben bis unten verdreckt. Seine Hose und der nackte Oberkörper waren schwarz, und er stank nach Tod. Der Tod steckte ihm in der Nase, in der Kehle, im Mund und tief in sämtlichen Poren.

So vertraut, so furchtbar.

Vor ihm lagen zwei Dollarbündel. Er hob eines auf und zählte es mit dem Daumen durch. Erdklumpen flogen heraus. Fünftausend, in Hundertern. Wenn er noch das andere Bündel nahm, wären Prescott und er mehr als quitt.

Er ließ das Geld fallen und schämte sich für diesen Gedanken. Was war aus ihm geworden – ein erbärmlicher Grabschänder?

Schlimm genug, dass er soeben einen Tatort unwiederbringlich versaut hatte. Seine DNS war überall auf den Leichen.

Er musste weg.

Er fuhr zurück nach Miami und nahm den Geruch des Todes mit in sein Zuhause. Nach besonders brutalen Kämpfen hatte Eldon Burns ihn meist in ein Eisbad gesetzt. Er war der Überzeugung gewesen, dass sich der Körper so schneller erholte. Auch Leichen wurden auf Eis gelagert. Um die Verwesung aufzuhalten. Alles war relativ. Er ließ sich Badewasser ein, dann drehte er den Heißwasserhahn zu und den kalten voll auf. Nicht kalt genug. Er schrubbte und schrubbte sich, bis ihm die Haut brannte. Dann schrubbte er noch einmal.

Danach stopfte er seine Kleider in eine Plastiktüte und entsorgte sie im Abfallverbrenner.

Dann fuhr er zu einer Tankstelle, die rund um die Uhr geöffnet hatte, und ließ den Wagen von innen und außen reinigen. Während der Dreck weggesaugt und der Gestank aus den Sitzen geseift wurde, befreite er Petra. Sie war eingeschlafen. Max rüttelte sie wach. Sie zuckte zusammen, schnappte nach Luft und blinzelte.

»Haben Sie Rudi gesehen?«

»Keiner zu Hause.«

Das Auto war noch nicht fertig. Also ging er zu Fuß die Collins Avenue hoch, die Washington hinunter und dann auf die Lincoln Road. Er hörte die Glocken der Miami Beach Community Church, die vom Band kamen. Vor den Toren der Kirche blieb er stehen und betrachtete die Buntglasfenster und das goldene Licht dahinter. Er spielte mit dem Gedanken hineinzugehen, wie er es früher getan hatte, wenn er Raum und Ruhe zum Nachdenken brauchte. Ganz in der Nähe gab es einen Irish Pub. An den Tischen draußen saßen Menschen, die tranken, redeten und schauten. Einen Drink hätte er jetzt gut vertragen können. Im Grunde brauchte er einen. Aber einer war nie genug gewesen. Aus einem waren immer zwei geworden, oder drei, vier, fünf, elf, zwölf. Die Mathematik des Vergessens. Er spürte, wie der Geist seiner alten Süchte, die Verlockungen der Friedensstifter, an ihm zerrten, wie sie nach ihm riefen. Sie würden ihn nie in Ruhe lassen.

Auch an den Ort wollte er nicht gehen.

Das Mariposa hatte wieder geöffnet, und an der Stelle, an der Joe gestorben war, saßen wieder Menschen und aßen. Er hatte es nicht anders erwartet. In Miami blieb die Geldmaschine niemals stehen. Sie rollte rücksichtslos über alles und jeden.

Dreiundzwanzig Uhr.

In einer Telefonzelle wählte er die 911.

Er erzählte dem Beamten, wo fünf Leichen und sehr viel Geld zu finden seien.

23

Vierter November.

Wahltag.

Frühstücksfernsehen im Lokalsender, der Ton fast aus. Ein ewig langer Wetterbericht, dann Experten, die eine hohe Wahlbeteiligung voraussagten und dass Obama in Florida knapp gewinnen und damit die Präsidentschaft erringen würde. Sarah Palin bei einer Wahlkampfveranstaltung am Tag zuvor. John McCain bei einer anderen.

Max musste an Joe denken. An diesem Tag würde vielleicht ein Afro-Amerikaner zum Präsidenten gewählt werden. Joe war völlig aus dem Häuschen gewesen wegen Obama, hatte es nicht glauben können, als er in den Vorwahlen die ersten Siege über Hillary Clinton einfuhr. Als Obama zum Kandidaten nominiert wurde, hatte Joe Tränen vergossen. Wenige Minuten, bevor er ermordet worden war, hatte Joe ihn noch eingeladen, zusammen mit seiner Familie die Wahlsendungen zu schauen. Die Einladung stand noch. Und er würde sie annehmen.

Max wollte Obama gewinnen sehen. Nicht zum Wohle des Landes, nicht einmal, weil es für Millionen schwarzer Amerikaner, jene Nachfahren der Bürger zweiter Klasse im *Land of the Free*, so unendlich viel bedeutete. Sondern er wollte es für Joe, seinen besten Freund, der noch nicht einmal unter der Erde lag, und im Gedenken an Sandra.

Er schloss die Augen und versuchte an sie zu denken, aber er konnte nichts anderes sehen als nur die von Kugeln durchsiebten Leichen, die in Erde und Dollarscheinen begraben lagen. Wer hatte sie umgebracht? Und warum hatte der Mörder so viel Geld vergraben? Vielleicht war es Falschgeld. Vielleicht hatte Milk sich nicht nur mit Pornografie beschäftigt.

Und was hatte das alles mit ihm zu tun? Gab es irgendeinen Zusammenhang zwischen den Morden und dem Film?

Die Polizei würde mit ihm reden wollen. Sie würden seine DNS auf den Leichen, auf dem Geld und auf der Schaufel finden. Und Petra würde ihnen erzählen, dass er im Büro gewesen war und stinkwütend nach Rudi gefragt hatte. Er überlegte, ob er sich als Zeuge melden sollte. Das konnte er jetzt unmöglich entscheiden.

Irgendwie gelang es ihm, all diese Gedanken beiseitezuschieben und zu schlafen.

Als er aufwachte, war helllichter Tag.

Und auf dem Fernseher, den er hatte laufen lassen, war zu sehen, wie mehrere Leichen auf Bahren von Milks Grundstück getragen wurden, dazwischen Aufnahmen von Milk und Sharona bei einer AVN-Preisverleihung.

»Das Massaker von Coral Gables.«

Max drehte lauter. Die Reporterin berichtete, zwei schwarze Männer seien bereits festgenommen worden. Schnitt zu dem ermittlungsleitenden Detective, der vor der Polizeidirektion interviewt wurde. Er steuerte weitere Einzelheiten bei. Streifenpolizisten hätten die Männer in einem gestohlenen Lexus gesehen. Sie hätten auf Aufforderung nicht angehalten, und so habe es eine kurze Verfolgungsjagd auf dem Freeway gegeben, die damit geendet habe, dass die Flüchtigen einen Ford Bronco gerammt und sich überschlagen hätten. Beim Blick in den Kofferraum hätten die Beamten eine MAC-10 mit ungefähr 200 Schuss Munition gefunden. Laut Ballistik war es dieselbe Waffe, die auch bei den Morden in Coral Gables zum Einsatz gekommen war.

Schnitt zurück zur Live-Berichterstattung von den Wahlen. Lange Wählerschlangen waren zu sehen, die sich um ganze Häuserblocks wanden.

Sein Handy klingelte. »Anonym« rief an.

»Hallo.«

»Heute ist der Tag der Entscheidung, Max«, sagte Wendy Peck. »Wie lautet Ihre Antwort?«

24

»Nach der Beerdigung gehe ich weg«, sagte er.

Er saß mit Lena und Jet am Küchentisch der Familie Liston. Der Rest der Familie hatte sich im Wohnzimmer versammelt und verfolgte die ersten Hochrechnungen. Auch auf dem Küchentresen lief ein kleiner Fernseher, CNN war eingeschaltet, der Ton so weit heruntergedreht, dass von den Männern in Anzügen und Studio-Make-up, die um einen Tisch herumstanden, nur leises Gemurmel zu hören war.

Max war gegen sieben eingetroffen, als Letzter. Alle Anwesenden trugen dunkelblaue Obama-T-Shirts mit einem Thermodruck des Kandidatenkonterfeis in LSD-artig leuchtenden Nationalfarben, Obamas Blick und Kinn entschlossen gen Himmel gerichtet. Lena hatte auch Max eines in die Hand gedrückt. Es saß eng wie ein Korsett, aber immerhin hatte sein Anblick alle zum Lachen gebracht: Er sah aus wie der Depp, der unbedingt dazugehören will. Bevor sich alle zum Essen an den Tisch setzten, nahmen sie sich bei den Händen und sprachen ein Gebet. Sie redeten über Politik und Meinungsumfragen und Hochrechnungen, keiner erwähnte Joe, keiner fragte Max, wie es ihm gehe. Er nahm ihnen das nicht übel, weil er es verstand: Es war viel zu frisch. Max hatte sich nur wenig von dem Essen genommen und auf seinem Teller herumgestochert; für ihn schmeckte alles gleich. Gegen halb neun wurde der Fernseher eingeschaltet, und alle suchten sich um Joes La-Z-Boy herum einen Platz. Niemand rührte diesen Sessel an, und erst recht setzte sich niemand darauf. Max konnte nicht umhin, ihn immer wieder anzusehen, diesen frei käuflichen Faultierplatz für Männer mit eingebauter Kühlvorrichtung. Er sah die Dellen, die Arme, Rücken, Beine und Füße des großen Mannes im Laufe der Jahre im Leder hinterlassen hatten, sie waren eine Erinnerung an seine Gegenwart, eine Spur seines Lebens. Einen Moment lang stellte sich Max vor, dass Joe wieder bei ihnen war; er hätte schwören können, dass er Joes Gegenwart sogar spürte, dass er fast das Gefühl hatte, ihn gesehen zu haben. Dann fiel ihm das Versprechen wieder ein, das sie sich gegenseitig gegeben hatten, das Zeichen, das sie einander zu schicken geschworen hatten. Warum brauchte er so lange?

Ein Sieg Obamas nach dem anderen wurde vermeldet. Illinois, Ohio, Pennsylvania, die rote Landkarte färbte sich blau. Keine Debatten, keine Neuzählungen, keine Wahlzettel, die nicht perfekt ausgestanzt waren. McCain konnte einpacken, hier wurde Geschichte geschrieben. Niemand mochte so recht glauben, was sie da sahen, was sie in Kürze miterleben würden. Außer Lena. Max hatte beobachtet, wie sie stiller und stiller geworden war, wie sie in sich zusammensank und sich immer tiefer in sich selbst zurückzog, wie ihre Mundwinkel immer weiter nach unten strebten. Er wusste, dass sie das Gleiche dachte wie er. Wo steckte Joe? Warum sprang er nicht aus seinem Sessel auf und brüllte Sieg oder Niederlage gen Fernseher? Je größer und bedeutender Obamas Siege wurden, umso kleiner und trauriger wurde Lena. Als Florida auf dem Bildschirm erschien und alle in Jubel ausbrachen und jemand »The Big Payback« anstimmte, war Lena längst aufgestanden und in die Küche gegangen. Max folgte ihr wenige Augenblicke später. Sie stand weinend am Spülbecken, den Wasserhahn hatte sie voll aufgedreht, damit niemand ihr Schluchzen hörte. Max fragte sich, ob Joe ihr von der alten Taktik erzählt hatte, die Verdächtige anwandten, wenn sie vermuteten, abgehört zu werden. Wasserhähne aufdrehen und Fernseher laut stellen. Max nahm sie in die Arme und hielt sie lange fest. Dann kochte sie Kaffee, und sie setzten sich mit den dampfenden Tassen an den Küchentisch und schwiegen. Jet kam herein, er lächelte, es sehe gut aus in Florida, sagte er. Er sah sie dasitzen wie zwei Nachbarn, die durch einen Schicksalsschlag alles verloren hatten. Lena bat ihn, den Fernseher einzuschalten und sich zu ihnen zu setzen.

»Wo gehst du hin?«, fragte Lena.

»Weg«, sagte Max.

»Wie lange?«

»Für eine Weile.«

»Hat das etwas mit Joe zu tun?«

Er hätte sie anlügen und nein sagen können, dass er nur eine Auszeit brauche, aber so abgebrüht war er nicht. Und so sagte er mit einem Nicken die Wahrheit.

Lena schloss die Augen, senkte den Kopf und atmete langsam, leise und wütend aus.

»Was hast du in Erfahrung gebracht?«, fragte Jet.

Inwieweit war Jet eingeweiht? Seine Augen und sein Gesichtsausdruck ließen vermuten, dass er so gut wie gar nichts wusste. Den Namen Vanetta Brown hatte er noch nie gehört. Der war von ganz oben geheim gehalten worden, nichts war nach unten durchgesickert: das Gesetz des Schweigens. Für den Moment war es das Beste, es dabei zu belassen. Max wollte nicht der Erste sein, der ihnen von Joes Vergangenheit erzählte.

»Das musst du nicht wissen«, sagte Max.

Mutter und Sohn wechselten einen Blick. Jet nahm die Hand seiner Mutter und hielt sie fest. Dann sah Lena Max an, sah ihm in die Augen und hinunter auf die verblassten blauen Tätowierungen auf den Innenseiten seiner Unterarme. Überbleibsel aus seiner Zeit bei der MTF, bleibende Erinnerungen an die Fehler seiner Jugend. Auf dem linken Arm stand »Born to Run« in einstmals blauen Blockbuchstaben. Die Zeit und die schwindende Elastizität seiner Haut hatten die Schrift verzerrt, die Buchstaben liefen wie verwischt ineinander. Auf dem anderen Arm trug er das inoffizielle Emblem der MTF: ein Schild mit einem Totenkopf und zwei gekreuzten Revolvern, auf dem Rand die Inschrift »Der Tod ist sicher, das Leben nicht«. Alle in der Einheit hatten diese Tätowierung getragen, nur Joe nicht, der sich geweigert hatte, mit einem Brandzeichen durch die Gegend zu laufen. Sie war Ausdruck der fatalistischen Haltung der Polizisten im Miami jener Tage gewesen, die praktisch davon ausgingen, im Dienst zu sterben. Sie war noch sehr viel besser zu erkennen als die andere, auch wenn sie von Dunkelblau zu einem varikösen Blassgrün ausgeblichen war, das Max an Schimmel erinnerte.

»Hast du nicht schon genug verbrochen?«, fragte sie ihn, und ihre Augen wurden wässrig. Max hielt ihr sein Taschentuch hin, aber sie wischte sich die Tränen mit den Händen aus den Augen und verteilte sie wie flüssiges Silber über ihre Wangen.

Max schaute in seine halbleere Kaffeetasse, betrachtete den dünnen Regenbogenfilm auf der Oberfläche. Genau so hatte so manche durchzechte Nacht in Joes alter Wohnung in West Miami geendet – in der Küche, vor einer Tasse kaltem Kaffee, nach viel zu vielen Zigaretten und Zigarren. In jenen frühen Morgenstunden war die Welt in Ordnung und sinnerfüllt gewesen, nur um bei Sonnenuntergang wieder im Chaos zu versinken und jeden Sinn zu verlieren.

»Joe hat immer gesagt, du seist der Schlimmste gewesen. Du hast gewusst, wo die Grenzen waren, und hast da erst angefangen«, sagte sie. »Aber ich wusste das sowieso. Dass du so bist. Ich wusste, dass du nichts taugst. Als ich dich das erste Mal sah, hattest du Blut am Hemdkragen. Du wirst immer Blut am Kragen haben.«

Er erinnerte sich nur zu gut an den Tag, als Joe ihm Lena als seine Verlobte vorgestellt hatte. Vom ersten Händedruck an war sie frostig gewesen. Am Ende des Abends hatte sie ihn nicht einmal mehr angeschaut, geschweige denn ein Wort mit ihm gewechselt. Das Blut stammte von einem Verdächtigen, den er tagsüber verhört hatte. Er hatte es nicht einmal bemerkt.

Nach einem desaströsen Pärchen-Abend mit Sandra war es nur noch schlimmer geworden. Joe hatte Lena nicht erzählt, dass Sandra schwarz war oder dass Max nur schwarze Freundinnen gehabt hatte. Wie Max an jenem Abend erfuhr, hatte Lena durchaus nichts gegen Weiße, solange sie in ihren eigenen Betten blieben. Nach Jets Geburt war langsam Tauwetter eingetreten, weil Max seine Pflichten als Patenonkel ernst nahm. Nach seiner Entlassung aus dem Gefängnis hatte er nicht damit gerechnet, dass sie ihn überhaupt noch in ihr Haus lassen würde, aber sie war in der Zwischenzeit sehr viel milder geworden. Mittlerweile waren sie Freunde. Die Zeit zerstört alles.

»Blut kann Blut nicht wegwaschen«, sagte Lena.

»Ich weiß.«

»Nein, das weißt du nicht.«

Max wollte etwas antworten, hatte aber weder Gedanken

noch Worte dazu. Er schwieg, genau wie die beiden. Und so saßen sie eine ganze Weile zu dritt da.

Das Getöse des Fernsehers im Wohnzimmer drang in die Küche, sehr viel lauter als der Apparat vor ihnen. Dann aufgeregtes Geschrei vom Rest der Familie. Glückliche, sehr glückliche Klänge. Die Klänge einer Feier ohne Musik.

Max schaute auf den Bildschirm und sah Fernsehsprecher, hinter denen die Landkarte sehr viel blauer war als zuvor.

Die Tür zum Wohnzimmer schwang auf, und Ashley kam fröhlich lächelnd in die Küche.

»Barack hat gewonnen!«, verkündete sie.

In der Küche erstarb ihre Fröhlichkeit. Sie sah verloren aus, als hätte sie, ohne es zu merken, etwas ganz Schlimmes getan.

Lena reagierte nicht, drehte sich nicht zu ihrer Tochter um, sah niemanden an. Sie weinte wieder, sehr, sehr leise, und Max hätte nicht sagen können, ob sie wegen dem weinte, was er gesagt hatte, oder wegen Joe oder wegen des Wahlergebnisses. Vielleicht wegen allem.

Ashley schlich mit gesenktem Kopf davon.

Auf dem Bildschirm Live-Bilder aus dem Grant Park. Obama machte sich bereit, seine Siegesrede zu halten. Über einhunderttausend Menschen hatten sich versammelt, dann Schnitt zu einem einzigen Gesicht: Jesse Jackson, der mit auf dem Balkon gestanden hatte, als Martin Luther King erschossen wurde, der zweimal für das Präsidentenamt kandidiert hatte, der Wegbereiter und Impulsgeber, der sich nun, eine kleine amerikanische Flagge in der Hand, die Augen aus dem Kopf heulte: Der Traum war endlich wahr geworden.

Als die Familien Obama und Biden Hand in Hand die Bühne überquerten, stand Jet auf und drehte den Fernseher lauter.

Der frisch gewählte Präsident hielt seine Rede hinter einer regennassen kugelsicheren Scheibe, und als die neuen *First Families*, wieder Hand in Hand, von der Bühne gingen, dröhnte Bruce Springsteens »The Rising« aus den Lautsprechern. Barack und Bruce, dachte Max – spätestens jetzt würde Joe flennen wie Jesse. Auf dem Bildschirm erschien ein zweites Fenster mit Jubelszenen aus aller Welt. So etwas hatte Max noch nicht gesehen. Er fragte sich, ob auch in Kuba und Haiti gefeiert wurde. Er fragte sich, ob sie auch in den Gefängnissen feierten. Er fragte sich, was Vanetta Brown wohl denken mochte.

»Ich gehe dann wohl besser«, sagte Max. Lena sah ihn nicht an.

Er stand auf und ging aus der Küche.

»Max …«, rief sie ihm nach. Er blieb in der Tür stehen, drehte sich um und sah ihr in die verquollenen, aber harten Augen. »Nicht in unserem Namen, ist das klar? Nicht in unserem Namen!«

Er parkte vor dem Studio auf der 7th Avenue. Er hatte nicht geplant, hier anzuhalten, hatte eigentlich nirgendwo anhalten wollen, aber er konnte nicht weiter. Die Straße vor ihm war von Menschen verstopft, von wohl Tausenden von Menschen, die von ihm wegmarschierten und »Yes We *Did*, Yes We *Did*« und »O! – BAM! – AH! O! – BAM! – AH!« skandierten. So hatte er Liberty City noch nie erlebt – so ausgelassen und sprühend vor Leben, so voller Menschen mitten in der Nacht.

Er ging auf sie zu und war schon bald mittendrin. Mehrere Leute ergriffen seine Hand, um sie zu schütteln. Eine Frau drückte ihm einen Kuss auf die Wange. Zumindest glaubte er, dass es eine Frau war. Spielte keine Rolle. Er sah Jung und Alt, Männer und Frauen, Schwarze, Braune und Weiße. Schnapsflaschen machten die Runde, Joints und Zigaretten. Er hatte das Gefühl, leicht von rechts nach links zu schwanken und wie ein Korken auf einem langsamen Strom durch die Straßen getragen zu werden. Er hatte keine Ahnung, wohin die Menschen unterwegs waren, und wahrscheinlich wussten sie es selbst nicht. Er ließ sich treiben und lächelte hinein in die Dunkelheit.

2. Teil

Der Außenposten der Tyrannei

25

Havanna.

La Habana.

An seinem ersten Nachmittag stürmte es. Max stand auf dem Gelände des Hotel Nacional und schaute aufs Meer hinaus, eine wogende, schlingernde Masse aus schmutzig grauen Wellen und zartem weißen Schaum. Gewaltige Wogen krachten gegen die Felsbrocken und schlugen hoch über den Malecón, überfluteten den Gehweg und spülten über die breite Straße, krochen tief hinein in den Asphalt, in Risse und Spalten, bis hinab ins Fundament, und fraßen die Stadt von innen.

Mehrere Menschen waren zu Fuß unterwegs – Einheimische, keine Touristen. Sie kannten das Meer, sie wussten, wie es sich verhielt, wenn es wütend war. Sie konnten die Wellen voneinander unterscheiden, sie wussten, welche es über die Mauer schaffen würden und welche nicht. Wenn ein Mauerspringer heranrollte, verlangsamten sie ihren Schritt, ließen das Wasser sein Unwesen treiben und setzten dann ihren Weg fort. Sie fingen nicht an zu rennen. Sie wichen nicht zurück. Sie blieben nicht stehen. Sie gingen immer weiter, egal was kam. Genau wie das Land selbst.

Er spürte den Wind im Gesicht, die Wärme, dann die kühle Brise und wieder die Wärme. Das Salzwasser auf seiner Zunge arbeitete sich bis in die Kehle vor, der Nachgeschmack ließ an alte Tränen denken. Über ihm flatterte die kubanische Flagge im Wind, es klang, als würde da jemand geohrfeigt. Ein einzelner Stern auf einem roten Dreieck, daneben blaue und weiße Streifen. Es erinnerte ihn ein wenig an die texanische Flagge, wie so vieles hier ihn ein wenig an die Heimat erinnerte. Die amerikanischen Oldtimer vor allem. Einige waren sehr gut erhalten, die meisten aber wurden nur noch von Draht und Klebeband, Rost, verschiedenfarbigen Lackschichten und Zuversicht zusammengehalten. Bel-Airs, T-Birds, DeSoto-Coupés, Caddys mit Flossen, Willys-Trucks, viertürige Plymouths, Super-88s, Skylarks – eine klappernde, quietschende, qualmende Parade des Ehemaligen, die auf eiernden Rädern und mit knallenden Auspuffen durch die Straßen zog.

Zu seiner Rechten beschrieb die Skyline Havannas einen Bogen wie eine gekrümmte Kralle, der am Leuchtturm des Castillo El Morro endete. Die meisten Gebäude waren niedrig und solide gebaut, dazwischen, gegen die Eintönigkeit, ein paar wackelig wirkende, grellbunt angestrichene Hochhäuser.

Zu seiner Linken befand sich die Interessenvertretung der USA – eine Botschaft ohne Botschafter. Ein farbloser Klotz aus Beton und Glas hinter einem hohen Eisenzaun, vor dem die kubanische Polizei rund um die Uhr Wache stand. Hier war der Kalte Krieg noch in vollem Schwange und wurde Tag für Tag und insbesondere bei Nacht ausgetragen. Wenn die Sonne sank – so wie jetzt –, wurde das Gebäude zu einer elektronischen Werbetafel. Unter den Fenstern des obersten Stockwerks lief in großen roten Buchstaben eine Laufschrift mit Anti-Castro-Slogans und Zitaten. Das Regime hatte zurückgeschlagen und vor dem Gebäude einen kleinen Fahnenwald mit hohen Masten errichtet, an denen schwarze Flaggen mit einem einzigen silbernen Stern flatterten – sie waren der Erinnerung an die Opfer der Invasion in der Schweinebucht, des Attentats auf das Flugzeug der Cubana Airlines 1976 und der Hotelbomben der 1990er gewidmet, und nebenbei sollten sie – ganz praktisch – die feindliche Propaganda verdecken, damit das Volk sie nicht zu Gesicht bekam. Wenn das nicht ausreichte, waren die Polizisten zur Stelle und stießen in ihre Trillerpfeifen, sobald ein Passant einmal zu lange und zu interessiert nach oben schaute. Es wurde häufig und schrill gepfiffen, lauter als das Plätschern der Wellen, der Wind und die Autos.

Es waren nur neunzig Meilen bis Key West.

Eine Woche zuvor war Max in zwei Tagen bei zwei Beerdigungen gewesen.

Eldon wurde eingeäschert. Keine Familie, keine Freunde. Nur Max und ein Mann, den er nicht kannte: Latino, über fünfzig, graues Haar und schneeweißer Ziegenbart zu dunklem Teint.

Er kannte Max. Er stellte sich mit Handschlag und Visitenkarte vor.

Sal Donoso, Eldons Anwalt.

»Wir haben ein paar Dinge zu besprechen, in ein oder zwei Wochen«, sagte Donoso.

»Ich werde für eine Weile außer Landes sein.«

»Ich melde mich bei Ihnen«, sagte der Anwalt.

Am Tag darauf wurde Joe beigesetzt. Es war ein Medienspektakel: Der Bürgermeister war da, und der Polizeipräsident hielt eine Rede. Es wurde Salut geschossen, eine akkurat gefaltete Flagge wurde übergeben, und alle Polizisten schwitzten in ihrer blauen Ausgehuniform.

Bei der anschließenden Trauerfeier wurde Max von allen außer der Familie gemieden. Der Polizeipräsident schaute durch ihn hindurch. Max kam sich vor wie das Ventil, das den großen Knall verhinderte. Er entschuldigte sich und ging, so früh es der Anstand erlaubte.

Vier Stunden zuvor war Max mit einer Maschine aus Montreal in Havanna gelandet.

Terminal 2, Aeropuerto Internacional José Martí: Von den Deckenbalken hingen Flaggen sämtlicher Nationen, staubig und ein wenig verblichen. Max hatte die amerikanische Flagge gesucht und gefunden. Die Aussage war unmissverständlich und simpel: Alle sind willkommen, ohne Ausnahme.

Mit ihm waren mehrere Amerikaner gelandet, Max' Einschätzung nach mindestens ein Drittel seiner Mitreisenden. Überwiegend Pärchen, weiß, zwischen dreißig und fünfzig, gebildet und gut situiert – Menschen, die regelmäßig reisten und ihren Horizont erweitern wollten. Die Einzelreisenden waren ausnahmslos Männer. Ein paar Geschäftsleute, überwiegend aber die Sorte Mann, die auf allen Flügen in verarmte Drittweltländer anzutreffen war: Fettwänste mittleren Alters auf der Suche nach billigen Nutten. Keiner seiner Landsleute sprach übertrieben laut oder hielt unnötig lange Blickkontakt. Sie zogen keinerlei Aufmerksamkeit auf sich. Max fand das absurd und traurig und witzig zugleich. Sie waren Bürger des *Land of the Free* auf dem Weg ins Reich des blutsaugenden kommunistischen Tyrannen Castro – für ein bisschen Sightseeing und Großtuerei auf der Achse des Bösen –, und sie hatten die Hosen voll, ihre eigene Regierung könne ihnen auf die Schliche kommen und sie einlochen.

Der Zollbeamte hatte erst in Max' Reisepass, dann in sein Gesicht geschaut, sein Flugticket überprüft und ihn durchgelassen. Kein Problem.

»*Bienvenido a Cuba.*«

»Gracias.«

In der Gepäckhalle standen weibliche Sicherheitsbeamte in engen beigefarbenen Uniformen herum: Minirock, hochhackige Schuhe, Netzstrümpfe, Pistolengürtel und komplettes Make-up. Ihre Gesichter waren hart, verhärtet von zu wenig Geld und zu langen Arbeitstagen – Schönheit in Granit gehauen.

Max konnte nichts dagegen tun, er lächelte eine von ihnen an. Sie lächelte zurück.

Eine Sekunde lang wünschte er, die Umstände wären andere, oder dass er früher gekommen wäre.

Die Neuankömmlinge wurden in einem klapprigen chinesischen Bus zu ihren Hotels gekarrt, der an ein mutiertes Plastikspielzeug erinnerte, dessen Ziel und Zweck es gewesen war, dem Kind alsbald langweilig zu werden und auf dem Müll zu landen. Das Gefährt quietschte und schepperte, bei jeder Unebenheit rüttelten sich die Fenster fast aus den Rahmen, die Klimaanlage machte Mucken, und die Sitze waren zu hart und zu klein.

Hinter der Scheibe boten sich die ersten Eindrücke von dem verbotenen Land, monochromatische Ansichten mit vereinzelten grellbunten Pinselstrichen. Alles war genau so, wie er es sich vorgestellt hatte, und doch wieder ganz anders. Die Häuser waren uralt oder nicht mehr ganz neu. Sie waren nicht direkt einsturzgefährdet, aber alles schien auf dem letzten Loch zu pfeifen und dringend einer Reparatur und eines neuen Anstrichs zu bedürfen. Die wenigen Baustellen auf dem Weg sahen verlassen aus, als wären sie aufgegeben worden, die Baumaschinen wirkten uralt und ungeeignet, sodass schwer zu beurteilen war, ob da gerade gebaut oder abgerissen wurde. Autos waren nur wenige unterwegs, die meisten sehr langsam. Max fiel auf, dass es überhaupt keine Werbung gab – keiner sagte einem, wie man sein Geld loswerden konnte. Dafür umso mehr staatliche Reklamewände. Sie priesen *La Revolución* und verdammten den *Imperialismo,* aber auch darin folgten sie der Americana der Fünfzigerjahre. Die Propaganda hatte sich alte Autokinoplakate von Filmmonstern zum Vorbild genommen: George W. Bush als *Bush-zilla,* der Feuer auf Iraker spuckte, *Bush-acula,* der Vampir mit den roten Augen und den blutigen Eckzähnen, und *Bush-enstein,* ein dollargrünes Ungeheuer mit kantigem Kopf. Der Anblick dieser Poster entlockte den Nicht-Amerikanern im Bus das eine oder andere Gelächter und ein paar Jubelrufe, Max' Landsleuten aber war unwohl dabei. Sie erstarrten in ihren Sitzen und taten, als hätten sie nichts gesehen. Max selbst fand die Plakate plump, aber amüsant – und unmöglich ernst zu nehmen. Sie mussten für Kinder gemacht sein, deren weiches, noch beeinflussbares Hirn sich leicht mit paranoidem Gedankengut verformen ließ – je jünger, desto besser. Was an Graffiti zu sehen war, war vom Staat in Auftrag gegeben – und davon gab es reichlich. Von den höchsten, sichtbarsten Mauern der Stadt schrien lange, säuberlich gepinselte Zitate von José Martí, Che Guevara und Fidel Castro herab, an vielen Häusern prangten Wandgemälde von Flaggen und Männern mit Barett, Bart und Kampfanzug: die siegreichen Helden als militarisierte Hippies, die statt Friedenszeichen die geballte Faust in die Luft reckten und Gewehre statt Bongs vor sich hertrugen. Durch diesen rhetorischen Overload bewegten sich zu Fuß, mit Fahrrädern und Mopeds oder Pferdekarren die Menschen, deren Hautfarben von Schwarz bis Weiß reichten, wobei ein tiefer, wettergegerbter Olivton überwog: eine Nation in Goldbraun. Sie sahen erschöpft, aber gesund aus. Max musste an seine ersten Eindrücke von Haiti denken:

die löchrigen Straßen, die öde, wasserlose Landschaft, die Menschen, die in Lumpen gehüllt wie betäubt umherwanderten, mit nackten, geschwollenen Füßen auf steinigem Boden, wie die Opfer einer furchtbaren Naturkatastrophe. Die Kubaner lebten an der Armutsgrenze, aber verzweifelt sahen sie nicht aus, nur erschöpft, so als hätten sie sich mit einem Leben voller staatlich auferlegter Entbehrungen abgefunden.

Max saß an der Theke des *Vista del Golfo*, einer von sechs Bars im Hotel Nacional. An den Wänden hingen Bilder von berühmten Gästen des Hauses: eine Ruhmeshalle der Schauspieler und Politiker, Musiker, Sportler und Taugenichtse, deren knallpink gerahmte oder thematisch zu Collagen arrangierte Fotos sämtliche Wände und Nischen einnahmen. In einer Ecke stand eine goldene Wurlitzer-Musikbox wie ein neonfarbener Sarkophag, und in Vitrinen waren vereinzelte Erbstücke ausgestellt: ein Plattenspieler, der einst Ava Gardner gehört hatte, eine längst grün gewordene Underwood-Schreibmaschine, eine Baseballkappe von Michael Moore, Lucky Lucianos Rasierzeug mit Monogramm und Gary Coopers Zigarettenetui.

Die Bar war überfüllt, die Luft dick von Zigarrenrauch und leisen Unterhaltungen. Sitzplätze gab es nur noch am Tresen, auf dem eine Komposition aus abgestanden aussehenden rot-weiß-blauen Cocktails thronte, in denen statt einem Schirmchen die Nationalflagge steckte.

Der Barmann nahm ihn mit überschwänglicher Begrüßung und Handschlag in Empfang. Max bestellte einen Kaffee und erwartete, die kubanische Variante serviert zu bekommen, die er aus Miami kannte – einen Espresso, der so dick und süß war, dass der Löffel drin stehen konnte –, bekam aber stattdessen einen unspektakulären schwarzen

Kaffee in einer kleinen Tasse vorgesetzt. Er probierte ihn und war enttäuscht. Bustelo war besser. Bustelo war der beste.

Rechts und links von ihm ließen sich zwei Frauen nieder, die zu seiner Linken aß ein Sandwich mit gegrilltem Schweinefleisch und trank Bier aus der Flasche, die andere sah mit ihrem Make-up und dem engen grünen Seidenkleid mit Tiger- und Palmenmuster aus, als hätte sie ein heißes Rendezvous vor sich. Max spürte, wie er in Stereo taxiert wurde. Er schaute stur geradeaus, nur leider direkt in einen großen, leicht geneigten Spiegel, der über den aufgereihten Flaschen *Havana Club Rum* an der Wand hing. Beide Frauen sahen ihn an.

Die mit dem Sandwich konnte als Erste Blickkontakt mit ihm aufnehmen, lächelte und sagte: »*Hola*.«

Max drehte ganz leicht den Kopf und nickte.

»*Inglish?*«, fragte sie.

»Nein.«

»Woher kommen?« Ihr Akzent klang, als hätte sie die *Tony Montana School of English* absolviert – mit Auszeichnung. Sie war von hellbrauner Hautfarbe und korpulent, dank ihres Bauchumfangs stand das weite T-Shirt, das sie trug, ein gutes Stück vor dem langen Jeansrock. Die Frau zu Max' Rechter warf ihr einen bösen Blick zu: Er war die Beute, die ihr durch die Lappen gegangen war.

»Kanada«, sagte er.

»Schönes Land.«

»Waren Sie schon mal da?«, fragte Max. Nur sehr wenige Kubaner durften offiziell ins Ausland reisen. Bis vor Kurzem war ihnen nicht einmal der Zutritt zu den Hotels gestattet gewesen. Die Zeiten hatten sich geändert, als Fidel Castro in Rente ging. Das Hotelverbot war aufgehoben worden, auch wenn das rein symbolisch war. Der Durchschnitts-Kubaner verdiente achtzig Cent pro Tag und konnte sich einen Aufenthalt dort ohnehin nicht leisten.

»Ich schon viele Menschen von Kanada kennen. Nette Menschen. *Muy simpáticos.* Also ich denken nette Menschen – schönes Land.« Ihre Zähne erinnerten Max an ein Elendsviertel, sie waren allesamt graubraun und stützten sich auf ihre Nachbarn. »Du heute angekommen, ja?«

»M-hm.«

»Erstes Mal in Kuba?«

»Ja.«

»Und gefällt dir?«

»So weit, ja.«

»Wie du heißen?«

»John.«

»*Qué coincidencia*!« Sie klatschte in die Hände und rückte mit einer einzigen Bewegung sich selbst, ihren Hocker, ihr Essen und ihr Getränk ein Stück näher an Max heran. »Name in Espanisch ist Juan. Mein Name Juanita.«

»Wie nett«, sagte er und bemerkte, dass der Barmann sie nicht aus den Augen ließ. In seiner Miene war keine Missbilligung zu erkennen. Als ihm auffiel, dass Max ihn anstarrte, setzte er ein breites Lächeln auf.

»Du hier mit deine Frau?« Sie schaute auf seinen Ehering. Er hatte ihn kurz vor seiner Abreise aus Miami angesteckt, zum ersten Mal seit 19 Jahren. Er passte ihm gerade noch.

»Nein. Sie ist tot.«

»*Qué triste.*« Sie zog die Mundwinkel nach unten und sah aus, als wollte sie in Tränen ausbrechen.

»Ist schon lange her.«

»Aber du immer noch traurig?«

»Ich weine jeden Tag«, sagte er trocken.

»Du sollst nicht weinen.« Sie tätschelte ihm den Unterarm

und ließ ihre pummelige Hand einen Moment lang dort liegen, bevor sie sie mit einem sanften Streicheln zurückzog. »Weinen nicht gut.«

Sie tauschte einen Blick mit dem Barmann. Der zog die Augenbrauen hoch, sie antwortete mit einem kaum wahrnehmbaren Achselzucken.

»Du hier mit Freundin?«

»Nein.«

»Du haben Freundin?«

»Nein.«

»Du in Cuba Freundin suchen?«

Max schüttelte den Kopf. Im Spiegel konnte er die ganze Bar sehen. Fast alle anwesenden Männer waren mittleren Alters und weiß und befanden sich in verschiedenen Stadien des körperlichen Verfalls. Viele sahen aus wie er: kahlköpfig und stämmig. An ihrer Seite, teilweise zu zweit, kubanische Frauen. Sie waren umwerfend schön, gut gekleidet und sehr viel jünger als ihre Begleiter. Manche noch keine zwanzig. Einigen Paaren war anzusehen, dass sie schon seit ein bis zwei Wochen zusammen waren: Die Männer waren braun gebrannt, und sie sprachen kaum miteinander, jeder lebte in seinem eigenen Universum, beide hielten Ausschau nach jemand Besserem. Überwacht wurde dieser Fleischmarkt von mehreren hoteleigenen Wachmännern mit dichten schwarzen Schnauzbärten und locker sitzenden blauen Blazern, unter denen sie ihre Bäuche und ihre Waffen versteckten. Einer stand in der Ecke zu Max' Linken und behielt den Barmann im Auge. Max vermutete, dass sie die Nutten hier laufen ließen und aufpassten, wer mit wem aufs Zimmer ging.

»Wie lange bleiben in Kuba?«

»Zwei Wochen.«

»Lange Zeit! Du kannst treffen Freundin.«

»Ich will keine Freundin.«

»Nicht für Liebe und für heiraten. Nicht für Ernst. Nur für Spaß. Zwei Wochen.«

»Kein Interesse.«

»Und warum du hier in Kuba? Für Geschäfte?«

»Nur so.«

»Was bedeuten nur so?«

»Ist nicht wichtig.«

»*Misterioso*.« Sie seufzte und schaute achselzuckend zum Barmann, dieses Mal etwas weniger unauffällig. Der schaute zum Wachmann und schüttelte leicht den Kopf. Sie wussten nicht recht, was sie mit Max anfangen sollten.

Die Frau pulte sich ein Stück Schweinefleisch aus den Zähnen und rückte noch dichter an Max heran, sodass sie sich fast berührten. Sie roch nach Parfüm und Zwiebeln.

»Willst du nicht sagen, warum du hier?«

»Da gibt es nichts zu sagen«, sagte Max. »Ich bin Tourist. Aus Kanada.«

»Du mir nicht sagen, weil du, wie heißt, *tímido*? Aber ich wissen, du hier für Spaß mit Ladys. Ist okay. Viele Leute von Kanada kommen für Spaß mit Ladys.«

»Nichts liegt mir ferner.«

Sie senkte die Stimme.

»Du nicht mögen die Frauen?«

»Das habe ich nicht gesagt.« Er trank den Kaffee aus und wollte keinen zweiten.

»Du mögen Männer?«

»Was?«

»Du mögen die Männer? Weißt schon, Spaß mit Männer?«

Max musste lachen. »Nein, das mag ich auch nicht.«

»Was du wollen? Du nicht mögen die Frauen, nicht mögen die Männer?«

Dann fiel ihm etwas ein.

»Möchtest du was trinken?«, fragte er.

»Trinken?«

»*Uno más cerveza.*« Er deutete auf ihre leere Flasche.

»Nein. Bier ist fünf Pesos. Viel Geld.«

»Schon in Ordnung.«

»Nein, ist nicht in Ordnung. Ist fünf Pesos.«

»Du möchtest nichts trinken?«

»Statt kaufen Bier, warum nicht geben mir fünf Pesos?«

»Du willst fünf Pesos?«

»Ja. Fünf Touristpesos. Nicht *peso cubano. Peso cubano* ist für Klo, weißt du. *Papel higiénico*.«

Es gab zwei Währungen in Kuba, eine für Touristen und eine für die Einheimischen. Der Touristen-Peso war konvertierbar und entsprach fünfundzwanzig lokalen Peso. So viel zum Sozialismus.

Max öffnete seine Brieftasche und sah, wie ihr beim Anblick der vielen Geldscheine die Augen übergingen. Er hielt ihr einen 10-Peso-Schein hin. Sie nahm ihn und schaute zum Barmann, aber der war gerade mit einem anderen Gast beschäftigt. Sie schob sich den Schein in den Hosenbund.

»*Gracias*«, sagte sie.

»*De nada.*«

»Du Kinder, John?«

»Nein.«

»Aber ich. Ich haben Sohn, der heute Geburtstag. Ich kein Geld für Geschenk.«

»Wie alt ist er?« Max wusste, was jetzt kam.

»Sechs.« Ungefragt zog sie ein Foto aus dem ramponierten schwarzen Portemonnaie, das sie an einer dicken Kette trug. Der Junge sah aus wie zwölf und ähnelte ihr nicht im Geringsten. Noch dazu war das Foto alt und zerknittert.

»Wie heißt er?«

»Ángel.«

»Ángel?«

»Ich brauchen Geld für Geschenk, John.«

»Verstehe«, sagte er und lachte.

Sie wurde wütend.

»Du mich halten für Prostituierte?«

»Das habe ich nicht gesagt.«

»Aber du denken?«

»Nein«, sagte er. Wenn sie eine Nutte war, dann die abgewrackteste und hässlichste im ganzen Saal. Aber vielleicht lag genau darin ihr Reiz, ihre Masche. Oder vielleicht holte sie den Leuten mit ihren herzzerreißenden Geschichten das Geld aus der Tasche, vielleicht beherrschte sie jede Note der Symphonie der Schuldgefühle der Ersten Welt.

»Ich sag dir was«, sagte er. »Ich gebe dir Geld für deinen Sohn, wenn du mir einen Gefallen tust.«

»Ja?«

»Ich brauche ein Telefonbuch. Ein Telefonbuch von Kuba.«

Sie zog die Stirn in Falten.

»*Uno libro de teléfono*«, sagte er.

»Wozu brauchen?«

»Ich sammle die. Ich nehme aus jedem Land ein Telefonbuch mit nach Hause. Als Souvenir.«

»*Sí?*«

»*Sí*. Das ist mein Hobby. *Es mi manía.*«

»*Manía loca.*«

»Meinetwegen«, sagte Max. »Besorg mir ein Telefonbuch, und ich gebe dir Geld.«

»Bin in fünf Minuten wieder da.«

26

Auf seinem Zimmer suchte er im kubanischen Telefonbuch nach den Namen flüchtiger Verbrecher aus den USA.

Neununddreißig waren aufgeführt, siebzehn davon ehemalige Black-Power-Aktivisten. Er hatte sie alle recherchiert, sich ihren Lebensweg eingeprägt. Keine Vanetta Brown, aber das hatte er nicht anders erwartet.

Also fing er an zu telefonieren. Es war eine langwierige Angelegenheit. Manche Nummern waren abgeschaltet, bei anderen ließ er es endlos klingeln. Ein paar Mal ging jemand dran, aber die Verbindung wurde unterbrochen. Die ganze Zeit über hörte er Echos und Klicken, leise Fetzen fremder Unterhaltungen. Das Telefon wurde abgehört, und zwar ganz schön stümperhaft. Der Staat wollte einen wissen lassen, dass man zuhörte.

Wenn er jemanden an die Strippe kriegte, spulte er seine einstudierte Nummer ab. Er nannte seinen richtigen Namen und erklärte, er sei Schriftsteller und wolle ein Buch über politische Exilanten in Kuba in der Ära Obama schreiben. Ob sie sich mit ihm treffen und ein paar Fragen beantworten würden? Einige legten auf oder rieten ihm, sich zu verpissen. Andere beschimpften ihn als Söldner, als FBI-Agent oder als Privatdetektiv. Man sagte ihm, dass er trotz seines schwarzen Namens klinge wie ein Weißer, also was zum Teufel glaube er da über den Kampf der Schwarzen zu wissen?

Er war müde. Ihm war heiß, und er schwitzte. Die schwächliche Klimaanlage wimmerte, und im Zimmer roch es nach kaltem Zigarrenrauch und Putzmitteln. Er wollte sich kurz ausruhen, legte sich aufs Bett und schlief prompt für eine Stunde ein. Als er aufwachte, reckte er sich und dehnte den Nacken. Aus dem Stand machte er einhundert Liegestütze, dann spritzte er sich kaltes Wasser ins Gesicht. Durchs Fenster sah er junge Frauen in Gymnastikanzügen, die beim beleuchteten Swimmingpool Tanzschritte einstudierten. Jenseits des Hotelgeländes lag die Stadt im Dunkeln.

Er fing wieder an zu telefonieren.

Zur Unterhaltung schaltete er den russischen Fernseher ein und drehte den Ton leise. Die Satellitensender waren relativ klar, die Lokalsender eher launisch, die Qualität schwankte zwischen unscharf und verschneit.

Er versuchte es noch einmal bei den abgeschalteten Nummern, dann bei denen, wo die Verbindung abgebrochen war.

Dann bekam er Earl Gwenver an die Strippe.

Gwenver war ein Black Panther gewesen und mit zweiundzwanzig aus den USA geflüchtet. Er hatte eines Nachts in einem Spirituosengeschäft in Encino den Verkäufer erschossen und wollte daraufhin zusammen mit seiner weißen Gelegenheitsfreundin, die ihr Medizinstudium abgebrochen hatte, über Texas nach Mexiko fliehen. High von Gras und dem Alkohol, den sie gestohlen hatten, hielten sie unterwegs an einer Tankstelle. Dort war gerade ein Polizist in Zivil damit beschäftigt, die Überreste eines Kojoten von seinem privaten PKW zu kratzen. Der Tankstellenwärter berichtete, der Polizist habe die Joints gerochen und Gwenver und seine Freundin aufgefordert, aus dem Wagen zu steigen. Gwenver habe die Waffe gezogen und ihm in die Brust geschossen. Der Polizist habe zurückgefeuert und das Mädchen in den Magen getroffen. Später behauptete Gwenver, sie habe den Mann erschossen, nachdem er sie eine Nigger-Hure genannt habe. Laut Gwenvers Aussage hatte seine Freundin auch das Spirituosengeschäft überfallen und den Verkäufer erschossen, weil sie auf einem »Patti-Hearst-Trip« gewesen sei. Er habe sie aufzuhalten versucht, sagte er. Kurz nach dem Vorfall war sie wenige Meilen von der Tankstelle entfernt am Straßenrand aufgefunden worden. Die Polizei berichtete, ihre Leiche habe weitere Verletzungen aufgewiesen, Knochenbrüche, die vermutlich davon herrührten, dass man sie aus einem fahrenden Fahrzeug gestoßen hatte. Auch das bestritt Gwenver und erklärte, er habe sie ins nächste Krankenhaus gebracht.

»Wie, sagten Sie, war Ihr Name?«, fragte Gwenver.

»Max Mingus.«

»Verwandt mit Charlie Mingus, dem Jazzmusiker?«

»Nicht blutsverwandt. Mein Vater war Jazzmusiker und hat seinen Namen angenommen. Als Hommage, nehme ich an.«

»Und Sie haben das nicht wieder rückgängig gemacht?«

»Nein.«

Schweigen.

»Unser PIE-Treffen findet jeden Donnerstag statt – also morgen. Kommen Sie doch einfach dazu.«

»Was ist ein PIE-Treffen?«

»PIE – Panther im Exil. Das ist unsere Selbsthilfegruppe.«

27

Hätte Max sämtliche Anwesenden festgenommen und dem FBI übergeben, die dreizehn Männer und Frauen im Zimmer hätten ihm fast eineinhalb Millionen Dollar eingebracht. Jeder und jede einzelne von ihnen war mit Hilfe von Waffengewalt und Entführungen aus den USA geflohen. Einige hatten mehr als einmal gemordet, und von denen wiederum hatten bis auf einen alle einen Polizisten getötet. Das FBI wusste sehr genau, wo sie sich aufhielten, hatte aber bislang keinen Versuch der Festnahme unternommen. Vielmehr stellte es über Vermittlung der Interessenvertretung der USA jedes Jahr aufs Neue formelle Auslieferungsanträge, die jedes Jahr aufs Neue von der kubanischen Regierung abgelehnt wurden.

Die Panther im Exil hatten sich an einem großen Holztisch versammelt, auf dem in der Mitte ein Krug Wasser und mehrere umgedrehte Gläser standen. Alle trugen schwarze T-Shirts, Kampfanzüge und Stiefel. Manche mit passendem Barett. Mit ihren Fahnungsfotos hatten sie nur noch wenig Ähnlichkeit. Sie waren vom Alter abgemagert oder aufgequollen, kahl oder grau geworden, die Jahre hatten ihnen den Rücken gekrümmt, die Hände steif werden lassen und die Gesichter ruiniert. Die dreißig und mehr Jahre in Kuba hatten ihr Übriges getan. Sie trugen den gleichen Gesichtsausdruck wie ihre gewählten Landsleute, diesen Blick wissender Ernüchterung, der bei Alten und Jungen gleichermaßen zu sehen war, die Gewissheit, dass der Topf am Ende des Regenbogens nicht einmal groß genug sein würde, um reinzupinkeln.

Earl Gwenver bildete die einzige Ausnahme. Earl Gwenver sah gut aus. Er war von mittlerer Größe und ebensolchem Körperbau, sein rasierter Kopf glänzte, sein Gesicht war schmal und hart. Mit knapp sechzig war er der Jüngste in der Runde, sah aber zehn Jahre jünger aus. An guten Genen lag das nicht. In einem Armenhaus wie diesem nutzten die nicht viel. Gwenver verdiente mit irgendetwas reichlich Geld – sehr viel mehr als den offiziellen Durchschnittslohn von Peanuts und ein paar Zerquetschten. Sein Panther-Outfit war von Nike, die weißen Swooshs auf der Brust und dem Oberschenkel fanden ihr perfektes Gegenstück in Gwenvers ganz ähnlich geformten buschigen Augenbrauen. Seine Augen glänzten wie die goldenen Stecker in seinen Ohrläppchen, und statt Stiefel trug er Nike Shox in Schwarz und Rot, passend zum schwarz-roten Perlenarmband an seinem rechten Handgelenk.

Er hatte sich mit Max vor einem dreigeschossigen Haus in der Nähe des Gran Teatro auf dem Prado verabredet, jener Flaniermeile, die mitten durch das Herz der Altstadt läuft. Einst war dieses Haus pastellblau gestrichen gewesen, aber die Fassade war schon vor vielen Jahren rissig geworden, riesige Stücke Putz waren abgefallen und hatten große graue und braune Flecken freigelegt. Von den Balkonen aller Stockwerke hingen Blumenampeln und -töpfe, vermutlich um von den schlaffen Wäscheleinen und den rostigen, verbogenen Metallbalustraden abzulenken, deren Verankerungen sich zusehends aus dem Mauerwerk lösten.

Gwenver führte Max ins Haus, wo es drückend heiß und gerammelt voll war. In jedem Winkel wohnte eine Familie, zwischendrin wurden Geschäfte betrieben. Sämtliche Türen standen weit offen, um für etwas Durchzug zu sorgen. Sie kamen an einer improvisierten Kunstgalerie mit Atelier vorbei, wo knallig bunte Leinwände ohne Rahmen mit kleinen Nägeln an der Wand befestigt waren. Mittendrin drei Frauen an der Nähmaschine, Kinder beim Essen und ein alter Mann vor einem Fernseher. Im Erdgeschoss herrschte ein Heidenlärm: In zwei nebeneinanderliegenden Zimmern probten Bands, ein Salsa-Ensemble, dessen Mitglieder teilweise auf dem Flur stehen mussten, und eine jugendliche Rockband, die »Smoke on the Water« auf Spanisch einstudierte. Im Zimmer nebenan schraubten ein Mann und eine Frau an einem Automotor herum, während sich drei lärmende Kinder auf dem Fußboden ein Spielzeugauto zuschoben.

Im Gehen erzählte Gwenver von der Geschichte der Gruppe.

»Wir haben um 1973 oder 74 angefangen, so eine Art Selbsthilfegruppe. Wir haben uns umeinander gekümmert. Der eine hat dem anderen erklärt, wie es hier läuft, wir haben uns gegenseitig Spanisch beigebracht und über den Scheiß zu Hause geredet. Aber da waren nur militante Schwarze zugelassen, sonst keiner. Die normalen kriminellen Elemente hatten bei uns keine Chance, klar? Castro hat ja alles mögliche Gesocks ins Land gelassen, jeden, der in ein Flugzeug steigen und gleichzeitig ein paar Sätze Marx zitieren konnte. Und er hatte eine Schwäche für Hochstapler und Betrüger. Diebe in Nadelstreifen. Mittlerweile ist von unserer Gruppe nicht mehr viel übrig. Ein paar sind tot, ein paar so gut wie, und ein paar kommen einfach nicht mehr.«

Im Versammlungsraum stellte er Max der Runde als Schriftsteller vor.

Max wurde mit Achselzucken, Grummeln und reichlich Misstrauen in Empfang genommen. Er kannte die Namen aller Anwesenden und hatte sich ihre Verbrechen und den Tag ihrer Flucht eingeprägt. Mit keinem von ihnen hatte er am Vorabend gesprochen, weil keiner von ihnen im Telefonbuch stand. Trotzdem spürte er, dass sich die Kunde verbreitet hatte, dass sie schon von ihm wussten und dass ihnen nicht gefiel, was sie sahen. Vielleicht rochen sie den Polizisten in ihm. Vielleicht lag es daran, dass sein weißes Gesicht nicht zu seinem schwarzen Namen passte. Oder vielleicht war es viel simpler: das Misstrauen der eingeschworenen Gemeinschaft gegen den Außenseiter.

Nur zwei Leute stellte Gwenver ihm nicht vor, und das waren die beiden Männer mit den unbewegten Mienen, die breitbeinig und mit verschränkten Armen an der Tür standen: dicke, muskelbepackte Unterarme, den aufgepumpten Rausschmeißerkörper in volles Panther-Ornat gezwängt. Einschüchtern konnten die Max nicht. Wenn es zum Kampf kam, war von Bodybuildern nicht viel zu erwarten. Entschieden zu unbeweglich. Zu schweres Fleisch auf den Knochen. Ein leichter Treffer aufs Kinn, und sie gingen ohnmächtig zu Boden.

Bis auf den runden, unbehandelten Holztisch, die Stühle und den staubigen Ventilator, der nicht funktionierte, war der Raum kahl: schmutzige Holzdielen, die teilweise lose und verzogen waren, abblätternde Farbe an den Wänden, wo die alten Farbschichten durchschimmerten: weiß, blau, grün und vermutlich gelb.

Der neueste Gegenstand im Zimmer war ein Schwarz-Weiß-Foto von Che Guevara – jener zur Ikone gewordene Schnappschuss von Alberto Korda, der auch als riesengroßes Bildnis über der Plaza de la Revolución prangte: Che mit dem Stern auf dem Barett und spärlichem Bartwuchs, den windumtosten Blick in die Ferne gerichtet, den Ansatz eines Lächelns auf den etwas affenartigen Zügen. Genau dieses Bildnis gab es auch auf T-Shirts und Postkarten, Postern, Buttons und Bandanas, Siegelringen, Kaffeetassen, Decken und Kissenbezügen in jedem Souvenirladen und an jeder Straßenecke zu kaufen. Die Rebellion in konvertible Pesos umgesetzt. Noch dazu hing dieses Bild in jedem Haus auf Kuba. Sozusagen ein obligatorisches Deko-Element. Genau wie es in den Sechzigern und Siebzigern auch für radikale Jugendliche im Westen ein Muss gewesen war, nur dass die sich das immer noch selbst ausgesucht hatten. In Kuba nirgendwo einen Che hängen zu haben, bedeutete, dass man die Grundprinzipien des Staates nicht teilte, dass man gegen die Revolution war, auf der der Staat gründete. Che war ein Kinderlied, das jeder schon in der Krippe lernte. Seine Lebensgeschichte wurde in der Schule unterrichtet und auf der Universität analysiert. Gott wurde in Kuba nicht offiziell verehrt, dafür aber Che. Der echte Che drehte sich vermutlich im Grabe um.

Max wurde ein Stuhl neben dem offenen Fenster angeboten. Von draußen hörte er Verkehrslärm, das Getrappel von Pferdehufen und Kinderstimmen, die die der Erwachsenen übertönten.

Die Versammlung wurde eröffnet. Alle erhoben sich und reckten die geballte Faust in die Luft.

»*Say it loud!*«, brüllte Gwenver.

»*I'm black and I'm proud*«, kam die Antwort.

»*Saaay it* loud!«, rief Gwenver noch lauter.

»*I'm* black *and I'm* proud*!*«, antwortete das Dutzend alternder Panther, wenn auch kein bisschen lauter als zuvor. Max sah, wie eine der Fäuste zitterte, ein Tremor, wie eine verwelkte Rosenknospe, die bei der nächsten sanften Brise abfallen würde.

»Brüder und Schwestern … na kommt schon … *say it* loud!«, donnerte Gwenver.

»*I'm black and I'm proud!*«, brüllten sie heiser und mit brüchiger Stimme zurück, und so mancher keuchte und hustete vor Anstrengung.

Gwenver hatte ein Einsehen.

»Sehr gut, Brüder und Schwestern, sehr gut, sehr gut. Jetzt macht's euch bequem, Leute.«

Alle nahmen Platz, und sie sahen erleichtert und erschöpft aus. Der Wasserkrug machte die Runde. Als er wieder in der Tischmitte ankam, war er leer.

»In der vergangenen Woche«, hob Gwenver an, »hat Amerika seinen allerersten schwarzen Präsidenten gewählt. Einen *schwarzen* Präsidenten. Einen echten *Afro*-Amerikaner. Was denkt ihr, was das für uns bedeuten wird?«

»Für uns als schwarze Amerikaner oder als ›Inlandsterroristen‹?«, fragte eine Frau.

»Das ist Jacke wie Hose«, bemerkte ein Mann. Vor ihm am Tisch lehnte ein ramponierter Gehstock.

»Das ist für'n Arsch, das sage ich dir, Bruder«, erklärte der Mann neben Gwenver. Er sah aus, als würde er auf der Straße leben. Als sie einander vorgestellt worden waren, hatte Max den Alkohol an ihm gerochen. Nicht nur die Fahne, sondern auch den Schnaps, der durch seine Poren ausdünstete und mit seinem Schweiß destilliert wurde. Ein unordentlicher Paartagebart raute sein aufgedunsenes Gesicht auf, und er trug eine dicke Brille, deren Bügel notdürftig mit Klebeband am Rahmen befestigt waren. »Obama sagt, er will mit dem Feind reden. Und das bedeutet mit Kuba. Und das bedeutet, wir laufen Gefahr, dass die uns ausliefern.«

»Wenn doch nur der andere Typ gewonnen hätte«, bemerkte eine Frau.

»Ganz genau«, pflichtete eine männliche Stimme ihr bei.

»Bush war gut für uns«, sagte der Mann mit dem Stock.

»Aber schlecht für die Welt«, grummelte eine Frau mit heiserer Stimme.

»Hier geht's nicht um die Welt, Schwester, hier geht's um uns!«, sagte der Brillenträger. »Die republikanischen Revolverhelden haben das alte Embargo immer verschärft. Sobald die Demokraten ins Weiße Haus kommen, schmeißen die sich gleich an Fidel ran. Reisebeschränkungen fallen weg, Geld kommt ins Land, und dann reden die miteinander. Carter hat's gemacht, Clinton hat's gemacht, und Obama wird's genauso machen. Und wir haben nicht mal mehr Castro im Rücken.«

Max hätte angesichts dieser Logik und der Ironie darin gern laut aufgelacht, aber er bewahrte eine steinerne Miene.

»Solange Castro an der Macht ist, wird sich grundlegend nichts ändern«, erläuterte Gwenver. »Bestenfalls machen beide Seiten ein paar Zugeständnisse. Zuerst werden die den kubanischstämmigen Amerikanern die Einreise erlauben, dann den normalen amerikanischen Touristen. Dann wird Castro ein paar Dissidenten freilassen – nur ein paar, damit er gut dasteht. Das Ganze wird sich über mindestens zwei, drei Jahre hinziehen. Und dann muss Obama wieder einen Wahlkampf führen. Zu liberal wird er da auch nicht sein wollen, um den exilkubanischen Block nicht vor den Kopf zu stoßen, also wird er vor 2013 keine drastischen Maßnahmen ergreifen. Die größten Umwälzungen, die wir hier zu unseren Lebzeiten noch mitkriegen werden, sind lärmende Arschlochtouristen, die rumjammern, weil's hier keinen McDonald's gibt.«

»Du meinst also, wir müssen uns keine Sorgen machen?«, fragte die erste Frau.

»Oh, irgendwas gibt es immer, worüber wir uns Sorgen machen müssen, Schwester. Wir sind in Kuba, schon vergessen? Irgendwas läuft hier immer schief«, sagte Gwenver mit breitem Grinsen.

Dies nahmen die Anwesenden zum Anlass, das Politische abzuschließen und zum Persönlichen überzugehen. Sie klagten über ihre Wohnungen, ihre Nachbarn, das wenige Geld, die fehlende Seife, die fehlenden Schmerzmittel. Viel Mitgefühl ernteten sie dabei von niemandem. Alle hörten einfach schweigend zu und warteten ab, bis sie an der Reihe waren. Man schwelgte in den guten alten Zeiten – nicht den guten alten Ruhmeszeiten, sondern jenen Tagen, in denen sie noch all die Sachen hatten, die ihnen jetzt fehlten. Eine Million verschiedene Sorten Zahnpasta, zwei Millionen Sorten Seife. Und sie sprachen ausgiebig über Essen. Hauptsächlich über Rindfleisch. Dann über Süßigkeiten. Das war Amerika für sie geworden: ein großer, aber nicht erreichbarer Supermarkt. Sie erzählten sich persönliche Neuigkeiten, was in der Familie los war. Ein paar Angehörige hatten ihre Ausbildung abgeschlossen, ein paar hatten eine feste Arbeit, ein paar saßen im Knast. Alles in veraltetem Blaxploitation-Slang – sie benutzten Worte, die Max seit Jahrzehnten nicht mehr gehört hatte, die inzwischen eine andere Bedeutung angenommen hatten, die neu definiert, neu aufgelegt, neu erfunden worden waren. Und in allem, was sie sagten, schwang Traurigkeit mit. Max hörte sehr viel Bedauern und wenig Widerstandsgeist. Dies waren gebrochene Menschen. Die Zeit hatte sie überholt, und sie wussten es. Sie hatten keinen Grund mehr zu kämpfen, nur noch Kleinigkeiten, um die sie kabbelten. Ihre Revolution war im Fernsehen übertragen, als DVD verkauft und als zweiminütiger YouTube-Clip ins Internet hochgeladen und dann auf der Stelle wieder vergessen worden, verdrängt von stundenlangen Beiträgen über spindeldürre Promis mit ihren spindeldürren Chihuahuas. Und sie hatten Heimweh. Sie sehnten sich nach dem Land, aus dem sie geflohen waren, dessen Regierung und dessen Institutionen sie zu stürzen geschworen hatten. Max empfand Mitgefühl mit ihnen. Ja, sie waren Mörder, ja, sie hatten Kindern ihre Väter und Mütter, Eltern ihre Kinder genommen, aber ungestraft davongekommen waren sie nicht. Sie waren nicht frei. Sie waren nur von einem lebenslänglichen Gefängnis ins andere geflohen. Die Lebensumstände in Kuba mochten sehr viel besser sein als in den meisten Bundesgefängnissen, aber das Prinzip war das gleiche. Sie würden nie wieder nach Hause kommen.

»Sie glauben nicht, dass Sie ausgeliefert werden?«, fragte Max Gwenver, als sie wieder draußen auf der Straße standen.

»Das ist das Letzte, was mir schlaflose Nächte bereitet«, antwortete er.

»Und was bereitet Ihnen schlaflose Nächte?«

»Moskitos und Kakerlaken – die wichtigen Dinge im Leben.« Er grinste.

»Sie haben noch gar nicht Ihre Unschuld beteuert.«

»Da gibt's nichts zu beteuern. Wenn neben dir einer einen Bullen erschießt, ist der schuldig, und nicht du.«

Max hätte ihm die Details des Falls unter die Nase halten können, aber er ließ es bleiben. Dazu war er nicht hier, nicht wegen Gwenver, außerdem wollte er den Mann nicht verärgern oder gegen sich aufbringen.

Das Treffen der PIE hatte zwei Stunden gedauert. Die Unterhaltung war von selbst versiegt, woraufhin Gwenver die Versammlung für beendet erklärt hatte. Zum guten Schluss hatte er ein kleines schwarzes Notizbuch aus der Hosentasche gezogen und einige Anwesende um ihre neue Telefonnummer gebeten. Dann hatte er gefragt, ob jemand etwas brauche, Lebensmittel oder Hygieneartikel. Praktisch alle hatten nach Toilettenpapier geschrien, und fast ebenso vielen gingen Seife und Zahnpasta aus. Die Bestellungen notierte Gwenver in einem roten Notizbuch. Dann verlas er die Preise. Alle beschwerten sich, ein paar wollten ihn runterhandeln, aber am Ende gaben ihm alle das Geld. Es folgte die allgemeine Verabschiedung, und man versprach, sich im nächsten Monat wiederzusehen, gleiche Zeit, gleicher Ort. Keiner verabschiedete sich von Max.

»Sie sind das erste Mal in Havanna, stimmt's?«, fragte Gwenver.

»Sieht man mir das an?«

»Klar. Sie haben diesen Neuling-Blick. Dieses Staunen. Wundert mich nicht. Mir hat's den Atem verschlagen, als ich die Stadt zum ersten Mal sah. Gehen wir ein paar Schritte.«

Havanna war eine wunderschöne Ruine, ein bröckelndes Museum, das man als Tourist für eine Stunde besuchte, um dann ein Leben lang zu bleiben, ein stattlicher Slum aus ehemals herrschaftlichen Gebäuden, die zu Bruchbuden verfallen waren. Auf den ersten Blick wirkten sie abbruchreif und verlassen, tatsächlich aber lebten dort Menschen, deren blasse Gestalten ab und zu hinter den dunklen Nischen der Fenster und Türen und Balkone vorüberhuschten, gleichgültig gegenüber dem lärmenden Gewimmel unter ihnen, den Touristengruppen auf Stadtführung, den Straßenhändlern, den flanierenden Pärchen, den Fahrradtaxis, den Dutzenden von Schulkindern in braunen Uniformen und den Polizisten – alle dreißig Sekunden einer – mit grauem Barett, hellblauem Hemd zu dunkelblauer Hose, Ohrhörer, Funkgerät auf der Schulter und Pistole, ständig auf der Hut.

Max und Gwenver spazierten durch Seitenstraßen, in denen sich die Häuser von rechts und links voreinander zu verneigen schienen und sich ganz oben beinahe berührten. Der Straßenbelag war wellig und löchrig, andernorts uneben und rau. Alle paar Blocks stießen sie auf abgesperrte Ruinen unbestimmten Alters und Berge von Schutt, der auf die Straße rollte, wo die Passanten einen großen Bogen um die Trümmer machten.

Von überall war das Capitolio zu sehen, das Parlamentsgebäude aus der Zeit vor Castro, ein enger Verwandter des Kapitols in Washington, ihm in Größe und Format ebenbürtig. Seine weiße Kuppel dominierte die rostfarbene, chaotische Stadtlandschaft, prachtvoll und fremd, als wäre es von ganz woanders hier abgesetzt worden.

Sie überquerten den Prado und gingen auf ein breites Tor mit Pagodendach zu, das den Anfang der Calle Dragones und des *Barrio Chino* markierte – des Chinesenviertels von Havanna. Das Tor war ein Geschenk der chinesischen Regierung gewesen. Auf der Tafel war »Chino« falsch geschrieben, dort stand: »Barrio Hino«.

Sie traten aus der sengenden Sonne in einen Bogengang, dessen verschnörkelte Säulen Risse aufwiesen, die Farbe war abgeplatzt. Die verblichenen Bodenfliesen waren grau und glasig geworden, sodass sich die Umrisse der Passanten darin schwach und dunkel widerspiegelten, wie Fische unter der Oberfläche eines ölbedeckten Sees. In allen Hauseingängen arbeiteten Menschen, hämmerten und klopften, sägten, bohrten und schweißten. Männer besohlten Schuhe mit alten Autoreifen, Kinder bauten Skulpturen aus Getränkedosen, Frauen schliffen Tische und lackierten Stühle, ein älteres Paar bastelte aus einem Haufen Porzellanscherben Teller und Tassen.

Ein herrenloser Rottweiler trottete ihnen entgegen. Er sah verängstigt aus, benommen vor Hunger und Hitze, nur noch Haut und Knochen in einem flohverseuchten Pelz. Wann immer jemand ihm zu nahe kam, wich er in großem Bogen aus, sodass der Passant reichlich Platz hatte.

»Die Hunde hier haben Angst vor Menschen«, sagte Gwenver. »Das liegt noch an der so genannten ›Sonderperiode‹. In den Neunzigern waren Lebensmittel knapp, besonders Fleisch. Da haben die Leute alles gegessen, was sie in die Finger kriegten – nur sich gegenseitig nicht. Die meisten Zootiere sind spurlos verschwunden, und Haustiere endeten auf dem Teller. Damals hat die Regierung angefangen, Nagetiere zu züchten, um die Bevölkerung zu ernähren. Haben Sie schon mal eine Ratte gegessen?«

»Nein. Sie?«

»Aber sicher. Schmeckt ein bisschen wie Kaninchen. Apropos, haben Sie Hunger?«

28

Sie wanderten durch Havannas Chinesenviertel – einst das größte und wohlhabendste Viertel seiner Art in ganz Lateinamerika, heute nur noch eine einzige Straße mit Restaurants in grellbuntem, kitschigem Pagodendekor, die entweder das Wort »China« oder »Drache« im Namen trugen. Das Angebot der Speisekarten bestand hauptsächlich aus Pizza und Pasta. Am Ende der Straße gelangten sie zu einem großen, blassorange gestrichenen Haus mit strahlend weißen Balkonen.

Gwenver klopfte dreimal an die Tür. Wenige Augenblicke später fragte eine Stimme, wer da sei.

»Malcolm X«, antwortete er.

Eine junge, dunkelhäutige Schönheit in einem knöchellangen chinesischen Kleid mit Blumenmuster öffnete die Tür. Das türkisfarbene Kleid war schulterfrei und hauteng und an den Seitennähten bis zu den Oberschenkeln geschlitzt. Sie war zu stark geschminkt und trug schwere, glitzernde Ohrringe, die ihre Ohrläppchen in die Länge zogen.

Sie begrüßte Gwenver mit einem Lächeln, das von dem Lippenstift auf ihren Zähnen und einem Wortschwall getrübt wurde, den Max nicht verstand.

Sie führte die beiden hinein.

Max hatte erwartet, sich in einem Bordell wiederzufinden, aber es war ein Restaurant. An den Wänden hingen dicke karmesinrote Vorhänge, die mit brüllenden goldenen Drachen bestickt waren. Girlanden mit roten Papierlaternen hingen an der Decke und spendeten ein gedämpftes Licht, das dem Raum die Anmutung eines luxuriösen Riesensargs mit schlecht passendem Deckel verlieh.

Ungefähr ein Dutzend Gäste saßen an Marmortischen, aßen Pizza und schlürften Spaghetti. Jeder einzelne von ihnen strahlte Überfluss aus. Armut oder Anstrengung kannten sie offensichtlich nicht. Sie trugen Designerkleidung und Schmuck. Haare, Zähne und Haut perfekt wie für's Foto. Die Männer vom Typ attraktiver Latin Lover, die Frauen von herzzerreißender Schönheit. Alle sahen jung aus, keiner jenseits der fünfunddreißig.

Die Frau rief einen Kellner herbei, der sie zu ihrem Tisch führte. Auch der war, genau wie die Frau, Kubaner, aber gekleidet wie ein Chinese: weiße, hochgeschlossene Jacke, weite schwarze Hose, schwarze Slipper und eine schwarze Kappe, an die ein dünner schwarzer Pferdeschwanz angenäht war, der ihm bis über den Rücken reichte.

Gwenver ging voran. Alle standen auf, wenn er sich ihrem Tisch näherte, und wenn er nicht in unmittelbarer Reichweite vorbeikam, gingen sie zu ihm, um ihn zu begrüßen. Die Männer empfing er mit Handschlag, die Frauen mit Küsschen. Nicht wenige machten ihm schöne Augen, ein paar flüsterten ihm etwas ins Ohr – in Anwesenheit ihrer männlichen Begleiter. Man begegnete ihm mit gebührender Hochachtung und gebührendem Arschkriechen. Es gab verlogenes Lächeln, forciertes Gelächter und reichlich Schulterklopfen.

Sie nahmen einen Tisch ganz hinten, direkt vor der gut bestückten Bar.

Gwenver setzte sich mit dem Rücken zur Wand und bestellte Rum auf Eis. Max orderte das Erste, was ihm in den Sinn kam: eine Coke. Sofort wurde ihm klar, dass er Unmögliches verlangte, aber da war der Kellner schon wieder hinter der Bar verschwunden.

»Sie trinken keinen Alkohol?«, fragte Gwenver.

»Hab aufgehört.«

»Probleme damit?« Gwenvers rechte Augenbraue zog sich zu einer schneeweißen Pfeilspitze hoch.

»Nein. Es schmeckt mir einfach nicht mehr.«

Gwenver lächelte.

Auf dem Tisch lagen neben einem schweren Marmoraschenbecher zwei Speisekarten.

Max überflog das Angebot. Die Karte war auf Chinesisch verfasst, darunter in Klammern die spanische Übersetzung. Auf einer Seite Pizza, Pasta auf der nächsten, hinten die Getränke.

»Wo muss ich hingehen, wenn ich Dim Sum möchte?«, fragte er.

»Wissen Sie, wie man in einem chinesischen Restaurant einen Kubaner von einem Touristen unterscheidet? Der Kubaner ist der mit der Pizza.«

»Ich wusste gar nicht, dass Pizza ein chinesisches Gericht ist.«

»Kubaner lieben Pizza.«

Der Kellner brachte die Getränke. Nachdem er Max die Colaflasche gezeigt hatte – eine von den echten mit den Sanduhrkurven und der grünlich blauen Färbung –, schenkte er mit großer Geste und großer Sorgfalt ein, als handle es sich um allerfeinsten Wein. Er achtete darauf, dass nichts überschäumte, und stellte dann die Flasche auf dem Tisch ab.

Als er den Rum servierte, flüsterte Gwenver ihm etwas zu. Der Kellner nickte und ging.

Die Gäste unterhielten sich leise, Einzelheiten ihrer Gespräche waren bei dem eifrigen Besteckgeklapper auf den Tellern nicht zu verstehen.

»Was ist das hier?«, fragte Max.

»Wonach sieht es aus?«

»Nach einem Restaurant. Einem sehr exklusiven, in das man nicht einfach reinmarschieren kann.«

»Genau das ist es wohl«, sagte Gwenver.

»Nicht sehr sozialistisch.«

»Das ist das Besondere an Kuba: Nichts ist, wie es scheint oder wie es sein sollte. Was Sie zu wissen glauben, ist meist ein Irrtum.«

Gwenver nahm einen Schluck Rum.

Max betrachtete die Colaflasche, weil er wissen wollte, wo sie abgefüllt worden war. Unter dem geschwungenen Logo stand es zu lesen: in Pensacola, Florida.

»Man kriegt hier alles, was man will, man muss nur wissen, wo man danach sucht und wen man fragt – und wie man fragt.« Gwenver zwinkerte ihm zu.

»Sogar amerikanische Waren?«

»Vor allem amerikanische Waren«, entgegnete Gwenver. Er leerte sein Glas. Max fiel auf, dass der Blick, mit dem Gwenver ihn betrachtete, sich verändert hatte. Bevor sie durch diese Tür getreten waren, hatte er eine offene, beinah glückliche Art an den Tag gelegt: der Stadtführer, der seine Begeisterung über sein Land teilen will, der glücklich gehirngewaschene Propagandist, der seinem Gegenüber sein Manifest für diese zerschlissene Utopie aufzuschwatzen versucht. Jetzt musterte er Max wie einen seltenen Käfer, den er unter einem Glas gefangen hatte – als versuchte er herauszufinden, wie er gebaut war und wie heftig er wohl zupfen musste, um ihm die Flügel auszureißen.

»Auf dem Schwarzmarkt?«, fragte Max.

»Der Schwarzmarkt ist das, was diese Regierung an der Macht hält.«

»Wie das?«

»Jede Diktatur bricht zusammen, wenn es an grundlegenden Dingen fehlt, an etwas, ohne das die Leute nicht leben können«, sagte er. »Die meisten Menschen finden sich mit praktisch allem ab, solange drei Grundbedürfnisse erfüllt sind: Nahrung, Wasser und ein Dach über dem Kopf. Die Kubaner kriegen ihre Lebensmittel vom Staat. Jeder hier hat ein Heft mit Lebensmittelmarken. Einmal im Monat stehen sie vor den staatlichen Geschäften an und kriegen ihre Ration Reis und Bohnen und ein bisschen Fleisch – meistens Huhn oder Schwein, selten beides. Auf diese Güter haben sie einen verfassungsmäßig garantierten Anspruch. Das ist Castros Version von vierzig Morgen Land und einem Maultier. Das soll für einen Monat reichen, aber die Leute können von Glück sagen, wenn sie bis zur dritten Woche kommen, bevor ihnen irgendein Grundnahrungsmittel ausgeht. Und dann herrscht ständig irgendwo Knappheit. Die Brunnen hier haben die Tendenz, gerade dann trocken zu werden, wenn man am Verdursten ist. Das ist schon so, seit die Russen das Land nicht mehr subventionieren und Kuba für sich allein sorgen muss. An dieser Stelle kommt der Schwarzmarkt ins Spiel. Die Leute haben keinen Spaß daran, für etwas mehr zu bezahlen, als sie sich leisten können, aber wenn sie die Wahl haben zwischen mehr ausgeben oder auf die Straße gehen und rebellieren, dann ist es doch leichter, ein paar extra Pesos aufzutreiben, und gesünder noch dazu.«

»Und Castro weiß Bescheid?«

»Natürlich. Er weiß über alles Bescheid. Öffentlich steht er nicht dazu. In der offiziellen Version sind Schwarzmarkthändler Feinde der Revolution, der Abschaum der Erde, *parásitos*. Über die lässt er sich in seinen fünfstündigen Ansprachen aus. Aber im Privaten hat er es akzeptiert. Er weiß sowieso, dass hier keiner unter vierzig Sozialist ist«, sagte Gwenver. »Nun gibt es zwei Arten von Schwarzmarkt – den der Mikro- und den der Makroökonomie. Die Mikro-Ebene, das sind die altbekannten Ein-Mann-Operationen, mit denen die Leute sich etwas Geld nebenbei verdienen. Und diese Zwiebel hat eine Million verschiedene Häute. Zum Beispiel … sagen wir, ich arbeite in einem staatlichen Lebensmittelgeschäft und schaffe ein paar Säcke Reis und Bohnen beiseite und sage der Regierung, dass mir zu wenig geliefert wurde und ob ich nicht vielleicht ein bisschen mehr kriegen kann? Keiner macht sich die Mühe, das zu überprüfen. Zu viel Aufwand für ein paar Pfund Reis. Also kriege ich eine Nachlieferung und verkaufe die Lebensmittel, die ich gebunkert habe, für den zwei- oder dreifachen Preis. Manchmal auch mehr, wenn gerade Knappheit herrscht. Auch der Handel mit Hygieneartikeln gehört dazu. Die meisten Touristen lassen Seife, Shampoo und Zahnbürsten da. Die Zimmermädchen sammeln alles ein und benutzen es entweder selbst oder verkaufen es. Ein sauberes kleines Geschäft. Wussten Sie, dass die Zimmermädchen in den großen Hotels mehr Geld verdienen als ein Arzt, wenn man die Trinkgelder und die ganzen Extras einbezieht? Traurig, aber wahr.

Man sagt doch immer, dass die Geschichte sich wiederholt. Hier hat die Wiederholung in den Neunzigern angefangen. Heute gibt es hier mehr Huren als zu Batistas Zeiten. Vollzeit-Huren, Teilzeit-Huren, Wochenend-Huren. Die Revolution hat alle ihre Enkelinnen zu Huren gemacht. Die jungen Frauen heutzutage setzen zuerst ihren Körper und dann das Gehirn ein. Mit ihrem Körper kriegen sie, was sie wollen, und mit etwas Köpfchen schaffen sie es, es zu behalten. Es gibt wieder Nachtclubs und Bordelle. Bald wird es auf dem Malecón wieder Peepshows, Spielkasinos und Leuchtschriften geben. Die Leute sind genauso arm wie früher und doppelt so unglücklich«, fuhr Gwenver fort. »Sehen Sie sich um und atmen Sie tief ein, weil das Kuba, das Sie heute sehen, schon sehr bald nicht mehr existieren wird. Wenn die Castros abdanken, war's das. In fünf oder zehn Jahren ist das hier ein zweites Puerto Rico oder die zweiten Bahamas. Die Revolution ist wieder da angekommen, wo sie angefangen hat, Baby. Sie ist vorbei. Aus und vorbei.«

»Und das macht Ihnen nichts?«

»Nein.«

Gwenver fischte einen Eiswürfel aus dem Glas, steckte ihn sich in den Mund und kaute darauf herum – es klang wie schwere Schritte auf Kies. Er schaute an Max vorbei und winkte jemandem zu.

»Und die Makro-Ebene des Schwarzmarkts?«, fragte Max.

»Das, mein Freund, ist ein gänzlich anderes Thema.«

»Das ist Ihr Metier, stimmt's?«, fragte Max und schaute hinunter auf die Colaflasche. Und in diesem Moment bemerkte er einen kleinen roten Fleck auf dem ersten weißen »O« des Markennamens. Bei genauerem Hinsehen erkannte er, was es war: ein Paar Flügel, genau die gleichen wie auf den Patronenhülsen. Das Zeichen des Abakuá. Überrascht war er nicht – Wendy Peck hatte erzählt, dass sie jedes Restaurant und jede Bar in Kuba belieferten. Trotzdem lief es ihm kalt den Rücken herunter, als er ihr Symbol hier zum ersten Mal sah.

Gwenver arbeitete für die.

Max spürte, wie seine Eier schrumpften und sich ihm der Magen verkrampfte.

»Genug über mich«, sagte Gwenver. »Sprechen wir über Sie.«

»Was möchten Sie wissen?«

»Was machen Sie?«

»Das sagte ich doch. Ich bin Schriftsteller.«

»Ja, aber was machen Sie wirklich? Das FBI schickt Sie nicht, für eine Mission wie diese sind Sie eigentlich viel zu alt. Und vom CIA sind Sie auch nicht, weil die keinen Weißen herschicken würden. Eher einen schwarzen Hispano. Bleiben nur drei Möglichkeiten: Bulle, Kopfgeldjäger, Privatdetektiv. Welches von den dreien?«

Max hörte den Klang eines Windspiels zu seiner Linken, und aus dem Augenwinkel sah er einen Vorhang leicht wehen, den Saum sich kräuseln wie in einem Luftzug.

Er hörte, wie hinter ihm die Tür ins Schloss fiel, wie sich der Schlüssel im Schloss drehte und ein Riegel einrastete. Er drehte sich um. Das Restaurant war leer. Die Teller standen noch auf den Tischen, mehr oder weniger große Pizzareste, halbleere Gläser, das schmutzige Besteck ruhte auf Servietten. Er hatte niemanden gehen gehört. Es war, als hätten sich die Gäste einfach in Luft aufgelöst.

»Wenn Sie Schriftsteller sind, bin ich Donald Duck«, sagte Gwenver und fuhr sich mit der Zunge über die Zähne. »Ich habe in meinem Leben viele Schriftsteller kennengelernt. Aber noch viel mehr Polizisten. Ich kenne also den Unterschied. Sie gehen wie ein Bulle, Sie reden wie ein Bulle, Sie gucken wie ein Bulle. Haben Sie sich nicht gewundert, dass von den PIE keiner mit Ihnen geredet hat? Keiner hat Sie gefragt, wo Sie herkommen, was zu Hause so los ist. Die wussten, dass Sie nicht echt sind.

Fangen wir also noch mal von vorn an. Wer und was sind Sie?«

»Ich habe es Ihnen gesagt.«

»Schön …« Gwenver seufzte, beugte sich vor und griff

hinter seinen Rücken. Er zog eine schwarze kurzläufige 38er Smith&Wesson hervor, das Modell *Bodyguard* mit dem runden Rücken und dem verdeckten Hahn, unauffällig zu tragen und ideal fürs schnelle Ziehen, aber erschütternd ungenau bei mehr als einem Schuss. Nicht dass er auf diese Entfernung mehr als einen brauchen würde. Gwenver legte sie auf den Tisch und seine Hand dicht daneben. »Vielleicht möchten Sie Ihre Antwort noch einmal überdenken.«

Max hatte genau zwei Möglichkeiten.

Erstens: Weiter alles leugnen.

Günstigstes Szenario: Gwenver setzte ihn auf die Straße, womit Max seine beste Chance vertan hätte, Vanetta Brown zu finden. Er würde die anderen Panther warnen, und keiner würde mehr mit ihm reden.

Schlimmstes Szenario: Gwenver wurde ungemütlich. Er konnte ihn an den Abakuá ausliefern, der ihn foltern würde, bis er die Wahrheit sagte, oder an die Polizei, die womöglich das Gleiche täte. Wie auch immer es lief, Option eins bedeutete das Ende.

Option zwei: Auf Zeit spielen und austesten, ob Gwenver ernst zu nehmen war, wie weit er gehen würde. Wer eine Waffe zieht und sie auch benutzen will, der richtet sie auf einen Menschen. Gwenver hatte sie gezogen und auf den Tisch gelegt, als hätte sie ihn schon den ganzen Tag gestört. Entweder er wollte Max vor Augen führen, wie es für ihn ausgehen konnte, wenn er nicht redete, oder es war eine etwas plumpe Zurschaustellung von Macht, um zu zeigen, wer am längeren Hebel saß.

Max entschied sich für Letzteres.

»Ist Waffenbesitz hier nicht illegal?«

»Weichen Sie nicht aus.«

»Ich bin kein Polizist.«

»Okay, dann also im Ruhestand. Was bedeutet, dass Sie entweder Privatdetektiv sind oder Kopfgeldjäger. Raus mit der Sprache.«

Max warf noch einen Blick auf die Waffe. Sie war alt. Der Rahmen war zerschrammt, die Trommel hatte Rillen und Kratzer. Smith & Wesson hatte die Produktion der *Bodyguard* 1997 eingestellt, das wusste Max, und sie durch ein leichteres, zielgenaueres Modell ersetzt. Er suchte auf dem Tisch nach einer Waffe für sich. Das Glas und die Flasche waren zu klein. Der Aschenbecher war schwer, aber zu weit weg. Gwenver würde schneller sein als er.

»Ich bin Privatdetektiv. Aber ich bin in eigener Sache hier.«

»In eigener Sache – für *umsonst*?« Gwenver lachte. »Wen suchen Sie denn – in eigener Sache?«

Max presste die Handflächen von unten gegen die Tischplatte und spürte den kalten Marmor auf der feuchten, heißen Haut. Er drückte ganz leicht dagegen, um Gewicht und Widerstand des Tisches zu testen und den Punkt zu suchen, an dem er umkippen würde. Der Tisch gab keinen Millimeter nach.

»Das werde ich Ihnen nicht sagen«, verkündete er.

»Warum nicht?«

»Weil es Sie einen Scheißdreck angeht.«

»Unser Kampf mag vorüber sein, aber wir sind immer noch Brüder, Mingus. Wenn Sie sich mit einem von uns anlegen, legen Sie sich mit allen an.«

»Ist das so?«

»Worauf du deinen Arsch verwetten kannst«, sagte Gwenver. »Und du kannst hier den Zugeknöpften spielen, solange du willst, aber ich hab schon eine ziemlich gute Ahnung, hinter wem du her bist. Ich habe dich sehr genau unter die Lupe genommen, während wir durch die Straßen gelaufen sind. Angefangen mit deiner Art zu sprechen. Südstaaten, kein Zweifel, aber nicht dieser ganz tiefe Hillbilly-Süden, wo alle Tabak spucken und Inzucht treiben. Du sprichst mehr so vornehm. Also dachte ich mir, vielleicht wurde das Weißbrot im Süden geboren und ist dann weggezogen, in den Mittleren Westen vielleicht oder an die Ostküste. Aber dann hab ich noch mal genauer hingeschaut. Deine Klamotten: leichte Hose, leichtes Hemd, und du schwitzt nicht besonders, du fühlst dich wohl in der Hitze und in der Sonne – und da war mir alles klar. Du kommst aus Südflorida. Aus einer großen Stadt, so wie du auftrittst. Miami, würde ich schätzen. Und wenn ich recht habe, was ich tue, gibt es nur einen Menschen, hinter dem du her sein kannst. Vanetta Brown.«

Max ließ sich nichts anmerken, er schaute Gwenver gerade in die Augen und tastete unterm Tisch nach dessen Hebelachse.

»Du hast den Beruf verfehlt, Gwenver«, sagte er. »Du hättest Polizist werden sollen. Zu schade, dass du einen getötet hast.«

»Hör auf, mich zu verscheißern, Mingus. Das ist nicht deine Stärke.«

»Das aus deinem Munde. Die Kubaner kannst du mit deinem Bruder-Gequatsche vielleicht hinters Licht führen, aber du bist kein Militanter. Bist du nie gewesen. In diesem überstylten Pizzaschuppen magst du die große Nummer sein, aber in Wahrheit warst und bist du nichts anderes als ein beschissener kleiner Betrüger«, sagte Max. »Mit fünfzehn bist du wegen Scheckbetrugs aufgeflogen und hast vier Jahre gekriegt. Drei davon im Jugendknast, eins in San Quentin. Als sie dich in den richtigen Knast verlegt haben, wusstest du ganz genau, was dir bevorsteht. Wie alle Teenager, die dahin kommen. Entweder du trittst einer Gang bei, oder einer von den starken Männern macht dich zu seiner Nutte. Du konntest an nichts anderes mehr denken, als deinen Arsch zu retten. Wortwörtlich. Also hast du dich an die Black Guerrilla Family rangeschmissen, den ›militärischen Arm‹ der Black Panther. Nur dass der Kampf dir am Arsch vorbeiging und deren marxistische Überzeugungen erst recht. Du hattest nur noch ein Jahr abzusitzen. Du hast nur getan, was du tun musstest, um zu überleben. Das war eine harte Gang, und die haben dich beschützt. Aber wieder draußen in Freiheit wusstest du nicht, wohin. Deine Mama wollte dich nicht wiederhaben, weil der Scheck, den du gefälscht hast, zufällig ihrer war. Sie hatte dich angezeigt. Und alle deine Loserfreunde saßen im Knast. Und so bist du wieder zu den Panthern gegangen. Dabei ging es dir nie um die oder um deine schwarzen Brüder und Schwestern. Dir ging es einzig und allein um dich. Und das ist bis heute nicht anders. Und nur fürs Protokoll, wo wir hier gerade so nett beisammensitzen: Ich weiß mit absoluter Sicherheit, dass du den Polizisten erschossen und deine Freundin auf die Straße geworfen hast, statt sie ins Krankenhaus zu bringen. Weil du nämlich genau das bist: ein mieser, selbstbezogener Wichser, *Bruder.*«

Gwenver waren das Lächeln und ein Stück Selbstsicherheit abhandengekommen. Max hatte beobachtet, wie sich während seiner Rede im Blick des Mannes die Sturmwolken zusammengebraut hatten, wie der Braunton seiner Augen eine Schattierung dunkler und tiefer geworden war. Seine Unterlippe bebte.

Er schloss die Finger um die Waffe.

Und Max hievte den Tisch um. Die Marmorkante schlug Gwenver die Pistole aus der Hand, sie landete auf dem Fußboden. Es folgten Aschenbecher, Gläser und die Colaflasche, die auf dem Boden zerbarsten. Der Tisch krachte auf die

Seite und zerbrach in zwei Teile, während die Tischdecke sanft auf den Scherben landete und sie verhüllte wie ein Leichentuch.

Gwenver sprang auf und packte seinen Stuhl. In Richtung der sich bauschenden Vorhänge zurückweichend, stieß er mit den Stuhlbeinen nach Max. Der griff danach, kriegte ein Stuhlbein zu fassen und zog heftig daran. Gwenver kippte nach vorn, verlor das Gleichgewicht, strauchelte. Max trat einen Schritt zur Seite und zielte mit einer rechten Geraden auf Gwenvers Kopf, traf ihn an der Schläfe. Gwenver taumelte auf Gummibeinen zurück, verdrehte die Augen, die Kinnlade klappte herunter. Mit einem linken Haken aufs Kinn schickte Max ihn ohnmächtig zu Boden.

Max hob die Pistole auf, die sich sehr viel leichter anfühlte, als eine geladene Waffe sein sollte. Er schwenkte die Trommel aus. Eine glänzende Patrone in jeder Kammer. Er schüttete sich die Patronen auf die Handfläche. Als er begriff, was er da in der Hand hielt, musste er fast laut auflachen. Die Patronen waren aus Holz: sechs perfekt geformte kleine Munitionsstatuetten, mit Gold- und Kupferfarbe besprüht und klarlackiert, sogar der Marken- und Kaliberstempel unten war vorhanden. Die Waffe selbst war unschädlich gemacht, in den Lauf war eine Metallstange gelötet und der Schlagbolzen war entfernt worden. Kein Wunder, dass Gwenver die Waffe nicht auf ihn gerichtet hatte.

Er tastete Gwenver ab, fand die Brieftasche – randvoll mit konvertiblen Peso-Scheinen –, ein Schüsselbund und beide Notizbücher. Er blätterte in dem schwarzen. Ein Adressbuch. Keine vollen Namen, nur Initialen, Adressen und Telefonnummern.

Er suchte unter B.

AHB, DB, IB, JB …

VB.

Adresse: Calle Ethelberg 87 (Angola), Havanna.

Keine Telefonnummer.

Er steckte sich die Notizbücher ein.

Gwenvers Beine zuckten, er schnappte nach Luft und stöhnte. Dann röchelte er. Max drehte ihn auf den Rücken. Blut lief ihm aus dem Mund, und seine Lider flatterten.

Wieder hörte Max das Windspiel hinter dem Vorhang. Er stand auf, zog den Vorhang zurück und schaute in eine verlassene Küche mit schmutzigen Töpfen auf dem Herd und ein paar Tellern im Spülbecken. Der Luftzug kam durch die Hintertür, die mit einem Keil offen gestellt war, und fuhr durch die Metallglöckchen über dem Fenster.

Max schaute sich nach Gwenver um, der inzwischen die Augen aufgeschlagen hatte. Sie sahen glasig aus.

Als er sich über ihn beugte, blickte Gwenver ihn verwirrt und ratlos an. Er tastete den Fußboden um sich herum ab und sah sich in dem fremden Raum um, im Kopf jagte er durch tiefen Nebel einer Erklärung hinterher.

Dann wurde er plötzlich wieder ganz klar und versuchte aufzustehen.

Max drückte ihn mit dem Fuß zurück zu Boden.

»Erzähl mir von Vanetta Brown«, sagte Max.

»Fick dich.«

»Wann hast du sie zuletzt gesehen?«

»Fick dich!«

Max nahm Gwenver in den Schwitzkasten und drückte ihm langsam die Luftzufuhr ab. Gwenver schlug und trat wild um sich, um sich zu befreien.

»Sprich mit mir, Arschloch, oder ich brech dir das Genick!«

Just in diesem Moment sprang die Tür auf, und der Kellner eilte herein. Er sah Gwenver und Max auf dem Fußboden und blieb stehen, um die Lage zu erfassen, seine Lippen bewegten sich tonlos, als rechnete er den entstandenen Schaden zusammen. Noch mehr Menschen kamen herein, Männer mit Knüppeln in der Hand.

Max ließ Gwenver los, dessen Kopf mit einem Klacken wie von einer Billardkugel auf dem Fußboden landete.

Max entkam durch die Küche und schlug die Hintertür hinter sich zu. Er stand in einer schmalen Gasse zwischen zwei Hauptstraßen, das Sonnenlicht blendete ihn.

Er wandte sich nach rechts und rannte los.

Hinter sich hörte er Schreie.

Er drehte sich nicht um.

29

Solange es hell war, blieb Max im Hotel Nacional.

Calle Ethelberg war auf keinem Stadtplan von Havanna zu finden und kam auch in seinen Reiseführern nicht vor. Der Name Angola fiel dort nur, wenn es um die kubanische Militärkampagne in jenem afrikanischen Land ging.

Max versuchte es über den hoteleigenen Internetzugang, der für Touristen unbeschränkt war, und fand ebenfalls nichts. Vanetta Brown, schloss er, lebte in einem Viertel, das Touristen auf staatlichen Wunsch hin weder sehen noch überhaupt davon wissen sollten – weil es entweder ein unfotogenes Dreckloch war oder geheim.

Kurz nach halb elf verließ er das Hotel und lief La Rampa hinauf, die Hauptstraße, die die Randbezirke der Innenstadt mit dem Malecón verband, in den sie sich wie ein Zufluss aus Beton ergoss.

Autos waren kaum unterwegs, dafür drängten sich auf beiden Gehwegen Horden junger Menschen, die fröhlich plaudernd und von Parfümwolken umhüllt gen Meer strömten. Auf dem Malecón verbrachte die Jugend Havannas ihre Freizeit, er diente ihnen als kommunale Veranda. Sie bevölkerten die gesamte Promenade und nahmen einen eineinhalb Meter breiten Streifen des Gehwegs ein oder saßen Rücken an Rücken auf der Mauer, das Gesicht zur Stadt oder zum Meer, aber nur an den trockenen Stellen, wo die Wellen und die Gischt sie nicht erreichten. Es war ein ungezwungenes Straßenfest, wo plötzlich jemand die Gitarre auspackte und man gemeinsam Lieder sang, wo Gedichte vorgetragen, Theaterstücke aufgeführt und Amateurgymnastik dargeboten wurde. Sie aßen geröstete Erdnüsse aus spitzen Papiertüten, die von den fliegenden Händlern feilgeboten wurden, und reichten Flaschen mit weißem oder braunem Havana-Club-Rum herum, die billigste Sorte. Max blieb auf Abstand, konnte aber nicht aufhören, sie anzuschauen. Sie mochten arm sein, aber in puncto Outfit hatten sie alles gegeben: Die Mädchen trugen enge Jeans, hauchdünne Tops und hochhackige Schuhe, die Jungs Poloshirts mit hochgeklapptem Kragen, Turnschuhe ohne Schnürsenkel und Hosen auf Halbmast. Und doch waren diese kubanischen Jugendlichen nicht wie ihre Altersgenossen in Miami, wenn die feiern gingen. Es waren die leisesten jungen Leute, die Max je gesehen hatte. Er ahnte, warum, und wurde bestätigt. In den Seitenstraßen parkten zivile PKWs, aus denen heraus sie beobachtet und gefilmt wurden: Der Staat beaufsichtigte seine Jugend wie ein strenger, überaus vereinnahmender und ungemein ungeliebter Vater – und nahm ihnen damit auch gleich ein Stück ihrer Lebendigkeit.

Max bog links in die Calle L ein und ging auf das *Haba-*

na Libre zu, das ursprünglich und für kurze Zeit das erste Hilton des Landes gewesen war, bis Castro es im Namen der Revolution verstaatlicht und die nobelsten Suiten zu seinem Hauptquartier erklärt hatte. Es war ein in seiner Reizlosigkeit und Funktionalität beeindruckendes Gebäude, ein gigantischer Klotz in Blau und Weiß, augenscheinlich von einem Architekten entworfen, der Havanna mit einer Küstenstadt New Jerseys verwechselt hatte.

Vor dem Eingang parkte eine ganze Reihe Taxis, alle in einem Gelbton lackiert, der in den Augen schmerzte. Ganz vorn in der Reihe standen vier antike Checker Cabs und ein Aerobus, die Max bis dahin nur aus alten Filmen gekannt hatte. Es folgte ein Quintett sowjetischer Streichholzschachteln und zum guten Schluss, wie eine nicht enden wollende Reihe von Pünktchen, Pünktchen, Pünktchen, mehrere Coco-Taxis: kugelrunde Fahrkabinen auf drei Rädern, die von einem Mopedmotor angetrieben wurden.

Max ging zum ersten Checker-Fahrer in der Reihe und nannte sein Fahrziel. Der Fahrer bat ihn, die Adresse zu wiederholen, zuckte dann mit den Achseln und sagte, er wisse nicht, wo das sei. Der nächste Fahrer, der dem Gespräch gelauscht hatte, tat und sagte das Gleiche, nur war er ein schlechter Schauspieler. Er konnte Max weder in die Augen sehen noch die Nervosität, die sich in seinem Gesicht zeigte, kaschieren. Max überging den Aerobus und steuerte auf einen Mann zu, der, den Kopf hinter einer Zeitung versteckt, an seinem Lada lehnte.

»Ich Sie nicht fahren«, sagte er leise hinter der Zeitung, die er offensichtlich nicht zu senken vorhatte. »Keiner hier Sie fahren. Nicht mal die Coco.«

»Warum nicht?«

»Wir fahren da nicht hin.«

»Warum?«

»*Camino muerto.*«

»Was?« Max' Kenntnisse des Spanischen waren bestenfalls rudimentär. Er hatte sein ganzes Leben in Miami verbracht und dennoch erst kürzlich die ersten Hürden dieser Sprache genommen, und das auch nur, weil es anders nicht mehr ging. »*Camino muerto*? Heißt das tote Straße?«

»*Sí.*«

»Und was soll das bedeuten? Hat sich der Name geändert? Habe ich einen falschen Namen?«

»Sie können da nicht hin.«

Ein paar Leute traten aus dem Hotel und stiegen ins erste Checker-Taxi.

»Und Angola?«, fragte Max. »Wo ist das?«

»Angola?« Grinsend senkte der Fahrer die Zeitung. Er hatte ein rundes Gesicht und schmale Schultern. »Angola liegt in Afrika, *Señor.*«

»Sie wissen, was ich meine.«

»Mein Bruder war als Soldat in Angola.«

»Sie wollen mich also nicht hinfahren?«

»Nach Afrika? Da brauche ich Visum.«

»Sie sind wirklich witzig. Hören Sie, ich bezahle Sie. Ich bezahle Sie gut.«

»*No señor. Lo siento.*«

»Viel Geld. *Mucho dinero*.«

Der Fahrer schaute wieder in seine Zeitung.

»Okay, dann sagen Sie mir doch einfach, wo ich lang muss.«

»Versuchen Sie es bei *La Coppelia*.« Der Fahrer nickte in die Richtung, aus der Max gekommen war. »Vielleicht Sie finden jemand *muy desesperado*. Die fahren Sie auch nach *Habana Nueva*«, sagte der Fahrer.

»*Habana Nueva*? Neues Havanna? Was ist das?«

»*Buena suerte.*« Die Zeitung fuhr wieder in die Höhe. Max bemerkte, dass der Mann sie verkehrt herum hielt.

La Coppelia war ein riesiger Eiscremepalast, der an der Rampa einen kompletten Straßenblock einnahm. Jedes Wochenende standen dort Kubaner aller Altersstufen für zwei Kugeln Eis und – wenn das Geld reichte – einen Fruchtsaft Schlange. Das Personal war langsam und der Nachfrage nicht gewachsen, und es gab nie genügend Sitzplätze, obwohl sich das kreisrunde Lokal über zwei Stockwerke erstreckte. Wer einmal drin war, blieb gern eine Weile. Angehende Kunden mussten warten und taten das still und geduldig. Viele harrten stundenlang in der brütenden Hitze aus, so entschlossen waren sie, ihrem Leben ein klein wenig Farbe und Süße einzuhauchen, wo ihm an beidem so sehr mangelte. Auch die Touristen kamen in Scharen. *La Coppelia* war in allen Reiseführern unter der Rubrik »Bloß nicht verpassen« aufgeführt. Für die Touristen gab es eine eigene Schlange, die kürzer und schneller war als die für Einheimische. Die meisten waren am Ende von der Qualität der Eiscreme enttäuscht. Sie sei wie ein Mikrokosmos Kubas, hieß es: einfache Geschmacksrichtungen, zu wenig Milch, zu kleine Portionen, jeder Mangel an Zutaten durch reichlich Zucker wettgemacht. Aber, so tröstete man sich, es war doch interessant zu sehen, was der einfache Kubaner in seiner Freizeit so trieb.

Auf der Suche nach einem Fortbewegungsmittel mit einer verzweifelten Seele am Steuer lief Max um den gesamten Block. Die Straßen waren schlecht beleuchtet, die meisten Laternen ausgefallen, und alle paar Meter parkte am Rinnstein ein großer blauer Müllcontainer auf Rädern, aus dem modernder, in der Hitze gut durchgekochter Abfall quoll. Es wimmelte von Kakerlaken, die um den besten Bissen des stinkenden Inhalts kämpften. Ab und an wehte eine Brise und blies Max den fauligen Gestank ins Gesicht, sodass es ihm in den Augen brannte und sich sein Magen verkrampfte.

Die Prostituierten näherten sich ihm schnell und verstohlen. Trotz des trüben Lichts und der dicken Schichten Makeup war deutlich zu erkennen, dass sie zu jung waren, dass sie zu den Lemmingen vom Malecón gehörten. Die Anmache verlief nach den üblichen Mustern. Manche versuchten ihn in ein Gespräch zu verwickeln, manche fragten ihn nach der Uhrzeit oder nach Feuer, andere kamen direkt zur Sache: »Du mitgehen mit mir?« Einige wenige erkannten offensichtlich nicht, was für ein Landsmann er war, und versuchten es in drei bis vier Sprachen, bevor sie beim Englischen landeten.

Nach zwei erfolglosen Runden blieb er neben dem Schild des *La Coppelia* stehen, um die Lage zu überdenken. Ein Fahrradtaxi eierte an ihm vorüber, am Lenker ein schmächtiger, altersschwach wirkender Schwarzer mit sehr dicker Brille und Baseball-Kappe. Er reichte kaum an die Pedale heran. Im Vorbeifahren drehte er sich nach Max um, und in dem schwachen Licht blitzten seine Brillengläser auf wie zwei leuchtend weiße Punkte. Er lächelte breit und winkte. Max beachtete ihn nicht. Am Ende der Straße machte er kehrt, kam zurück, blieb stehen, stieg ab und ging auf Max zu. Er trug ein weißes Unterhemd, weiße Shorts und ausgelatschte Tennisschuhe mit Löchern an den Zehen. Er keuchte und schwitzte heftig. Er musste um die sechzig sein.

Bitte nicht, dachte Max und wappnete sich für das Verkaufsgespräch. Er war am Ende seiner Geduld.

»*Hola*, mein Freund!«

»*No gracias*«, kam Max ihm zuvor.

»*No gracias?*« Der Mann war überrascht. »Warum *no gracias?*«

»Nein«, sagte Max. »Was auch immer Sie verkaufen oder anbieten wollen. Vielen Dank, aber danke nein.«

Der Mann zog die Stirn in Falten. Vor lauter Runzeln sah sein Gesicht aus wie eine Pflaume.

»Sie nicht wollen Taxi?«

»Das nennen Sie ein Taxi?« Die Fahrgastzelle war ein mit Draht überzogener Anhänger, der Sitz ein Holzbrett mit schmuddligen Kissen. Das Fahrrad selbst hatte Schlagseite.

Dann überlegte Max es sich anders. Er teilte dem Mann mit, wohin er wollte. Der schaute verunsichert und sehr besorgt drein.

»Ich gebe Ihnen tausend Pesos.«

»Touristen-Pesos?«

»Ja. Die Hälfte jetzt, die andere Hälfte, wenn wir wieder hier sind.«

Der Mann schaute die Straße hoch und runter.

»Mil pesos?«

»Sí. Prometo.«

»Ok. *Vamos.«*

Und los ging es, mit reichlich Klappern und Scheppern wegen des holprigen Asphalts, die Rampa hinunter. Max klammerte sich an dem Drahtkorb fest, während sie auf den Malecón zurasten und ihm jeder Hüpfer und jede harte Landung ins Rückgrat fuhr und ihn aus dem Sitz zu werfen drohte. Der Fahrer – der sich ihm als Teófilo vorgestellt hatte – schrie und jauchzte, streckte die Füße in die Luft und wedelte mit den Armen.

»Ich lieben schnell! Ich lieben schnell!«, schrie er.

Als es wieder flacher wurde, musste Teófilo schuften. An seinen schmalen, nackten Waden traten die Venen hervor, und der Schweiß rann ihm über den Rücken, als wäre er irgendwie undicht geworden. Er stöhnte und ächzte, keuchte heftig und fluchte ausgiebig. Sie wurden von einem Gelenkbus mit trübsinnig dreinschauenden Passagieren, von Coco-Taxis, Pferdekarren und Packpferden, einem trottenden Esel und Fußgängern überholt.

Nach einer Ewigkeit hatten sie den Prado erreicht, wo die Touristen aus ihren Hotels in die Bars und Restaurants strömten, in Cabrios auf und ab fuhren und mit Digitalkameras und Camcordern die Szenerie einfingen und konservierten.

Dann klapperten sie gemächlich durch die Seitengassen bis zur nächsten großen Straße, wo der erschöpfte Teófilo die Hand nach einem vorbeifahrenden LKW ausstreckte, sich festhielt und mitziehen ließ. Mit der freien Hand nahm er einen Schluck Wasser, wischte sich mit einem Stück Stoff durchs Gesicht und grüßte ein paar Mädchen, die vor dem Schaufenster eines Modegeschäfts standen, mit einem Tippen an den Baseballschirm.

»Du starker Mann!«, rief er Max zu.

»Stark?«

»Ja, stark Mann. Viel Bier, ja!«

»Ich trinke kein Bier.«

»Dann trinken viel Milch. Ja!«

Max begriff, was er meinte. »Sie meinen, ich bin dick? Schwer?«

»Ja, dicker starker Mann, schwer Mann, trinken viel Milch!«

»Das sind alles Muskeln.« Max lachte.

An der nächsten Ampel teilte sich die Straße, und Teófilo ließ den LKW los und bog nach links ab. Die Straße beschrieb eine weite Kurve und neigte sich. Sie rollten abwärts.

Teófilo schaltete die Taschenlampe ein, die mit Klebeband am Lenker befestigt war. Der Lichtstrahl hüpfte und flatterte umher und fuhr über halb eingefallene Häuser, die unheilvoll und krumm aussahen und wie der Bug eines torpedierten Schiffes, das in einer Sandbank steckte, aus der Erde ragten. Jede vertikale Oberfläche war mit einer Variation der angolanischen Flagge verziert: oben ein roter, unten ein schwarzer Streifen, in der Mitte ein goldener Stern und eine Machete auf einem halben Zahnrad. Der Geruch von Rauch hing in der Luft und der zähere Gestank von Müll und Verfall.

Sie fuhren weiter. Aus dem Asphalt wurde Schotter, dann Erde. Das Fahrrad antwortete mit wüstem und wütendem Geschepper, als wollte es Teófilo mitteilen, dass das alles entschieden zu anstrengend war und dies der allerletzte aller letzten Liebesdienste sein würde.

Überall waren Menschen, reglos und lautlos, einen starren Ausdruck auf den schmutzigen Gesichtern, die Augen blicklos. Dass sie vorüberfuhren, wurde gesehen, aber nicht wahrgenommen. Normalerweise wäre Max unter diesen Umständen angespannt und wachsam gewesen, weil er damit rechnete, angegriffen zu werden, aber diese Menschen waren besiegte Kreaturen, so hohl wie die Häuser, in denen sie lebten. Am Steuer ausgeweideter Autos sah er Kinder sitzen und Autofahren spielen, er sah zwei Männer ohne Beine, die auf Rollbrettern um die Wette einen Hügel hinunterfuhren, einen Trupp Soldaten in zerschlissener Kampfuniform, die in Reih und Glied auf Krücken marschierten. Und an jeder Ecke Santería-Anhänger, von Kopf bis Fuß in Weiß gekleidet, die in kleinen Gruppen vor den kerzengeschmückten Altären knieten und dabei von schwachen, ausgehungerten Hunden beobachtet wurden.

Noch eine halbe Stunde fuhren sie durch diese Ruinen. Die Straße war stellenweise so von Schlaglöchern übersät, dass sie beide absteigen und das Taxi tragen mussten.

Es war Max, der die Lichter als Erster bemerkte: eine Reihe kleiner grüner Glühbirnen, die in eine hohe Mauer eingelassen waren und wie deplatzierte Katzenaugen leuchteten.

Als sie die Straße hinabrollten, wurde der Belag wieder glatt und intakt, und auch die Gebäude veränderten sich – sie waren modern und von hohen, spitzen Zäunen mit Stacheldraht umgeben. Max las die niedriger werdenden Hausnummern, gerade auf der rechten, ungerade auf der linken Seite.

»Ist das die Calle Ethelberg?«, fragte Max.

»Sí, camino muerto«, flüsterte Teófilo.

Auf die bewachten Wohnanlagen folgten Mietshäuser. In den Fenstern brannte Licht.

Erst hinter der nächsten Kreuzung waren sie bei den zweistelligen Hausnummern angelangt. Max ließ Teófilo anhalten.

Er stieg aus, nahm das meiste Geld aus seiner Brieftasche und gab es dem Fahrer, der es mit weit offenem Mund zählte und noch einmal zählte und schließlich ein breites Grinsen aufsetzte.

»Wenn wir wieder zurück sind, kriegst du mehr. *Quinientos pesos más«*, sagte Max.

»Ich hier warten auf dich.«

30

Der Wohnblock gehörte zu einer langen Reihe augenscheinlich identischer Häuser, die, soweit Max sehen konnte, den Rest der Calle Ethelberg einnahmen. Ein schlanker dunkler Kubus mit sieben Fensterpaaren und einer zurückgesetzten Eingangstür an der Stirnseite. Von seinen Nachbarn unterschied es sich nur durch die Hausnummer und eine kleine blasse Satellitenschüssel, die wie eine trotzige Ansteckblume oben am Dach klebte.

Die Eingangstür war, wie erwartet, verschlossen. Max hatte sein Werkzeug mitgebracht: eine elektrische Sperrpistole und einen Drehmomentschlüssel. Zu seinem 25. Geburtstag hatte einer seiner damaligen Informanten, ein Mann namens Drake Henderson, ihm Unterricht im Schlösserknacken erteilt. Damals hatte man das noch mit einfachem Werkzeug gemacht – Schraubenschlüssel, Hammer und Dietrich –, und das amerikanische Durchschnittsschloss war in acht Minuten geknackt gewesen. Es waren die besten und die schlimmsten Schlösser der Welt, je nachdem, ob man der Einbrecher oder der Beklaute war. Inzwischen ging das elektrisch, man brauchte nur noch ein einziges Werkzeug – eine akkubetriebene Sperrpistole – und dazu etwas rohe Gewalt und das richtige Timing.

Es war eine Weile her, dass Max zuletzt irgendwo eingebrochen war, aber es war ein klassisches Schließzylinderschloss, und er wusste genau, was er zu tun hatte.

Stockfinstere Dunkelheit. Max schaltete seine kleine Taschenlampe ein.

Er stand in einer langen, schmalen Eingangshalle mit einer Treppe am Ende, die zu beiden Seiten von kleinen Topfpalmen flankiert war. Die Bodenfliesen zeigten eine Karte Kubas. Kein Empfangstresen, keine Stühle, keine Kameras.

Ein Aufzug zu seiner Rechten, und an der gegenüberliegenden Wand in drei Reihen übereinander ein Dutzend Briefkästen aus Holz, jeder mit einem Namensschild versehen. Er fand »Vanetta Brown« am Anfang der zweiten Reihe, mit Schreibmaschine in Großbuchstaben getippt, dahinter in Klammern die Ziffer »5«. Der Briefkasten war leer, genau wie die anderen, was bedeutete, dass theoretisch alle zu Hause waren.

Er nahm die Treppe.

Im ersten Stock, auf einem Treppenabsatz aus Marmor, stand er vor zwei Türen, eine rechts und eine links, auf beide war mit Schablone in Rot eine römische Ziffer gemalt, direkt unter dem Türspion. In Wohnung I herrschte Stille. Aus Nummer II drangen die Laute eines aufgezeichneten Monologs – der Fernseher lief.

Hinter Tür III im nächsten Stock ging gerade eine kleine Party zu Ende: Zigarrenrauch, mehrere Unterhaltungen und leise Musik. Stille in IV.

Auf Zehenspitzen stieg er die nächste Treppe hinauf.

Völlige Stille von rechts und links.

Er klopfte leise an die Tür von Wohnung V und lauschte. Kein Geräusch zu hören, also klopfte er noch einmal, etwas lauter.

Entweder sie schlief tief und fest, oder sie war nicht da.

Er machte sich an dem Schloss zu schaffen.

In dem schwachen Licht, das durch das schmutzige, von Staub und getrocknetem Regen starrende Fenster drang, war von dem Zimmer nicht viel zu erkennen. Es war heiß, die abgestandene Luft roch leicht chemisch, als wäre hier seit einer Weile nicht mehr gelüftet worden.

Es war niemand zu Hause. Das hatte er gewusst, sobald er die Tür hinter sich ins Schloss gezogen hatte. Es fühlte sich vertraut an, ganz wie in seiner eigenen Wohnung, wenn er nach Hause kam: Das gleiche Gefühl von einem Vakuum, das man störte, als betrete man einen Hohlraum mit einem schwarzen Loch in der Mitte.

Er ließ den Lichtstrahl der Taschenlampe durchs Zimmer wandern. Der Raum wurde von einem Bücherregal beherrscht, das die gesamte linke Wand vom Boden bis zur Decke einnahm, sogar das Stück Wand oberhalb der nächsten Tür, wo noch zwei Regalbretter angebracht waren. Fast alle Bücher waren auf Spanisch. Geschichtsbücher, Biografien, Reiseerzählungen, Atlanten, Enzyklopädien, reichlich Politik, Castros Reden in gebundener Form. Daneben ein paar Romane, billige Liebesschnulzen, was ihn überraschte, aber dann wurde ihm klar, dass wohl auch große Geister Zerstreuung brauchten. Er wanderte an den Regalen entlang bis zum Fenster. Auf dem untersten Brett standen, locker nebeneinander, mehrere Exemplare von *Black Power in the Sunshine State*. Aus einem ragte ein Stück Papier.

Es war eine Grußkarte des Verlegers.

»Für Vanetta, mit den besten Wünschen an diesem besonderen Tag! Antoine.«

Antoine Pinel, vermutete Max, Verleger und Inhaber der Cuban X-Press.

Auf der Karte stand die Anschrift: *Centro de Negocios, Miramar, Habana*.

Er schob sich die Karte in die Hemdtasche und suchte weiter. Der Lichtstrahl der Taschenlampe fiel auf einen kleinen Fernseher und einen alten Videorekorder auf einem weißen Ständer. Bis vor Kurzem war alles, was mit Video zu tun hatte, in Kuba verboten gewesen, was die Leute nicht davon abgehalten hatte, sich die Geräte auf dem Schwarzmarkt zu besorgen oder von Verwandten, die zu Besuch kamen. Raúl Castro hatte das Gesetz geändert, und so gab es in Elektronikgeschäften nun auch DVD-Spieler und Videokameras zu kaufen, allerdings zu Preisen, die bei einem Jahresgehalt anfingen, womit die Aufhebung des Verbots rein theoretischer Natur war. Max suchte den Videorekorder nach dem Zeichen des Abakuá ab, fand aber keines.

Er ging die Videokassetten durch: kubanische Seifenopern, Dokumentarfilme und Kochsendungen, dazwischen *Die Bill Cosby Show*, mehrere Folgen *Oprah* aus den letzten fünfzehn Jahren, ein paar Spike-Lee- und Denzel-Washington-Filme und fast alles mit Will Smith, einschließlich *Wild Wild West*. Offenbar war sie ein unerschütterlicher Fan. Er verglich die Handschrift auf den kubanischen mit der auf den amerikanischen Kassetten. Sie waren eindeutig verschieden: Erstere eine schwer lesbare Schreibschrift, Letztere Großbuchstaben in Blockschrift – eindeutig eine männliche Schrift. Irgendjemand hatte für sie im amerikanischen Fernsehen Sendungen aufgenommen, und zwar über eine sehr lange Zeit, denn die Schrift auf den älteren Kassetten war verblasst.

Als Nächstes kam der Flur, von dem vier Türen abgingen.

Er arbeitete sich von links nach rechts vor.

Eine kleine, vollgestopfte Küche, in der man sich kaum umdrehen konnte. Kühlschrank und Schränke leer, der Herd roch nach kaltem Fett und Putzmitteln.

Das Badezimmer war komplett ausgeräumt. Keine Kosmetikartikel, kein Toilettenpapier im Halter. Er schaute in und hinter den Spülkasten. Nichts versteckt.

Die dritte Tür führte in ein einfach eingerichtetes Arbeitszimmer: ein Schreibtisch mit Schreibmaschine und Lampe, der Stecker aus der Steckdose gezogen, ein Holzstuhl mit einem Kissen, das an der unteren Rückenlehne festgebunden war. Über dem Schreibtisch eine Pinnwand, auf der sich die sonnengebleichten Umrisse dessen abzeichneten, was einst dort gehangen hatte.

Zuletzt das Schlafzimmer. Die Vorhänge waren zugezogen, also schaltete er das Licht ein. Das Zimmer war klein und vollgestellt. Die vier Möbelstücke – ein schmales Bett mit Nachttisch und ein zweitüriger antiker Kleiderschrank aus Eiche mit passender Kommode – nahmen fast den ganzen Raum ein.

Die Kommode war leer, genau wie der Kleiderschrank, in dessen Tür ein Spiegel hing. Keine Kleider, keine Bügel, keine Lebensmittel, keine Toilettenartikel, kein Koffer.

Er schaute hinter und unter den Möbeln nach. Nichts.

Als er die Nachttischschublade aufzog, rollte ihm etwas Weißes entgegen: ein kleines Tablettenröhrchen mit kindersicherem Verschluss.

Er las das Etikett: Zofran, hergestellt von GlaxoSmith-Kline.

Der Name kam ihm bekannt vor, er wusste aber nicht woher. Das Röhrchen war leer. Er steckte es ein.

Sie war ausgezogen. Warum? Und wohin?

Als er aus dem Zimmer ging, blieb er an der Tür stehen und schaute sich noch einmal um.

Hatte er etwas übersehen?

Ja, hatte er. Das Arbeitszimmer: Er hatte nicht hinter dem Schreibtisch nachgeschaut.

Er ging nach nebenan, stellte die Schreibmaschine auf den Fußboden und schob den Schreibtisch zur Seite. Auf dem Fußboden stand, mit dem Gesicht zur Wand, ein Foto. Wahrscheinlich war es von der Pinnwand gefallen.

Max hob es auf und drehte es um.

Zuerst ergab das, was er da sah, keinen Sinn. Eine Leere überkam ihn. Die totale Abwesenheit von Gedanke oder Gefühl, eine Taubheit des Geistes.

Er ließ sich am Schreibtisch nieder, die Taschenlampe in der Hand, die auf das Foto leuchtete. Es zeigte zwei Menschen, einen Mann und eine Frau. Sie standen irgendwo auf der Straße, beide lächelten und hatten einander den Arm um die Schultern gelegt. Die eine war Vanetta Brown – sehr viel älter als die stolze, kämpferische Frau, deren Gesichtszüge er sich eingeprägt hatte, aber die Zeit hatte es recht gut mit ihr gemeint. Sie trug einen Jeansrock und eine schwarze Bluse, das grau gesträhnte Haar zu Cornrows geflochten. Der Mann an ihrer Seite war größer und dunkler als sie, und zwölf Jahre jünger. Max wusste um den Altersunterschied, weil er von beiden wusste, wann sie geboren waren. Weil er wusste, wer der Mann war. Er hatte ihn sehr gut gekannt, zumindest hatte er das geglaubt.

Joe Liston.

Max schloss die Augen, atmete tief durch und schaute noch einmal hin. Der Lichtstrahl zitterte wie Wackelpudding.

Das Foto war mindestens zehn Jahre alt: Joe war jünger und sehr viel schlanker, sein Haar an den Seiten kurz geschoren, so wie er es getragen hatte, als er noch genug davon besaß, um mit der Kahlköpfigkeit zu flirten.

Max verstand die Welt nicht mehr.

Joe war hier gewesen, in Kuba, um Vanetta Brown zu besuchen.

Warum? Waren sie Freunde gewesen? Liebhaber?

Max dachte an sein letztes Gespräch mit Joe zurück. Er erinnerte sich an Joes Gesichtsausdruck, nachdem er ihn gefragt hatte, ob er je in Kuba gewesen sei, und wie er unvermittelt das Thema gewechselt hatte.

Er bemerkte das kleine Stecknadelloch am Rand des Fotos. Er drehte es um, suchte nach einer Beschriftung oder einem Datum, aber da war nichts.

Der Mund war ihm trocken geworden. Er konnte nicht schlucken. Am liebsten hätte er die Wohnung noch einmal durchsucht, sämtliche Bücher aus den Regalen gezogen, aber er wusste, dass das nicht ging. Er hatte nicht die Zeit.

Er schaltete das Licht aus und öffnete die Wohnungstür einen Spalt breit, um zu prüfen, ob die Luft rein war.

War sie nicht.

Eine alte Frau im dunkelblauen Bademantel stand genau vor der Tür und sah ihm gerade ins Gesicht. Sie erschreckten sich beide. Die Frau schnappte nach Luft und trat einen Schritt zurück.

»*Quién es usted?*«, flüsterte sie. Die Tür zur gegenüberliegenden Wohnung stand offen, Licht schien ins Treppenhaus. Und er hatte geglaubt, ganz leise gewesen zu sein.

Sie war klein, ihre Füße verschwanden unter dem Bademantel, und der hintere Saum schleifte über den Fußboden. Ihre grauen Locken wurden langsam weiß und umrahmten ein schmales Gesicht mit verzerrten Zügen, kalkweißer, faltiger Haut und hängenden Wangen.

»*Quién es usted?*«, fragte sie noch einmal, dieses Mal lauter. Ihre Stimme war klar und bestimmt und schien zu einer viel größeren und viel couragierteren Person zu gehören.

Max trat aus der Wohnung und schloss die Tür hinter sich. Sie wich zwei Schritte zurück.

»*Soy un amigo*«, sagte er, so ruhig und so sanft es ihm möglich war.

»*Americano?*«

»*Sí.*«

»*Policía americana?*«

»*No, no, señora. Soy un amigo.*« Max ging auf sie zu, sodass sie in Richtung ihrer Wohnungstür zurückweichen musste. Sie stand zwischen ihm und der Treppe.

»*No.*« Sie schüttelte den Kopf. »*Usted no es su amigo. No le conozco.*« Ihre Stimme schallte durchs Stockwerk, ihr Echo scharf und metallisch.

»*Habla inglés?*«

Sie nickte und zog ihren Bademantel fester um sich.

»Ich bin ein Freund von Vanetta.«

Sie räusperte sich.

»Wie haben Sie hergefunden?«

»Sie hat mir die Adresse gegeben.«

»Das stimmt nicht«, sagte sie und drohte ihm mit dem Finger. »Das hat sie nicht getan. Sie hat nie Besuch. Nie hat sie Besuch.«

»Sie hat mir ihre Adresse gegeben«, wiederholte Max mit einem Achselzucken und streckte, Unschuld demonstrierend, die Hände vor, während er unauffällig einen Blick nach unten ins Treppenhaus warf. Er musste hier weg, aber dazu musste er erst an ihr vorbei. Sie war klein, er hätte sie leicht zur Seite schieben können. Dann würde sie die Polizei rufen. Teófilo konnte keinem Elefanten davonfahren, selbst wenn der Elefant stillstand. Also besser die Lage beruhigen und die Frau überzeugen, dass er die Wahrheit sagte.

»Sie hat Ihnen diese Adresse nicht gegeben«, sagte sie. »Sie hat sie niemandem gegeben. Wie sind Sie herkommen?«

»Mit dem Auto.«

»Draußen steht kein Auto.«

»Es steht hinterm Haus.«

»Sie lügen.«

»Nein.« Max trat einen Schritt vor in der Erwartung, dass sie zurückweichen würde, aber sie rührte sich nicht vom Fleck. Sie hatte keine Angst vor ihm.

»Woher haben Sie den Schlüssel?«

Sie war doppelt so laut und doppelt so angriffslustig geworden. Bald würde jemand sie hören, bestimmt. Bald würden Leute kommen.

»*No es importante*«, sagte er.

»*No, señor. Es muy importante!*« Sie trat einen Schritt vor. Max blieb stehen. Sie berührten sich fast.

»Wo ist Vanetta? Wenn Sie es wissen, bitte sagen Sie es mir. Ich muss sie finden.« Auch Max war lauter geworden.

»Woher haben Sie den Schlüssel?«

»Ich muss sie finden. Das ist sehr, sehr wichtig.«

»Woher … haben … Sie … den Schlüssel?«

Den letzten Satz sagte sie langsam und sehr laut. Ihre Stimme hallte durchs Treppenhaus.

Ein Stockwerk über ihnen ging eine Tür auf.

»Bitte …«, fing Max an und hielt inne, als er ein Stockwerk unter sich Stimmen hörte, männliche und weibliche. Man verabschiedete sich, es wurde gelacht.

»Woher …?«, schrie die Frau. Max presste ihr die Hand auf den Mund, nahm sie in den Schwitzkasten und wollte sie in ihre Wohnung ziehen.

Von unten fragte eine Stimme, was das für ein Lärm sei, ob alles in Ordnung sei.

Oben auf der Treppe erschien ein Mann in einem verwaschenen roten T-Shirt und karierten Boxershorts. Kräftig gebaut bis dick, schwarze Haarbüschel auf den Oberarmen, dicker Schnauzer, der Kopf bis auf ein paar vereinzelte Strähnen kahl. Er sah aus, als wäre er gerade aus dem Bett gefallen und überlege noch, ob er träumte.

Als Max ihn sah, blieb er stehen. Die alte Frau schlug auf seine Arme ein, trat ihm auf die Füße und kreischte in seine Hand, aus ihrer Kehle drangen Geräusche wie von einem Dragster, der im Schlamm stecken geblieben war.

Max und der Mann oben auf der Treppe sahen sich in die Augen, keiner bewegte sich.

Mittlerweile gab die Frau nur noch ein klägliches Maunzen von sich, schüttelte die eine Faust in Richtung des Nachbarn und schlug mit der anderen auf Max ein.

Plötzlich wurde der Mann oben auf der Treppe wach. Er sprang zwei Stufen hinab, beugte sich übers Geländer und wedelte mit der Hand in Richtung Schulter: die universelle Komm-her-du-Dreckschwein-Geste.

Die alte Schachtel biss Max in die Hand. Sie grub ihm die Zähne am Daumenansatz ins Fleisch und biss so unfassbar fest zu, dass die Haut aufplatzte und blutete.

Max schrie auf, riss die Hand weg und wirbelte die Frau dabei einmal um die eigene Achse. Sie taumelte erst nach vorn, dann zur Seite und versuchte sich an der Wand festzuhalten, bevor sie mit einem Aufschrei platt auf dem Hosenboden landete.

Max raste die Treppe hinunter. Zwei Männer, gefolgt von zwei Frauen, rannten nach oben. Er rammte sich an ihnen vorbei, den einen warf er fast übers Geländer. Eine Frau schrie. Die Alte kreischte: *»Aaa-se-sino! Policía! Policía!«*

Im ersten Stock versuchte sich ihm jemand in den Weg zu stellen. Er rannte ihn über den Haufen.

Er durchquerte die Eingangshalle und sprintete nach draußen, die Straße hinunter, zurück zu seinem letzten Ausgangspunkt: Teófilo mit seinem nutzlosen alten Drahtesel. Wie zum Teufel wollte er auf dem Ding davonkommen?

Aber die Frage erübrigte sich.

Teófilo war nicht mehr da.

Vor ihm in der Dunkelheit war nichts als die verlassene Straße und ein kleiner Wirbelwind aus Abfall, der mitten über die Kreuzung tanzte.

In der Brise roch er einen Hauch Parfüm – es war ein Duft, den er kannte. Er versuchte ihn einzuordnen: exklusiv und teuer, altmodisch. Er musste daran denken, wie er seiner Frau Parfüm gekauft hatte: *Ysatis* von Givenchy.

Dann presste sich ihm etwas Kaltes und Hartes hinter das rechte Ohr.

»*Manos arriba.*«

Es war die Stimme einer Frau. Max tat, wie ihm geheißen, und hob die Hände hoch.

31

Max hatte keine Ahnung, wie viele Leute hinter ihm standen. Die Frau band ihm die Hände mit Handschellen auf den Rücken, dann legte sie ihm die Hand auf den Kopf und drückte ihn nach unten wie einen Kolben, bevor sie ihn mit einem Tritt in den Hintern nach vorn schickte. Alle ihre Bewegungen wurden untermalt von einem Hauch Parfüm. Max landete auf dem Gehweg und schürfte sich auf dem Beton das Kinn auf.

Sie spreizte ihm die Beine, tastete ihn ab und leerte seine Taschen: Einbrecherwerkzeug, Taschenlampe, Brieftasche, das Foto, das Zofran-Röhrchen und die Grußkarte des Verlegers. Er sah nicht viel von ihr: die Füße in flachen, polierten Slippern mit Gummisohle, die Waden in schwarzen Strümpfen, ein Stück vom Rock, dunkle Hände, die sein Hemd abtasteten, manikürte Fingernägel, einen Ring am kleinen Finger, ein schmales silbernes Armband mit einem Namen darauf, die blassblaue Bluse farblich auf den Nagellack abgestimmt.

»Aufstehen«, befahl sie. Er rappelte sich auf die Knie, kam

aber nicht auf die Füße. Sie zog ihn am Arm hoch. Sie war ein Stückchen größer als er, ihre Schultern fast genauso breit wie seine. Ihr Gesicht konnte er nicht sehen.

Sie war allein. Er überlegte, wie weit er kommen würde, wie schnell er mit den Händen auf dem Rücken laufen konnte. Nicht weit und nicht schnell genug. Noch dazu war sie bewaffnet. Also dachte er stattdessen darüber nach, was als Nächstes kam und wie er erklären wollte, dass er in eine fremde Wohnung eingebrochen war. Vielleicht war ein Fluchtversuch doch keine so schlechte Idee.

Sie schubste ihn die Straße hinunter, an deren Ende ein weißer Suzuki parkte. Getönte Scheiben, ein Zivilfahrzeug. Sie öffnete die Hintertür, er beugte sich vor und stieg ein. Sie setzte sich ans Steuer.

Drinnen die übliche Streifenwagenausstattung – harte Sitze, keine Türgriffe, ein stabiles Gitter zwischen ihm und den Vordersitzen, bruchsicheres Glas, ein Funkgerät auf dem Armaturenbrett –, aber durchdrungen von ihrem Duft, Lilien mit einer kräftigen Note Rosenholz.

Sie fuhren die Calle Ethelberg hinab, in den Wohnungen brannten mehr Lichter als zuvor. Vor der Nummer 87 hatte sich eine kleine Menschentraube gebildet.

»Das Strafmaß für Einbruch liegt bei zwanzig Jahren, mindestens. Bewährung oder Haftverkürzung wegen guten Betragens gibt es bei uns nicht. In Kuba ist ein Urteil ein Urteil, die Haftstrafe, die jemand bekommt, sitzt er auch ab«, sagte die Frau, sobald sie auf der Hauptstraße in Richtung Innenstadt waren. Im Gespräch war ihre Stimme weicher und wärmer, als Max erwartet hatte, und sie sprach fehlerloses, wenn auch sehr bemühtes Englisch, in dem sich korrekte Aussprache und Akzent die Waage hielten. Der Inhalt ihrer

Worte klang dadurch nur noch schlimmer. »Die Strafe wegen Spionage ist sehr viel höher.«

»Ich habe nicht spioniert.«

»Sie sind in ein Sperrgebiet eingedrungen und in die Wohnung einer Person eingebrochen, die unter dem Schutz der Regierung steht. Und Sie sind Amerikaner. Das macht Sie zu einem potenziellen Spion«, sagte sie.

»Schwachsinn«, brummte Max. »Ich wusste nicht einmal, dass das ein Sperrgebiet ist.«

»Ist es aber.«

»Das ist Ihre Vorstellung von einem Sperrgebiet? Ich bin da mit dem Fahrrad reingefahren. Jeder kann da reinspazieren.«

»Aber niemand tut es – normalerweise«, sagte sie.

»Und was soll das bedeuten, dass sie ›unter dem Schutz der Regierung steht‹?«

»Señora Brown ist eine persönliche Freundin von Fidel Castro. Die beiden kennen sich schon sehr lange.«

»Scheiße«, flüsterte Max. Wie groß und wie tief war die Patsche, in die er hier geraten war? Wahrscheinlich kannte Vanetta Brown Fidel über ihre Schwiegereltern, die Dascals. Die hatten in Miami für Castro Geld gesammelt. Vanetta hatte Ezequiel, ihren zukünftigen Ehemann, Ende der 1950er Jahre bei einer Rede Castros auf der Flagler Street kennengelernt. Vielleicht war sie Castro sogar schon damals vorgestellt worden. Vanetta war nicht nur deshalb nach Kuba geflohen, weil das Land kein Auslieferungsabkommen mit den USA geschlossen hatte. Sie verfügte hier über persönliche Kontakte – sehr mächtige noch dazu.

»Was hatten Sie in Señora Browns Haus verloren?«

»Ich habe sie gesucht.«

»Warum?«

»Ich muss mit ihr reden«, sagte er. »Der Mann auf diesem Foto, das Sie mir abgenommen haben, das ist – war – mein Freund, Joe Liston. Er ist tot. Er wurde vor wenigen Wochen in Miami ermordet.«

»Was hat das mit Señora Brown zu tun?«

»Sie wird verdächtigt. Die Polizei in Miami vermutet, dass sie ihn hat umbringen lassen.«

»Umbringen lassen?«

»Die glauben, dass sie einen Killer beauftragt hat.«

»Haben die Sie geschickt?«

»Niemand hat mich geschickt.«

Auf der Gegenspur rasten ihnen drei Polizei-Ladas mit Blaulicht entgegen. Max glaubte zu sehen, wie sich ihre Schultern leicht verspannten, als sie näherkamen, und wieder lockerer wurden, als sie vorüber waren.

»Welche Beweise haben die?«

»Auf den Patronenhülsen am Tatort wurden ihre Fingerabdrücke sichergestellt«, sagte er und ging im Kopf die Informationen durch, die er ihr weitergeben, und die, die er für sich behalten wollte. Irgendwie fühlte sich das Ganze nicht richtig an, schon seit sie losgefahren waren. Die Staffage des Gesetzeshüters war da – die Waffe, die Handschellen, die Leibesvisitation –, aber zugleich fehlte es in auffälliger Weise an einem Verfahren, an Regeln: Sie war allein, hatte ihm keinen Ausweis gezeigt, hatte ihn nicht vor Ort verhört, keine Augenzeugen befragt. Es war, als hätte sie auf ihn gewartet, als hätte sie gewusst, dass er kommen würde. Und was war aus Teófilo geworden?

»Sie klingen, als hätten Sie da Ihre Zweifel«, sagte sie.

»Habe ich auch«, antwortete er. »Es ergibt keinen Sinn.«

»Sind Sie deshalb hier, um dem einen Sinn zu verleihen?«

»Ja. Das war der Plan, bis Sie aufgekreuzt sind.«

Sie warf ihm im Rückspiegel einen kurzen Blick zu. Sie hatte schöne, haselnussbraune Augen. Max spürte, wie sich ihm unwillkürlich ein Lächeln auf die Lippen schlich, und unterdrückte es sofort wieder. Wirklich unpassend.

»Kennen Sie Vanetta Brown?«, fragte er.

»Lassen Sie mich eines klarstellen«, entgegnete sie. »Ich frage, Sie antworten. Okay?«

»Klar.« Er nickte. »Übrigens, Sie sprechen sehr gut Englisch.«

»Sparen Sie sich Ihre Gönnerhaftigkeit.«

»Das war ein Kompliment.«

»Sparen Sie sich die Komplimente.« Sie wusste, was er im Schilde führte – eine Beziehung zu ihr aufbauen, damit sie ihre Schutzschilde sinken ließ –, und bremste ihn schon beim ersten Versuch aus.

»Meinetwegen.« Er zuckte mit den Schultern.

Sie fuhren durch einen Randbezirk, holperten über Straßen mit löchrigem Kopfsteinpflaster, wo die Bordsteinkanten in schmuckem Weiß getüncht waren und die protzigen postkolonialen Herrenhäuser ihre baufälligen Fassaden hinter Bäumen und wild wuchernden Büschen versteckten.

»Sie sind nicht der Erste, der hier aufkreuzt, um einen Black Panther zu treffen«, sagte sie. »Es gibt da eine regelrechte Pilgergemeinde: Journalisten, Groupies, naive Idealisten oder Angehörige der Menschen, die sie umgebracht haben.

Earl Gwenver nimmt sich ihrer an. Er arrangiert ein Treffen mit dem gewünschten Panther – gegen ein gewisses Entgelt, versteht sich. Die Hälfte ist sofort fällig, die zweite Hälfte bei Lieferung. Dann fährt er mit ihnen an irgendeinen abgelegenen Ort und bedroht sie, manchmal verprügelt er sie auch, und bringt sie dann zurück in ihr Hotel, wo er ihnen bis auf den Reisepass und die Flugtickets alles abnimmt. Wenn gerade nationaler Notstand herrscht, nimmt er auch schon mal das Toilettenpapier mit. Keines der Opfer schaltet jemals die Polizei ein. Das sind Amerikaner. Die dürfen gar nicht hier sein. Sie reisen einfach so schnell wie möglich wieder ab. Genau das Gleiche sollte mit Ihnen passieren. Warum war es nicht so?«

»Gwenver und ich sind gar nicht so weit gekommen, über Geld zu sprechen«, sagte Max.

»Haben Sie ihn verletzt?«

»Er wird's überleben.«

»Schade.« Sie warf einen Blick nach hinten.

»Wer sind Sie?«, fragte er.

Bis zur Innenstadt war es nicht mehr weit. Der Verkehr wurde etwas dichter, die Straßen waren besser beleuchtet und enger bebaut. Überall waren Menschen. Max hörte Musik und Gesang. Im Vorbeifahren sah er eine Tanztruppe – ein halbes Dutzend Paare, die mit gefrorenem Lächeln und konzentriertem Blick den Mambo tanzten. Dabei wurden sie von Touristen fotografiert und gefilmt, die nachahmend ihre ungelenken Hüften und die Plattfüße bewegten, vom Rhythmus gefesselt wie von einem Schlangenbeschwörer, und die drei Jungs nicht bemerkten, die sich durch ihre Gruppe schlängelten und die flinken kleinen Finger in Hand- und Hosentaschen tauchten.

»Sie wurden vom Zeitpunkt Ihrer Ankunft an observiert«, sagte sie. »Das machen wir bei allen Amerikanern, aus naheliegenden Gründen. Am ersten Tag haben Sie von einer Prostituierten ein Telefonbuch gekauft. Sie haben ehemalige Black Panther angerufen und sich als Buchautor ausgegeben. So sind Sie auch in Gwenvers Orbit geraten. Jetzt sind Sie in meinem.«

»Was wollen Sie?«, fragte er.

»Bevor Sie zu einer Haftstrafe verurteilt wurden, hatten Sie sich auf die Suche nach Vermissten spezialisiert. Waren Sie gut?«

Das brachte ihn aus dem Konzept. Plötzlich kam er sich sehr klein vor, während seine Umgebung ihre Klauen zeigte. Die hatten ihn nicht nur observiert, die hatten recherchiert. Wie weit waren sie zurückgegangen? Und wie tief hatten sie gegraben? Allzu schwer konnte es nicht gewesen sein. Er war im Internet. Von dem Prozess 1989 war in den Nachrichten berichtet worden, Clips davon waren auf YouTube zu sehen. Aber was wussten sie noch?

»Ich konnte ganz gut davon leben«, sagte er mit möglichst ungerührter Stimme.

»Nun, Señora Brown wird vermisst«, sagte sie. »Ich möchte, dass Sie sie finden.«

»Was meinen Sie mit vermisst?«

»Sie ist verschwunden. Am vierten April wurde sie zu einer Veranstaltung erwartet – einem Ballett über das Leben Martin Luther Kings im Gran Teatro. Sie hat sich nicht blicken lassen. Am nächsten Tag sind wir zu ihrer Wohnung gefahren und fanden sie leer vor – genau wie Sie jetzt. Praktisch alle ihre persönlichen Habseligkeiten waren weg. Sie hat keinen Brief hinterlassen, nicht angerufen. Wir leben hier in einem Überwachungsstaat. Hier verschwinden die Leute nicht einfach. Selbst die, die uns entkommen – irgendwann tauchen sie wieder auf.

Dann erfuhren wir von den Polizistenmorden in Miami. Und dann kamen Sie her.«

Max sah sie verwundert an. Sie wusste von Eldon und Joe. Und sie wusste über ihn Bescheid. Sie hatte die Verbindung bereits gezogen.

»Wir haben unsere Augen und Ohren nicht nur hier. Miami beobachtet uns, und wir beobachten Miami.«

»Und für wen arbeiten Sie? Für den Staat?«, fragt er.

»Hier arbeiten alle für den Staat.«

Sie fuhren am *Habana Libre* vorbei in Richtung *La Coppelia*. Dort fand sie eine Parklücke neben einem blauen Müllcontainer.

»Wenn Sie sie nicht gefunden haben, was glauben Sie, wie meine Chancen stehen?«, fragte Max.

»Wenn die Dinge so einfach wären, wären Sie jetzt in Haft.« Sie drehte sich zu ihm um und sah ihn an, das Licht betonte ihr Profil. Sie hatte langes schwarzes Haar, das sie zum Pferdeschwanz gebunden trug, und offenbar war sie geschminkt. »Sie bleiben hier, bis Sie sie gefunden haben oder bis Sie uns ganz genau sagen können, was mit ihr passiert ist.«

Max lehnte sich bis zu dem Gitter vor. »Soll das heißen, ich darf nicht ausreisen?«

»Erst wenn Ihre Aufgabe erledigt ist.«

»Sie haben doch nicht alle Tassen im Schrank. Das dürfen Sie gar nicht.«

»Warum nicht?«

»Ich bin Amerikaner. Ich gehöre nicht zu eurem Scheißvolk.«

Sie taute kein bisschen auf. Sie blieb weiterhin frostig kühl.

»Dann gehen Sie eben mit unserem ›Scheißvolk‹ ins Gefängnis. Und wenn Sie glauben, in einem eurer Gefängnisse sieben Jahre zu überleben, sei hart gewesen, dann wissen Sie nicht, was hart ist. Hier leben Sie zu sechst in einer kleinen Zelle, wenn Sie Glück haben. Und das werden Sie nicht. Die Insassen haben nicht viel übrig für Kriminelle aus dem Ausland, weil es jedem Ausländer sehr viel besser geht als ihnen – insbesondere Amerikanern. Und die Untersten der Untersten in unseren Gefängnissen sind die Diebe. Die Menschen hier haben ohnehin nicht viel. Da kommt das Eigentum sehr dicht hinter der Familie.«

»Ich bin kein Dieb«, sagte er.

»Nein? Das ist Diebeswerkzeug.«

»Eben war ich noch ein Spion.«

»Was sind Spione, wenn nicht Diebe?«

Max schaute aus dem Fenster. Er beobachtete zwei Kakerlaken, die an der Wand des Müllcontainers hochkrabbelten und auf die Stelle zusteuerten, wo der Deckel verzogen war und offen stand.

»Entweder ich gebe Ihnen noch etwas mehr Zeit, um das zu tun, wozu Sie hergekommen sind, oder ich fahre Sie in die Polizeidirektion«, sagte sie.

Gott, die Frau erinnerte ihn an Wendy Peck. Die gleiche beschissene Situation an einem anderen Tag in einem anderen Land.

Max dachte nach. Wieder einmal hatte er kaum eine andere Wahl. Womöglich sogar noch weniger als in Miami. Aus welcher Richtung er es auch betrachtete, er stand einmal mehr mit einem Bein im Gefängnis.

»Wenn ich darauf einsteige, kriege ich dann Zugang zu Akten, Berichten und Zeugenaussagen?«

»Nein«, sagte sie. »Sie machen genauso weiter, wie Sie es ohnehin getan hätten.«

»Aber dann suche ich das gleiche Gelände ab, das Sie schon durchkämmt haben, gehe Spuren nach, von denen Sie schon wissen, dass sie nirgendwo hinführen.«

»Haben Sie mir nicht zugehört? Wir hatten keine Spuren. Niemand hat irgendetwas gesehen. Niemand weiß etwas.«

»Was passiert, wenn ich sie nicht finde? Und auch nicht in Erfahrung bringe, was passiert ist?«

»Dann suchen Sie weiter.«

»Und wenn ich sie dann immer noch nicht finde?«

»Dann suchen Sie weiter.«

»Können Sie mir irgendeinen Tipp geben, einen kleinen Hinweis für den Anfang – irgendetwas?«

»Señora Brown hat einige komplizierte Allianzen geschmiedet.«

»Mit dem Abakuá? Mit denen hatte sie zu tun. Meinen Sie das?«

Sie antwortete nicht. Sie sammelte auf, was sie auf den Beifahrersitz gelegt hatte, und stieg aus dem Wagen. Er hörte, wie sie mehrere Gegenstände aufs Dach legte. Dann öffnete sie die hintere Tür.

»Steigen Sie aus.«

Max gehorchte und sah endlich ihr Gesicht: dunkle Haut, hohe Wangenknochen und ein kräftiger, fast männlicher Kiefer. Er bildete einen Kontrast zu ihren schönen haselnussbraunen Augen, die ihn mit hitzigem, bohrendem Blick ansahen. Er hätte sie schön gefunden, hätte sie sich nicht ganz so streng und unnahbar gegeben und wären die Umstände andere gewesen.

»Umdrehen«, sagte sie.

Sie schloss die Handschellen auf und steckte sie ein.

»Nehmen Sie Ihre Sachen.« Sie deutete mit dem Kopf zum Autodach, wo seine Habseligkeiten aufgereiht lagen – plus einer Zugabe: ein Mobiltelefon.

»Meine Nummer ist eingespeichert«, sagte sie. »Rufen Sie mich jeden Abend um Punkt acht Uhr an. Und zwar von keinem anderen Telefon – insbesondere nicht über Festnetz.«

»Wer sind Sie?«, fragte Max noch einmal.

Sie stieg wieder in den Wagen.

»Haben Sie nicht wenigstens einen Namen? Wenn ich

jetzt jeden Tag mit Ihnen sprechen soll, muss ich Sie doch irgendwie anreden.«

Sie schaute durch das Seitenfenster zu ihm auf, ihre Gesichtszüge wieder mit der Dunkelheit verschmolzen.

»Rosa Cruz«, sagte sie.

»Ist das Ihr richtiger Name?«

Er war sich nicht sicher, aber er glaubte sie lachen zu hören, als sie den Motor anließ und davonfuhr.

32

Max saß am Schreibtisch seines Zimmers im Hotel Nacional, starrte auf das Foto von Joe und Vanetta Brown und wünschte verzweifelt, es möge eine Fälschung sein, ein digitaler Trick, zwei Köpfe auf passende Körper gesetzt – aber die Wahrscheinlichkeit ging gegen null. Unmöglich. Das Foto war echt, und die enge Beziehung, die die beiden verband, war ihnen in Großbuchstaben in das entspannte, fröhliche Lächeln eingeschrieben, in die Art, wie sie sich ganz leicht aneinanderlehnten, wie magnetisch voneinander angezogen, wie Joe ihr beschützend die Hand um die Schulter gelegt hatte und wie ihr Arm hinter seinem Rücken verschwand. Der Joe, den Max hier sah, war schlank und muskulös, was bedeutete, dass das Foto aus der Zeit stammte, als er noch Straßenpolizist gewesen war. Bis zu seinem Aufstieg zum Vollzeit-Schreibtischtäter war Joe ein Fitness-Fanatiker gewesen. Nun, vielleicht kein Fanatiker, aber doch ein Fan: fünf Mal die Woche zwei Stunden Training und eine Stunde Laufen, ohne Ausnahme. Sich »diensttauglich« halten, hatte er das genannt. Und dann seine Diät. Max hatte das immer zum Totlachen gefunden: Joe Liston, die Geißel aller Verdächtigen und schweigsamen Zeugen, jener Mann, der mit einem festen Blick und einem Zucken seines Bizeps ein Geständnis oder eine totale Kehrtwende hervorlocken konnte, aß zum Mittag nichts anderes als Salat und Geflügel und trank Kräutertee, statt sich mit einem ordentlichen Pott Kaffee wach zu halten. Er hatte sich – mental und körperlich – voll und ganz seinem Beruf verschrieben.

Max überlegte, ob er Joe jemals in dem Polohemd gesehen hatte, das er auf dem Foto trug, einem dunkelblauen Lacoste-Shirt, aber er erinnerte sich nicht. Er hatte nie sonderlich auf Joes Kleidung geachtet.

Anhand der Frisur war das Foto eindeutig einzuordnen: mit den kurz geschorenen Seiten hatte Joe seine ergrauenden Schläfen verbergen wollen. Das Foto musste also zwischen 1989 und 1996 aufgenommen worden sein.

Max betrachtete den Hintergrund. Die beiden standen auf einer Straße, die von pastellfarbenen Gebäuden mit Terrakottadächern und blau-weiß-rot gestreiften Markisen gesäumt war, an denen lauter Holzschilder hingen. Von diesen konnte Max nur einen knallgrünen Papagei erkennen. Über die Straße liefen Telegrafendrähte, durch die kubanische Flaggen gewoben waren, und ein Stückchen weiter parkte ein schwarzer 1950er Pontiac. Wie Havanna sah es nicht aus: die Häuser waren eher schlicht und von bescheidener Größe, was auf eine kleinere Stadt schließen ließ.

Max widmete sich wieder den beiden, betrachtete sie als ein Ganzes. Wie lange hatte Joe schon mit ihr in Kontakt gestanden? Wie oft hatte er sie besucht? Das war nicht das einzige Mal gewesen. Er hatte sie regelmäßig besucht. Wann war das erste Mal gewesen – und wann das letzte?

Joe und Lena hatten 1982 geheiratet. Max konnte sich nicht erinnern, dass Joe danach eine andere Frau auch nur angeguckt hätte. Waren Vanetta Brown und er Liebhaber oder nur wirklich gute Freunde gewesen?

Max versuchte, sich auf das alles einen Reim zu machen. Joe hatte fürs FBI gearbeitet, gegen Vanetta Brown, für das System, das sie bekämpfte. Der Joe Liston, den er gekannt hatte – oder den er zu kennen geglaubt hatte –, wäre niemals gesetzeswidrig nach Kuba gereist, um eine Polizistenmörderin zu treffen, höchstens um sie mitzunehmen und auszuliefern. Er hätte sich nie mit Kriminellen zusammengetan, geschweige denn mit ihnen Freundschaft geschlossen und dabei seine Karriere und den Lebensunterhalt seiner Familie aufs Spiel gesetzt. Joe hatte immer getan, woran er glaubte, und er hatte starke moralische Überzeugungen besessen. In dem Punkt wäre er nie zu Kompromissen bereit gewesen. Vanetta Brown hatte immer ihre Unschuld beteuert. Und Quinones hatte ihm erzählt, dass Joe vor der Razzia bei den Schwarzen Jakobinern nie irgendwelche Hinweise auf Unregelmäßigkeiten entdeckt hatte. Vielleicht hatte sie die Wahrheit gesagt, und nur Joe, Quinones und ein paar FBI-Leute wussten das. Vielleicht hatte Joe ihr helfen wollen, ihren Namen reinzuwaschen.

Das war zumindest eine Erklärung – allerdings nur, wenn Vanetta Brown Joe nicht hatte umbringen lassen. Zwar neigte Max – sehr stark sogar – dazu zu glauben, dass man ihr die Morde in Miami nur angehängt hatte, aber sicher konnte er sich nicht sein. Das Foto zeigte die beiden als Freunde – vielleicht als Liebhaber –, aber es war ein altes Foto, und alles Zwischenmenschliche veränderte sich. Man konnte keinen schlimmeren Feind haben als einen ehemaligen Freund, und eine ehemalige Geliebte konnte zum Fluch werden. Hatte Joe sie enttäuscht – mit oder ohne Absicht? Hatte er ihr das Herz gebrochen?

Max suchte nach einem verbindenden Motiv für die beiden Morde, aber vielleicht gab es das gar nicht. Vielleicht hatte Vanetta, indem sie zwei Menschen ermorden ließ, die in der gleichen Stadt lebten, zwei ganz unterschiedliche Rechnungen beglichen.

Und was genau trieb Vanetta Brown hier in Kuba? Wie kompliziert waren ihre Allianzen?

Er würde es herausfinden, irgendwie. Er musste es herausfinden. Er steckte hier fest und würde mit leeren Händen nicht nach Hause zurückkehren können.

Er dachte über Wendy Peck und Rosa Cruz nach, die beide hinter der gleichen Person her waren. Keine von beiden schien es für denkbar zu halten, dass er sie womöglich nicht finden würde. Vielleicht wussten die beiden, dass sie in Kuba war. Nur wo, wussten sie nicht.

Wendy Pecks Motivation kannte er, die von Cruz nicht. Wahrscheinlich gehörte sie der Geheimpolizei an, aber dass der Auftrag, den sie ihm erteilt hatte, vom Staat abgesegnet war, glaubte er kaum. Warum sonst durfte er sie nicht über Festnetz anrufen, und warum hatte sie ihm ein Telefon gegeben? Bis vor Kurzem waren Mobiltelefone in Kuba noch verboten gewesen. Sie waren teuer. Rosa betrieb einigen Aufwand, um sicherzustellen, dass die Angelegenheit zwischen ihnen beiden blieb.

Von draußen war Musik zu hören – primitive Trommeln, ein jaulendes Saxophon und eine energisch gespielte Akustikgitarre –, gefolgt von Jubel und Applaus und reichlich Planschen im Pool. Max stand auf, streckte sich, dehnte den Nacken und schaute aus dem Fenster. Draußen fand anscheinend ein Synchronschwimmen statt. Ein Dutzend spindeldürrer Frauen in weißen Kostümen mit Gummirosenknospen auf der Gummibadekappe reckten beim Schwimmen das rechte Bein in die Luft. Sie bildeten einen perfekten Kreis, schwammen ein paar Mal in die Runde und teilten sich dann in zwei, dann drei, dann vier kleinere Kreise, die sich im Takt um die eigenen Achse drehten.

Max wandte sich wieder dem Zimmer zu und schaute sich um: die verblichene graue Wandfarbe, die beiden schmalen Betten mit den kratzigen Laken, die antiken Möbel mit dem Geruch nach alter Bratensoße, der tief in den Holzfasern saß, die Stühle mit den fleckigen Kissen, das Amateurgemälde von der Sonnenblume in der Vase. Genau wie das Hotel klammerte auch dieses Zimmer sich mit schwachen, schmuddeligen Fingern an die einstige Pracht.

Ihm fiel ein, wie Rosa Cruz ihm erzählt hatte, dass alle amerikanischen Touristen observiert wurden, und er fragte sich, wo die Wanze wohl versteckt war. Als Polizist hatte er selbst ein paar gelegt, unförmige, handtellergroße Funksender mit winziger Antenne, Klebestreifen und Miniaturschalter, die damals in den Siebzigern das Nonplusultra der Schnüffler-Technik gewesen waren. Heutzutage war die Ausrüstung viel kleiner und sehr viel ausgeklügelter, aber Max war sich sicher, dass die Grundprinzipien des heimlichen Abhörens die gleichen geblieben waren: Man hefte das gute Stück an einen vollkommen alltäglichen Gegenstand, sodass es unbemerkt bleibt. Er spielte kurz mit dem Gedanken, das Zimmer zu durchsuchen, aber im Grunde war es der Mühe nicht wert. Es war ihm egal, ob sie ihn abhörten. Was gab es da schon zu hören? Atmen, Gähnen, Rülpsen, Schnüffeln, Pinkeln, Husten, Furzen? Tameka hatte ihm erzählt, dass er nicht nur schnarche, sondern auch im Schlaf rede. »Du wärst ein miserabler Ehebrecher«, hatte sie eines Morgens beim Frühstück gesagt. Was lustig war – wenn auch, wo er so darüber nachdachte, auf eine eher unlustige Art.

Er trug seine Brieftasche und das Einbruchswerkzeug zum Safe, tippte den Code ein – sein Geburtsdatum von hinten – und öffnete die kleine Metalltür. Ihm fiel sofort auf, dass etwas fehlte. Nicht der Pass, der war noch da. Auch nicht das Geld. Das hatten sie nicht mitgenommen. Die Personen, die sein Zimmer betreten hatten, während er nicht da gewesen war, waren keine Diebe, und sie brauchten ganz bestimmt kein Geld. Sie hatten sich nur das geholt, was ihres war: Gwenvers Notizbücher, das rote und das schwarze.

Dumpf starrte Max in den Safe, sein Kopf war leer, Schock und Angst hatten alle Gedanken vertrieben. Er fragte sich, ob der Abakuá beim nächsten Mal ihn holen würde.

Er verstaute seine Sachen im Safe und schloss die Tür. Dann putzte er sich die Zähne und duschte heiß.

Danach legte er sich aufs Bett und starrte in dem dunklen Fernsehbildschirm sein Spiegelbild an. Er war nicht müde. Er wusste, dass er nicht viel würde schlafen können, dass er grübeln und sich Sorgen machen würde. Er streckte die Hand nach der Fernbedienung aus, die auf dem Nachttisch lag, und stieß sie aus Versehen vom Tisch. Sie landete mit einem leisen Knacken auf dem Fußboden.

Er beugte sich vom Bett, um sie aufzuheben, und sah, dass sich die rückwärtige Abdeckung gelöst hatte. Die Batterien waren herausgefallen, und ein aufgerolltes Kabel schaute heraus. Am Ende dieses Kabels hing ein kleiner Sender in Weiß und Silber, der direkt auf ihn zu zeigen schien, als wollte er ihn auffordern, etwas zu sagen, ein Statement abzugeben.

Max sprang auf, packte die Fernbedienung wie ein Mikrofon und fing mit brüchiger und unmelodischer Stimme laut und sehr schief an zu singen. Er wollte sarkastisch klingen, heraus aber kam eine eher knurrende, atemlose Wut:

»While the storm clouds gather far across the sea,
Let us swear allegiance to a land that's free!
Let us be grateful for a land so fair!
As we raise our voices in solemn prayer.«

Er räusperte sich und grölte:

»God Bless America!
Land that I love!
Stand beside her, and guide her
Through the night with a light from above.
From the mountains, to the prairies,
To the oceans, white with foam,
God bless America! My home … sweet home.«

Am Ende verabschiedete er sich mit den Worten: »Dies war die Stimme der freien Welt. Wir wünschen Ihnen furchtbare Albträume und noch einen überaus schlechten Abend.«

Er riss die Wanze heraus und schleuderte sie quer durchs Zimmer. Er hörte nicht, wie sie aufkam.

33

Am nächsten Morgen fuhr Max mit dem Taxi zu den Verlagsräumen von *Cuban X-Press* in Miramar. Seinen Pass und sein ganzes Geld hatte er bei sich, unauffällig in den Oberschenkeltaschen seiner Cargohose verstaut. Er wollte nicht riskieren, dass der Abakuá seinem Zimmer noch einen Besuch abstattete und alles mitnahm. In jeder anderen Großstadt wäre das eine riesige Dummheit gewesen, aber Havanna kam ihm sicher vor, eingesponnen wie es war in ein obrigkeitsstaatliches Netz aus Polizei und Geheimpolizei, die sich sofort auf alles stürzten, was sich bewegte.

Miramar war eine völlig andere Welt als die Innenstadt von Havanna. Vor der Revolution war es ein nobler Vorort gewesen, das Millionärsviertel der Hauptstadt, in dem Gangster und Diplomaten und die gesellschaftliche Elite Seite an Seite und doch getrennt in prächtigen Villen lebten. Der Glanz der Exklusivität war dem Viertel erhalten geblieben. Die weitläufigen Villen beherbergten nun ausländische Konsulate, Ministerien und Thinktanks, ausländische Konzerne und Hotels. Nicht eine Wäscheleine, nicht eine schmückende Blumenampel weit und breit, keine rissigen Fassaden mit abgeblätterter Farbe, keine achtköpfigen Familien, die zusammen in einem Zimmer hausten. Die Straßen waren breit und sauber, in gutem Zustand und praktisch leer. Kein Verkehr, keine Menschen. Die Gehwege wurden von gewaltigen Jagüey-Bäumen gesäumt, die aussahen, als würden sie von den Luftwurzeln gestützt, die wie Schmutzwasser zu Boden rannen und deren dichte Kronen kühle Schatten warfen. Es gab schöne, verlassene Parks, deren Bänke die gleiche dekorative Funktion erfüllten wie die hübschen Blumenbeete und die sauber beschnittenen Bäume. Nur das Gebäude der russischen Botschaft fiel aus dem Rahmen: eine grimmige Monstrosität aus Beton von der Anmutung eines Kühlturms und dem Design eines Raumschiffs, das mit der Nase voraus zur Erde gestürzt war. Ein schrilles, erbittertes Ausrufezeichen inmitten des Geplappers der Geschichte.

In der Lobby des Centro de Negocios – einem modernen weißen Bürokomplex – fragte Max nach *Cuban X-Press*. Der Empfangschef teilte ihm mit, der Verlag habe vor vier Jahren den Betrieb eingestellt, und Antoine Pinel sei in den Ruhestand getreten. Max gab sich als Buchhändler aus Kanada aus, der ein großartiges Geschäft anzubieten habe, und fragte nach Pinels Privatadresse.

Der Empfangschef tätigte mehrere Telefonanrufe und bat Max, sich zu setzen. Eine halbe Stunde später überreichte er ihm die Adresse und eine Wegbeschreibung. Pinel lebte nur zehn Blocks entfernt, in einer Seitenstraße der Avenida 5ta.

Mit den rostigen Fenstergittern und den dicken, von Wind und Wetter geschwärzten Wänden erinnerte Antoine Pinels Haus an ein Gefängnis, an ein Kleinstadtkittchen im Wilden Westen, die letzte Station eines zum Tode Verurteilten. Die untere rechte Ecke war von dichtem grünem Efeu bewachsen, der seine forschenden Finger nach und nach über das ganze Haus erstreckte, bis hoch unter das Ziegeldach, wo sie im Haus verschwanden.

Der Mann, der Max die Tür öffnete, war vermutlich einmal groß gewesen, aber das Alter hatte ihn gebeugt und ließ seinen Kopf – fast unnatürlich – hängen, als wäre das Gehirn zu schwer für seinen Hals. Er trug eine schlabbrige hellblaue Strickjacke, eine formlose graue Hose und ein vergilbtes, ehemals weißes Hemd mit braunen Hasen darauf. Die langen weißen Haare fielen ihm über die Ohren. Er hatte das Gesicht eines Bernhardiners – traurige Falten, die in mehreren Lagen hinabhingen, dazu eine lange, dicke Nase und dunkle Augen, die Einblick in eine tiefe Melancholie gewährten.

»Mr. Pinel?«

Der Mann nickte.

»Entschuldigen Sie die Störung. Man hat mir Ihre Adresse im Centro de Negocios gegeben.«

Ein wenig verdutzt, aber vor allem neugierig, musterte Pinel ihn aus der zu einem Viertel geöffneten Tür.

»Sprechen Sie Englisch?«, fragte Max.

»Und Französisch, Spanisch, Russisch und Deutsch. Wie

viele Sprachen sprechen Sie?« Pinels Stimme war rauchig, tief und kehlig, aber er lächelte, weil er sich der Antwort bereits sicher war. Seine Zähne ließen Max an ein billiges Stück Stoff mit Leopardenmuster denken: gelb-schwarz mit ein paar braunen Tupfern.

»Nur die eine«, sagte er.

»Was kann ich für Sie tun?«

»Ich suche nach einer Frau namens Vanetta Brown.«

»*Vanetta?* Nun, hier ist sie nicht.« Pinel zuckte mit den Achseln. Er hatte nichts Feindseliges oder Misstrauisches an sich, und er öffnete die Tür einen Spalt breiter, was vermuten ließ, dass er froh war über Gesellschaft, selbst die eines Fremden. Trotz der Aura des Tragischen, die den alten Mann umgab, zählte Max ihn zu den Spaßvögeln des Lebens, zu jener Sorte Mensch, die auch noch auf einer Beerdigung die Leute zum Lachen brachten.

»Das hatte ich auch nicht erwartet.« Er zeigte Pinel das Foto von Joe und Vanetta. Pinel zog eine Brille aus der Hemdtasche und betrachtete es, seine Augen wanderten von links nach rechts und wieder zurück nach links, wo sie verharrten. Max beobachtete sein Gesicht, aber da war keine Reaktion zu erkennen.

»Kommen Sie herein, Señor …?«

»Mingus.«

»Interessanter Name.« Pinel betrachtete ihn erneut.

»Mein Vater war ein großer Jazzliebhaber.«

Pinel trat zur Seite und ließ ihn herein.

Drinnen war es überraschend kühl und sauber, die Ausstattung rustikal, mit holzverkleideten Decken und Wänden, grauen Steinfliesen, einem Kamin und dicken Eichentüren zu den drei weiteren Räumen. Alle Möbel waren Antiquitäten: ein Sofa mit zwei passenden Sesseln, Bücherschränke mit Glasfronten, die abgeschlossen waren, und in jeder Ecke eine Stehlampe aus Messing.

»Ich koche gerade Kaffee. Darf ich Ihnen einen anbieten?«

»Kubanischen Kaffee?«, fragte Max.

»Nein, französischen, aus Martinique. Ich fahre da manchmal hin. Ich habe einen französischen Pass«, sagte er. »Mögen Sie kubanischen Kaffee nicht?«

»Für mich ist der zu schwach. Aber ich verstehe unter Kaffee auch etwas, das einen aus dem Koma reißen kann.«

»Karibischer Kaffee ist im Allgemeinen nicht besonders stark. Koffein und Hitze vertragen sich nicht so gut.« Pinel führte ihn in die makellos saubere Küche, durch deren Fenstergitter man auf die Straße hinausblickte. An einer Wand hing eine große Landkarte von Kuba. Die Insel hatte die Form eines auf dem Kopf stehenden krummen Nagels. An einer anderen Wand hingen schnurgerade nebeneinander sieben gerahmte Fotos, die alle gleich und doch anders waren: Pinel im hellgrauen Anzug mit weißem Hemd und schwarzer Krawatte vor grünem Blattwerk, eine Frau am Arm. Auf jedem Foto war es eine andere Frau, und sie alle trugen Brautkleider und wurden dunkler und jünger, je älter Pinel wurde.

»Woher kommen Sie, Mr. Mingus?«

»Miami.«

Der alte Mann bot Max einen Stuhl an dem massiven Holztisch mit blauer Plastikdecke an, der vor dem Fenster stand.

»*La ciudad de gusanos.* Die Stadt der Würmer. So nennt Castro sie.«

»Wir mögen ihn auch nicht besonders.«

»Das ist untertrieben. Als er krank wurde, haben bei Ihnen

die Menschen auf den Straßen gefeiert. Und ich habe gelesen, dass zur Feier seines Todes ein großes Fest im Stadion geplant ist. Ich finde das geschmacklos.«

»Emotionen schlagen hoch«, sagte Max und betrachtete die Karte an der Wand gegenüber.

»Jeder hat sein Kreuz zu tragen.« Lächelnd wandte sich Pinel der Espressokanne zu, die auf dem Herd blubberte. Die Luft zwischen ihnen füllte sich mit dem kräftigen Aroma frischen Kaffees.

Den wenigen Informationen zufolge, die Max noch am Morgen im Hotel im Internet gefunden hatte, war Antoine Pinel das dritte von fünf Kindern eines wohlhabenden Pariser Industriellen, eines Selfmade-Mannes, der von seinen Nachkommen erwartet hatte, dass sie in seine Fußstapfen traten wie Aufziehmodelle seiner selbst. Antoine hatte schon in jungen Jahren dagegen rebelliert. Mit dreizehn war er von der Jesuiten-Schule geflogen, weil er Sex mit der Putzfrau hatte, und mit fünfzehn war er der Kommunistischen Partei Frankreichs beigetreten. Sechs Jahre später, 1957, war er nach Kuba gegangen, um für Castro zu kämpfen. In Santa Clara wurde er mit einem Koffer voller Pistolen, Munition und Handgranaten aufgegriffen. Er landete im Gefängnis, wurde aber einige Monate später befreit, als die Stadt von Rebellentruppen unter der Führung Che Guevaras eingenommen wurde. Danach kämpfte er an der Seite Guevaras und war dabei, als die Revolutionäre am 8. Januar 1959 in Havanna einzogen. Zwei Jahre später kehrte er nach Paris zurück und engagierte sich in der algerischen Unabhängigkeitsbewegung. Er nahm an den berüchtigten Unruhen vom Oktober 1961 – dem »Massaker von Paris« – teil, bei dem zweihundert Menschen von der Polizei getötet wurden. Pinel wurde verhaftet und verbrachte erneut achtzehn Monate im Gefängnis. Nach seiner Freilassung kehrte er nach Kuba zurück, wo er seither mit Unterbrechungen lebte, als Übersetzer für Castro und andere Regierungsbonzen tätig war und mehrere Verlage betrieben hatte, die neben offiziellen Publikationen über die Geschichte Kubas auch Frauenromane veröffentlichten.

»Wie gefällt Ihnen Kuba bislang?«

»Es ist genauso, wie ich es mir vorgestellt hatte … und doch ganz anders«, sagte Max.

Pinel nickte. »Sie sind verwirrt. So fängt es immer an. Kuba verändert auch das härteste Herz.«

»War das bei Ihnen so?«

»*Mein* Herz war noch nie hart. Ich lebe seit vierzig Jahren hier. Ich bin mehrmals nach Frankreich zurückgekehrt, um zu sehen, ob ich wieder dort leben könnte. Aber jedes Mal musste ich feststellen, dass sich mein Land auf eine Art und Weise verändert hatte, die mir nicht gefiel, die ich nicht verstand. Hier verändert sich so gut wie gar nichts. Hier hören die Dinge einfach auf zu funktionieren. Und irgendwann, vielleicht, manchmal, werden sie repariert, und alles ist wieder wie früher. Das gefällt mir.« Pinel nahm die gluckernde Kaffeekanne vom Herd und brachte sie zum Tisch.

»Kuba war Amerikas Hure und dann Russlands Mätresse«, sagte Pinel, als er den Kaffee einschenkte. »Amerika hat sie flachgelegt und an kriminelle Freier verkauft, hat ihr alles genommen, was sie zu bieten hatte, und ihr einen Hungerlohn dafür bezahlt. Russland hat sie ausgehalten, in gewisser Weise. Aber Russland konnte sich das im Grunde nicht leisten, er war ein alter und praktisch impotenter Herr. Dann starb er und ließ sie mittellos zurück. Jetzt ist Kuba allein. Sie hat ein paar Verehrer, die sie für das lieben, was sie einmal war, aber nicht so, wie sie heute ist. Venezuela ist voller

Leidenschaft, aber seine Taschen sind nicht sehr tief. China ist interessiert, aber das ist eine Fernbeziehung, die nur selten vollzogen wird. Und dann sind da noch Kanada und Spanien, aber die wollen Kubas alten Luden Amerika nicht verärgern, der seine Stiefel immer noch unter ihrem Bett stehen hat, in Guantánamo, und darauf wartet, den Kreislauf wieder von vorn beginnen zu können.«

Pinel steckte sich eine komplett weiße Cohiba-Zigarette an, die wie eine Zigarre roch. »Verzeihen Sie mein Geschwätz. Ich bekomme nicht oft Besuch. Darf ich fragen, was Sie von Vanetta Brown wollen?«

»Der Mann auf dem Foto …«, fing Max an.

»Ich habe seinen Namen vergessen …«

»Sie kennen ihn?«

»Ich würde nicht sagen, dass ich ihn kenne«, sagte Pinel. »Wir sind uns nur dreimal begegnet.«

»Sie haben Joe kennengelernt? Joe Liston? Diesen Mann?« Max tippte auf das Foto.

»Ja. Worum geht es hier, Mr. Mingus?«

»Ich bin ein Freund von Joe.«

»Soweit ich mich erinnere, war er Polizist. Sind Sie auch Polizist?«

»War ich. Vor dreißig Jahren. Damals war Joe mein Partner. Jetzt ist er tot. Vor Kurzem gestorben.«

»Das ist ja schrecklich.« Pinels von Natur aus traurige Miene verdüsterte sich noch ein bisschen mehr. »War er krank?«

Max entschied, ihm nicht die Wahrheit zu sagen. »Es war ein plötzlicher Tod.«

»Ohne zu leiden.« Pinel nickte. »Das ist das Beste. Von einer Minute auf die andere weg vom Fenster. Ich würde am liebsten im Schlaf sterben, sodass es mir gar nicht auffällt.«

»Wann haben Sie Joe kennengelernt?«

»Das erste Mal habe ich ihn 1987 oder 88 getroffen. Da waren die Russen noch hier.«

Ein Jahr, bevor Max in den Knast gewandert war.

»Sind Sie sicher?«

»Ja. 1994 oder 95 habe ich ihn wiedergesehen, nachdem ich ihr Buch veröffentlich hatte.«

»Welches Buch?«

»Das sie geschrieben hat. *Black Power in the Sunshine State.*«

»Das hat *sie* geschrieben?« Max runzelte die Stirn.

»Unter Pseudonym.«

»Kimora Harrison?«

»Haben Sie es gelesen?«

»Ja«, sagte Max. »Aber es ist keine Autobiographie. Es ist in der dritten Person geschrieben.«

»Das wollte sie so. Sie wollte keinerlei Aufmerksamkeit auf sich ziehen. Sie hatte viele Feinde.«

»Sie meinen die Angehörigen von Dennis Peck.«

Pinel nickte.

Max erinnerte sich an das Buch. Es beschäftigte sich vor allem mit der Organisation der Schwarzen Jakobiner – wofür sie gestanden und was sie in ihrem kurzen Dasein Positives bewirkt hatten – und weniger mit Vanetta Brown und dem Mord an Dennis Peck. Das machte nur einen kleinen Teil einer Erzählung aus, in der es in erster Linie um Ideologie und Philanthropie ging und weniger darum, Browns Namen reinzuwaschen und die Vorwürfe gegen sie zu widerlegen.

»Hat sie je den Namen Eldon Burns erwähnt?«

»Ja, ja, natürlich.« Er nickte. »Sie hat ihn gehasst. Sie wünschte ihm den Tod. Er hat die Razzia gegen das Haus der Jakobiner geleitet, und sie machte ihn persönlich für den Tod ihrer Tochter und ihres Mannes verantwortlich.«

»Hat sie sich dazu genauer geäußert?«

»Nein.« Pinel drückte seine Zigarette in einem Aschenbecher aus Glas aus. »Aber sie hat oft gesagt, dass es zwar falsch sei, einem Menschen Böses zu wünschen, aber dass sie trotzdem hoffe, lange genug zu leben, um Eldon Burns in die sterbenden Augen zu schauen.«

»Seine sterbenden Augen? Das hat sie gesagt, genau so?«

»Ja.« Pinel nickte.

»Sie hat also davon geredet, ihn umbringen zu wollen?«

»Ach was. Sie ist kein gewalttätiger Mensch. Nicht einmal ein hasserfüllter Mensch«, sagte der alte Mann. »Sie wollte einfach nur die letzte Person sein, die er zu sehen bekommt, bevor er stirbt.«

Max dachte kurz darüber nach und speicherte es ab.

»Und was ist mit Joe? Was hat der hier gemacht?«

»Hat er Ihnen das nicht erzählt?« Pinel betrachtete ihn misstrauisch.

»Er war Polizist in Miami«, sagte Max. »Er durfte gar nicht hier sein. Wenn das rausgekommen wäre, hätte es für seine Karriere das Aus bedeutet. Er hat mir also nicht davon erzählt. Er hat es niemandem erzählt. Nicht einmal seiner Familie. Aber für den Fall seines Todes hat er Anweisungen hinterlassen. Ich habe einen Brief von ihm für Vanetta, den ich persönlich übergeben soll.«

»Was steht drin?«

»Das weiß ich nicht. Er ist versiegelt.«

»Sie haben ihn nicht geöffnet?«

»Joe Liston wird immer mein Freund sein.«

Pinel trank seinen Kaffee, sah Max in die Augen und schluckte an der Lüge, bis er sie ganz verdaut hatte. Schließlich zeigte er lächelnd noch einmal seine Leopardenzähne. »Wussten Sie, dass er ein Schwarzer Jakobiner war?«

»Ja.«

»Soweit ich weiß, hat er ihr bei dem Buch geholfen.«

»Wie?«

»Mit den Recherchen. So hat sie es mir erzählt. Ich habe allerdings nie genauer nachgefragt. Ich war nur an dem fertigen Werk interessiert«, sagte Pinel.

»Wie war ihre Beziehung?«

Pinel zog die Stirn in Falten.

»Waren sie Freunde oder ein Paar?«, hakte Max nach.

»Ich hatte nie den Eindruck, dass sie Liebhaber waren.« Pinel lächelte. »Die Intuition des Veteranen.«

»Wann haben Sie Joe das letzte Mal gesehen?«

»Vor eurem 9/11. … also im Jahr 2000.«

»Worüber haben Sie so geredet?«

Pinel zog noch eine Zigarette aus der Schachtel und klopfte sie auf den Tisch. »Ihr Freund war fasziniert von unserem Land, insbesondere von der Beziehung zwischen Fidel Castro und den Schwarzen hier.

Als Castro an die Macht kam, hat er Rassendiskriminierung verboten. Das war eine seiner ersten Amtshandlungen. Kuba war lange vor euch ein Land der Chancengleichheit. Vor Castro waren die Schwarzen Bürger zweiter Klasse gewesen. Es gab damals ein Sprichwort: ›*Si tu ves a un doctor negro, es el mejor doctor de Cuba*‹, was heißt: ›Wenn du einen schwarzen Arzt siehst, ist das der beste Arzt Kubas.‹ Mit anderen Worten: Ein Schwarzer musste fünfmal so hart arbeiten wie sein weißer Konkurrent. Nur sehr gut zu sein reichte nicht. Ein schwarzer Kubaner musste der Beste sein.

Castros Eintreten für die Schwarzen hatte zu drei Vierteln politische und ideologische Gründe, der Rest war persönlich. Als er in den Bergen die Revolution begann, waren viele seiner Unterstützer arme Schwarze. Sie gaben den Guerillas Unterschlupf und Nahrung und schlossen sich ihnen an.

Daraus ist eine starke Verbindung gewachsen. Sie hatten den gleichen Feind. Die Schwarzen waren – und sind – Castros Basis. Sein Fundament.«

»Hat er deshalb so vielen Black Panthern Asyl gewährt?«

»Auch, ja«, sagte Pinel. »Natürlich wusste er, dass das Kriminelle waren. Er ist weder dumm noch naiv. Aber damals war der Kalte Krieg in vollem Gange, und linke Schwarzamerikaner aufzunehmen, bedeutete, den Imperialisten jenseits des Meeres den Finger zu zeigen.«

»Und wie stehen Sie zu den Panthern? Sie haben viele ihrer Autobiographien veröffentlicht.«

»Leider ja«, seufzte Pinel.

»Warum leider?«

»Ich hatte große Ambitionen. Ich dachte, ich würde einen zweiten George Jackson oder Malcolm X entdecken. Aber dem war nicht so. Ihre Geschichten waren alle gleich. Schlechte Blaxploitation. Der Held ist immer der – oder die – arme, unterdrückte Schwarze, und der Böse ist immer ›der Mann‹: weiß, Rassist und an der Macht. Der Held ist unschuldig, er hat den Polizisten, den Bankangestellten oder den Ladenbesitzer nicht erschossen, trotzdem muss er fliehen, weil er nicht auf einen gerechten Prozess hoffen kann, weil nämlich ›der Mann‹ das Rechtssystem beherrscht. Und es endet auch immer gleich: hier in Kuba. Der Held wird verbittert. Am Anfang ist er einfach nur dankbar für seine Freiheit, aber dann muss er in diesem seltsamen Land leben, mit der Geheimpolizei, der erzwungenen Armut, den Lebensmittelrationen, der ewigen Knappheit, wo es keine Ghettos und keine Redefreiheit gibt. Der Held ist verwirrt. Er ist kein Opfer mehr. Er lebt in einem Land voller Opfer.« Pinel kicherte und blies den Rauch durch die Fenstergitter nach draußen.

»Das klingt sehr abfällig«, bemerkte Max.

»Ach, das bin ich wohl. Die Arbeit mit diesen Menschen hat mich fertiggemacht, ich musste in den Ruhestand gehen. Sie glaubten, ihre Bücher würden sich zu Tausenden verkaufen und ich würde sie über den Tisch ziehen. In Wahrheit haben sie sich kaum verkauft. Aber was wussten die schon, und was kümmerte es sie? Sie haben mir nicht geglaubt. Am Anfang war ich der französische Bruder und am Ende der böse weiße Dieb.«

Er leerte seine Tasse. Max nahm einen Schluck aus seiner. Dies war der beste Kaffee, den er in Kuba bisher getrunken hatte, und er rechnete nicht damit, einen besseren zu bekommen, also genoss er ihn.

»Vanetta war natürlich ganz anders.« Pinel lächelte. »Sie hat sich mit ihren so genannten Brüdern und Schwestern nie gemein gemacht. Insgeheim hat sie sie verachtet, hat sie als ganz normale Kriminelle angesehen, die der Sache geschadet haben. Ihre Veranstaltungen und ihre Treffen hat sie gemieden. Die Abneigung war gegenseitig. Für die war sie eine Mörderin, genau wie sie alle, und keinen Deut besser. Sie haben ihr einen Spitznamen gegeben: Miss Selbstgefällig.«

»Halten Sie sie für unschuldig – im Mordfall Dennis Peck?«

»Wir alle können unter Druck schreckliche Fehler begehen, aber ich habe ihr geglaubt, als sie mir sagte, sie sei unschuldig.«

»Obwohl Sie die gleiche Leier schon so oft gehört hatten?«

»Nicht so, wie sie es erzählte.«

»Ach? Und wie hat sie es erzählt?«

»Die anderen Panther haben immer behauptet, in Notwehr gehandelt zu haben oder vom ›weißen Mann‹ reingelegt worden zu sein. Vanetta hat das nie getan. Sie sagte, sie sei während der Razzia viele Meilen entfernt gewesen.«

Pinel zündete sich noch eine Zigarette an. Max bemerkte die dunkelbraunen Flecken an seinem Zeige- und Mittelfinger.

»Jeder Mensch lügt mal.«

»Sie nicht.« Pinels Nachdrücklichkeit hatte etwas Beschützendes. Max fragte sich, ob er in Vanetta verliebt gewesen war.

»Wann haben Sie Vanetta zum letzten Mal gesehen?«

»2002, als ich den Verlag noch hatte. Sie wollte eine neue Auflage ihres Buches herausbringen«, sagte Pinel. »Es sollte eine faszinierende Geschichte erzählen – die ganze Wahrheit über die Geschehnisse in Miami.«

»Und?«

»Ich war begeistert. Aber danach habe ich nie wieder von ihr gehört.«

»Haben Sie nicht versucht, sie zu erreichen?«

»Doch, mehrmals. Irgendwann habe ich aufgegeben. Und vor ein paar Jahren habe ich den Verlag aufgelöst«, sagte Pinel. »Vielleicht ist sie bei ihrer Familie.«

»Hat sie noch einmal geheiratet?«

»Nein. Ich meine die Familie ihres verstorbenen Mannes. Die Dascals. Sie stehen sich sehr nahe. Camilo und Lidia, Ezequiels Eltern, haben Amerika 1962 verlassen, kurz vor dem Embargo. Sie leben in Santiago de Cuba, der zweitgrößten Stadt Kubas«, sagte Pinel. »Die Dascals sind Freunde Castros. Genau wie Vanetta – bis es zum Zerwürfnis kam.«

»Wann war das?«

»Das hatte mit den haitianischen Bootsflüchtlingen zu tun«, erzählte Pinel. »Kuba hat eine große haitianische Bevölkerung, fast eine Million Menschen. Sie leben im Osten der Insel, an der Karibikküste. Da ist es völlig anders als hier. Die Menschen dort sprechen haitianisches Kreolisch und Spanisch. Castro war immer für die Haitianer, hat den

Flüchtlingen immer eine Heimat gegeben, weil er und sein Bruder einmal für kurze Zeit bei einer haitianischen Familie in Pflege waren. Wahrscheinlich war er deshalb auch mit Vanetta befreundet. Sie hat zwei Zentren für Neuankömmlinge aus Haiti gegründet: ein Haupthaus in Santiago und ein zweites in Trinidad. Sie nannte sie ›Caille Jacobinne‹ – *Haus der Jakobiner* auf Kreolisch –, genau wie ihr Haus in Miami.«

»Wann war das?«

»Vor zwanzig Jahren.«

»Gibt es diese Zentren noch?« Max zog eine Landkarte aus der Seitentasche seiner Cargohose und breitete sie auf dem Tisch aus. Santiago de Cuba lag ganz unten, in der Nähe von Guantánamo. Trinidad war näher, an der Südküste, nicht weit von der Schweinebucht. Er kreiste beide Städte ein.

»Das weiß ich nicht«, sagte Pinel.

»Und was war mit den Bootsflüchtlingen?«

»Das war um 1994, zur Zeit der großen politischen Unruhen in Haiti. Drei Jahre zuvor war Präsident Aristide durch einen vom CIA unterstützten Putsch gestürzt worden, und die Militärregierung ermordete seine Anhänger. Viele Haitianer flohen in Booten nach Miami.«

»Daran erinnere ich mich«, sagte Max. Er hatte das im Gefängnis im Fernsehen gesehen: aufgedunsene haitianische Leichen, die täglich an die goldenen Küsten Floridas gespült wurden, und die Touristen, die sie gefunden hatten und damit drohten, den Staat zu verklagen, weil ihr Urlaub ruiniert war und wegen der psychischen Belastung, die sie davontrugen.

»Wer heil in Florida ankam, wurde nicht, wie die Kubaner, mit offenen Armen empfangen. Die Haitianer durften nicht in den USA bleiben. Sie wurden in Auffanglager gesteckt, bis die USA in Haiti einmarschierten. Die Idee war, sie alle wieder nach Hause zu verschiffen, sobald die Marines die Ordnung im Lande wiederhergestellt, eine passende Marionette als Präsidenten installiert hatten und ›freie und demokratische‹ Wahlen abgehalten worden waren.

Vanetta nutzte ihre Kontakte hier, um diesen haitianischen Flüchtlingen eine Alternative zu bieten. Sie konnten nach Kuba kommen, statt in ihre Heimat zurückzukehren. Man traf eine geheime Vereinbarung mit der Clinton-Regierung, und in den folgenden Monaten gab es Bootstouren von Mariel nach Miami und wieder zurück, und wer herkommen wollte, durfte mitfahren. Jeden Monat trafen um die hundert Menschen ein.«

»Was hatte Castro davon? Wenn es geheim war, konnte er es doch nicht für seine Propaganda nutzen«, sagte Max.

»So lautete die Vereinbarung, die er mit Clinton getroffen hatte, richtig. Trotzdem hätte er der Welt natürlich irgendwann erzählt, wie gut er zu den haitianischen Flüchtlingen gewesen war, dass er sie aufgenommen hatte, als Amerika sie nicht wollte. Sie wissen ja, wie das läuft.« Pinel lächelte. »Aber der Schuss ging nach hinten los. Erinnern Sie sich an die erste Mariel-Bootskrise?«

»Natürlich.« Max nickte. Ja, auch daran erinnerte er sich – nur zu gut. Von 1977 bis 1980, als in den Beziehungen zwischen den USA und Kuba Tauwetter herrschte, erlaubte Castro 125 000 Kubanern die Ausreise, um zu ihren Familienangehörigen in Miami zu ziehen. Sie stachen in einer Flottille aus überfüllten, leckenden Booten von Mariel aus in See. Aber dieser Akt des Großmuts hatte einen versteckten Haken: Castro nutzte die Gelegenheit, zusammen mit den Auswanderern auch den Abschaum aus den Gefängnissen und Psychiatrien seines Landes loszuwerden. Ungefähr

20 000 Kriminelle und Psychos durchliefen die Einreiseprozedur der USA und wurden auf eine ahnungslose Bevölkerung und eine völlig unvorbereitete Polizei losgelassen. Miami, wo schon längst der Kokain-Krieg tobte, drohte auseinanderzubrechen. Es war ein Albtraum, der reinste Horror.

»Die Clinton-Regierung hatte die Idee, sich dafür an Castro zu rächen«, sagte Pinel. »Sie hatten schon länger amerikanische Gefängnisse von haitianischen Kriminellen gesäubert und sie sang- und klanglos per Flugzeug in ihr Heimatland verfrachtet. Manche von denen wurden nun auf die kubanischen Boote umgeleitet. Die haben uns ein paar echte Monster geschickt.«

»Meine Güte.« Max musste sofort an Solomon Boukman denken. »Wie viele?«

»Keine Ahnung. Mitte der Neunziger hatten wir hier eine kurze, aber unvergessene Kriminalitätswelle. Morde, Raubüberfälle, Vergewaltigungen. Überfälle auf Touristen. Natürlich wurde das vertuscht. Die Bootsfahrten wurden eingestellt, die meisten Kriminellen aufgespürt und auf der Stelle getötet. Aber nicht alle. Ein paar von ihnen sind in die kubanische Unterwelt abgetaucht.«

»Der Abakuá?«

»Ganz genau. Die haben die Creme dieses Abschaums rekrutiert.«

»Und deshalb hat sich Castro mit Vanetta überworfen, weil er ihr die Schuld daran gegeben hat?«

»Nein. Sie haben sich zerstritten, weil Vanetta angeblich ein paar dieser Kriminellen geholfen hat, der kubanischen Polizei zu entkommen.«

»Warum?«

»Keine Ahnung. Sie hat mir das alles nicht selbst erzählt. Ich habe Gerüchte gehört. Vielleicht stimmt es nicht.«

»Hatte sie Kontakte zum Abakuá?«

»Jeder hat Kontakte zu denen. Auf die eine oder andere Art, ob man will oder nicht«, sagte Pinel. »Es gibt noch ein Gerücht – und das ist wahrscheinlich glaubwürdiger –, das besagt, dass sie das Caille Jacobinne finanziert haben.«

»Wirklich?«

»In der Sonderperiode lief in diesem Land *gar nichts*. Nur das Caille Jacobinne. Damals kamen immer noch haitianische Flüchtlinge an, um sich hier niederzulassen. Ich vermute, dass Castro herausgefunden hat, woher das Geld dafür stammte, und dass seine Freundschaft zu Vanetta damit beendet war.«

Max erinnerte sich an Rosa Cruz' Worte über die komplizierten Allianzen, die Brown geschmiedet habe.

»Waren Sie überrascht, als Sie das alles hörten?«

»Eigentlich nicht.« Pinel schüttelte den Kopf. »Wir leben in Kuba, Mr. Mingus. Nichts ist so, wie es scheint, und keiner ist das, was er zu sein vorgibt. Das gehört zum Charme dieses Landes. Sie werden sich noch dran gewöhnen.«

34

Max verließ Pinels Haus kurz vor Sonnenuntergang, unter einem sich rötenden Himmel, das Zirpen der Grillen in den Ohren. Der alte Mann riet ihm, der Avenida 5ta zu folgen, mit dem Boot über den Almendares nach Vedado überzusetzen und den Malecón entlang zu seinem Hotel zu laufen. Ein Spaziergang von fast dreizehn Kilometern, sagte Pinel, ordentlich Bewegung und eine großartige Erfahrung zugleich – »aeroben Tourismus« nannte er das.

Max war losmarschiert und hatte sich dabei an der russischen Botschaft orientiert. Sobald er die Hauptstraße erreichte, wollte er ein Taxi oder einen Bus in Richtung Innenstadt nehmen.

Doch es gab keine Taxis zu nehmen. Die wenigen, die vorüberfuhren, waren schon besetzt. Max lief eine volle Stunde, bis er eine Bushaltestelle entdeckte, an der mehrere Menschen warteten – Büroangestellte auf dem Weg nach Hause. Die Vorgesetzten waren von den kleinen Angestellten nicht zu unterscheiden, weil alle so aussahen, als hätten sie ihre Kleidung im gleichen Katalog für Berufsanfänger ausgesucht. Hose mit Bügelfalte, langärmeliges Hemd und auf Hochglanz polierte billige Lederschuhe für die Männer, knielanger Rock, Bluse und hochhackige Pumps für die Frauen.

Max stellte sich dazu, ein Stückchen abseits, schwitzte und keuchte und dehnte seine schmerzenden Beine. Neugierige Seitenblicke wanderten in seine Richtung und musterten ihn. Er mied bewusst jeden Blickkontakt und starrte entweder in den Himmel und auf die ersten Sterne, die zu sehen waren, oder ans andere Ende der Straße, wo, wie er hoffte, in Kürze ein Bus auftauchen würde. Er bemerkte den deutlichen Schwund der Lautstärke in den zuvor lebhaften Unterhaltungen, die Stimmen, die sich zu einem Flüstern senkten, und wie die Länge der Redebeiträge von Absatzformat zu Einzeilern zu einzelnen Wörtern sank und schließlich bei null landete. Die Gruppe verlor ihren bisherigen Zusammenhalt, die Menschen drifteten auseinander und wurden zu einsamen Inseln, die in alle möglichen Richtungen schauten, nur nicht in seine. Er begriff, dass seine Anwesenheit zu dieser Tageszeit ungewöhnlich war, ein Ausländer, der sich im staatlich finanzierten öffentlichen Nahverkehr unters Volk mischte. Wahrscheinlich dachten sie, er sei ein Spion oder jemand, mit dem sie unter keinen Umständen gesehen werden wollten. Plötzlich hatte er ein schlechtes Gewissen, weil er da war, weil er in ihr Leben eindrang, ihnen die Freizeit verdarb, ihnen grundlos Angst einjagte.

Gerade als er mit dem Gedanken spielte weiterzugehen, tauchte der Bus auf. Es war ein *camello*, ein Kamel, ein Überbleibsel aus der Sonderperiode, seinerzeit eingeführt, um Treibstoff zu sparen. Im Grunde handelte es sich um eine recycelte und auf einen großen Sattelzug geschweißte Bus-Karosserie, deren Mittelteil zwischen den beiden Achsen deutlich abgesenkt war, wodurch Vorder- und Hinterteil jene Höcker bildeten, denen das Gefährt seinen Namen verdankte. Beim Anblick der Passagiere, die mit verzerrten Gesichtern gegen die Fensterscheiben gepresst wurden, musste Max an eine Geiselnahme denken. Er glaubte nicht, dass da noch irgendjemand reinpasste, aber die Büroangestellten, gut ein Dutzend an der Zahl, gingen auf die Türen zu, die sich langsam und schwerfällig öffneten und eine Wand aus eng gedrängten Körpern freigaben, zwischen denen nicht ein Spalt Luft zu erkennen war. Irgendwie jedoch verschwanden die Menschen tatsächlich einer nach dem anderen im Bus, Stück für Stück, erst der Fuß, dann das Bein, dann eine Hand, ein Arm und eine Schulter, bevor schließlich der ganze Körper in die komprimierte Masse aus Menschen gesogen wurde – mit ein wenig Nachhilfe von Seiten des Fahrers, der ausgestiegen war, um die Passagiere mit sanfter Gewalt in den Bus zu schieben. Nicht eine einzige Klage war zu hören, kein Stöhnen, keine genervten Blicke. Als auch die letzte Person von der Menschenmasse verschluckt worden war, drehte sich der Fahrer zu Max um und fragte ihn, ob er mitfahren wolle, aber Max schüttelte den Kopf. Der Fahrer schob die Türen zu, kletterte wieder ins Führerhaus, und der Bus fuhr inmitten dicker Rauchwolken davon.

Max nahm seine Wanderung wieder auf und hoffte auf ein Taxi, hatte sich aber damit abgefunden, dass er wohl würde laufen müssen. Inzwischen war es dunkel geworden, und die warme Luft roch süß und salzig zugleich, die Meeresbrise vermischte sich mit dem Duft von Pflanzensaft und Blüten. In der Ferne sah er die Innenstadt von Havanna, die für die Touristen hell erleuchtete Küste, eine Woge orangefarbener Lava, die aufs Wasser zulief.

Am Ende der Avenida 5ta bezahlte Max einem Mann mit einem kleinen Motorboot zwanzig Pesos dafür, dass er ihn über den Fluss brachte, damit er seinen langen Heimweg fortsetzen konnte.

Er hörte die Kneipe, bevor er sie sah, an der Ecke einer Seitenstraße, die auf den Malecón traf. Die laute Musik übertönte den Verkehr und die Wellen, nicht Salsa oder Jazz, sondern ein Lied, das er vor Jahren zuletzt gehört hatte – »Skin Trade« von Duran Duran, einen Song, den er sehr gemocht hatte, bis er erfuhr, von wem er war. Er hatte ihn fälschlicherweise den späten Chic oder Prince in seinen besten Zeiten zugeschrieben.

Aber er hätte den Laden ohnehin nicht übersehen können. Die Eingangstür wurde flankiert von beleuchteten Weihnachtsbäumen, und in den mit Schneespray dekorierten Fenstern blinkten Lichterketten. Max blieb stehen und gaffte.

Auf der anderen Straßenseite standen ein paar Männer und Frauen neben einem Super 88, in dem schwachen Licht waren nur ihre Umrisse und das metallische Glitzern der kurzen Paillettenkleider der Frauen zu erkennen. Max roch ihr Parfüm und Zigarettenrauch, dann Abwasser und einen Hauch von Jasmin, der von der Straße kam.

Die Kneipe nannte sich *La Urraca* – was auch immer das heißen mochte. Er war durstig und verschwitzt und musste dringend aufs Klo, und so beschloss er hineinzugehen.

Es war so gut wie leer, die einzigen Gäste ein Mann und eine Frau, die am Ende der Bar eng beieinanderstanden und sich unterhielten. Der Barmann – in roter Hose mit Hosenträgern und weißem T-Shirt – musterte Max, als er hereinkam.

Das Weihnachtsmotiv setzte sich drinnen fort, nur noch schlimmer: Goldenes Geschenkpapier mit roten Samtschleifen als Tapete, goldenes und silbernes Lametta an der Decke, an einer Wand zwei Schnüre mit verstaubten Weihnachtskarten, gegenüber ein Adventskalender mit offenen Türchen, ein Gemälde vom Weihnachtsmann, der, von einem Rentier gezogen, in seiner Kutsche über den Nachthimmel brauste, und in der Ecke noch ein vollständig dekorierter Weihnachtsbaum, unter dem ein Berg von Geschenken lag. Die laute Musik ließ die gesamte Deko beben.

Ein reichlich seltsamer Anblick.

»Agua mineral, por favor«, bestellte Max.

»No agua.« Der Mann schüttelte den Kopf und hob den Blick zu der Reihe schlichter brauner Flaschen auf dem Regalbrett über ihm, die keinerlei Hinweis auf ihren Inhalt gaben. Er hatte schütteres, rotblondes Haar, fast durchsichtige Wimpern, tiefblaue Augen und das rote Gesicht des Ganztagstrinkers.

»Usted tiene una soda?«

»Qué?«

»Soda: Coca Cola, Sprite?«

Der Barmann sah ihn mit ausdrucksloser Miene an.

»Habla inglés?«

»No.«

Max schaute zu dem Pärchen. Die Frau stand mit dem Rücken zu ihm. Sie war über eins achtzig groß und sehr schlank, und ihr langes, glänzend schwarzes Haar reichte ihr fast bis zum Po. Sie trug ein kurzes goldenes Kleid, hochhackige Schuhe und schwarze Nahtstrümpfe mit einem kleinen goldenen Schmetterling auf den Fesseln. Der Mann war kleiner und eher untersetzt. Er trug Jeanshemd und Jeanshose. Beim Sprechen fuchtelte er aufgeregt mit den Händen. Trotz der Musik konnte Max seine Stimme hören, sein Tonfall klang wütend. Die Frau stand vollkommen reglos da.

»Toilette?«, fragte Max den Barmann, woraufhin dieser mit einer Kopfbewegung auf eine Tür zu seiner Rechten deutete.

Bis zum Klo, einer engen Kabine mit verdreckter, verstopfter Toilette und einer kaputten Kette, die von der rostigen Zisterne baumelte, setzte das Weihnachtsmotiv sich nicht fort. Es stank so heftig, dass Max den Atem anhielt und nicht nach unten schaute, sondern den Strahl nach Gehör lenkte und dabei die Schmierereien an den Wänden betrachtete: Adressen, Telefonnummern, Namen von Frauen und Männern, Zeichnungen von Sex in Hundestellung und Schwanzlutschen.

Als er zurückkam, war die Musik noch lauter geworden, der Sound verzerrt, Duran Duran sangen irgendetwas über Ärzte und die *revalootion baybeey*.

Auf dem Tresen wartete ein Glas mit etwas Klarem und Sprudeligem auf ihn.

Max wollte es nicht, was immer es war. Er steckte die Hand in die Hosentasche, zog einen Zehn-Peso-Schein heraus und schob ihn über den Tresen. Der Barmann nahm das Geld und deutete auf das Glas.

Max setzte gerade zu einer Entschuldigung und einem Abschiedsgruß an, als er den trockenen Schlag hörte, gefolgt von einem kurzen, durchdringenden Schrei. Er drehte sich um und sah die Frau in Richtung Tür stolpern. Sie hielt sich das Gesicht, der Mann schrie und wollte ihr nachsetzen. Dann bemerkte er, dass Max ihn ansah, und blieb stehen, wo er war.

Sie sahen sich in die Augen. Der Mann sah athletisch und sehr stark aus. Und er war wütend – so wütend, dass seine großen Hände zitterten.

Der Barmann drehte die Musik ein wenig lauter.

Die Frau war weg. Sie hatte ihre Handtasche fallen lassen – schwarzes Leder mit goldener Schnalle. Als Max' Blick darauf fiel, schob der Mann sie mit einem Fußtritt in seine Richtung und sagte mit gekräuselten Lippen etwas Unhörbares. Max vermutete, dass er seine Männlichkeit beleidigt hatte. Es war ihm egal.

Der Mann zog ein Rasiermesser aus der Tasche und klappte es auf. Die Klinge war sehr lang, die längste, die Max je gesehen hatte, man hätte ein Pferd damit rasieren können. Max straffte sich und trat ein paar Schritte vom Tresen weg, sein Herz raste.

Der Mann sagte noch etwas, seine Lippen bewegten sich zum Refrain von »Skin Trade«, es sah lächerlich aus, wie er mit seinem gemeingefährlichen Rasiermesser in der Hand dastand und die Lippen zu einem Lied bewegte, das von drei heftig geschminkten Briten gesungen wurde.

Dann war der Song vorbei und fing wieder von vorn an. Der Mann zuckte mit den Schultern und ging aus der Kneipe. In der Tür blieb er stehen und blickte die Straße hoch und hinunter. Dann ging er eilig nach links.

Max dachte nicht einmal darüber nach, was zu tun sei.

Er folgte dem Mann.

Draußen standen die Leute immer noch neben dem Wagen und unterhielten sich, als wäre nichts passiert. Von dem Mann oder der Frau nichts zu sehen.

Max rannte los.

Die Straße war leer. Nach rechts und links gingen kleine Seitenstraßen ab. Er schaute in jede hinein.

Er hörte nichts.

Er lief weiter.

Die Straße wurde etwas steiler.

Noch mehr Seitenstraßen.

Plötzlich ein gellender Schrei von hinten, zu seiner Rechten.

Dann noch einer, praktisch direkt danach: ein schriller, qualvoller Schmerzensschrei.

Max wirbelte herum und lief auf die Schreie zu.

Noch einer – schlimmer – lauter und näher.

Und anhaltend.

Die Stimme eines Mannes, er brüllte.

Jemand rannte.

Dann sah er sie, sie kam auf ihn zu. Blut vorn auf dem Kleid. Blut auf den Beinen und an den Händen, Blut im Gesicht.

Direkt hinter ihr der Mann in Jeans, er verfolgte sie. Auch er war mit Blut beschmiert – Blut an den Händen und auf dem Hemd, Blut auf dem Rasiermesser.

»*Ven aquí!*«, brüllte er.

Die Frau rannte zu Max und ging hinter ihm in Deckung.

Jetzt stand Max ihrem Peiniger gegenüber.

»*Que te den por el culo!*«, schnauzte der Mann atemlos und schweißüberströmt. »*Comprendes, cabrón?*« Er schnipste mit den Fingern und bedeutete Max zu verschwinden.

Die Frau wimmerte.

»*Por favor … quiere matarme*«, jammerte sie. »*Por favor, señor.*«

Max lieferte sich ein Blickduell mit dem Kerl.

Der Mann starrte unverwandt zurück.

Max' Körpersprache sagte: *Ich beweg mich nicht vom Fleck.*

Der Gesichtsausdruck des Mannes sagte: *Das werden wir ja sehen.*

Dann griff der Kubaner an. Ein ausladender Schwung auf Höhe von Max' Kehle, die Klinge durchschnitt die Luft mit einem Zischen. Max wich zurück und stieß dabei die Frau um. Die Klinge verfehlte sein Gesicht nur um Haaresbreite.

Der Kerl hatte das Gleichgewicht verloren. Max reagierte schnell. Er schmetterte dem Kubaner einen wilden rechten Haken aufs Kinn. Er traf. Knochen knackten, und Zähne splitterten.

Der Kerl ging mit einem dumpfen Aufprall zu Boden.

Mit dem Fuß trat Max die Klinge beiseite und untersuchte den Mann, der nicht ganz ausgeknockt war. Er war benommen, aber nicht so sehr, dass er das Bewusstsein verlor. Normalerweise wäre die Sache damit erledigt gewesen, dass sich sein Gegner in einer Welt schlimmer, aber nicht irreversibler Schmerzen wiederfand. Aber dieses Stück Scheiße hatte nicht nur soeben eine Frau geschlagen, er hatte sie mit dem Messer bearbeitet, sie entstellt. Er hatte Schlimmeres verdient.

Max drehte sich zu der Frau um. Sie war wieder auf den Beinen, hangelte sich an ihm vorbei und fing an, auf den am Boden Liegenden einzutreten.

Max packte sie und zog sie weg, sie trat mit ihren schlanken langen Beinen in die leere Luft, ihre Schuhe flogen davon.

Sie befreite sich und drehte sich zu Max um, konnte ihn aber nicht sehen, weil ihr das Haar ins Gesicht hing. Sie hob die Hände, grub die Finger tief in ihre Haare, packte fest zu und riss sie sich vom Kopf. Dann ließ sie die Arme hängen, und ihre langen Locken baumelten herab wie ein geteertes Schlangennest.

Unter der Perücke war ihr Haar kurz geschoren, hinten und an den Seiten anrasiert, oben etwas länger, ein Militärschnitt. Und auch mit ihrem Gesicht stimmte etwas nicht, fand Max – und das lag nicht nur an dem blutigen Grinsen, das das Rasiermesser ihr vom Mundwinkel über die ganze Wange gezogen hatte, sondern es war ihr ganzes Aussehen so von Nahem, so im Licht.

Sie war ein Mann.

Max konnte es sich nicht verkneifen: »Was zum Teufel …?«

»Ja, was denn *zum Teufel?*«, fauchte der Transvestit. »Enttäuscht? Ja?«

»Nein. Nein! Nur … nur … überrascht«, sagte er.

»Und du dachtest, du bist großer *heroe americano*, ja? Der rettet das Fräulein in Not. Und wenn du mich siehst, du denkst, was zum Teufel habe ich gemacht? Ja? Das denkst du jetzt, ja?« Die Tonhöhe des Transvestiten war um mehrere Oktaven gesunken.

»Nein, so ist es nicht. Ich meine, ich … ich habe nichts gegen … gegen Leute wie Sie.«

»Leute wie mich?« Empört trat er näher, um auf Max herabzuschauen. Er war ein großer Mann, selbst ohne Absätze. »Ist nicht mein Glückstag, wie? Muss ich von einem verdammten amerikanischen Heuchler gerettet werden.«

»So habe ich das nicht gemeint. Ich … ich … Hören Sie … ich habe das falsch ausgedrückt. Es tut mir leid, okay?«

Der Transvestit verzog die Lippen und zuckte jammernd zusammen, weil dieser Ausdruck der Verachtung seine Wunde schmerzen ließ.

»Und das Stück Scheiße? Lebt der noch?« Er deutete auf den Mann am Boden.

»Ja«, sagte Max.

Der Transvestit machte einen Schritt, um ihm gegen den Kopf zu treten.

»Hey!« Max packte ihn beim Arm.

»Der wollte mich umbringen! Siehst du, was er gemacht hat mit meine Gesicht!«

»Ganz ruhig, ja? Ganz ruhig. *Tranquilo, sí?* Sie … Sie müssen ins Krankenhaus.«

»Krankenhaus? Das geht nicht.«

»Aber Sie bluten stark.«

»Hast du Auto?«

»Nein. Nehmen Sie doch ein Taxi.«

»Taxi? Die sehen mich und fahren weiter. Wenn du dabei bist, nehmen sie mich mit.«

Max wollte weg, zurück ins Hotel, die Geschichte vergessen. Er hatte seine gute Tat getan. Er hatte dem Kerl das Leben gerettet. Reichte das nicht? Warum zum Teufel war er überhaupt in diese bescheuerte Kneipe gegangen? Warum hatte er nicht einfach auf die Straße gepinkelt? Er wollte das alles nicht. Er wollte nicht einmal hier sein. Aber er konnte den Mann auch nicht blutend auf der Straße stehen lassen.

Er schaute zum Malecón hinunter, auf dem Autos unterwegs waren.

»Okay, gut«, sagte er.

»*Vamos.*«

35

Im Krankenhaus sah Max zu, wie eine Ärztin dem Transvestiten das Gesicht flickte.

Der Mann hieß Benedicto Pacífico Juan María Ramírez –

kurz Benny. Im Taxi hatte er noch darauf bestanden, Salma genannt zu werden, nach der mexikanischen Schauspielerin Salma Hayek.

Benny schrie und weinte, während Frau Doktor mit dicken blauen Küchenhandschuhen in aller Ruhe den Schnitt in seiner Wange nähte: die Nadel einstach, den Faden durchzog, wieder einstach und das blutige Fleisch fest zusammenzog. Keine Betäubung, keine Schmerzmittel, nur eine Jodtinktur zum Desinfizieren und hochprozentigen Rum durch einen Strohhalm, um die Schmerzen etwas zu lindern, eine Flamme, um die Nadel zu sterilisieren, und eine Schüssel mit heißem Wasser zum Saubermachen. Medizin wie im Wilden Westen. Die Ärztin versuchte Benny mit sanften Worten und Gute-Nacht-Stimme zu beruhigen, aber derartige Schmerzen lassen sich nicht kleinreden, und so brüllte sie ihn an, stillzuhalten, wenn sein Geschrei ihre Arbeit zunichtezumachen drohte. Max hatte ein wenig Mitleid mit ihm. Er kannte die Qualen, die Benny durchmachte. Er hatte das Gleiche durchlebt, vor vielen Jahren.

Genau wie diese Station war das ganze Krankenhaus in einem erbarmungswürdigen Zustand. Schon als sie vor dem Gebäude angehalten hatten, ahnte Max, was ihn erwartete. Es war ein modernes Gebäude, aber nur zu drei Vierteln fertiggestellt, die Wände waren nicht gestrichen, in einigen Fenstern fehlten die Scheiben, vor sämtlichen Stockwerken hing draußen Wäsche zum Trocknen. Der Eingang war halb von einem Muldenkipper blockiert, auf dem sich stinkende Müllbeutel türmten, drum herum hatte sich, wie ein Festungsgraben, eine riesengroße, stille Pfütze gebildet. Auf dem Weg herein waren sie hinter einer Frau hergetrottet, die einen Mann in einer Schubkarre transportierte, sein Arm hing schlaff über die Seite, seine Fingerspitzen strichen über den Fußboden. Der Krankenschwester am Empfang erklärte sie, es handle sich um ihren Vater, der sich bei einem Sturz beide Beine gebrochen habe, und der Krankenwagen sei nicht gekommen. Die Empfangsschwester entgegnete, die Krankenwagen seien alle entweder unterwegs oder kaputt.

Gemeinsam hatten sie den Aufzug genommen. Nur einer von vieren funktionierte. Die Türen hätten eigentlich aus Glas sein sollen, aber die Scheiben waren entweder kaputt oder nie eingesetzt worden, und so sorgten Schalungsplatten dafür, dass niemand herausfiel.

Trotz dieser Ouvertüre war Max von den Bedingungen auf der Station schockiert.

Alle vorhandenen Betten waren belegt, die Matratzen und Kissen ohne Bezug und verschmutzt. Alte Männer und Frauen lagen nackt und allein da, angeschlossen an fast leere Infusionsbeutel und verschrumpelte Blutkonserven, die an vergammelte Weintrauben erinnerten. Über die Fußleisten krochen Kakerlaken, Urin, Kot und Erbrochenes bedeckten den Fliesenfußboden, und an den Wänden, die vermutlich einmal weiß gewesen waren, inzwischen aber undefinierbare Grau- und Gelbtöne aufwiesen, hatten sich Heerscharen von Fliegen versammelt. An einer Wand hing das allgegenwärtige Che-Guevara-Porträt, und sein leicht nach oben gerichteter, abgewandter Blick und der unbestimmt zornige Ausdruck gewannen hier eine völlig neue Bedeutung, als schaue er wütend weg von dem, was aus seinen Idealen geworden war, als wolle er nicht mit ansehen, wie die Menschen, für deren Freiheit er gekämpft hatte, in den Eingeweiden eines Systems, das ihnen ein besseres Leben versprochen hatte, eines armseligen, würdelosen Todes starben.

Die Krankenschwestern und Ärzte versorgten die Patienten, so gut es ging. Ihre gestärkten und gebleichten weißen

Kittel und Uniformen leuchteten praktisch. Mochten sie auch in einer riesigen, übervollen Petrischale arbeiten, sie sahen gut aus dabei. Die Beleuchtung war launisch, die Glühbirnen gingen willkürlich an und aus, wurden plötzlich viel zu hell und dann wieder dunkler bis zum völligen Blackout. Jede Steckdose, die Max sehen konnte, stellte eine potenzielle Gefahr für Leib und Leben dar: Es fehlten Abdeckungen, Kabel hingen heraus, Funken sprühten. Die Luft war zum Schneiden dick und heiß. Keiner der zahlreichen großen Deckenventilatoren funktionierte. Eine Klimaanlage gab es nicht, nur ein paar eiernde Standventilatoren, die allesamt vor einem einzigen Bett in der Ecke unweit eines geöffneten Fensters aufgestellt worden waren. Um das Bett herum standen vier Einkaufswagen mit je einem Block Eis darin, darunter ein paar Eimer, in die es tropfte. Die Ventilatoren bliesen kühle Luft auf einen Leichnam.

Als die Ärztin nach dem 31. und letzten Stich den Faden abschnitt, lief die lange schwarze Naht von Bennys rechtem Wangenknochen bis zu seinem Mundwinkel, sodass es aussah, als habe er bis auf das letzte Bein eine Tarantel verschluckt. Benny betrachtete sich in einem kleinen Spiegel, den die Ärztin ihm hinhielt. Er fing an zu weinen. Die Ärztin legte den Arm um ihn und tätschelte ihm wortlos die Schulter. Als er sich beruhigt hatte, erklärte sie ihm, die Mullbinden seien gerade ausgegangen, und so müsse er die Wunde sauber und trocken halten und dürfe auf keinen Fall kratzen oder die Naht berühren. Dann sammelte sie ihre Sachen zusammen und verschwand. Max folgte ihr.

»Entschuldigen Sie«, sagte er. »Können Sie mir helfen, bitte?«

»Kommt drauf an«, sagte die Ärztin. Sie war schlank, fast dünn, mit Altersflecken auf der dunkelbraunen Haut und Ringen unter den müden blauen Augen. Ihr glattes braunes

Haar war zu einem Dutt gebunden und von grauen Strähnen durchzogen.

»Können Sie mir sagen, was Zofran ist? Wofür man es nimmt?«

»Zofran? Nie gehört.«

»Es ist von GlaxoSmithKline.«

»Dann gibt es das hier nicht, wegen des Embargos.«

»Ich will nur wissen, wozu es gut ist.«

»Ich kann das nachschauen. Aber erst muss ich mich um die Patienten kümmern, das wird eine Weile dauern«, sagte sie. »Können Sie hier warten?«

Max schaute sich auf der Station um, sah die emsigen Kakerlaken und den Kot auf dem Fußboden, die gekühlte Leiche in der Ecke, die verdreckten Wände.

»Ich warte draußen«, sagte er.

Auf dem Vorplatz schaute er auf sein Mobiltelefon. Er hatte drei Anrufe von Rosa Cruz verpasst. Es war nach Mitternacht. Er hätte sie gern angerufen, wenn auch nur, um nachweisen zu können, dass er sich gemeldet hatte, aber er hatte keinen Empfang.

Benny stand mit seinen Schuhen und der Perücke in der Hand da, zupfte sich Pailletten von dem blutgetränkten Kleid und schnipste sie zu Boden.

»Und ich dachte, Kuba ist so stolz auf sein Gesundheitssystem«, sagte Max. »In diesem Krankenhaus stirbt man eher, als dass man geheilt wird.«

»Wir haben auch schöne Krankenhaus hier. Aber nur zum Vorzeigen. Für Journalisten und Touristen. Das hier ist für Kubaner.«

Eine Stunde später kam die Ärztin heraus.

»Haben Sie Chemotherapie bekommen?«, fragte sie Max.

»Nein.« Er tätschelte sich den rasierten Schädel. »Das ist reine Eitelkeit. Warum?«

»Zofran ist ein Antiemetikum, das meistens gegen Übelkeit und Erbrechen nach einer Chemotherapie verschrieben wird. Und bei morgendlicher Übelkeit.«

»Wie kann ich es bekommen?«

»Hier? Gar nicht. Aber ich kann Ihnen sagen, wie unser Äquivalent heißt.«

»Es muss Zofran sein.«

»Dann tut es mir leid.«

Max senkte die Stimme. »Kriege ich das auf dem Schwarzmarkt?«

»Auf welchem Schwarzmarkt?« Sie lächelte. »In Kuba gibt es keinen Schwarzmarkt.«

»Wie dumm von mir«, sagte er. »Danke für Ihre Hilfe.«

»*De nada.*« Sie drehte sich um und verschwand im Gebäude.

Max sah zu Benny.

»Kommen Sie zurecht?«

»Nein«, grummelte der Transvestit in seiner normalen Stimme, die tief und rau war. »Mit dem Gesicht?«

»Passen Sie auf sich auf.« Max ging los.

»Wohin gehst du?«

»Zurück ins Hotel.«

»Wo wohnst du?«

»Was geht Sie das an?«

»Das Hotel ist weit, und hier gibt es kein Taxi. Meine Wohnung ist nah. Fünf Minuten. Du kannst bis morgen bleiben.«

»Nein, danke«, sagte Max.

»Weißt du, wo du hier bist?«

»Ich finde schon zurück.«

»Ist gefährlich hier.«

Max schaute sich um. Jenseits des Krankenhausgeländes war kein einziges Licht zu sehen. Er hatte nicht die geringste Ahnung, wo er war. Mitten in der Nacht von hier zum Malecón laufen zu wollen, Reisepass und Geld in der Tasche, war nicht die beste Idee.

»Du brauchst keine Angst haben«, sagte Ramírez. »Ich bin an dir nicht interessiert. Zu alt. Nicht beleidigt sein.«

»Bin ich nicht – das kannst du mir glauben.«

»Ich wohne mit zwei Frauen.«

»Echten Frauen?«

»Machst du dich lustig über mich? Die Frauen in meine Wohnung, das sind Tänzerin im *Tropicana*. Du kennst das *Tropicana*?«

»Nein. Was ist das? Ein Stripclub?«

Benny sah ihn indigniert an.

»No, Mister *gringo ignorante*. *Tropicana* ist berühmteste Nachtclub in ganz Kuba. Gibt schon sehr lange. Vor Castro.«

»Also ein anständiger Laden?«

»Der *am meisten* anständige Laden von ganz Kuba. Du kennen Meyer Lansky, Sam Giancana – die Gringo-Gangster? Die waren immer im *Tropicana*.«

»Klingt nach einem sehr anständigen Etablissement.«

»Du kommst mit mir?«

An dieser Stelle hatte Max schon oft gestanden – an einem Scheideweg wie diesem, wo es einen richtigen und einen falschen Weg gibt und keinen Hinweis, welcher welcher ist. Er würde erst wissen, ob er den richtigen oder den falschen genommen hatte, wenn entweder alles gutgegangen oder es zu spät war umzukehren.

Er traute Benny nicht. Was nichts damit zu tun hatte, dass er Transvestit war, sondern damit, dass er eine Verkleidung trug. Benny war gut darin, zwei Menschen zu sein. Aber hatten nicht Gwenver und Pinel ihm erzählt, dass das so war in Kuba, dass man hier nicht glauben durfte, was man sah? Die Regeln, die er aus Miami kannte, galten hier nicht.

»Nach dir«, sagte Max.

36

Benny Ramírez lebte im ersten Stock eines Hochhauses namens Erich-Mielke-Turm, das Ende der Sechzigerjahre von ostdeutschen Architekten entworfen und gebaut worden war, um ostdeutsche Techniker und Fabrikplaner sowie hochrangige Stasi-Mitarbeiter zu beherbergen, die ihre kubanischen Amtskollegen in den Feinheiten der Überwachung, der Verhörtechnik und der Folter unterrichteten. Sämtliche Hinweisschilder in dem Gebäude waren auf Deutsch verfasst, vom Grundriss bis zu den Notausgängen.

Die Wohnung selbst war eine Überraschung. Max hatte zweckmäßige Tristesse erwartet, betrat aber Räume, die offensichtlich für irgendein hohes Tier bestimmt gewesen waren. Die ganze Wohnung hatte den Hauch des Privilegierten an sich: Parkettfußboden, hohe Decken, dekorativer Stuck und Kassettentüren.

Benny zeigte ihm sein Zimmer. Als Erstes fesselte eine lebensgroße Pappfigur von Salma Hayek im Bikini mit Federkrone und weißer *Boa constrictor* den Blick, der dann tief hineingezogen wurde in ein billiges Boudoir mit glänzend dunkelblauer Raufasertapete und kleinen Nachttischlampen mit roten Musselintüchern über dem Schirm, die in allen vier Ecken standen. Als Benny das Licht einschaltete, reflektierten die blauen Wände das trübe Rot und tauchten das Zimmer in ein schummriges Blasslila. Salma stand neben einem

Frisiertisch mit Theaterspiegel, reichlich Make-up-Döschen, Cremes und Parfüms, einem Föhn und vier Perückenständern, von denen einer leer war. An einem Kleiderständer auf Rollen hingen in durchsichtigen Plastiküberzügen ein halbes Dutzend kurzer Paillettenkleider in verschiedenen Farben.

Max ging ins Bad und wusch sich das getrocknete Blut von Händen und Armen, Gesicht und Hals. Das Wasser war lauwarm, fast kalt. Er bemerkte das Che-Guevara-Porträt, das verkehrt herum über der Toilette hing.

Als er fertig war, setzte Benny ihn an den Tisch im Wohnzimmer und bot ihm Jack Daniels, Rum, Kaffee oder Orangensaft an. Max wählte den Saft. Benny entschwand in die Küche und kam mit einem Glas mit einer Flüssigkeit zurück, die in Farbe und Konsistenz an Eigelb erinnerte, bevor er sich im Bad einschloss und duschte.

Eine halbe Stunde später tauchte er, in ein gelbes Handtuch gewickelt, wieder auf. Er hatte den Körper eines hoch aufgeschossenen, aber unterentwickelten Teenagers: knochig und unbehaart, ohne jeden Muskeltonus und sehr blass, ein Wesen der Nacht von der Farbe eines Gespenstes. Sein Gesicht jedoch zeigte ihn als einen Menschen, der mehr Regen- als Sonnentage gesehen hatte, und diese Regentage wiederum hatten eher Wolkenbrüche als kurze Schauer gebracht. Max schätzte ihn auf Anfang dreißig. Das Alter hatte ihm bereits eine dünne Linie um den schlanken Hals gezogen und die Winkel seiner leicht schrägen, knallgrünen Augen angekratzt. Wie bei den schönsten kubanischen Frauen, die Max gesehen hatte, steckte auch Bennys Attraktivität in einer harten Schale.

Am Anfang war es ein oberflächliches Gespräch. Max erzählte ihm, er sei ein Tourist aus Miami. Benny stellte ihm ein paar banale Fragen zu der Stadt, ob sie so sei wie in *Scarface*, den er auf einer schwarzgebrannten DVD besaß. Tatsächlich hatten alle Filme, die ordentlich aufgereiht neben dem Fernseher standen, irgendeine Verbindung zu Miami, ob Thriller oder Liebeskomödie, fast alle Episoden von *Miami Vice* und eine Serie namens *Dexter*.

»Wer war der Mann, der dich angegriffen hat?«, fragte Max, als sie das Unverbindliche und Oberflächliche hinter sich gelassen hatten.

»Weiß ich nicht.« Benny zuckte mit den Achseln.

»Du hast dich ganz schön lange mit ihm unterhalten.«

»Ich kenne ihn nicht. Er ist zu mir gekommen, betrunken, hat mich angesprochen. Dann er hat kapiert, dass ich keine Frau bin, und mich geschlagen. Dann wollte er mich umbringen. Dann du bist gekommen und hast mich gerettet.«

Überzeugend klang das nicht. Der Mann hatte kein bisschen betrunken gewirkt, nur sehr wütend.

»Er hat sich mit dir gestritten«, sagte Max.

»Hat gestritten mit sich selbst.«

»Wie meinst du das?«

»Er wusste, dass ich keine Frau. Er wusste das.« Benny tippte sich an den Kopf. »Aber er wollte mich trotzdem. Und das ihn machen verrückt.«

»Okay«, sagte Max und beschloss, es dabei zu belassen. Was kümmerte es ihn? Es war nicht seine Angelegenheit, und in wenigen Stunden würde er sich aus dieser Facette des Lebens verabschieden.

»Und wie ist das mit dir?«, fragte er. »Bist du … eine Frau im Körper eines Mannes, oder so in der Art?«

»Ich bin nicht *transexual*.« Benny schüttelte den Kopf. »Ich nicht. Ich will nicht *mi pinga* abschneiden und *papaya* machen. Und ich bin nicht *travestido*.«

»Du bist kein Transvestit?« Max runzelte die Stirn.

»Ich trage Frauenkleider für die Arbeit. Mehr nicht. Nur für die Arbeit, für Geld. *Travestidos,* die machen das aus Spaß. Arbeit ist nicht Spaß, oder? Arbeit ist für Geld. Kleid, Perücke, Schuhe, das ist meine Uniform. Polizei und Soldat tragen Uniform – ich tragen Uniform.«

»Aber warum Frauenkleider?«

»Am Anfang habe ich noch angezogen wie Mann. Aber ich habe nicht viel Geld verdient, weil homosexuell ist eine Minderheit. Nur *homosexuales* sind mit mir mitgekommen. Wenn ich aussehe wie Frau, gehen auch *heterosexuales* mit mir. Manchmal machen sie Fehler – weil sie betrunken sind und nicht mehr richtig gucken können. Manchmal für sie ist ein Experiment. Sie wollen probieren Sex mit eine Mann, aber Mann soll nicht aussehen wie Mann.« Er sah Max herausfordernd an, als warte er darauf, dass er seine Erklärung in Zweifel zog. Seine ernste Miene jedoch wurde konterkariert von dem stacheligen Grinsen, das sich über seine Wange zog.

»Verdienst du viel Geld?«

»Mehr als die Arzt, die mein Gesicht gemacht hat.«

Max musste lachen.

»Ist Meeyami eine gute Stadt für Homosexuelle?«

»Klar, Miami ist sehr offen. Du kannst machen, was du willst, und keiner stört sich dran, solange du ihn in Ruhe lässt. Und wie ist es, in Kuba schwul zu sein?«

»Ist nicht einfach, ist kein Spaß. Kennst du Fidel?« Benny tat, als spucke er auf den Fußboden. »Er mag Homosexuelle nicht. Und die Kubaner, viele, sind nicht tolerant. Kuba ist ein kleines Land, mit kleinem Geist. Die Leute denken, wir haben ein medizinische Problem. Die finden uns ekelhaft. Pervers.«

»In Amerika ist es in vielen Gegenden genauso«, sagte Max.

»Hast du einen homosexuellen Freund?«

»Nein.« Max dachte nach. Es hatte sich einfach nicht ergeben, dass er sich mit einem Homosexuellen angefreundet hätte. In seiner Jugend war er regelrecht homophob gewesen. Nicht dass man das damals, vor den Zeiten politischer Korrektheit, so genannt hätte. Schwuchtel hier, Schwuchtel da. Das Schwulenviertel San Franciscos hieß Castro. Eine aktive Abneigung gegen Schwule hatte er nicht gehabt. Er hatte nie einen Schwulen beleidigt oder gar verprügelt, und der Anblick von zwei Händchen haltenden oder sich küssenden Männern hatte ihn nie sonderlich aufgebracht, aber er hatte immer über Schwulenwitze gelacht und auch selbst viele erzählt. Männergerede in der Umkleide. Alle seine Freunde waren so gewesen. Erst als er Mitte der Siebzigerjahre anfing, in Discos zu gehen und sich für Musik zu interessieren, war aus seiner passiven Intoleranz eine unbestimmte und ebenso passive Akzeptanz geworden. Nicht die bescheuerten Sechziger mit ihren Hippies, die von Frieden und Liebe schwafelten, weil sie zu breit waren, um aufzustehen und sich was anzuziehen, sondern die Disco-Ära war die einzige Zeit gewesen, in der sexuelle und Rassengrenzen eingerissen worden waren: Schwarze, Weiße, Schwule und Heteros hatten Seite an Seite zur gleichen Musik getanzt. Lange hatte es nicht angehalten.

»Wenn ich war fünfzehn, war ich … wie sagt man … *afeminado*?«

»Feminin? Ein Mann, der ein bisschen wirkt wie eine Frau?«

»*Exactamente*. Und weißt du, was die mit mir machen? Die Regierung? Die schicken mich in die Sierra Maestra, in die Berge. Ein Konzentrationslager für Homosexuelle. Die glauben, aus Homosexuelle können sie machen heterosexuelle Macho. *Pendejos estúpidos*! Und weißt du, was die mit mir machen, damit ich heterosexuell werde? Erst reden reden reden reden reden. *La homosexualidad es una perversión burguesa. La homosexualidad es contra La Revolución. La homosexualidad es una invención imperialista.* Dann kriege ich Elektroschocks an den Kopf, wie ein Verrückter. Zwei Monate lang Elektroschocks an den Kopf und reden reden reden ins Ohr.«

Max war nicht weiter überrascht. Genau das Gleiche war in Amerika geschehen – und geschah weiterhin. »Wie viele waren da?«

»Viele, Männer, Frauen, Jungs und Mädchen. Fünfzig, sechzig Leute«, sagte Benny. »Ich musste mit Axt Bäume fällen und Steine schleppen. Die ganze Zeit, jeden Tag. Heterosexueller Mann mit fünfzehn Kindern kann nicht tragen die Steine, die ich getragen habe! Aber *ich* habe getragen die Steine. Weil ich sie *hassen*. Hass macht mich stark. Und ich bin homosexuell geblieben. Fidel, der kapiert gar nichts. Er glaubt, er kann verändern die Natur. Er glaubt, er ist Gott. Er glaubt, er kann Meer zurückweichen machen. Arschloch.«

»Und wie haben die entschieden, wann du ›geheilt‹ warst?«

Benny wollte lachen, zuckte aber zusammen vor Schmerz. »Weißt du, die sind so dumm. Die machen homosexuelle Mann und lesbische Frau vögeln zusammen. Und filmen das. Fidel macht Porno. Und der Leiter von dem Lager sagt: ›Ihr beide seid heterosexuell! Glückwunsch! *Viva Fidel!*‹

Als ich rauskomme, habe ich ein ›normale Leben‹ geführt. Ich habe Arbeit gekriegt, ich war Koch in Hotel. Und ich habe geheiratet.«

»*Geheiratet?*«

»*Sí*. Normale Leben, weißt du. So wie du. Meine Frau hieß Pilar. Sie war die Lesbe, die ich gevögelt habe in dem Lager.

Wir haben ein Arrangement. Sie macht ihr Ding heimlich, ich mache mein Ding heimlich. Viel heimlicher Sex. Ist okay, heimlich.«

»Was ist aus ihr geworden?«

»Sie hat Kuba 2000 verlassen. Pilar war Tanzlehrerin und durfte für eine Show nach Nicaragua reisen. Von Nicaragua ist sie nach USA gegangen. Heute lebt sie in England. In England können Homosexuelle heiraten. Ist legal. *País civilizado.*«

»Seit wann gehst du auf den Strich?«

»Lange, lange Zeit. Schon als ich in Hotel gearbeitet habe, habe ich gevögelt mit die Gäste. Viele *touristas homosexuales* kommen nach Kuba. Die bezahlen nicht in Geld, sie kaufen mir Geschenke, weißt du. Aber als Pilar weg war, die Regierung sagt, keine Arbeit mehr für mich, keine Wohnung. Die sagen, ich wusste, dass sie abhauen wollte. Ich habe geholfen. Natürlich habe ich gewusst, aber ich habe nicht ›geholfen‹. Unsinn. Also was soll ich machen? Ich mache Sex zum Beruf. Ich haben keine Wahl. Ich …«

Er wurde unterbrochen, als die Wohnungstür aufflog, zwei statuenschöne schwarze Frauen hereinkamen und ihre angeregte Unterhaltung noch ein paar Takte fortsetzten, bevor sie Max bemerkten, der an ihrem Tisch saß. Ihr Geplapper verstummte mit dem Geräusch eines verhedderten Tonbands. Verwirrt kräuselten sie die Stirn, ihre Körper versteiften sich. Dann sahen sie Benny, und ihre Anspannung löste sich sofort, beide schwebten mit strahlendem Lächeln auf ihn zu und breiteten die Arme aus, als hätten sie ihn seit Jahren nicht gesehen. Als sie seine Wange sahen, blieben sie gleichzeitig stehen und stießen einen Schrei aus. Erst in diesem Moment fiel Max etwas auf, das er nicht sofort verarbeitet hatte: Die beiden waren eineiige Zwillinge. Ihre Gesichter waren genau gleich, eins das Abbild des anderen – schmale, intelligente Züge, stechende dunkle Augen, ein breiter Schmollmund, in der Mitte leicht geöffnet, dahinter die schimmernden Schneidezähne. Sie trugen die gleiche kurze Afrofrisur, die gleichen weiten grauen Trainingshosen mit rosa Streifen auf der Naht, weiße T-Shirts von Ellesse und das gleiche schmale Goldarmband am linken Handgelenk. Sie rochen nach Kakaobutter und Parfüm und hatten Spuren von Goldglitter im Gesicht und auf den Armen.

Benny stellte sie als Luana und Jia vor. Max fragte sich, wie er sie auseinanderhalten konnte.

Aufgeregt plappernd hühnerten sie um Benny herum. Max verstand nicht ein einziges Wort, was nicht weiter schlimm war, weil sie ihn ohnehin nicht beachteten, ihn nicht einmal eines Blickes würdigten, als Benny vorspielte, wie Max ihm das Leben gerettet hatte – er sprang auf und boxte mit einem lauten ›pow!‹ in die Luft –, um sich anschließend mit verzerrter Miene die genähte Wange zu halten, weil die Darstellung seine Wunde strapaziert hatte.

Max wurde müde. Die Augenlider fielen ihm zu, und er nickte mehrmals für Sekunden ein.

Irgendwann verschränkte er die Finger auf dem Tisch und legte die Stirn darauf. Er versuchte sich vorzustellen, was er in wenigen Stunden tun würde, wenn er wieder in seinem Hotel war: Duschen, Rasieren und ein Auto mieten. Er träumte von einem bequemen Bett in einem klimatisierten Zimmer. Er dachte an Sandra. Er dachte an ihre gemeinsame Wohnung, an die Gespräche mit ihr in der Küche. Er träumte von einem Parallelleben, in dem er keine Menschen getötet hatte.

Und dann, schnell und leise, stahl der Schlaf ihn aus dieser Welt.

Max wurde wachgerüttelt.

Unsanft.

Blass und mit verquollenen Augen stand Benny neben ihm, Schweiß auf der Oberlippe. Er trug Jeans und T-Shirt. Der Fernseher lief, sehr laut.

Max setzte sich auf und rieb sich blinzelnd die Augen. Es war Morgen, helles Sonnenlicht strömte durch die Fenster. Die Zwillinge waren weg. Er sah auf die Uhr. Es war nach elf. Wie lange hatte er geschlafen?

»Sieh, sieh da«, sagte Benny und zeigte auf den Fernseher.

Kubanische Nachrichten. Leiser Schnee im Bild, der Ton verzerrt. Eine Straße, zwei parkende Polizei-Ladas, ein Krankenwagen, Polizisten, die eine Menschenmenge zurückhielten. Im Vordergrund ein brabbelnder Reporter. Max verstand kein Wort, aber er hörte die Aufregung in der Stimme.

Die Kamera machte einen Schwenk, um die Umgebung einzufangen: abgesperrte Gebäude, Palmen, Müll am Straßenrand, im Hintergrund der Ozean, Autos auf dem Malecón. Dann blieb das Bild bei einem Gebäude stehen.

Max erkannte es nicht auf Anhieb, weil es bei Tag so schäbig und gewöhnlich aussah, und so anders auf dem Bildschirm. Doch dann bemerkte er die Weihnachtsbäume rechts und links vom Eingang.

Es war *La Urraca*.

Der Reporter interviewte den Barmann, der im Fernsehen noch röter und griesgrämiger und älter und verquollener aussah, als hätte sich ein böser Geist aus Versehen einer vergammelten Tomate bemächtigt.

»Der Mann, der mich angegriffen?«, fing Benny an und hielt inne, um tief durch die Nase einzuatmen. Er schluckte. Atmete aus. »Er … er ist gefunden auf der Straße. Er tot, Max. Er *tot*.«

Max starrte auf den Bildschirm, sah den Barmann sprechen, er erkannte die Stimme nicht wieder, verstand kein einziges verdammtes Wort.

»Ich war es nicht«, teilte er dem Fernseher mit.

»Was soll das heißen, du warst es nicht? Du hast ihn geschlagen.«

»Er war am Leben, als *wir* abgehauen sind.«

»Der Reporter sagt, er tot.«

»Du hast es gesehen. Ich habe ihn geschlagen, ihn umgehauen. Ja. Aber ich habe ihn nicht umgebracht.«

»Ist nicht, was die sagen. Die sagen, du hast ihn umgebracht.« Benny zitterte.

»Was?« Max war fassungslos, noch immer halb im Schlaf, noch immer im Traum, seine Gedanken arbeiteten langsam, während er versuchte zu verstehen.

Bennys Unterlippe zitterte.

»Verstehst du Spanisch?«

»Nein«, sagte Max. »Was sagt er?«

»Er sagt Beschreibung – von mir und dir.«

Jetzt war wieder der Reporter im Bild, ein junger Mann in strahlend weißem Hemd mit schwarzer Krawatte. Er stand an der Einmündung der Straße, ein gutes Stück hinter ihm sah man die Polizei bei der Arbeit. Die Kamera zoomte auf einen Mann, der mit Besen und Kehrblech den Rinnstein fegte. In der Nähe lag unter einem weißen Laken eine unförmige Gestalt.

»Die Polizei sucht nach uns, Max. Die sagen, sie suchen nach … nach …« Benny hörte zu. »Nach weißem Mann, Tourist, groß und ohne Haar, breiter Körper und – oh nein! Oh Scheiße!«

Auf dem Bildschirm erschien ein Gesicht. Schwarz-weiße Verbrecherfotos, von vorn und im Profil. Es war Benny, vielleicht zehn Jahre jünger, der leicht in die Kamera lächelte.

»Das bin ich«, sagte er.

»Ach was.«

»Die haben mich verhaftet, als Pilar weg war.«

»Wissen die, wo du wohnst?«

»Nein, ich bin hier nicht offiziell. Aber bald werden sie wissen.«

Max zog das Telefon aus der Tasche, um Rosa Cruz anzurufen. Er drückte auf den Einschaltknopf. Nichts passierte. Er starrte auf ein schwarzes Display. Das Telefon war tot. Er nahm den Akku heraus, legte ihn wieder ein und versuchte es erneut. Immer noch tot.

Trotz der Lautstärke des Fernsehers hörte er im Treppenhaus Menschen, Türen auf- und zugehen, Kinderstimmen. Durch die Wände und die Decken und den Fußboden hörte er Unterhaltungen. Von der Straße drangen Hahnenschreie herein, Verkehrslärm, Pferdegetrappel und Gelächter.

Der Mann hatte noch gelebt, als er ihn zurückgelassen hatte. Wann war er gestorben? Max versuchte sich zu erinnern, ob er den Schädel hatte krachen hören, als der Mann zu Boden gegangen war. Hatte er nicht, aber so etwas konnte in der Hitze des Augenblicks untergehen. Er versuchte sich das Gesicht des Mannes in Erinnerung zu rufen. Weiter als bis zur Farbe seiner Augen und dem Schnauzer kam er nicht.

»Wir können das alles erklären«, sagte Max. »Der Mann hat dich angegriffen, hat dich mit einem Rasiermesser verletzt. Er wollte dich umbringen. Du kannst zur Polizei gehen und alles erklären. Die sehen ja dein Gesicht. Die werden das verstehen.«

»Max«, sagte Benny. »Hier nicht Amerika. Ich homosexuelle Prostituierter in Frauenkleider. Die vielleicht sogar wissen, wir die Wahrheit sagen, aber spielt keine Rolle. Ich schuldig. Du *americano*, Feind, du töten *cubano*. Du schuldig. Wir, du und ich, wir schuldig.«

Max wollte diesen Albtraum auf der Stelle verlassen. Aber Benny kannte seinen Namen und seine Nationalität. Die kubanische Polizei würde nicht lange brauchen, ihn zu verhaften.

Er musste Cruz kontaktieren. Ihr die Lage erklären. Ihr zu verstehen geben, dass es ein Unfall gewesen war. Er hatte den Mann nicht umbringen wollen. Es war Notwehr gewesen. Und außerdem, wie zum Teufel sollte er Vanetta Brown finden, wenn er im Knast saß?

»Was machen wir jetzt?«

»Was meinst du mit *wir*? Ich verschwinde.«

»Du gehen?«

»Ja, ich gehe. Tut mir leid, aber ich kann mich da nicht mit reinziehen lassen.«

»Was? Du *bist* reingezogen. *Du* hast den Mann getötet! Ist deine Schuld!«

»Ich hab dir das beschissene Leben gerettet. Gern geschehen!«

In den Nachrichten waren Luftaufnahmen des Malecón zu sehen. Eine lange Schlange stehender Fahrzeuge zog sich, in der Sonne schmorend, am Meer entlang. Dann, wieder auf dem Boden, Aufnahmen von einem Polizisten, der mitten auf der Straße stand und den Verkehr regelte. Langsam umkurvten die Autos den Grund des Staus: eine von vier Streifenwagen flankierte Ambulanz. Auf der Mauer des Malecón hatte sich eine Menschenmenge versammelt.

Schnitt zu einem Foto.

Wieder ein Gesicht, wieder eine Porträtaufnahme – und *wieder* ein Gesicht, das er kannte. Auch dieses Gesicht in jüngeren Jahren, als die Augenbrauen noch schwarz und nicht weiß gewesen waren.

Earl Gwenver.

»Was ist da los?« Max nickte in Richtung Fernseher.

Benny antwortete nicht. Was auch nicht nötig war. Die Kamera zoomte auf eine Leiche ein, die auf einer Trage zur Ambulanz befördert wurde und dabei auf dem Gehweg eine Wasserspur hinterließ. Diesmal berichtete eine Reporterin. Ihr Tonfall war gemäßigter, aber ihre Worte für Max nicht leichter zu verstehen.

»Was sagt sie?«, fragte er.

»Dieser Mann tot.«

»Wann?«

»Gestern.« Benny sah besorgt aus.

»*Gestern?*« Max hörte die Reporterin das Wort *americano* sagen. »Wie?«

»Kennst du ihn?«, fragte Benny.

»Wie ist er gestorben?«

Max dachte daran, was er Rosa Cruz über seinen Zusammenstoß mit Gwenver erzählt hatte.

»Sagen die nicht.« Benny trat ein paar Schritte von ihm weg. »Max? Hast du den auch getötet?«

»Nein.« Max schüttelte den Kopf. »Aber ich … ich … Scheiße!«

Benny lauschte den Nachrichten, und seine Augen weiteten sich.

»Mein Gott!«

»Was ist los?«

»Verstehst du denn nicht, was die sagen?«, fragte er und gestikulierte in Richtung Bildschirm. Max schüttelte noch einmal den Kopf.

»Die sagen, sie suchen nach … nach *americano*, groß, weiß,

ohne Haar. Gleicher. Sie suchen nach dir. Sie sagen, du hast zwei Menschen getötet.«

Max starrte auf den Bildschirm und versuchte logisch und vernünftig nachzudenken.

»Wir können hier nicht bleiben«, sagte Benny.

Wer abhaut, ist schuldig, dachte Max. Selbst wenn er sich stellte und sich der Gnade des kubanischen Rechtssystems auslieferte, könnte das bedeuten, dass er Monate im Gefängnis verbringen musste, während er die Vorwürfe gegen sich entkräftete. Und dann – *wenn* sie ihm glaubten – würden sie ihn ausweisen, und seine Chancen, Vanetta Brown zu finden, wären für immer dahin. Sobald er wieder einen Fuß auf amerikanischen Boden setzte, würde Wendy Pecks Drohung Wirklichkeit werden. Und das nur im besten Falle, wenn nämlich die kubanische Justiz genauso funktionierte wie die amerikanische – was sie natürlich nicht tat.

»Wir müssen weg. Weg von Habana. Ich habe einen Freund. Er kann uns helfen.«

»Einen Freund?«, fragte Max halb benommen.

»Ja. Nicht in Habana. In Trinidad.«

Max musste an die Landkarte in seiner Tasche denken. »In *Trinidad*?«

»Ja.«

Max starrte Benny an. Er wollte sowieso nach Trinidad. Hatte Benny seine Taschen durchsucht? Vielleicht war es nur Zufall.

»Ist das ein guter Freund?«

»Ja«, sagte Benny.

»Wie gut?«

»Der beste. Er wird nicht rufen Polizei. Er wird uns außer Land bringen.«

Max dachte nach. Er wollte gar nicht raus aus Kuba. Ohne

Vanetta Brown konnte er nicht nach Hause zurückkehren. Aber das brauchte Benny noch nicht zu wissen.

»Wie kommen wir nach Trinidad?«

»Mit Auto«, sagte Benny.

»Du hast ein Auto?«

»Ich besorge Auto.«

37

Das Auto war ein staubiger brauner viertüriger 1957er Chevy Bel Air Cabrio: lang und tief, mit silberfarben eloxierten Zierelementen an den Kotflügeln, der Motorhaube und am Kühlergrill. Das Armaturenbrett und die Türen waren mit Mahagoni verkleidet, die breiten Sitze aus schwarzem Leder, aber das lackierte Holz war längst stumpf geworden, die abgenutzten Sitze wiesen Schweißränder auf, und durch die gerissenen Nähte waren Füllung und Federn zu sehen.

Benny hatte ihn drei Straßen von seiner Wohnung entfernt gestohlen. Es war das einzige parkende Fahrzeug weit und breit gewesen. Benny hatte einfach kräftig an der Tür gezogen, und das Schloss hatte quieschend und mit einem *Plopp* nachgegeben. Benny hatte den Motor kurzgeschlossen, und so waren sie losgefahren, Benny am Steuer. Aller Eile und Panik zum Trotz hatte er doch noch die Zeit gefunden, einen Koffer zu packen und an seine Schminkutensilien zu denken.

Max saß, eine von Bennys Perücken auf dem Kopf, auf dem Beifahrersitz, die langen Haare hatte er sich in den Hemdkragen gestopft. Das Ding war fast bis zur Versteinerung mit Haarspray zementiert und juckte höllisch, die Synthetiklocken klebten an seinem Schweiß und kitzelten ihn am Rücken, dass er fast wahnsinnig wurde.

Er kam sich reichlich bescheuert vor.

Vor allem aber war er ein nervliches Wrack. Das Herz schlug ihm bis zum Hals, seine Nerven waren gespannt wie Drahtseile und empfindlich wie Stolperdraht. Jeder Polizist, den er sah, ließ ihn zusammenzucken; und es gab viele von denen auf dem Malecón, die kühn und in gestärktem Blau vor salzerodiertem graubraunem Hintergrund dastanden, den Blick schweifen ließen und durch jede Windschutzscheibe schauten, knackende Funkgeräte am Ohr, die Hände an den Hüftholstern. Max hatte jede Orientierung verloren. Die Pole waren vertauscht, die Koordinaten neu bestimmt worden, sämtliche Flugbahnen neu definiert: Die Bullen waren *hinter ihm* her.

Und er machte sich Sorgen wegen des Autos.

Der Wagen war eine veritable Schrottkiste. Das Dach war geschlossen, die Fenster hochgekurbelt. Drinnen war es heiß wie in einem Ofen, es regnete Kondenswasser. Direkt unter Max' Füßen saß ein kleines Loch im Fußboden, durch das Luft und Abgase hereinströmten. Getriebe und Federung waren beide im Eimer. Bei jedem Schaltvorgang dauerte es mehrere lange Sekunden, bis der Wagen reagierte. Zunächst bockte er heftig wie ein zu stark geöltes Münzpferd, dann gab er eine Serie stotternder Geräusche von sich, die sich zu einem langen, lauten Ächzen steigerten, bis das Getriebe endlich mit einem lauten Klonkern den Gang wechselte und die ganze Karosserie dabei so heftig erschütterte, dass die Fenster klapperten und herunterratterten.

Sie ließen den Malecón hinter sich, vorbei am Leuchtturm und in einen Kreisverkehr. Der Verkehr war langsam, aber fließend. Sie überholten ein paar qualmende LKWs und rumpelnde Pferdekutschen und folgten einem rosafarbenen *camello* in einen Tunnel, der sie in die Vorstadt brachte.

Max schaltete das Radio ein und suchte einen Sender. Fünf: Salsa. Sieben: Kubanischer Jazz. Neun: eine uralte Rede von Fidel. Elf: eine kubanische Seifenoper mit Lachsalven vom Band. Vierzehn: ein kubanischer Kinderchor, der Revolutionslieder schmetterte. Sechzehn: kubanischer Rap.

Keine Nachrichten.

Benny gab kein einziges Wort von sich. Er blickte stur geradeaus, die Lippen fest zusammengepresst, das Gesicht starr. Er hatte eine Heidenangst. Das war es. Der Moment, vor dem er sich sein Leben lang gefürchtet hatte. Die Obrigkeit klopfte an seine Tür, der Diktatorstaat stürzte sich mit seiner ganzen Macht auf ihn.

Natürlich hatte auch Max Angst – eine Scheißangst –, aber er hatte das alles schon einmal erlebt, und noch schlimmer. Bislang hatte er immer noch Möglichkeiten, Schlupflöcher, Raum zum Denken und eine freie Straße vor sich.

Er analysierte seine Lage: Reisepass, Geld und Kreditkarten hatte er bei sich. Er konnte das Land verlassen, nur konnte er ohne Vanetta Brown oder einen Beweis für ihren Tod nicht nach Amerika zurück.

Er war Vanetta Brown nicht näher als gestern. Dafür hatte er jetzt die kubanische Polizei auf den Fersen, die ihn wegen eines, möglicherweise wegen zweier Morde suchte.

»Wie viele Menschen in deinem Haus haben einen Fernseher?«, fragte er Benny.

»Weiß nicht«, sagte Ramírez, ohne den Blick von der Straße zu nehmen. In Männerkleidern war er ein anderer Mensch. Die Stiche und die Bartstoppeln auf der Wange gaben ihm ein gefährliches, wildes Aussehen, und die Müdigkeit hatte den Glanz aus seinen Augen vertrieben. Er hätte ein gescheiterter Boygroup-Star sein können, der in eine Krise geraten und aus Geldnot in die Kleinkriminalität gewechselt war. »Nicht viele. Fernsehen in Kuba großer Luxus.«

»Arbeiten die alle?«

»Alle in Kuba arbeiten. Warum fragst du?«

»Redest du mit deinen Nachbarn?«

»Nein.«

»Kennen die dich als Salma verkleidet?«

»Nein. Ich gehe raus in der Nacht, schlafe am Tag.«

»Wie lange wohnst du schon da?«

»Warum stellst du Fragen wie ein Polizist, Max?«

»Antworte mir.«

»Nicht lange. Acht, neun Wochen.«

»Und die ganze Zeit hat dich keiner gesehen?«

»Nein. Haus dunkel, Treppe dunkel. Wenn die mich sehen, sehen sie Frau. Nicht Mann.«

»Gut.« Max nickte.

Der Reporterin am Tatort Gwenver zufolge wurde nach einem Mann gesucht, auf den Max' Beschreibung zutraf, aber seinen Namen hatte sie nicht genannt. Auch der Barmann im *La Urraca* hatte ihn beschrieben. Dann war da noch die Ärztin im Krankenhaus. Die Polizei würde nicht lange brauchen, eins und eins zusammenzuzählen, wenn sie es nicht schon längst getan hatte.

Benny war in seiner Wohnung nicht gemeldet. Der Diebstahl des Autos würde sicherlich angezeigt werden, aber die Polizei würde das nicht mit ihnen in Verbindung bringen, solange sie nicht wussten, wo Benny lebte.

Was ihnen maximal einen Tag Vorsprung gab, vielleicht zwei, wenn sie Glück hatten und die Polizei langsam war. Aber das bezweifelte er.

Er teilte Benny seine Gedanken mit. Benny reagierte nicht. Er überholte den *camello*, der an eine Haltestelle gefahren war und seine gebeutelten, erschöpften Passagiere ausspuckte. Sie fuhren jetzt aufs Land hinaus, endlose, offene Felder erstreckten sich bis zum Horizont, manche waren gepflügt, manche bepflanzt, andere lagen brach.

Max lenkte seine Gedanken zu Vanetta Brown. Sie hatte in Havanna eine Chemotherapie bekommen. Der Krebs musste geheilt worden sein, andernfalls hätte Rosa Cruz ihn nicht auf sie angesetzt. Cruz wusste, dass Vanetta noch am Leben war. Sie war bei Castro in Ungnade gefallen und hatte sich mit dem Abakuá eingelassen und mit haitianischen Kriminellen.

Max hatte zwei Theorien, die parallel, aber in gegensätzliche Richtungen liefen. Eine davon war überzeugend, die andere nicht.

Vanetta, tödlich an Krebs erkrankt, hatte beschlossen, offene Rechnungen zu begleichen. Sie heuerte beim Abakuá einen Killer an, um Eldon und Joe ermorden zu lassen. Der Killer hob Abe Watsons Grab aus, um mit dessen Waffe die Morde zu begehen. Warum? Rache. Eldon und Abe hatten die Razzia geleitet, bei der Vanettas Tochter und ihr Mann ums Leben gekommen waren. Dann hatte der Killer auch Joe getötet. Warum? Wären nicht Vanettas Fingerabdrücke auf der Patronenhülse gefunden worden, hätte man annehmen können, dass sie den einen Menschen hatte aus dem Weg räumen wollen, der sie mit den Morden in Verbindung bringen konnte. Aber das warf nur noch mehr Fragen auf.

Wenn also Vanetta mit den Morden gar nichts zu tun hatte, außer dass sie die Opfer kannte? Jemand wollte ihr die Taten anhängen. Der Killer war aus Kuba gekommen. Joe Liston war in Kuba gewesen. Joe hatte Vanetta gekannt. Vanetta hatte Verbindungen zum Abakuá. Vielleicht hatte Joe irgendetwas in Erfahrung gebracht. Vielleicht hatte er etwas gesehen. Der oder die Personen, die hinter den Morden standen, lenkten den Verdacht auf Vanetta, um von sich selbst abzulenken. Sie wussten von ihrer Vergangenheit, und den Mord an Eldon hatten sie vielleicht nur deshalb begangen, um noch mehr Nebelkerzen zu zünden.

Sein Bauch sagte ihm, dass sie unschuldig war.

Und viel mehr hatte er nicht, auf das er sich verlassen konnte. Nur seinen Instinkt.

Beide Theorien hatten Lücken. Wenn Vanetta die Morde in Auftrag gegeben hatte, warum hatte sie Joe umbringen lassen? Und wenn man ihr die Morde nur anhängen wollte, wer steckte dahinter, und warum sie?

Es herrschte nur noch wenig Verkehr: vereinzelte Fahrzeuge mit reichlich leerem Raum dazwischen. Was nicht weiter verwunderlich war. In Kuba kamen auf elf Millionen Einwohner, die auf einer Fläche von knapp 111 000 Quadratkilometern lebten, ganze 60 000 Fahrzeuge. Kuba lebte nicht vom Öl, sondern von seiner Kreativität und seiner Findigkeit. Und davon, dass nichts weggeworfen wurde.

Die Straße zog sich als gerader schwarzer Streifen durch eine Landschaft aus saftig grünem Gras, orangebrauner Erde und hohen, schlanken Palmen. Die glatte Oberfläche war von toten Tieren übersät. Truthahngeier – große schwarze Viecher mit kleinem, eiförmigem roten Kopf und spitzem weißen Schnabel – segelten im Tiefflug herbei, streiften mit ihren Krallen fast die Köpfe der Fußgänger, ließen sich für einen kurzen Moment auf der Straße nieder, um sich ein Stück faulendes Fleisch abzureißen, und erhoben sich dann wieder in die Lüfte, bevor ein herannahendes Fahrzeug ihnen das gleiche Schicksal zuteilwerden lassen konnte.

Sie fuhren unter Brücken hindurch. Vorbei an einem Bauern, der eine Ziegenherde vor sich her trieb. Vorbei an

Bushaltestellen, an denen in der brütenden Hitze mehrere Menschen warteten. Sie fuhren durch Zuckerrohrfelder, Tabakfelder und Kaffeefelder. Max sah Schilder nach Playa Girón – zur Schweinebucht –, 177 Kilometer, Cienfuegos 185 Kilometer, Trinidad 212 Kilometer. Und sehr viel mehr staatseigene Reklametafeln, auf denen die Revolution gepriesen und in roten, blauen und weißen Großbuchstaben Propaganda in die Welt geschrien wurde:

Socialismo o muerte! Patria o muerte!

Max drückte immer mal wieder auf dem Radio herum. Er erntete lautes Knistern und Musik, die mal lauter, mal leiser wurde, dazwischen kristallklare Ansprachen und schallendes Gelächter.

Benny warf ihm einen Blick zu und brachte ein schiefes Lächeln zuwege.

»Du bist eine hässliche Frau.«

»Fick dich. Es ist deine bescheuerte Perücke.«

Benny lachte leise.

»Tut dir leid, dass du mir geholfen hast?«

»Dazu ist es längst zu spät«, sagte Max.

»Okay. Noch mal. *Bedauerst* du, dass du mir geholfen hast?«

»Vielleicht werden wir das beide noch bedauern.«

Max bearbeitete weiterhin das Radio, ohne Erfolg.

»Was suchst du?«

»Nachrichten.«

»Wie spät?«

Max zeigte ihm seine Uhr: zehn nach eins.

»Verpasst. Geh zurück.«

Max drehte zurück. Geplauder. Jazz. Samba. Noch mehr Geplauder. Dann eine sehr bekannte Melodie: Das Mellotron-Intro zu »Strawberry Fields Forever«.

»Stopp!«, sagte Benny. »Das ist Nachrichten jetzt.«

»Das sind die Beatles«, sagte Max.

»Ist Nachrichten. Zuhören, bitte.«

Max hörte eine sehr schnell sprechende Frauenstimme. Er hörte »Habana« und »Malecón« – oder etwas in der Art. Vielleicht hörte er sogar »Urraca«. Aber er war sich nicht sicher, weil ihm die Worte in einem misstönenden Durcheinander um die Ohren schwirrten und allesamt mit scharfen »eh«- und »ay«- und »ah«-Lauten anfingen oder endeten. Er lauschte angespannt auf seinen Namen oder den von Gwenver. Er hörte keinen von beiden.

Fünf Minuten später schaltete Benny das Radio aus.

»Verstanden?«

»Nein«, sagte Max. »Ich dachte, ich kann ein bisschen Spanisch. Habe mich wohl geirrt.«

»Ist wie im Fernsehen. Sie haben zwei Tote in Havanna gefunden an einem Tag«, sagte Benny. »Polizei suchen nach mir und a*mericano*. Die sagen, Kubaner sollen Polizei rufen, wenn sie uns sehen.«

»Ich habe unsere Namen gar nicht gehört.«

»Sie haben meine Name gesagt. Nicht deine.«

»Haben sie das Auto erwähnt?«

»Nein«, sagte Benny. »Wer ist tote schwarze Mann? Die sagen, er ist ein *americano exiliado. Pantera negra.* Gesucht wegen Verbrechen in Vereinte Staaten.«

»Das stimmt.«

»Du kein Tourist, Max, oder?«

»Das war gestern. Heute ist ein neuer Tag.«

»Ist gleicher Tag. Wer bist du? Was machst du hier in Kuba?«

»Erzähl mir von deinem Freund in Trinidad.«

»Was willst du wissen?«

»Wer ist er, was macht er, so was.«

»Warum?«

»Erzähl's mir einfach«, sagte Max.

»Ich will wissen, was du hier machst.«

»Diskutier nicht mit mir. Ich bin dir keine Erklärung schuldig.« Max bedachte ihn mit einem strengen Blick. Benny versuchte, den Blick zu erwidern, aber er schaffte es nicht.

»Okay … Sein Name ist Nacho Savón. Ich kenne ihn schon lange.«

»Ist er auch Transvestit?«

»Du bist nicht witzig, Max. Er arbeitet für die Regierung, für Innenminister.«

»*Für das Innenministerium?* Ist das nicht die Geheimpolizei?«

»Ruhig, Max, ist nicht, wie du denkst«, sagte Benny. »Er arbeitet mit Computer. Ist ein Experte für Internet und Mobiltelefon. Für alle Technik zum Hören in Telefon. Aber er macht noch mehr. Er verkauft Telefon und Computer *por la izquierda*. Illegal, weißt du. Daher habe ich meine DVD, von ihm.«

»Und wissen seine Kollegen im Ministerium darüber Bescheid?«

»Klar, aber ist denen egal. Er verkauft auch an sie. Und er ist *Experte* in seine Job«, sagte Benny. »Er gibt dir ein neues Telefon.«

»Verstehe«, sagte Max. »Wo kriegt er die her, die Schmugglerware?«

Benny zog die Stirn in Falten. »Du meinst *contrabando*?«

Max nickte.

»Er hat Kontakte.«

»Meinst du den Abakuá? Kauft er bei denen?«

»Alle kaufen von Abakuá. Ist wie Mafia hier.«

»Ich weiß.«

»Und jetzt erzählst *du* mir von dir, Max.«

»Du weißt alles, was du wissen musst. Du sollst nur fahren.«

Benny murmelte sich etwas in den Bart. Max stieg ein leichter Hauch von faulem Fleisch in die Nase. Er vermutete, dass die Hitze und der Stress den Heilungsprozess der unverbundenen Wunde durcheinandergebracht hatten. Er kurbelte das Fenster herunter.

Niemand folgte ihnen. Sie wurden regelmäßig von anderen Autos überholt. Sie waren mit höchstens achtzig unterwegs. Max bezweifelte, dass der Wagen schneller fahren konnte. Müsste der Chevy sich ein Wettrennen mit einem anderen Auto liefern, er würde als Vierter ins Ziel fahren.

Max suchte den Himmel nach Hubschraubern ab. Aber da waren nur kreisende Geier zu sehen, die als gezackte Ts zwischen den Wolken schwebten und nach Totem Ausschau hielten.

Weiter vorn hatten sich zu beiden Seiten der Straße Menschentrauben gebildet, angeführt von Männern in gelbem Hemd, Khaki-Hose und Schirmmütze mit Klemmbrett in der Hand. Einer der Männer trat vor ihnen auf die Straße und fing an zu winken.

Er wollte sie anhalten.

»Ist das ein Bulle?«, fragte Max. »Was ist los?«

»Ist Anhalterbeamter.«

»Was?«

»Hier ist Gesetz, dass man muss Anhalter mitnehmen«, sagte Benny. »Wenn der Mann mit gelbem Hemd dir sagt Stopp, du musst Stopp.«

Sie näherten sich der Gruppe, alle blickten ihnen erwartungsvoll entgegen.

Dann plötzlich verlor Benny das letzte bisschen trotziges Selbstvertrauen, das er besessen hatte. Seine Schultern sackten nach vorn, seine Arme wurden schlaff, die Hände hingen nur noch lose am Lenkrad. Er hatte auf staatlich kontrollierten Autopiloten umgeschaltet, hatte alles Denken eingestellt und tat, was man ihm sagte.

Der Wagen verlangsamte auf Schritttempo. Max spürte, wie sein Herz raste. Er betrachtete die Menge: alternde bis alte Männer und Frauen und attraktive junge Mädchen in hautengen Jeans und noch engeren bauchfreien Tops, heftig geschminkt. Sie drängten sich um den Beamten und flirteten mit ihm, wetteiferten um seine Aufmerksamkeit.

Dem Beamten – mit prächtiger Plauze und dünnem Schnauzer – hatten es besonders zwei gut gebaute *mulatas* angetan, die mit Rucksack unterwegs waren. Die Erwachsenen hielten sich im Hintergrund und beobachteten die Mädchen und insbesondere den Beamten mit stiller Verachtung.

Benny drehte sich zu Max. »Lass mich machen, okay?«, sagte er. Er war ruhig und entschlossen, ein Arzt, der seinen Patienten auf das Unvermeidliche vorbereitet.

Der Beamte kam zu ihnen und notierte etwas auf seinem Klemmbrett. Benny kurbelte das Fenster herunter. Max senkte den Kopf und stellte sich schlafend.

Der Mann begrüßte Benny, dann wich er einen Schritt zurück, als er sein Gesicht sah.

»*Accidente*«, erklärte Benny.

Der Beamte fragte ihn nach seinem Namen und woher sie kämen. José Yero, antwortete Benny auf die erste Frage, Havanna auf die zweite.

Der Beamte schrieb es auf. Dann fragte er, wohin sie unterwegs seien. Er war schroff, aber nicht aggressiv, wollte die Sache zu Ende bringen. Benny sagte: Sancti Spiritus.

Ob sie zwei Personen nach Cabaiguán mitnehmen konnten?

Natürlich, sagte Benny. Liege ja auf dem Weg. Kein Problem.

Der Beamte dankte ihm, dass er seine Pflicht für Vaterland und Revolution erfülle. *De nada,* sagte Benny. Der Mann rief zwei Namen auf. Die *mulatas* traten vor. Ein paar der wartenden Frauen zeigten mit dem Finger auf die Mädchen und murmelten Flüche.

Max versteifte sich.

Benny sah ihn an, Panik in den Augen.

Eines der Mädchen beugte sich zum Fenster herunter und sagte: »*Hola.*« Ihr offenes Gesicht mit dem freundlichen Lächeln erstarrte zu einer schockierten Grimasse, als ihr Blick von Bennys Wange zu Max wanderte, der unter seiner Perücke hervorschaute.

Dann hatte Max eine Eingebung. Er schaute dem Mädchen tief in die Augen, fuhr sich mit der Zunge über die Lippen und warf ihr einen Luftkuss zu.

Entsetzt trat sie vom Wagen zurück. Sie sagte etwas zu ihrer Freundin. Ihrem Tonfall und ihrer Körpersprache nach zu urteilen, gefielen ihr weder ihr zukünftiger Chauffeur noch dessen Mitfahrer.

Der Beamte wollte gerade wieder zu ihnen kommen, als die Menge in laute Jubelrufe ausbrach. Alle schauten am Chevy vorbei die Straße hinunter, wo sich aus der Ferne ein *camello* näherte. Der Bus blinkte und fuhr an den Straßenrand. Die Menschen strömten darauf zu.

Der Beamte winkte Benny weiter. Sie konnten fahren, sagte er.

Als Benny den Motor anließ, bemerkte Max, dass da noch mehr Menschen an der Bushaltestelle standen: zwei junge uniformierte Polizisten, die sich mit zwei älteren Männern im Guayabera-Hemd mit Pilotensonnenbrille und Schulterholster unterhielten. Sie standen gegen einen schwarzen Mercedes mit getönten Scheiben gelehnt. Sie schauten die Polizisten nicht an.

Sie betrachteten unverwandt den Chevy.

Benny fuhr auf die Straße und stieß einen Seufzer der Erleichterung aus.

»Wie weit ist es noch bis Trinidad?«, fragte Max.

»Fünfzig Kilometer.«

»Gibt es noch mehr Anhalterstellen?«

»Kann sein«, sagte Benny. »Das Gesetz gibt es seit der Sonderperiode, als Benzinnot war und die Russen keine neuen Busse mehr schicken. Privatauto wurde öffentliche Auto.«

»In Amerika würde das nicht funktionieren«, sagte Max. »Da sind viel zu viele kranke Spinner unterwegs.«

Er zog sich die Perücke vom Kopf und warf sie aus dem Fenster. Sie verschwand unter den Reifen eines entgegenkommenden Busses.

38

Sie erreichten Trinidad am späten Nachmittag. Die Stadt war irgendwann vor 1890 in einer Zeitschleife stecken geblieben: ein ebenso belebtes wie lebendes Museum der spanischen Kolonialvergangenheit Kubas. Straßen mit Kopfsteinpflaster, das die Farbe und die Struktur von schmutzigem Eis besaß, und bunt gestrichene Häuser mit Terracottadach, deren sämtliche Türen und Fenster mit weißen Metallgittern verkleidet waren. Autos waren kaum zu sehen. Die Stadt war zu klein und ihre Bewohner entschieden zu arm, um sich welche leisten zu können. Ihre Ziele erreichten sie zu Fuß, auf klapprigen Drahteseln, auf dem Rücken eines Maultiers oder in eine Pferdekutsche gezwängt. Keine Staatspropaganda weit und breit, keine tyrannischen Erinnerungen an die Gegenwart, die die Illusion von der Vergangenheit hätten zerstören können.

Benny kurvte durch die Stadt und parkte schließlich am Ende einer verlassenen Straße. Max dehnte sich und schüttelte sich die Krämpfe aus den Beinen, er war heilfroh und dankbar, endlich aus dem klappernden, stickigen Schwitzkasten auf Rädern herauszukommen. Jede Neugier auf Kubas legendäre Oldtimer war ihm gründlich vergangen.

Sie marschierten los. Hier an der Karibikküste war es heißer und trockener, die Sonne schien heller und stechender als in Havanna. Sie brannte auf sie herab wie auf Ameisen, die unter die Lupe eines sadistischen Kindes geraten waren. Die Brise, die vom Escambray-Gebirge herabwehte, wirbelte den losen Sand zwischen den Pflastersteinen auf und trug den verdorbenen Gestank von nassen alten Schuhen mit sich – tatsächlich war es der Geruch der örtlichen Tabakverarbeitungs- und Zigarrenfabrik.

Die tristen Geschäfte, die für die Einheimischen den Grundbedarf des täglichen Lebens und für ausländische Besucher Touristenschnickschnack feilboten, waren armselig bestückt und schlecht beleuchtet. Touristen allerdings gab es reichlich: Sie fielen busladungsweise im Drei-Stunden-Takt in die Stadt ein, taperten in Herden hinter den Stadtführern im knallroten Poloshirt her, inspizierten die Kirchen, schossen Fotos vom hübschen Stadtzentrum und schauten sich in den Museen um, bevor sie am Ende in ein Lokal getrieben wurden, wo man aus Tonbechern trank und einzig und allein Canchánchara angeboten wurde, eine Mischung aus Wasser, Honig, Zitrone und Santero-Rum, eine Spezialität dieser Gegend. Benny zufolge schmeckte es wie kalter Tee mit Hustensaft. Es ging sanft und harmlos die Kehle hinunter, hatte aber kräftige Auswirkungen. Es machte die Touristen nicht so betrunken, dass sie nicht zu ihrem Bus zurückkehren konnten, erfüllte aber selbst den gelangweiltsten Weltreisenden mit einem fast glückseligen Gefühl des Wohlwollens und Wohlbefindens.

Wenn die Besucher wieder zu ihren wartenden Bussen getrieben wurden, wurden sie von den hartgesichtigen Kindern der Stadt umringt – fotogene kleine Spendensammler mit schmutzigem, knochigem Oberkörper, die um *pesos convertibles* bettelten. Wenn sie normale Währung bekamen, warfen sie das Geld auf die Straße, spuckten darauf und verfluchten ihre Wohltäter. Dann fragten sie nach richtigem Geld. Sobald die Touristen weg waren, legten die Kleinen ihre Einnahmen zusammen und teilten sie untereinander auf, während sie auf den nächsten Bus warteten.

Max und Benny kamen an einer Gruppe vorbei, die im Kreis sitzend einen Stapel Münzen unter sich aufteilte. Eine für dich, eine für mich. Alle gleich. Keine Streitereien, keine Klagen. Staatssozialismus leicht gemacht. Staatssozialismus ohne die Politik. Was würde aus ihnen werden, fragte sich Max, wenn das Regime ausstarb oder sich veränderte oder gestürzt wurde? Würden sie an diesen egalitären Prinzipien festhalten, oder würden sie lernen, die anderen auf der lebenslangen Jagd nach den flüchtigen Moneten über den Haufen zu rennen? Er kannte die Antwort. Es war überall dieselbe.

Nacho Savón war offensichtlich nicht allzu begeistert, Benny zu sehen. Er blieb in der Tür stehen und betrachtete seinen

Freund mit finsterem Blick, wobei er die Tür, die leise in den Angeln quietschte und knirschte, auf und zu bewegte, wie im Takt mit seiner Unentschlossenheit. Er war ein kleiner Mann mit kräftigen Beinen und breitem Oberkörper und einer dichten, wilden Mähne aus ungekämmten grauen Haaren, die kerzengerade nach oben standen, als hätte er den Finger in eine Steckdose gesteckt, um genau diesen Look des schmutzigen Wischmopps im Windtunnel hinzukriegen.

Die beiden standen schweigend da und schauten sich tief in die Augen, jeder wartete, dass der andere irgendeinen ersten Schritt tat. Benny lächelte, soweit seine genähte Wange es zuließ. Savóns Ausdruck schwankte zwischen Abneigung und Traurigkeit. Max stellte Vermutungen an, was zwischen den beiden vorgefallen sein mochte. Bennys Körpersprache entlarvte ihn als den unzuverlässigen Liebhaber, der niemals anrief oder sich blicken ließ, wenn er es versprochen hatte, monatelang von der Bildfläche verschwand und erst dann wieder aufkreuzte, wenn er ernsthaft in Schwierigkeiten steckte, mit eingeklemmtem Schwanz und einem reuevollen Spruch auf den Lippen, und beteuerte, das werde alles nie wieder vorkommen. Fehlte nur der billige Blumenstrauß in Plastikfolie, und er würde die Rolle kriegen. Savón war der Idiot, der ihn immer wieder aufnahm und schwor, es sei das allerletzte Mal … bis zum nächsten Mal.

Savón unterbrach das Blickduell, um Max anzuschauen, den er bis dahin nicht weiter zur Kenntnis genommen hatte. Er hatte kleine vorquellende Augen, die fast komplett schwarz waren, und eine rötliche Gesichtsfarbe. Max glaubte eine flüchtige Ähnlichkeit mit einer zornigen Krabbe zu erkennen, die der obersten Stufe der Nahrungskette von der Gabelspitze aus noch einen letzten wütenden Blick entgegenschleuderte. Er trug ein braunes Baumwollhemd, wadenlange Khakishorts, weiße Socken und schwarze Reeboks mit dicken luftgepolsterten Sohlen, die wie kleine Luftkissenboote aussahen. Die Shorts hingen ihm kurz über den Hoden, die Schnürsenkel waren offen. Normalerweise verachtete Max Männer, die sich anzogen, als wären sie halb so alt, er hielt sie für unreife Narzissten oder narzisstische Päderasten.

»*Quién es?*«, fragte Savón Benny.

»*Le llaman Max.*«

»*Extranjero?*«

»*Sí. Americano. No es mi novio.*«

»*Tu chulo?*«

»*Vete a singar!*«, sagte Benny.

Savón öffnete die Tür und winkte sie mit einer Handbewegung und einem resignierten Murren herein.

Sie folgten ihm in einen Flur, der kalt und sauber war wie ein nagelneuer Kühlschrank. Die Wände waren makellos weiß und komplett kahl, bis auf das allgegenwärtige Guevara-Bild, das etwas größer war als alle, die Max bislang gesehen hatte. Die Klimaanlage war bis zum Anschlag aufgedreht. Eiskalte, geruchlose Luft hüllte sie ein und kühlte ihren Schweiß so schnell herunter, dass sie Gänsehaut bekamen und bibberten.

Savón fing an zu reden. Max tat, als interessiere er sich für das Porträtfoto Guevaras, für seine humorlosen Züge und die grausamen Augen, die in eine blutige Zukunft blickten. Dabei lauschte er dem, was hinter ihm gesprochen wurde. Die Worte blieben ihm wie immer ein Mysterium, aber er verstand die Emotionen, die sie überlagerten, die traurige Wut, die sie hervorbrachte.

Savón ließ einen Monolog ab, der klang, als hätte er ihn im Geiste vorbereitet, überarbeitet und immer wieder einstudiert. Fast war es, als spräche er mit sich selbst. Er gab sich Mühe, im Tonfall höflich und vernünftig zu bleiben, tief unten aber fing der Vulkan aufgestauten Kummers langsam an zu köcheln, und gelegentlich steigerte sich seine Stimme zu einem Schimpfen und Schnauzen, bevor er sich wieder fing. Benny schwieg. Max stellte sich vor, dass er mit hängendem Kopf dastand und die Strafpredigt über sich ergehen ließ – oder zumindest so tat, als ob.

Doch als er schließlich den Mund aufmachte, wenige Takte nachdem Savón seine Rede beendet hatte, klang er vollkommen normal, weder bedrückt noch entschuldigend. Savón hörte ihm zunächst schweigend zu. Dann plötzlich brach er in schallendes Gelächter aus, dessen erste Lachsalven klangen, als würde er schreien.

Max drehte sich um und sah, wie Savón vornübergebeugt dastand, sich den Bauch hielt und sich nicht mehr einkriegte vor Lachen.

Benny schaute zu Max und zwinkerte.

Später aßen sie im ersten Stock zu Abend, in einem weiteren kalten, kahlen Zimmer, dessen Mobiliar aus einem Holztisch, vier Stühlen und einem großen Plasmafernseher an der Wand bestand.

Savón hatte einen Eintopf mit Schweinefleisch und schwarzen Bohnen gekocht, dazu weißen Reis und gebratene Kochbananen. Das Essen war köstlich, die Stimmung schlecht. Sie aßen in vollkommenem Schweigen. Benny und Savón starrten stur auf die Essensberge vor sich, ihr Besteck wirbelte von Teller zu Mund, als wollten sie unbedingt schneller fertig sein als der andere. Max ließ sich Zeit.

Im Fernsehen lief eine Wiederholung des Berichts über die beiden Morde in Havanna. Bennys einziger Kommentar

– abgesehen von einem volltönenden Rülpser, der von den Wänden widerhallte und einen kurzen, aber mordlustigen Blick von Savón erntete – war an Max gerichtet, um ihm mitzuteilen, dass genau das Gleiche gesagt wurde wie schon am Morgen.

Nachdem Benny die beiden einander vorgestellt hatte, kam heraus, dass Savón fließend Englisch sprach, wenn auch mit leicht deutschem Akzent. Max bat ihn, sein Telefon aufzuladen, er tat ihm den Gefallen und entschwand damit.

Als es fertig war, versuchte Max Rosa Cruz anzurufen, aber er hatte keinen Empfang. Sie hatte ihn ebenfalls nicht zu erreichen versucht.

Savón und Benny waren fast gleichzeitig mit dem Essen fertig. Benny verkündete, er werde schlafen gehen, und verschwand, woraufhin Savón merklich lockerer wurde. Er machte Konversation, während Max zu Ende aß. Dann räumte er ab und kam mit einer Flasche Rum und zwei Gläsern zurück.

»Benny hat erzählt, Sie hätten ihm das Leben gerettet«, sagte Savón und zog sich einen Stuhl heran.

»Er war in der Klemme.«

»Er ist immer in der Klemme.«

Savón zog etwas aus der Tasche, das Max zuerst für ein Kartenspiel hielt. Tatsächlich waren es Zigaretten der Marke *Romeo y Julieta* – eine beigebraune Schachtel mit einem Bild der beiden Liebenden auf dem Balkon. Er bot Max eine an, der lehnte mit einem Kopfschütteln ab.

»Ihr Amerikaner raucht alle nicht, stimmt's? Ihr führt alle so ein gesundes, eintöniges und ereignisloses Leben.«

»Wir haben schnellere Methoden, uns umzubringen«, sagte Max.

Savón zog den Korken aus der Flasche, und der süßliche,

betörende Geruch von Jahrgangsrum traf Max zwischen die Augen. Als Max auch beim Alkohol dankend ablehnte, lächelte Savón mitleidig. Er schenkte sich zwei Fingerbreit der orangebraunen Flüssigkeit ein, deren Konsistenz an Likör erinnerte. Er nahm einen Schluck und steckte sich eine Zigarette an.

»Mir ist egal, wer Sie sind und was Sie getan haben. Aber Sie haben ein echtes Problem – und Sie sind in meinem Haus«, sagte Savón.

»Ich habe Earl Gwenver nicht getötet, und auch nicht den Mann, der Benny angegriffen hat …«, hob Max an, aber Savón fiel ihm ins Wort.

»Das ist weder meine Sache, noch interessiert es mich.«

»Benny sagte, Sie könnten uns helfen.«

»Ich kann Sie außer Landes bringen – gegen ein gewisses Entgelt.«

»Wie viel?«

Savón schaute aus dem Fenster und tat, als würde er nachdenken, dabei hatten seine Augen schon einen entschlossenen Ausdruck. Er hatte einen Blick auf die *Iglesia y Convento de San Francisco,* die auf der Rückseite der Fünfundzwanzig-Centavos-Münze abgebildet war. Der gelb und blassgrün gestrichene Glockenturm wurde nachts von Scheinwerfern angestrahlt, sodass er aussah wie ein kitschig leuchtender Kaktus, der durch die Dunkelheit schwebte.

»Sie müssen an die Ostküste, zu einem Ort unweit von Guantánamo. Dahin braucht man mindestens zwei Tage – je nach Auto«, sagte Savón. »Den Wagen, mit dem Sie gekommen sind, können Sie nicht nehmen. Der ist inzwischen als gestohlen gemeldet. Und wie Sie sicherlich bemerkt haben, gibt es in Kuba nicht allzu viele Autos. Noch dazu hat Ihrer ein Nummernschild aus Havanna. Sobald die Fahndung über die Hauptstadt hinaus ausgedehnt wird, wird man Sie in kürzester Zeit festsetzen. Ich kann Ihnen ein Auto beschaffen. Gehört zum Paket.«

»Wie viel?«, wiederholte Max.

»Fünftausend Pesos – Touristenpesos.«

»Fünftausend?« Max hatte etwas über sechs bei sich. »Was kriege ich dafür? Einen One-Way-Trip in einem leckenden Boot?«

»Nein.« Savón schüttelte lächelnd den Kopf. »Für fünftausend kriegen Sie einen Platz auf dem Wetback Express – einem Versorgungsschiff der Amerikaner, das direkt nach Miami fährt.«

»Und wie zum Teufel wollen Sie das hinkriegen?«

»Ich kriege das die ganze Zeit hin.« Savón blies eine Rauchwolke auf eine Stechmücke, die in seiner Nähe durch die Luft flog. Sie landete im Sturzflug auf dem Tisch. »Was glauben Sie, wie der Großteil der Ware, die ich verkaufe, ins Land kommt? Laptops, Telefone, Satellitenschüsseln, Video- und DVD-Spieler? Durch Ihre Landsleute. Die Besatzungsmacht.«

Max zuckte mit den Achseln. Er war nicht sonderlich überrascht.

»Das geht schon seit Jahren so. Seit Jahrzehnten. Und seit Neuestem, seit Fidel krank ist, haben sie ihr Geschäft noch ausgebaut. Sie überschwemmen das Land mit billigen Computern und Telefonen. Sie wollen die Preise drücken, damit mehr Leute sich die Geräte leisten können. Sie kennen sicherlich den Begriff ›Black Ops‹?«

»Klar.«

»Was die hier machen, nennen sie ›Brown Ops‹, braune Operationen, weil sie Scheiße unters Volk bringen. Sie wollen das Regime von hintenherum destabilisieren. Eine

Online-Gegenrevolution, wenn Sie so wollen. So viele junge Menschen wie möglich an Mobiltelefone und Computer kriegen, ihnen Zugang verschaffen zu Technologien, die der Staat unmöglich kontrollieren kann, und – so die Theorie – sie werden Proteste organisieren, die die Regierung zu Fall bringen werden.«

»Und Sie mischen auf beiden Seiten mit?«

»Ich mische auf *meiner* Seite mit«, sagte Savón und leerte sein Glas. »Die kubanisch-amerikanische Schnittstelle wird von spanisch sprechenden Soldaten in Santiago de Cuba kontrolliert. Mit denen mache ich Geschäfte. Sie nennen sich ›Texas-Playboys‹. Und sie tragen Decknamen nach ihrer Heimatstadt. Der Anführer nennt sich Señor Dallas, dann gibt es noch die Señores Austin, Houston, Galveston, El Paso und Fort Worth. Sie betreiben viele illegale Geschäfte, nicht nur für die CIA. Sie verkaufen Lebensmittel, Alkohol, Zigaretten, Kleidung – alles, was amerikanisch ist. Und sie betreiben den Wetback Express.«

»Waren Sie nie versucht?«

»Kuba zu verlassen? Nein.« Savón zündete sich noch eine Zigarette an und lächelte. »Was soll ich in Miami? Kellnern? Der amerikanische Traum ist nichts für Menschen über vierzig.«

Max lachte. Savón hatte etwas Honoriges, fast Bewundernswertes an sich. Er mochte das Herz eines Söldners und die verschlissene Seele des durch und durch Korrupten haben, aber er legte seine Karten auf den Tisch. Max wusste, dass man mit ihm Geschäfte machen konnte, dass Savón ihn nicht über den Tisch ziehen würde. Savón war ein Spieler, keinen Deut unredlicher als die beiden kriegführenden Systeme, die er ausbeutete.

»Diese fünftausend Pesos, sind die verhandelbar?«

»Normalerweise liegt der Preis bei zehntausend«, sagte Savón. »Sie bekommen einen Rabatt, weil Sie eine Fracht mitnehmen werden.«

»Und das wäre?«

»Benny. Er geht mit Ihnen.«

»Benny?«

»Bis nach Miami.«

»Sie machen Witze, oder?«

»Das ist der Deal. Sie erscheinen mit Benny am Treffpunkt. Wenn er nicht dabei ist, kommen Sie nicht an Bord. Greifen Sie zu oder lassen Sie es bleiben.«

Max konnte wirklich kein Gepäck gebrauchen, schon gar nicht in Form von Benny, dem er nicht traute. Aber das war nicht das einzige Problem.

»Und wenn ich Kuba noch gar nicht verlassen will?«, fragte er.

»Wenn ich in den kommenden vier Tagen nichts von Ihnen höre, ist das Boot weg«, sagte Savón. »Hören Sie auf meinen Rat – was immer Sie hier tun, vergessen Sie es. Hauen Sie ab. Gehen Sie nach Hause. Sie stehen auf der schwarzen Liste. In diesem Moment überprüft die Polizei in Havanna sämtliche Hotels und fragt nach verschwundenen Gästen. Vielleicht wissen die jetzt noch nicht, wer Sie sind – aber früher oder später werden sie es wissen. Und sobald das in Umlauf gebracht ist, werden Sie sich eine Höhle suchen müssen, um sich zu verstecken, weil in diesem Land jeder ein potenzieller Denunziant ist. Die Leute wollen das vielleicht nicht, aber sie haben zu viel Angst, es nicht zu tun.«

Max schaute aus dem Fenster. Die Kirchturm-Scheinwerfer waren verloschen, es war dunkel und still. Savón gähnte und leerte den letzten Rum.

Max zog das Geld aus der Hosentasche. »Vier Tage?«

»Ab Mitternacht.«

Max zählte fünftausend Pesos in Fünfzigern, Zwanzigern und Zehnern ab. Savón nahm das Geld und bat Max um sein Telefon. Er speicherte eine Nummer ein und erklärte ihm, der Treffpunkt liege in der Nähe einer kleinen Stadt an der Südküste namens Cajobabo. Einen Tag, bevor er abfahren wolle, müsse er diese Nummer anrufen.

»Warum helfen Sie Benny?«, fragte Max, nachdem Savón das Bargeld eingesteckt hatte.

»Ich helfe ihm nicht. Ich will, dass er aus meinem Leben verschwindet – ganz weg, weit weg –, aber ich will auch, dass er in Sicherheit ist und ein neues Leben anfangen kann. Selbst wenn ich das Gefühl habe, dass er überall, wo er auch hingeht, in Schwierigkeiten geraten wird. Bei manchen Leuten ist das Scheitern einfach vorprogrammiert.«

»Liebe ist was Verrücktes, nicht wahr?«

»Wer redet hier von Liebe?« Savón lächelte traurig.

39

In Trinidad standen die Menschen früh auf, um ihre Arbeit in den Hotels am Playa Ancón oder auf den Tabakfarmen und Fabriken am Fuße der Berge anzutreten. Max und Benny fuhren im ersten Morgengrauen an den Arbeitern vorbei, die in Formation durch die Kopfsteinpflasterstraßen liefen, Männer und Frauen aller Altersstufen, die in zusehends länger werdenden Zweierreihen aus der Stadt zogen. Und sie sangen: postrevolutionäre Arbeiterlieder, die eigentlich dazu erdacht waren, die Stimmung zu heben und die Moral zu stärken, aber so leise und so trauernd vorgetragen wurden, dass die feurigen Hymnen an die Solidarität des Proletariats und die patriotische Pflicht wie Grabgesänge daherkamen, Lamenti an ein vergessenes Ideal. Die marschierende Arbeiterschaft klang wie eine geschlagene, aber doch stolze und ehrenvolle Armee auf dem Weg in die Heimat.

Max fuhr den flaschengrünen 1953er DeSoto Firedome, den Savón mit Schlüssel im Zündschloss und vollem Tank vor seinem Haus abgestellt hatte. Benny hatte sich in Schale geschmissen, er trug ein Kleid mit Sonnenblumendruck und weißer Rüschenbordüre, das an einer Frau seines Alters prüde und altmodisch gewirkt hätte, das er aber mit ganz eigenem Stil zur Geltung brachte. Er hatte sich dunkler geschminkt und versteckte die genähte Wunde unter den glatten schwarzen Haaren einer Perücke, um die er ein Kopftuch gebunden hatte, das farblich zu dem breiten braunen Ledergürtel passte, den er um die schmale Taille trug.

Normalerweise durchschaute Max auch die überzeugendsten Transvestiten mit einem Blick auf ihre Hände und Handgelenke – die immer zu breit und zu kräftig waren –, aber Benny hätte ihn selbst im hellen Tageslicht getäuscht: Seine unbehaarten Hände waren schmal und schlank, die Knöchel kaum zu erkennen, die Finger fein und dünn mit falschen roten Nägeln, den Nägeln einer Frau, die nicht arbeiten musste. Benny sah besser aus als gut: Er war fast perfekt.

»Was ist los zwischen dir und Nacho?«, fragte Max.

»Ist privat.« Seit sie losgefahren waren, war Benny niedergeschlagen und still. »Wir wollen nicht über ihn reden, okay?«

»Gern«, sagte Max. Er schaltete das Radio ein und drehte von einem Kanal zum nächsten, fand aber nur verschiedene Varianten kubanischer Musik und keine Nachrichten. Er schaltete es wieder aus.

Der schwarze Himmel verblasste zu Blau, die Sonne malte rote und rosafarbene Pinselstriche darauf, der Horizont war in heißes Gold getaucht. Die letzten Sterne glitzerten am Himmel, der Halbmond verblasste zu einer schemenhaften Silhouette. Die Landschaft war in dichten, seidigen Morgennebel gehüllt, in dem Regenbögen und kaleidoskopische Formen erschienen, als er die ersten, sanften Lichtstrahlen einfing. Sie fuhren an einer Reihe von Königspalmen vorbei, deren schlanke, blassgrüne Stämme gut fünfzehn Meter hoch aufragten. In den grünen Kronen mit den gezähnten, länglichen Blättern saßen Vögel, die zu ihnen herunterzwitscherten.

Max kurbelte das Fenster herunter. Die Luft war klar und kühl und roch nach Minze. Er atmete tief ein und behielt die Luft lange in der Lunge.

»So ein schönes Land«, flüsterte er leise. »Was für eine Schande.«

Das Caille Jacobinne war leicht zu finden, weil es unmöglich zu übersehen war – genau wie Savón es beschrieben hatte. Es war nicht nur das einzige Gebäude weit und breit, es war auch so groß wie ein Flugzeughangar. Auf die Wände war die haitianische Flagge gemalt: zwei horizontale Streifen, oben Blau, unten Rot, in der Mitte ein weißes Quadrat mit dem Wappen und dem Motto des Landes: *»L'Union Fait la Force«*.

Von der Hauptstraße bogen sie nach links ab auf einen unbefestigten Feldweg, der durch eine Wiese führte. Er wurde breiter, je näher sie dem Haus kamen, und weitete sich schließlich zu einem großen, runden Platz aus festgebackener orangefarbener Erde, der das gesamte Gebäude umgab.

»Wo fahren wir hin?«, fragte Benny.

»Ich bin Tourist, schon vergessen? Ich will was besichtigen.«

Benny schnaubte verächtlich und verschränkte die Arme vor der Brust, als Max aus dem Wagen stieg.

Auf dem Vorplatz standen die Überreste eines Spielplatzes, ein halb demontiertes Klettergerüst, Schaukeln, eine Rutsche, der die Plattform und die Hälfte der Sprossen abhandengekommen waren. Ein Stück weiter ein leerer Hühnerstall aus Holz und Draht, das Holz war schwarz geworden, der rostige Draht hatte die Farbe der Erde angenommen. An einem Pfahl stand ein graues Maultier. Es drehte den Kopf, schaute Max entgegen und spitzte die Ohren, als er näher kam.

Die Vorderfassade trug in großen schwarzen Kursivbuchstaben den Namen »Caille Jacobinne«. Zu beiden Seiten der Tür war auf blassblauen Grund die Silhouette von Toussaint L'Ouverture gemalt. In der Silhouette kleinere Bilder von Che Guevara, José Martí und den Castro-Brüdern, um die ideologischen Verbindungen zwischen den beiden Revolutionen zu verdeutlichen.

Max ging um das Gebäude herum, hinter dem sich ein kleiner See befand. Die grünliche Wasseroberfläche, die zu weiten Teilen von Laub bedeckt war, schimmerte trübe. Darüber schwirrten Insekten. In der Mitte ragte der Bug eines gekenterten Ruderboots aus dem Wasser, es war an der Krone einer entwurzelten Palme festgemacht.

Max ging zum Vordereingang zurück und drückte die Türklinke herunter. Es war nicht abgeschlossen.

Der Innenraum war riesig, dunkel und still; in diesem Gebäude, das sich komplett verlassen anfühlte, wurde es niemals Tag. Max legte einen Stein in die Tür und suchte die Wände nach einem Lichtschalter ab. Er fand keinen.

»Hallo?«, rief er. Sein Echo hallte ihm entgegen.

Er trat ein und wartete, bis sich seine Augen an die Dunkelheit gewöhnten. Nach und nach wich die Finsternis zurück und gab den Blick frei auf paillettenbesetzte Voodoo-Flaggen, die von den Deckenbalken hingen, und brennende Kerzen, die gruppiert vor den Wänden standen, je zwei Arrangements an den Längsseiten, zwei an der Rückwand.

Die Kerzen standen auf Altären, die aus schwarz gestrichenen Holzblöcken gebaut waren, auf denen je eine Statue stand: eine schwarze Gipsmadonna mit einem kleinen, rosigen Jesuskind im Arm. Zu ihren Füßen große Kruzifixe, Schalen mit schrumpelndem Obst, Rumflaschen und menschliche Schädel, Münzen, Macheten, Postkarten von Miami und amerikanische Flaggen in kleinen Glaskrügen. An der Wand zur Rechten riesige Wandgemälde von Voodoo-Gottheiten, jeweils zusammen mit ihren göttlichen Gefährtinnen. Ein paar davon kannte er: Da war Baron Samedi – der Gott der Toten und der Friedhofsbewohner – mit Zylinder, Frack und Gehstock, das Gesicht weiß geschminkt, die roten Augen starrten Max unverwandt an, der sofort an Solomon Boukman denken musste, der Baron Samedi verehrt und ihm seine Feinde als Opfer dargebracht hatte. Hier war Samedi zusammen mit seiner unflätigen Gefährtin dargestellt, Maman Brigitte, die in dem kurzen, engen schwarzen Kleid mit halb geöffneten Reißverschlüssen auf den Oberschenkeln wie eine billige Nutte aussah. Sie hielt ein Champagnerglas voller roter Chili-Schoten in der einen Hand, in der anderen einen schwarzen Hahn. Daneben befand sich, ganz in Grün, die schöne Ayida-Weddo, die Göttin der Fruchtbarkeit, der Regenbögen und der Schlangen. Sie hielt ein Neugeborenes im Arm, ihr Mann Damballa, im weißen Anzug mit Krawatte und eiförmiger Krawattennadel, schaute ihr über die Schulter. Es folgte die einzige weiße Göttin des Voodoo, Mademoiselle Charlotte, hier als aufreizende, aber unheimliche kalifornische Surferbraut mit langem blondem Haar und stechend blauen Augen dargestellt, die splitternackt und mit geballten Fäusten einem Teich mit kochendem Wasser entstieg. Danach kam Ogún Feraille, Gott des Feuers und des Krieges, der im Schneidersitz auf heißen Kohlen saß, die wie kleine Schädel aussahen, und zwei Macheten mit weiß glühenden Spitzen vor sich kreuzte. Alle Figuren waren auf einen Hintergrund gemalt, den Max zunächst für Rauch oder Wolken oder Nebel ansah. Bei näherer Betrachtung aber erkannte er, dass dort Menschen abgebildet waren, Menschen beim Sex, beim Kämpfen, beim Tanzen und Essen, bei der Arbeit oder im Schlaf: eine nebulöse Darstellung der kruden Tapisserie des Lebens, reduziert auf das Wesentliche. Das Kerzenlicht intensivierte die Farben der Wandgemälde, und als Max an den Flammen vorüberging, schienen die Götter sich zu bewegen, sich ein kleines Stück in seine Richtung zu drehen, schienen ihm zu folgen. Er durchquerte den Raum und stellte fest, dass die gegenüberliegende Wand identisch gestaltet war, genau wie auch die beiden Altäre, die die gleiche Ausstattung aufwiesen wie ihre Gegenüber.

Er ging zur Rückwand des Gebäudes, die von einem riesigen Gruppenporträt eingenommen wurde. Sein Blick wurde sofort zum Mittelpunkt des Gemäldes gezogen: Vanetta Brown, die ihn unvermittelt ansah, immer noch mit dem Aussehen eines wehrhaften Supermodels, ihr Ausdruck halb freundlich, halb fragend, das Glitzern ihrer Augen wiederholte sich in den Kreolen an ihren Ohren. Sie war umringt von mehreren Männern und Frauen, die im Halbkreis hinter ihr standen. Ihre Hand ruhte auf dem Kopf eines kleinen schwarzen Tieres, vermutlich einer Katze, die den Schwanz um Vanettas Wade geschwungen hatte.

Als Max näher kam, sah er mehr Details. Er erkannte den

Hintergrund: das Caille Jacobinne selbst und den Vorplatz, den er überquert hatte. Und er bemerkte die irgendwie unpassende Leiste am unteren Rand: zwei in Weiß gemalte Skylines. Havanna und Miami.

Sein Blick wanderte zurück zu den Personen, die sich um Vanetta Brown gruppiert hatten. Männer und Frauen, alle bis auf einen dunkelhäutig. Er betrachtete ihre Kleider: schäbig, geflickt, zu kurz, zu groß, zu lang. Ein Kontrast zu Vanettas blauen Jeans und der langärmeligen Bluse mit den weißen Knöpfen. Sein Blick folgte ihrem linken Arm zu der Hand, die auf dem Kopf des Tieres ruhte.

Er musterte die schwarze Gestalt zu ihren Füßen. Sie hatte keine Züge, kein Gesicht.

Dann plötzlich wurde ihm klar, dass er nicht etwa eine Katze sah, oder überhaupt ein Tier, sondern die Silhouette eines Menschen. Eines Kindes.

Max erschauderte. Er warf einen schnellen Blick hinter sich.

Jemand war hier gewesen und hatte die Kerzen angezündet, trotzdem fühlte das Gebäude sich leer an.

Er betrachtete die gemalte Skyline von Miami. Es war nicht die aktuelle, sondern die Silhouette jener Stadt, die er noch aus seiner Jugend kannte, lange bevor ihr mit Drogengeld die Reißzähne und mit dem Wirtschaftsboom die Schneidezähne gewachsen waren.

Ihm fiel ein Gebäude in der Nähe des Freedom Towers auf, das er nicht kannte. Womöglich sollte es das alte Gericht darstellen, aber dafür war es zu groß. Vielleicht hatte der Künstler einen Fehler gemacht.

Dann plötzlich bewegte es sich.

Da saß jemand, mit dem Gesicht zur Wand, und malte.

»Entschuldigung«, sagte Max und ging langsam auf die

Person zu, die an der Spitze des Freedom Towers arbeitete. *»Por favor?«*

Der Maler – oder die Malerin – hielt mitten in der Bewegung inne, wie erstarrt, den Arm zur Wand ausgestreckt, die Pinselspitze zwei Zentimeter von ihrem Ziel entfernt, als wäre ein Hebel umgelegt und der Körper auf der Stelle abgeschaltet worden.

Max betrachtete die Person: Sie war ganz in Schwarz gekleidet, trug einen Hut mit breiter Krempe und Lederhandschuhe, dazu ein unförmiges Kleidungsstück wie ein Überwurf oder ein Talar, und Schuhe mit dicken runden Kappen, die unter dem Saum hervorschauten.

»Sprechen Sie Englisch? *Habla inglés?*«

Keine Antwort. Keine Regung. Es war, als spräche er mit einer Schaufensterpuppe. Max tat ein paar Schritte vor, dabei trat er mit dem Fuß gegen etwas Metallisches. Er schaute nach unten und sah einen bunten Kreis aus Farbtöpfen unterschiedlicher Größe, der sich vier Reihen tief um die Person an der Wand zog.

»Du warst in Haiti.« Es war eine Feststellung, keine Frage, und die Person, die sie gemacht hatte, war männlich und sprach mit rauer Stimme und einem Akzent, der eine Rundreise von Haiti über New York hinter sich hatte: Afro-Franko-Brooklyn.

»Woher wissen Sie das?«, fragte Max.

»Der Geruch.«

»Welcher Geruch?«

»Des Landes.«

»Was ist damit?«

»Du hast ihn immer noch an dir.«

Max konnte sich gerade noch zurückhalten, nicht an sich selbst zu schnüffeln. Er schaute sich um, um zu sehen, ob sie allein waren. Mit den vielen Göttern an den Wänden kam er sich bedrängt und beobachtet vor, und Vanetta Browns Blick hatte auf einmal etwas Einschüchterndes.

Der Maler hatte sich noch immer nicht bewegt, sein Pinsel schwebte weiterhin kurz vor der trocknenden Turmspitze.

Max neigte den Kopf, um einen Blick auf den Mann zu erhaschen. Sein Gesicht war von einem undurchsichtigen schwarzen Schleier verhüllt, der ihm vom Hutrand bis auf die Schultern fiel.

»Ich bin auf der Suche nach Vanetta Brown«, sagte Max. »Haben Sie sie gesehen?«

»Ich habe seit Jahren niemanden mehr gesehen.«

»Wissen Sie, wo sie ist?«

»Nein.«

Der Maler verharrte so starr wie zuvor. Nicht die geringste Regung, nicht einmal, wenn er sprach. Max war fasziniert, dass er seinen Arm so still halten konnte, ohne das leiseste Zittern.

»Was ist mit dem Kind zu ihren Füßen?«

»Osso?«

»Osso – heißt er so?«

»Was ist mit ihm?«

»Warum haben Sie ihn so gemalt, so ganz in Schwarz?«

»Er war schwarz.«

Max betrachtete die Gestalt. Das Kind konnte nicht älter als vier oder fünf sein.

»Was ist aus ihm geworden?«

»Er hat diesen Ort vor langer Zeit verlassen. Ist nach Santiago gegangen, wie ich hörte. Hat sich mit schlechten Leuten eingelassen.«

»Was meinen Sie mit schlechten Leuten?«, fragte Max.

»Leute, die schlecht sind und nicht gut.«

Max betrachtete erneut das Wandgemälde und studierte das gute Dutzend Gesichter um Vanetta. Der Mann direkt hinter ihr, fast in der Mitte, hatte helle Haut. Aber er fiel nicht nur wegen seiner Hautfarbe auf, sondern auch weil sich seine Kleidung von der der anderen abhob: Er trug einen grauen Mechanikeroverall statt alter Lumpen. Und er war ein klein wenig größer dargestellt als die anderen. Als Max ein paar Schritte zurücktrat, erkannte er, dass der Mann tatsächlich ein Stückchen vor den anderen stand, näher bei Vanetta.

Er widmete sich wieder der Gestalt des Kindes. Durch die matte schwarze Farbe schimmerten hellere Umrisse, Andeutungen von Gesichtszügen, ein Kopf und Augen und Finger.

»Sie haben ihn übermalt«, sagte Max.

Der Maler legte den Pinsel auf dem Farbtopf ab, der ihm am nächsten stand, und drehte sich zu Max um. Dann nahm er den Saum seines Schleiers zwischen die Finger und hob ihn an, sodass zuerst Mund und Nase, dann sein ganzes Gesicht zu sehen waren.

Überrascht und verwirrt trat Max einen Schritt zurück.

Der Maler war ein alter Mann, seine dunkle Haut schlaff und faltig, sein Bart schneeweiß. Seine Augen schwammen in ihren Höhlen, ihr Blick schweifte ziellos umher, wie zwei Kugelkompasse, die sich an wandernden Polen zu orientieren versuchten.

Der Mann war blind.

»Es tut mir leid. Das wusste ich nicht«, sagte Max. »Seit wann …? Wie machen Sie das? Wie können Sie *malen?*«

»Aus der Erinnerung.«

Max betrachtete noch einmal die Wände, dann wieder die Turmspitze, an der der Mann gearbeitet hatte – wie fein und detailliert sie war. Neben seinem Staunen und seiner Verblüffung empfand er Schuldgefühle.

»Was ist passiert?«, fragte er.

»In der Nacht, nachdem ich dieses Bild fertiggestellt hatte, goss mir Osso Batteriesäure in die Augen, während ich schlief«, sagte er.

»Warum?«

»Mein Werk gefiel ihm wohl nicht.«

»Was gefiel ihm daran nicht?«

Der Maler antwortete nicht. Max betrachtete die Gestalt, den Kopf, starrte in die Schwärze, konzentrierte sich auf die schwachen Umrisse dahinter, versuchte die Züge des Kindes zu erkennen, aber es gelang ihm nicht.

»Was ist aus ihm geworden?«

»Er ist weggelaufen. Keiner weiß, wo er ist. Er ist verschwunden.«

»War mit seinem Gesicht etwas nicht in Ordnung?«, fragte Max.

»Sein Gesicht war noch das Geringste. Mit diesem Kind war gar nichts in Ordnung.«

»Es tut mir leid«, sagte Max.

»Mir nicht«, entgegnete der Maler. »Kein Mensch kann aufhalten, was ihn erwartet.«

40

Als sie wieder losfuhren, redete Benny immer noch nicht. Er war mit inneren Tumulten beschäftigt und knabberte sich auf der Unterlippe herum, was Lippenstift auf seinen Zähnen hinterließ. Max schaute auf sein Mobiltelefon: immer noch kein Empfang.

Im Kopf ging er durch, was er im Caille Jacobinne in Erfahrung gebracht hatte.

Wie wahrscheinlich war es, dass das Kind auf dem Wandgemälde und der Mann, der Eldon und Joe ermordet hatte, ein und dieselbe Person waren – Osso? Vanetta hatte ihn gekannt. Der Darstellung auf dem Gemälde nach zu urteilen, hatte der Junge sehr an ihr gehangen, und sie an ihm. Sie hatte ihn beschützt, ihn vielleicht sogar geliebt, während alle anderen ihn mieden. Osso hatte schon damals einen Schaden gehabt, ein psychotisches Kind mit einem Hang zu sadistischer Gewalt: Er hatte dem Maler das Augenlicht genommen, das wichtigste Organ des Künstlers. Und dann war er verschwunden. Hatte Vanetta ihn mitgenommen?

Der Mörder hatte eine ausgeprägte Hasenscharte. Vielleicht war er mit einer noch schlimmeren Deformation geboren worden, einer Gaumenspalte, die später operiert worden war. Vielleicht hatte Vanetta das Geld für die Operation gegeben. Er war ihr dankbar gewesen, dankbar für sein neues Gesicht, für den Neuanfang im Leben, und ihre Bande waren noch enger und stärker geworden.

Als Vanetta erkrankte, schickte sie Osso nach Miami, um in ihrem Namen alte Rechnungen zu begleichen. Und wie hätte er ihr die Liebe, die sie ihm geschenkt hatte, besser vergelten können, als dadurch, dass er diejenigen tötete, die ihr das Herz gebrochen hatten?

Aber das war reine Spekulation. Und es fühlte sich nicht richtig an. Ganz und gar nicht richtig.

In den ersten paar Stunden hatten sie die Straße ganz für sich allein, keine Menschenseele vor ihnen, niemand hinter ihnen. Der Nebel lichtete sich, und die Sonne begann, die Erde langsam zu schmoren. Gegen Mittag waberten Hitzewellen über dem Boden, und alles an dem Auto war so heiß, dass man es nicht mehr berühren konnte. Max lief der

Schweiß, er rutschte auf seinem Sitz hin und her, während Benny kühl und ruhig blieb. Alle Fenster waren offen, aber der Duft frischer Kräuter war längst verschwunden, die Luft roch schwer nach Dung und ab und an, zur Abwechslung, nach Holzrauch und verbrannten Stoppeln.

Der DeSoto fuhr deutlich besser als der Chevy. Er lief schneller, leiser und sehr viel runder und war trotzdem nur ein charmanter Schrotthaufen, aufgemotztes Blech auf ungleichen Rädern, angetrieben von einem viel zu kleinen Motor. Die Innenausstattung war unbequem. Die vordere Sitzbank – nicht etwa zwei Sitze – war mit einer Mischung aus dünnem Schaumstoff und etwas, das sich anfühlte und klang wie altes Zeitungspapier, aufgepolstert worden. Der Bezug der Rückbank hatte durch flatternde Handtücher, Vorhänge und verwaschene Bettlaken ersetzt werden müssen. Aber zumindest von außen sah er gut aus, ein Wagen mit Straßenpräsenz, der fast die gesamte Fahrbahn einnahm, langgezogen und mit Art-déco-lastigen Zierelementen und einem Kühlergrill, der an gefletschte Zähne erinnerte.

Unterwegs sahen sie Bauern, die mit Pflügen, gezogen von buckligen Ochsen, ihre Felder bestellten. Die Bauern blieben stehen und gafften dem Auto hinterher, als wäre das etwas, von dem sie zwar gehört, das sie aber noch nie in echt gesehen hatten. Manche rissen sich den Strohhut vom Kopf, schwenkten ihn durch die Luft und riefen ihnen einen Gruß hinterher. Benny verzog das Gesicht und murmelte Beleidigungen.

Max schaltete noch einmal das Radio ein. Knistern und weißes Rauschen, dazwischen Musikfetzen und ab und an ganz kurz Stimmen. Er schaltete es wieder aus.

Je weiter sie ins Inland vordrangen, umso schlechter wurden die Straßen, der Belag zusehends rissiger und löchriger, bis er schließlich ganz verschwand und nur noch eine von Spurrillen durchzogene, unbefestigte und von Schlaglöchern übersäte Trasse vor ihnen lag. Sie fuhren durch Dörfer und Kleinstädte, die noch keine Touristen-Pesos und keine UN-Hilfen gesehen hatten, vergessene Ansiedlungen mit niedrigen Gebäuden und hohen Schuttbergen, in denen kaum eine Menschenseele anzutreffen war. Max musste häufig bremsen und ausweichen, um keine frei laufenden Tiere zu überfahren: Ziegen, Schweine, Esel und einmal ein großes Packpferd, das mitten auf der Straße stand und sich erst von der Stelle rührte, nachdem es einen riesigen Haufen Pferdeäpfel abgelassen hatte.

Erst nachdem sie das Pferd passiert hatten und auf die nächste Kleinstadt zufuhren, bemerkte Max den Mercedes.

Sofort erinnerte er sich an die beiden Zivilpolizisten an der Anhalterstation auf dem Weg nach Trinidad. Es war das gleiche Auto, ein viertüriger 190er Turbo mit getönten Scheiben. Es war ein gutes Stück weit weg, mindestens einen halben Kilometer hinter ihnen – die klassische Verfolgungstaktik: das Zielobjekt im Blick behalten, ohne selbst gesehen zu werden, auch wenn das auf einer offenen Landstraße ohne irgendwelchen Verkehr praktisch unmöglich war.

Weiter vorn sah Max einen kleinen Obstmarkt am Straßenrand, dort hielt er an.

Er stieg aus und tat, als wolle er das Angebot in Augenschein nehmen: einen Klapptisch mit Kokosnüssen, einen mit Bananen, einen mit Mangos und einen mit Wasserflaschen. Das Obst stank und war von Fliegen übersät. Der Verkäufer war ein fast zahnloser alter Mann im Jeansoverall. Max kaufte Kokosnüsse und Wasser. Der alte Mann hackte ein paar grobe Löcher in die Kokosnüsse und riskierte dabei flüchtige Blicke zu Benny, der sich hinter der staubigen Windschutzscheibe im Spiegel die Lippen nachzog.

Max schaute die Straße entlang und sah, dass der Mercedes angehalten hatte, Chromteile und Glas blitzten in der Sonne.

Er zog das Telefon aus der Tasche. Endlich Empfang. Er wählte Rosa Cruz' Nummer. Es klingelte ein Dutzend Mal, dann sprang die Mailbox an. Er hinterließ keine Nachricht.

Mit seinen Einkäufen kehrte er zum Wagen zurück, ein Schwarm Fliegen folgte ihm.

»Keinen Hunger«, sagte Benny.

»Wie du willst.«

Sie fuhren los, Max schaute in den Rückspiegel. Der Mercedes hatte sich wieder in Bewegung gesetzt und zog eine Staubwolke hinter sich her.

»Wen hast du angerufen?«, fragte Benny.

»Die Geisterjäger.«

»Wen?«

»Egal.«

Max saugte beide Kokosnüsse leer und warf die Schalen aus dem Fenster, sobald sie wieder durch offene Felder fuhren. Der Mercedes war weit zurückgefallen, aber er war immer noch da.

Max versuchte es noch einmal mit dem Radio. Knistern auf allen Kanälen.

»Wir sind hier mitten auf dem Land. Radio ist nicht gut Warte, wenn wir nach eine große Stadt kommen. Ciego de Ávila, Camagüey, zum Beispiel«, sagte Benny.

Sie fuhren an einem Wachturm aus Sowjetzeiten vorbei, einer Art Pillendose auf einem einzelnen Pfeiler, der wie ein versteinertes Periskop aus der Erde ragte. Geier umkreisten ihn im Tiefflug.

»Hast du Verwandte in Amerika?«, fragte Max.

»*No.*«

»Freunde?«

»*No.*«

»Hast du hier Verwandte?«

»Eine Schwester und zwei Brüder. Wir reden nicht miteinander.«

»Und deine Eltern?«

»Meine Mutter ist tot. Sie war ein guter Mensch. Mein Vater, wir reden nicht. Er schämt sich für mich, weil ich homosexuell bin. Er sagt, ich bin nicht sein Sohn.«

»Das tut mir leid.«

»Warum tut dir leid? Ist nicht *deine* Familie«, sagte Benny.

»Das sagt man doch so.«

»Und du? Hast du Familie?«

»Nein. Meine Eltern sind beide tot. Geschwister habe ich nicht«, sagte Max.

Zumindest ging er davon aus, dass sein Vater tot war. Er war abgehauen, als Max zehn Jahre alt war. Ein paar Geburtstagskarten hatte er noch bekommen – im ersten Jahr aus Kalifornien, danach aus Michigan, dann aus Buffalo. Danach nichts mehr. Ein paar Mal hatte Max mit dem Gedanken gespielt, seinen Vater ausfindig zu machen, wenn auch nur, nachdem er sich allein betrunken und traurigen Jazz gehört hatte – eine Gesangseinlage von Chet Baker brachte ihn für gewöhnlich an diesen Punkt. Sein Vater war Bassist in einer Jazzband gewesen. Er hatte regelmäßig in Hotels gespielt, ein paar Mal im Radio und ein Jahr lang auch in der Studioband eines Fernsehsenders. In diesen Momenten fragte sich Max, ob aus seinem alten Herrn ein zweiter Baker geworden war, ein altersschwacher Junkie mit falschen Zähnen und einer Horde zorniger Exfrauen. Als ihm das letzte Mal der Gedanke gekommen war, seinen Vater zu suchen, war er nüchtern gewesen. Das war an seinem 34. Geburtstag gewesen, nachdem Sandra gesagt hatte, wie absurd es sei, dass er regelmäßig Vermisste aufspürte, aber nicht einmal in der Lage war, die wichtigste vermisste Person seines Lebens ausfindig zu machen. Also hatte er ein paar Telefonate getätigt und immerhin in Erfahrung gebracht, dass Mingus senior einmal in Portland, Oregon mit einer Schwarzen namens Janet zusammengelebt hatte. Von dort hätte er weitergehen können, bis zur Haustür seines Vaters oder, im Fall des Falles, bis zu dessen Grabstein, aber er hatte keine Ahnung, was er ihm hätte sagen sollen, falls er noch am Leben war, und wie er das Zeitliche gesegnet hatte, wollte er nicht wissen. Also hatte Max es dabei belassen, ein offenes, ungelöstes Mysterium.

Seiner Frau hatte er erklärt, dass es ihm so am liebsten sei, dass alles andere nur eine unnötige Unterbrechung zweier Lebenswege bedeuten würde, die vor langer Zeit auseinandergelaufen waren. Es war ja nicht so, dass er seinen Vater vermisste. Er hatte ihn auch nicht gehasst, weil er sie verlassen hatte, oder es ihm auch nur übelgenommen. Er hatte stillschweigend die Version seiner Mutter akzeptiert, dass sein Vater hinter den Frauen her war, vor allem hinter schwarzen Frauen, und dass er im Grunde ein totales Arschloch war. Sie hatten sich ohnehin nie besonders nahegestanden: Sein alter Herr war die meiste Zeit auf Tour gewesen, und wenn er mal zu Hause war, war er in sich gekehrt und unnahbar gewesen und hatte sich eingeschlossen, um Bass zu üben. Die tiefen Töne hatten die Wände ihres Reihenhauses zum Beben gebracht, und Max erinnerte sich nicht, je etwas anderes von ihm gehört zu haben. Dass er irgendwann endgültig abgehauen war, hatte keinen großen Unterschied gemacht, hatte im Grunde überhaupt nichts verändert. Mittlerweile konnte sich Max nicht einmal mehr an die Stimme seines Vaters erinnern, welchen Akzent er gesprochen hatte, ob er geraucht und getrunken hatte, an seinen Körperbau oder seine Augenfarbe. Genauso wenig hatte er irgendeine besondere Freundlichkeit oder Gemeinheit von ihm in Erinnerung, was, wie er fand, nicht das Schlechteste war. Er war ohne eine Hassfigur aufgewachsen, und ohne etwas zu vermissen. Manche Menschen kamen nie über ihre Eltern hinweg. Bei ihm war das nicht so. Sein Vater war praktisch unbemerkt durch sein Leben gezogen und hatte einen Platz freigemacht, den Eldon Burns aufgefüllt hatte. Einen anderen Vater als Eldon Burns hatte er nicht gebraucht.

»Hast du Kinder?«, fragte Benny.

»Nein.«

»Warum nein?«

»Ist nie dazu gekommen.«

»Also nach dir ist keiner mehr? Wenn du tot, du *extinto – dinosaurio?*«

Max lachte. »Ganz genau.«

»Ist kein Problem für dich?«

»Absolut nicht.«

Max schaute in den Rückspiegel. Der Mercedes war immer noch da, weit hinten, schloss nicht zu ihnen auf.

»Was ist los?«

»Da ist ein Auto hinter uns.«

»Natürlich. Ist Straße, Max. Ist für Autos.«

»Es folgt uns schon seit über einer Stunde.«

Benny schaute in den Spiegel.

»Ist Mercedes. Ist nicht Polizei.«

»Geheimpolizei vielleicht?«

»Nicht möglich. Wir haben ein anderes Auto jetzt. Die wissen nicht, dass wir hier sind.«

Max rief noch einmal bei Rosa Cruz an. Mailbox. Er schob das Telefon wieder in die Hemdtasche.

Er schaltete das Radio ein. Wieder nur Knistern.

Weiter voraus wurde die Straße wieder glatter, sie näherten sich einem Stück Asphalt, das durch einen Streifen helles Schilf führte. Die Strecke war zu beiden Seiten von grabsteinartigen Ehrenmalen gesäumt, die je ein Schwarz-Weiß-Foto trugen. Darunter standen in blauer Schrift Namen und Lebensdaten, und ganz unten in Rot der Name eines Landes: Angola, Bolivien, Nicaragua, El Salvador, Panama, Grenada, Jamaika. Denkmäler für die gefallenen Helden der Revolution aus einer Zeit, als Kuba statt Ärzten Guerillas exportierte.

Plötzlich war von unten lautes Knirschen und Knacken zu hören, als würden sie über Glasscherben fahren, und ein furchtbarer Gestank nach verdorbenem Fisch machte sich breit.

»Was ist das?« Max zog sich den Hemdsaum vors Gesicht, Benny hielt sich die Nase zu.

Ein Hinterreifen platzte, der Wagen geriet ins Schleudern. Max stieg in die Bremsen und riss das Lenkrad herum. Schlitternd kam der Wagen zum Stehen.

»Sieh, da.« Benny zeigte auf die leere Straße. Max sah nichts als Asphalt, der in der Sonne weich geworden war, Blasen warf und an den Rändern auf die flachen Gräben zulief, die die Straße säumten.

Erst bei genauerem Hinsehen erkannte er, dass der Straßenbelag lebte, dass er sich bewegte. Kleine runde Beulen kamen aus dem einen Graben gekrabbelt, rannten über die Straße und verschwanden im anderen. Das war gar kein Asphalt, der weich geworden oder frisch gegossen war oder sich sonst wie auflöste. Das waren kleine Krebse mit dunkelbrauner Schale und hellroter Spitze an den Scheren, die im

Seitwärtsgang über die Straße eilten und deren Oberfläche dabei komplett bedeckten. Weiter vorn sah er Lücken in der sich bewegenden Masse, orangeweiße Spuren, die in der Hitze dampften, wo sich schon vor ihnen ein Fahrzeug seinen Weg gebahnt hatte. Die Krabben wichen diesen Stellen respektvoll aus.

Max stieg aus dem Wagen, um sich den Schaden anzusehen. Der Reifen hinten links war platt, kleine Krebsteile staken wie ungleiche Spikes aus dem Profil. Hinter ihnen zierte ein doppelter gelber Blitz die Straße, wo der Wagen ins Schleudern geraten war und Dutzende wandernde Krebstiere zu einem zähen Brei verarbeitet hatte, der den Gestank nach Ammoniak noch verstärkte.

Die Krebse waren überall, ein gemächlich vorrückender Schwarm brauner Schalen, der sich mit energischem Geklapper über die Teerdecke schob. Sie hatten kleine, leuchtende Knopfaugen, und alle schauten sie ihn an und klapperten dazu mit den Scheren. Sie waren unter dem Wagen, kreisten die Reifen ein. Sie waren ganz dicht an seinen Füßen.

Max machte sich mit einem Fußtritt Platz, um den Reifen wechseln zu können. Im Kofferraum fand er einen Ersatzreifen und eine Werkzeugkiste.

Die Radschrauben waren festgegammelt, und es war harte Arbeit, sie zu lösen. Die Hitze und der Gestank waren eine Tortur. Ein paar Krebse waren stehen geblieben und sahen mit ihren kleinen feurigen Augen zu, wie er schwitzte und keuchte und stöhnte und fluchte. Je länger er brauchte, umso mehr Krebse hielten an und versammelten sich in einem lockeren Halbkreis um ihn, sodass ihm vielleicht noch ein halber Meter Platz blieb, in den sie sich nicht vorwagten. Jeder einzelne klapperte mit seinen Scheren, bis Max kein anderes Geräusch mehr hörte als millionenfaches trockenes Klicken.

Als er den Reifen gelöst hatte, wagte sich einer der Krebse langsam auf ihn zu. Er war ein klein wenig größer als die anderen und hatte dunklere Scheren, mehr purpurfarben als rot.

Während Max den Ersatzreifen anbrachte, beobachtete er, wie der Krebs langsam, aber zielstrebig näher kam. Er zog die erste Radmutter fest und setzte die zweite auf. Der Krebs hatte schon fast seinen Fuß erreicht, er hatte die Scheren gespreizt und abgesenkt. Max unterbrach seine Arbeit und stand auf.

Der Krebs blieb stehen und sah ihn an, seine Augen lagen unter seiner Schale verborgen.

Max erkannte die Absurdität der Situation. Er hatte Mördern gegenübergestanden, die doppelläufige Schrotflinten auf ihn richteten, er war mit Säure, Benzinbomben und laufenden Kettensägen bedroht worden, einmal hatte einer versucht, ihm Syphilis-Eiter aus einer Spritze in die Augen zu sprühen – und das war alles *vor* seinem Knastaufenthalt gewesen. Und hier in Kuba lieferte er sich ein Blickduell mit einem beschissenen Krebs.

Dann bemerkte er den Mercedes. Er hatte am Rande der Krebsflut angehalten und stand mit laufendem Motor da. Max hatte keine Ahnung, wie lange er schon da war.

Er schaute auf den Krebs hinab, der sich nicht von der Stelle gerührt hatte. Dann ließ er den Blick über die Hunderte von Krebsen schweifen, die in der brütenden Hitze ausharrten und mit ihren Schalen aussahen wie eine mittelalterliche Armee, die sich mit Schilden vor einem Pfeilhagel schützt.

Er ging in die Hocke und machte sich wieder an dem Rad zu schaffen, setzte die Muttern auf und zog sie fest. Er war bei der letzten angelangt, als der Anführer der Krebse wieder vorrückte. Die anderen folgten ihm, eine langsame, vorwärtsgerichtete Welle lief durch die Masse aus dunkelbraunen, matten Schalen und schob die in der ersten Reihe auf ihn zu.

Der Anführerkrebs schnappte mit den Scheren nach seinen Fußknöcheln. Max holte mit dem Schraubenschlüssel nach ihm aus und schickte ihn im hohen Bogen ins Schilf.

In diesem Moment rollte der Mercedes los. Max hörte, wie die Krebse unter den Reifen und dem Gewicht des Autos zermalmt wurden. Er hörte, wie ihre Schalen knirschten und zerbarsten. Er glaubte, leise, sehr hohe Schreie zu hören.

Sehr, sehr langsam fuhr der Wagen an Max vorbei und zermatschte dabei den Krebsteppich zu einem stinkenden, senffarbenen Brei. Die Fenster waren fast ebenso schwarz wie die Karosserie, aber Max spürte, dass ihn jemand ansah, und hinten konnte er die Umrisse eines Kopfes ausmachen.

Als der Mercedes vorüber war, schaute Max zu seinen Füßen hinab und erwartete, von Krebsen belagert zu werden, aber die waren fast alle verschwunden, nur ein paar Nachzügler huschten noch vom Straßenrand.

41

Den Rest des Tages fuhren sie ohne Pause durch und hatten bei Sonnenuntergang fast 250 Kilometer zurückgelegt.

In der Abenddämmerung hielten sie in Camagüey an, um Lebensmittel zu besorgen. Max kaufte Sandwiches und Wasser und erstand in einem Souvenirladen eine billige Sonnenbrille und eine grüne Armeemütze mit sternförmigem Aufnäher vorne drauf, auf dem, wie überall, das Antlitz Che Guevaras prangte. Die Mütze war eine Nummer zu groß und ließ ihn aussehen wie einen Touristen, der unbedingt Einheimischer sein wollte, aber sie tat ihren Dienst.

Als sie aus der Stadt herausfuhren, ertönte im Radio das Intro zu »Strawberry Fields Forever«. Benny übersetzte.

Keine guten Nachrichten. Die Polizei hatte die Suche über die Grenzen Havannas ausgedehnt und errichtete Straßensperren. Spürhunde und Hubschrauber wurden eingesetzt. Sie wussten inzwischen, wo Benny wohnte, und hatten ihn mit dem gestohlenen Chevy in Verbindung gebracht. Der Besitzer des Wagens war befragt worden, er war am Boden zerstört, weil der Wagen seit fünfzig Jahren in Familienbesitz gewesen war. Daraufhin erging sich der Nachrichtensprecher in einer weitschweifigen Tirade über den Chevy, der mehr sei als nur ein Auto, nämlich ein Symbol für die stolze und ausdauernde Kreativität Kubas im Umgang mit dem unmenschlichen imperialistischen Embargo. Der Nachrichtensprecher schwor, der Übeltäter werde für den feigen Diebstahl dieses nationalen Wahrzeichens, das mit Liebe und Sozialismus von einer Generation zur nächsten weitervererbt worden war, und für den Dolchstoß, den er der Revolution damit versetzt hatte, zur Rechenschaft gezogen werden.

Max' Name wurde nicht genannt, nur der von Benny. Dabei sah Benny kein bisschen besorgt aus. Die Propagandaeinlagen brachten ihn zum Lachen, bei dem Rest streckte er sich und gähnte und verbreitete dabei den Aasgeruch seiner infizierten Wunde im Wagen.

Max kurbelte das Fenster herunter. Er wusste noch sehr genau, wie zu seiner Zeit, als er noch Polizist gewesen war, Fahndungen durchgeführt worden waren. Die Informationen, die an die Öffentlichkeit weitergegeben wurden, waren mindestens einen Tag alt gewesen, damit die Zielperson nicht wusste, wie nah man ihr wirklich war. Er ging davon aus, dass das hier nicht anders gehandhabt wurde, vermutlich wurden sogar eher weniger Informationen weitergegeben.

Was wusste die Polizei, und wie dicht waren sie ihm auf den Fersen? Auf den Landstraßen und in den Städten, durch die sie gefahren waren, hatten sie kaum Polizisten gesehen. Zumindest keine in Uniform. Aber es drehten sich ohnehin alle Köpfe nach ihnen um, und jedes Mal, wenn ein Blick einen Herzschlag zu lang an ihnen hängenblieb, erstarrte Max und rechnete damit, hinter der nächsten Kurve seinem Schicksal zu begegnen. Aber das war noch nicht passiert.

Der Mercedes war nicht wieder aufgetaucht. Wer hatte in dem Wagen gesessen? Die Geheimpolizei? Die hätten sie angehalten. Abakuás? Vielleicht. Osso und sein Komplize? Wer immer es war, sie waren ihnen gefolgt, seit sie in Trinidad den Wagen gewechselt hatten. Was bedeutete, dass sie ihnen zu Savóns Haus gefolgt waren. Die Männer in den Guayaberas hatten mit den uniformierten Polizisten gesprochen, was bedeutete, dass sie auf die eine oder andere Art für den Staat arbeiteten. Irgendjemand hatte ein wachsames Auge auf sie – auf ihn. Er versuchte sich zu erinnern, ob er den Wagen schon in Havanna gesehen hatte. Aufgefallen war er ihm nicht, aber das musste nicht heißen, dass er nicht schon die ganze Zeit über da gewesen war.

Max rief noch einmal bei Rosa Cruz an. Er hatte aufgehört zu zählen, wie oft er sie schon zu erreichen versucht hatte. Ihre Mailboxansage kannte er praktisch auswendig. Er hinterließ keine Nachricht, lauschte nur der toten Luft und wog die Vor- und Nachteile ab, die es hätte, sie wissen zu lassen, wo er sich befand und wo er am nächsten Tag sein würde. Manchmal war er kurz davor, es ihr zu erzählen, manchmal weit davon entfernt. War es ihr wichtiger, dass er Vanetta Brown fand, oder würde sie vor allem einen vermeintlichen

Doppelmörder schnappen wollen? Er hatte nicht genug Zeit mit ihr verbracht, um eine begründete Vermutung anstellen zu können, und so legte er stets ohne ein Wort auf. Dann fing er wieder von vorn an, darüber nachzudenken. Eine gute Methode, sich von dem tiefen Schlamassel abzulenken, in dem er gerade versank.

Nach Camagüey war die Fahrbahn nur noch die trockene Spur einer Landstraße, praktisch ohne Schilder und gänzlich ohne Beleuchtung. Max spürte, wie er, ohne es zu wollen, abschlaffte. Die Augenlider wurden ihm schwer, der Kopf sank ihm mehrmals nach vorn aufs Lenkrad. Vom Fahren und von der Anspannung saß ihm ein brennender, sehniger Schmerz in den Beinen und im Rücken. Die schwülwarme Brise, die durchs Fenster hereinwehte, machte ihn nur noch schläfriger. Er wollte Benny bitten, ein Stück zu fahren, aber Benny war eingeschlafen, sein Kopf nickte sanft im Rhythmus der welligen Straße.

Max beschloss anzuhalten. In einem Waldstück bog er in eine Nebenstraße ein und blieb stehen.

Der Himmel hatte sich bezogen, die Luft war schwer vom Geruch des bevorstehenden Regens, und am westlichen Horizont peitschten Blitze auf die Erde ein, als wollten sie sie für den kommenden Wolkenbruch weichklopfen. In der Dunkelheit waren Scharen von Glühwürmchen zu sehen, die große Achten in Grün und Bernsteingelb in die Luft malten, bevor sie mit einem hochtönenden Sirren verschwanden. Die ersten verhaltenen Regentropfen landeten auf dem Dach.

Benny wachte auf und gähnte und schrie auf vor Schmerz, weil er aus Versehen die Fäden strammgezogen hatte.

Max schloss die Augen und wollte schlafen, aber er konnte

es nicht. Er war zu angespannt und zu erschöpft, um zur Ruhe zu kommen.

»Kann ich dich was fragen?«, sagte Benny.

»Nur zu.«

»Warst du jemals verliebt?«

»Was ist das denn für eine Frage?«

»Ich bin neugierig. Du bist so ein wütender Mensch, so voll mit Hass. Ich kann mir dich gar nicht glücklich vorstellen.«

»Ich war glücklich mit meiner Frau. Ich habe sie geliebt. Sehr sogar«, grummelte Max widerstrebend und bereute es sofort. Die Erschöpfung hatte seine Abwehr geschwächt.

»Hat sie dich verlassen?«

»Sehr witzig«, sagte Max. »Nein. Sie ist gestorben.«

»Du trägst noch den Ehering.«

»Der erinnert mich an sie.« Er betrachtete seine Hand. Der Ring saß lockerer als sonst. Er konnte ihn problemlos drehen. Er hatte abgenommen.

»Hast du nicht wieder geheiratet?«

Max sah Tameka vor sich, ihre dunkle Haut und die erotische Strenge ihrer Züge, die Rosentattoos auf ihrer Brust, am Fußknöchel und auf der Hand. Er war kurz davor gewesen, sie zu fragen – sehr kurz davor. »Nein.«

»Hast du eine Freundin in Meeyami?«

»Nein.«

»Kein Wunder.«

»Leck mich.«

Benny kicherte.

»Und was ist mit dir?« Max gähnte. »Warst du mal verliebt?«

»Einmal, ja. Große, *große* Leidenschaft«, sagte Benny. »War ein russischer Mann. Vladimir.«

»Wann war das?«

»Lange, lange her. Er war ein großer, schöner Mann. Innen und außen. Freundlich, großzügig. Der Beste!«, sagte Benny. »War eine gute Zeit, als die Russen waren in Kuba. Alle hatten Essen und Kleider und Seife. Alles funktionierte. Aber die Russen, sie sind keine nette Menschen. Sind Snob. *Racistas*. Sie mischen sich nicht mit Kubanern. Lernen nicht *español*. Sie hatten eigene Schule für ihre Kinder, sprechen nur Russisch. Haben ihre Restaurant, ihre Club, ihre Fitnessstudio. Alles getrennt. Alles nur für sie. Die Schrift in alle ihre Häuser ist Russisch. Vladimir war nicht wie die. War anders. So klug. Er lieben kubanische Kultur.«

»Und was ist passiert?«

»Wir waren zusammen für ein Jahr. Dann – einfach so – ist verschwunden. Ich hatte keine Ahnung, wohin. Er hat nichts gesagt. Ist einfach gegangen«, erzählte Benny mit stockender Stimme. »Am Anfang habe ich nicht verstanden. War ich verwirrt. Dann hat ein Freund mir erzählt, russische Regierung ist wie unsere Regierung. Sie mögen Homosexuelle nicht. Deshalb denke ich, die haben alles erfahren von ihm und mich. Und haben ihn versetzt. Vielleicht haben ihn umgebracht. Ich weiß nicht.«

»Traurige Geschichte«, sagte Max, dabei fand er sie nicht im Mindesten traurig, weil er sie Benny bestenfalls zur Hälfte abkaufte – wenn überhaupt. Benny war höchstens Mitte dreißig, er war also Teenager gewesen, als die Russen Kuba verließen. Er hatte auch behauptet, verheiratet gewesen zu sein und als Koch gearbeitet zu haben, aber inzwischen hatte Max auch daran seine Zweifel und vermutete, dass er schon immer auf den Strich gegangen war. Vielleicht war auch die Geschichte von dem Lager erlogen. Aber was kümmerte es ihn? Mit etwas Glück war er Benny morgen los. Hinter Las Tunas gabelte sich die Straße, eine Abzweigung führte weiter nach Guantánamo und zum Wetback Express, die andere nach Santiago de Cuba, zur Familie Dascal und – vielleicht – zu Vanetta Brown. Max hatte vor, Benny in Las Tunas in einen Bus zu setzen.

»Hat mein Herz gebrochen. Aber ist wieder gut. Ist geheilt«, sagte Benny. »Ich glaube, es geben drei Lieben im Leben – die erste Liebe, die Liebe fürs Leben und die letzte Liebe. Vladimir war meine erste Liebe. Deshalb glaube ich, vielleicht in Meeyami finde ich die Liebe für mein Leben.«

»Es gibt keine Liebe in Miami«, sagte Max. »Nur Menschen, die andere benutzen, und Menschen, die benutzt werden.«

»Ich glaube dir nicht. Ich glaube, dein Herz ist gebrochen, als deine Frau gestorben. Ich glaube, du siehst die Welt durch deine Tränen. Hast nicht aufgehört, um sie zu weinen.«

Max dachte darüber nach, wie recht Benny fast hatte. »Du siehst nicht nur gut aus, was, Benny?«

»Du findest, ich sehe *gut aus?*«

»Das sagt man so. Es bedeutet, du bist nicht so bescheuert, wie du aussiehst.«

Max schlief, aber es war ein leichter, unruhiger Schlaf. Beim kleinsten Geräusch schreckte er auf und griff, noch bevor er die Augen aufschlug, nach der Waffe, die nicht da war.

42

Bei Tagesanbruch fuhren sie weiter, Benny am Steuer.

Er trug ein schlichtes schokoladenbraunes Kleid und eine Perücke mit schwarzen Locken. Und er hatte eine ultradicke Schicht Make-up aufgelegt, um die dichter werdenden Stoppeln auf den Wangen zu überdecken.

In der ersten Stunde ging es nur bergauf, dann fuhren sie mit Blick auf eine Hochebene zur Linken, auf der sich endlose grüne Felder und Wälder erstreckten. Zur Rechten grenzte die Straße an eine löchrige, zerklüftete Felswand.

Max beugte sich vor, um das Radio einzuschalten, als er von einem hellen Lichtblitz im Rückspiegel geblendet wurde. Von hinten näherte sich ein Auto, ein bedrohlich funkelndes Geschoss aus Chrom und Glas.

Es war der Mercedes. Und er gab sich nicht mehr unauffällig, sondern war unverkennbar im Jagdmodus.

Auch Benny hatte ihn gesehen. Inzwischen hörten sie sogar das Brüllen des kräftigen Motors, der den blechernen Sound des DeSoto übertönte.

»Wie schnell kann der hier fahren?«, fragte Max.

»Nicht so schnell.«

Dann hörten sie eine Sirene, die nicht vom Mercedes kam, sondern von einem weißen Polizei-Lada, der dem Mercedes folgte. Benny schaltete einen Gang höher und ging aufs Gas.

Sekunden später saß ihnen der Mercedes auf der Stoßstange, er hing hinter dem Firedome wie eine Wespe kurz vorm Angriff. Max legte den Gurt an und machte sich auf den Aufprall gefasst, aber der Mercedes scherte aus und fuhr neben sie. Benny trat das Gaspedal durch. Der Mercedes hatte keine Schwierigkeiten mitzuhalten. Auch der Lada kam näher, mit Blaulicht und einem Sirenengeheul, das in den Ohren schmerzte. Max schaute zum Mercedes hinüber und versuchte den Fahrer zu erkennen, aber in der getönten Scheibe sah er nur sein eigenes, panisches und verwirrtes Gesicht.

Dann zog der Mercedes mit einem Zischen wie von 1400 PS an ihnen vorbei, stieß eine Rauchwolke aus und entschwand hinter der nächsten Kurve.

Der Lada kam näher, aber sie waren fast ebenso schnell. Max wollte Benny gerade anfeuern, auf die Tube zu drücken, als das Polizeiauto plötzlich langsamer wurde.

Hinter der Kurve sahen sie den Mercedes wieder. Er stand quer, mitten auf der Straße, sodass zu beiden Seiten nur ein schmaler Streifen blieb.

Benny stieg in die Eisen, und sie kamen ungefähr drei Meter vor dem Mercedes mit kreischenden Bremsen zum Stehen.

Hinter ihnen stoppte der Lada, die Sirene verstummte, und zwei uniformierte Polizisten sprangen heraus, Maschinengewehre im Anschlag.

Fahrer- und Beifahrertür des Mercedes schwangen gleichzeitig auf. Die beiden Männer von der Anhalterstation stiegen aus. Sie hatten ihre Kleider nicht gewechselt – weite weiße Guayaberas, schwarze Hosen, Pilotensonnenbrillen und schwere braune Schulterholster. Einer trug eine goldene Kette um den Hals.

Die Uniformierten kamen zum Firedome gerannt und steckten von rechts und links ihre Gewehrläufe durchs Fenster herein.

Max und Benny hoben die Hände.

Der Polizist auf Bennys Seite griff in den Wagen, riss den Schlüssel aus dem Zündschloss und steckte ihn ein.

»*Salga!*«, befahl er.

Max und Benny rührten sich nicht von der Stelle, schauten ihn nicht an.

»*Salga!*«, brüllte der Polizist und presste Benny den Lauf an die Schläfe.

»*SALGA!*«

Benny stieg aus, dann Max.

Die Polizisten zerrten sie vom Wagen weg und befahlen

ihnen, die Hände hinter den Kopf zu legen. Dann brüllten sie wieder irgendetwas. Wie üblich verstand Max kein Wort. Direkt vor seiner Nase lag am Straßenrand ein frisch überfahrenes Tier unbekannter Gattung. Das Blut schimmerte in der Sonne. Max fragte sich, ob der Mercedes es angefahren hatte. Und er fragte sich, ob die Kubaner in schlechten Zeiten auch überfahrene Tiere aßen. In Florida war das so.

Bei den Polizisten handelte es sich um zwei schwitzende Jünglinge. Derjenige, der Max in Schach hielt, trug eine Sammlung unreifer Pickel auf dem Kinn. Der bei Benny hatte Sommersprossen und rote Haare. Die beiden waren wahnsinnig nervös, als wäre dies seit der Polizeischule das erste Mal, dass sie ein Auto anhielten. Ihre Gewehrläufe zitterten, die Augen traten ihnen aus den Höhlen, ihre Blick schossen hin und her: nervöse Energie durch reichlich Adrenalin. Schließlich hatten sie ein Publikum zu beeindrucken: die beiden Guayaberas, die an den Mercedes gelehnt dastanden, die kräftigen Unterarme vor der breiten Brust verschränkt, und zusahen.

Die beiden durchsuchten sie einen nach dem anderen. Der Sommersprossige hielt sie in Schach, während Pickelgesicht Max mit leichtem Tätscheln und Klopfen abtastete. Dann war er an der Reihe mit Inschachhalten, während der Sommersprossige sich an Benny heranmachte und ihn nach seinem Namen fragte, während er ihn von oben bis unten betatschte. Benny wollte gerade den Mund aufmachen, um zu antworten, als der Sommersprossige bei seinen Genitalien angekommen war. Max sah die Überraschung auf seinem Gesicht und den Ansatz von Belustigung – oder war es Wohlbefinden? – in Bennys Zügen, als der junge Polizist seinen Schwanz und die Hoden entdeckte, indem er zuerst die Hand an die fragliche Stelle presste, dann nachtastete, dann zudrückte und schließlich am ganzen Körper zitternd einen Satz nach hinten machte und Benny fassungslos ansah.

»*Tu eres … eres … un hombre?*«, keuchte er und lief puterrot an.

»*Sí, señor*«, sagte Benny mit tieferer Stimme als üblich.

Max konnte sich das Lächeln kaum verkneifen. Anderen ging es genauso wie ihm: Selbst am helllichten Tage und mit der unansehnlichen Schienenbahnnaht auf der Wange und Stoppeln am Kinn konnte Benny überzeugen. Er war eine umwerfende Frau.

Die Guayaberas lachten laut auf und riefen dem Sommersprossigen etwas zu, der sich zwanghaft die Hände am Hemd abwischte. Er stimmte in ihr Gelächter ein – mit einem gekünstelten, hohlen Lachen – und setzte ein schleimiges Grinsen auf, aber seine Augen blitzten vor Wut. Gefährliche Kombination: verletzter Stolz und ein nervöser Jungspund mit einer HK MP5 in der Hand, die mit 650 Schuss pro Minute feuern konnte.

Benny fragte, warum sie angehalten worden waren.

»*No hables, maricón*«, brüllte der Sommersprossige und rammte ihm den Gewehrlauf in die Brust. »*Cuál es su nombre?*«

Benny nannte ihm seinen richtigen Namen.

Die Guayaberas quiekten wie kleine Mädchen und warfen ihm Kusshände zu.

Der Picklige fragte Max nach seinem Namen. Max schaute zu den Guayaberas hinüber, die seinen Blick erwiderten.

»*El tiene quizá un pozo*«, rief der Guayabera mit der Goldkette und machte Stoßbewegungen mit der Hüfte. Der Picklige lachte. Max konnte sich denken, was er gesagt hatte.

»*Cuál es su nombre?*«, wiederholte der Picklige.

»Sprechen Sie Englisch?«, fragte Max ihn ruhig.

»Qué?«

»Inglés?«

Der Polizist war verwirrt. *»No. Usted es turista?«*

Pickelgesicht war ungefähr so groß wie Max und halb so schwer. Braune Augen und blasse Haut, sein Atem roch nach Kaffee. Er hielt die Waffe auf Max' Kopf gerichtet, den Finger hatte er am Abzug, die Waffe entsichert. In Amerika legten die Polizisten den Finger auf den Bügel, solange sie nicht feuern wollten. Hier war das offensichtlich anders.

»Sí«, sagte Max.

»Pasaporte?« Der Polizist streckte die Hand vor. Dabei senkte er den Gewehrlauf so weit, dass er zum Boden zeigte.

Das war ein Fehler.

Max hatte eine einzige Chance.

Er tat, als wollte er etwas aus der Hemdtasche ziehen, holte aber mitten in der Bewegung aus und versuchte den Arm des Polizisten zu greifen.

Er kam nicht so weit.

Genau in dem Moment, als er zupacken wollte, stieß Benny einen Schrei aus.

Max und der Polizist wirbelten zeitgleich herum, als ein Geier Benny die Perücke vom Kopf riss, seine Klauen hatten sich in den Haaren verfangen. Der große Vogel geriet ins Taumeln und blieb mit der Perücke im Gesicht des Sommersprossigen hängen, woraufhin er einen Bogen über dessen Kopf beschrieb und ihm mit dem Schnabel voran in den Rücken krachte. Er schlug panisch mit den Flügeln und kreischte verzweifelt, während er sich, kopfüberhängend, von der Perücke zu befreien versuchte. Der Polizist stolperte vor und zurück und drehte sich um die eigene Achse, er schrie vor Angst und rief um Hilfe, während er den Vogel mit der Waffe zu verscheuchen versuchte.

Die Guayaberas brüllten vor Lachen. Der Picklige stand wie angewurzelt mit offenem Mund da und wusste nicht, was er tun sollte. Plötzlich ging mit einem gewaltigen Donnern die HK des Sommersprossigen los. Kugeln hagelten auf den Mercedes, und beide Guayaberas gingen in die Knie. Max machte einen Satz auf Benny zu und warf sich auf ihn, die Kugeln zischten über sie hinweg. Es hörte nicht auf. Glas splitterte, Metall wurde durchlöchert, Patronenhülsen landeten klirrend auf dem Boden. Um sie herum erhoben sich die Vögel aus den Bäumen und Büschen und von den Telegrafenmasten.

Dann war es vorbei.

Völlige Stille.

Max schaute hoch. Dichter, blauer, beißender Qualm hing über der Straße. Keiner stand mehr. Die beiden Uniformierten lagen ganz in der Nähe, ihre Körper waren von Kugeln durchsiebt, ihre Waffen lagen auf dem Boden, aus den Gewehrläufen stieg Rauch auf. Der Sommersprossige lag auf der Seite, den Finger um den Abzug seiner MP5 gekrümmt. Pickelgesicht lag auf dem Rücken, die Eingeweide quollen ihm über den Hosenbund. Er war noch am Leben, wenn auch nicht mehr lange.

Max versuchte sich zu erklären, was passiert war. Der Sommersprossige hatte die Guayaberas erschossen, als er sich bei dem Versuch, den Geier loszuwerden, um die eigene Achse gedreht hatte, den Finger noch immer am Abzug. So hatte er auch den Pickligen durchsiebt, der – instinktiv oder aus Versehen – das Feuer erwidert und den Sommersprossigen und den Geier erschossen hatte, der nun als kopfloser Klumpen aus Fleisch und Federn auf der Straße lag.

Max schleuderte die HKs ins Gebüsch.

Der Lada war ein Wrack, die Windschutzscheibe dahin,

zwei Reifen aufgeplatzt, ein Scheinwerfer kaputt, Benzin lief aus dem Tank.

Max ging zum Mercedes, wo die Guayaberas Seite an Seite dalagen. Der mit der Goldkette zuckte noch. Sein Hemd hatte sich rot gefärbt. Er atmete Luft ein und Blut aus, stöhnte sehr leise und bewegte den Fuß hin und her, es erinnerte an einen halb kaputten Scheibenwischer. Der Mann neben ihm bewegte sich nicht, ihm fehlte das Gesicht. Aus irgendwelchen Gründen saß die Sonnenbrille noch am Platz.

Benny kam zu ihm getaumelt, er war kreidebleich und zitterte, als wäre ihm sehr kalt. Er strich sich den Staub vom Kleid.

»Was ist passiert?«

»Die haben sich gegenseitig erschossen. Bei dir alles klar?«

»*Sí* … *no.* Weiß nicht.«

»Bist du verletzt?«

»Nein.«

»Was ist mit unserem Auto?«

»Was?«

»Ist unser Auto getroffen worden?«

»Was sagst du?«

»Das Auto, Benny. Sieh nach, ob es heil ist.«

»Dieser Mann lebt noch, und du … du fragst mich nach *Auto?*«

»Er ist so gut wie tot«, sagte Max. »Und wir müssen hier weg.«

»Die haben den Schlüssel genommen.«

»Hol ihn wieder«, sagte Max und deutete auf die beiden Uniformierten.

»Ich sollen ihn holen von … von der *Leiche?*«

Benny stand kurz vor der Hysterie. Schock, Adrenalin, Angst, Verwirrung: da half nur noch Schreien.

»Benny«, sagte Max ruhig. »Wir müssen hier abhauen. Sofort. Bevor uns hier jemand sieht. Sonst wird man uns die Morde in die Schuhe schieben. Verstehst du das? Das sind keine normalen Leute hier. Das sind *Polizisten*. Ich brauche deine Hilfe, wir müssen die Leichen und die Autos zur Seite schaffen. Und du musst dem Mann den Schlüssel aus der Tasche ziehen. Okay?«

»No«, sagte Benny. »Das mache ich nicht. Ich fasse keine Toten an.«

»Warum nicht?«

»Bringt Unglück.«

»Das bringt Unglück?« Max war fassungslos, riss sich aber zusammen. Sie hatten keine Zeit zum Diskutieren. »Okay. Dann steig in den Wagen.«

Max durchsuchte die Taschen des Sommersprossigen und fand den Schlüssel.

Er ging zum Lada und riss alle Türen auf. Das Funkgerät knackte, eine weibliche Stimme erklang. Sie lachte. Am Rückspiegel hing eine kleine kubanische Flagge.

Max schleifte den Sommersprossigen an den Schultern zum Wagen und legte ihn mit seiner Waffe auf die Rückbank. Dann ging er zu dem Pickligen, der noch nicht ganz tot war.

Er versuchte zu sprechen, aber die Worte gingen in seinen letzten keuchenden Atemzügen unter.

»Tut mir leid, Junge«, sagte Max.

Er trat hinter ihn und hob ihn an den Schultern hoch. Der Polizist gab eine Art Schrei von sich, der sich mehr anhörte wie ein Kichern. Max schleppte ihn zum Lada und legte ihn über die Vordersitze, den Kopf auf der Beifahrerseite. Als Max fertig war, war er tot.

Max legte den Leerlauf ein und schob den Wagen über den

Straßenrand den Abhang hinunter. Der Lada kam ins Rollen, krachte durchs Gebüsch und blieb dann stehen. Er war gegen zwei abgesägte Baumstämme gefahren. Der Kofferraum ragte noch zu einem Viertel aus dem Gebüsch.

Zwei Truthahngeier waren auf der Straße gelandet. Der eine pickte bereits auf seinen toten Bruder oder seine Schwester oder seinen Cousin ein in dem Versuch, durch die Federn und das Kunsthaar an das Fleisch zu gelangen. Der andere machte sich über das überfahrene Tier her.

Max ging auf den Mercedes zu, die Vögel beachteten ihn nicht.

Dann blieb er stehen.

Da stimmte was nicht.

Die Guayaberas lagen noch da.

Der Wagen hatte sich nicht bewegt.

Aber der Motor lief.

Er brummte leise vor sich hin.

Max hatte den Anlasser nicht gehört.

Da saß jemand im Wagen.

Benny war es nicht. Benny saß im Firedome.

Max rannte auf den Mercedes zu.

Die Reifen drehten durch, Steine spritzten auf. Der Wagen setzte zurück, wendete scharf und stoppte, leicht schräg stehend, die Motorhaube auf Max gerichtet.

Max trat rückwärts an den Straßenrand. Sollte der Fahrer dumm genug sein, ihn überfahren zu wollen, würde er selbst einen Abgang machen.

Das war auch seinem Gegenüber klar.

Der Mercedes rollte rückwärts und richtete sich gerade aus. Dann schoss er los und verschwand hinter der Kurve, aus der er gekommen war.

Max rannte zu den Guayaberas. Auch der zweite hatte inzwischen das Zeitliche gesegnet.

Er nahm ihnen die Waffen ab, zwei Magnums in Chrom. In ihren Taschen fand er Schnelllader und nahm auch die an sich. Dann schleppte er die Leichen von der Straße und rollte sie den Abhang hinunter.

Im Firedome saß Benny mit gesenktem Kopf auf dem Beifahrersitz und weinte.

Max ließ den Motor an.

Als er davonfuhr, sah er am Himmel die Geier, die auf den Straßenrand zuhielten.

43

Max drückte das Gaspedal durch. Die Nadel bewegte sich zwischen sechzig und siebzig Meilen, aber das war nicht schnell genug, um dem davonzulaufen, was da heraufbeschworen worden war.

Die Landschaft verschwamm zu Blau, Grün, Grau und Ocker. In der Ferne waren am Horizont die Umrisse der Sierra Maestra zu sehen, wie ein grober Riss zwischen Himmel und Erde. Hinter den Bergen lagen Santiago de Cuba und das Meer.

Mit quietschenden Reifen durchquerten sie ein Dorf nach dem anderen.

Sie redeten nicht und sahen sich nicht an. Max konzentrierte sich auf die Straße. Benny hatte aufgehört zu weinen, er saß mit fest zugekniffenen Augen da, die Beine hochgezogen, die blutleeren Finger verschränkt, und kaute an seiner Lippe. Er sah aus, als würde er beten, dass alles nur ein Albtraum war und dass er wieder daheim in Havanna aufwachen möge.

Sie näherten sich einem Straßenschild, und Max ging vom Gas: Las Tunas 45 Kilometer, Bayamo 56 Kilometer, Guantánamo 95 Kilometer, Santiago de Cuba 117 Kilometer.

Der Mercedes war nicht wieder aufgetaucht. Womit Max auch nicht gerechnet hatte. Aber mit Polizei-Ladas hatte er gerechnet, vielleicht sogar mit einem Hubschrauber. Wie bei einer richtigen Fahndung. Aber: nichts. Im Rückspiegel nichts anderes als Straße und ein stetig wachsender Abstand zwischen ihnen und den Leichen, die sie zurückgelassen hatten.

Waren die Guayaberas Polizisten gewesen? Nein. Kubanische Polizisten trugen keine amerikanischen Waffen – und ganz gewiss keine nagelneuen Smith&Wesson-Magnums. Er inspizierte die Patronen im Schnelllader: Vollmantelgeschosse. Bei ihrem Anblick musste er immer an kleine Modellraketen mit abgeflachter Spitze denken. Er holte eine heraus und suchte auf der Messinghülse nach einer Markierung. Ein flüchtiger Blick genügte. Die körperlosen Flügel waren klar und deutlich eingeprägt.

Warum diese aufwendige Scharade mit der Personenkontrolle? Warum hatten die sie nicht einfach gestoppt und mit vorgehaltener Waffe mitgenommen? Waren die beiden Jünglinge Bullen oder Leute des Abakuá gewesen – oder beides? In welchem Falle sie gleich doppelt in der Scheiße säßen.

Wie lange würde es dauern, bis die Leichen gefunden wurden? Max' Hoffnung war, dass die Geier zahlreich, ausgehungert und schnell sein mochten.

Sie mussten das Auto loswerden. Max spielte mit dem Gedanken, es einfach stehen zu lassen, aber zum Laufen war die Strecke zu weit. Außerdem wären sie dann schutzlos und eine leichte Beute. Vielleicht könnten sie ein anderes klauen, aber Straßenverkehr war hier eine Seltenheit geworden, und die einzigen Fahrzeuge, die er bislang gesehen hatte, waren Lastwagen, Mopeds und Pferdekutschen.

»Du musst dich umziehen«, sagte er zu Benny. »Und die Kleider wegwerfen.«

»*Alle* Kleider?«

»Ja.«

Er konnte Benny gerade nicht allzu lange anschauen, weil er ihn an die jungen Männer erinnerte, die er im Knast gesehen hatte – die, die zum ersten Mal im Gefängnis waren. Benny hatte genau den gleichen Gesichtsausdruck wie sie: verängstigt und verwirrt, wenn ihnen dämmerte, dass die Angelegenheit schlecht anfing und noch sehr viel schlimmer enden würde.

»Wir sind in große Schwierigkeiten. Wir müssen sofort das Land verlassen. Ruf Nacho an.«

»Das geht nicht.«

Benny schwieg. Kaute auf seiner Unterlippe herum. Dachte nach.

»Weil du deinen Auftrag beenden musst, ja?«

»Wovon zum Teufel redest du?«

»Ich weiß, warum du hier bist, Max. Ist, um jemand zu finden. Kriminelle *americana*. Black Panther. Die Haiti-Frau«, sagte Benny.

Max stieg in die Bremse, und Benny wurde so heftig nach vorn geschleudert, dass er fast mit dem Kopf auf dem Armaturenbrett aufschlug.

»Woher zum Teufel weißt du das?«

»*No soy estúpido,* Max. Ich bin immer bei dir. Ich sehe, was du machst. Dieser tote Mann, Gweneverre, den du ermordet hast? Der war Black Panther. Er ist geflohen vor Polizei in Vereinte Staaten. Gestern hast du bei den Haiti-Leuten angehalten. Da wusste ich, wen du suchst. Ist leicht für mich zu ermitteln. Ist wie Mathematik.« Benny zuckte mit den Achseln.

Max wusste, dass er nicht gerade unauffällig vorgegangen war, und da war es für einen geborenen Ränkeschmied wie Benny, der stets Augen und Ohren offen hielt, ein Leichtes, eins und eins zusammenzuzählen.

»Du kennst sie also?«

»Sie ist berühmt, weil sie den Haitianern in Kuba geholfen hat. Stimmt doch, oder? Sie ist es, die du suchst?«

Max nickte. »Was weißt du noch über sie?«

»Das ist alles«, sagte Benny.

Sie fuhren weiter.

»Warum suchst du sie? Ist für Geld?«

»Nein.«

»Ich weiß, dass amerikanische Regierung zahlt viel Geld für sie.«

»Woher weißt du das?«

»Jeder weiß das.«

»Es geht nicht um Geld«, sagte Max.

Benny senkte die Stimme. »Arbeitest du für deine Regierung?«

»Nein.«

»Dann warum machst du das?«

»Das ist eine längere Geschichte. Wenn wir in Las Tunas sind, gebe ich dir Geld, und du fährst mit dem Bus weiter nach Guantánamo. Sobald du ankommst, rufst du Nacho an, er soll das Boot klarmachen.«

»Kommst du nicht mit?«, fragte Benny überrascht.

»Nein.«

»Warum?«

»Ich muss Vanetta Brown finden.«

»Max, das geht nicht.«

»Was geht nicht?«

»Ohne dich kann ich Kuba nicht verlassen mit Boot.«

Wieder stieg Max in die Bremsen.

»So ein Quatsch!«, brüllte er. »Nacho wollte *dich* loswerden, nicht mich.«

»No.« Benny schüttelte den Kopf. »Er will auch, dass du verschwindest. Er weiß, wenn die Polizei dich kriegt, bringen sie dich zum Reden. Und du wirst sagen, wer dir geholfen hat. Dann Nacho ist am Arsch. Bevor wir sein Haus verlassen haben, hat er mir gesagt, ich kann nur an Boot gehen mit dir.«

Max sah ihn an.

»Wir müssen nach Cajobabo, Max, jetzt. Vergiss diese Vanetta. Du musst dich selbst retten.«

Die linke Hälfte seines Gesichts war um die Narbe herum geschwollen wie ein Ball und verzerrte seine Züge so sehr, dass die gesunde Hälfte wie eingesunken aussah. Sein linkes Auge war blutunterlaufen und glasig, und er verströmte einen fauligen Geruch.

»Das kann ich nicht«, sagte Max. »In Las Tunas rufe ich Nacho an und regle das mit ihm.«

»Du kannst versuchen. Aber du hast Abmachung mit ihm. Er hat dein Geld genommen, ihr habt Hände geschüttelt. Bei Nacho, wenn man Hände schüttelt, Abmachung ist fertig. Verhandlung vorbei.«

»Willst du mich verarschen?«

»No.« Benny hob die Hände. »Ich schwöre, ist die Wahrheit. Ich will auch nicht hier mit dir sein, Max. Ist viel zu gefährlich für mich. Aber ich habe keine Wahl. Was passiert mit dir, passiert mit mir.«

»Gott«, flüsterte Max. Wieder tat Benny ihm fast ein wenig leid, aber er war doch zu misstrauisch, um seine Zweifel gegen Mitgefühl auszutauschen.

Benny schaltete das Radio ein. Knistern. Er machte es aus.

»Ist noch nicht zu spät. Wir können jetzt nach Guantánamo fahren und Kuba morgen verlassen«, sagte er fast flehend.

»Ich werde nicht gehen. Ende der Diskussion.«

»Fick dich!« Benny verschränkte die Arme vor der Brust, zog einen Flunsch und ließ sich in den Sitz fallen: ein frustriertes, kindisches Schmollen.

»Ich würde ja sagen, es tut mir leid, dass du da mit reingezogen wurdest, Benny, aber wenn du von Anfang an ehrlich gewesen wärst, wäre das alles nicht passiert. Du hättest in Havanna bleiben können.«

»*Gringo joputa!*«

»Meinetwegen«, sagte Max und fuhr weiter.

Als sie durch Las Tunas fuhren, hatte Max eine Eingebung, was mit dem Auto zu tun sei.

In dem Ort waren mehrere Männer in Zweierteams damit beschäftigt, eine Serie von überdimensionierten Wandgemälden mit neuen Schriftzügen zu versehen. Die Gemälde zeigten vier Männer mit Mosesbart und grünem Kampfanzug, die den Blick über eine kubanische Landschaft schweifen ließen, wo Männer und Frauen auf dem Acker schufteten. Die Schriftzüge zwischen den Bildern bestanden aus dreidimensionalen Blockbuchstaben in Rot, Weiß und Blau und priesen den Sozialismus und die Revolution.

Max bemerkte, dass eine der Wände nur halb fertig war. *Hasta la Vic…* stand da in ebenjenen kubanischen Farben. Die staatlich beauftragten Wandbeschmierer waren nicht in Sicht und hatten zwei staatseigene Zweiliter-Farbdosen mitsamt Pinseln auf dem Bürgersteig stehen lassen.

Max schnappte sich die rote und die blaue Farbe und einen Pinsel und fuhr davon.

Ein paar Meilen weiter hielt er an einem Flussufer an.

Benny wechselte wieder in die Jeans und das T-Shirt, die er auf der Fahrt aus Havanna heraus getragen hatte. Den Inhalt seines Koffers, seine besten Kleider, seine Schuhe und Perücken warf er ins Wasser und sah ihnen nach, wie sie von der Strömung davongetragen wurden – wie einem Liebhaber in einem abfahrenden Zug.

Max strich die Motorhaube rot und das Heck blau. Er schmierte die Farbe mit groben Pinselstrichen auf, und sie reichte nicht für die Seiten, trotzdem war der Firedome kaum wiederzuerkennen.

Als er fertig war, warf er die Farbdosen ins Schilf und griff sich in die Hemdtasche, um das Mobiltelefon herauszuziehen. Es war nicht da. Er suchte alle Taschen ab und schaute im Wagen nach. Nichts. Das Telefon war weg. Es musste ihm bei der Schießerei aus der Tasche gefallen sein. Seine Gedanken wanderten sofort zu Rosa Cruz und was wohl passieren mochte, wenn die Polizei das Telefon fand – am Straßenrand oder in dem Lada, den er den Abhang hinuntergeschoben hatte, direkt neben der Leiche eines Polizisten. Für ihn selbst konnte es kaum noch schlimmer kommen, aber was hatte sie zu verlieren? Mehr oder weniger als er oder ungefähr gleich viel?

44

Je weiter sie nach Osten kamen, umso mehr fühlte sich Max an Haiti erinnert. Die Dörfer hatten große Ähnlichkeit mit denen, die er dort gesehen hatte, die Lehmhütten schienen in einem Stück aus dem Boden gewachsen zu sein, bedeckt mit vom Wind herangewehtem Abfall, Eingänge und Fensterlöcher wie durch natürliche Erosion entstanden. Außenwände und Türen waren in betont knalligen, beißenden Farben gestrichen, Gelb und Blau, Orange und Grün, Rosa und Braun. An allen Hütten war die Staatspropaganda in aufwendige, detailreiche Voodoo-Malereien eingearbeitet, die Religion übertönte die Rhetorik. Diverse Gottheiten schauten lächelnd vom Himmel herab, sie ließen die Taube fliegen, die während Fidels Siegesansprache in Havanna im Jahr 1959 auf seiner Schulter gelandet war, die Götter kämpften Seite an Seite mit den Revolutionären gegen die Truppen Batistas, mit Hilfe der Götter wurde die Invasion in der Schweinebucht zurückgeschlagen, und die Götter wachten über Kuba, vor dessen Küsten Haie mit der amerikanischen Flagge auf der Flosse kreuzten. Die Botschaft war stumm, aber unmissverständlich: »Wir sind auf deiner Seite, Fidel, aber du stehst in unserer Schuld.«

Max hatte die Schrecken, die er in Haiti gesehen hatte, nie vergessen können: die Menschen, die zum Frühstück, Mittag und Abendbrot Erde mit Maismehl aßen; Cité Soleil, der Slum am Rande der Hauptstadt, in dem auf einer Fläche von zweieinhalb Quadratkilometern eine halbe Million Menschen in Pappverschlägen hausten, die buchstäblich auf Scheiße – menschlicher und tierischer – errichtet waren; und dann die Kinder, deren Augen an die Augenhöhlen eines Totenschädels erinnerten, deren Gesichter traurig und verwundert dreinschauten, als fragten sie sich, warum zur Hölle sie so dumm gewesen waren, den Bauch ihrer Mutter zu verlassen. Er war mit einem Gefühl latenter Wut nach Miami zurückgekehrt, dass dieses kaum noch atmende Drecksloch keine zweihundert Meilen entfernt lag, dass die reichste Nation der Welt mit angesehen hatte, wie in ihrem Hinterhof alles so dermaßen den Bach hinunterging.

Aber er war auch mit 20 Millionen Dollar in der Tasche nach Miami zurückgekehrt.

Er hatte sich bemüht, es wiedergutzumachen, auf seine Art. Er hatte zusammen mit Yolande Pétion die Detektei gegründet, weil er halb geglaubt und sich halb vorgemacht hatte, dem Land damit etwas zurückgeben zu können, den Haitianern eine Hilfe zu sein – als sei es ihm wichtig. An manchen Tagen hatte er seinen eigenen Schwachsinn sogar selbst geglaubt, die meiste Zeit aber hatte er gehofft, dass zumindest genügend Ehrlichkeit und guter Wille dabei waren, dass es irgendwann zur Wahrheit werden konnte.

Erst als Yolande ermordet wurde, hatte er seine Motivation durchschaut. Der alte, verquere Moralkodex, der sein ganzes Leben ruiniert hatte, gab noch immer den Ton an und bestimmte sein Handeln.

Joe hatte einmal gesagt, von Yolandes Tod an sei es für Max abwärtsgegangen, das sei der Beginn seines Abrutschs gewesen. Ein Irrtum. Joe hatte nichts von dem Geld aus Haiti gewusst. Joe hatte ihm die Lügen abgekauft, die Max ihm aufgetischt hatte, von Sandras Lebensversicherung, die endlich bezahlt habe, und dem Grundstück, das Sandras Mutter ihm hinterlassen und das er mit Gewinn verkauft habe. In Wahrheit hatte der erste Fehler darin bestanden, das Geld zu behalten, statt es der Polizei zu übergeben. Sekunden nach dieser Entscheidung hatte der Abrutsch begonnen und ganze zwölf Jahre gedauert, bis zu diesem Punkt, an dem er jetzt stand. Jedes Mal, wenn er geglaubt hatte, sich gefangen zu haben, dass die Bahn nach unten nicht mehr ganz so steil war, hatte es einfach nur ein wenig länger gedauert, bis er den nächsten Tiefpunkt erreichte. Es hätte in seiner Macht gestanden, all das zu verhindern, wenn er das Richtige getan hätte, aber er hatte in seinem ganzen Leben nie das Richtige getan – immer nur mit den besten Absichten das Falsche, immer und immer wieder.

Doch hier würde der Abrutsch enden. Hier, und schon sehr bald.

Er spürte es.

45

Es war Nachmittag, als sie Santiago de Cuba erreichten, trotzdem lag die Stadt fast im Dunkeln. Am Himmel hing eine solide Masse aus undifferenzierten Ansammlungen in Grau, durch die die Sonnenstrahlen nur mit Mühe drangen, ein lebloses Zwielicht. Die Straßenlaternen, die noch heil waren, brannten, an jeder Straßenecke eine, und alle Autos, die über Scheinwerfer verfügten, hatten sie eingeschaltet. Alle anderen behalfen sich mit Taschenlampen, die mit Klebeband auf der Motorhaube befestigt waren.

Sie fuhren am Denkmal von Antonio Maceo vorbei, das den Helden des kubanischen Unabhängigkeitskrieges auf einem steigenden Pferd darstellte, wie er über die Schulter hinweg zurück in Richtung Straße schaute, den Arm ausgestreckt, die Hand in herbeiwinkender Geste, als wolle er alle Neuankömmlinge in der Stadt begrüßen. Vor ihm ragten dreiundzwanzig riesige Machetenklingen in spitzem Winkel aus der Erde und symbolisierten Angriff oder Verteidigung, je nach Meinung und Blickwinkel des Betrachters. Mehrere Touristen wurden eilig von ihren Reiseführern, die ängstliche Blicke gen Himmel warfen, die Stufen hinuntergescheucht – ein Blick und eine Geste, die sich bei allen Passanten auf der Straße wiederholten, während sie ein paar Schritte zulegten, als erwarteten sie Schlimmeres als nur Regen.

Max und Benny fuhren durch die Vororte, vorbei an maroden Steinhütten mit Rissen und Löchern in den Wänden und verzogenen Blechdächern, deren Fensterläden und Türen mit Schnur und Draht am Platz gehalten und verschlossen wurden. Ein Stückchen weiter kamen sie in eine etwas feinere Gegend mit eleganten, aber halb verfallenen Häusern aus der spanischen Kolonialzeit, deren fehlende Terrakottadachpfannen durch rostig orange gestrichenes Holz und Wellblech ersetzt worden waren.

Die zweitgrößte Stadt Kubas war anders als die größte. Die Bebauung war niedrig und hurrikantauglich. Hier lebten die Menschen Seite an Seite, nicht übereinander. Es gab keine hässlichen modernistischen Betonsilos, die die Illusion einer in makellosem Bernstein konservierten Stadt hätten zerstören können.

Max schaltete das Radio ein. Auf der Strecke durch die Berge hatte es keinen Laut von sich gegeben, und auch jetzt schwieg es. Nicht einmal ein Rauschen oder Fiepen drang aus den Lautsprechern.

Der erste Donnerschlag klang wie eine Explosion, der zweite, als würde gegen die Himmelspforten geschlagen, und der dritte, als wären sie aufgesprungen. Der Wagen vibrierte bei jedem Knall.

Zwei dicke Regentropfen platschten auf die Windschutzscheibe und klebten zäh und rund wie Eiweiß am Glas, bevor sie auseinandergerüttelt wurden, sich in mehrere Rinnsale teilten und nach unten in Richtung Scheibenwischer liefen.

Noch ein Donnerschlag, dann fiel der Regen heftig und stark, prasselte mit dem Geräusch einer Peitsche, die auf einen Haufen Münzen trifft, auf die Straße ein und trommelte auf das Auto wie eine Million winzig kleiner Bleifüße. Die Straßen wandelten sich von grau zu schwarz, setzten sich dann langsam in Bewegung, dann flossen sie dahin.

Als sie das Stadtzentrum erreichten, schossen die Blitze bündelweise über den Himmel und zeigten die Welt um sie herum in grellen, silbrig unterlegten Ausbrüchen von Farbe, wenn für den Bruchteil einer Sekunde hinter einem Vorhang aus langen weißen Regenspeeren grandiose Kirchen und Museen und Regierungsgebäude auftauchten.

Der Wolkenbruch wurde noch stärker. Im Schritttempo fuhren sie an einem Friedhof und einem Park vorbei, wo das Laub von den Zweigen gerissen wurde, die Zweige von den Bäumen und die Rinde von den Stämmen. Die Erde schwoll an und verflüssigte sich, Gras und Blumenbeete wurden mitsamt Wurzelwerk ausgeschwemmt und auf die Straße gespült.

Sie fuhren weiter, im Firedome machte sich der Geruch von alter Feuchtigkeit und staubigen Steinen breit. Es wurde noch dunkler, der Regen dichter, sie konnten nur noch wenige Zentimeter weit sehen. Sie wussten kaum, wo sie waren.

Max fuhr an den Straßenrand.

Und da saßen sie, während das Gewitter auf den Wagen einstürmte, ihn peitschte und schüttelte und davonzuschwemmen versuchte.

Benny summte eine Melodie, die Max bekannt vorkam, ein Kirchen- oder Weihnachtslied vielleicht, seine Stimme klang hoch und vom Delirium gefärbt. Er brauchte einen Arzt, Antibiotika und Ruhe. Max wusste nicht, was er mit ihm anstellen sollte. Sie hatten noch zwei Tage Zeit, bis sie das Boot nehmen mussten, aber die Infektion war stärker als Benny. Max konnte sehen, riechen und spüren, wie sie seinen unfreiwilligen Begleiter übermannte.

Er musste die Dascals finden.

Er musste Vanetta Brown finden.

Und irgendwie musste er nebenbei auch der kubanischen Polizei und dem Abakuá aus dem Weg gehen.

Warum hatte er Wendy Peck nicht zum Teufel gejagt und sein Glück mit dem amerikanischen Rechtssystem versucht?

Wenn er noch einmal zu dieser Begegnung in Little Havana zurückkehren könnte, würde er eine andere Wahl treffen?

Natürlich nicht.

Man brauchte diese Frau nur anzusehen, um zu wissen, dass sie ihre Drohung wahrgemacht hätte. Sie hätte alle Hebel in Bewegung gesetzt, hätte alle angerufen, die ihr noch etwas schuldig waren, damit er auf jeden Fall in den Knast wanderte. Und einmal drin, wäre er nicht wieder herausgekommen. Vor Jahren war er seiner gerechten Strafe entgangen, aber dieses Mal hätte die Gerechtigkeit ihn doch noch eingeholt. Er wäre nicht nur wegen Geldwäsche und Steuerhinterziehung verurteilt worden.

Noch dazu war es nicht nur Peck, die ihn hierhergebracht hatte.

Wenn er ehrlich zu sich selbst war, wenn er dem Menschen in die Augen schaute, der er wirklich war, dann musste er sich eingestehen, dass er auch ohne sie nach Kuba gefahren wäre. Er hätte die Sache nicht auf sich beruhen lassen. Und in jüngeren Jahren wäre er sogar bereit gewesen, Vanetta Brown für das, was sie getan hatte, umzubringen. Jetzt aber wollte er eigentlich nur mit ihr reden. Er wollte ihr in die Augen schauen und hören, wie sie sich und ihr Handeln erklärte und rechtfertigte. Dabei war es ihm egal, ob sie recht hatte oder nicht, ob er Mitgefühl oder Hass empfinden würde, nachdem sie ihre Geschichte erzählt hatte. Seine Erinnerung an seinen besten Freund war bereits beschmutzt von Geheimnissen, die langsam ans Licht kamen. Er wollte einfach nur noch den Rest wissen. Wie er reagieren würde, was er mit ihr anstellen würde, das wusste er nicht. Womöglich war sie ja gar nicht schuldig.

Nach einer Weile schlug der Wind um und kam jetzt von hinten, wodurch der Regen ganz kurz aussetzte und sie zum ersten Mal sehen konnten, wo sie waren.

Eine breite Straße. Gegenüber pastellfarbene Gebäude mit ebenjenen Terrakottadächern, die auch in Coral Gables so angesagt waren. Dann wieder der Regen, das Wasser rann über die Dachziegel, platschte laut auf den Gehweg und schwemmte in schmutzigen Wogen auf die Straße. Sie parkten vor einer langen Reihe kleiner Geschäfte, deren Eingänge von rot-weiß gestreiften Kunststoffmarkisen geschützt wurden. Die hölzernen Ladenschilder, von den Elementen gepeitscht, schwangen wild in ihren Angeln hin und her. Zwei Straßenlampen gingen in unregelmäßigen Abständen an und wieder aus, als wollten sie Entschlossenheit und Ausdauer des Sturms auf die Probe stellen. Die Läden waren beleuchtet, und hinter den Schaufenstern sah Max Gesichter, die in den Sturzregen hinausblickten.

Die Straße kam ihm irgendwie bekannt vor. Überall in Kuba gab es etwas, das ihn an zu Hause erinnerte, und diese Straße hatte Anklänge an Key West. Max musste an Captain Tony's Saloon auf der Greene Street und den alten Mann mit dem Papagei auf der Schulter denken, der ihm von dem berühmtesten Stammgast erzählt hatte, Ernest Hemingway, und wie der alte H. hatte immer irgendwelche Fremden mitgebracht hatte, literaturverrückte Groupies oder Möchtegern-Schriftsteller auf Pilgerreise, und sie hilflos betrunken machte. Und wenn die Kneipe dann schloss und alle nach draußen taumelten, hatte Hemingway sie auf offener Straße mit einem rechten Haken zu Boden geschickt. Max wusste nicht mehr, wie der Alte ausgesehen hatte, aber er erinnerte sich an den Papagei, der in drei Sprachen »Schwanzlutscher« sagen konnte.

Der Papagei …

Max zog das Foto von Joe und Vanetta aus der Tasche. Da war es, im Hintergrund: die farbenfrohen Gebäude, die Läden mit den bonbongestreifen Markisen, die Holzschilder in ihren Angeln. Das auffälligste davon war just jenes, das Max in diesem Moment, im Lichte einer Straßenlaterne schwingend, vor sich sah. Es war grün und rot und hatte die Form eines Papageis.

Sie waren in der richtigen Straße gelandet.

Der Laden hieß *Discos del Loro,* und drinnen waren drei Menschen: ein junges asiatisches Pärchen und der Verkäufer, der hinter der Ladentheke saß, ein Buch las und rauchte.

Er schaute auf, als Max und Benny hereinkamen, und begrüßte sie mit einem Nicken und einem halbwegs freundlichen Lächeln, bevor er sich wieder seinem Buch und seiner Zigarette widmete. Er war ein schmächtiger Schwarzer mit grauem Haar und dünnem Schnauzbart. Das Pärchen war pitschnass, tropfte auf den hellgrünen Linoleumfußboden und schaute geflissentlich die Regale durch, der Mann schien an einer CD interessiert, die er in der Hand hielt, während die Frau die Einrichtung betrachtete.

Der Laden war nicht sonderlich groß, und ein Gutteil des verfügbaren Raumes wurde von einem gigantischen aufblasbaren Papagei eingenommen, der mit einer dicken Staubschicht auf Rücken und Kopf, Schnabel und Flügeln von der Decke baumelte. Entlang der Wände waren dreistöckige Drahtgestelle voller CDs aufgestellt, von Hand beschriftete neonpinke Pappsterne markierten die verschiedenen Genres:

Salsa, Jazz, Merengue, Rap, Reggae, Rock. An den schlichten grünen Wände hingen Schwarz-Weiß-Fotos von kubanischen Musikern. Die meisten zeigten sitzende uralte Männer und Frauen in Dreiteiler und Ballkleid, die faltigen Hände um eine abgenutzte Akustikgitarre verschränkt. Trotz des lauten Regens konnte Max die gedämpfte Trompete von Miles Davis hören, die aus den Lautsprechern drang – oder etwas, das sehr ähnlich klang. Den Song konnte er nicht erkennen.

Max und Benny sahen sich im Laden um. Während Max überlegte, wie er den Verkäufer am besten ansprechen sollte, wenn er etwas von ihm in Erfahrung bringen wollte – war er eher ein Bargeld- oder ein Charme-Typ? –, gab er vor, die CDs durchzuschauen. Kubanische Rapper benutzten die gleichen *posse*-Posen wie ihre amerikanischen Kollegen, aber sie fuchtelten nicht mit Waffen herum und hatten keine Pitbulls dabei; die Reggae-Musiker bedienten sich des glücklich-verschwommenen und spirituell-sinnsuchenden Kifferblicks, den sie von Bob Marley abgeschaut hatten; die Rocker zwängten sich in hautenge Jeans und Leder, machten das Teufelszeichen und guckten böse, während die Salsa-Bands allesamt daherkamen wie die Hauskapelle eines Kreuzfahrtschiffes.

Während das asiatische Pärchen mit dem Regal in der Mitte beschäftigt war, ganz fasziniert von *»Ritmos de Santería«*, bewegten sich Max und Benny nach rechts in Richtung Fenster. Der Verkäufer schaute nicht von seinem Buch hoch.

Das übliche Korda-Foto des Che thronte mittig über dem rechten Regal, nur dass dieses auf weiße Pappe geklebt war und ein Zitat als Bildunterschrift trug.

Toda la música del ›rock-and-roll‹ es decadencia imperialista. Toda la música del rock-and-roll es degenerada. Es el enemigo de la Revolución.

Max musste lachen. Wie viele Popstar-Radikale des Westens hatten Che-Guevara-T-Shirts getragen? Der echte Che hätte sie auf einem Scheiterhaufen aus ihren eigenen Platten verbrannt. Der echte Che hätte sich mit reaktionären Südstaatlern zusammentun können, für die Rock'n'Roll die Musik des Teufels war.

Der Verkäufer legte das Buch beiseite, schwang die Beine über den Tresen und ließ sich, Zigarette in der einen, Aschenbecher in der anderen Hand, hinuntergleiten.

»Tut mir leid, Officer, aber Bon Jovi haben wir grad nicht da«, sagte er zu Max. Sein Akzent war entschieden haitianisch, mit einem Schuss Kuba.

»Sagten Sie gerade Officer zu mir?«

»Das ist so ein Spiel von mir, um mich wach zu halten.« Lächelnd zeigte der Verkäufer seine sandfarbenen Zähne, die krumm waren, aber bis auf den linken Eckzahn vollzählig. »Sie sind Amerikaner. Sie sind Soldat. Sie sind in meinem Laden. Und ein Mann Ihres Alters, denke ich mir, hört entweder Country oder Achtziger-Rock. Habe ich recht?«

»Wie kommen Sie darauf, dass ich Soldat bin?«

»Ihr Körperbau, Ihre Haltung, Ihre … Art«, sagte der Verkäufer, ihn von oben bis unten musternd, als würde er gerade jetzt seine Schlussfolgerungen ziehen.

»Was für eine Art?«

»Sie sind es gewohnt, das Sagen zu haben.« Der Mann zog an seiner Zigarette. Benny stand breitbeinig am Tresen, seine Haltung hatte etwas Abwehrendes. »Wie mache ich mich?«

»Sie kriegen den dritten Preis«, sagte Max. »Ich bin Amerikaner, aber Bon Jovi kann ich nicht ausstehen. Country schon gar nicht. Die ganze Sauferei und das Gejammere und die Inzucht. Das ist nichts für mich. Und Soldat bin ich auch nicht. Und überhaupt, wie viele amerikanische Soldaten haben Sie in Ihrem Leben kennengelernt?«

»Viele. Hier kommen ständig welche rein. Sie wollen ihren Rap und ihren Rock. ›R und R‹ für ihr ›R und R‹. Was heißt das, wenn die R und R sagen?«

»Ruhe und Rehabilitation.«

Der Mann lachte. »Witzig. Davon kriegen die hier aber nicht besonders viel. Die haben eine eigene Kneipe, wussten Sie das?«

»Hier in Santiago?«

»Ja. An der Bucht. Heißt *The Lone Star*. Da hängen die alle rum. Vielleicht wollen Sie da auch hin, wenn Sie Sehnsucht haben nach einem Burger und einem Bud. Ist das die Kurzform für Budweiser oder für Buddy?«

»Beides«, sagte Max. *The Lone Star.* Max musste an die Soldaten denken, von denen Nacho ihm erzählt hatte, die den Schwarzmarkthandel mit dem Abakuá betrieben: die Texas-Playboys.

»Der Laden ist nicht zu übersehen. Sie müssen nur runter zum Jachthafen gehen und den schönen Frauen folgen. Früher oder später stehen Sie dann davor«, sagte der Verkäufer.

»Wieso ist das erlaubt, eine amerikanische Kneipe hier auf kubanischem Boden?«

»Keine Ahnung, wie das funktioniert.« Der Mann zuckte mit den Schultern. »Ich mache die Regeln nicht. Ich befolge sie nur, meistens. Die wichtigen.«

Er sah zu Benny hinüber, der aus dem Fenster schaute, dann wandte er sich wieder an Max. »Wollten Sie etwas, oder suchen Sie nur Schutz vor dem Regen?«

»Wir sind hier nur so vorbeigekommen«, sagte Max. »Arbeiten Sie schon lange hier?«

»Seit zehn Jahren. Warum?«

»Kennen Sie diese beiden?« Max zeigte ihm das Foto von Joe und Vanetta.

Der Mann lächelte unwillkürlich. »Natürlich. Das ist Schwester Vanetta mit ihrem Freund Joe. Sie sehen jünger aus als heutzutage. Sehr viel jünger.«

»Haben wir doch alle mal. Kannten Sie Joe?«

»So wie man jemanden kennt, den man alle zwei Jahre sieht. Immer wenn er in der Stadt ist, kommt er mit Vanetta hier rein. Er ist ein Fan von Bruce Springsteen. Vor einer Weile hat er mir ein Mixtape gemacht. Kennen Sie das noch, Kassetten?«

»Ich kenne noch die Tonbänder«, sagte Max.

»Irgendwann einmal haben wir angefangen, über Musik zu reden. Er war neugierig auf kubanische Klänge. Das war lange vor *Buena Vista Social Club*. Ich habe ihm eine Kassette mit meinen Lieblingsliedern aufgenommen. Salsa, Soul, Jazz, Hardrock, Rap und Punk. Es gibt alles hier in Kuba. Er war begeistert. Und dann hat er mir eine Kassette mit seinen Lieblingsliedern gemacht. Leider war es nur Bruce Springsteen, neunzig Minuten lang.«

»Ha, willkommen im Club.« Max lachte. Auch er hatte Erfahrung mit einem Liston-produzierten Springsteen-Mixtape gemacht, wenn auch vor vielen Jahren, 1978 oder 1979, eine Zusammenstellung von Studio- und Live-Aufnahmen. Joe hatte sogar die Hülle selbst gestaltet – ein Ausschnitt aus dem »Born to Run«-Cover, wo sich Bruce an Clarence lehnt – und die Liste der Songs selbst getippt. Er hatte sogar angegeben, von welchem Album sie stammten, für die Live-Songs hatte er Ort und Datum genannt. Angesichts dieses blinden missionarischen Eifers hatte sich Max verpflichtet gefühlt, sich die Kassette im Auto von vorn bis hinten anzuhören, obwohl er die Musik absolut furchtbar fand. Ein langweiliger Einheitsbrei. Nach neunzig Minuten war ihm dermaßen der Geduldsfaden gerissen, dass er die

Kassette mitsamt Hülle aus dem Fenster geworfen hatte. Jetzt wünschte er, er hätte es nicht getan.

»Haben Sie die noch?«, fragte Max.

»Irgendwo, ja. Ich habe ihm nie gesagt, was ich wirklich davon halte, weil ich ihn mag, aber Springsteen ist nicht mein Ding. Zu *gringo*. Nichts für ungut. Und wenn Sie mich fragen, der Mann kann nicht singen.«

»Keine Sorge, ich mag ihn auch nicht.«

Der Verkäufer lachte. »Was für Musik mögen Sie?«

»Heutzutage nicht mehr sehr viel. Früher war Musik mein Leben. Heute kann ich auch ohne. Was heutzutage auf den Markt kommt, habe ich alles schon mal gehört.«

»Hat Joe Sie hergeschickt?«

»Ja und nein.«

»Wie geht es ihm? Ich habe ihn lange nicht gesehen.«

Max schaute hinaus in den Regen, der gegen die Scheibe prasselte, das Papageien-Schild hin und her riss und in kleinen Rinnsalen vom Schnabel und den Krallen troff. »Joe ist tot. Vor Kurzem gestorben.«

»Oh, das tut mir leid zu hören. Er war wirklich ein netter Kerl«, sagte der Verkäufer und schien es ernst zu meinen.

»Ja, das war er. Deswegen bin ich auch hier. Wie gut kennen Sie Vanetta?«

»Persönlich? Nicht so gut. Wir reden uns beim Vornamen an, wenn auch nicht viel mehr als ›Hallo‹ und ›Wie geht's?‹«, sagte er. »Aber sie hat meiner Familie den Neuanfang hier ermöglicht. Ich bin vor dreiundzwanzig Jahren mit meinen Eltern aus Haiti hergekommen. Nach unserer Ankunft haben wir im Caille Jacobinne gelebt, in dem Zentrum, das sie für uns gebaut hat. Sie hat uns geholfen, Arbeit und eine Wohnung zu finden. Wir konnten zur Schule gehen. Wir verdanken ihr unser Leben. Sie hat viel Gutes getan für uns – für uns alle hier. Es gibt nicht viele Menschen wie sie. Die viel für dich tun und absolut nichts dafür erwarten. Wussten Sie, dass wir nicht einmal in Kuba bleiben müssen, wenn wir nicht wollen? Wir können jederzeit zurückkehren. Auch wenn das natürlich keiner will.« Der Verkäufer war den Tränen nahe.

»Joe hat mir etwas hinterlassen, das ich ihr persönlich übergeben soll. Wissen Sie, wo ich sie finden kann?«, fragte Max.

»Nein, aber Sie können es bei ihrer Familie versuchen.«

»Bei den Dascals?«

»Ja. Sie leben auf der Avenida Moncada. In der Nähe der Kaserne.«

Castro hatte ein Faible für Einschusslöcher. Wo immer sie noch standen, waren die Fassaden sämtlicher Gebäude, auf die seine Guerillas im Jahr 1958 irgendwann einmal einen Schuss abgegeben hatten, in ihrem Nachkriegszustand belassen worden: voller Löcher und Risse und fünfzig Jahre alter Granatsplitter. Die Kreuzwegstationen der Revolution.

Die festungsartige Moncada-Kaserne mit ihren Zinnen und Waffenkammern war das heiligste Gebäude von allen, die Krippe der Revolution, der Ort, an dem der bewaffnete Kampf gegen Batista offiziell begonnen hatte, als Castro an jenem 26. Juli 1953 den ersten Sturm auf die Kaserne anführte. Der Angriff scheiterte an schlechter Planung, mangelnder Bewaffnung und fehlender militärischer Stärke. Castro wurde festgenommen und nach einem Schauprozess eingekerkert. Die umgebenden Mauern der Kaserne hatten reichlich Schüsse abbekommen, weshalb die damalige Regierung sie instand setzen ließ. In den 1960er Jahren wurden sie von Castro persönlich eingerissen, der höchstselbst den

Einweihungsbulldozer lenkte, und das Gebäude wurde zu einer Schule umfunktioniert. 1978 ließ Castro die Mauern in ihrer ursprünglichen Form wiederaufbauen, und ein Teil der ehemaligen Kaserne wurde zu Ehren der Feuertaufe der Revolution zu einem Museum umgebaut. Der Atmosphäre und der Authentizität halber wurden auch die neuen Mauern mit Kugeln durchsiebt, bis sie ungefähr so aussahen wie damals nach dem gescheiterten Angriff. Dann wurde die Festung senfgelb gestrichen und die Einschusslöcher mit schwarzer und brauner Farbe aufgefüllt, damit sie für immer sichtbar blieben. Kosmetische Wundmale: Die Regierung schießt auf ihre eigenen Erinnerungen.

Gegenüber der Kaserne standen Bungalows im spanischen Stil in verschiedenen Stadien eines mühsam aufgehaltenen Verfalls. Einst hatten dort die Offiziere und deren Familien gelebt, heute befanden sie sich im Staatseigentum und beherbergten die obere Schicht des Regimes. Die Architektur war genauso austauschbar wie die Vegetation drum herum: die obligatorische Palme und ein Dickicht aus farbenfrohem, wild wachsendem Gebüsch, das ein gewisses Maß an Privatsphäre ermöglichte. Eine Ausnahme bildete nur das Eckhaus, ein zweistöckiges Lebkuchenhaus aus Holz, in Rot, Weiß und Blau gestrichen, mit überreichen Verzierungen, Schieferdach und verschnörkelten Balkonen in der Form geschwungener Weinreben. Dort lebte die Familie Dascal.

Max parkte vor dem Haus und rannte mit Benny durch den prasselnden Regen die Veranda hinauf. Max klopfte. Sie warteten. Regentropfen prallten von den Fensterscheiben. Blumen waren aus ihren Töpfen geschwemmt worden, die Erde wurde von den Wurzeln gewaschen. Ein Schaukelpferd auf Rädern rollte im Wind vor und zurück.

Eine große, schwarzhaarige Frau mit einem Küchentuch

in der Hand machte ihnen auf. Sie lächelte, als würde sie jemand anderen erwarten. Das Lächeln erstarb, als sie Max und Benny sah, die tropfnass und immer nässer werdend vor ihr standen.

Max machte den Mund auf, um sich vorzustellen, aber sie kam ihm zuvor.

»Er sagte, dass Sie kommen würden.«

»Wer ist *er*?«

»Sie sind Max, richtig?«

»Ja.«

»Max *Mingus*?«

»Genau.«

Sie hielt sich am Türrahmen fest, lehnte den Kopf daran, ihr Körper sackte in sich zusammen. »Joe ist tot, stimmt's?«

»Ja. Er ist tot.«

»Wie ist er gestorben?«

»In Miami geht das als natürlicher Tod durch.«

»Ist er … ermordet worden?«

Max nickte. Sie schloss eine Sekunde lang die Augen und atmete tief durch die Nase ein.

»Ist Vanetta da?«

»Kommen Sie rein«, sagte sie.

46

Sie schloss die Tür hinter ihnen und stellte sich als Sarah Dascal vor, Tochter von Camilo und Lidia. Sie war Vanetta Browns Schwägerin.

Bevor Max etwas sagen konnte, fing sie an, Benny auszufragen. Max hatte ihn nicht mit hereinbringen wollen, aber noch weniger wollte er ihn im Wagen lassen, wo die Polizei ihn vielleicht finden würde. Beide Optionen waren schlecht, aber letztere noch schlechter.

Benny nannte ihr einen falschen Namen, ohne mit der Wimper zu zucken. Was tat er hier mit Max? Wieder zögerte er keine Sekunde, sondern erdichtete aus dem Nichts eine Geschichte: Er sei als Anhalter unterwegs gewesen, Max habe ihn bei Ciego de Ávila mitgenommen. Was machte er beruflich? Kellnern. Wohin wollte er? Nach Guantánamo, seinen kranken Vater besuchen. Bei seinen Worten vertiefte sich ihr süffisantes Grinsen, und ihre Lippen bekamen ein starkes Gefälle, eine Hälfte zeigte nach oben, die andere nach unten.

Fast unmerklich auf den Absätzen wippend, musterte sie Benny von oben bis unten, ihr Blick wanderte von seinen Augen zu der Wunde, die mittlerweile ein tiefes Violett angenommen hatte, dann zu seinen Kleidern, dem T-Shirt, das ihm in dunklen Flecken an der Brust klebte, den nassen Jeans und den triefenden Turnschuhen, bevor sie ihm wieder in die Augen sah. Sie fragte ihn, was passiert sei, woher er den Schnitt habe. Unwillkürlich trat Benny einen Schritt zurück in Richtung Tür, als wollte er aus einem Scheinwerferlicht heraustreten, das ihn plötzlich erfasst hatte. Er stammelte etwas von einem Unfall. Was für ein Unfall? Er antwortete nicht. Seine Lippen bewegten sich, aber seine Stimme war in Deckung gegangen. Sie schnaubte verächtlich. Benny senkte den Kopf wie ein gescholtenes Kind, als schämte er sich in Grund und Boden.

Sie drehte sich zu Max um. Sie war ein gutes Stück größer als er, schlank, fast mager, die Kurven, die sie haben mochte, waren unter einer weiten braunen Cordhose und einem karierten Hemd versteckt, das ihr ein paar Nummern zu groß war. Er schätzte sie auf Ende vierzig, vielleicht etwas älter.

Ihr Gesicht hatte einen ebenmäßigen Teint, sah aber müde und faltig aus, der Kummer darin wurde noch verstärkt von den viel zu schwarzen Locken, die sie so kurz trug, dass sie ihre abstehenden Ohren nicht bedeckten, die aussahen wie die angeschlagenen Henkel einer alten Suppentasse.

»Folgen Sie mir«, sagte sie.

Sie gingen durch den Flur in ein großes Wohnzimmer mit zwei Verbindungstüren und grau-weiß gestreifter Tapete, die dem Raum die Anmutung eines Käfigs verlieh. Sie führte sie zu zwei einander gegenüberstehenden schwarzen Ledersofas mit einem langen Couchtisch dazwischen und fragte, ob sie einen Tee wollten. Max sagte ja, und sie verschwand.

Max vermutete, dass der Strom ausgefallen war, weil der Raum von einem halben Dutzend Öllampen erhellt wurde, die auf dem Fußboden standen. Die Flammen tanzten in der Dunkelheit des Zimmers, die sich um sie herum verdichtete. Es roch nach altem Zigarrenrauch und frischem Paraffin. Hinter sich hörte er eine Uhr ticken, in der Zimmerecke landete alle paar Sekunden ein Wassertropfen in einer Metallschüssel. Er sah, dass einige Möbel und alle Bücherregale mit dicker Plastikfolie bedeckt waren. Es erinnerte ihn an den Tatort eines Mordes.

Sie kehrte mit einem Tablett zurück, auf dem eine große Teekanne aus Aluminium und drei Tassen standen, schenkte allen ein und gab in jede Tasse eine Zitronenscheibe.

Dann nahm sie Max gegenüber Platz, trank einen Schluck Tee und fing in perfektem Englisch an zu sprechen. Ihr Akzent verriet britische und australische Wurzeln. Sie sprach in kurzen Schwallen, abgeschlossenen Monologen, die knappe, präzise Informationen enthielten, zwischendurch machte sie Pause, um einen Schluck Tee zu trinken, dann redete sie weiter. Die kurzen Intervalle der Stille wurden von der Uhr und dem tropfenden Leck im Dach untermalt.

Ihre Eltern waren beide tot. Ihr Vater war Ende der Achtziger an einer Lungenentzündung gestorben, und 2001 hatte der Krebs ihr die Mutter genommen. Ihre Schwester Kara war aus beruflichen Gründen nach Honduras gegangen und hatte dort einen Mann kennengelernt, dem sie nach Amerika gefolgt war, wie sie abschätzig hinzufügte. Sie glaubte, Kara lebe in Kalifornien, aber sicher war sie sich da nicht. Es gab also nur noch sie, ihren Mann Patrick und ihre drei Kinder, zwei Mädchen und einen Jungen, dreizehn, elf und neun Jahre alt. Die hatte sie zurückerwartet, als Max an die Tür geklopft hatte. Sie erzählte, dass sie für das Ministerium für Wiederaufforstung arbeite, und hielt eine kleine Ansprache darüber, wie sehr Castro in puncto Umweltschutz in Kuba seiner Zeit voraus war.

Max begriff, was sie da tat. Sie testete die Stimmung, redete sich warm für das, was sie eigentlich zu sagen hatte. Und sie prüfte ihn, was deutlich daran zu erkennen war, dass zwischen ihren Augen und ihren Worten keine Verbindung bestand. Ihr Blick folgte seinem Mienen- und Gebärdenspiel, sah das mitfühlende Lächeln, den konzentrierten Ausdruck, während er ihr zuhörte, beobachtete, wie er seine Tasse hielt – nicht am Griff, sondern in der ganzen Hand, wie man ein Glas hält. Es gab einen alten Trick, bei seinem Gegenüber für Entspannung zu sorgen: Man studierte dessen Gesten und ahmte sie nach, machte sich selbst zu einem Spiegel. Er wusste, dass sie klug genug war, das zu durchschauen. Er ließ sie reden, stellte keine Fragen, erlaubte sich keine Zeichen der Ungeduld, sprach ihr für die Todesfälle in ihrer Familie höflich sein Beileid aus und lächelte freundlich, wenn sie von ihren Kindern erzählte. Es war nicht leicht, sie zu mögen oder sich überhaupt in sie einzufühlen. Sie besaß diese weit verbreitete kubanische Härte, aber bei ihr ging es noch tiefer.

Irgendwann stellte sie ihre Tasse ab, schaute kurz zu Benny hinüber und dann wieder zu Max.

»Was ist Joe zugestoßen?«, fragte sie schließlich.

Er erzählte es ihr in groben Zügen – wie sie zusammen zu Abend gegessen hatten, wie Joe Vanettas Namen genannt hatte und Sekunden später erschossen worden war. Den Zusammenhang erwähnte er nicht, und er erzählte auch nicht von dem Mörder.

»Wurde jemand festgenommen?«

»Nein.«

»Gibt es Verdächtige?«

»Viele«, sagte er. »Joe war Polizist. Er hat viele Leute ins Gefängnis gebracht.«

»War das das erste Mal, dass er mit Ihnen über Vanetta gesprochen hat?«, fragte sie.

»Ja. Was ich über sie weiß, habe ich erst nach dem Mord herausgefunden.«

»Wer hat Ihnen den Hinweis gegeben hierherzukommen?«

Max reichte ihr das Foto und erzählte ihr, wo er es gefunden hatte.

Sarah betrachtete es einen Moment lang, dann legte sie es auf den Tisch. »Das habe ich aufgenommen, mit der Kamera, die Joe mir geschenkt hat«, sagte sie, dann zog sie die Stirn in Falten. »Wie haben Sie Vanettas Wohnung in Havanna gefunden?«

»Das ist mein Beruf«, sagte er.

»Dann sind Sie wohl wirklich so gut, wie er gesagt hat. Vanettas Adresse ist ein Staatsgeheimnis.«

»Wem sagen Sie das.«

»Haben Sie Probleme bekommen?«

»Nein«, log Max. Er spürte, wie unter ihm das Sofa einsackte, als Benny seine Position veränderte. Er saß, weit vorgebeugt, gefährlich nah am Rand, er war wahnsinnig nervös und sah aus, als wäre er kurz davor aufzuspringen.

»Wo ist Vanetta?«, fragte Max.

»Sie ist weggegangen, vor zwei Monaten, im September.«

»Weggegangen?«

»Sie hat auch hier gewohnt, in diesem Haus. Jetzt ist sie weg.«

»Wo?«

»Sie ist nicht mehr richtig in Kuba.«

»Entweder sie ist in Kuba, oder sie ist nicht in Kuba. Außer Sie wollen mir sagen, dass sie tot ist. Ich weiß, dass sie Krebs hat«, sagte er.

»Sie ist nicht tot. Zumindest nicht, dass ich wüsste. Man hätte mir das mitgeteilt.«

»Wo ist sie dann?«

»Sie verstehen nicht.«

»Da haben Sie verdammt recht.«

Wieder zog sie die Stirn in Falten. »Sie sind hier in meinem Haus. Dem Haus meiner Familie, in dem ich meine Kinder großziehe. Ich habe Sie hereingelassen. Sie sind hier Gast. Bitte benehmen Sie sich entsprechend.«

Sie schauten sich in die Augen, keiner von beiden gab nach. Die Uhr maß die Stille. Ein Dutzend Sekunden vergingen, und ein Wassertropfen landete in der Schale.

Schließlich lenkte Max ein. »Wie gut kannten Sie Joe?«

»Er ist regelmäßig hergekommen.«

»Mochten Sie ihn?«

»Ja. Sehr. Seine Besuche waren immer unvergesslich. Er konnte ein ganzes Haus mit seiner Präsenz füllen. Er hat uns immer zum Lachen gebracht. Und er mochte Kuba. Vieles, was hier passiert, hat er bewundert«, sagte sie mit einem leisen Lächeln.

»Ich mochte Joe auch«, sagte Max. »Ich mochte ihn sehr. Er war mein bester Freund. Ein Freund, wie man ihn nur einmal im Leben findet.«

»Ansonsten wären Sie nicht hier, wenn er Ihnen nicht so viel bedeutet hätte«, sagte sie.

»Nein, bestimmt nicht. Ich weiß nicht, was Joe Ihnen über mich erzählt hat – es kann nicht nur Gutes gewesen sein, aber glauben Sie mir: Ich bin nicht hier, um Rache zu nehmen, ich will nur Antworten.«

»Antworten?«, sagte sie. »Es wäre besser, wenn Sie gekommen wären, um Blut zu sehen. Das ist einfach. Sie drücken ab und verschwinden. Wenn man es dabei belässt und nicht weiter darüber nachdenkt, kommt es einem irgendwann sogar richtig vor. Antworten sind kompliziert. Meistens werfen sie nur noch mehr Fragen auf. Wie viel Wahrheit können Sie verkraften, Max?«

»Die ganze.«

»Dann sollen Sie sie haben.« Sarah lächelte verhalten.

»Wann haben Sie das letzte Mal mit Joe gesprochen?«

»Kurz nachdem Vanetta weggegangen ist. Einen oder zwei Tage später. Er hat aus Kanada angerufen.«

Max erinnerte sich, dass Joe ihm erzählt hatte, er werde auf Staatskosten nach Vancouver fahren, zu irgendeiner Konferenz über Terrorismus.

»Warum hat er angerufen?«

»Aus zwei Gründen: Er wollte von Ihnen erzählen und Vanetta eine Nachricht zukommen lassen.«

»Wie lautete die Nachricht?«

»Er sagte, er werde in Miami verfolgt.«

»Hat er gesagt, von wem?«

»Nein«, antwortete sie. »Aber es musste etwas mit Vanetta zu tun haben. Er hat bei seinen Reisen hierher immer sämtliche Vorsichtsmaßnahmen getroffen, trotzdem glaubte er, dieser Mann, Eldon Burns, habe ihn observieren lassen.«

»Eldon war im Ruhestand«, sagte Max. »Er hatte keine Macht mehr.«

»Menschen wie der haben immer Macht.«

»Hat er *gesehen*, dass er verfolgt wurde?«

»Er hat mir keine Einzelheiten erzählt.«

Joe war nicht von der paranoiden Sorte gewesen. Wenn er geglaubt hatte, verfolgt zu werden, dann wurde er verfolgt. Max fragte sich, ob Wendy Peck dahintersteckte.

»Haben Sie die Nachricht weitergeleitet?«, fragte er.

»Konnte ich nicht. Und das habe ich ihm auch gesagt. Ich habe keine Möglichkeit, Vanetta zu erreichen, auch nicht in einem Notfall. Sie ist an einem sehr geheimen Ort. Man kann da nicht einfach … anrufen.« Sie sah Benny an, betrachtete die Schwellung in seinem Gesicht und rümpfte bei dem virulenten Fäulnisgeruch die Nase.

»Joe bat mich, Ihnen zwei Dinge zu sagen. Erstens, wo sich Vanetta aufhält – für den Fall, dass ihm was passiert. Er glaubte nicht, in Lebensgefahr zu sein, aber er hatte eine Ahnung. Er sagte, es sei das Beste, wenn Sie alles direkt von ihr erfahren, dann würden Sie verstehen, warum er getan hat, was er getan hat. Leider kann ich Sie nur in eine vage Richtung lenken.«

Benny trank aus und stellte die Tasse auf den Tisch. Max hatte seinen Tee kaum angerührt. Als eingefleischter Kaffeetrinker hatte er mit Tee noch nie etwas anfangen können. Ebenso wenig wie mit alkoholfreiem Bier oder Ultralight-Zigaretten. Wozu?

»Vanetta befindet sich in einem Krankenhaus auf einer kleinen Insel in der Windward-Passage – das ist die Meerenge zwischen Kuba und Haiti. Sie wissen wahrscheinlich, was *camino muerto* bedeutet?«

»Ja«, sagte Max. »Eine Straße, die auf keiner offiziellen Karte eingezeichnet ist.«

»Der Begriff bezieht sich nicht nur auf Straßen, sondern auf alle sensiblen Orte, von denen unsere Regierung möchte, dass die allgemeine Öffentlichkeit nicht über sie Bescheid weiß. Städte, Gefängnisse, Lagerhallen, Armeestützpunkte, Bunker … und sogar ein paar Inseln. Vanetta ist auf einer davon. In dem Krankenhaus werden keine Namen verwendet. Die Patienten haben Nummern – Barcodes. Alles sehr diskret. Es heißt, Fidel sei dort behandelt worden.«

»Das Krankenhaus gehört also der Regierung?«

»Ja und nein«, sagte sie. »Unsere Regierung hat die Insel 1964 an die Russen verpachtet. Die haben das Krankenhaus gebaut. Es war sehr exklusiv, nur für die Elite des Ostblocks und ihre Alliierten. Auch Fidel und seine engsten Vertrauten waren dort.«

Sarah betrachtete das Foto auf dem Tisch.

»Ich dachte, Vanetta und Castro hätten sich vor einer Weile überworfen«, sagte Max.

»Das ist richtig.«

»Und warum ist sie dann da?«

»Nach dem Abzug der Russen brauchte die Regierung dringend Geld, deshalb wurde die Insel – wie auch andere Vermögenswerte – wieder verpachtet, allerdings unter der Bedingung, dass der neue Besitzer das Krankenhaus weiterbetreiben und die laufenden Kosten tragen musste. Im Gegenzug dafür durfte er ein Haus bauen und genießt den Schutz der kubanischen Armee und der Marine. Wer der oder die Pächter waren, ist nie bekannt geworden. Die Angelegenheit wurde auf höchster Ebene verhandelt. Die Insel ist mindestens zweimal in andere Hände übergegangen«, erklärte Sarah.

»Und Vanetta kennt den Pächter.«

Sie nickte.

»Wer ist es?«

»Den Namen hat sie mir nie gesagt. Auch wenn wir praktisch eine Familie sind, hat sie doch ihre Geheimnisse.«

Max schaute kurz zu Benny hinüber, der aufmerksam zugehört hatte.

»Ich hörte, sie sei wegen ihrer Verbindungen zum Abakuá bei Castro in Ungnade gefallen«, sagte Max. »Haben die die Insel gepachtet?«

»Das glaube ich nicht«, sagte Sarah. »Was sollten die damit anfangen? Das ist nicht ihr Stil. Und so direkt machen sie keine Geschäfte mit der Regierung.«

»Erzählen Sie mir von Vanetta und diesem Pächter.«

»In den 1970er Jahren hat Vanetta in Kuba mehrere Zentren für haitianische Flüchtlinge gegründet, genau wie damals das Jakobiner-Haus in Miami. Diese Zentren wurden komplett von der Regierung finanziert und unterstützt. Die Haitianer kamen her, um sich in Kuba niederzulassen. Nicht viele, aber ein stetiger Strom. Sie waren hier willkommen, weil sie in der Landwirtschaft eingesetzt werden konnten und weil die Russen immer Arbeitskräfte für diverse Projekte brauchten. Vanetta hatte ihre Schwierigkeiten mit diesem Arrangement, weil sie das Gefühl hatte, dass die Haitianer ausgebeutet wurden. Trotzdem sah sie den übergeordneten Nutzen. Und die Vorteile überwogen ihre Zweifel.

In der Sonderperiode war für die Zentren kein Geld mehr da. Die Regierung konnte kaum die eigene Bevölkerung ernähren, und erst recht keine neuen Einwanderer. Plötzlich lag das Schicksal von sechshundert Menschen, denen Vanetta ein besseres Leben versprochen hatte, in ihren Händen. Sie hatte die Wahl, sie entweder zurückzuschicken oder eine Lösung zu finden.«

»Der Abakuá?«

Sie nickte.

»Nach allem, was Castro für sie getan hat, war sie also bereit, mit seinen erklärten Feinden zusammenzuarbeiten?«

»Verzweifelte Menschen tun verzweifelte Dinge«, sagte Sarah. »Und sie war wirklich verzweifelt. Die Notlage dieser Menschen war schlimmer als ihre.«

»Und was ist passiert?«

»Der Abakuá versorgte die Zentren mit Lebensmitteln, Kleidung und den wichtigsten Medikamenten. Allerdings für einen hohen Preis«, sagte sie. »Sie hatten von Anfang an Schwierigkeiten gehabt, ihre Waren an den Mann zu bringen. Sie konnten sie natürlich nicht öffentlich verkaufen.«

»Also haben sie das in den Zentren gemacht.«

»Das war die Vereinbarung, die Vanetta mit ihnen traf. Die Menschen kamen von überall, um einzukaufen. Die Haitianer wurden als Verkäufer eingesetzt. Aber das Ganze war vorbei, sobald die Regierung Anfang der Neunziger Touristen ins Land ließ. Der Abakuá brauchte die Zentren nicht mehr. Er hatte die Hotels.

Fidel wusste, was Vanetta getan hatte. Er wandte sich von ihr ab. Ein paar Privilegien durfte sie behalten – die Wohnung in Havanna zum Beispiel –, aber er hörte ihr nicht mehr zu, sie hatte keinen Zugang mehr zu seinem engsten Kreis. Das Caille Jacobinne konnte sie nur dadurch am Laufen halten, dass sie einige Freunde Kubas um Hilfe bat, die Kanadier, die Spanier und die Brasilianer, die alle hier und da ein bisschen aushalfen. Aber genug war es nie«, sagte Sarah. »1997 bekam sie dann die Diagnose Darmkrebs, woraufhin sie alles an ihren Stellvertreter Elias Grimaud übergab. Sie wurde in Havanna operiert und war fürs Erste wieder gesund. Dann lernte sie ihren neuen Wohltäter kennen.«

»Den Mann auf der Insel?«

»Ja. Elias hatte in Vanettas Abwesenheit mit ihm Verhandlungen geführt. Er hat ihn dazu gebracht, das Caille Jacobinne für eine bestimmte Zeit zu unterstützen. Zehn Jahre oder so.«

»Warum?«

»Der Mann hat Vanetta bewundert«, sagte Sarah. »Nach ihrer ersten Begegnung erzählte Vanetta mir, wie beeindruckt sie von ihm war. Er wusste alles über sie, was sie durchgemacht hatte, und auch, wie viel Gutes sie in Miami und in Kuba getan hatte.«

»Was hatte er davon, ihr zu helfen?«

»Das hat Vanetta mir nicht erzählt. Überhaupt hat sie nicht viel mehr über ihn gesagt.«

Sarah schaute wieder zu Benny hinüber, der jetzt zurückgelehnt und mit verschränkten Armen dasaß.

»Wie finde ich die Insel?«

»Solange Sie nicht jemanden kennen, der zum engsten Kreis der Regierung gehört, oder jemanden von der Küstenwache bestechen können, dass er Sie hinbringt – was sehr unwahrscheinlich ist –, weiß ich es nicht«, sagte sie. »Und nur für's Protokoll: Ich kann Ihnen nur davon abraten. Das ganze Gebiet wird strengstens überwacht. Entweder man wird Ihr Boot mit Ihnen an Bord versenken, oder Sie werden festgenommen.«

Max schwieg. Ihm schwirrte der Kopf. Er hörte, wie Benny sich räusperte.

»Sie sagten, es gebe zwei Dinge, die Sie mir von Joe ausrichten sollten. Was ist das zweite?«, fragte Max.

»Joe wollte, dass Sie sehen, was er hier gemacht hat. Es ist oben.«

47

Sarah schloss die Tür zu Vanetta Browns Schlafzimmer auf und schaltete das Licht ein.

»Ist der Strom wieder da?«, fragte Max.

»Der war nie weg«, sagte sie stirnrunzelnd. Dann verstand sie. »Wegen der Öllampen unten? Nein. Ich mag das so, wenn ich allein bin. Ist gemütlich.«

Sie standen in einem geräumigen Zimmer mit blassblauen Wänden und dunkel lackiertem Holzfußboden. Über dem Bett zur Rechten hingen nebeneinander zwei gerahmte Landkarten, eine von Kuba und eine von Haiti, und original haitianische Gemälde, beide mit üppigen Dschungelmotiven, nahmen die anliegenden Wände ein. Ganz ähnliche Gemälde hatte Max für seine Detektei in Little Haiti gekauft. Yolande hatte diesen Stil als »naive Schwindelei« bezeichnet, weil die Künstler ihre Heimat als tropisches Paradies darstellten, in dem sämtliche Arten von wilden Tieren lebten, wo das Land in Wahrheit komplett gerodet und so unfruchtbar war, dass die Menschen Mutterboden aus der benachbarten Dominikanischen Republik stehlen mussten, wenn sie irgendetwas anbauen wollten.

Erst nach dem ersten Rundblick stieg ihm der Geruch in die Nase. Kalter Schweiß, starke Medikamente, Franzbranntwein. Max musste an ein Altersheim denken und daran, wie das Leben einen schwächer werdenden Körper verlässt.

Max ging zu den Balkontüren und riss sie weit auf. Warmer Regen schlug ihm ins Gesicht, danach kühlte ihm der Wind, der den Regen herantrug, die Haut. Er atmete tief durch. Die Straßenlaternen waren angegangen, und in ihrem orangefarbenen Licht sah der Regen aus wie brennende Streichhölzer und die Moncada-Kaserne wie ein riesiges Stück Kunstkäse, ein bisschen nach Plastik und ein klein wenig ranzig.

Er drehte sich wieder dem Zimmer zu, schaute sich noch einmal um. Es erfüllte drei Funktionen – Arbeit, Schlafen und Freizeit – und war entsprechend aufgeteilt und gegliedert. Das Büro in der Mitte, Bett, Kleiderschrank und Kommode zur Rechten, und dann der Raum, in dem er jetzt stand: die Bibliothek.

In der Ecke stand neben einem Sessel mit passender Fußbank und einem kleinen Tisch mit Rollen eine hohe Messingstehlampe mit Quasten am Schirm. Dahinter ein breites Bücherregal, das von oben bis unten mit Krimskrams gefüllt war: Schneekugeln – von Miami, Port au Prince, Santo Domingo, Carácas und der Boje vor Key West mit der Aufschrift »90 Meilen bis Kuba« – und kleine Mahagonikästchen mit eingravierten Ländernamen auf der Seite: USA, Haiti, Russland, China, Angola.

Max öffnete das Kästchen aus den USA und sah, dass es mit Sand gefüllt war.

»Aus Miami Beach«, sagte Sarah. »Vanetta nannte das ›Reisen per Stellvertreter‹. Sie durfte das Land verlassen, hat das aber, bis jetzt, nie getan. Aus offensichtlichen Gründen.«

Neben dem Fenster stand ein HiFi-Regal mit Plattenspieler, Kassettendeck und Radio, darunter hinter einer Glastür ein Fach, das mit ungefähr 50 LPs gut gefüllt war. Er las die Coverrücken: James Brown, Sam Cooke, Billie Holiday, Sarah Vaughan, Paul Robeson, Aretha Franklin, Marvin Gaye,

Stevie Wonder, Ella Fitzgerald, *Stand!* von Sly & The Family Stone und *Legend* von Bob Marley. Sie hatte den gleichen Musikgeschmack wie er.

Max ging zum Schreibtisch, auf dem eine klobige Tastatur lag, die vor dem gewaltigen Bildschirm sehr klein wirkte. Ein paar Zentimeter über dem Bildschirm hingen, in unregelmäßigen Abständen, drei Schwarz-Weiß-Fotos unterschiedlicher Größe. Max vermutete, dass Vanetta sie dort aufgehängt hatte, damit sie das Erste waren, was sie sah, wenn sie vom Bildschirm aufschaute.

Das letzte Foto war das größte: ein kleines Mädchen, höchstens sechs oder sieben, stand, ein Windrad aus Plastik haltend, in einem Garten. Runde Wangen, Korkenzieherlocken, ein breites Lächeln und strahlende dunkle Augen.

»Das ist Melody, Vanettas Tochter«, seufzte Sarah. »Sie wäre heute achtundvierzig. Sie ist zweisprachig aufgewachsen, konnte Spanisch und Englisch. Und sie konnte in beiden Sprachen lachen. Ein aufgewecktes, glückliches kleines Mädchen.«

»Hat Vanetta einen Freund?«, fragte Max und betrachtete das nächste Foto. Es zeigte Vanetta, Ezequiel Dascal und wieder Melody. Ezequiel hatte seine Tochter hochgehoben und hielt sie in die Kamera, die Kleine schaute geradewegs in die Linse und zeigte mit ihrem Spielzeug auf den Fotografen. Ezequiel war groß und trug eine Brille, ein schmaler, scharf geschnittener Ziegenbart verlängerte sein rundes Gesicht. Er sah ungefähr so aus wie Sarah, nur freundlicher und sanfter.

»Einen Liebhaber, meinen Sie? Vanetta?« Sarah lachte. »Um einen Menschen lieben zu können, braucht man einen gewissen inneren Frieden. Vanetta hat keinen Frieden. Sie ist im Krieg. Auch jetzt noch. Sie wird kämpfend sterben. Sie hat immer gesagt, sie hoffe, noch erleben zu dürfen, wie

Eldon Burns vor ihr auf den Knien liegt und um sein Leben bettelt. Wie Ezequiel es vor ihm getan hat.«

»Sind Ezequiel und Melody nicht bei dem Brand im Jakobinerhaus in den Flammen ums Leben gekommen?«

Sie schaute ihm in die Augen. »Wie gesagt: Wie viel Wahrheit können Sie verkraften?«

»Was wollen Sie damit sagen?« Max packte sie beim Arm. Sie zuckte zurück und schaute auf seine Hand hinunter, bis er sie losließ.

»Machen Sie das *nicht* noch einmal«, sagte sie.

»Tut mir leid«, sagte er beschämt.

Sie rieb sich den Arm. Schaute ihn wütend an. Dann wurde ihr Blick wieder sanfter, und sie schaute an ihm vorbei zur Wand.

Sie berührte die Unterkante des ersten Fotos – ein Gruppenbild mit Vanetta, irgendwo draußen. Vanetta sitzend vor einer Gruppe von Männern und Frauen, die lächelnd im Halbkreis um sie herumstanden.

Max brauchte ein paar Sekunden, das Foto wiederzuerkennen.

Aber dann hatte er es. Es war vor dem Zentrum in Trinidad aufgenommen worden, das er besucht hatte. Es war praktisch identisch mit dem Wandgemälde.

Mit einem einzigen entscheidenden Unterschied.

Das Kind war nicht übermalt worden.

Der Junge saß zu Vanettas Füßen, einen Arm um ihre Wade geschlungen, vielleicht um sich abzustützen oder um sich anzukuscheln. Sie hatte ihm die Hand auf den Kopf gelegt, als wollte sie ihn streicheln oder tätscheln. Das Foto war zu klein, um mehr als die groben Gesichtszüge erkennen zu lassen, dennoch war die Missbildung seiner Lippen unübersehbar. Es sah aus, als kaute der Junge auf einer großen Blüte herum, als hätte er sich den Stängel bereits einverleibt und sei soeben mit den Zähnen bei den Blütenblättern angelangt. Der Junge hatte eine Gaumenspalte.

»Wer ist das?« Max zeigte auf ihn.

»Das weiß ich nicht«, sagte Sarah.

»Hat Vanetta je einen Mann namens Osso erwähnt?«

Sie dachte nach, angestrengt, und schüttelte dann den Kopf.

Aus dem Augenwinkel sah er, dass Benny es sich im Sessel bequem gemacht hatte, die Hände über dem Bauch gefaltet, die Füße auf dem Hocker.

Max studierte die anderen Personen in der Gruppe. Er sah den hellhäutigen Mann im Overall, der direkt hinter Vanetta stand. Auf dem Wandgemälde war er etwas größer dargestellt gewesen als die anderen – größer und breiter und ein Stückchen weiter vorn. Von seiner Hautfarbe und dem Overall abgesehen, war der Mann eher unauffällig. Etwas größer als der Durchschnitt und von normaler Statur. Er hatte lockiges Haar, fast einen Afro.

»Wer ist das?«

»Das ist Elias.«

»Können Sie mich mit ihm zusammenbringen?«

Sarah schüttelte den Kopf. »Seit er Vanetta abgeholt hat, habe ich ihn nicht mehr gesehen.«

»Er hat sie abgeholt?«

»Er hat sie auf die Insel gebracht.«

»Im September?«

»Ja«, sagte sie. »Vielleicht ist er dort bei ihr. Vielleicht auch nicht. Er hat Verwandte in der Dominikanischen Republik. Und die Zentren sind schon seit über einem Jahr geschlossen.«

»Sie sagten, er hat sie abgeholt. Was hatte er für einen Wagen?«

Sie lachte. »Witzig, dass Sie danach fragen. Es war ein Mercedes. Einer von diesen großen alten. Als Vanetta ihn sah, sagte sie ›*Mi coche fúnebre ha llegado temprano*‹ – mein Leichenwagen ist früh dran. Das ist ihre Art Humor.«

War es Elias, der ihn verfolgt hatte?

Der Komplize des Mörders – der Fahrer – war als »weiß« beschrieben worden.

Elias war hellhäutig genug, um als Weißer durchzugehen.

Wenn er der Fahrer war, dann stand der Mann auf der Insel – Vanettas Wohltäter und Retter des Caille Jacobinne – hinter den Morden in Miami. Aber wer war er? Ein Mann, der reich genug war, sehr viel Angst hatte und über ausreichend gute Kontakte verfügte, um sich ein Refugium kaufen zu können, das unter dem Schutz der kubanischen Armee stand. War er einer von den Hunderten, die Eldon Burns aufs Kreuz gelegt hatte?

Vanetta war seit September auf der Insel. Die Morde waren im Oktober begangen worden. Das war ausreichend Zeit, um ihre Fingerabdrücke auf die Patronenhülsen zu kriegen, erst recht, wenn sie unter Betäubungsmitteln stand. Aber warum wollte jemand die Schuld auf sie lenken?

Oder aber Vanetta hatte die Morde selbst in Auftrag gegeben. Der Mann auf der Insel hatte vor lauter Bewunderung für sie ihre Flüchtlingszentren finanziert. Vielleicht ging die Wertschätzung so weit, dass er auch ihre Rechnungen beglich. Ihr blieb keine Zeit mehr, sich auf legalem Wege an Eldon zu rächen, also hatte sie sich auf Gewalt verlegt. Möglich, aber ein Mensch, der zeit seines Lebens Pazifist gewesen war, wurde auf dem Sterbebett nicht plötzlich zum Mörder. Natürlich konnte sie sich im Laufe der Jahre verändert haben. Das war denkbar. Dann aber stellte sich wieder die gleiche alte Frage: Warum hätte sie Joe umbringen lassen sollen? Joe war ihr Freund, ihr Unterstützer, ihr Vertrauter.

Eldon und Joe waren durch Schüsse in die Augen getötet worden, und die Patronenhülsen trugen die gleichen schwarzen Schwingen – das Zeichen des Abakuá. Sarah hatte gesagt, sie hätten keinen Grund, die Insel zu pachten. Aber vielleicht irrte sie sich. Die erfolgreichsten kriminellen Organisationen entwickelten sich stetig weiter und passten sich an neue Zeiten an, dachte Max. Der Abakuá hatte in Kuba schon mehrere Regimes überlebt. Und er würde noch einige mehr überleben. Wendy Peck hatte ihm erzählt, dass der Geheimbund das Regime von unten nach oben infiltrierte. Sarah unterschätzte ihn.

»Was wollte Joe mir zeigen?«, fragte er.

»Vanetta hatte vor, in die USA zurückzukehren, um ihren Namen reinzuwaschen. Sie bereitete sich auf ihre Verteidigung vor Gericht vor. Joe half ihr dabei. Nicht nur mit Informationen. Er verhandelte auch in ihrem Namen mit dem FBI. Sie hat sich ein paar Mal mit einem FBI-Agenten getroffen.«

»In Kuba?«

»Ja.«

»Hieß der Jack Quinones?«

»Ja«, sagte sie. »Kennen Sie ihn?«

»Flüchtig. Was war seine Rolle dabei?«

»Er beschaffte Joe Informationen, damit der sie an Vanetta weiterleiten konnte. Es hat ewig gedauert, alles zusammenzubekommen, alles zu überprüfen, weiterzusuchen. Joe hat ihr alles übermittelt. Es ist hier irgendwo ... auf CD. Wo genau, weiß ich nicht.«

»Sind Sie sicher, dass sie die CD nicht mitgenommen hat?«

»Ich habe für sie gepackt. Eine kleine Tasche mit Schlafanzügen, einem Bademantel und ein paar Toilettenartikeln. Mehr nicht.«

Max schaltete den Computer ein. Während der hochfuhr, zog er die Schreibtischschubladen auf. Kugelschreiber, Bleistifte, Papier, Briefpapier, Notizbücher – alle leer und neu –, aber keine CDs oder Disketten.

Er schaute sich im Zimmer um.

»Gibt es hier einen Tresor?«

»Nein.«

Dann hörte er von unten Stimmen – Kinder – und einen Mann, der Sarahs Namen rief.

»Das ist mein Mann mit den Kindern«, sagte sie. »Ich muss runter. Wenn Sie etwas brauchen, fragen Sie mich. Lassen Sie sich Zeit. Und«, sagte sie mit einem Blick zu Benny, der fest eingeschlafen war, »es gibt *sopa de frijoles* zum Abendessen. Sie sind herzlich eingeladen. Sie beide.«

»Danke«, sagte er. »Eine Frage noch. Sie wissen genau, was ich finden werde, richtig?«

»Ziemlich genau, ja.«

»Aber ich soll es mit eigenen Augen sehen, ja?«

»Joe hat mir erzählt, Eldon Burns sei Ihr Mentor gewesen. Er habe Ihnen alles beigebracht, was Sie wissen.«

»Alles, was ich *wusste*«, sagte er. »Heute weiß ich andere Dinge.«

»Hoffentlich«, sagte sie und ging aus dem Zimmer.

Er betrachtete den Computer, der mit Windows 98 lief.

Ein einziger Ordner auf dem Desktop, der »Miami« hieß.

Er enthielt nur ein einziges Dokument: ein Durcheinander aus winzigen Kreisen und Pfeilen. Ein Fließdiagramm. Max vergrößerte es auf dreihundert Prozent. In den Kreisen standen Namen. Er vergrößerte noch weiter.

Der Name Eldon Burns sprang ihm ins Auge. Er prangte in der Mitte des Schaubilds, fette schwarze Buchstaben in Arial-Schrift. Schwarze, rote, blaue und grüne Pfeile zeigten in alle Richtungen von ihm weg auf weitere Kreise mit Namen darin. Manche Pfeile bestanden aus einer durchgehenden Linie, andere waren gepunktet.

Direkt unter Eldons Namen standen in Klammern Buchstaben und Zahlen: CD 1–5.

Max las noch viel mehr bekannte Namen, die mit Pfeilen mit Eldon verbunden waren.

Abe Watson: CD 8.

»Halloween« Dan Styles: CD 10–12.

Victor Marko, der Problemlöser der Politik, nach dessen Pfeife Eldon tanzte: CD 13–17.

Melody Dascal Brown: CD 23.

Ezequiel Dascal: CD 23.

Special Agent Jack Quinones: CD 24–26.

Detective Dennis Peck: CD 25–26 + CD 29–30.

Diese Namen waren verbunden mit über zwanzig weiteren Namen, die Max nicht kannte.

Er ließ sich das Dokument ausdrucken.

Dann rüttelte er Benny wach.

»Du musst für mich die Bücher durchsehen. Jedes einzelne aus dem Regal nehmen, durchblättern und schütteln.«

Benny blinzelte, streckte sich und gähnte. »Was soll ich suchen?«

»CDs.«

»Eh? In Buch?«

»Sí. Vamos!«

Während sich Benny an die Arbeit machte, nahm sich Max noch einmal den Schreibtisch und den Aktenschrank vor, schaute hinter und unter ihnen nach.

Dann durchsuchte er die Kommode. Er ließ alles auf den Fußboden fallen. Kleider, Schmuck, ein paar Fotoalben, eine Pistolentasche mit einer Tokarew und zwei vollen Magazinen. Er riss die Schubladen heraus. Blätterte durch die Fotoalben und schüttelte sie. Lose Schnappschüsse fielen auf den Boden. Er beachtete sie nicht.

Er sah den Kleiderschrank durch, griff in sämtliche Jacken- und Manteltaschen.

Er warf alles auf den Boden.

Er zog die Bettwäsche ab und presste die Fäuste in die Matratze.

Er schob das Durcheinander, das er angerichtet hatte, zusammen und klopfte die Wände und die Dielenbretter ab, suchte nach Hohlräumen.

Dann zog er die oberste der drei Schubladen des Aktenschranks auf und stöhnte. Sie war vollgestopft mit Hängeordnern, die ebenfalls kurz vorm Platzen waren. Er zog den ersten heraus.

Dann hörte er Musik. Musik, die er kannte. Laute Musik, die er kannte. Funky Gitarre, hämmernder Disco-Rhythmus, Klavier, Bläser, ein Pfiff. »*Chug-chug! Aaaahh … Beep-beep!*«

»Bad Girls« von Donna Summer.

Benny tanzte mit einer LP-Hülle in den Händen durchs Zimmer und sang mit, dass man ja nicht zum Zuge kommt, wenn die Taschen leer sind.

»Was zum Teufel machst du da?«, schrie Max.

»Arbeit ist viel besser mit Musik!«, schrie Benny und schob im perfekten Rhythmus die Hüften vor.

»Mach das aus!«

»Magst du Donna nicht?«

»Mach das aus!«

»*Momento.* Die Stelle jetzt mag ich!« Benny steigerte seine

Hüftbewegungen zu krampfartigen rhythmischen Stößen, während Donna die *bad girls* besang, *sad girls, such dirty bad girls, beep-beep!*

Seinerzeit hatte Max Donna Summer geliebt. Er besaß sogar das Album, das Benny jetzt in der Hand hielt. Es hieß ebenfalls *Bad Girls*.

Aber just in diesem Moment konnte er es nicht ertragen.

Dann sah er etwas auf dem Fußboden liegen, auf dem Benny seine funky Schritte vollführte.

Ein halbes Dutzend CDs.

»Benny! *Stopp!*«

»Okay, okay.«

Dann bemerkte auch Benny die CDs auf dem Fußboden, und dass er auf zweien davon stand.

»Oh nein. Ist deine CDs, Max.«

Max sammelte sie auf. Blaue CDs von TDK mit roten Zahlen darauf. Die übrigen fand er in den anderen LP-Hüllen neben den Schallplatten.

48

Max schob die erste CD in den Computer. Sie drehte sich sekundenlang lautstark im Laufwerk, dann endlich erschien ein Symbol auf dem Bildschirm. Er klickte es an, und ein hellblauer Ordner erschien: »Eldon Burns«.

Er öffnete ihn. Der Ordner hatte mehrere Unterordner, ebenfalls in Hellblau, mit Titeln wie: »Polizeiberichte«, »Fotos«, »Kontakte«, »Zeugenaussagen«.

Er fing mit den Fotos an. Eldon, wie er kurz vor seinem Tod ausgesehen hatte: gebeugt, klapprig, weißhaarig, hilflos, harmlos. Ein alter Mann im maßgeschneiderten Sportsakko mit offenem Hemd, der aus seinem großen Haus tritt und in ein Taxi steigt. Aus dem Taxi aussteigt und die Stufen zum Studio auf der 7th Avenue hinaufgeht. Am späten Nachmittag das Studio verlässt und wieder in seinem Haus verschwindet. Immer allein. Da ist keiner, der auf ihn wartet.

Auf dem unteren Rand der Fotos war digital die Uhrzeit eingedruckt.

Vanetta hatte Eldons Tagesablauf gekannt und gewusst, wo er wohnte.

Eldon war ein leichtes Ziel gewesen, eine leichte Beute.

Wer hatte die Fotos geschossen?

Max stellte das Diagramm neben dem Bildschirm auf und griff nach der nächsten CD.

Nach und nach setzte Max, die ganze Nacht hindurch, die Puzzleteile zusammen und erfuhr, was Vanetta Brown widerfahren war.

Die CDs enthielten haufenweise streng geheime FBI-Dokumente, unter Verschluss stehendes Material, das nur Quinones besorgt haben konnte: Zeugenaussagen, Abschriften von Abhöraktionen, über einhundert Fotos, kriminaltechnische Berichte und Autopsieergebnisse. Es war genug, um Eldon und alle, mit denen er je Geschäfte gemacht hatte, mehrmals zu ruinieren.

Und dann war da Joes Arbeit. Von 1985 bis März 2008 hatte er persönliche, private und hochgeheime Ermittlungen geführt. Er hatte in Nordamerika über zweihundert Personen befragt, jedes einzelne Wort aufgenommen und sowohl die Sound-Datei als auch die Abschrift gespeichert.

Max las. Max hörte zu. Max sah.

Je tiefer er vordrang, umso mehr verlor er alle seine Gewissheiten.

Er mochte es kaum glauben, aber er wusste: Es war die Wahrheit.

Er legte zwei Pausen ein. Die erste fürs Abendessen. Benny, die Familie Dascal und er hatten gemeinsam an einem Tisch gesessen und Kichererbsensuppe mit Speck und frisch gebackenes Brot gegessen.

Als Max wieder vor dem Computer saß, wurde ihm klar, dass er sich an das Abendessen praktisch nicht erinnerte. Er wusste nicht mehr, wie die Suppe geschmeckt hatte, ob er sie überhaupt gemocht hatte oder nicht. Noch viel weniger erinnerte er sich an Sarahs Familie, nur dass sie alle Englisch gesprochen hatten und dass es ein freundliches und oberflächliches Gespräch gewesen war. Gegen Ende hatte Sarah sie beide eingeladen, die Nacht bei ihnen zu verbringen. Er hatte sich bedankt, nahm er an. Er war weit weg gewesen, in Gedanken bei dem, was er gerade gelesen hatte, und dem, was ihn noch erwartete. Er hatte an Joe gedacht und an die Geheimnisse, die er für sich behalten hatte, die Dinge, die er aufgedeckt hatte, die Risiken, die er eingegangen war, ganz allein.

Noch mehr CDs. Noch mehr Pfeile, die nach oben und nach unten und zur Seite flogen und allesamt zu Eldon zurückführten, auf ihn zeigten und ihn anklagten, ihn durchsiebten.

Die Augen und der Kopf taten ihm weh, es wurde immer anstrengender, auf den Bildschirm zu schauen. Seine Hände zitterten. Er war wütend. Wütend auf eine Erinnerung. Wütend auf einen Geist. Die Anspannung presste ihm den Kopf zusammen, dann krampfte sie sich in seinem Nacken fest, drückte zu, immer enger, ließ nicht mehr los.

Er trat auf den Balkon hinaus, um Luft zu holen, aber

es schüttete noch immer, und er war in Sekundenschnelle durchnässt. Es war ihm egal. Er stand mit geschlossenen Augen und offenem Mund da und ließ sich nassregnen. Drinnen trocknete er sich Gesicht und Hände am Vorhang ab.

Irgendwann zwischendurch hatte Benny das Radio eingeschaltet, das sogar Empfang hatte. Behutsam hatte er Max unterbrochen, um ihm mitzuteilen, dass in Kürze die Nachrichten kommen würden. Das Intro wehte schwach und altmodisch durchs Zimmer, als käme es aus einer Séance, dann folgte unverständliches spanisches Gebrabbel.

Benny übersetzte: Man hatte die Leichen der Polizisten am Straßenrand gefunden, berichtete der Sprecher. Die Polizei ging davon aus, dass sie auf das Konto des Duos gingen, das wegen der Morde in Havanna gesucht wurde. Wie man zu diesem Schluss gekommen war, erklärte er nicht, dafür pries er die beiden Polizisten als Helden der Revolution, junge Märtyrer, die für die Sicherheit aller Kubaner ihr Leben gegeben hatten. Dann wurde von dem gestohlenen Chevy Bel Air berichtet, der in Trinidad gefunden worden war. Die Verdächtigen, fuhr der Nachrichtensprecher fort, seien aller Wahrscheinlichkeit nach in Richtung Santiago de Cuba unterwegs. Zum guten Schluss erging er sich in einer Hetztirade gegen das unmenschliche US-Embargo und dass der imperialistische Nachbar seinen Bürgern nicht erlaube, nach Kuba zu reisen, weil er verhindern wolle, dass sie erfuhren, dass alles, was man ihnen über dieses Land erzählte, nur ein Netz aus Lügen und Desinformation war, das einzig und allein dazu diente, das barbarische und erbärmliche Embargo zu rechtfertigen. Aber, fuhr er fort, der imperialistische Rowdy sei gescheitert, weil viele seiner mutigen und intellektuellen Bürger trotzdem nach Kuba reisten. Man könne sie leicht erkennen, fügte er hinzu: Sie sagten, sie kämen aus Kanada.

Max hätte schockiert sein sollen.

War er aber nicht.

Nicht einmal besorgt. Im Moment nicht. Im Vergleich zu dem, was er gerade vor sich sah, kamen ihm seine derzeitigen Schwierigkeiten weit weg vor, eine Bagatelle, die irgendeinen Unbekannten betraf.

Benny dagegen hatte eine Heidenangst. Er zitterte. Der Geruch nach faulem Fleisch, den er verströmte, war stärker geworden, und aus seiner Wunde drang eine zähe, durchsichtige Flüssigkeit. Er brauchte dringend einen Arzt.

Max betrachtete die Karten an der Wand. Er sah die Windward-Passage, die auf beiden eingetragen war, aber keine Insel zwischen den beiden Ländern.

Sein Blick fiel auf Guantánamo, erst die Stadt, dann die Provinz. Kein Hinweis auf den amerikanischen Stützpunkt dort, dabei wusste die ganze Welt, wo der lag.

Und dann fiel ihm ein, wie die Insel zu finden war.

Irgendwann später kam Sarah mit zwei Handtüchern herein. Es gebe Seife im Badezimmer, sagte sie, aber sie sei sparsam zu benutzen, weil sie sich dem Ende zuneige und noch zehn Tage für die ganze Familie reichen müsse.

Sie sah das Durcheinander im Zimmer. Sie fragte, wie es ihm gehe. Als sie den Ausdruck auf seinem Gesicht sah, nickte sie und zog leise die Tür hinter sich zu.

Kurz vor Morgengrauen war er fertig. Es hatte aufgehört zu regnen, Hähne krähten.

Er warf noch einen Blick auf seine Notizen und erzählte sich selbst einmal mehr Vanetta Browns traurige, brutale und vor allem herzzerreißende Geschichte.

49

Noch am selben Morgen nahmen Max und Sarah bei einer Tasse Kaffee im Wohnzimmer Abschied. Das Haus war leer. Sarahs Mann hatte die Kinder auf dem Weg zur Arbeit in die Schule gebracht. Benny saß mit den CDs, dem Schaubild und Max' sämtlichen Notizen abfahrbereit im Wagen und wartete.

Max dankte Sarah für ihre Gastfreundschaft und für das, was er hier in Erfahrung gebracht hatte, auch wenn dieses neue Wissen ihn fertigmachte.

Er war froh, dass Eldon tot war, dass Vanetta Brown ihre Rache bekommen hatte. Eldon hatte es nicht anders verdient, auch noch in seinem Alter, wo es kaum noch zählte, kaum noch einen Unterschied machte. Aber er hatte noch immer keine Ahnung, warum sie Joe getötet hatte, ihren Freund und Verbündeten, ihren Helfer. Das war eine Frage, die er ihr schon bald von Angesicht zu Angesicht stellen wollte. Max hoffte, dass sie einen guten Grund vorbringen konnte. Alles andere würde nicht reichen.

Sie fuhren hinunter zur Bucht.

Es hatte aufgehört zu regnen, aber der Himmel sah unentschlossen und unbeständig aus, einmal verdunkelten sich die Wolken zu einem finsteren Stirnrunzeln, im nächsten Moment brachen sie wieder auf, und hier und dort war blauer Himmel zu sehen. Das Sonnenlicht war schwach und körnig und konnte die abgekühlte Luft noch nicht wieder aufwärmen.

Die Schönheit Santiago de Cubas war hinweggespült worden. Die Stadt stand unter Wasser. Es troff von allen Zweigen und Blättern, an den Telegrafenmasten hingen Wassertropfen wie leere Kokons, an den Hausecken plätscherte es von den Dächern, an Fenstern und Türen kondensierte die Feuchtigkeit wie Schweiß und Tränen, Ziegelwände waren komplett durchnässt. Das Museo Emilio Bacardi – auf jeder Postkarte und in jedem Faltblatt zu sehen, ein kreideweißer Prachtbau im römischen Stil mit geriffelten Säulen und lateinischen Lettern über dem Eingang – stand in der Farbe kalter Zigarettenasche bescheiden und unauffällig da. Der riesige Engel über dem Portal der Catedral de la Asunción, der über das Gesims nach unten spähte, als wolle er die Kirchenbesucher zählen, sah aus, als wäre er kurz davor, auf den Vorplatz zu stürzen. Flaggen hingen triefend an ihren Masten, zu nass, um im Winde zu wehen. In sämtlichen Straßen standen die Schlaglöcher voll Wasser und bildeten ausladende Seen, die immer wieder vollliefen, egal wie viele Autos hindurchfuhren und dabei rechts und links schmutzige Schwanenflügel kriegten. Das Wasser teilte sich nur ganz kurz und floss sofort wieder zusammen. Auf den Straßen schwammen Treibgut und was so aus der Kanalisation hochkam, hier und dort dekoriert mit leuchtend bunten, zerzausten Blüten. Die Menschen arbeiteten sich vorsichtig über die Gehwege, hielten sich die Nase zu und achteten sehr genau darauf, wo sie hintraten.

Benny hatte über Nacht deutlich abgebaut. Er saß zusammengerollt auf dem Beifahrersitz und zitterte und schwitzte wie ein Junkie auf dem Höhepunkt des Entzugs. Zwischen seinen trockenen, überhitzten Atemzügen hörte Max, wie ihm die Zähne klapperten. Seine Wunde war eingefallen wie ein vergiftetes Soufflé, die Haut nach innen gesogen und vom Mund bis zum Ohr von schwärzlich dunkellila Färbung, sodass die Fäden überhaupt nicht mehr auffielen. Max kurbelte das Fenster herunter, um den Gestank hinauszulassen, aber Benny flehte ihn an, es wieder zu schließen, erst weil ihm eiskalt war und dann, weil der Wind so heiß blies, dass er das Gefühl hatte, gekocht zu werden.

»Gehen Sie runter zum Jachthafen und folgen Sie den hübschen Frauen.« So, hatte der Verkäufer von Discos del Loro gesagt, würde er das Lone Star finden. Also fuhr er zum Hafen und hielt nach hübschen Frauen Ausschau.

Er parkte den Firedome vor einer Reihe vernagelter Geschäfte am Ende einer abschüssigen Straße. Ungeachtet seines Zustands wollte Benny ihn unbedingt begleiten, wollte lieber in Bewegung sein, als im Auto zu sitzen. Besser auf den Beinen erwischt werden als auf dem Arsch, sagte er.

Der Jachthafen war von einer langen, breiten Promenade gesäumt, deren Holzbohlen vom Regen dunkelbraun und weich geworden waren. An dem halben Dutzend Stegen, die ins Meer hinausragten, lagen mehrere Segelboote. Deckhelfer schaufelten Wasser aus den Rümpfen und wrangen die Segel aus. An ein paar kleinen Kiosken wurden Küstenfahrten, Tauchunterricht und Angeltouren feilgeboten – überall zum gleichen Preis, der vom Staat gedeckelt und auch vom Staat eingenommen wurde, Wettbewerb nicht vorhanden. Kundschaft gab es keine. Die Verkäufer saßen gelangweilt in ihren Holzkabinen und schauten zum Himmel hinauf, lasen Zeitung oder beobachteten die beiden Boote, die aus der Ferne näher kamen. Straßenfeger beförderten tote Möwen und Fische zurück ins Meer und fegten den Müll zu nassen Haufen zusammen, aus denen sie alsdann die Flaschen und Dosen herausklaubten, die sie in Einkaufstüten sammelten. Aus diversen Lautsprechern schepperten rivalisierende Versionen von »Guantanamera«, und dieses eine Mal lieferten die gedämpfte Melancholie und die Mutlosigkeit des Liedes die perfekte Untermalung zur Szenerie.

Benny hustete und schwankte und hatte die Arme eng um sich geschlungen, als müsse er seinen Körper zusammenhalten. Max musste mehrmals auf ihn warten, weil er zurückgefallen war. Ein paar uniformierte Polizisten standen breitbeinig und steif da, die Hände hinter dem Rücken, als wären sie kurz davor, in Habachtstellung zu gehen, als erwarteten sie hohen Besuch. Sie beachteten weder Max noch Benny. Sie schauten starr aufs Meer hinaus.

Max folgte ihren Blicken. Was er für zwei Boote gehalten hatte, waren in Wirklichkeit vier – Schnellboote, die dicht nebeneinander fuhren, als lieferten sie sich ein Wettrennen. Sie hielten auf einen ungenutzten Steg zu, der ein Stückchen abseits lag und wo es weder Boote noch Verkaufsstände noch Polizisten gab. Nur ein paar Frauen hatten sich dort versammelt.

Alle Anfang zwanzig – vielleicht jünger –, eine hübscher als die andere, aufgeputzt wie für eine Party, dabei war es nicht einmal Mittag. Hohe Schuhe, hautenge Jeans, Miniröcke, enge bauchfreie Tops, Bauchnabelpiercings. Sie redeten und rauchten und fächelten sich mit Zeitschriften Luft zu.

Die Boote legten zu beiden Seiten des Stegs an, die Passagiere stiegen aus. Alles Männer. Sieben Weiße, zwei Schwarze, ein Asiat. Sehr tief hängende Jeans, Khaki-Shorts, Chinos, Baseballkappen, den Schirm nach hinten gedreht, oder Bandanas, Sonnenbrille, Tätowierungen, Turnschuhe, Militärhaarschnitt oder kahl rasierter Kopf. Sie begrüßten einander mit Abklatschen und Faust an Faust. Dann stolzierten sie lachend und Witze reißend auf die Frauen zu. Ihre Stimmen waren laut, ihr Akzent unverwechselbar: Amerikaner. Und wie locker und vergnügungssüchtig sie auch daherkommen mochten, sie alle hatten diesen schwingenden, gemessenen Gang, der »Soldat« schrie.

Max hörte stockende Versuche im Spanischen, die in spanisch gefärbtem, fließendem Englisch beantwortet wurden. Dann ein paar Namen: Rusty, Evander, Bill, Travis. Hände wurden geschüttelt oder geküsst. *Mucho gusto,* sagten die Mädchen, eine vollführte einen Knicks, ein paar kicherten, alle waren sie verzückt.

Nach diesen Formalitäten spazierten sie zusammen die Promenade entlang.

Max und Benny folgten ihnen.

Die Promenade löste sich nach und nach in Wohlgefallen auf. Zuerst war ziemlich unvermittelt kein Geländer mehr da, dann fehlten immer mehr Holzplanken und gaben den Blick auf den schlammigen Sand frei, bis nur noch zwei parallel verlaufende Balken übrig waren, die über den leicht abschüssigen Untergrund mit den losen Steinen liefen. Das Meer trug hier regenbogenfarben schillernde Ölflecken und sah schlammig aus, die Brandung, die an die Küste schlug, war von einem karamellisierten Ocker.

Weiter voraus sahen sie eine lange Betonmole mit Lagerhäusern, einem Gaswerk, gestapelten Containern und ein paar fest installierten Kränen.

Die Gruppe hatte sich inzwischen in mehrere Pärchen aufgelöst, die sich mit sich selbst beschäftigten. Einer der beiden Schwarzen hatte den Anfang gemacht, indem er mit der jungen Frau im blauen Faltenröckchen, das ihr kaum über den Po reichte, und dem Pferdeschwanz, der ihr hüpfend über den ganzen Rücken fiel, zur Seite abgedriftet war. Die anderen folgten seinem Beispiel – einer für alle und alle für einen. Max schaute sich um und stellte fest, dass sich am Steg schon wieder neue Frauen versammelten.

Die Gruppe stieg eine kurze Treppe hinauf, lief ein Stück an der Mole entlang und verschwand dann zwischen zwei Lagerhäusern. Das war das Letzte, was Max und Benny von ihnen zu Gesicht bekamen.

Der schmale Weg verlief zwischen zwei Lagerhäusern und endete an einer hohen Sandsteinmauer, die mit Dornen und Nato-Draht bewehrt war. In der Mitte der Mauer saß eine dicke Tür aus gebürstetem Stahl, die nur von innen geöffnet werden konnte.

Max klopfte.

Fast im gleichen Moment wurde die Schiebeklappe zurückgezogen. In dem offenen Rechteck erschienen zwei braune Augen und eine dunkle, stark gerunzelte Stirn.

»Ja?« Die Stimme war barsch und latino-amerikanisch.

»Kann ich reinkommen?«, fragte Max.

»Einheit?«

»Zivilist.«

»Wie sind Sie hier gelandet?«

»Hab in einer Kneipe davon gehört.«

»In welcher Kneipe?«

»Irgendwo in der Stadt. Den Namen weiß ich nicht mehr. Die sehen doch alle gleich aus«, witzelte Max.

Der Mann lachte. Die Klappe wurde lautstark zugezogen. Max und Benny tauschten einen Blick.

Die Klappe ging wieder auf.

»Ausweis?«, fragte der Mann.

Max zog seinen Pass aus der Tasche, schlug ihn auf und hielt ihn hoch.

Der Mann betrachtete das Foto, dann musterte er Benny.

»Wer ist das?«

»Der gehört zu mir«, sagte Max.

»Sieht krank aus.«

»Es geht ihm schon viel besser.«

Drei Riegel wurden schnell hintereinander zurückgezogen.

Fassungslos und perplex stand Max vor dem, was er hinter der Tür vorfand. Alles, was er dort sah, war ihm vertraut, aber vollkommen fehl am Platz. Benny war wie vom Donner gerührt. Seine fiebrigen Augen blinzelten hektisch, auf seinem offenen Mund erschien ein verstörtes Lächeln, in seinen Mundwinkeln sammelte sich Speichel. Beide waren sie sprachlos, jeder mit seiner eigenen Fassungslosigkeit beschäftigt. Einen Moment lang standen sie beide wie angewurzelt da, weil der Ort, an dem sie hier gelandet waren, so gar nicht dem entsprach, was sie erwartet hatten.

Auf den ersten Blick war es eine typisch kubanische Straße: rechts und links ein- bis zweistöckige Gebäude im spanischen Kolonialstil, dazwischen, vollkommen aus dem Rahmen fallend, ein paar düstere, einfallslose sowjetinspirierte Betonklötze. Die kopfsteingepflasterte Straße war eine Fußgängerzone und voller Menschen, die die Fahrbahn und die weiß geränderten Gehwege bevölkerten.

Im nächsten Moment jedoch kriegte das Bild Risse und klappte in sich zusammen. Ungefähr auf halber Höhe der Straße prangte auf einem hohen grauen Masten das goldene M von McDonald's. Der blinkende rote Neonpfeil darunter zeigte nach rechts. Ein Stückchen weiter strahlte das fröhlich onkelhafte Gesicht Colonel Sanders' von einem rotweißen KFC-Schild herab.

Jedes einzelne Geschäft, Restaurant und Café auf dieser Straße war amerikanisch. Im ehemaligen Heim einer gut situierten – inzwischen ins Exil gegangenen – Familie residierte ein Wal-Mart. Der war so überreich ausgestattet, dass sich die Waren auf dem Fußboden stapelten. In einem Gebäude mit dem Charme des Kalten Krieges und verblasster russischer Schrift auf der Fassade florierte eine CVS-Drogerie. Es gab Starbucks, Subway, Johnny Rockets, Chuck E. Cheese's, Domino's Pizza und Taco Bell.

Sie mischten sich unter die Menschenmenge, die hauptsächlich aus entspannt umherspazierenden amerikanischen Soldaten auf Freigang bestand, die meisten von ihnen jung und männlich. Die einzigen Kubaner außer Benny waren junge Frauen, die Hand in Hand mit einem Soldaten flanierten, vor den Bars auf dem Schoß eines Soldaten saßen, drinnen auf den Tischen tanzten oder mit einem Soldaten in einem der Häuser verschwanden, in deren Fenstern Stundenpreise angegeben waren.

Alle paar Meter stand ein Papp-Castro in grüner Kampfuniform mit Kappe und schwarzen Stiefeln auf dem Gehweg, eine Zigarre zwischen den gefletschten Zähnen, die Finger zum Peace-Zeichen gereckt. Jeder einzelne von ihnen war in irgendeiner Weise verunstaltet. Man hatte ihnen Schimpfwörter aufs Gesicht gekritzelt oder auf den Körper gesprüht und sie mit Wahlkampfstickern von Bush/Cheney oder McCain/Palin beklebt.

Die einzigen Autos waren ähnlich uralte Schlitten, wie die Kubaner sie fuhren, nur in sehr viel besserem Zustand. Die Karosserien erstrahlten in frischem Lack und Wachs, die Chromteile blitzten, und die Scheiben waren so klar wie Spiegel.

Sie kamen an einem gut besuchten Kasino vorbei, im Eingang standen kubanische Miezen mit Frack, Krawatte und schwarzem Mieder und lockten die Passanten heran. Ein Sinatra-Imitator übertönte mit einer perfekten Interpretation von »Pennies From Heaven« den Lärm der Geldspielautomaten und Rouletteräder. Es folgten ein Bowling-Center mit sieben Bahnen, ein Spielzeugladen und ein Schießstand, wo auf Castros, Guevaras und Bin Ladens aus Blech geschossen wurde. Der erste Preis war »eine echte kubanische Flagge«.

Fast am Ende der Straße stießen sie auf einen Laden namens *Gitmo Gear*, der Souvenirs von der Militärbasis Guantánamo Bay feilbot. Zum Beispiel lebende Leguane – das inoffizielle Maskottchen des Stützpunkts – mitsamt Käfig oder tote in zwei Ausführungen: ausgestopft oder in einem großen Glas in Formaldehyd konserviert. Es gab auch Leguan-Schlüsselanhänger, Leguan-Stifte und -Tassen und Kühlschrankmagnete für Sie und Ihn, auf denen die Leguane Bermudashorts oder Bikini mit Paisleymuster trugen. Auch T-Shirts gehörten zum Angebot: »Willkommen in den Taliban-Towers – der neuesten Fünf-Sterne-Anlage der Karibik« stand auf einem, darunter die Silhouette der Einfahrt zur Basis, bestehend aus einem bemannten Wachturm und einer mit Nato-Draht bewehrten Mauer. Außerdem gab es ein orangefarbenes Modell, das mit einem Skelett im Hidschab bedruckt war, und ein graues Muskelshirt mit einem Leguan, der mit verschränkten Armen vor den »Stars and Stripes« stand, dazu der Schriftzug »Joint Task Force – Defenders of Freedom«. Sie wurden in allen Formen und Größen angeboten, in XXXXXL-Elefantengröße und für Kleinkinder.

Als Max vor dem Schaufenster stand, bemerkte er eine Spiegelung im Glas: ein Neonschild in Form eines großen fünfzackigen Sterns, der erst rot, dann weiß, dann blau blinkte.

Er drehte sich um. Das Schild hing an dem größten Haus dieser bizarren, hermetisch abgeriegelten Straße: zwei Stockwerke mit Balkonen, geschlossenen Fensterläden und einer texanischen Flagge am Mast neben dem Eingang.

The Lone Star.

50

Drinnen wurden sie von rötlichem Schummerlicht und dem stechenden Gestank nach Zigarrenrauch in Empfang genommen. Dann laute Musik, ein Gemisch aus Rock und Rap, das zu Hause richtig populär sein musste, weil die Männer zappelten wie Setzlinge im Seitenwind – Luftgitarren, Teufels-Zeichen, Headbanging, Hüftstöße –, während sich die Frauen um sie herum in einem Stadium verhaltener Eleganz wiegten, ihre Bewegungen, genau wie ihr Partylächeln, diplomatisch, ihre Augen aber sagten: *Esta música gringa es una mierda.*

Es war voll, aber nicht zu voll. An den Wänden und in den Ecken saßen Soldaten und Frauen in fröhlichen Runden und redeten und lachten, die Frauen reine Requisiten wie die Aschenbecher, die Bier- und Schnapsgläser, die durchtränkten Bierdeckel auf den langen Tischen.

In der Mitte des Raumes standen Männer in dichten Fünfertrupps beisammen, tranken ihr erstes Bier und nahmen die Frauen in Augenschein, die schweigend und einsatzbereit ihnen gegenüber Position bezogen hatten, dazwischen leerer Raum. Zur Rechten die Theke. Sie war gut bestückt und schien sich bis in die Unendlichkeit zu erstrecken, damit auch jeder Gast schnell bedient werden konnte. Verkauft wurden nur amerikanisches Bier, amerikanischer Alkohol und amerikanische Softdrinks – und jene dicken kubanischen Zigarren, an denen praktisch alle Anwesenden herumnuckelten.

Kellnerinnen brachten Getränke zu den Tischen und leere Gläser zurück zur Theke. Sie hatten hübsche Gesichter mit harter Miene und erotische, ebenso angespannte Körper und trugen Uniformen aus PVC-Stetsons in Pink, Grün oder Orange mit blinkenden Neon-Hutbändern, passende BHs und Stringtangas, dazu Stiefel und Chaps aus PVC mit Fransen und goldenem Glitter. Die Gäste schoben ihnen das Trinkgeld in die Tangas und BHs. Wagte sich eine Hand weiter vor, erntete sie einen bedrohlichen Blick von einem der zahlreichen Rausschmeißer, die im Laden unterwegs waren – breite Kerle in engen T-Shirts und Stiefeln mit Stahlkappe, die Pfefferspray und Messingtotschläger am Gürtel trugen.

Max und Benny durchquerten den Saal. Mehrere Frauen versuchten, mit Max Blickkontakt aufzunehmen. Manche tippten ihm auf die Schulter und fragten nach der Uhrzeit, baten um Feuer oder sagten einfach *hola*. Um Benny machten sie alle einen Bogen. Ein paar hielten sich die Nase zu, als er vorüberging.

Max schnappte sich eine Kellnerin und fragte sie, wo *Señor Dallas* zu finden sei. Ein Versuch ins Blaue. Einer der Texas-Playboys nannte sich Dallas. Die Kellnerin zuckte mit den Schultern und zeigte mit dem Finger nach oben. Als sie sah, dass er sie nicht verstand, führte sie Benny und ihn zu einem Durchgang zwischen zwei Tischen und zeigte auf die Treppe am Ende des Flurs. Max bedankte sich und hielt ihr einen Zwanzig-Peso-Schein hin. Sie warf einen verachtlichen Blick darauf und ging davon.

Oben sah es völlig anders aus. Die Titelmelodie von *Rocky* dröhnte aus den Lautsprechern, begleitet von einer Menschenmenge, die sich in der Mitte des Raumes um einen von drei grellweißen Scheinwerfern beleuchteten Boxring versammelt hatte.

Dort standen sich in Angriffsposition zwei Frauen gegenüber, oben ohne und in Stringtangas statt Shorts. Sie trugen knallrote Witz-Boxhandschuhe, die mehrere Nummern zu groß und weich wie Daunenkissen waren, und standen auf Rollerskates, sodass sie, unter den Augen einer Ringrichterin in glänzend schwarzem Catsuit, versuchen mussten, sich beim Boxen und Parieren auf den Beinen zu halten. Die Ringrichterin schob die beiden auseinander, wenn sie klammerten, und trieb sie zu mehr Angriffslust an, wenn sie zu weit auseinandergingen. Das Ganze war nicht sexy, sondern idiotisch, aber die drei nahmen ihre Sache ernst. Die Boxerinnen schwangen mit ernster Miene ihre Jabs, die Ringrichterin kniff konzentriert die Augen zusammen.

Keine von beiden landete einen richtigen Schlag. Sie umkreisten einander außer Reichweite, dann rollte eine mit einem Täuschungsmanöver vor. Max beobachtete voller Bewunderung, wie sie ausholen und gleichzeitig das Gleichgewicht halten konnten, ohne hinzufallen. Ihre perfekte Auge-Hand-Koordination, ihre Haltung und die Art, wie sie mit Hilfe der Rollerskates mehr Kraft in ihre Schläge legten, ließen Max vermuten, dass es sich um ausgebildete Tänzerinnen oder Turnerinnen handelte. Dem ausschließlich männlichen Publikum war das herzlich gleichgültig. Die Menge jubelte und grölte, wann immer eine Brust schwang oder Pobacken wackelten. Sie ließen Bier und Dollarscheine in den Ring regnen.

Max vermutete, dass er den Mann, den er suchte, hier nicht finden würde.

Benny und er stiegen die nächste Treppe hinauf.

Sie stießen eine schwere Doppeltür auf, die den Lärm von unten weitgehend dämpfte.

Sie fanden sich in einem überraschend eleganten, sogar

geschmackvollen Raum mit roten Teppichen, Topfpflanzen, Holztischen und -stühlen, zwei brennenden Kerzenleuchtern und fast ohne Menschen wieder. Ganz hinten an der Wand saß, in ein leises Gespräch versunken, händchenhaltend ein Pärchen. An der Theke am anderen Ende des Raumes hockten drei Rausschmeißer und unterhielten sich mit dem Barmann.

Max ging zu ihnen.

»Was kann ich für Sie tun?«, fragte der Barmann. Er war stämmig und kahl rasiert. Um seinen Mund herum wuchs in Hufeisenform ein dicker schwarzer Schnauzbart, auf seinen Hals war in Schnörkelschrift ein Name tätowiert.

»Ist Señor Dallas hier?«

»Nein.«

»Und Señor Houston?«

»Nein.«

»Señor Austin?«

»Der kommt tagsüber nicht raus. Im Moment sind nur Arlington, Crawford und Plano da.«

»Crawford?« Max lächelte. In Crawford lag die Ranch von Präsident Bush. »Mit dem würde ich gern sprechen.«

»Worüber?«

»Geschäfte.«

»Was für Geschäfte?«

»Welche zum Geldverdienen.«

Der Barmann sah ihm eine Sekunde lang in die Augen, warf den Rausschmeißern einen Blick zu und schaute dann wieder zu Max. »Setzen Sie sich.« Er nickte zu einem Tisch in der Ecke.

Max und Benny setzten sich, der Barmann sprach mit einem der Rausschmeißer, der daraufhin den Raum verließ.

Dann kam der Barmann zum Tisch und nahm Max gegenüber Platz.

»Ich kenne Sie nicht«, sagte er. Er trug ein weißes Hemd mit Druckknöpfen, die Ärmel über die Ellbogen hochgerollt. Max sah weitere Tätowierungen: »USMC« auf dem Unterarm, auf beiden haarigen Handrücken ein Weißkopfseeadler, irgendetwas auf der Brust.

»Ich habe nach Crawford gefragt«, sagte Max.

»Ich kenne Sie nicht«, wiederholte der Mann. Hispanischer Akzent. »Woher kennen Sie mich?«

»Tue ich nicht. Ich fragte nach Crawford.«

»Das bin ich.«

»Warum sagen Sie das nicht gleich?«

»Ich sage es jetzt. Sind Sie Polizist?«

»Nein.«

»Sie sehen aus wie einer.«

»Das höre ich immer wieder«, sagte Max.

»Wer sind Sie?«

»Jemand, der etwas braucht.«

»Was?«

»Eine Landkarte von Kuba.«

»Die kriegen Sie bei der Touri-Info umsonst.«

»So eine habe ich schon. Ich brauche eine von euch. Von der Armee.«

Crawford rieb sich das Kinn und strich sich über den Bart, dabei drückte er die Enden mit Zeigefinger und Daumen flach.

»Warum?«

»Ich hab mich verlaufen«, sagte Max.

»Haben wir das nicht alle?« Crawford grinste. Er zog eine Schachtel Marlboro Lights aus der Hemdtasche und steckte sich eine an. »Sicher, dass Sie kein Bulle sind? Wenn Sie nämlich doch einer sind und es mir nicht sagen, würden Sie damit eine strafbare Handlung provozieren, *ese?«*

»Ich bin kein Polizist.«

»Journalist?«

»Nein.«

»Terrorist?«

»Bitte!«

»Sind Sie?«

»Ich sagte es ja bereits«, seufzte Max. »Was ist mit der Karte?«

»Was soll damit sein?«

Sie schauten sich in die Augen. Max sparte sich den Polizistenblick, sah ihn nicht zu lange an. Crawford hatte mit einigen Polizisten Bekanntschaft gemacht. Er hatte einen Höcker auf der Nase und Narben unter den Augenbrauen. Max vermutete, dass er geboxt hatte, bevor er zur Armee gegangen war. Vielleicht war die Sexshow unten auf seinem Mist gewachsen.

»Hören Sie«, sagte Max. »Wenn ich bei Ihnen nicht kriege, was ich will, fahre ich nach Guantánamo, suche mir einen Schuppen wie diesen und frage noch mal freundlich an.«

»Es gibt keinen anderen Schuppen wie diesen in Kuba, *ese.«*

»Wenn Sie mit mir ins Geschäft kommen wollen, lassen Sie uns ins Geschäft kommen, wenn nicht, sagen Sie das Wort mit N, und ich verschwinde.«

»Ist ein weiter Weg nach Gitmo, Kumpel.« Crawford blies Zigarettenrauch über ihn hinweg.

»Ich muss los.« Max tippte Benny auf die Schulter und machte Zeichen zu gehen.

Crawford lächelte und schüttelte den Kopf. »Okay. Setzen Sie sich. Ich kann Ihnen die Karte besorgen. Kein Problem.«

»Wie viel?«

Crawford tat, als würde er nachdenken, in Wirklichkeit aber versuchte er abzuschätzen, wie viel er aus Max herausholen konnte. Er sah die verknitterte Kleidung, das müde Gesicht, die weißen Stoppeln auf Max' Wangen und auf seinem Kopf. Dann sah er Benny, der benommen und zitternd neben ihm saß, seine infizierte Wunde nässend und stinkend.

»Zweitausend«, sagte er.

»Touristenpesos, richtig?« Max hatte nur noch siebenhundert Pesos im Portemonnaie.

»Pesos? Was glauben Sie, wo Sie hier sind, *ese?*« Crawford lachte. »US-Dollar.«

»Ich habe keine dabei«, sagte Max. »Und zweitausend ist viel zu viel.«

»Wie dringend brauchen Sie die Karte?«

»Fünfhundert dringend.«

»Also nicht so dringend, Kumpel.«

»So leicht haben Sie nie wieder fünf Scheine verdient.«

»Was soll das heißen?«

»Ich wette, Sie haben hier irgendwo eine rumliegen.«

Crawford musterte ihn erneut. Dachte noch einmal nach.

»Eintausend, und sie gehört Ihnen.«

»Fünfhundert, oder ich gehe.«

»Wofür brauchen Sie die?«

»Ich suche einen vergrabenen Schatz«, sagte Max. »Oder vielleicht sammle ich die Dinger. Was kümmert es Sie?«

»Die Karte ist Eigentum der US-Armee.«

»Fünfhundert. Ansonsten muss ich wirklich los. Und vielleicht muss ich nicht mal bis Guantánamo. Vielleicht frage ich einfach einen unserer aufrechten und tapferen Freiheitskämpfer da unten, ob sie mir eine umsonst geben.«

Crawford zog eine Grimasse. »Haben Sie eine Kreditkarte?

Da hinten steht ein Geldautomat.« Er deutete ans andere Ende des Raumes. »Neben den Telefonzellen.«

»Mit der Mastercard komme ich hier wohl nicht weit. Kuba mag amerikanische Firmen nicht, und amerikanische Firmen mögen Kuba nicht«, sagte Max.

Crawford stieß lachend eine Rauchwolke aus und drückte seine Zigarette aus. »Sie sind hier nicht in Kuba, *ese*. Falls es Ihnen entgangen sein sollte. Das hier, genau hier, ist Amerika. *Amerikanisches* Territorium. Genau wie Gitmo. Wie jede US-Botschaft. Hoheitliches Gebiet und so. Ein Zuhause fern von zu Hause und so weiter.«

»Versteh ich nicht.«

»Der Bärtige hat uns die Straße verkauft, schon vor Jahren. Sie gehört uns.«

»Blödsinn.«

»Die reine Wahrheit. In diesem Scheißland steht alles zum Verkauf. Die Kommunisten sahnen noch mal richtig ab, bevor sie das Zeitliche segnen.« Crawford zuckte mit den Achseln.

»Wann war das?«

»Keine Ahnung. Vor meiner Zeit. Und wen interessiert's? Wollen Sie jetzt die Karte oder nicht?«

Max stand auf und ging durch den Raum, vorbei am Ausgang, vorbei an dem Pärchen. Zu seiner Linken sah er zwei Telefonzellen, schalldichte Holzkabinen mit Glasfenster und einem gepolsterten Stuhl für die Bequemlichkeit. Zwischen den beiden ein Geldautomat der Bank of America.

Als Max zurückkam, hatte Crawford sich einen Drink eingeschenkt und kippte soeben das Glas.

»Sie haben sich ganz schön Zeit gelassen, Kumpel.«

»Hab noch meine Mama angerufen.« Er zeigte Crawford

das Geld. Crawford streckte die Hand aus. Max schüttelte den Kopf. »Erst die Ware, dann das Geld.«

Crawford lachte. »Okay. Bin in zehn Minuten wieder da.« Er stand auf, schob sich die Jeans runter und strich sich übers Hemd. »Sagen Sie mal, Ihr Freund da«, er zeigte auf Benny. »Sieht ziemlich fertig aus. Und stinken tut der auch. Für fünfhundert kann ich ihm Antibiotika besorgen.«

»Wenn Sie zum CVS rüberlaufen und ihm aus reiner Herzensgüte ein paar Medikamente besorgen wollen, gebe ich Ihnen gern ein Trinkgeld«, sagte Max.

»Im CVS gibt's nur Gleitmittel und Kondome, Bruder. Ich kann ihm echten Armeestoff besorgen, den wir auch im Einsatz verwenden.«

»No.« Benny schüttelte den Kopf und starrte Crawford feindselig an.

»Auch noch auf Krawall gebürstet, der Kleine, wie?«

»Lassen Sie ihn in Ruhe«, sagte Max.

»Was ist mit seinem Gesicht passiert?«

»Hat sich beim Rasieren geschnitten.«

»Ja, *klar.*« Crawford drehte sich um und ging.

Max sah ihm nach, bis er in der Tür verschwand.

»Den mag ich nicht«, sagte Benny.

»Ich auch nicht.«

»Ich mag auch den Laden nicht.«

»Ich auch nicht.«

»Ist es so, Amerika, Meeyami?«

»Ich habe noch nie vorher Oben-ohne-Boxen gesehen, aber ich gehe auch nicht mehr so oft aus«, sagte Max. »Das hier ist nicht Amerika, Benny. Das hier ist ein Ort, an dem Arschlöcher landen, um zu sterben.«

Benny musste lachen und zuckte zusammen.

»Ich muss dir was sagen ...«, fing Max an. »Ich habe Nacho

angerufen. Gerade eben. Als ich das Geld geholt habe. Ich habe alles arrangiert. Du wirst Kuba morgen verlassen.«

Blinzelnd setzte Benny sich auf. Seine Augen wurden nicht klarer. Sie waren blutunterlaufen und glasig und hatten die Farbe von Kupfermünzen in flachem Rosenwasser. »Verstehe ich nicht.«

»Sobald wir hier fertig sind, fahren wir nach Cajobabo. Das ist zwei, drei Stunden von hier. Dort steigst du ins Boot. In 48 Stunden bist du in Amerika.«

»Du kommst nicht mit?«

»Nein.«

Benny schaute verwirrt drein.

»Aber Max … du musst mit mir kommen.«

»Ich habe Nacho versprochen, dafür zu sorgen, dass du auch wirklich gen Sonnenuntergang davonsegelst.« Ganz so war das Gespräch nicht verlaufen, aber das Letzte, was er Benny schuldig war, war die Wahrheit.

Benny zitterte und zog das T-Shirt enger um sich. Die Rückenlehne seines Stuhls glänzte vor Schweiß. Er fing an zu weinen. Am Anfang hielt Max die Schluchzer für noch heftigeres Zittern, aber dann liefen ihm die Tränen über die Wangen und klatschten auf den Tisch.

»Was ist los?«

Benny packte Max' Arm, seine Finger waren eiskalt und stark.

»Ich danke dir, Max, für was du für mich tust. Seit ich dir begegnet bin, ist mein Leben gut. Alles ist gut geworden. Du bringst mir Glück.«

»Du musst echt ein beschissenes Leben hinter dir haben, wenn du das hier unter Glück verstehst«, sagte Max und befreite seinen Arm. »Außerdem habe ich überhaupt nichts für dich getan, Benny. Du bist einfach nur auf den rollenden Zug aufgesprungen. Und der nächste Halt ist für dich Endstation.«

Max suchte sein Taschentuch, konnte es aber nicht finden. Er schaute sich nach Servietten um, auf den Tischen und der Theke, sah aber keine.

»Was wirst du machen?«, fragte Benny. »Wie willst du kommen auf diese geheime Insel?«

»Mir fällt schon was ein.«

»Und wie kommst du wieder weg?«

»Mir fällt schon was ein. Um mich brauchst du dir keine Sorgen zu machen.«

Benny tupfte sich mit dem T-Shirt das Gesicht trocken und schniefte.

»Habt ihr zwei Süßen euch getrennt?«, fragte Crawford von hinten. Max hatte ihn weder kommen sehen noch gehört. Crawford fächerte sich mit einer Landkarte Luft zu.

Max nahm sie ihm ab und breitete sie auf dem Tisch aus. Daneben legte er die kleinere offizielle, staatlich abgesegnete Karte. Auf beiden studierte er die Windward-Passage. Auf der einen war nur blaues Meer, auf der anderen eine kleine, aber nicht zu übersehende Insel von der Form eines etwas windschiefen Achtecks, die zwischen der Ostspitze Kubas und der Nordküste Haitis lag.

»Zufrieden?«, fragte Crawford.

Max gab ihm das Geld.

Crawford zählte es, faltete die Scheine zusammen und schob sie sich in die Hemdtasche.

»Hoffe, Sie finden, was Sie suchen – was immer das sein mag«, sagte er und stand auf. »*Adiós, amigo.*«

Sie gingen zurück zum Wagen.

Es war Nachmittag, die Sonne war wieder herausgekommen, und die Stadt schmorte in der Hitze. Die Promenade war getrocknet und voller Touristen. Immer mehr amerikanische Soldaten kamen vom Meer her in die Stadt, noch mehr Frauen warteten auf sie. Die Pfützen waren geschrumpft, die satten Bronze- und Gelbtöne der Stadt zurückgekehrt.

Auf der Straße, auf der der DeSoto parkte, hatte sich ein kleiner Stau gebildet. Alle Geschäfte waren geöffnet, aber die Regale so leer, dass unmöglich zu erkennen war, was sie verkaufen wollten oder worauf sie sich spezialisiert hatten.

Der Regen hatte die frische Farbe des Firedome größtenteils weggespült. Der Wagen war fast wieder grün, von dem Rot und Blau waren nur noch schwache Flecken geblieben, die Nummernschilder waren blitzsauber gewaschen.

Benny ging zur Beifahrertür, und als Max die Schlüssel aus der Tasche zog, um aufzuschließen, sah er, wie Benny überrascht und erschrocken aufschaute, sein Blick ging an Max' linker Schulter vorbei.

Eine Sekunde lang glaubte Max, Benny werde in Ohnmacht fallen, doch dann stieg ihm von hinten ein Hauch Parfüm in die Nase, ein teures und altmodisches Parfüm. Und er sah das Gesicht seiner Frau vor sich, klar und deutlich.

Dann begriff er, was los war, ordnete den Duft just in dem Moment seiner Trägerin zu, als ihm das kalte, hohle Ende eines Pistolenlaufs hinters Ohr gepresst wurde.

Schon wieder.

Er hob die Hände.

»Ich habe versucht, Sie anzurufen«, versicherte er Rosa Cruz.

»Sie haben keine Nachricht hinterlassen«, entgegnete sie, riss seinen Arm herunter und legte ihm Handschellen an.

51

Die Unschuldigen und Uneingeweihten mochten die getrockneten Blutspritzer an der Wand und auf dem Fußboden für Kaffeeflecke halten. Beide hatten die gleiche rötlich schwarze Färbung. Während Max darauf wartete, von Cruz verhört zu werden, vertrieb er sich die Zeit damit zu überlegen, von welcher Art Verletzungen diese Blutflecke stammten. Das nahm ihm seine Ängste um die Zukunft, die nun wirklich und ehrlich nicht mehr da waren.

Ein Morsealphabet der Brutalität und Misshandlung; Wahrheiten, die aus Körpern herausgeprügelt worden waren: Der große Spritzer mit den Tentakeln auf den gelblichen Fliesen direkt neben seinen nackten Füßen stammte mit großer Sicherheit von einer gebrochenen Nase. Er erinnerte Max an den Flecken fast genau in der Mitte des Boxrings im Studio auf der 7th Avenue. Wie hartnäckig Abe auch auf der Segeltuchplane herumgeschrubbt hatte, der Fleck war nie herausgegangen, sondern nur immer schwärzer und schwärzer geworden, als leiste er mutwillig Widerstand gegen die Seife und das Wasser und den Muskelschmalz. Als Eldon das Segeltuch auswechseln ließ, stellte er fest, dass sich das Holz darunter mit Blut vollgesogen hatte.

Zu Max' Linker waren kleinere Tropfen zu sehen, die aussahen wie purzelnde Bs und 9er, die Bögen ausgefüllt. Die stammten von geplatzten Lippen. Die größeren Lachen beim Abflussrohr, das an der rechten Wand entlanglief, ließen an gebrochene Kiefer und blutende Münder denken. Die Spritzer und Tröpfchen auf den glänzenden mattgelben Wänden schließlich waren wohl von fliegenden Fäusten geschleudert worden.

Max erkannte eine gewisse karmische Gerechtigkeit darin – dieses Mal war er der Verurteilte, und die Strafe eine Dosis seiner eigenen Medizin und noch ein bisschen mehr. Als er noch Polizist gewesen war, hatten sie regelmäßig Verdächtige zusammengeschlagen. Diese Praxis war erst eingestellt worden, nachdem er den Dienst quittiert hatte. Heutzutage waren sämtliche Verhörzimmer in Miami klimatisiert und wurden mit Kameras und Mikrofonen überwacht – alles offiziell und fürs Protokoll. Ein Verhör unterschied sich in Ton und Thema nur noch unwesentlich von einem etwas intensiveren Bewerbungsgespräch.

So viel Glück hatte er hier nicht.

Dies hier war noch ganz die alte Schule aus prähistorischen Zeiten, hier wurde die Wahrheit noch aus dir herausgeprügelt, bis du mit abgebrochenen Zähnen dein Geständnis stammelst und unten auf der Linie mit Blut unterschreibst. Dann schmeißen sie dich in den Kerker und werfen den Schlüssel weg. *Adiós, Arschloch.*

Sein rechtes Handgelenk war mit einer Handschelle an dem quadratischen Tisch aus Gusseisen festgemacht, der linke Fußknöchel an einen Ring im Fußboden gekettet. Auch der Stuhl bestand aus Gusseisen. Max konnte sich kaum bewegen, ohne dass ihm die Fesseln in die Haut schnitten und sich in Richtung Knochen vorarbeiteten. Sie hatten ihm die Schuhe und die Socken ausgezogen. Seine Füße stanken, aber wen kümmerte es? Der ganze Raum stank. Er hatte keine Fenster, dafür aber dicke Wände. Es stank nach altem Blut, Pisse und Schweiß, und es war so brütend heiß, dass er glaubte, den Geruch seines kochenden Fleisches wahrzunehmen. Sein Mund war trocken, seine Blase kurz vorm Platzen, und der Schweiß rann ihm vom Kopf den Rücken hinunter. Es kitzelte

Er wurde von einem jungen Mann bewacht, der neben der massiven Metalltür in der Ecke saß. Er hatte die kräftigen, behaarten Arme vor der Brust verschränkt, die Beine weit gespreizt und kaute Kaugummi, unter seinen Achseln wuchsen dunkle Halbmonde. Wann immer Max zu ihm sah, starrte er ihn an, distanziert und ausdruckslos. Die einzigen Geräusche, die zu hören waren, waren das Rumpeln im Magen dieses Mannes, sein flacher Atem, seine Schuhsohlen, die auf dem Fußboden quietschten, und manchmal, wenn er einen tieferen Atemzug nahm, das Klonkern seiner Waffe, die gegen den Stuhl schlug.

Max fragte sich, wie es Benny gehen mochte.

Als Rosa Cruz Max die Handschellen anlegte, unternahm Benny einen Fluchtversuch, aber er war so schwach, dass er lang hinschlug und nicht wieder hochkam. Cruz packte ihn beim Kragen und zerrte ihn zu ihrem Wagen, Max stieß sie mit der Pistole voran. Sie hatte auf der anderen Straßenseite geparkt und auf sie gewartet. Woher wusste sie, dass sie den Firedome fuhren? Er hatte sie nicht danach gefragt. Sie hatte sie beide auf die Rückbank verfrachtet, die von der Fahrerkabine durch ein Drahtgitter getrennt war.

Sie hatte über Funk Meldung gemacht und war dann mit Vollgas losgefahren. Hinter den Scheiben raste das Stadtzentrum vorüber. Dann waren sie in einem heruntergekommenen, langweiligen Vorort angelangt und hielten vor einer Reihe gesichtsloser Bürogebäude aus Beton. Nirgendwo gab es Schilder, nur an den Wänden festgeschraubte Nummern aus Metall und eine akkurate, rechteckige Rasenfläche vor jedem Gebäude.

Mehrere Personen verließen das Gebäude, als sie hineinmarschierten. Männer in Hemdsärmeln und mit Gürtelholster. Sie blieben stehen, um Cruz und ihren Fang zu inspizieren, insbesondere Benny, der den ganzen Weg taumelte und über seine Füße stolperte.

In einem klimatisierten Büro voller Schreibtische und Topfpflanzen und Männer und Frauen an Computern und Telefonen, die ausnahmslos eine Waffe trugen, hatte Cruz zuerst mit einem Mann und dann mit einer Frau geredet.

Dann waren sie fünf Treppen nach unten gestiegen, und mit jeder Stufe war es heißer geworden. Irgendwann erreichten sie ihr Ziel, einen Gang mit Zellen auf der einen und Verhörzimmern auf der anderen Seite. Cruz schubste sie an den Zellen vorbei, in denen abwechselnd Männer und Frauen zusammengepfercht waren, elende Gestalten, halbnackt und schmutzig, deren verängstigte Augen aus dem Dunkel herausspähten. Keiner gab einen Mucks von sich, praktisch alle hatten Prellungen und blutende Wunden. Eimer dienten als Toilette, es gab kein Licht und keine Betten.

Dann hatte sie Benny in einen und Max in den nächsten Raum geschubst.

Max' Tür ließ sie offen stehen, während sie Benny an dem Metallmobiliar ankettete. Auf der anderen Seite des Ganges bemerkte Max einen Mann, der an die Gitterstäbe geklammert dastand und ihn ansah. Ein Wachmann kam und schlug ihm mit einem Schlagstock auf die Finger. Der Gefangene schrie auf. Der Wachmann hielt einen Rohrschlüssel hoch. Sadistischer Drecksack.

Es war der gleiche, der Max jetzt nicht aus den Augen ließ.

Rosa Cruz kam herein.

Sie hielt die Tür auf und nickte dem Wachmann zu, der aufstand und den Raum verließ. Sie setzte sich und breitete die Landkarte der US-Armee auf dem Tisch aus.

In diesem Licht sah sie verändert aus: streng und ernst, geschäftsmäßig und durch und durch abweisend. Sie trug eine schlichte dunkelblaue Bluse, Hosen und eine Waffe an der Hüfte. Kein Schmuck, kein Make-up.

Dicke Adern liefen über ihre Unterarme. Max vermutete, dass sie täglich trainierte. Man sah es an ihrer strammen Haut und dem Leuchten in ihrem Gesicht, das eine grazile Balance zwischen afrikanischen und europäischen Zügen hielt: dunkelbraune Haut und tiefbraune Augen mit klarem Weiß, kleine Nase und großer, voller Mund. Wie bei vielen schwarzen Frauen, die sich in Form hielten und sich vermutlich die Haare färbten, war es praktisch unmöglich, ihr Alter zu schätzen, aber die Zwanziger hatte sie definitiv hinter sich gelassen und schien auch nicht der Typ zu sein, der ihnen nachtrauerte. Ihrem Gesicht war das schwere Gepäck anzusehen, das sie über steinige Straßen geschleppt hatte.

»Haben Sie Vanetta Brown gefunden?«, fragte sie.

»Ich muss pinkeln«, sagte er. »Und gegen einen Schluck Wasser hätte ich auch nichts.«

»Haben Sie Vanetta Brown gefunden?«, wiederholte sie und sah ihn mit ausdrucksloser Miene an. Sie sprach langsam und gleichmäßig, sodass sich Max an eine Sprachlernkassette für Anfänger erinnert fühlte.

»Noch nicht. Werde ich jetzt wohl auch nicht mehr.«

Sie tippte auf die Landkarte. »Was ist das?«

»Das, wonach es aussieht. Eine ganz normale Karte Ihres wunderschönen Landes, herausgegeben von der US-Armee, auf der Orte eingezeichnet sind, von denen vielleicht nicht einmal Sie wissen: kleine Städte ohne Namen, ein bis drei Inseln vor der Küste – ebenfalls ohne Namen – und diese lustigen Straßen, die irgendwo im Nichts anfangen, ein Weilchen vor sich hin laufen und dann wieder genau da aufhören, wo sie begonnen haben, im Nichts. Sie können sie nicht übersehen. Sind alle rot markiert.«

»Wo haben Sie die her?«

»Von einem Mann in jenem *camino muerto*, den Castro an die US-Armee verscherbelt hat.«

»*Verpachtet*, nicht verscherbelt.«

»So wie Guantánamo?«

»Richtig. Nur sind die Bedingungen fairer. Wir können sie rauswerfen, wann wir wollen, und der Pachtzins ist an die Inflation gekoppelt.«

Max lachte. »Und ich dachte, ihr wärt alle Kommunisten.«

»Sozialisten. Das ist ein Unterschied. Die Amerikaner nennen die Straße Freedom Row. Wir nennen sie *La Alcantarilla* – die Gosse.«

»Da bin ich einmal Ihrer Meinung.«

»Sie haben dieses Land lieben gelernt.«

»So weit würde ich nicht gehen«, sagte er.

»Kuba hinterlässt bei allen, die einmal hier waren, seine Spuren.«

»Ich muss wirklich aufs Klo.«

Sie schüttelte leise den Kopf, stand auf, ging hinaus und kam kurz darauf mit dem Wachmann zurück. Der hatte einen schwarzen Plastikeimer und eine Flasche Wasser dabei. Das Wasser reichte er Cruz, den Eimer schob er mit dem Fuß unter den Tisch.

»Wollen Sie mir nicht die Hand losmachen?«, fragte Max.

»Nun geben Sie nicht an.«

Max zog sich mit der freien Hand den Reißverschluss auf und pinkelte in den Eimer, Cruz und der Wachmann sahen zu.

Nachdem der Wachmann mit dem Eimer wieder verschwunden war, setzte sie sich, schraubte die Wasserflasche auf und hielt sie ihm hin. Das Wasser war eiskalt. Max trank die Flasche halb leer.

»Erzählen Sie mir von Señora Brown«, sagte sie.

»Sie hat nicht mehr lange zu leben. Sie hat Krebs im Endstadium. Aber das wissen Sie wahrscheinlich schon.«

»Nein, das wusste ich nicht.«

»Die Dascals haben es Ihnen nicht erzählt?«

»Das sind langjährige Regierungsmitarbeiter, Freunde unserer politischen Führung. Ich bin nicht ermächtigt, sie zu befragen.«

»Haben Ihre Vorgesetzten sie nicht befragt?«

Sie antwortete nicht.

»Und ich dachte, die kubanische Geheimpolizei ist in allem ganz weit vorn. Ich meine, wie oft hat die CIA versucht, Castro umzubringen? Ungefähr eine Million Mal, stimmt's? Und ist jedes Mal gescheitert«, sagte er. »Und jetzt wollen Sie mir weismachen, eine Person aus Castros *engstem Kreis*, die er schon kannte, *bevor* er an die Macht kam, die er gefördert und protegiert hat, so jemand verschwindet von der Bildfläche, und Ihr Verein kommt nicht mal auf die Idee, ihre Familie zu befragen? Das sind die Dascals nämlich für Vanetta Brown – ihre Familie.«

»Die Angelegenheit ist komplizierter, als Sie ahnen.«

»Und mögen Sie mir vielleicht erzählen, wie und warum?«

»Nein«, sagte sie. »Seit wann ist der Krebs wieder da?«

»Das sollten Sie wissen.«

»Woher?«

»Erinnern Sie sich noch an die Nacht, als wir uns ›kennenlernten‹?«, fragte er. »Sie haben alles einkassiert, was ich aus der Wohnung mitgenommen hatte: eine Grußkarte, ein Foto von Vanetta mit meinem Freund Joe, das hier, in dieser Stadt, aufgenommen wurde, und ein leeres Röhrchen Zofran, das für gewöhnlich verschrieben wird, um die Nebenwirkungen einer Chemotherapie zu lindern.«

Sie runzelte die Stirn, sodass sich zwischen ihren Augenbrauen ein Wirbel aus dichten Falten bildete. »Ich dachte, Sie hätten nur die Karte gestohlen. Das Medikament und das Foto hätten Ihnen gehört.«

»Habe ich alles in der Wohnung gefunden«, sagte er.

»Das kann nicht sein. Nach Browns Verschwinden haben wir ihre Wohnung Zentimeter für Zentimeter auseinandergenommen und alles katalogisiert. Darin sind wir Experten. Wir arrangieren sogar den Staub wieder so, wie er vorher lag. Das Tablettenröhrchen und das Foto waren nicht da. Das kann ich Ihnen versichern. Wo haben Sie sie gefunden?«

»Das Tablettenröhrchen in der Nachttischschublade. Das Foto auf dem Fußboden im Arbeitszimmer, hinter dem Schreibtisch.«

»An beiden Stellen würden wir doch nachschauen, meinen Sie nicht?«

»Klar. Ihre Leute sind also entweder nachlässig geworden, oder …«

»Wir sind *nicht* nachlässig geworden.«

Natürlich war es möglich, dass sie die Tabletten und das Foto übersehen hatten – wenn sie Anfänger wären *und* behämmert. Aber das waren sie nicht. Beides musste also nach der Hausdurchsuchung dort platziert worden sein. Aber von wem und warum?

Cruz räusperte sich. »Ich nehme an, Sie haben sich diese Karte besorgt, weil Sie in Erfahrung gebracht haben, dass sich Vanetta Brown erneut an einem geheimen Ort aufhält: dem ehemaligen russischen Krankenhaus. Das ist auf die Behandlung von Krebserkrankungen spezialisiert. Und es ist sehr diskret.«

»Wenn es gut genug ist für Fidel …«

Sie ignorierte die Bemerkung. »Wo ist dieses Krankenhaus?«

»Sie wissen davon, aber Sie wissen nicht, wo es ist?«, fragte er.

»Jeder weiß davon.«

»Aber Sie sind nicht *ermächtigt* zu wissen, wo es sich befindet, stimmt's?«

Sie runzelte die Stirn und schwieg.

»Was für Ermittlungen führen Sie hier?«, blaffte Max sie an.

»Der genaue Standort dieses Krankenhauses ist mehr als nur ein Staatsgeheimnis«, sagte sie ruhig. »Nur Fidel, Raoul und ihre engsten Vertrauten wissen, wo es liegt. Meine Chefin weiß es nicht. Und ihr Boss weiß es auch nicht. Aber *Sie* wissen es. Also raus damit.«

Max hatte endlich etwas in der Hand, ein Druckmittel zum Verhandeln. Sein einziges.

»Ich rede schon die ganze Zeit«, sagte er. »Jetzt sind Sie an der Reihe.«

Sie sah ihn fragend an.

»Was haben Sie mit mir vor?«

»Das hängt davon ab, was Sie mir erzählen«, sagte sie. »Sie haben hier nicht die geringste Wahl, das wissen Sie genau.«

»Unschuldig bis zum Beweis des Gegenteils gilt hier wohl nicht, wie?«

»Niemand, der auf dem Stuhl sitzt, auf dem Sie gerade sitzen, ist unschuldig.«

»Dachte ich mir.«

Er war am Ende, so oder so. Da konnte er ihr auch gleich geben, was sie wollte. Das Spiel war gelaufen.

Er deutete auf den Punkt in der Windward-Passage.

Sie studierte die Karte sehr genau.

»Wie wollten Sie da hinkommen?«, fragte sie.

»Ist das jetzt nicht Spekulation? Schlichte Mutmaßung? Pure Fiktion? Verschwendeter Atem?«

»Erzählen Sie es mir.«

»Ich habe keine Ahnung«, sagte er. »So weit hatte ich noch nicht vorausgedacht. Ich improvisiere gern. Wie beim Jazz. Mögen Sie Jazz?«

Sie antwortete mit einem steinernen Blick. Sie mochte wohl keinen Jazz.

»Auf diese Insel kommen Sie nur schwimmend«, sagte sie. »Sie werden niemanden finden, der dumm oder verzweifelt genug ist, Sie mit dem Boot rüberzufahren. Egal, was Sie dafür bieten, eine Million Pesos oder eine Kugel in den Kopf. Die würden eher die Kugel nehmen, als Ihnen zu helfen. Diese Gewässer werden strengstens überwacht.«

»Na dann …« Er zuckte mit den Achseln. »Sie wissen, dass sich die Insel in Privatbesitz befindet, oder?«

»Jeder weiß das.«

»Wem gehört sie?«

»Das weiß ich nicht.«

»Diese Person hat Vanetta Browns Zentren vor dem Aus gerettet. Und sie zehn Jahre lang finanziert.«

»Ich weiß nicht, wer es ist.«

»Vanettas Stellvertreter, Elias Grimaud, kennt ihn. Kennen Sie Elias?«

»Nein.«

»Nie begegnet?«

»Nein.«

»Vielleicht so einen Typen mit Hasenscharte? Heißt vermutlich Osso?«

Sie schüttelte den Kopf.

»Der hat in Miami Joe Liston und Eldon Burns ermordet. Und ich glaube, dass er auch auf dieser Insel ist.«

»Wollen Sie damit sagen, dass Señora Brown hinter den Morden steckt?«

»Passen würde es«, sagte er. »Wenn man sich die kriminaltechnischen Beweise ansieht, gibt es keine Zweifel. Ihre Fingerabdrücke waren auf den Patronenhülsen. Und für den Mord an Eldon Burns hatte sie ein handfestes Motiv. Und sie hatte Verbindungen zu den beiden Männern, die meiner Vermutung nach die Morde ausgeführt haben, nämlich Osso und Elias. Sind beides Ehemalige des Caille Jacobinne.«

Er erzählte ihr von den CDs und seinen Erkenntnissen.

»Sie haben recht«, sagte sie, als er fertig war. »Passen würde es. Nur nicht im Fall Joe Liston.«

»Ganz Ihrer Meinung. Das ergibt keinen Sinn. Von vorn bis hinten nicht. Und an dieser Stelle kommt meine andere Theorie ins Spiel«, sagte er. »Vanetta wurde reingelegt. Vielleicht wollte irgendwer Eldon und Joe aus Gründen tot sehen, die mit Vanetta gar nichts zu tun haben. Oder sie wollten den einen loswerden und haben den anderen gleich mit umgebracht, um die Ermittlungen in die Irre zu führen. Keine Ahnung. So oder so, sie haben Vanettas Fingerabdrücke auf die Patronenhülsen gebracht, so als Nebelkerze. Dabei hat das Ganze mit Vanetta überhaupt nichts zu tun. Das sagt mir mein Bauchgefühl.«

»Und vertrauen Sie Ihrem Bauchgefühl?«

»Ja«, sagte er. »Aber ich hör nicht immer drauf.«

»Was glauben Sie, warum Ihre Freunde ermordet wurden?«

»Wenn Vanetta aus der Gleichung rausfällt, habe ich absolut keine Ahnung. Könnte eine Million Gründe haben. Aber eines ist sicher: Die Antwort liegt auf dieser Insel.«

Sie schob sich eine lockige Haarsträhne aus dem Gesicht

und studierte wieder die Karte. Max leerte die Wasserflasche.

»Haben Sie schon mal einen Menschen getötet?«, fragte er.

Sie antwortete nicht. Musste sie nicht. Er wusste es auch so. Wie oft hatte sie die Waffe auch nur mit der Intention gezogen, sie einzusetzen?

»Der Typ mit der Hasenscharte, der ist extrem gefährlich«, sagte Max. »Ich habe gesehen, wie er Joe mit einer Automatik eine Kugel ins Auge gejagt hat. Mit einem altmodischen 45er-Colt. Die waren noch nie für ihre Genauigkeit bekannt. Ich zum Beispiel war zu meiner Zeit ein ganz passabler Schütze. Ich habe einige Pistolenschießwettbewerbe gewonnen, aber selbst damals hätte ich das mit einem Revolver nicht hingekriegt, geschweige denn mit einer Automatik.«

»Ich werde bewaffnet sein.«

»Hören Sie auf meinen Rat. Wenn Sie Mister Hasenscharte zuerst sehen, knallen Sie ihn ab. Auch wenn er grad im Schatten eines Baumes schlummert oder splitternackt unter der Dusche steht. Töten Sie ihn, sobald Sie ihn sehen.«

Sie nickte, aber tief in ihren Augen schimmerte die Angst. Er wusste, sie konnte es nicht. Er hatte Mitgefühl mit ihr, allen Umständen zum Trotz.

Aber das war nicht sein Problem. Ihr Wohlergehen ging ihn nichts an. Er hatte andere Dinge mit ihr zu besprechen, zum Beispiel die Frage, wie tief er tatsächlich in der Scheiße steckte.

»Diese vier Männer, die auf der Straße zwischen Camagüey und Las Tunas erschossen wurden … zwei davon, die in den weißen Hemden …«

Sie fiel ihm ins Wort. »Von welchen vier Männern sprechen Sie?«

»Wie meinen Sie das?«

»Sie sagten, *vier* Männer seien erschossen worden?«

Max war verwirrt. »Erzählen Sie mir nicht, dass Sie das *auch nicht* wissen.«

»Ich weiß es nicht.«

Na klar, dachte er. Sie wollte ihn dazu bringen, sich selbst zu belasten, wollte ihn zum Sprechen bringen, damit er sich um Kopf und Kragen redete.

»Hören Sie keine Nachrichten?«, fragte er.

»Nachrichten?«

»Ja, Madame, Nachrichten. Die Nachrichten Ihres Landes. Im Radio.« Er summte die Melodie von »Strawberry Fields Forever«.

Sie sah ihn an, als hätte er den Verstand verloren.

»Fangen wir einfach noch einmal von vorn an. Ganz langsam, Schritt für Schritt. Von Anfang an. Erzählen Sie mir von den vier Toten.«

»Jetzt reicht's aber! Hören Sie auf, mich zu verscheißern!«, knurrte Max. »Wollen Sie ein *Geständnis*? Ist es das? Das werden Sie aber nicht kriegen, weil ich es nämlich nicht war. Die Ballistik wird zeigen, dass diese vier Männer sich gegenseitig erschossen haben.«

»Äh … diese vier Männer?«

»Ja, diese vier Männer – zwei Polizisten in Uniform und zwei andere.«

Sie blieb ruhig. »Die Männer in Uniform waren keine Polizisten. Das waren Abakuás.«

Er war nicht überrascht. »Sie wissen also davon?«

»Ja, natürlich. Aber wieso wissen Sie davon? Waren Sie dabei?«

Er schlug mit der freien Faust auf den Tisch. »Verdammte Scheiße, Cruz! Natürlich war ich dabei, zum Teufel. Die meinen mich in den Nachrichten, in euren verdammten – landesweiten – Nachrichten!«

Konsterniert lehnte sie sich zurück und schüttelte den Kopf.

»Dieses Lied, das Sie eben gesummt haben, können Sie das noch mal summen? Bitte.«

»Was?«

»Bitte.«

Er versuchte es, aber er war viel zu wütend, um einen Ton rauszukriegen. Also atmete er ein paar Mal tief durch, ließ seinen Ärger abklingen und summte dann krächzend und schief die Melodie. Gegen Ende fiel sie mit ein. Ihre Stimme war gar nicht schlecht.

»›*Milagros en la cocina*‹«, sagte sie schließlich. »Wunder in der Küche. Das ist die Melodie einer beliebten Kochsendung.«

Er schwieg.

»Zu Hause höre ich die immer. Läuft fünf Mal pro Tag. Angefangen haben die in der Sonderperiode, als Lebensmittel knapp waren. Da wurden Rezepte vorgestellt und neue Ideen, wie man die Rationen zubereiten konnte.«

»Sind Sie sicher?«

»Ganz sicher.«

»Eine *Kochsendung*?«

»Und Sie dachten, es sind die Nachrichten?«

»Ja.«

»Wer hat Ihnen das erzählt?«

Max nickte zur Wand zu seiner Rechten.

Sie lachte. »*Der?* Und Sie haben ihm das abgekauft?«

»Mein Spanisch ist nicht besonders gut. Genau genommen versteh ich hier kein einziges Wort.«

»Was glauben Sie also, was passiert ist? Was hat er Ihnen erzählt?«

Max konnte kaum sprechen vor Fassungslosigkeit. Ihm

schwirrte der Kopf, und ihm war übel, als würde er gleich in Ohnmacht fallen.

»Diese vier Toten auf der Straße …«, fing er an, konnte aber nicht weiterreden.

»Lassen Sie sich Zeit«, sagte sie sanft. »Reden Sie, wenn Sie so weit sind. Was ist passiert?«

Max starrte die Wand an, als könnte er sie irgendwie mit seinen Blicken durchdringen und Benny sehen. Auf der grob verputzten, mattgelben Fläche schimmerte schwach der Abdruck einer blutigen Hand, die ihm zuzuwinken schien.

Max räusperte sich und erzählte ihr, was Benny ihm unterwegs aufgetischt hatte, wenn er die »Nachrichten« übersetzte.

Rosa Cruz fing an zu lachen. Am Anfang kicherte sie an der einen oder anderen Stelle. Es folgte ein kurzes Gelächter. Dann ein Lachanfall. Das Lachen brach aus ihr heraus, ein lautes, tiefes und donnerndes Gebrüll, das im Magen schmerzte und sich anhörte, als würden da Holzstämme einen langen, steilen Abhang hinunterrollen. Max bedachte sie mit einem wütenden Blick, um sie zum Schweigen zu bringen, aber sie hatte die Augen geschlossen. Als sie sie aufschlug und seinen Gesichtsausdruck sah, lachte sie nur noch lauter und gab Geräusche von sich wie ein ganzer Bauernhof: Wiehern und Schnauben und Grunzen.

Er kam sich vor wie ein bescheuerter Idiot. Warum zum Teufel hatte er nicht einmal den leisesten Verdacht gehegt? Er wusste doch, dass Benny ein verlogenes, intrigantes Stück Scheiße war. Warum hatte er das getan? Vermutlich um Max Angst einzujagen, damit er Kuba so schnell wie möglich verließ. Oder gab es noch einen anderen Grund?

Irgendwann hatte Cruz fertiggelacht. Sie schnappte nach Luft und stellte ihre Contenance wieder her, bevor sie sprach.

»Wir wissen, dass sich diese Männer gegenseitig erschossen haben und dass ein Auto weggefahren ist. Wir haben Reifenspuren gefunden«, sagte sie, und in ihren Augen blitzte noch immer der Schalk. »Wir haben die Leichen weggeschafft und die Straße gesäubert. Wenn irgendwo ein Verbrechen geschieht, verkünden wir das nicht in den Nachrichten. Wir finden die Täter und bestrafen sie. Die Öffentlichkeit erfährt nichts davon.«

»Und was ist mit Gwenver? Das lief im Fernsehen.«

»Earl Gwenver? Der wurde in der Bucht von Havanna gefunden. Ihm war sieben Mal in den Mund geschossen worden – eine Hinrichtung des Abakuá. Das kam nur deshalb im Fernsehen, weil ein paar amerikanische Touristen die im Meer treibende Leiche gefilmt hatten – ansonsten wäre das nie an die Öffentlichkeit geraten. Amerikaner lieben es, ihr Leben im Internet zu veröffentlichen. Offiziell wurde verlautbart, dass er ertrunken ist. Hat Ihr Freund Ihnen erzählt, die Polizei sei auch wegen des Mordes an ihm hinter Ihnen her?«

Max nickte. Dieses Mal lachte sie nicht.

»Und die andere Leiche, die in Havanna gefunden wurde, ungefähr zur gleichen Zeit wie Gwenver? Auf einer Seitenstraße des Malecón?«, fragte er.

»Die alte Frau? Die von ihrem betrunkenen Sohn angefahren wurde?«

»Der Drecksack.«

Max erzählte Rosa so gut wie alles, was seit seiner Begegnung mit Benny passiert war, nur Nacho Savón und Trinidad ließ er aus.

Sie hörte kommentarlos zu. Die Belustigung schwand nach und nach aus ihren Zügen, und die alte Strenge kehrte zurück wie ein Lehrer, der sich klammheimlich in ein chaotisches Klassenzimmer schleicht und die Kinder, ohne ein Wort zu sagen, wieder zur Raison bringt.

»Hat er Ihnen von der Kuh erzählt?«, fragte sie schließlich.

»Von der Kuh?«

»Von der Kuh. Benny Ramírez hat in der Nähe von Santa Clara eine Kuh getötet. Das ist hier ein schweres Verbrechen. Wird mit zehn Jahren Gefängnis geahndet.«

»Ist Castro ein heimlicher Hindu?«

Sie verdrehte die Augen. »In Kuba herrscht Knappheit. Schon seit der Sonderperiode. Kühe dürfen nur mit Genehmigung geschlachtet werden. Laut Verfassung haben alle Kinder unter sechzehn Anspruch auf ein Glas Milch pro Tag. Kinder sind unsere Zukunft«, dozierte sie. »Benny hat die einzige Kuh eines Bauern getötet und sie an ein Hotel in Havanna verkauft. Nur Touristen essen hier Rindfleisch. Der Sohn des Bauern hat ihn in einer Bar in der Hauptstadt ausfindig gemacht. Er wollte Benny aufschlitzen, genau wie Benny die Kuh seines Vaters aufgeschlitzt hatte. Zum Glück für beide sind Sie dazwischengegangen.«

»Ich wünschte, ich hätte es gelassen.«

Sie schwiegen beide. Draußen ließ jemand einen Stock an den Metallgittern entlangrattern, auf und ab, auf und ab. Drinnen herrschte weiter Stille, die Luft war stickig, Max' Wut verflog. Benny wollte das Land nicht aus ideologischen Gründen verlassen oder weil er auf ein besseres Leben hoffte, sondern weil ihm eine Gefängnisstrafe drohte … für den Mord an einer Kuh. Max mit seinem amerikanischen Pass und seinem Geld war seine beste Option gewesen. Und es hätte fast geklappt. Max konnte es ihm nicht verübeln. Was hätte er in Bennys Lage getan? Das Gleiche. Und was spielte es für eine Rolle? Es war nur sein Stolz, der verletzt war. Das ging vorüber – und zwar schnell.

»Sehe ich das richtig«, sagte er, »ich werde hier gar nicht wegen irgendwelcher ernster Verbrechen gesucht?«

»Sie meinen, außer wegen Diebstahls und Einbruchs und Betretens eines regierungseigenen Gebäudes in einem Sperrbezirk?«

»Oh nein, nicht das schon wieder«, stöhnte Max. »Was haben Sie vor?«

»Ich fahre morgen mit Ihnen auf diese Insel«, sagte sie. »Ich kenne jemanden bei der Küstenwache, der schuldet mir einen Gefallen. Er kann uns hinbringen.«

»So einfach?«

»Ja. Aber was passiert, sobald wir dort sind, liegt nicht mehr in meiner Hand.«

»Sie nehmen natürlich Verstärkung mit, ja?«

»Ich nehme Sie mit.«

»Ich sagte: Verstärkung.«

»Nur Sie und ich.«

»Wie kommt's?«

»Wie ich schon mehrmals sagte, es ist kompliziert.«

»Und verdammt gefährlich ist es auch. Wir wissen nicht, wie viele Menschen auf dieser Insel sind. Wahrscheinlich hat sich der Pächter eine kleine Armee gegönnt.«

»Die braucht er nicht«, sagte sie. »Er hat ja uns.«

»Sind Sie sicher?«

Sie schüttelte den Kopf. »Ist nur eine Vermutung.«

»Super ...« Max betrachtete den Handabdruck an der Wand. Der vierte Finger fehlte.

»Wohin wollten Sie, als ich Sie festgenommen habe?«, fragte sie.

»Nach Cajobabo.«

»Wollten Sie Benny Ramírez auf den Wetback Express setzen?«

»Davon wissen Sie auch?«

Sie lächelte.

»Der Mann, der uns auf die Insel bringen wird, lebt in einer Stadt namens Imías. Das ist nicht weit von Cajobabo«, sagte sie. »Wir setzen Ramírez auf dem Weg dahin ab.«

»Sie wollen ihn laufen lassen?«

»Ich will Leute wie ihn hier nicht haben. Er ist ein Schandfleck für unsere Gesellschaft. Er gehört nach Miami – wie die anderen auch. Und Sie, Sie werden die Nacht hier in der Zelle verbringen. Wir wollen doch den Anschein wahren.«

»Für wen?«

Sie antwortete nicht.

52

»Jetzt hasst du mich, oder, Max?«, fragte Benny vom Rücksitz aus, das Gesicht dicht an dem Drahtgitter.

Es war früher Nachmittag, und sie saßen seit einer guten Stunde in Rosa Cruz' Suzuki und waren mit hoher Geschwindigkeit auf der Straße unterwegs, die die Provinzen Santiago und Guantánamo miteinander verband. Die Landschaft raste vorüber, und Max gab sich Mühe, etwas davon mitzubekommen, aber es fiel ihm schwer, die Augen offen zu halten.

Er hatte die ganze Nacht nicht geschlafen – war nicht gegangen. Nachdem Cruz mit ihm fertig gewesen war, hatte man ihn eine Etage höher geführt und in eine Einzelzelle geschubst. Kein Bett, eine helle Lampe, die die ganze Zeit brannte, Moskitos und Motten zur Gesellschaft, Wände und Fußboden glitschig vor Feuchtigkeit und Schimmel, ein Loch im Boden als Toilette. Er konnte sich unmöglich hinsetzen oder -legen, und so stand er da oder ging auf und ab. Sie hatten ihm die Armbanduhr abgenommen – genau wie den Gürtel und die Schuhe und alles andere, was er bei sich gehabt hatte –, sodass er nicht gewusst hatte, ob Tag oder Nacht war. Es war so still gewesen, dass er glaubte, völlig allein zu sein. Dann dröhnte plötzlich eine von Castros Reden in voller Lautstärke in den Korridor, eine nicht enden wollende Tirade in einer Kadenz, die zwischen wütend und sehr wütend rangierte. Max bezweifelte ernsthaft, dass die Menschen freiwillig stundenlang in der brütenden Hitze standen, um einer Hetzrede von derart epischer Länge zu lauschen, und schon gar nicht kaufte er ihnen den enthusiastischen Applaus und die aus voller Kehle geschmetterten Gesänge ab, die der Rede folgten. Die Stille, die hinterher einkehrte, war beinah glückselig gewesen. Doch als er sich gerade wieder an sie gewöhnt hatte, folgte die nächste Rede, noch lauter und noch länger als die erste. Max hatte sich die Finger in die Ohren gestopft, aber es hatte nichts genützt. So war es die ganze Nacht gegangen, die immer kürzer werdenden Momente der Stille abgelöst von immer lauter dröhnenden und immer länger werdenden Ansprachen des *Jefe*. Als Cruz am Morgen endlich erschienen war, um ihn abzuholen, hatte sie Ohrenstöpsel getragen.

Sie waren zurück zum Firedome gefahren, damit er seine Habseligkeiten einsammeln konnte. Er hatte die CDs, das Diagramm und seine Notizen geholt, und sie hatte alles zusammen mit den beiden Magnums und der Munition aus dem Handschuhfach in einem Rucksack verstaut.

Dann war sie mit ihm frühstücken gegangen. Er hatte bezahlt.

»Warum sprichst du nicht mit mir, Max?« Benny schlug mit der flachen Hand gegen das Gitter.

Rosa befahl ihm, sich richtig hinzusetzen und den Mund zu halten.

Max starrte aus dem Fenster.

Sie fuhren am Stützpunkt Guantánamo vorbei. Die Militärbasis war deutlich gekennzeichnet, ihr Name in weißen Blocklettern ausbuchstabiert, die einzeln auf Sockeln thronten, als handle es sich um eine exklusive Ferienanlage oder einen Golfclub. Ein hoher, mit Stacheldraht bewehrter Zaun zog sich kilometerweit um das Gelände. Vor dem Zaun standen nicht weniger hohe staatliche Reklametafeln, auf denen die imperialistische Aggression, imperialistische Gier, imperialistischer Imperialismus und Imperialisten im Allgemeinen gegeißelt wurden. Auf jeder dieser Tafeln prangte ein anderes Foto von Fidel Castro: der bärtige junge Revolutionär in Khakiuniform mit Käppi, mitten in einer Ansprache eingefroren, den anklagenden Zeigefinger zwischen Himmel und Publikum, auf seiner breiten Schulter eine Taube; der erfahrene Staatsmann, der mit dem Zeigefinger an der Schläfe nachdenklich in die Kamera schaut; der alte Tyrann, der über sein mittelloses und gebrochenes Volk herrscht, der Bart schütter und drahtig geworden, das Gesicht des Achtzigjährigen faltig wie eine Rosine. Es war, als nutze das Regime diese Reklametafeln, um herauszufinden, welches das definitive Foto seines *Máximo Líder* sein könnte, das geeignet war, überall plakatiert und an westliche Trendsetter und Postkarten-Sozialisten verscherbelt zu werden wie zuvor das Korda-Foto von Che. Fidel Castro wurde nach und nach zum Mythos transformiert.

Max schaltete das Radio ein. Er wollte Musik hören und drückte eine Stationstaste nach der anderen. Er fand Musik – das Intro zu »Strawberry Fields Forever« – und schaltete das Radio eilig wieder aus. Rosa Cruz unterdrückte ein Lachen.

Nacho Savóns Instruktionen folgend, parkten sie auf der Kuppe eines Hügels unweit des verlassenen russischen Wachturms mit Blick über den Strand von Cajobabo. Das Gras wuchs hier hüfthoch, wild wuchernde Pflanzen wogten sanft im Wind. Durch die dichte Vegetation hatte jemand einen Pfad geschlagen. Er führte zu dem steinigen Strand hinunter, auf dem bergeweise getrockneter Seetang lag.

Sie warteten schweigend und beobachteten die Sonne, wie sie in Richtung Ozean sank, ein glühendes Bonbon, das den Himmel in allen erdenklichen Schattierungen von Rotbraun bis Purpur einfärbte, als sich das Tageslicht vor den ersten Sternen verneigte.

Kurz vor Einbruch der Dunkelheit kam ein paar Meilen weit draußen ein Containerschiff in Sicht und drehte ungefähr in der Mitte ihres Blickfelds bei. Wenige Augenblicke später sahen sie ein Boot im Wasser, das auf sie zuhielt.

Max drehte sich zu Benny um. »Dein Taxi ist da.«

Unten am Strand warteten zwei Männer auf sie, ein Dunkelhaariger, einer mit Glatze, beide mit einer M-16 bewaffnet. Sie waren in einem Schlauchboot mit Festrumpf gekommen, das sie auf den Strand gezogen hatten.

»Mingus? Ramírez?«, rief der Dunkelhaarige.

Max befahl Benny zu warten und ging zu den Männern.

»Sie nehmen nur ihn mit, ich bleibe hier«, teilte er ihnen mit.

»Ich hab Befehl für zwei.«

»Planänderung«, sagte Max und nickte in Bennys Richtung. »Nur er. Ramírez.«

Der Mann gab mit einem gleichgültigen Schulterzucken seine Zustimmung.

Max ging zurück zu Benny.

»Alles klar«, sagte er.
»Danke für was du für mich getan hast.«
»Verdient hast du es nicht.«
»Warum willst du, dass wir so auseinandergehen?«
»Weil du ein Stück Scheiße bist.«
»Das meinst du nicht so, in deine Herz.«
»Das meine ich überall.«
Der Dunkelhaarige tippte auf seine Armbanduhr.
»Ich bin nicht so schlechte Mensch«, sagte Benny. »Ist dieses Land, das bringt Leute dazu, so zu sein.«
»Schwachsinn«, sagte Max.
Benny schüttelte den Kopf und seufzte und tat, den Rücken zum Meer, ein paar Schritte von ihm weg.
»Gibt es nichts, was ich sagen kann? Damit du wieder gut von mir denkst?«
»Nein.«
»Okay. Wie du willst, wie du willst.« Er zuckte mit den Achseln. »Aber ich werde nicht vergessen, was du für mich getan hast.«
»Und komm bloß nicht auf die Idee, in Miami nach mir zu suchen.« Wenn ich jemals zurückkomme, dachte Max.
Benny streckte die Hand aus, seine Finger zitterten. Seine Mundwinkel zeigten nach unten, seine Augen waren feucht geworden. Ob es die Infektion war oder Reue oder gute Schauspielkunst, hätte Max nicht zu sagen vermocht. Überzeugend war es allemal: Benny verletzlich und voll der Reue, und so aufrichtig, dass er leicht alle Zweifel vertreiben und zu seinen Gunsten wenden konnte. Und fast hätte sich in diesem Moment etwas in Max bewegt, aber sein Stolz fing es ein und hielt ihn zurück. Er nahm die Hand nicht. Er straffte das Kinn und schaute an Benny vorbei zu den Männern neben dem Boot und dem Schiff in der

Ferne, das darauf wartete, in Richtung Miami in See zu stechen.

Benny seufzte noch einmal, und die Luft zitterte, als sie durch seine Kehle strich.

Dann ging er davon, unter seinen Füßen knirschten die Steine. Er ging mit hängenden Schultern und gesenktem Kopf.

»Hey«, rief Max ihm nach.

Benny blieb stehen und drehte sich um.

»Mach's besser demnächst, okay?« Sobald es raus war, fragte sich Max, warum er das gesagt hatte. Er selbst hatte in seinem Leben bessere Möglichkeiten gehabt als Benny, und noch dazu die Chance und einen sehr guten Grund, sich zu ändern, aber er hatte die Chance nicht ergriffen, und seine Frau war auf dem Weg zu ihm ins Gefängnis gestorben. Die Menschen änderten sich nicht, sie wurden nur besser oder schlechter dabei, sie selbst zu sein.

»*Vaya con Dios*, Max.«

»*Adiós*, Benny.«

Max drehte sich um und ging auf den Hügel zu. Hinter sich hörte er Bennys Schritte leiser werden, dann den Motor, der brummend zum Leben erwachte.

Oben auf dem Hügel stand Cruz mit einem breiten Grinsen im Gesicht da, der Wind fuhr ihr durchs Haar.

»Eine bewegende Szene – Sie und Ihr Freund, der auf große Fahrt geht«, sagte sie. »Sind Sie sicher, dass sich da nicht ein bisschen was entwickelt hat zwischen Ihnen beiden?«

»Ach, Sie können mich mal gernhaben«, sagte er.

Lachend gingen sie gemeinsam zum Wagen.

53

Sie fuhren zu einem betonierten Parkplatz mit Blick über den Fluss Cajobabo. Sie waren eine Stunde zu früh dran. Gegen Mitternacht sollte ein Mann namens Marco kommen, um sie auf die Insel zu bringen. Sie mussten nur noch warten. Cruz machte Max den Vorschlag, etwas zu schlafen, aber seine Müdigkeit war verflogen, dafür waren seine Vorahnungen stärker geworden. Er öffnete den Rucksack, der außer den Magnums und den CDs zwei Taschenlampen und eine Videokamera in einer Ledertasche enthielt. Er zog eine Magnum heraus und überprüfte sie, ließ die Patronen herausfallen, drehte die Trommel und inspizierte den Lauf. Die Waffe war gut gepflegt worden. Sie roch noch nach Öl.

Das Flussufer wurde von Scheinwerfern erhellt. Ein paar Teenager veranstalteten einen Wettbewerb im Wasserspringen, ein paar Leute saßen um ein Lagerfeuer versammelt und schauten ihnen zu. Einer nach dem anderen erklommen die Jungen und Mädchen den dunklen Felsen am Flussufer bis zu einem Vorsprung kurz unterhalb der Spitze. Von dort sprangen sie ins Wasser und landeten zwischen zwei Holzplattformen, auf denen mehrere Laternen standen. Sie waren großartige Springer und sehr geübt, sie führten alle möglichen Sprünge aus, die Max bisher nur aus dem Fernsehen kannte.

»Ich glaube, Sie mögen Kuba«, sagte Cruz. »Ich habe gesehen, wie Sie während der Fahrt aus dem Fenster geschaut haben. Dieses Land ist für Sie wie eine schöne Frau, die Sie sich nicht anzusprechen trauen.«

»Hab schon schlimmere Orte gesehen«, sagte er.

»Sie können immer noch bleiben.«

Max lachte. »Und Asyl beantragen? Mit welcher Begründung? Die würden mich hier nicht wollen.«

»Das können Sie nicht wissen.«

»*Ich* würde mich nicht nehmen. Und außerdem ist der Kaffee hier miserabel.«

Sie kurbelte das Fenster herunter. Die frische Meeresbrise trug den Duft von Jasmin ins Auto. Sie hörten die Kinder schreien und applaudieren, dann ein Platschen, als einer von ihnen ins Wasser tauchte.

»Wenn das hier ein Gefallen ist, den Sie einfordern«, sagte Max, »dann muss dieser Marco Ihnen ganz schön was schuldig sein.«

»Ist er«, sagte sie. »Er ist mein Exmann.«

Max war nicht überrascht, das zu hören. »Sind Sie Freunde geblieben?«

»Wir haben zwei Töchter.«

»Wie alt?«

»Neun und sieben.«

»Schön.«

Ein schwarzes Mädchen in gelbem Badeanzug vollführte einen perfekt gehechteten Salto vorwärts und tauchte fast geräuschlos und beinah ohne Spritzer ins Wasser. Ihre Freunde hielten die Luft an und applaudierten begeistert, als sie auftauchte.

Rosa Cruz räusperte sich.

»Ich muss Ihnen was erzählen«, verkündete sie mit leicht zittriger Stimme.

»Nur zu.«

»Ich habe ungefähr zwanzig Jahre lang als Leibwächterin gearbeitet. Am Anfang habe ich die Ehefrauen ausländischer Botschafter bewacht, dann deren Kinder, dann die Botschafter selbst. Ich war sehr gut in meinem Beruf. Wachsam, zuverlässig und effizient. Ich habe alles gesehen, alle bedacht, nichts dem Zufall überlassen.

Also stieg ich die Karriereleiter hinauf. Eine Zeit lang war ich für Regierungsvertreter zuständig. Dann wurde ich im Ausland eingesetzt. Ich war in Bolivien und Mexiko und sogar zweimal in Amerika, bei den Vereinten Nationen. Das war ein Auftrag und ein Test zugleich. Einige Kubaner kommen nicht zurück, wenn sie ins Ausland gehen. Sie laufen über. Ich habe das nicht getan. Ich habe meine Tour gemacht und bin zurückgekehrt.«

»Wegen Ihrer Kinder?«

»Die waren da noch nicht geboren«, sagte sie. »Sie werden das vielleicht nicht verstehen, weil Sie aus dem Land der freien Wirtschaft und des Kapitalismus kommen, aber ich lebe gern hier. Ich mag das System, ich finde es gut, dass der Wettbewerb unter den Menschen größtenteils ausgemerzt ist. Ich finde es gut, dass der Staat für die Menschen sorgt. Wer will, hat hier sein Leben lang eine Arbeit. Vielleicht nicht unbedingt eine tolle Arbeit, aber eine, von der man leben kann. Man fängt jeden Tag zur gleichen Zeit an und hat zur gleichen Zeit Feierabend. Man weiß ungefähr, wo man in einem Jahr stehen wird. Keiner kann dir deinen Arbeitsplatz einfach unter den Füßen wegkaufen, das Unternehmen zerschlagen und die Einzelteile gewinnbringend weiterveräußern. Ich finde das gut. Ich glaube, wenn man ein gewisses Alter erreicht hat, dann wünscht man sich, dass alles so bleibt, wie es ist. Und in Kuba ist das in der Regel der Fall.

Als sich die Regierung meiner Loyalität sicher war, wurde ich wieder befördert. Jetzt war ich für Castros engsten Kreis zuständig. Nicht ganz im Zentrum, aber sehr dicht dran. Nennen wir es den äußeren engsten Kreis. Mit dieser Aufgabe waren auch einige Privilegien verbunden. Ich bekam ein besseres Auto, eine bessere Wohnung, bessere Nahrungsmittelrationen. Das war toll. Und ich mochte auch die Person, die ich beschützen sollte.«

»Vanetta Brown?«

»Richtig«, sagte sie. »Ich kenne keinen Menschen, der mutiger und ehrlicher ist als sie. Wir haben viel geredet. Über Amerika, über Rassenpolitik, über Hautfarbe allgemein. Und über alles Mögliche andere. Sie liebte Seifenopern und furchtbare Liebesromane.«

»Haben Sie auch Joe kennengelernt?«

»Ich bin ihm zweimal begegnet.«

»Was haben Sie von ihm gehalten?«

»Ich kann gut verstehen, warum Vanetta ihm vertraute. Er war ihr sehr ähnlich – und ganz anders als Sie«, fügte sie hinzu.

»Das war er.«

Sie atmete tief durch. Und noch einmal.

»Als Vanetta verschwand, wurde ich degradiert«, sagte sie. »Ich mache das niemandem zum Vorwurf. Ich hatte es verdient. Ich war für sie verantwortlich, und sie ist einfach von der Bildfläche verschwunden.

Ich habe meine Privilegien verloren. Das Haus, das Auto, die Extrarationen. Aber ich habe immer noch Arbeit. Ich fahre die Kinder des libyschen Botschafters zur Schule. Nette Kinder.«

Max hörte die Bitterkeit und den Groll in ihrer Stimme, trotz des gelassenen, resignierten Tonfalls. Er konnte hören, wie sie ihre gebrochenen Gefühle unter den akkuraten Bügelfalten ihrer Professionalität verbarg und zuließ, dass sie sich verzerrten und verdrehten und, noch unbemerkt und im Verborgenen, an Kraft gewannen.

»Vor einer Weile habe ich beschlossen, Vanetta zu finden –

oder zumindest in Erfahrung zu bringen, was aus ihr geworden ist. Ich dachte, wenn mir das gelingt, geben sie mir meine Stellung zurück.«

Max schaute sie an. Sie tat, als würde sie den Springern zusehen.

»Das heißt … Sie wollen mir also mitteilen, dass dies hier keine offizielle Mission ist und es auch nie war? Dass Sie hier auf eigene Faust unterwegs sind und der Staat von nichts weiß?«, fragte er. »Und dass es deshalb auch keine Verstärkung gibt?«

»Richtig.«

Max seufzte. »Seid ihr alle so notorische Lügner in diesem Land, oder liegt es an mir?«

»Es tut mir leid.«

Er musste an Wendy Peck denken, und dass sie genau das Gleiche mit ihm gemacht hatte. Kuba war nichts anderes als Miami in einem schmutzigen Rückspiegel betrachtet.

»Genau genommen bedeutet das also, dass ich mich jetzt verdünnisieren könnte, richtig? Ich könnte per Anhalter nach Havanna zurückfahren, meine restlichen Urlaubstage genießen und in die Heimat abdüsen?«

»Ja. Wenn Sie wollen. Ich würde Sie nicht aufhalten«, sagte sie.

Und er spürte, dass sie es ernst meinte. Dass sie ihn loswerden, ihn aus dem Weg haben wollte. Er hatte seinen Zweck erfüllt und war jetzt überflüssig, eine Last.

Das gab ihm zu denken.

»Der allwissende, allmächtige Staat weiß natürlich, dass Vanetta auf dieser Insel ist. Sarah Dascal hätte es denen doch erzählt, genau wie sie es mir erzählt hat.«

»Wie gesagt, es ist kompliziert«, sagte Rosa.

»Ich würde sagen, der Zeitpunkt ist gekommen, mich über all diese Komplikationen aufzuklären, meinen Sie nicht?«

Noch ein tiefer Atemzug, der ihre Lunge ganz auffüllte, dann langsames Ausatmen. Sie musste sich wappnen und sich beruhigen.

»Okay ... Wie Sie wissen, war Vanetta wegen ihrer Verbindungen zum Abakuá aus Castros Gunst gefallen. Der Staat ließ sie überwachen.«

»Haben Sie sie ausspioniert?«

»*Ausspioniert* habe ich sie nicht. Das ist eine völlig andere Abteilung«, sagte sie indigniert. »Wenige Monate vor ihrem Verschwinden wurde sie zusammen mit einem Mann in Santiago de Cuba gesehen. Sie hat sich mehrmals mit ihm getroffen. Die beiden wurden zusammen fotografiert. Man folgte ihm bis zur Militärbasis in Guantánamo. Unsere Informanten dort berichteten, es handle sich um einen FBI-Agenten. Sein Name war Jack Quinones. Kennen Sie ihn?«

»Nicht besonders gut. Erzählen Sie weiter.«

»Wir sind davon ausgegangen, dass sie über ihre Rückkehr in die USA verhandelte. Wir dachten, sie habe vielleicht im Gegenzug für ihre Immunität angeboten, ihre Kenntnisse über die Arbeitsweise unserer Regierung weiterzugeben.«

»Wie gut wusste sie denn Bescheid?«

»Sie war eine enge Freundin Fidels.«

»Warum habt ihr sie nicht verhaftet?«

»Das hatten wir vor. Aber dann ist sie verschwunden.«

»Wenn Sie ›wir‹ sagen, meinen Sie den Staat, richtig? Nicht sich selbst?«, fragte Max.

»Ja, Entschuldigung. Ist eine Angewohnheit«, sagte sie.

»Und als sie verschwand, haben Sie – der Staat – angenommen, sie sei nach Amerika zurückgekehrt.«

»Richtig.«

»Und die Dascals? Die wissen doch, wo sie ist.«

»Die Dascals wurden in einem der Berichte erwähnt, die

ich gelesen habe. Aber sehr viel stand da nicht über sie. Nur ein paar Zeilen. Sie hatten ausgesagt, Vanetta sei todkrank.«

»Mehr nicht?«

»Nein.«

Sie beobachtete, wie ein kleiner Junge auf den Felsen kletterte und sich zum Sprung bereit machte, die Brust aufpumpte und sich die Arme ausschüttelte. Dann hüpfte er wie ein Spatz von einem Ast, blieb ganz kurz in der Luft hängen, den knochigen Körper kerzengerade, die Arme zu beiden Seiten ausgestreckt, bevor er sich zusammenrollte, einen Salto machte und sich wieder zu einer geraden Linie streckte, die im Wasser verschwand.

»Verstehen Sie denn nicht, wie das läuft?«, fragte sie.

Max dachte eine Sekunde lang darüber nach. Länger, als er brauchte. Natürlich verstand er, wie das lief. Er hatte es genauso gemacht.

»Passend machen.«

»Wie bitte?«

»Ich kann Ihnen erzählen, wie das läuft«, sagte er. »Die offizielle Theorie, dass Vanetta Castro an die Amerikaner verraten hat, wurde von der Regierung in Umlauf gebracht, weil sie ihr in den Kram passt. Zumindest den Leuten, die sie in Umlauf gebracht haben.

Vanetta ist bei Castro in Ungnade gefallen. Sie hat sich hinter seinem Rücken mit Kriminellen eingelassen. Sie hat sein Vertrauen missbraucht. Für ihn ist sie also nichts mehr wert. Und sie steht auf der Fahndungsliste des FBI, mit einem großen Preisschild auf der Stirn. Dass sie sich mit einem FBI-Agenten getroffen hat, kann nur einen Grund haben: Sie will weg. Aber natürlich will sie nicht raus aus Kuba, um in Amerika in den Knast zu wandern. Also muss sie denen ein Geschäft vorgeschlagen haben.

Als sie von der Bildfläche verschwand, konnte es natürlich nur einen Ort geben, an den sie gegangen war – zurück zu den Imperialisten. Alles passt. Vanetta ist nicht da, um zu widersprechen, und so setzt die Version sich durch. Ergibt ja auch Sinn. Eine solide Geschichte. Überzeugend. Die Wahrheit interessiert niemanden. Mehr noch, die Wahrheit ist unbequem. Wenn die je ans Licht kommen würde, würden ein paar Leute ganz schön dumm dastehen. Sie würden ihr Haus verlieren, ihr Auto, ihre Extrarationen. Habe ich recht, Rosa?«

»Ja.« Sie rutschte auf ihrem Sitz herum.

»Und was denken Sie sich dabei, der offiziellen Version zu widersprechen? Ist ein riskantes Spiel für Sie. Wenn es in die Hose geht, wird niemand Sie je wiedersehen. Aber eine so kluge Frau wie Sie hat dafür natürlich eine Lösung gefunden. Sie sind wachsam, zuverlässig und effizient. Sie haben alles gesehen und alles bedacht. Sie haben nichts dem Zufall überlassen. Stimmt's, Rosa?«

Sie antwortete nicht.

»Darf ich Sie was fragen?«

»Was?«

»Warum haben Sie eine Videokamera mitgenommen?«

Wieder keine Antwort. Nur ein tiefer, tiefer Atemzug.

»Ich kann Ihnen sagen, warum. Sie haben gar nicht vor, Vanetta Brown nach Havanna zurückzubringen. Das war nie der Plan. Sie wollen auf diese Insel, um beweisen zu konnen, wo sie sich wirklich aufhält«, sagte er. »Sie wollen sie filmen, wie sie auf dem Totenbett irgendein Statement abgibt. Eine kleine Rede, die die offizielle Version widerlegt, die Castro bislang glaubt. Und dann gehen Sie nach Havanna zurück – allein – und wollen sich durch Erpressung Ihre wertvolle Stellung wieder holen. Das ist der Plan, stimmt's? Darum geht es hier. Ein größeres Haus, ein schickeres Auto, eine Extraportion Reis.«

Stille. Niemand sprang in den Fluss.

»Ich habe in sämtlichen Krankenhäusern des Landes nachgefragt, ob sie dort in Behandlung ist«, sagte sie. »Als ich sie nicht fand, wusste ich, dass sie in einer geheimen Einrichtung sein muss.«

»Und sie haben mich eingesetzt, um herauszufinden, in welcher – aus reinem Eigennutz.«

»Sie klingen enttäuscht.«

»Ich hatte mehr von Ihnen erwartet.«

»Warum? Sie haben einem Stricher vertraut.«

»Den Sie gerade haben laufen lassen, weil er ein *Zeuge* war, richtig? Dieser Blödsinn, den Sie mir gestern aufgetischt haben, von wegen er sei ein Schandfleck der Gesellschaft. Sie wollten ihn aus dem Weg haben.«

»Tut mir leid, Max«, sagte sie. »Aber was haben Sie erwartet, als ich Sie verhaftete – die Wahrheit?«

Jetzt war er an der Reihe zu schweigen. Eigentlich hätte er stocksauer sein müssen, rasend vor Wut, weil er aus so kleinkarierten Motiven benutzt worden war. Tatsächlich aber überkam ihn ein absurdes Gefühl der Ruhe, ähnlich der unweigerlichen Erschlaffung, die der Erleichterung folgt – näher war er dem inneren Frieden noch nie gekommen. Zum ersten Mal in seinem Leben verstand er die Welt, in der er lebte. Alle hatten ihre eigene Wahrheit, alle spielten ihr Spiel. Hinter jedem Lächeln steckte der Hohn, hinter jedem Kuss ein Biss, jede Zärtlichkeit straffte sich zu einem Schlag, und jede helfende Hand ballte sich zur Faust. Die ganze Wahrheit dieser Welt summierte sich zu einer einzigen großen Lüge.

»Sie haben recht«, sagte er nach einer Weile.

»Sie sind nicht sauer?«

»Wozu?«, sagte er. »Dazu ist es zu spät. Und überhaupt ... wissen Sie was? Es ist mir egal. Wirklich egal. Ich bin zu weit und zu tief gegangen und zu nah dran, als dass das noch eine Rolle spielen könnte. Mir ist nichts mehr geblieben als das, was auf dieser Insel auf mich wartet.«

Sie wurden von hinten in Licht gebadet, die staubige braune Innenausstattung des Wagens war zu erkennen. Ein Auto näherte sich.

»Ich schätze, es ist Zeit zu gehen«, sagte er.

54

Das Wasser der Windward-Passage war ruhig und glasklar, das Boot glitt sanft und schnurgerade darüber hinweg wie ein geisterhafter Schlittschuh, der Motor schnurrte vor sich hin, während sie mit gleichmäßiger Geschwindigkeit unterwegs waren. Der Mond war nicht zu sehen, dafür beherrschten eine Milliarde Sterne den Himmel, und den südlichen Horizont umspielte ein bläulicher Schimmer, als wollte da etwas Großes und Radioaktives aus dem Meer steigen.

Max stand unter Deck und sah durch das Bullauge des Lagerraums Kuba entschwinden. Die Dunkelheit verschluckte die Umrisse des Landes und die wenigen gelben und weißen Lichter an seiner dünn besiedelten Küste, bis nichts mehr erkennen ließ, von wo er gekommen war, als nur das Kielwasser, das sich weit über den Ozean zog.

Sie waren auf einem betagten russischen Patrouillenboot: dreißig Meter abgeplatzte und fleckige graue Farbe mit diversen Macken, eine Brücke mit zwei zugenagelten Fenstern und einem dritten mit einem Riss in der Mitte, der von einer

Patronenkugel herrühren mochte. Im Bug ein stämmiges Artilleriegeschütz, das so verrostet und altertümlich war, dass es wie ein aussortiertes Museumsstück wirkte, das man nur zur Schau dort festgeschraubt hatte.

Rosa saß neben ihm und überprüfte ihre Waffe. Sie zog den Schlitten zurück, fing die ausgeworfene Patrone auf und zog das Magazin heraus. Die Patrone kam zurück ins Magazin, das Magazin zurück in die Waffe, der Schlitten fuhr wieder an seinen Platz, die Patrone in der Kammer, und sie zog den Hahn, legte die Sicherung um und steckte die Pistole wieder ins Holster. Dann saß sie kurz reglos da, atmete, und fing wieder von vorn an. Nach dem dritten Mal wurde es nervig, aber er sagte nichts. Ihr Gesicht war ausdruckslos wie eine Maske, aber sie vermied es, ihm in die Augen zu sehen, beschäftigte sich mit irgendetwas, um nicht denken zu müssen, und hielt ihre Hände in Bewegung, damit sie nicht zitterten. In Augenblicken wie diesen hatte Max früher Kette geraucht. Joe hatte sich die Handgelenke gedehnt.

Marco war oben auf der Brücke, das einzige Besatzungsmitglied.

Er war ein echter Baum von einem Mann, einen Kopf größer als seine Exfrau, kurzes graumeliertes Haar, reichlich Sommersprossen und strahlende, blaugrüne Augen von der Art, die man als »irische Augen« bezeichnete. Sandra hatte oft gesagt, Max hätte sie – besonders wenn er wütend wurde oder betrunken, oder beides.

Nicht, dass sich Max und Marco wegen gemeinsamer Vorfahren gleich nähergekommen wären. Der Mann war Max fast unverhohlen feindselig begegnet wie einem potenziellen Rivalen, hatte im Geiste an ihm geschnüffelt und ihn eingeschätzt, um herauszufinden, was er mit Rosa so alles anstellte und ob er sich in einem Kampf zu wehren wusste, falls es dazu kommen sollte. Max hatte ihm trotzdem die Hand hingestreckt, der Höflichkeit halber. Wie zu erwarten, hatte Marco die Geste ignoriert und die Hand angestarrt wie einen dreckigen Wischmopp. Rosa war eingeschritten. Sie und Marco hatten geredet. Er benutzte seine Muttersprache auf eine Art und Weise, die ihr jede musikalische Nuance nahm, presste die Worte zu so engen Bündeln zusammen, dass seine Sätze herauskamen wie ein in die Länge gezogenes Grunzen. Doch so stoffelig er auch klang, war doch unverkennbar, dass in ihm noch immer ein schier unkontrollierbares Feuer für Rosa brannte. Es zeigte sich in seinen Augen, die ganz dackelig süß dreinschauten, und in dem hoffnungsvollen Lächeln, das er einfach nicht unterdrücken konnte, wenn sie mit ihm sprach. Er war ein verliebter Idiot, der wissentlich nach dem aus taktischen Gründen zurückgezogenen Köder schnappte, weil er hoffte, dass vielleicht schon dieser Einsatz ihr Herz zum Schmelzen bringen konnte. Rosa aber war kühl und sachlich. Max vermutete, dass es für sie eine Jugendliebe gewesen war, aus der sie hätte herauswachsen sollen, bevor sie Kinder kriegten und sich aneinander banden.

Das war der Marco, der sie in seinem klapprigen Lada-Jeep abgeholt hatte. Einmal an Bord, war er ein anderer Mensch. Er wurde zu einem nervösen Wrack, stotterte ein wenig und schwitzte stark. Offensichtlich war es das erste Mal, dass er etwas Ungesetzliches tat. Und er hatte keine Möglichkeit, am seichten Ende des Beckens zu üben. Er musste gleich ins tiefe Wasser springen. Rosa fauchte ihn an. Sie war die Entschlossene, wo er unentschieden und unsicher war. Sie benutzte auch ihn. Vielleicht hatte sie ihm sogar eine Versöhnung in Aussicht gestellt. Was auch immer sie gesagt hatte, es funktionierte. Marco wurde wieder zum Mann und startete den Motor.

Max und Cruz gingen hinunter in den Lagerraum: vier graue Wände, durchzogen von rostigen Adern, und Kleiderhaken, an denen blaue Jacken und Mützen hingen. Sie nahmen sich beide eine Jacke und setzten eine Mütze auf. Max betrachtete die Insignien auf dem runden Abzeichen, das auf beide Ärmel genäht war: ein Vogel über dem Meer, einen fliegenden Fisch im Schnabel. Max verstand die Bedeutung – und die freudlose Ironie darin.

»Wenn wir Besuch kriegen, sagen Sie nichts und tun Sie beschäftigt«, hatte Rosa gesagt, als sie sich setzten. Das waren die einzigen Worte gewesen, die sie an ihn gerichtet hatte.

Besuch kriegten sie schon nach zehn Minuten auf See. Ein Hubschrauber kam und richtete seinen Suchscheinwerfer auf das Boot. Max trat vom Bullauge zurück. Oben auf der Brücke knackte das Funkgerät, Marco antwortete in Grunzlauten. Der Hubschrauber schwebte noch einen Moment über ihnen, dann drehte er nach Westen ab und flog davon.

Als Nächstes fuhren sie längsseits einer vor Anker liegenden Fregatte und stoppten mit laufendem Motor. Wieder landete ein kräftiger Scheinwerfer auf dem Boot und strahlte bis in den Lagerraum. Max und Rosa blieben reglos sitzen. Aus dem Funkgerät kamen Knistern und eine Stimme. Marco grunzte. Dann fuhren sie weiter, wenn auch langsamer, in Kriechgeschwindigkeit.

Max schaute zu dem sternenbedeckten Himmel hinauf, der ihm ein wenig näher vorkam als noch vor ein paar Minuten. Er wusste, dass sie sich Haiti näherten. Das war ihm besonders aufgefallen an diesem Land, dass der Abstand zwischen Himmel und Erde dort nur halb so groß schien – wobei das nichts Glorreiches oder Erhebendes an sich hatte. In Haiti hatte man das Gefühl, als drücke der Himmel das

Land von oben nieder, als wäre Gottes Reich kurz davor, einem über dem Kopf einzustürzen.

Sie fuhren zwischen zwei kegelförmigen Bojen mit roten Blinklichtern hindurch. Plötzlich heulten Sirenen auf, und aus der Dunkelheit rasten zwei Schnellboote mit grellen Scheinwerfern auf sie zu, über Lautsprecher dröhnte eine Stimme.

Marco stoppte das Boot und schaltete den Motor ab. Auf beiden Seiten kletterten Menschen an Bord, dann waren schwere Schritte zu hören, die sich über ihnen auf und ab bewegten. Jemand stellte Marco Fragen. Er stammelte Antworten.

Rosa wurde panisch. Ihr Blick schoss durch den Lagerraum, sie suchte nach einem Ausgang oder einem Versteck. Max trat vorsichtig an das Bullauge heran. Er konnte die Boote nicht sehen.

Die Schritte stampften über das Deck. Immer mehr Fragen wurden gestellt, Marco stammelte weiter, stockte bei jedem Wort.

Dann hörten sie Schritte auf der Treppe. Zwei Paar Füße. Rosa zog die Waffe, aber Max schüttelte den Kopf. Sie steckte die Waffe wieder weg.

Jemand drückte die Türklinke.

Marco hatte sie eingeschlossen. Eine barsche Stimme rief etwas die Treppen hinauf.

Marco stammelte.

»Rápido!«

Marco versuchte ein *»Sí«*, aber es klang, als wollte er eine Zeichentrick-Schlange nachahmen.

Wieder Schritte auf der Treppe, das Klingeln eines Schlüsselbunds.

Das war's.

Rosa wusste es. Sie sagte nichts, aber sie sah panisch aus.

Das Funkgerät knackte. Es wurde beantwortet von der Stimme, die Marco befragt hatte. Rosa lauschte, und ihre Gesichtszüge entspannten sich ein klein wenig.

Die Schritte stiegen die Treppe wieder hinauf.

Die zwei Männer vor ihrer Tür folgten.

Plötzlich herrschte oben Geschäftigkeit, mehrere Personen liefen links und rechts über das Deck und kletterten an der Bordwand hinunter. Irgendjemand irgendwo lachte.

Dann wurde es still. Nur noch die Wellen, die gegen die Bordwände schwappten. Max und Rosa tauschten Blicke, Max sah sie fragend an und wartete auf eine Erklärung oder eine Theorie, was da gerade passiert war. Sie lieferte weder das eine noch das andere.

Aber ihre Panik war verflogen.

Der Motor sprang an, das Wasser unter dem Boot wurde aufgewühlt, sie setzten ihre Fahrt fort.

Die Schnellboote folgten ihnen. Max spähte durchs Bullauge hinaus. Er sah auf jedem Boot vier Männer, einen davon an einem fest montierten Maschinengewehr.

Sie passierten weitere Bojen: grüne Lichter, blaue Lichter. Die gleiche Reihenfolge, die ihm schon auf dem Weg zu Vanetta Browns Wohnung in der Calle Ethelberg begegnet war. Auch das hier war ein *camino muerto*. Die Insel war nicht mehr weit.

Kurze Zeit später verlangsamte das Boot seine Fahrt, und sie hielten an. Die Eskorte drehte ab und fuhr davon.

Über ihren Köpfen hörten sie Marco über das Deck laufen, erst zum Bug, dann zum Heck. Das Funkgerät blieb still.

Schließlich kam er nach unten und schloss die Tür auf.

»*Hemos llegado*«, sagte er zu Rosa.

55

Die Insel entsprach nicht der allgemeinen Vorstellung von einem Paradies: Drei Kilometer dicht an dicht stehende Bäume, die Küste gesäumt von scharfkantigen Felsbrocken, die Ufer und Schutzwall zugleich waren.

Kein Hinweis auf ein Krankenhaus oder irgendein anderes Gebäude.

Lichter waren nur dort, wo sie angehalten hatten: zwei Lichterketten, die um die Pfosten des Stegs geschlungen worden waren und im Wind schaukelten.

Ganz in der Nähe stand mit Blick auf die Bucht eine große Hütte mit Wellblechdach. Zwei Männer kamen heraus und steuerten auf Marcos Boot zu. Einer war in Hemdsärmeln, die Mütze der Küstenwache trug er falsch herum auf dem Kopf, der andere kam in Unterhemd und Khaki-Shorts. Sie waren nicht bewaffnet. Ihr Auftreten war entspannt und freundlich, fast einladend, als freuten sie sich über die Gesellschaft. Marco redete vom Bug aus mit ihnen, wieder mit seinen gepressten Grunzlauten. Er brachte sogar ein kurzes Gelächter zuwege.

Nach zehnminütigem Geplänkel verabschiedeten sich die Männer mit einem Winken und kehrten zur Hütte zurück.

Derweil kauerten Max und Rosa auf der Brücke und spähten durchs Fenster hinaus, sahen zu und warteten.

Marco kam zurück und brummelte Rosa etwas zu.

Wenige Augenblicke später kletterte Max hinter ihr über die Bordwand auf den Steg, dann rannten sie geduckt und auf Zehenspitzen über die Holzbohlen.

Als sie an der Hütte vorbeiliefen, sahen sie durch die halb offene Tür vier Männer beim Kartenspielen und Rauchen, ein anderer klimperte auf der Gitarre.

Nachdem sie die Anlegestelle hinter sich gelassen hatten, standen sie auf einer asphaltierten Straße, die nach rechts und links einen Bogen beschrieb und um die Insel herumlief. Rosa schlug vor, nach rechts zu gehen. Max bemerkte, das Krankenhaus liege vielleicht eher zur Linken, Richtung Kuba.

Sie gab ihm recht.

Also gingen sie mit schnellen Schritten nach links und hielten sich dicht am Straßenrand. Sie waren nicht weit gekommen, als sie von vorn Scheinwerferkegel auf sich zukommen sahen.

Sie versteckten sich im Gebüsch.

Ein Jeep rollte mit Fernlicht an ihnen vorbei. Er bog hupend in Richtung Landungsplatz ab und hielt an. Ein Mann stieg aus und ging in die Hütte. Er wurde mit lauten Rufen in Empfang genommen.

Rosa führte mit der Taschenlampe in der Hand den Weg durch die Bäume an, sie trug den Rucksack.

Es war brütend heiß. Die Luft war schwül und drückend, es stank nach Kompost und Methan: Die Natur fraß sich selbst und rülpste herzhaft. Auf der feuchten und dampfenden Erde hörten sie es unter ihren eigenen Schritten knacken. Unter dem toten Laub und dem Geröll wimmelte es von unsichtbaren Kreaturen; und rhythmisch war es auch, wenn Frösche und aufgeschreckte Vögel landeten, kleine Nager plötzlich davonstoben und schwerere Tiere rannten.

Rosa bahnte sich zielstrebig ihren Weg durch das Dickicht aus riesigen Palmen und dicken, knorrigen Feigenbäumen, sie blieb kein einziges Mal stehen, zögerte nicht einmal, schien mit einem derartigen Gelände vertraut. Max war nicht so versiert. Er stolperte über freiliegende Wurzeln und rutschte auf Pilzen aus, Luftwurzeln schlugen ihm ins Gesicht und auf die Arme. Er war nach kürzester Zeit außer Atem und schwitzte, wurde wütend und gereizt, sein Herz schlug viel zu schnell, die Beine taten ihm weh.

Der Boden wurde abschüssig, dann zog die Schwerkraft sie sanft vorwärts. Sie bewegten sich schneller. Die Bäume lichteten sich, und die scharfe Seeluft vertrieb den Gestank. Dann sahen sie eine Reihe kleiner gelber Lichter.

Das Krankenhaus erinnerte Max an einen Sicherheitsschuh, dessen Leder vorn aufgerissen war, sodass die Stahlkappe freilag. In Anbetracht der Patienten, für die das Krankenhaus einst gebaut worden war, mochte das eine bewusste Designentscheidung des Architekten gewesen sein – ein ironischer Kommentar zu dem System, dem diese Patienten dienten. Andererseits handelte es sich vielleicht einfach um ein weiteres Beispiel sowjetischen schlechten Geschmacks, ähnlich der Botschaft in Havanna.

Ein Trio aus niedrigen Kuben, die durch verglaste Gänge miteinander verbunden waren. Sie waren vier Stockwerke hoch, aber alle etwas unterschiedlich geformt. An den ersten war eine bauchige, hell erleuchtete Glaskuppel angehängt, der mittlere war länger und schnittiger, und der letzte schmaler und kompakter als die anderen, fast wie ein kleines Hochhaus. In allen Erdgeschossen brannte Licht.

Die Umgebung dagegen – ein weitläufiger, sanft gewellter Park mit Bänken, Sonnenschirmen, einer Sonnenuhr, einem großen Schachfeld, hübschen Blumenbeeten und einem Springbrunnen – war so idyllisch und heiter wie kosmetisch.

»Kein Zaun, keine Mauer?«, fragte Max in ihrem Versteck am Waldrand. Die Glaskuppel war wohl der Eingang, vermutete er: Auf dem Platz davor parkten Fahrzeuge, zwei weiße Krankenwagen und zwei Jeeps.

»Ist ja kein Gefängnis«, sagte Rosa.

»Ich habe mehr Sicherheitskräfte erwartet.«

Vor dem Eingang saß ein Wachmann mit einem Gewehr auf dem Schoß.

»Mehr als die, die wir auf dem Weg hierher gesehen haben?«, fragte sie sarkastisch.

Alles war still und unheimlich, vor allem aber machte es ihn nervös. Er hörte den Wind in den Bäumen hinter sich und in der Ferne die Wellen, die sich an den Felsen brachen. Aber dazwischen: Stille. Irgendwelche Geräusche müssten doch vom Krankenhaus herüberdringen, irgendwelche Hinweise auf die Menschen und die Maschinen, die das Gebäude am Laufen hielten.

»Was hat Marco den Leuten auf den Schnellbooten erzählt?«

»Dass er jemanden abholt.«

»Wen?«

»Das weiß er nicht. Sie wissen es auch nicht. Das läuft alles sehr anonym hier, schon vergessen?«

»Wenn die dahinterkommen, dass er das war, kriegt er ernsthafte Schwierigkeiten – und damit auch Sie.«

»Klar«, sagte sie. »Wenn er wirklich Marco heißt.«

»Heißt er nicht?«

»Für Sie und für die schon.«

Max beließ es dabei. Marco war also unter falschem Namen hergekommen – und mit einer Überdosis Adrenalin, reichlich Mut, abgöttischer blinder Liebe und schierer Dummheit. Wem wollten sie etwas vormachen? Die Geheimpolizei würde nicht allzu lange brauchen, Marco auf die Schliche zu kommen. Und dann würden sie auch Rosa einkassieren – sofern sie ihre Pläne nicht schneller umsetzen konnte als die. Aber das war alles nicht sein Problem.

»Irgendwelche Ideen, wie wir reinkommen?«, fragte er.

»Es gibt nur einen Weg. Durch den Eingang.«

»Das ist verrückt. Wir wollen da ... einfach reinspazieren?«

»Denken Sie nach«, sagte sie. »Es ist frühmorgens. Es ist noch dunkel. Kein Mensch ist wach. Wir tragen Uniformen – so eine Art Uniform. Wir fallen gar nicht auf. Die rechnen nicht mit Eindringlingen.«

Von Nahem betrachtet war der Eingang ganz schön imposant: eine mit drei Kristallkronleuchtern sehr hell erleuchtete, perfekt gerundete Glaskuppel. Um die Kuppel herum schwirrten Insektenschwärme, ihre winzigen Körper bildeten einen dunstigen, umherschwebenden Lichthof.

Max und Rosa gingen hinter einem Krankenwagen in Deckung und nahmen den Wachmann in Augenschein, der neben den Doppeltüren saß. Er bewegte sich nicht.

Leise gingen sie zu ihm.

Der Wachmann hing zusammengesunken auf einem Holzstuhl, die Beine ausgestreckt, die Füße zeigten gen Ost und West. Den Kopf hatte er an die Glaswand gelehnt, die Mütze übers Gesicht gezogen, der Schirm reichte ihm über die Nase. Er schlief tief und fest, atmete langsam und friedlich, seine Mütze blähte sich im Gleichtakt mit seiner Lunge wie ein Blasebalg.

Rosa und Max hatten sich einen Plan zurechtgelegt: Sie würden selbstsicher auf den Eingang zusteuern, als hätten sie guten Grund, da zu sein. Wenn der Wachmann sie fragte, was sie hier zu tun hätten, würde Rosa antworten, dass sie jemanden abholen wollten. Wenn er sie ohne nachzuhaken passieren ließ – sein Glück. Wenn nicht, würden sie sich seiner annehmen müssen.

Aber er schlief, und so war die Lage eine andere.

Sie gingen langsam auf den Eingang zu. Der Wachmann trug die gleiche Jacke wie sie, nur hatte er schwere schwarze Stiefel an, sie beide hingegen Turnschuhe. Er hielt die Hände über dem Bauch gefaltet, wenige Zentimeter von seinem Automatikgewehr entfernt.

Durch die Glaswände war zu sehen, dass die Kuppel menschenleer war. Genau genommen war sie komplett leer, da war nur Glas und eine Rückwand mit einer Tür.

Auf Zehenspitzen schlichen sie an dem Wachmann vorbei, Rosa ein Stückchen vor Max.

Sie zog an dem geriffelten Messinggriff, aber die Tür ging nicht auf. Ein Schloss gab es nicht. Dann sah sie das Tastenfeld.

Max trat zwei Schritte zurück und betrachtete den Wachmann. An seiner Brusttasche war mit einer Klammer ein laminiertes Foto befestigt, und er trug ein schwarzes Band um den Hals.

Vorsichtig löste Max den Bildausweis von seiner Brusttasche und betrachtete ihn. Er trug nur den Namen des Mannes und eine Nummer.

Dann legte er den kleinen Finger um das Band und zog sachte daran. Der Wachmann war unrasiert, das Band schabte kratzend über seine Bartstoppeln.

Behutsam zog Max das Band unter dem Uniformkragen hervor, ohne dabei die tief gezogene Mütze zu berühren, und achtete auf irgendwelche Anzeichen, dass der Mann aufwachte. Schließlich erschien oben in seinem Kragen der Rand einer dicken schwarzen Plastikkarte. Max packte sie vorsichtig mit den Fingerspitzen und zog sie heraus.

Rosa kam zu ihm, stellte sich zwischen die gespreizten Beine des Wachmanns und zog ein Springmesser aus der Tasche. Sie beugte sich vor und durchschnitt mit einer schnellen Bewegung das Band.

Der Wachmann ließ einen operntauglichen Furz fahren, ein lautes, tiefes Donnern in *basso profondo*, das klang, als käme da eine Harley aus seinem Arsch geflogen.

Max und Rosa erstarrten.

Der Mann bewegte sich. Er fuhr sich mit der Zunge über die Schneidezähne. Er gähnte und stöhnte.

Und dann schlug er die Augen auf.

Rosa stand immer noch vorgebeugt da, ihr Dekolleté schwebte dicht vor seiner Nase.

Max hielt den Atem an, Rosa ebenso.

Auf dem jugendlichen Mondgesicht des Wachmanns erschien ein breites Lächeln.

Dann schloss er, ganz langsam, wieder die Augen und schlief weiter.

Die gläserne Vorhalle des Krankenhauses erfüllte voll und ganz ihren Zweck. Sie war von einem unangenehm grellen, intensiven Weiß, das eine obsessive Hingabe an Sauberkeit und Hygiene verriet, übertrumpft nur von der strengen Anonymität. Der Fußboden sah aus, als hätte ihn noch nie ein Mensch betreten, das Glas der Kuppel war so sauber, dass es gar nicht zu sehen war, und sogar die Luft war seltsam geruchlos – obwohl das Meer so nah war –, als wäre sie ausgiebig gefiltert und aufbereitet worden, bevor man ihr zu zirkulieren erlaubt hatte.

Der einzige Farbtupfer fand sich an der konkaven Rückwand, das Blattgold in den großen, in die Wand gemeißelten Versalien, die den Namen des Mannes buchstabierten, nach dem das Krankenhaus benannt war: LEONID BRESCHNEW.

Die Buchstaben wurden gerahmt von zwei Schwarz-Weiß-Fotos hinter Glas, die das ehemalige Staatsoberhaupt der Sowjetunion beim Handschlag mit Fidel Castro vor der Glaskuppel zeigten. Die beiden gaben ein ungleiches Paar ab. Breschnew schwitzte in seinem weißen Safarihemd und kniff im Sonnenlicht die Augen zusammen, während Castro, gut einen Kopf größer als sein Amtskollege und Verbündeter, mit breitem Lächeln auf einer Zigarre kaute. Er hatte allen Grund dazu: Das Krankenhaus hatte Kuba nicht einen Centavo gekostet.

Kalte Luft umfing sie, als sie das Hauptgebäude betraten. Rosa nieste und schimpfte dann leise mit sich selbst.

Während sie ihre Umgebung betrachteten, tauschten sie fassungslose Blicke, und ihre Gesichter spiegelten die gleichen zwei Fragen wider: Wo waren sie hier eigentlich gelandet, und was genau war das?

Für Max wies es Ähnlichkeiten mit jenen exklusiven Privatclubs auf, von denen man überhaupt nur erfuhr, wenn man einen gewissen gesellschaftlichen Rang erreicht hatte und sich in höheren Sphären bewegte. Es zeugte von Geld ohne Ende, besten Kontakten per Kurzwahl, Macht im Überfluss.

Der pflaumenrote Teppich war so dicht und so hochflorig, dass er die Sohlen ihrer Schuhe geräuschlos verschluckte. Das Licht kam von einem birnenförmigen Kronleuchter, der fragil und monströs zugleich aussah, wie die Träne eines Ungeheuers. Die vier Scheinwerfer in den Ecken schickten Lichtsäulen zur Decke, die von unten an den Wänden emporflossen, nach oben hin breiter wurden und dem Raum eine Atmosphäre von Gemütlichkeit und Wärme verliehen. An der Rückwand stand ein eindrucksvoller geschwungener Empfangstisch aus Eichenholz, der dezent und warm schimmerte. An der Wand dahinter prangte ein großes, kreisförmiges Kunstwerk, das von Weitem aussah wie ein abstrakter Wirbel aus weißem Marmor, ein sinnfreier, scharfblättriger Strudel. Bei näherer Betrachtung stellte sich heraus, dass der Wirbel eine zerstiebende Wolke darstellte und dass zwischen den Wolkenfetzen altbekannte Gesichter schwebten: Miniporträts der Superstars des Kommunismus, seiner Ideologen und Praktiker: Marx, Lenin, Trotzki, Stalin, Mao, Hoxha, Tito und, natürlich, Castro. Menschliche Götter am Atheistenhimmel.

Auf der weiten Fläche zwischen Tresen und Eingang standen vereinzelte runde Tische und tiefe, überreich gepolsterte Ledersessel mit breiten Armlehnen und Fußhockern. Es gab eine umfangreiche Bibliothek und einen großen Zeitungsständer mit englischen, amerikanischen, französischen, spanischen und russischen Zeitungen. Max rechnete fast damit, dass gleich ein Butler erscheinen würde, aber weit und breit war keine Menschenseele zu sehen. Es herrschte völlige Stille. Nur ein leichter Geruch nach Desinfektionsmitteln verriet, dass sie sich in einem Krankenhaus befanden. Offensichtlich war dies die Lobby des Patientenflügels, und Max wurde klar, dass dieser Raum das Erste war, was ein Neuankömmling zu Gesicht bekam.

Ganz in der Nähe befand sich, an der rechten Wand, eine Treppe – ein hohes Eichengeländer und breite Steinstufen, in deren Mitte ein Teppichläufer, der von Messingschienen am Platz gehalten wurde. Daneben ein Aufzug mit breiten Messingtüren. Es gab sechs Etagen, vier oben und ein Untergeschoss.

Sie nahmen die Treppe.

An den Wänden hingen Schwarz-Weiß-Fotos von der Insel und dem Krankenhaus in verschiedenen Stadien der Fertigstellung. Als Erstes eine Luftaufnahme von der Insel in unberührtem Zustand, komplett bewaldet, ein dunkler Torpedo im bleigrauen Ozean. Dann der Beginn der Bauarbeiten. Die Bäume an der Küste wurden mit Trawlern aus der Erde gerissen. Die nächste Luftaufnahme zeigte ungefähr ein Dutzend im Ozean treibende Palmen, manche lagen auf der Seite, andere standen aufrecht im flachen Wasser, als wollten sie zurück an Land stapfen. Dann Fotos von den Arbeitern, allesamt russische Soldaten, beim Bulldozern, Sägen, Brandroden, Mischen und Graben, überwacht von Männern in Zivilkleidung. Das letzte Foto, ganz oben auf der Treppe, zeigte den Rohbau und eine Möwe, die auf einer noch unfertigen Mauer hockte.

Am Ende der Treppe schauten sie einen langen Flur mit nummerierten Türen hinab, der von elektrischen Kerzenleuchtern erhellt wurde, die nach jedem zweiten Zimmer an der Wand angebracht waren. Zur Linken ein verlassenes Büro mit einem roten Kreuz auf der Glastür.

»Wir sollten uns trennen«, flüsterte Rosa. »Ich nehme mir die Zimmer hier und im nächsten Stock vor. Sie die anderen.«

Max ging nach ganz oben. Im Schwesternzimmer saß eine Krankenschwester in weißer Uniform am Schreibtisch und las ein Buch, die nackten Füße hochgelegt. Für Max ein eindeutiges Zeichen, dass auf diesem Stockwerk Patienten untergebracht waren.

Er trat eilig in den Flur, raus aus dem Sichtfeld der Krankenschwester. Auch hier trugen die Türen Nummern, ungerade auf der linken und gerade auf der rechten Seite. Max drückte die erste Klinke herunter. Abgeschlossen. Er versuchte die Tür gegenüber. Ebenfalls abgeschlossen.

Genau wie die nächsten drei Paare.

Die neunte Tür ging auf.

Er schaltete die Taschenlampe ein. Im Bett schlief ein alter Mann, der an einen Herzmonitor angeschlossen war und durch dünne Plastikschläuche in der Nase atmete. Er trug einen Schlafanzug mit Snoopy-Motiven.

Max hörte eine Bewegung im Zimmer und ließ den Lichtstrahl durch den Raum wandern. Auf einem Klappbett lag zusammengerollt ein jüngerer Mann, einen Meter weiter döste ein zweiter Mann in einem Sessel.

Max schloss schnell wieder die Tür.

Die nächsten Zimmer waren abgeschlossen. Er war auf halber Höhe des Flurs angekommen.

Zimmer 13 ging auf, war aber leer.

Max ging weiter.

Zimmer 14: abgeschlossen. Zimmer 15: abgeschlossen.

Zimmer 16: offen.

Er schlich hinein.

Die Vorhänge standen halb offen und gaben den Blick aufs Meer frei: glatt und ruhig, eine Farbe wie silbriger Ruß, zwei Schnellboote, die in entgegengesetzten Richtungen ihre Kreise zogen, konzentrische Reihen blinkender Bojen, die sanft im Wasser auf und ab hüpften.

Max schaltete die Taschenlampe ein. Der Lichtstrahl traf auf den Nachttisch: eine Vase in Schwanenform mit hellgelben und rosafarbenen Orchideen, eine von frischem Obst überquellende Schale, ein Glas Wasser, ein weißes Telefon, mehrere Dosen und Röhrchen mit Tabletten, eine Box mit Kosmetiktüchern und, über den Tischrand hinausragend, ein Buch: »Hoffnung wagen« von Barack Obama.

Max ließ den Lichtstrahl zum Bett wandern. Wieder das falsche Zimmer. Der Patient – ebenfalls ein alter Mann – schlief fast aufrecht sitzend auf einem Berg Kissen. Sein Kopf war so geschrumpft, dass er in dem gelben Morgenmantel zu versinken schien, dessen Kragen um den Hals klaffte wie ein zahnloses, aber hungriges Maul. Die Haut klebte an seinen Schädelknochen, als wäre sie aufgesprüht worden und müsse nun trocknen, sie wirkte wachsartig und opak, von der Farbe getrübter Augenlinsen, in denen sich eine sandige Küste spiegelt. Das Haar, das ihm geblieben war, klebte ihm trotzig in dichten weißen Büscheln vorn und seitlich am Schädel. Und sein Körper verströmte einen Geruch, der sich mit dem süßen Duft der Orchideen und des Obstes mischte. Es war der Geruch medikamentös überwachter Erschöpfung, der Geruch eines langsamen Todes, dessen Stachel stumpf geworden und dessen Zeitplan durcheinandergeworfen worden war, der Geruch eines Lebens kurz vor der Ziellinie.

Max schaltete die Taschenlampe aus und wollte gerade gehen, als der Patient nach ihm rief.

»*Quién es usted?*«

Die Stimme klang benommen, verdorrt und androgyn.

»Wer sind Sie?«, fragte sie noch einmal, klarer dieses Mal und kräftiger.

Und es war die Stimme einer Frau – die Stimme einer Amerikanerin.

Er leuchtete noch einmal aufs Bett und sah, dass sie ihn direkt anschaute.

Vanetta Brown.

56

Sie schaltete die Nachttischlampe ein, und Max wünschte, sie hätte es nicht getan. Ihr Anblick war nicht leicht zu ertragen, nicht leicht zu verdauen, nicht leicht mit der Frau in Verbindung zu bringen, deren Gesicht er sich anhand von Fotos eingeprägt hatte. Der Krebs hatte nicht viel von ihr übrig gelassen, hatte sie zu einer Silhouette reduziert, zu einem schwachen Pauspapierabdruck von der Frau, die sie einmal gewesen war, nur noch aufrecht gehalten von einem Berg Kissen auf einem verstellbaren Bett. Sie war nur noch Knochen und Knorpel in einem schlaffen, zerknitterten Mantel aus Haut. Ihre Augen aber, die tief in den Schädel gesunken waren, hatten ihren herausfordernden, durchdringenden Blick nicht verloren, der voller hochfahrender Rechtschaffenheit und Zorn war; ungetrübt, ungeschlagen, ohne Reue.

Max nahm die Mütze ab und trat näher.

»Sie kennen mich nicht. Mein Name ist Max Mingus. Ich bin … ich habe Sie gesucht«, sagte er. »Sarah Dascal hat mir gesagt, wo Sie sind.«

»Wie geht es ihr?«

»Es geht ihr gut.«

»Und den Kindern?«

»Auch gut.«

»Ich werde sie nicht wiedersehen«, sagte sie sachlich. »Wissen Sie, wie das ist? Zu wissen, dass Sie Menschen, die Sie lieben, nie wiedersehen werden?«

»Da müsste ich lügen«, sagte er.

»Es ist, als könnte man in die Zukunft blicken. Und das ist nie gut.« Ihre Stimme war ein erschöpftes Krächzen aus trockener Kehle, Schmirgelpapier auf heißen Steinen. Ihre

Lippen waren schmal geworden und verkrustet von trockener, aufgeplatzter Haut.

Sie zeigte auf einen Stuhl neben dem Nachttisch und bedeutete ihm, ihn zum Bett zu bringen. Es war eine schwache Bewegung, eine ungefähre Geste, fast wie gelähmt. Das Zimmer war deutlich größer, als Max erwartet hatte. Es gab Stellen, die das Licht nicht erreichte, Ecken, die im Schutz der Dunkelheit verborgen lagen.

Sie drückte sich ein wenig hoch, kämpfte um ein paar Zentimeter. Er wollte ihr helfen, weil die Anstrengung, die sie für ein so simples Ergebnis aufbringen musste, schmerzhaft anzuschauen war, aber er tat es nicht.

»Wie sind Sie hierhergekommen?«, fragte sie.

»Das spielt keine Rolle.«

»Woher kommen Sie?«

»Aus Miami.«

»Das ist weit weg.«

»Nicht so weit.«

»Sie wissen, was ich meine«, sagte sie und sah ihn an, sein Gesicht, seinen Kopf. »Wie ist das Wetter in Miami?«

»Keine Ahnung. Ich bin schon eine Weile hier. Ich habe Sie gesucht«, sagte er.

Er war sich sicher gewesen, dass ihm schon einfallen würde, was er sagen wollte. Seine Zeit war begrenzt, und im Grunde wollte er nur eines von ihr wissen: *Haben Sie Joe umbringen lassen?* Aber als er sie so sah, einen Geist, der in einem verdorrten, schmerzgeplagten Körper die Zeit abwartete, wusste er plötzlich nicht mehr so genau, was er sie fragen sollte. Die Frage kam ihm beinah belanglos vor.

»Sie wissen, dass ich im Sterben liege?«

Max nickte.

»Ich habe nicht mehr lange. Ein paar Tage vielleicht …

nicht mehr allzu viele, hoffe ich«, sagte sie. »Jedes Mal, wenn ich die Augen schließe, hoffe ich, dass es das letzte Mal war. Und jedes Mal, wenn ich sie wieder aufschlage, bin ich … enttäuscht. Ein neuer Tag, wieder wach geworden vor Schmerzen. Schmerzen überall. Pillen zum Frühstück. Die Schmerzen lassen nach, und dann verbringe ich die Zeit damit zu schweben. Und zu warten. Ich kann nichts machen. Ich kann kaum lesen. Kaum denken. Wozu soll das gut sein?«

Er wusste nichts zu sagen. Er fühlte sich unwohl in seiner Haut, ein Eindringling. Er wünschte sich an einen anderen Ort und bereute plötzlich, überhaupt hergekommen zu sein.

Sie lächelte schwach. »Tut mir leid, dass ich so morbid bin. Gehört wohl dazu. In letzter Zeit geht es mir etwas besser. Komisch. Bei meiner Schwiegermutter war das genauso … kurz bevor sie starb. Auf einmal sagte sie, sie wolle spazieren gehen, an die frische Luft. Plötzlich so ein Optimismus. Es ist nicht mehr dazu gekommen. Wissen Sie, was ich mir jetzt wirklich wünsche? Ich will nach Hause.«

»Nach Havanna?«

»Das ist nicht mein Zuhause.«

»Nach Amerika?«

Sie blinzelte zweimal und nickte leicht. »Ich will bei meiner Familie sein. Bei meiner Tochter und meinem Mann. Wann fliegen Sie zurück?«

»Ich weiß es noch nicht«, sagte er. »Wahrscheinlich bald.«

»Können Sie mich mitnehmen?«

»Nach Miami?«

»Ja.«

Fast hätte er nein gesagt, aber er riss sich zusammen. »Dort wird man Sie verhaften«, sagte er.

»Was noch von mir übrig ist.« Sie kicherte. »Meinetwegen gern.«

»Sie wollen doch nicht im Gefängnis sterben.«

»Was macht das für einen Unterschied?«, sagte sie. »Nehmen Sie mich mit?«

»Warum wollen Sie zurück?«

»Ich will bei meiner Tochter und meinem Mann begraben werden.«

»Würde man Sie nicht nach Hause fliegen, wenn Sie … wenn es zu Ende ist?«, fragte er.

»Wissen Sie, was passiert, wenn amerikanische Flüchtlinge hier in Kuba sterben? Die amerikanische Regierung lässt die Leichname nicht zurück ins Land.« Sie lächelte.

»Das wusste ich nicht.«

»Unterschätzen Sie niemals die kleingeistige Rachsucht unserer Regierung.«

Er hatte einen Weg gefunden, ihr die Frage zu stellen, die er stellen wollte. Er würde einen Umweg machen, mit ihr in ihre Vergangenheit gehen und dann vorwärts durch ihr Leben, bis sie zu dem kamen, was er wissen wollte.

»Vanetta«, fing er an. »Darf ich Sie Vanetta nennen?«

Sie nickte.

»Ich bin ein Freund von Joe … Joe Liston. Ich würde Ihnen gern ein paar Fragen stellen. Ich weiß alles über Sie … was Sie durchgemacht haben. Ich habe alle Dateien auf den CDs gelesen, die Joe Ihnen gegeben hat. Und ich habe eins und eins zusammengezählt. Das meiste habe ich verstanden, wirklich.«

»Was haben Sie verstanden?« Sie lehnte sich ein klein wenig zu ihm vor, ihre Knochen knirschten und knackten, unter dem Nachthemd waren die Umrisse ihres Körpers kaum zu erkennen.

»Ich weiß, dass Sie Dennis Peck nicht erschossen haben«, sagte er.

»Alle Welt weiß das. Allen voran das FBI. Und trotzdem haben sie ein Kopfgeld auf mich ausgesetzt und mir ein Schild um den Hals gehängt, für etwas, von dem sie *wissen*, dass ich es nicht war. Wissen Sie, wie die mich nennen? Eine Inlandsterroristin bin ich für die«, sagte sie bitter. »Dennis Pecks Töchter sind mit dem Hass auf mich groß geworden. Und dabei kennen die nicht einmal die Wahrheit über ihren eigenen Vater.«

Sie starrte ihn an, und einen Moment lang war das Feuer in ihren Augen stärker als ihre Gebrechlichkeit, stärker als ihr ausgemergelter Körper und die fragilen, zweigdünnen Glieder.

»Dennis Peck war ein Undercover-Agent des FBI«, sagte Max. »Er war so sehr undercover, dass er sich bis heute – selbst als Toter – seine falsche Identität bewahrt hat. Seine Familie weiß so gut wie gar nichts über ihn. Die glauben, dass er ein ganz normaler Polizist war, der durch Ihre Hand den Heldentod starb.«

Sie nickte. »Was wissen Sie noch?«

»Peck war Mitglied einer verdeckten Einheit, die J. Edgar Hoover Anfang der Sechzigerjahre zusammengestellt hatte, um in Florida ein Netzwerk von Polizisten zu infiltrieren, die enge Verbindungen zur Mafia unterhielten. Diese Polizisten wurden angeführt von Eldon Burns. Er machte schon seit Jahren Geschäfte mit der Mafia – genauer gesagt mit der Familie Trafficante. Drogen, Prostitution, Glücksspiel, Erpressung, Mord. Das ganze Programm.

Burns hat nicht nur für Schmiergeld und ein paar Tipps beide Augen zugedrückt. Er war selbst praktisch ein Gangster. Seine Polizisten waren am Aufbau des Drogenvertriebsnetzes der Trafficantes beteiligt. Und sie haben Auftragsmorde ausgeführt, wenn die Zielpersonen besonders schwer zu erreichen waren: Zeugen im Zeugenschutzprogramm, hochrangige Mafiosi mit einer ganzen Armee von Leibwächtern.

Mafiosi rühmen sich gern ihrer ›Verbindungen‹, aber der wirklich große Mann war Burns, der hatte Kontakte wie sonst keiner. Er hat eng mit Victor Marko zusammengearbeitet, der wiederum dafür zuständig war, die schmutzigen Geschäfte der Politiker zu erledigen. Burns hatte Politiker in der Hosen- und Geschäftsleute in der Hemdtasche. Wenn es irgendetwas Schmutziges zu erledigen gab, haben sie ihn angerufen.«

»Eldon Burns. Eldon … Burns«, flüsterte sie. »Er ist ein böser Mensch.«

»Ist …?« Max sah sie an. Die Klarheit war aus ihren Augen verschwunden, ihre Lider flatterten. Wahrscheinlich lag es an den Medikamenten, die ihr den Kopf vernebelten und ihr Gedächtnis durcheinanderbrachten.

»… ein böser Mensch«, wiederholte sie. »Sprechen Sie weiter.«

Sie war wieder wach.

»Der Vietnamkrieg war gut für Burns. Viele Soldaten kamen heroinsüchtig nach Hause. Burns witterte die Gelegenheit, selbst mitzumischen in dem Spiel. Die Mafia mit Mafiamethoden zu verdrängen«, sagte Max. »Auf die eine oder andere Art hat die Polizei schon immer mit Kriminellen zusammengearbeitet. Das gehört dazu. Sie setzen sie als Informanten ein. Sie lassen dem einen bei seinen Machenschaften freie Hand, um einen anderen zu kriegen, der es noch übler treibt. Alles ist relativ. Als Polizist lässt man sich entweder ganz darauf ein oder gar nicht.

Burns und Abe Watson arbeiteten mit einem Drogendealer namens Dan Styles zusammen. Halloween-Dan. Angefangen hatte der im Ghetto, hat Hasch und Pillen verkauft, später hat er die Reichen mit Heroin und Koks versorgt. Vor Vietnam war Heroin eine Droge für Reiche. Die einzigen Schwarzen, die sich das Zeug leisten konnten, waren Ärzte und Jazzmusiker.

Halloween-Dan hatte einen Bruder bei der Air Force, Jerrod, einen Sergeant, der in Saigon stationiert war. Zusammen mit Eldon hat er eine Geschäftsidee entwickelt: Jerrod sollte bei den vietnamesischen Lieferanten in großen Mengen Heroin einkaufen und zum Militärflughafen Hialeah in Florida fliegen. Dort wurde es von Dans Leuten in Empfang genommen. Ein Drittel blieb in Miami, der Rest ging über Eldons Polizistennetzwerk an die Ostküste.«

»Richtig«, sagte sie. »Das Heroin kam in unsere Viertel. Overtown und Liberty City sind daran zugrunde gegangen. Die Kriminalitätsrate explodierte. Und die ganze gute Arbeit, die wir geleistet hatten – Schulen, Berufsausbildungen, Selbstbewusstsein –, war mit einem Nadelstich dahin. Halloween-Dan kutschierte mit seinem Caddy durch die Straßen und hat an jeder Ecke Gratisproben seines Gifts verteilt und Brüder und Schwestern abhängig gemacht. Er hat diejenigen, die sich gerade erst emanzipiert hatten, wieder in die Sklaverei getrieben.«

Sie stockte, um Luft zu holen. Ihre Lunge gab ein pfeifendes Geräusch von sich, als sich die Luft durch ihre kollabierenden Atemwege quälte.

»Wir haben auf ihn eingeredet«, sagte sie. »Wir sind sogar in seinem Hauptquartier gewesen, in dieser Bar, die ihm gehörte. Ich und noch zwei andere. Ich habe versucht, an seinen Gemeinsinn zu appellieren, an seine Verantwortung für sein Volk, an seinen Anstand. Wissen Sie, was er gesagt hat? Er sagte: ›Weißt du, Schlampe, die einzigen Farben, die mich interessieren, sind Orange und Grün.‹ Und dann ist er mit mir auf die Straße gegangen und hat mich am helllichten Tag gezwungen, vor ihm auf die Knie zu gehen. Er hat mir seine Pistole in den Mund geschoben und mir befohlen, sie zu blasen, wie ich meinem Mann einen blase. Vor aller Augen. Und ich hab es gemacht, weil er mir sonst das Gehirn weggeblasen hätte. Und er sagte, wenn er mich noch einmal in seiner Bar sieht, bringt er mich und meine Familie um.«

Sie schwieg und griff nach dem Wasserglas, aber sie war nicht stark genug, es zu heben. Max reichte es ihr. Sie dankte ihm mit einem Lächeln, das hauptsächlich aus ihren Augen strahlte.

»Wenn ich nach dem Gesetz der Straße gelebt hätte, hätte ich Dan mit eigenen Händen umgebracht. Oder ich hätte Leute geschickt, es zu tun«, sagte sie. »Aber folgt man dem Auge-um-Auge-, Zahn-um-Zahn-Diktat bis zu seinem natürlichen Schluss, dann laufen alle blind durch die Gegend, und keiner kann mehr essen.«

»Also haben Sie ihn auf andere Art bekämpft.«

»Gandhi hat die Briten mit passivem Widerstand aus Indien vertrieben. Dr. King hat niemals Gewalt gepredigt«, sagte sie. »Ich habe die Schwarzen Jakobiner dazu gebracht, vor Dans Drogenhäusern Menschenketten zu bilden, damit niemand rein- oder rauskonnte. Wir hatten Sympathisanten in den Medien, die habe ich angerufen und ihnen erzählt, was läuft und was wir dagegen tun. Daraufhin kamen Journalisten und Kamerateams und haben uns gefilmt. Auch Dan haben sie ein paar Mal gefilmt. Er hat versucht, uns zu verjagen. Ist mit einer Horde bewaffneter Kerle angekommen, um uns Angst einzujagen. Die hatten immer Hunde dabei. Aber als er die Kameras sah, ist er wieder abgehauen. Zwei Monate ging das so. Die haben mehrere Jakobiner getötet und Brandbomben auf das Jakobinerhaus geworfen. Wir haben unsere Bemühungen daraufhin nur noch verstärkt. Wenn die Regierung der Weißen uns in der Bürgerrechtsbewegung nicht kleingekriegt hatte, dann erst recht nicht so eine kleine Kanalratte. Irgendwann ist Dan aus Overtown und Liberty City abgezogen. Wir haben das Jakobinerhaus zu einer Entzugsklinik umfunktioniert, und alle, die zu uns kamen, sind vom Heroin losgekommen. Wir dachten, wir hätten gewonnen.«

»Und dann kam die Razzia.«

»Richtig«, sagte sie. »Dann kam die Razzia. Ich wusste, wer Eldon Burns war, auf lokaler Ebene. Aber ich war ihm nie persönlich begegnet. Er hatte dieses Boxstudio. Die Leute haben gut über ihn geredet. Besonders die Jugendlichen, denen er das Boxen beigebracht hat. Die haben zu ihm aufgeschaut. Aber die Menschen in Overtown und Liberty City haben sich auch vor ihm in Acht genommen. Und das nicht, weil er weiß oder ein Bulle war, sondern wegen seinem Partner Abe Watson. Abe hatte einen sehr, sehr schlimmen Ruf. Für ihn war es ein Fluch, schwarz zu sein, und er hat es an seinen eigenen Leuten ausgelassen.«

Sie hielt inne und sah Max einen Moment lang an.

»Kennen Sie Eldon Burns?«, fragte sie. Ihre Augen waren klar. Warum redete sie in der Gegenwartsform von ihm?

»Ja, ich kannte ihn«, sagte Max. »Ich habe für ihn gearbeitet. Genau wie Joe. Wir waren Partner.«

»Joe hasst ihn«, sagte sie.

Wieder die Gegenwartsform.

»Ich weiß.«

»Und Sie?«

»Ich gehörte zu den Jugendlichen, die zu ihm aufschauten. Aber dann bin ich erwachsen geworden. Jetzt schaue ich auf ihn herab und auf alles, wofür er stand.«

Sie musterte Max, begutachtete ihn auf eine Weise, wie sie es bisher nicht getan hatte, als wollte sie in ihn hineinschauen und verstehen, welches Spiel er spielte. Sie hatte ihn nicht gefragt, was er von ihr wollte, was ihm komisch vorkam. Sie hatte seine Anwesenheit in ihrem Zimmer nicht in Frage gestellt. Fast, als hätte sie ihn erwartet. Max schrieb es den Medikamenten zu und der wenigen Zeit, die ihr noch blieb. Oder vielleicht hatte Joe von ihm erzählt.

»Zum Zeitpunkt der Razzia war ich in Miami Springs. Ich habe meine Tante Cecile besucht, sie war krank. Ich habe bei ihr übernachtet«, sagte sie. »Später hörte ich, dass die Polizei das Jakobinerhaus ohne Vorwarnung gestürmt hat. Sie haben Tränengas durch die Fenster gefeuert und sind wild um sich ballernd reingelaufen. Eldon Burns und Abe Watson haben die Razzia geleitet. Watson hat meinen Mann und meine Tochter erschossen. Und Dennis Peck. Das habe ich Jahre später in den Autopsie- und Ballistikberichten des FBI gelesen.«

Max hatte diese Berichte zweimal gelesen. Das FBI hatte die Leichname von Dennis Peck und Ezequiel und Melody Dascal bei Nacht und Nebel exhumiert, um eine Obduktion vornehmen zu lassen. Die sterblichen Überreste waren von den Flammen, die angeblich während der Razzia im Jakobinerhaus gewütet hatten, verkohlt – doch die Untersuchungen des FBI und Zeugenaussagen bewiesen, dass das Feuer tatsächlich erst nach der Razzia gelegt worden war. Ezequiel war aus kürzester Entfernung zweimal mit einer 45er in den Rücken geschossen wurden. Der Rechtsmediziner des FBI ging davon aus, dass die Kugeln ihn durchdrungen und Melody getroffen hatten, die er mit seinem Körper geschützt hatte. Dennis Peck war ebenfalls mit zwei Schüssen aus einer 45er getötet worden – eine Kugel in die Brust, eine in den

Kopf, beide aus kürzester Entfernung, Hinrichtung und Gnadenstoß. Das FBI war in das kriminaltechnische Labor der Polizei von Miami eingebrochen und hatte die Patronen an sich gebracht, die den Leichen entnommen worden waren. Die Ballistik ergab, dass sie aus derselben Waffe stammten – der von Abe Watson.

»Wie sind Sie außer Landes gekommen?«, fragte Max.

»Joe«, sagte sie. »Joe wusste, wo ich war. Er kam zum Haus meiner Tante, während die Razzia noch lief. Ich wollte zurück nach Overtown, wegen … wegen meiner Tochter.« Vanetta stockte. Tränen traten ihr in die Augen. Sie rieb sich das Gesicht und fing sich wieder. »Meine Tochter war mit meinem Mann im Spielzimmer … Wissen Sie, warum wir sie Melody getauft haben?«

Max schüttelte den Kopf.

»Als ich schwanger war, hat Ezequiel oft sein Ohr an meinen Bauch gelegt und geschworen, er könne sie singen hören.« Jetzt liefen ihr die Tränen. Max reichte ihr ein paar Taschentücher aus der Box auf dem Nachttisch. Sie rieb sich die Augen, putzte sich die Nase und steckte sich die Taschentücher in den Ärmel. Wahrscheinlich eine Gewohnheit, die sie seit Jahren hatte, aber ihre Arme waren so dünn geworden, dass das Knäuel herausfiel und zu Max' Füßen auf dem Boden landete. Sie bemerkte es nicht.

»Joe hat mich in seinen Kofferraum verfrachtet und mich mehrere Tage lang in seiner Wohnung versteckt«, sagte sie. »Dort bin ich geblieben, während die Polizei nach mir suchte. Überall haben die mich gesucht. Es war eine echte Menschenjagd. Aber sie sind nicht auf die Idee gekommen, in der Wohnung eines Polizisten nachzuschauen. Dann kam Joe mit einem FBI-Agenten nach Hause. Ich wurde an einen sicheren Ort gebracht. Dort war ich eine Woche. Der Agent hat mich zu den Geschehnissen befragt. Haben Sie die Niederschrift des Verhörs gelesen?«

»Ja«, sagte er. »Wie sind Sie nach Kuba gekommen?«

»Der FBI-Agent hat die Überfahrt arrangiert. Joe hat mich zu den Keys gefahren. Dort bin ich ins Boot gestiegen.« Sie nickte.

»Das hat Joe getan?«

»Ja. Sie sehen überrascht aus.«

»Was wussten Sie über Joe … damals?«

»Dass er ein Informant des FBI war?«, fragte sie. »Ich habe das vermutet, als er den Agenten mit nach Hause brachte, von der Art, wie sie miteinander umgegangen sind.«

»Vorher hatten Sie keinen Verdacht?«

»Nein.«

»Und wie haben Sie sich gefühlt, als Sie das herausgefunden haben?«

»Um ehrlich zu sein, es war mir egal. Ich habe sehr, sehr lange um meine Tochter und meinen Mann getrauert. Es hat zehn Jahre gedauert, bis ich … nicht ›neu anfangen‹, aber immerhin akzeptieren konnte, dass sie tot sind. Verstehen Sie das?«

»Ja«, sagte er. »Ich verstehe das.«

»Joe … als er mich die ersten Male hier besucht hat, hat er mir alles erklärt. Warum er das getan hatte. Und ich habe es verstanden. Er war ehrlich. Er hat nur das weitergegeben, was er gesehen hat«, sagte sie. »Die Schwarzen Jakobiner waren keine Kriminellen. Wir haben nie Gewalt angewendet. Wir hatten nie irgendwelche Waffen. Und wir haben niemals mit Drogen gehandelt. Wir waren keine Separatisten und keine Rassisten. Uns ging es darum, die Schwarzen zu stärken, ihnen eine Stimme zu geben. Sie zu vereinen. Ich dachte, so würden wir es schaffen, wie die Kubaner in

Miami zu sein. Aber eben im ganzen Land. Eine Kraft, mit der zu rechnen war. Dieses blödsinnige Embargo gibt es überhaupt nur wegen der Kubaner in den USA. Und wegen ihrem Geld, mit dem sie Politiker kaufen. Ich wollte, dass wir – die schwarzen Amerikaner – die gleiche Macht haben.«

»Warum ist das FBI nicht gegen Eldon vorgegangen?«, fragte Max.

»Das weiß ich nicht«, sagte sie. »Joe meinte, Burns sei sehr mächtig. Dass er gegen alle irgendetwas in der Hand hat. Auch gegen Hoover. Es gab Gerüchte über Hoovers Sexualität, die ihn hätten ruinieren können, hätte es Beweise gegeben. Joe vermutete, dass Eldon diese Beweise vielleicht hatte, den rauchenden Colt sozusagen.«

»Warum haben die dann nicht wenigstens Ihren Namen reingewaschen?«

»Ich war für die ja keine Unschuldige«, sagte sie. »Wir waren eine linke Organisation. Ich habe die Schwarzen Jakobiner nach dem Vorbild des Sozialismus aufgebaut, den Sie hier in Kuba sehen. Damals war ich sehr gut mit Fidel Castro befreundet. Für die wäre es peinlich gewesen, jemanden zu entlasten, der mit dem Feind ›kollaborierte‹. Damals herrschte der Kalte Krieg. Es war nach der Kuba-Krise. Da wurden unter jedem Bett Rote vermutet. Selbst wenn man mich vom Vorwurf des Polizistenmords freigesprochen hätte, war ich doch immer noch eine Kommunistin, eine Rote.

Außerdem hatte die Polizei von Miami einiges gegen mich zusammengetragen. Mehrere Augenzeugen, die bei der Razzia dabei gewesen waren, Menschen, die ich mein Leben lang gekannt hatte, schworen, sie hätten gesehen, wie ich Dennis Peck erschoss. Angeblich waren Patronenhülsen mit meinen Fingerabdrücken am Tatort gefunden worden. Und ich war nach Kuba geflohen. Da war für die alles klar. Wer unschuldig ist, läuft nicht weg.

Und natürlich war da auch noch diese andere Sache. Das *eigentliche* Ding. Ich bin schwarz. Und das waren die Südstaaten damals. Keine fünfzehn Jahre vorher hatte Rosa Parks im Bus noch hinten sitzen müssen. Meine Unschuld war da rein akademischer Natur.«

Max war so beeindruckt von ihr, dass es der Bewunderung nahekam. Und das verwirrte ihn. Er hatte erwartet, eine Frau anzutreffen, die vom Hass verzehrt wurde – von einem Hass, der zwar gerechtfertigt und verständlich, aber schon vor langer Zeit ins Irrationale umgeschlagen war, von der Zeit und der Erinnerung verdreht und von Bitterkeit und Ungerechtigkeit geschärft. Doch nichts in der Art hatte er von ihr gehört. Er verstand, warum so viele Menschen in ihren Bann geraten waren. Selbst jetzt noch hatte sie die Kraft, andere zu berühren und zu inspirieren. Was die Frage, die zu stellen er immer näherkam, umso schwerer machte.

Er schaute aus dem Fenster über den blauschwarzen Ozean und die blinkenden Bojen hinaus, die auf den sanften Wellen tanzten.

»Die Welt hat sich verändert. Der Kommunismus ist zusammengebrochen. Amerika hat sich neue Feinde gesucht«, sagte sie. »Joe kam mich regelmäßig besuchen. Er war fest entschlossen, meinen Namen reinzuwaschen, aber dann wurde ich krank. Das hat alles verändert. Meine Uhr begann zu ticken. Ich hatte nicht mehr unbegrenzt Zeit, meine Angelegenheiten zu Ende zu bringen.«

Sie sah ihm gerade in die Augen.

»Was zu Ende zu bringen?« Max' Herz schlug schneller – es war das altbekannte Rauschen seines Blutes, wenn er ein Geständnis witterte.

»Die Leute sterben immer eher, als sie wollen. Und sie hinterlassen immer irgendwo ein Durcheinander. Ich will das nicht. Ich bin fest entschlossen, alles in Ordnung zu bringen.«

Die Worte polterten Max über die Lippen, bevor er es richtig merkte. »Eldon Burns ist tot. Die behaupten, Sie hätten ihn umbringen lassen.«

Sie sah ihn ausdruckslos an. Ihre Augen wurden trüber und trüber, bis er in zwei Knopfaugen blickte.

Dann blinzelte sie. Und runzelte die Stirn.

»Was sagen Sie da?«

»Eldon Burns. Er wurde letzten Monat in Miami ermordet.«

»Was? Wann? Letzten Monat?« Sie lehnte sich ein Stück vor. »Sagten Sie, ermordet?«

»Ja. Erschossen. Zwei Schüsse. In die Augen«, sagte er. »Und wissen Sie was? Am Tatort wurden zwei Patronenhülsen mit Ihren Fingerabdrücken gefunden.«

»Letzten … letzten Monat, sagten Sie? Aber … meine Fingerabdrücke?«

Sie versuchte ein sarkastisches Lachen, doch heraus kam ein klägliches Husten.

»Und Sie sagen, ich hätte ihn umgebracht?«

»Nein, Vanetta, nicht ich. Die. Die Polizei von Miami.«

»Sind Sie deshalb hier? Um mich festzunehmen?«

»Nein, ganz und gar nicht.« Max schüttelte den Kopf. »Ich mache Ihnen keinen Vorwurf, dass Sie Eldon tot sehen wollten. Er und Abe Watson haben Ihren Mann und Ihre Tochter umgebracht. Und sie haben Dennis Peck getötet und Ihnen den Mord angehängt. Alle wurden mit derselben Waffe getötet. Und mit genau dieser Waffe – Abe Watsons 45er – wurde auch Eldon Burns erschossen. Auf den Patronenhülsen, die am Tatort gefunden wurden, waren Ihre Fingerabdrücke.«

»Das ist lächerlich.« Sie war mehr erstaunt als wütend. »Nach allem, was wir gerade besprochen haben, wie man mich zum Sündenbock gemacht hat.«

»Falls es Ihnen hilft: Ich hatte von Anfang an meine Zweifel«, sagte er. »Ich fand es, gelinde gesagt, wenig plausibel. Außer natürlich, Sie wären zu dem Schluss gekommen, dass Ihnen die Zeit davonläuft, um die Angelegenheit auf legalem Wege zu klären.«

»Klinge ich für Sie so krank?«

»Nein«, sagte er.

»Sie haben gesagt, die sagen, ich hätte Eldon Burns umbringen lassen? Wer soll das denn für mich gemacht haben?«

»Ein Mann mit Hasenscharte, ein Kubaner.«

»Sie meinen doch nicht Osso?«

»Sie kennen ihn?«

»Natürlich kenne ich ihn. Ich kenne ihn, seit er ein kleiner Junge war. Ich habe ihn gerade heute Morgen noch gesehen.«

Max' Herz setzte einen Schlag aus.

»Wo?«

»Er lebt hier.«

»Hier im Krankenhaus?«

»Nein. In einem Haus auf der anderen Seite der Insel. Warum fragen Sie?«

»Osso hat Eldon umgebracht«, sagte Max. »Und … und auch Joe.«

Sie starrte ihn mit offenem Mund an. Legte sich die Hand über den Mund. Schloss die Augen. Atmete. Ihre Lunge kämpfte um Luft. In ihrem Brustkorb pfiff es. »Was haben Sie da gesagt? Joe … Joe ist tot? Haben Sie das gesagt?«

»Ja. Deswegen bin ich hier, Vanetta.«

»Joe wurde … er wurde umgebracht?«

»Vor meinen Augen. An Halloween. Gleiche Waffe, gleicher Mörder. Die gleichen Fingerabdrücke auf den Patronenhülsen. Ihre. Jemand will Ihnen das anhängen.«

Ihr Blick wanderte. Weg von Max. Durchs Zimmer. Zum Tisch. Zurück zu Max.

»Joe ist … Joe ist mein Freund. Joe ist … tot?«

»Deshalb bin ich hier, Vanetta.«

»Ich würde nie jemandem etwas zuleide tun … nicht einmal Eldon Burns. Oder Abe Watson. Und die hätten es weiß Gott verdient. Und von Joe würde ich nicht einmal schlecht denken. Er hat mir das Leben gerettet. Er hat alles riskiert, indem er herkam, um die Vorwürfe gegen mich zu widerlegen«, sagte sie weinend. »Und Sie sagen … die denken … ich hätte ihn ermorden lassen?«

Und Max wusste mit Sicherheit und ohne jeden Zweifel, dass sie unschuldig war. Jemand hatte ihr die Patronen in die Hand gedrückt, wahrscheinlich während sie schlief oder betäubt war von Schmerzmitteln. Jemand wollte sie zur Polizistenmörderin machen. Zum zweiten Mal. Jemand, der ihre Geschichte kannte.

Aber warum? Warum sie? Und warum die beiden?

»Sie sagten, Osso lebt hier auf der Insel. Wohnt er vielleicht bei dem Mann, dem diese Insel gehört? Wer ist dieser Mann? Wie heißt er?«

Sie saß aufrecht da, wütend und zitternd und schwach, und ihre Augen waren groß geworden vor Zorn.

Sie konnte nicht sprechen.

»Ihr Stellvertreter Elias Grimaud hat Sie mit diesem Mann bekannt gemacht. Während der Sonderperiode hat er Ihre Zentren finanziert. Wer ist es? Wie heißt er? Bitte sagen Sie es mir. Sagen Sie es mir, und ich lasse Sie in Ruhe.«

Er nahm ihren Arm und legte ihr die Finger aufs Handgelenk. Ihr Puls war sehr schwach. Max spürte ihre kraftlosen Muskeln unter seinen Fingern.

»Bitte, Vanetta. Die haben Joe umgebracht. Ihren Freund ... meinen Freund. Unseren Freund.«

Dann hörte er hinter sich ein Geräusch. Leises Pochen, zweimal. Als hätte jemand an die Tür geklopft.

Aber das war es nicht.

Ganz und gar nicht.

Max drehte sich um, und in seinem Nacken explodierte ein gewaltiger Schmerz, breitete sich klirrend in seinem ganzen Kopf aus und nahm ihm die Sicht.

Er versuchte aufzustehen. Er versuchte, nach seiner Waffe zu greifen. Aber das Zimmer schwankte nach links und rechts, der Fußboden war flüssig geworden, eine rollende Welle. Und der Schmerz in seinem Kopf wurde stärker.

Das Letzte, was er sah, bevor es um ihn schwarz wurde, war Vanetta Brown, wie sie die Person hinter ihm anschaute. Sie schrie, aber er konnte ihren Schrei nicht hören.

Und er begriff, dass sie nicht allein gewesen waren.

57

Er öffnete die Augen und sah nichts als strahlendes Blau und Weiß.

Erste Gedanken: Tageslicht, irgendwo, Morgen – und er hatte einen Kater, einen riesigen, gewaltigen Kater. Aber wann hatte er wieder angefangen zu trinken? Und wie lange war er bewusstlos gewesen?

In seinem Kopf pochte es.

Sein Mund war trocken, das Licht schmerzte ihm in den

Augen. Klassisches Morgen-danach-Syndrom. Er kniff die Augen fest zusammen. Das brachte etwas Erleichterung, der Druck im Schädel ließ ein wenig nach, der Schmerz ging ein paar Striche hinunter.

Dann erinnerte er sich.

Vanetta Brown.

Wer ist dieser Mann? Wie heißt er?

Der Schlag auf den Hinterkopf.

Dann nichts mehr.

Jetzt das.

Er atmete tief ein. Die Luft brannte ihm in der Nase. Der Geruch war stark, er kannte ihn, nichts Besonderes, alltäglich und lebenswichtig – und nostalgisch. Als Kind hatte er diesen Geruch geliebt.

Aber er war viel zu stark.

Und gefährlich.

Benzin.

Er riss die Augen wieder auf, konnte plötzlich glasklar sehen.

Aber was zum Teufel war das?

Ein Strand im hellen Licht des Tages, von oben betrachtet.

Er kannte diesen Blick.

Sehr gut sogar.

Es war sein Blick, der Blick aus seinem Penthouse.

Miami Beach, am südwestlichen Ende der Collins Avenue.

Er blinzelte.

Es war ein Video, aufgenommen von seinem Balkon mit Meerblick, und es lief auf dem größten Flachbildfernseher, den er je gesehen hatte – ein gewaltiger High-Tech-Megalith aus Plastik und Plasma, der ein so trügerisch echtes und so brillantes Bild lieferte, dass Max das Gefühl hatte, durch die Benzindämpfe das Meer riechen zu können.

Sie waren in seine Wohnung eingedrungen, um das zu filmen.

Das Video konnte an jedem beliebigen Tag aufgenommen worden sein, an dem es nicht gerade geregnet hatte oder kalt gewesen war – was in Miami so gut wie nie passierte. Am Strand tummelten sich die Sonnenanbeter, kleine schwarze Punkte, die sich gemächlich über den kosmetisch weißen Sand bewegten.

Max versuchte aufzustehen, sich in Bewegung zu setzen, aber er konnte nicht mehr tun, als den Oberkörper ein klein wenig aufzurichten und die Schultern ein klein wenig zu heben. Er kam nicht von seinem Stuhl hoch und konnte auch an seiner Haltung nicht viel ändern. Seine Handgelenke waren mit einem Strick an die Stuhlbeine gefesselt, die Knoten so fest, dass seine Fingerspitzen kalt geworden waren, weil dort kein Blut mehr floss. Die Beine hatte man ihm in ganz ähnlicher Weise an den Fußknöcheln gefesselt. Er war barfuß, spürte aber den Boden unter seinen Fußsohlen nicht. Die Zehen konnte er nicht einmal bewegen. Sie waren taub.

Der Metallstuhl war am Fußboden verbolzt, die Bolzenköpfe glänzten im Lichtschein des Fernsehers und sahen neu aus.

Der Fußboden war mattschwarz gestrichen, genau wie die Wände und die Decke. Er konnte unmöglich abschätzen, wie groß der Raum war. Er fühlte sich klein und zugleich riesig an, beengt und zugleich weitläufig, fast endlos.

Sein Blick fiel auf krude weiße Markierungen auf dem Fußboden, die einige Meter breit und einige Meter lang waren. Er drehte den Kopf, um sie genau anzusehen. Hieroglyphen, gemalt in einer schimmernden, kreideartigen

Paste von der Textur und der Konsistenz von Zuckerguss, nur dicker aufgetragen.

Was er da sah, waren die Umrisse eines Sargs mit drei Kreuzen darin.

Der Stil kam ihm bekannt vor, aber er war zu durcheinander, und seine Sinne waren zu überfrachtet, um ihn zuordnen zu können.

Er ließ den Blick weiter über den Boden wandern.

Der Sarg war Teil eines größeren Ganzen, das sich über den kompletten Fußboden, soweit er ihn sehen konnte, erstreckte. Das zentrale Element – das Herz des Ganzen – war er. Er saß, gefesselt und verschraubt, in der Mitte eines großen umgedrehten Kreuzes, dessen Balken spitz zuliefen wie Pfähle. In den Quadranten zwischen den Balken schwebten vier Zeichnungen.

Die Pastenschmiererei unmittelbar zu seiner Rechten zeigte eine Schlange, die aus einem Ei hervorbrach, das aufrecht in einem Nest – einer Krone? – aus Dornen stand. Ihr Körper war mit nur drei gewellten Linien dargestellt, der große Kopf dagegen sorgfältig ausgearbeitet: ein halb menschliches Gesicht mit diamantförmigen Augen, scharfen, sich verjüngenden Brauen, dicken Lippen, zwei Säbelzähnen und einer langen gespaltenen Zunge, die sich wie ein Lasso um den Hals eines verängstigten Vogels gewunden hatte. Der Vogel war ein Weißkopfseeadler.

Max war verwirrt.

Dann bekam er Angst.

Sein Herz fing an zu pochen, eine verzweifelte Faust, die gegen seinen Brustkorb hämmerte, dröhnende Echos, die aus den Tiefen seines Knochengerüsts heraufdrangen. In seinem Hals pulsierte es.

Er wusste genau, was er da sah, wusste genau, wo er saß,

aber er begriff nicht, warum. Und noch weniger konnte er sich erklären, wie er nach seinem Gespräch mit Vanetta Brown hier gelandet war. Er war viel zu benebelt, um seiner Lage irgendeinen Sinn zu entlocken.

Seine Angst aber wuchs von Sekunde zu Sekunde.

Er betrachtete die Zeichnung hinter sich.

Er sah ein Strichmännchen in einem Boot. Am Bug des Bootes war eine Leine festgemacht, die von einer unsichtbaren Hand gezogen wurde. In der Ferne, jenseits des Meeres, flatterte seitenverkehrt eine amerikanische Flagge.

Die letzte Zeichnung stellte einen grinsenden Schädel mit neckisch schief sitzendem Zylinder dar. Der Schädel hatte nur ein Auge, das knallgrün ausgemalt war.

Naive Schwindelei.

Er wusste, wo er war.

Er war schon einmal hier gewesen.

Nicht an diesem Ort natürlich, aber in der gleichen Situation: an einen Stuhl im Zentrum eines Voodoo-Vévés gefesselt, das zu Ehren einer bestimmten Gottheit gezeichnet worden war oder, um einen Geist herbeizurufen.

Er las das Vévé in der vorgesehenen Reihenfolge: gegen den Uhrzeigersinn, angefangen bei dem Schädel.

Der symbolisierte Baron Samedi, der auf Friedhöfen wohnte und Seelen stahl, der Voodoo-Gott des Todes. Baron Samedi wurde gern als Skelett mit Anklängen an Fred Astaire dargestellt, das mit Frack und Zylinder singend über Friedhöfe steppte. Hier aber hatte er ein weiteres, ein ungewöhnliches Merkmal bekommen: das knallgrüne Auge. Max betrachtete es eine Weile, unabhängig von dem Schädel, aus seinem Zusammenhang herausgelöst. Es gab Licht ab, es leuchtete. Und es war ihm sehr vertraut.

Natürlich …

Es war das Auge der Vorsehung, jenes allsehende Auge auf der Spitze der unvollendeten, dreizehnstufigen Pyramide auf der Rückseite einer jeden Dollarnote.

Baron Samedi hatte die Augen offen gehalten.

Baron Samedi hatte noch etwas zu Ende zu bringen.

Mit ihm.

Und es hatte mit Geld zu tun. Mit Geld hatte alles angefangen.

Plötzlich wurde ihm alles klar, sehr schnell und sehr schrecklich.

Joe und Eldon hatte man eine Kugel in die Augen gejagt.

Das Strichmännchen in dem Boot war Max. Er war von einer Person, die er nicht sehen konnte, von Amerika hierhergelockt worden. Und Amerika war verkehrt herum: Es hatte sich gegen ihn gewandt.

Wendy Peck.

Sie wusste von dem Geld, das er aus Haiti mitgebracht hatte. Sie hatte ihn dazu gezwungen, nach Kuba zu fliegen, um Vanetta Brown ausfindig zu machen.

Der Mund wurde ihm trocken.

Sein Puls raste.

Der Raum war so klein und eng wie der Kofferraum eines Pkw.

Er betrachtete die Schlange und den Adler. Auch der Adler, der Wappenvogel der USA, der im Herzen des Präsidentensiegels prangte, war Max. Er war Amerikaner, er hatte für das System gearbeitet. Die Sache ging also zurück auf etwas, das er noch als Polizist getan hatte, das er zusammen mit Eldon und Joe getan hatte.

Und zwar das:

Er hatte das Ei gelegt, aus dem die Schlange geschlüpft war. Er hatte sich seinen schlimmsten Feind selbst geschaffen, einen Feind, der immer bei ihm war, der ein Teil von ihm war – so dicht bei ihm, dass er ihn nicht einmal mehr bemerkte.

Schließlich der Sarg und die drei Kreuze. Das war einfach. Die drei Kreuze standen für drei Tote.

Eldon, Joe und ihn.

Er würde hier sterben.

Sehr bald.

Wer ist dieser Mann? Wie heißt er?

Max wusste es jetzt.

Es war Boukman.

Solomon Boukman.

Aber er konnte es nicht ganz glauben.

Und erst recht nicht verstehen.

Er schaute sich um.

»Zeig dich!«, schrie er.

Seine Stimme wurde schwach zu ihm zurückgeworfen. Was ihm verriet, dass dieser Raum riesengroß war.

»Zeig dich!«

Anscheinend war der Raum leer, aber er hatte nicht das Gefühl, allein zu sein. Er spürte eine Präsenz, spürte, dass da jemand war, der abwartete, ihn beobachtete, sich Zeit ließ, bevor er sich zeigte. Boukman liebte den großen Auftritt.

Das Vévé war eingefasst von einem großen Kreis aus Votivkerzen, die auf hohen Silberständern brannten. In den dicken purpurfarbenen, schwarzen und roten Kerzen staken Tierzähne, Glassplitter, Rasierklingen und lange Nägel. Die Kerzen standen in sicherer Entfernung vom Vévé, weil die Paste, mit der es gemalt war, diesen Benzingeruch ausströmte.

Zwischen den Kerzen standen weiße Porzellanschalen,

die teils mit Wasser, teils mit einer roten Flüssigkeit gefüllt waren, wahrscheinlich Blut.

»Zeig dich!«, brüllte er noch einmal.

Er riss den Kopf herum, schaute nach rechts und links und, so weit er konnte, hinter sich, dann wieder nach vorn.

Plötzlich erschien auf dem Fernseher ein anderes Bild.

Auch diesen Blick kannte er.

Er kannte ihn gut.

Zu gut.

Zimmer 30 des Hotels Zürich. An der Wand die Spiegel in Vogelform.

Auf dem Bildschirm lief der Pornostreifen von Rudi Milk. »Fabiana« und »Will« knutschten und fummelten und streichelten sich, die Kleider fielen, als Gürtelschnallen gelöst, Strapse und Verschlüsse geöffnet, Reißverschlüsse heruntergezogen wurden. Er erinnerte sich noch sehr gut an ihre Unterhaltungen, die Stimmen im Einklang mit der Handlung: Will murmelte, Fabiana lachte.

Aber der Fernseher gab keinen Ton von sich.

Keinen Ton.

Dann wieder Schnitt, und eine Sekunde lang war der Bildschirm schwarz, und dieses hohe, piepsende Rauschen, an das er sich noch von dem letzten und einzigen Mal erinnerte, als er diesen Film angeschaut hatte, drang von allen Seiten auf ihn ein und jagte ihm Klingen in den Kopf.

Doch er bemerkte einen Unterschied – nicht im Ton, aber im Film selbst. Da war gerade etwas aufgeblitzt, etwas, das mit dem Porno nichts zu tun hatte.

Ein einziges Bild, das er verpasst hatte – jetzt genauso wie beim ersten Mal.

Als wäre der Fernseher an seine Gedanken angeschlossen,

wurde der Film bis kurz vor dem Schnitt zurückgespult und lief dann wieder vorwärts, dieses Mal allerdings in Zeitlupe, Bild für Bild, die Handlung wurde ausgeteilt wie riesige Pokerkarten.

Da war das Rauschen, diesmal langsamer, genau wie der Film selbst.

Was er für weißes Rauschen gehalten hatte, war in Wahrheit eine sehr schnell abgespielte Stimme, die nur einen einzigen Satz sagte.

Er kannte diese Stimme.

Sie hatte sich verändert, was an der Zeit lag und dem Alter und … der Natur.

Die Stimme sagte etwas, das er zum letzten Mal im Jahr 1982 gehört hatte, gesprochen in haitianischem Akzent, jener melodiösen Mischung aus afrikanischen und französischen Klängen, die der Härte des Englischen begegnete, indem sie die abgehackten Vokale ausdehnte und weicher machte.

Es war die Stimme Solomon Boukmans. Seine Zunge war gespalten. Eva Desamours, seine Geliebte und Wahrsagerin, hatte ihm die Zunge in der Mitte zerteilt, und er hatte eine Spange getragen, damit sie nicht wieder zusammenwuchs. Das gehörte zu dem Image, das sie für ihn kultiviert hatte, um ihn als einen Voodoo-Geist erscheinen zu lassen, einen Dämon, der auf die Erde gekommen war. Es sollte den Leuten Angst einjagen und sie glauben machen, er sei mehr als ein normaler Mensch. Im Gefängnis waren die beiden Hälften seiner Zunge wieder zusammengewachsen, die Natur hatte die Wunde geheilt. Den ärztlichen Berichten zufolge war seine Zunge dabei dicker und schwerer geworden und beeinträchtigte seine Sprache. Wenn er zu laut redete, fing er buchstäblich an zu zischen. Er war zu seinem Image geworden, und sein Image war er.

»Du gibst mir Grund zu leben.«

Oder zumindest war es das, was Max zunächst glaubte zu hören.

Aber nein, das war es nicht.

Das war seine Erinnerung, die lauter sprach als das, was er tatsächlich hörte.

Und das war:

»Du *gabst* mir Grund zu leben.«

Vergangenheit.

Die Dinge hatten sich weiterentwickelt.

Max spürte den kalten Schweiß, der an seinen Schläfen Perlen bildete, ein noch kälteres Gefühl im Magen, Schmerzen und Zittern in den Beinen. Beinah war er froh zu sitzen, weil der Stuhl den Schock abfing.

Dann kam es noch schlimmer.

Der Film war angehalten worden. »Fabiana« und »Will« waren nicht mehr zu sehen, auch nicht das Hotelzimmer.

Etwas anderes wurde ihm gezeigt.

Und ja, er kannte den Anblick.

Er kannte ihn gut.

Wie oft hatte er dieses Foto gesehen? Wie oft hatte er es angeschaut? Eine Million Mal?

Er hatte es interpretiert und immer wieder neu interpretiert, nur um seine Schlussfolgerungen wieder über den Haufen zu werfen und das Foto, das er nun wieder vor sich sah, neu zu deuten. Er hatte es auf unterschiedliche Arten betrachtet, und der Fassungslosigkeit war die Gewissheit gefolgt.

Die Bar *La Coupole*, Haiti, Dezember 1996. Solomon Boukman stand direkt hinter ihm und hielt ihm mit breitem Grinsen eine Waffe an den Kopf. Max war ahnungslos, sein Blick verlor sich in der Ferne. Die Waffe war seine eigene, eine Beretta. Boukman hatte sie aus Max' Holster gezogen, ohne dass er es gemerkt hatte, und auf ihn gerichtet. Wie um zu sagen: »Ich hätte dich mit deiner eigenen Waffe erledigen können.« Oder: »Sieh her, ich stehe direkt neben dir, und du kannst mich nicht sehen.« Oder: »Du könntest in diesem Augenblick sterben und hättest noch immer nichts verstanden.« Boukman hatte dafür gesorgt, dass ihm das Foto zugespielt wurde, bevor er Haiti verließ. Er hatte »Du gibst mir Grund zu leben« auf die Rückseite geschrieben. Wie um zu sagen: *Ich habe dich nicht vergessen, und ich werde dich nicht vergessen.* Max hatte das Foto in einer der Taschen gefunden, in denen er seine Belohnung nach Hause getragen hatte.

Das Geld …

Das dollargrüne Auge von Baron Samedi …

Und dann überkam ihn wieder die alte Angst. 1981 hatte Boukman ihn gefoltert und fast umgebracht. Boukman hatte ihn fertiggemacht, so wie Kindheitstraumata einen Erwachsenen fertigmachen, er hatte ihm tiefe seelische Narben zugefügt.

Er fing an zu zittern.

Dieses Mal würde es noch viel schlimmer werden.

Der Film fing wieder an zu laufen. Das Pärchen hatte weiterhin seinen Spaß. Max sah zu und konnte den Soundtrack in seinem Kopf noch immer nicht abstellen.

Dann lief der Film langsamer und wie abgehackt, bis er schließlich stehen blieb. Wieder blitzte ein einzelnes Bild auf.

Max an Sandras Grab. Das Foto war mit einem Zoom von der Seite aufgenommen worden. Er hatte frische Blumen neben den Grabstein gestellt und betrachtete sie.

Dann wieder der Film, aber langsam, bis das nächste Bild kam.

Jemand – Boukman? – pinkelte auf den Grabstein und den

Blumenstrauß, die Blütenblätter flogen von den Stängeln, als wollten sie angewidert das Weite suchen.

Max wollte aufspringen. Er war wütend. Rasend vor Wut. Rasend genug, einen Mord zu begehen. Er zog und zerrte an den Fesseln, er kämpfte. Die Seile schnitten ihm ins Fleisch, rissen ihm die Haut auf. Seine Arme und Beine waren so taub, dass er den Schmerz nicht spürte.

»Du feige Ratte!«

Der Porno lief ungerührt weiter. Und zwischendurch noch mehr Horrorbilder.

Yolande Pétion, seine Partnerin, tot auf dem Fußboden ihres Hauses, eine Ladung Schrot im Gesicht.

Max und Tameka. Ihr erstes Rendezvous, Abendessen in dem Sushi-Restaurant auf der Lincoln Road. Tameka schaute über seine Schulter hinweg direkt in die lauernde Kamera und lächelte.

Sie kannte Boukman. Sie hat ihn gesehen.

Das Blut gefror ihm in den Adern.

»Du gabst mir Grund zu leben.«

Tameka und Max auf den Bahamas, am Strand. Tameka schob sich die Sonnenbrille herunter und schaute wieder mit einem verschwörerischen Lächeln direkt in die Kamera, während Max mit dem Rücken zum Meer stand.

Vegas. Max schlafend im Krankenhaus, das Gesicht grün und blau, einen Arm in Gips.

Der Brand in dem Haus, in dem er mit seiner Frau gelebt hatte: sein Geld, aus dem Tresor geholt und in einen Koffer gestopft, ganz in der Nähe die Flammen.

Max bewusstlos auf der Straße vor seinem Haus. Boukman hatte es niedergebrannt, hatte sein Geld genommen und ihm das Leben gerettet. Es für einen anderen Tag aufgehoben.

Baron Samedis dollargrünes Auge …

Boukman hatte mit diesem Geld Rudi Milk für den Film bezahlt.

Boukman hatte Max' eigenes Geld gegen ihn gewendet.

Die Belohnung aus Drogengeldern: Geld des Todes.

Boukman hatte Milk und alle anderen in dem Haus umgebracht, alle, die mit dem Film zu tun gehabt hatten. Die Leichen hatte er zusammen mit dem Geld, mit dem er Milk bezahlt hatte, im Garten begraben. Es war Max' Geld – und Max hatte es ausgegraben und der Polizei übergeben. *Was er von Anfang an hätte tun sollen.*

Tameka auf der Erde liegend, anscheinend in irgendeiner Wüste, mit einem Loch im Kopf, Blut tränkte den Sand, ein Schatten fiel über ihren Körper.

Fabiana und Will waren fertig. Sie schmeichelte ihm wegen seines Zauberstabs und strich ihm mit dem Zeigefinger über den Körper. *»Nenn mich Harry Ficker, Baby«*, sagte Will. Aber Max hörte ihn nicht. Stattdessen hörte er Boukmans Stimme:

»Du gabst mir Grund zu leben.«

Abe Watsons 45er, halb vergraben in Erde und Würmern.

Will nackt auf dem Bett, er fächert seinen Genitalien mit einer Speisekarte Luft zu, während Fabiana duscht.

Eldon Burns, wie er aus dem Studio auf der 7th Avenue tritt. Hatte Eldon Boukman gesehen, bevor er starb? Natürlich hatte er das.

Max und Joe beim Abendessen im Mariposa.

Will verlässt im blauen Arbeitsoverall und mit Wollmütze auf dem Kopf das Hotelzimmer.

Jeder einzelne Klient, für den Max in den letzten fünf Jahren gearbeitet hatte, genau an der Stelle postiert, wo er sie zuletzt gesehen hatte. Alle lächelten. Max fragte sich, ob die auch tot waren. »Klienten«, die Boukman ihm geschickt hatte.

Sein ganzes Leben, von 1996 bis in die Gegenwart, war soeben an ihm vorübergezogen.

»Du gabst mir Grund zu leben.«

Dann endete der Film.

Der Bildschirm wurde schwarz.

Einen Moment lang saß Max fast im Dunkeln, das Licht der Kerzen wurde von der Schwärze, die sie umgab, aufgesogen, sie schimmerten nur schwach.

Dann erschien auf dem Bildschirm wieder der Ausblick auf Miami Beach.

Und Solomon Boukman sprach zu ihm.

»Weißt du, was ich meinte, als ich sagte, du gibst mir Grund zu leben?« Boukmans Stimme kam von hinter dem Fernseher, trotzdem klang sie so nah, als flüsterte er ihm ins Ohr. »Du hast mir das Leben gerettet. Ich wünschte, du hättest es nicht getan.«

Bis zu diesem Augenblick war Max wütend gewesen – und verängstigt und verwirrt. Boukmans Anwesenheit aber brachte ihn in Rage. Er wollte sich auf ihn stürzen und ihn umbringen. Ihn umbringen für das, was er Joe angetan hatte, ihn umbringen, weil er auf das Grab seiner Frau gepinkelt hatte – ihn schlicht und ergreifend umbringen. Welches Motiv er haben mochte, welche Gründe, war ihm egal. Wen interessierte das? Er wollte ihn einfach nur tot sehen.

Noch einmal versuchte er mit aller Kraft, sich zu befreien. Er zog und zerrte an seinen Fesseln. Er riss sich die Haut an Armen und Beinen blutig. Die Seile gaben ein klein wenig nach, aber nicht mehr als das, und bei Weitem nicht genug.

»Ich wollte nicht mehr leben, aber du hast mich zum Leben gezwungen«, fuhr Boukman ruhig fort. »Du gabst mir den Kuss des Lebens. Du hast deinen Atem in mich geblasen.

Du bist zu einem Teil von mir geworden. Mein Leben war an deines gekettet. Du gabst mir Grund zu leben.«

Seine Stimme besaß noch immer ihre alte emotionslose Monotonie, und auch das bedrohliche Zischen war noch da. Aber sie war auch rauer geworden und ein paar Noten tiefer und etwas angestrengter als die Stimme, die Max zuletzt im Gerichtssaal gehört hatte. Auch Boukman war ein gutes Stück älter geworden, genau wie er.

Auf dem Bildschirm lief eine Wiederholung der Aufnahmen aus dem Hotel Zürich.

»Vierzehn Jahre saß ich im Gefängnis. Als ich freigelassen wurde, hatte ich einige Rechnungen zu begleichen.«

Der Fernseher bewegte sich langsam nach links, geschoben von einer großen und schlanken Person – größer als Boukman –, einer Silhouette, die manchmal für einen kurzen Moment in den schwachen Lichtschein trat und dann wieder verschwand.

In einiger Entfernung blieb der Fernseher stehen.

Max starrte in die schwarze Leere vor sich und sah die schwachen Umrisse einer Person, die sich kaum von der Dunkelheit abhoben. Über dem Fußboden schwebte ein rosafarbenes Licht. Max schaute genauer hin und sah eine geöffnete Falltür und Stufen, die nach unten führten.

»Warum hast du mich nicht einfach umgebracht?«, fragte er.

»Rache ist nie genug«, sagte Boukman. »Es wäre zu einfach gewesen, ich hätte mich von hinten an dich anschleichen und dir eine Kugel in den Kopf jagen können. Ich hätte es tun können. Aber ich habe mich dagegen entschieden. Was kommt nach dem Mord? Stell dir vor: Du liegst tot da, und ich schaue auf deinen toten Körper hinab, und ich hasse dich immer noch, will dir immer noch wehtun. Ich will, dass du wieder aufwachst, damit ich dich noch einmal umbringen kann, bis ich befriedigt bin. Aber das geht nicht. Weil du schon tot bist. Was kann ich also tun? Wie kann ich dich noch einmal und immer wieder töten? Wie kann ich genug kriegen?

Also mache ich es nach und nach, Stück für Stück. Ich nehme dir *alles*. Alles, was du liebst, was dir wichtig ist, alles, was du kennst, dessen du dir sicher bist. Ich töte deine Freunde, stehle dein Geld, ich brenne dein Haus mit allen deinen Erinnerungen nieder, ich nehme dir deine Arbeit. Und ich sehe zu, was das mit dir macht. Wie die Trauer dich lähmt. Wie die Einsamkeit dich auffrisst. Wie die Armut dich einengt, dich wie einen Gefangenen hält.

Und dann fange ich erst richtig an«, sagte Boukman. Seine Stimme klang, als hätte sie mit seinen Worten nichts zu tun, als würde er bei einem Sehtest Buchstaben vorlesen. »Ich hätte dich in deinem Haus sterben lassen können, als ich es in Schutt und Asche legte. Aber ich habe dafür gesorgt, dass du lebend rauskommst. Damit du noch einmal von vorn anfangen konntest, bei null.

Ich habe dir Arbeit gegeben. Du hast wieder als Privatdetektiv angefangen, wie ich erwartet hatte. Was hättest du anderes tun sollen? Ich habe dir Mandanten geschickt. Ich habe sie selbst erfunden. Ich habe dir Schauspieler geschickt, die den gehörnten Ehemann oder die Ehebrecherin spielten. Die Arbeit war unter deiner Würde, eine Beleidigung deiner Fähigkeiten, eine Demütigung. Aber du musstest sie annehmen, weil du das Geld brauchtest. Ich habe ihnen dein Geld gegeben, um dich damit zu bezahlen. Ich habe deine Honorare aus deiner eigenen Tasche beglichen. Du hast geglaubt, du siehst denen zu, wie sie betrogen werden, in Wahrheit aber warst du es, der betrogen wurde, du warst der Gehörnte.«

Max hatte aufgehört zu kämpfen. Er war müde, seine Hand- und Fußgelenke schmerzten und bluteten. Während er die Bilder vor sich hatte aufblitzen sehen – Boukmans Wirken hinter den Kulissen, maskiert als Pech oder grausamer Schicksalsschlag, der ihm das Leben schwermachte –, spürte er die ganze Zeit ein beengtes Gefühl im Magen, als stünde er in einem Aufzug, der viel zu schnell nach unten raste. Er wusste, er war besiegt. Im Grunde aber, wenn er darüber nachdachte, hatte er schon vor langer Zeit verloren. Seit er beschlossen hatte, das Geld, das er aus Haiti mitgebracht hatte, zu behalten.

Er dachte über Boukmans Willenskraft nach, seinen Willen, all das zu tun. Die Planung, die Choreographie und, vor allem, die Geduld. Boukman hatte nicht aus Zorn gehandelt. Zorn hatte ein klar definiertes Ende, sein Peak war so scharf wie die Abwärtskurve. Boukman hatte aus Hass gehandelt. Und diesen Hass hatte er so lange genährt, dass er durchscheinend und leidenschaftslos geworden war: Boukman hatte sich diesen Hass gegönnt wie ein Hobby.

Ein kleiner Teil von ihm konnte sich einer gewissen Bewunderung für die grausame Genialität all dessen, für die kühl distanzierte Vergeltung, nicht erwehren – auch wenn sie gegen ihn gerichtet war.

»Und dann kam Tameka. Die Hure. Ich habe sie bezahlt. Und du … du hättest sie fast geheiratet.« Max glaubte, Boukman lachen zu hören. »Ich hätte sie dafür bezahlen können, die zweite Mrs. Mingus zu werden, wenn ich gewollt hätte. Aber das wäre zu grausam gewesen.«

»Grausamer, als sie umzubringen?«, fragte Max. Er wusste, dass es eine rein rhetorische Frage war.

»Du hättest nicht herkommen müssen, Max. Du hattest die Wahl. Gefängnis oder Kuba. Aber ich wusste, dass du kommen würdest. Genau wie ich auch wusste, dass du den Film nicht rechtzeitig anschauen würdest, um Joe Liston das Leben zu retten. Du bist zu alt, zu langsam, zu blind. Ich kenne dich gut, Max Mingus. Du hast Augen, aber du siehst nicht. Hast noch nie gesehen. Weil du es nie wolltest.«

Boukman schaute zu dem Fernseher und der Person daneben.

»Du hast Joe umgebracht, weil er mein Freund war?«

»Ganz genau.«

»Und Eldon? Warum ihn? Wir hatten uns überworfen.«

»Früher waren wir einmal fast Kollegen, du und ich.«

Max verstand sofort, was er meinte. »Du hast damals mit Eldon zusammengearbeitet?«

»Was glaubst du, warum ich so lange tun konnte, was ich tat?«

»Verstehe.« Max hatte das anhand der FBI-Akten, die er gelesen hatte, bereits vermutet. Eldon hatte Halloween-Dan beschützt, sodass er praktisch unberührbar gewesen war. Das Problem war nur, dass Dan seine Klappe nicht halten konnte. Er musste alle Welt und ihre Mutter wissen lassen, wer er war. Boukman war das genaue Gegenteil gewesen – ein Mann mit einer Million Gesichter, von denen keines sein eigenes war.

»Eldon Burns hat sich gegen mich gewandt«, sagte Boukman. »Als du mit Liston gegen mich ermittelt hast, stand er vor einer einfachen Wahl. Dich loswerden oder mich ersetzen. Er hat dich mir vorgezogen. Kein Wunder. Du warst sein Kronprinz. Er hat dich von Anfang an korrumpiert, aber du hast es nicht gemerkt, weil du ihn nie so kennengelernt hast, wie ich ihn kannte. Du hast ihn nie so gesehen, wie ich ihn gesehen habe. Dabei lag das alles direkt vor deiner Nase, seine Verderbtheit, seine Korruption. Du hättest nur hinsehen müssen, Max. Aber wie ich schon sagte: Du kannst nicht sehen.«

»Deshalb hast du Eldon und Joe eine Kugel in die Augen feuern lassen, richtig? Das war eine Nachricht an mich?«

»Du bist langsam, aber am Ende kommst du doch immer dahinter. Und genau das ist das hier … das Ende.«

»Hast du Vanetta Brown erzählt, wer du bist?«

Boukman antwortete nicht.

Stille senkte sich über den Raum. Auf dem Bildschirm vögelten sich die toten Pornostars die Seele aus dem Leib.

»Hast du noch etwas zu sagen, Max? Irgendwelche letzten Worte?«

»Ja, habe ich«, sagte Max. »Weißt du, Solomon, ich habe gedacht, ich sei krank. Aber … diesen Kuchen hast du dir voll und ganz allein einverleibt. Und leckst dir noch die Finger danach.«

Der dunkle Raum, in den Max die ganze Zeit geschaut hatte, geriet in Bewegung, hellte sich ein klein wenig auf, als wäre ein bisschen Nacht aus ihm herausgesogen worden.

»Grüß Eldon von mir«, sagte Boukman.

Dann stieg er langsam und lautlos die erleuchteten Stufen hinunter.

58

Max erinnerte sich, dass er die groß gewachsene, dürre Person neben dem Fernseher schon einmal gesehen hatte. Er erkannte die Pose wieder, die Art, wie er sich hielt. Der Lichtschein des Fernsehers und der Kerzen fing sich in dem metallisch glänzenden Aufdruck auf seinem Hemd: diagonal angeordnete Vögel, Gänse oder Pelikane, die – Schnabel an

Bürzel, Flügelspitzen an Schulter – in Formation flogen. Sie hatten die gleiche Form wie die Spiegel im Hotel Zürich. Es war der Mann, den Max auf der anderen Straßenseite gegenüber dem Hotel gesehen hatte, der zu ihm hochgeschaut hatte, als Joe ihn anrief, um ihm mitzuteilen, dass Eldon tot war.

Der Mann hob einen schwarzen Plastikeimer am Griff hoch und kam auf ihn zu, dabei sorgfältig darauf bedacht, nicht auf das Vévé zu treten. Seine Hose hatte er in Gummistiefel gestopft, deren dicke Sohlen bei jedem seiner anmutigen, vorsichtigen Schritte auf dem Betonfußboden quietschten.

Als er vor ihm stand, sah Max das Gesicht, das Eldon und Joe unmittelbar vor ihrem Tod gesehen hatten, das er von Wendy Pecks Überwachungsfotos kannte – und dessen noch stärker entstellte, kindliche Version in Vanetta Browns Zimmer an der Wand hing.

Er hatte noch immer etwas von jenem Kind an sich. Die obere Hälfte seines Gesichts wirkte zart, fast zerbrechlich; die schmale, flache Stirn mit der glatten, schimmernden Haut war nicht von Sorgen oder der Zeit gezeichnet. Seine Augen waren große, leere Flächen, die noch auf Erfahrung warteten.

Aber der deformierte Mund dominierte. Der breite Spalt, die rechte Hälfte des unteren Gesichts leicht schief, als warte sie auf die Hand, die sie wieder an ihren Platz schob. Die Lippen in der Mitte dünn, ausgefranst und schuppig, wie Stacheldraht mit Glasscherben darin. Rechts und links davon waren die Lippen übervoll, zwei fleischige Schrauben, die alles andere an Ort und Stelle hielten.

»Du bist Osso, stimmt's?«

Er antwortete nicht, aber er war es.

Er stellte den Eimer auf einer freien Stelle ab, dicht neben Max, dem eine kräftige Benzinwolke ins Gesicht schlug. Die Dämpfe brannten ihm in den Augen und in der Nase, seine Augen tränten. Max musste husten und würgen und drehte den Kopf weg.

Osso betrachtete ihn mit ausdrucksloser Miene, musterte ihn von rechts nach links und von oben nach unten. Dann zog er einen Malerpinsel aus der hinteren Hosentasche, ging in die Hocke und tauchte ihn in den Eimer. Er rührte den Inhalt mehrmals um, ohne Max aus den Augen zu lassen. Als er fertig war, klopfte er den Pinsel ab.

Dann ging er neben Max in die Hocke und strich ihm die Füße ein. Die Paste war kalt. Sie brannte sich tief in die offenen Wunden an seinen Fußknöcheln. Max keuchte und stöhnte vor Schmerz.

Osso war der dürrste Mensch, den Max je lebend und gesund gesehen hatte. Die Höcker seiner Wirbelsäule zeichneten sich deutlich unter seinem Hemd ab, sodass Max an eine große Eidechse denken musste.

»Dass du Eldon Burns erschossen hast, damit kann ich leben. Ich meine, hätte ich zu der Zeit gewusst, was ich heute weiß, hätte ich ihm selbst zwei Kugeln in den Kopf gejagt.«

Osso beachtete ihn nicht. Er pinselte Max' Füße bis hoch zu den Waden ein.

»Aber Joe … Joe Liston? Nein. Den nicht. Er war ein guter, ein aufrichtiger Mensch. Der hat in seinem ganzen Leben nur Gutes getan. Und du … du hast ihn einfach umgebracht. Du Stück Scheiße. Natürlich wirst du jetzt sagen, es war nichts Persönliches, dass du nur die Anweisungen dieses kranken Idioten ausgeführt hast. Aber weißt du was? Das interessiert mich nicht. Es spielt keine Rolle. Du hast abgedrückt. Du bist genauso schlimm wie er. Genauso schuldig.«

Osso hielt inne, um ihn anzusehen. Seine Lippen bewegten sich – nur in der Mitte, die Mundwinkel blieben starr. Die Lippen teilten sich, als wollte er etwas sagen, dann schlossen sie sich wieder. Max glaubte, in seinen Augen Wut aufflackern zu sehen, so glasklar und so schnell wie einen Blitz in einer Sonnenfinsternis.

Osso stand auf und trat hinter Max.

Max spürte seinen Atem im Nacken, er strich ihm über die Glatze. Dann fing Osso an, ihm die Hände einzupinseln.

Max drehte den Kopf, um ihn anzusehen.

»Das Arschloch hat dich adoptiert, stimmt's? Du bist sein kleiner Junge, richtig? Sagst du auch Papa zu ihm? Du bist mit einer Gaumenspalte geboren worden. Er hat die Operation bezahlt, und du warst ihm so dankbar, dass du sein Mädchen für alles geworden bist. So war es doch, hab ich recht? Kannst du überhaupt sprechen mit dem Ding?«

Osso machte weiter, aber nicht mehr ganz so gemächlich wie zuvor. Bei den offenen Wunden an Max' Handgelenken drückte er mit dem Pinsel fest zu. Max schrie auf und warf sich vor und zurück, als ihm die Schmerzen bis hoch in die Schultern schossen und ihm die Nerven versengten.

»Hey«, keuchte Max. »Was hat dein Papa dir für den Mord an Joe gegeben? Hat er dir noch eine Schönheitsoperation versprochen? Bestimmt hat er das. Und weißt du was? Er hat vollkommen recht, weil du das nämlich verdammt nötig hast, du hässliches Arschloch.«

Osso stieß ihm den Pinsel ins Handgelenk, drehte ihn genüsslich und hielt ihn an Ort und Stelle. Dann drehte er ihn noch ein wenig.

Die Schmerzen wurden doppelt so stark und dann noch stärker. Sie schossen ihm in den Kopf. Max brüllte los. Seine Beine zitterten. Er trat um sich.

Er … trat … um sich.

Max konnte spüren, wie seine Füße hoch in die Luft schossen. Frei. Keine Fesseln.

Er schaute nach unten. Die Seile hatten sich gelöst.

Als ihm Osso den Pinsel ins Handgelenk gestoßen hatte, hatte Max so heftig an seinen Fesseln gezerrt und die Beine hochgezogen, dass seine eingeschmierten Füße und Waden aus den Fesseln gerutscht waren.

Und Osso hatte es nicht bemerkt.

Max stellte seine Füße wieder brav nebeneinander.

Osso war bei Max' Unterarmen angekommen und verteilte die Paste großzügig auf seiner Haut.

Dann packte er ihn mit kräftigen Fingern am Kinn und bog seinen Kopf so weit wie möglich zurück.

Er beugte sich vor, um den Pinsel in den Eimer zu tauchen.

Max spürte Ossos Atem auf seiner Wange und wie sich der Griff um sein Kinn ein wenig lockerte.

Max witterte seine Chance.

Und ergriff sie.

Der Schädel ist der härteste Teil des Körpers, von der Natur dazu ausgelegt und entworfen, das wichtigste Organ, das Gehirn, zu schützen. In der Polizeischule lernten schon die Neulinge die hohe Kunst des Kopfstoßes. Max war ein guter Schüler gewesen.

Mit einer ruckartigen Bewegung nach links befreite er seinen Kopf und schmetterte ihn dann zurück auf Ossos ihm zugewandtes Kinn.

Er erwischte es genau auf der Spitze, so hart wie ein rechter Haken.

Osso reagierte anders als andere.

Normale Menschen gingen zu Boden, um sich auszählen zu lassen, oder länger.

Nicht so Osso.

Der Treffer schickte ihn taumelnd zur Seite. Dann blieb er stehen und stolperte wieder nach vorn, als hätte er einen Tritt in den Hintern bekommen, bevor er wieder seitlich in Richtung Kerzen abdrehte. Eine Sekunde lang fürchtete Max, er könnte eine Kerze umwerfen und sie beide verbrennen. Aber Ossos Selbsterhaltungstrieb war doch noch stärker als seine Tendenz umzufallen, und so blieb er wieder stehen, tat ein paar zögernde Schritte rückwärts und erstarrte. Dann richtete er sich auf und atmete tief durch. Er schüttelte einmal, dann noch einmal heftig den Kopf, als stellte er sich dem Wirbelsturm, der ihm die Sinne durcheinandergeworfen hatte, als ordne er sich neu, als wolle er das System neu hochfahren.

Der Pinsel fiel ihm aus der Hand. Er drehte sich zur Seite, um ihn aufzuheben, doch dabei rutschten ihm auf der Paste unter seinen Füßen die Gummisohlen weg und zerstörten das Vévé, als seine langen dünnen Beine zu einem ungewollten und sicher schmerzhaften Spagat auseinanderglitten.

Er stabilisierte sich mit der flachen Hand. Er stellte ein Knie auf. Er holte tief Luft. Doch dabei inhalierte er heftige, schwindelig machende Benzindämpfe, und diese Dämpfe taten sich mit den Nachwirkungen des Schlags zusammen, mit denen er noch zu kämpfen hatte, und beide zusammen gaben ihm den Rest.

Irgendwie schaffte er es, wieder auf die Füße zu kommen.

Er betrachtete seinen Gefangenen mit leeren, glasigen Augen.

Er schlug sich selbst ins Gesicht, doch der Schlag ging daneben und wirbelte ihn um die eigene Achse.

Max stand auf, so weit er konnte – halb gebückt –, und versuchte seine Arme loszureißen.

Osso ging wieder auf ein Knie, legte beide Handflächen auf den Boden, eine genau auf den Kopf der Schlange.

Und wieder schaffte er es aufzustehen, auch wenn seine Beine weich waren wie Gummischläuche mit Baumwolle drin.

Max zerrte hektisch und so heftig an den Fesseln, dass sich die Bolzen im Fußboden zu lösen begannen.

Osso torkelte auf ihn zu, seine Augen rollten in ihren Höhlen herum wie ein defekter Kompass, mehr Weiß als Braun. Der Mund stand ihm offen, die Zunge fiel heraus und wurde wieder eingesaugt. Er tastete an seiner Hüfte herum, riss sich das Hemd hoch, sodass der perlmuttbesetzte Griff einer Pistole zu sehen war, nach der er mit der anderen Hand griff. Er kriegte sie nicht zu fassen. Seine Finger schlossen sich um leere Luft. Verwundert schaute er nach unten. Und dann ging er zu Boden, ausgeknockt, das Gesicht auf dem Kreuz, nur wenige Zentimeter von Max entfernt.

Max zog und zerrte weiter an seinen Fesseln. Die Beine benutzte er als Hebel. Er setzte sich auf den Stuhlrand und versuchte, die Hände mit roher Gewalt loszureißen, aber die Knoten bewegten sich nicht.

Osso stöhnte. Sein Bein zuckte.

Er würde bald wieder wach werden.

Max verdoppelte seine Anstrengungen.

Er stellte den rechten Fuß auf den Stuhl und stemmte sich mit ganzer Kraft hoch. Das linke Handgelenk riss sich frei. Die Haut war aufgerissen, das Blut tropfte ihm von den Fingern.

Osso hob den Kopf und tastete auf dem Fußboden herum. In der Paste fand seine Hand keinen Halt.

Max stellte den linken Fuß auf den Stuhl und wiederholte den Vorgang.

Osso rappelte sich auf die Knie.

Max konnte auch die zweite Hand aus der Fessel ziehen.

Er war frei.

Er trat Osso gegen den Kopf, traf mit der Sohle sein Kinn. Sein Kopf wurde heftig zur Seite geschleudert, und er ging plumpsend zu Boden.

Max riss ihm die Pistole aus dem Hosenbund. Dann zerrte er seinen Kopf an den Haaren hoch und versetzte ihm einen Faustschlag auf das bereits geschwollene Kinn.

Osso war k.o.

Das Vévé war komplett ruiniert, verschmierte Linien und weiße Fußspuren als Zeichen ihres Kampfes.

Max überprüfte die Pistole – ein volles Magazin, sieben Schuss, plus einem in der Kammer.

Er schaute zu den Stufen hinüber, die in rosa Neonlicht getaucht waren, und zurück zu Osso.

Er wusste, was er zu tun hatte.

Solomon Boukman stieg langsam aus dem Keller auf.

Er hatte sich in vollen Zeremonienstaat geworfen: weißer Zylinder mit roter Feder im schwarz-weiß karierten Hutband, weißer Frack über dem nackten Oberkörper, weiße Handschuhe, schwarze Hose mit Bügelfalte und glänzende Lackschuhe. Das Gesicht hatte er in zwei Schichten geschminkt: eine schwarze Unterlage, darauf in der rechten Gesichtshälfte ein halber Totenschädel in Weiß.

Er intonierte etwas auf Kreolisch, um Baron Samedi herbeizurufen; er bat ihn, aus den Tiefen aufzusteigen und ihn zu seinem Gefäß zu machen, er flehte ihn an, ihn mit seiner Kraft auszustatten, auf dass er seine irdische Hand sein möge: ein Werkzeug dessen, der das Leben nimmt und den Tod schenkt, der die Seelen stiehlt. Seine Stimme war tief und klangvoll, die Aussprache präzise und klar, frei von dem lispelnden Zischen.

Boukman trat in den Kreis aus Kerzen. Die Flammen flackerten und schwankten auf ihren Dochten, ein paar verlöschten, als er vorüberging, und die dünnen Rauchschwaden zogen hinter ihm her.

Er trat auf den Mann auf dem Stuhl zu, seine Schritte waren langsam und ohne Eile, seine Augen reflektierten alles Licht im Raum, das über seine ausdruckslosen Pupillen tanzte. Die Schmierereien, wo vorher das Vévé gewesen war, bemerkte er nicht.

Als er dicht vor dem Stuhl stand, kreuzte Boukman die Arme vor der Brust und griff mit beiden Händen in seinen Frack.

Er zog zwei kurze Samurai-Schwerter heraus, deren spiegelblanke Klingen im schwachen Schein der beiden Hauptlichtquellen – des noch immer laufenden Fernsehers und der ewig brennenden Kerzen – grün schimmerten.

Boukman ließ die Klingen durch die Luft wirbeln, zuerst in kleinen Bögen ähnlich denen eines Dirigenten, der ein großes Orchester durch einen langsamen Satz führt, welcher sich nach und nach, Note für Note, Instrument für Instrument, zu einem dramatischen Crescendo aufbaut.

Brutalität ruinierte seine Kunstfertigkeit, als die Gewalttat, die zu verüben er im Begriff war, seine Arme übernahm. Seine gemessenen Kreise liefen zu breiten, schweren Schwüngen aus, die Metallklingen gaben ein rüdes Pfeifen von sich, als sie durch die Luft fegten, die von den Benzindämpfen immer betäubender und immer dünner wurde.

Boukmans Bewegungen wurden schneller und wilder, die klaren Umrisse der Schwerter lösten sich auf, als Metall und

Licht zu einem glühenden ephemeren Ganzen verschmolzen und kreisförmige, flüssige Leuchtspuren in den Raum malten.

Seine letzten Anrufungen brüllte Boukman mit furchterregender, animalischer Stimme, er sagte Max' Namen und bespuckte den Mann im Stuhl.

Dann, unvermittelt, hielt er inne.

Er hob die Schwerter hoch über seinen Kopf wie Hörner.

Er kreuzte die Arme und fasste die Hefte fester.

Dann senkte er die Schwerter, bis sich die Schultern des Mannes zwischen den Spitzen seiner Klingen befanden.

Osso war wieder wach geworden, als Boukman gerade mitten in der Pirouette war.

Es war ein langsamer und mühevoller Aufstieg aus der Bewusstlosigkeit gewesen. Er hatte erst ein Auge aufgeschlagen und wieder geschlossen. Dann das andere, und es wieder geschlossen.

Dann war er wieder voll da gewesen.

Er hatte eingeatmet und bei dem Gestank der Paste, die seinen Kopf und seine Hände und Füße bedeckte, gehustet und gewürgt.

Er hatte gerade genug Zeit gehabt zu verstehen, wo er war und was da vor sich ging, als beide Schwerter gleichzeitig auf seinen Hals trafen und die rasiermesserscharfen Klingen ihn sauber durchschnitten.

Er war mit einem Ausdruck fassungslosen Erstaunens in den Tod gegangen.

Den gleichen Gesichtsausdruck hatte Boukman, als er begriff, was er da tat.

Doch sein Gehirn war ein klein wenig zu langsam für

seinen Körper. In dem Moment, als er sich hätte stoppen können, war es bereits zu spät.

Ossos Blut schoss ihm in Fontänen über den Frack, den Oberkörper und das Gesicht.

Fassungslos und schockiert taumelte er zurück.

Er schaute sich um. Links, rechts, vorn, hinten.

Und dann sah er Max, der aus der Dunkelheit getreten war.

Max schleuderte ihm die Paste aus dem Eimer entgegen, sie landete auf seiner Brust.

Boukman rührte sich nicht. Er blieb wie angewurzelt stehen, die blutigen Schwerter in den Händen.

Max trat zwei Kerzen um, sodass sie ins Vévé rollten.

Ein Laufsteg aus Feuer erhob sich, die Flammen schossen hoch in die Luft, fast küssten sie die Decke und erreichten innerhalb weniger Sekunden alle vier Ecken des Raumes.

Kleine Flammen klopften an Boukmans Hut. Dann hüpften sie ihm auf die Schultern. Sein rechter Schuh fing Feuer. Dann die Schwalbenschwänze seines Fracks.

Boukman rührte sich nicht von der Stelle. Er starrte Max an, als hätte er das Feuer gar nicht bemerkt.

Max hob die Waffe und richtete sie auf Boukmans Kopf.

Er entsicherte sie.

Die beiden Männer sahen sich in die Augen.

Und beinah hätte Max die Waffe gesenkt.

Im hellen Licht der Flammen erkannte er, dass da nicht Boukman vor ihm stand.

Es war Elias Grimaud. Vanettas Stellvertreter, Ossos Komplize.

Boukman hatte seit jeher Doppelgänger benutzt. Dies war keine Ausnahme.

War Boukman überhaupt hier gewesen?

»Wo ist er?«, brüllte Max.

Grimaud ließ die Schwerter fallen und ging auf Max zu, er schritt in seinem brennenden Anzug durch die Flammen.

Max zögerte, konnte nicht schießen, fast wollte er es nicht. Grimaud war dem Tode geweiht. Lass ihn brennen.

Aber Max war selbst mit der Paste bedeckt, selbst eine potenzielle Fackel.

Grimaud streckte die brennenden Arme vor – ob er um Hilfe flehte oder ihn umbringen wollte, wusste Max nicht.

Max drückte zweimal ab. Die erste Kugel traf Grimaud in die Schulter, die zweite in die Brust.

Grimaud fiel auf den Rücken, das lodernde Vévé verschluckte ihn ganz, und die Flammen schlossen sich rasch um ihn.

Ein paar Sekunden lang beobachtete Max den brennenden Körper.

Dann rannte er in den Keller.

Leer.

Kein Boukman.

Nichts als kahle Wände, Betonfußboden, drei stabile Holzpfosten, die die Decke stützten, und das Licht der rosafarbenen Neonröhren.

Boukman musste von hier nach draußen gelangt sein. Und auch Osso und Grimaud hätten über diesen Keller das Haus verlassen, nachdem sie ihn getötet hätten.

Max schaute sich nach dem Ausgang um.

Dicker, beißender Qualm rollte die Treppe hinunter und sank auf den Boden. Die Farbe an der Decke warf Blasen. Die Neonröhren flackerten. Eine platzte und schleuderte Funken.

Max trat hastig in die Mitte des Kellers und schaute sich um, drehte sich in die eine und die andere Richtung, ließ seinen Blick über die Wände gleiten, sah hinter den Pfosten nach. In dem dichter werdenden Rauch und dem schummrigen Licht sah er überall Schatten und Formen – als wäre er von Geistern umgeben.

Er drehte sich nach links. Für einen kurzem Moment lichtete sich der Rauch, und Max glaubte, ganz hinten in der Ecke eine Tür gesehen zu haben.

Er rannte los.

Dann erstarrte er.

Da stand jemand.

Max hob die Waffe.

»Boukman!«

Plötzlich erlosch das Licht. Zwei Neonröhren fielen aus ihren Halterungen und knallten zu Boden. Es herrschte pechschwarze Dunkelheit.

Max konnte kaum noch atmen, die Luft bestand nur noch aus Rauch und Benzindämpfen. Vor seinen Augen tanzten weiße Punkte, ihm wurde schwindelig, er war kurz davor, sich zu übergeben.

Er wusste, es würde nicht mehr lange dauern, bis er in Ohnmacht fiel.

Über ihm stürzte das Haus ein, das Feuer tobte in den oberen Stockwerken und legte die tragenden Teile in Schutt und Asche. Mauerwerk, Metall, Holz und Dachplatten krachten nach unten. Die Kellerdecke bebte und kreischte unter den Erschütterungen und riss bei jedem Einschlag ein Stückchen weiter auf, sodass feiner Staub herabrieselte und die Wände unter den furchtbaren Stößen summten.

Max spürte etwas im Gesicht und war ganz sicher, dass es eine Hand war. Er feuerte einmal, dann noch einmal. Die

Schüsse waren in dem Wüten der Flammen kaum zu hören. Das Mündungsfeuer erhellte dichten grauen Rauch und Staub und Dunkelheit.

Dann gab hinter ihm, unweit der Stufen, eine der Holzstützen nach und zerbarst mit einem durchdringenden Gebrüll. Ein Teil der Decke, die sie gehalten hatte, brach ein, ein Haufen Betonschutt stürzte in den Keller, und mit ihm lodernde Flammen.

Der Kellerraum wurde hell orange ausgeleuchtet.

Max sah alles.

Ohne es zu wissen, hatte er sich zum Ausgang vorgetastet, so weit, dass er den Türknauf praktisch mit dem Bein berührte. Und was er für einen ganz in der Nähe stehenden Menschen gehalten hatte, war eine Schneiderpuppe. Sie war zwischen einem Tisch und einem Stuhl aufgestellt. An der Wand hing ein altmodischer Theaterspiegel mit einem Kranz aus Glühbirnen. Sämtliches Glas war zersprungen. Auf dem Tisch standen zwei Dosen mit Theaterschminke in Schwarz und Weiß, Papiertücher und Make-up-Entferner. Auf dem Stuhl lag ein Bündel Kleider.

Max drehte den Knauf und riss die Tür auf.

Er taumelte nach draußen.

Die frische Luft war ein Schock für seinen Körper. Ihm wurde schwindelig. Er hustete und würgte, schmeckte Benzin und Rauch auf der Zunge, etwas Körniges im Mund. Er blinzelte, um die Augen von dem Dreck zu befreien, der sich unter seinen Lidern angesammelt hatte. Seine Augenbrauen waren angesengt, seine Haut wund und empfindlich. Sein ganzer Körper bestand nur noch aus Schmerzen. Er wollte sich hinlegen oder wenigstens sitzen.

Aber er zwang sich noch ein paar Schritte weiter, weg von dem Haus.

Dann richtete er sich auf und ging los, und aus dem Gehen wurde ein Laufen, aus dem Laufen ein Rennen.

Er rannte über Kies. Danach kühles, nasses Gras. Er rutschte aus und fiel aufs Gesicht. Er rappelte sich sofort wieder auf und rannte weiter. Er schlug sich durch ein paar Bäume, über totes Laub, zerbrochene Zweige und dann wieder Gras.

Er blieb erst stehen, als er am Ende der Insel angekommen war und der Boden steil zum Meer hin abfiel. Ein Stückchen weiter rechts sah er einen einfachen Holzpier, an dem ein Schnellboot lag, ein Küsten-Katamaran mit zwei leistungsstarken Motoren.

Ein kurzer Fußweg führte über ein Dutzend Stufen, die in den Felsen gehauen waren, hinunter zum Meer.

Kein Mensch auf dem Boot, kein Mensch auf dem Pier. Der Katamaran schaukelte sanft hin und her, der Rumpf schlug gegen den Holzsteg, die Leinen klatschten aufs Wasser, das aufgewühlt und kabbelig war, auch wenn das Meer eigentlich ruhig aussah.

Dann hörte Max ein Geräusch.

Einen Motor, noch laut, aber immer leiser werdend.

Er suchte den Ozean ab.

In der Ferne sah er die verschiedenfarbigen Bojen.

Er sah die ersten Zeichen der Morgenröte am Horizont.

Er sah zwei Möwen, die tief übers Wasser flogen.

Er sah die Wolken, deren Ränder orangerot angesengt waren, als wären auch sie aus dem brennenden Haus entkommen.

Und dann sah er das Boot.

Es war weit draußen – sehr weit draußen –, es verließ kubanisches Gewässer und hielt auf Haiti zu, fast sah es aus, als würde es fliegen, wie es über die Wellen hüpfte und dabei eine breite Spur hinter sich herzog, die trübe und blass und schaumig aussah.

Max schaute wieder hinunter zum Steg. Er sah die Leine, die an einem Pfosten festgemacht war und deren durchtrenntes Ende im Wasser hing, die Holzplanken waren nass.

Boukman war hier gewesen …

Max begriff es nicht.

Warum hatte Boukman nicht zusehen wollen, wie er starb? Warum hatte er ihn mit so viel Aufwand herbringen lassen, um dann zu gehen, bevor seine Helfershelfer die Sache zu Ende gebracht hatten?

Max überprüfte seine Waffe. Er hatte noch vier Kugeln.

Er wollte zum Pier hinunterrennen.

Aber er kam nicht weit.

Er hörte noch ein Geräusch, noch einen Motor.

Ein Auto, das sich schnell von hinten näherte, die Scheinwerfer hatten ihn erfasst.

Quietschende Bremsen.

Er ließ die Waffe fallen und hob die Hände.

59

Es war Rosa Cruz in einem der krankenhauseigenen Jeeps.

Sie ließ den Motor laufen und sprang aus dem Wagen.

»Keine Sekunde zu früh«, sagte Max.

»Alles klar bei Ihnen?«, fragte sie.

»Nein.«

Er schaute aufs Meer hinaus. Das Boot war längst verschwunden, das Kielwasser mit den Wellen verschmolzen, als wäre es nie da gewesen.

Max drehte sich um, und zum ersten Mal sah er das Haus.

Ein zweistöckiges Wohnhaus aus roten Klinkern, das besser nach Neuengland als in die Karibik gepasst hätte, halb verborgen hinter einem Palmenhain. In den oberen Fenstern drängten sich die Flammen, und wo ein Teil des Daches eingebrochen war, quoll Rauch heraus.

»Sie hat mir erzählt, was passiert ist.« Rosa deutete mit dem Kopf zum Jeep, in dem, eingehüllt in ihren Bademantel, Vanetta Brown saß und sie beide ansah. »Sie will nach Hause.«

»Ich auch«, sagte er.

Er trug Vanetta zum Pier hinunter und setzte sie sanft ins Boot.

Nachdem er sie angeschnallt hatte, trat er zur Seite und ließ sie mit Rosa allein.

Vanetta brachte ihre ganze Kraft auf, um Rosa in die Arme zu schließen und auf beide Wangen zu küssen. Sie wechselten ein paar Worte auf Spanisch, Rosa schniefte und wischte sich die ganze Zeit die Tränen aus den Augen.

Max stand etwas betreten auf dem Steg, außer Hörweite, um ihnen etwas Zeit für sich zu geben, dabei hoffte er verzweifelt, sie mögen sich beeilen, damit sie verschwinden konnten, bevor noch jemand kam.

Er schaute zum Horizont, in Richtung Haiti, wohin Boukman geflohen war. Er spielte kurz mit dem Gedanken, ihm zu folgen, statt nach Miami zu fahren, aber er wusste, er würde ihn niemals kriegen. Er hatte seine Chance gehabt, Boukman zu töten, vor siebenundzwanzig Jahren. Joe hatte ihn davon abgehalten. Max wünschte, er hätte es nicht getan – um ihrer beider willen, besonders aber wegen Joe.

Aber waren die Dinge wirklich so einfach, so geradlinig, so brutal? Töte einen Menschen und lebe glücklich und zufrieden bis an dein Lebensende aus Altersschwäche? Oder war ihr Leben schon von Anfang an auf diesen Kurs gesetzt worden, gekettet an ein Schicksal, das sie nicht verhindern konnten? War Boukman vielleicht nur eine von einer Milliarde austauschbarer Äxte, mit denen das Schicksal um sich schlug?

Und Max glaubte zu verstehen, warum Boukman so früh gegangen war. Boukman hatte gesagt, ihn einfach umzubringen, wäre zu leicht gewesen, hätte ihm nicht gereicht. Boukman wollte ihn leiden sehen. Boukman wollte Genugtuung. Nur darum war es gegangen, die ganze Zeit.

Und so hatte Boukman vielleicht beschlossen, dass er ihn gar nicht sterben sehen wollte, dass er ihn als Lebenden in Erinnerung behalten wollte – allerdings mit einem Leben unter seinen Bedingungen, als sein Gefangener, seiner Gnade ausgeliefert. Eine süße Erinnerung, die er sich bis ans Ende seiner Tage immer und immer wieder würde wachrufen können: die Erinnerung an Max Mingus in seinen letzten Minuten auf Erden, wie er, an einen Stuhl gefesselt, die letzten zwölf Jahre seines Lebens an sich vorüberziehen sieht. Nur dass es gar nicht sein Leben war, wie er geglaubt hatte, sondern eines, das Boukman ihm gegeben hatte.

Das ergab zumindest einen Sinn. Selbst wenn sich herausstellen sollte, dass er komplett danebenlag.

Was würde geschehen, wenn Boukman erfuhr, dass Osso und Grimaud tot waren? Würde er davon ausgehen, dass sie durch ein Unglück in den Flammen ums Leben gekommen waren? Oder würde er die Wahrheit erahnen?

Max wusste es nicht.

Rosa kam zu ihm. Sie nahm den Rucksack ab, den sie auf dem Rücken getragen hatte. Er enthielt die CDs, das Diagramm und alle seine Notizen.

»Wer ist Solomon Boukman?«, fragte sie.

»Eine offene Rechnung.«

»Ist sie jetzt beglichen?«

Max schaute wieder aufs Meer hinaus, dann zurück zu ihr. »Haben Sie bekommen, was Sie wollten?«

Sie nickte.

»Ich hoffe, die Sache geht so aus, wie Sie es sich wünschen«, sagte er.

»Das wünsche ich Ihnen auch.« Sie hielt ihm die Hand hin.

Max nahm sie und hielt sie einen Augenblick lang fest. Beide drückten fest zu, dann ließen sie los.

Max stieg ins Boot. Die Schlüssel steckten.

Rosa löste die Leinen.

Er warf einen Blick zu Vanetta. Sie hatte die Augen geschlossen, ihr Atem ging flach.

Er ließ den Motor an und drehte sich um, um Rosa zum Abschied zuzuwinken, aber sie war bereits verschwunden.

60

Bei Tagesanbruch erreichten sie die Küste Floridas. Die Sonne stieg gerade hinter dem Meer hervor, und am Strand waren die ersten Jogger unterwegs, um ihre Sollmeilen zurückzulegen, bevor es zu heiß wurde.

Max hatte noch immer die Pistole im Hosenbund stecken. Er zog sie heraus und betrachtete sie, spürte ihr erstaunliches Gewicht. Abe Watsons ganzer Stolz, sein 1911er Colt – eigens angefertigter Perlmuttgriff und die Initialen des Besitzers mit dem Messer in den Abzug geritzt: A. J. W. – Abraham Jefferson Watson. Diese Waffe hatte Eldon und Joe getötet und Grimaud von seinen Schmerzen erlöst. Auch Ezequiel und Melody Dascal waren damit getötet worden und Dennis Peck – und noch viele andere, von denen manche schuldig und manche unschuldig gewesen waren. Max ließ das alles einen Moment lang auf sich wirken, dann schleuderte er die Waffe ins Meer.

Er fuhr an die Küste und trug Vanetta an Land.

Die ganze Fahrt über hatte sie kein Wort von sich gegeben. Sie war immer wieder eingeschlafen, trotz der lauten Motorengeräusche und der unsanften Überfahrt. Einen kurzen Augenblick lang hatte er sogar geglaubt, sie sei gestorben, doch als er ihren Puls fühlte, hatte sie die Augen aufgeschlagen und ihn empört angesehen, als wollte sie sagen: »Wie um alles in der Welt kommst du darauf, dass ich tot bin?«

Er legte sie in den Sand und bettete ihren Kopf auf eine Schwimmweste.

Sie sah in den heller werdenden Himmel hinauf, dann schaute sie ihn an.

»Wo bin ich?« Beim Rauschen der Brandung, die schäumend auf den Strand schlug, war ihre schwache Stimme kaum zu verstehen.

Über sich am Himmel hörte er einen Hubschrauber und in der Ferne Sirenen, die näher kamen, die ihretwegen kamen. Er hoffte, dass auch ein Krankenwagen dabei war.

»Zu Hause«, sagte er.

Vanetta grub ihre Finger in den Sand und nahm eine Handvoll auf. Dann legte sie sich die Faust auf die Brust, über dem Herzen.

Max nahm ihre freie Hand und hielt sie fest. Sie war warm, aber ihr Puls ging schwach und stockend.

Er streichelte ihr sanft das Gesicht.

Sie sah ihm in die Augen und brachte ein sehr schwaches, sehr leises Lächeln zuwege, das alles bedeuten konnte: Erleichterung, Glück, Dankbarkeit oder vielleicht Ironie, weil auch sie die Sirenen gehört hatte.

»Zu Hause?«, fragte sie.

Er wollte sagen: Halt durch, nur noch ein bisschen, gleich kommt Hilfe. Aber sie schloss die Augen, und ihr Gesicht strahlte eine tiefe Zufriedenheit aus, eine Gelassenheit und einen Frieden, den er nicht stören wollte. Und so wachte er über ihr, während die Sirenen lauter und lauter heulten, nur noch wenige Sekunden entfernt.

Vanettas Lächeln wurde breiter. Ihre Finger in seiner Hand wurden schlaff, und der Sand, den sie in der geschlossenen Faust gehalten hatte, rieselte ihr durch die Finger und lief schneller und schneller über ihrem Herzen davon.

Und obwohl die Sonne aufging, ein warmer Wind wehte und sich in Florida ein weiterer wunderschöner Tag ankündigte, hatte Max das Gefühl, am kältesten Ort der Welt gelandet zu sein.

Neuanfang

Es war außergewöhnlich still in Miami Beach, aber es war ja auch ein ausgesprochen außergewöhnlicher Tag – der erste seiner Art, ein Meilenstein. Amerika war kurz davor, Geschichte zu schreiben, und alle wollten dabei sein, alle wollten ein kleines Stück davon für sich haben, wollten ihr »Ich war da und da, als ...« – einen Fixpunkt im Ablauf der Zeiten. Fast so gut, wie in einer Reality-Show aufzutreten.

Die Straßen und Strände und Geschäfte waren praktisch menschenleer. Alle saßen zu Hause oder in einem Hotel, einer Bar oder einem Restaurant vor dem Fernseher oder dem Computer und warteten auf den designierten Präsidenten Obama, der seinen Amtseid leisten und seine Inaugurationsrede halten – den Deal mit dem Volk besiegeln sollte.

Oben in Washington D.C. herrschte eisige Kälte. Was die zwei Millionen Menschen nicht davon abgehalten hatte, die National Mall ihrer ganzen Länge und Breite nach zu füllen: eine gewaltige Menschenmasse, alle Hautfarben, Geschlechter und Altersgruppen vertreten. Alle wollten sie Zeuge sein, wollten diesem Paradebeispiel für die Unbegrenztheit der Möglichkeiten so nahe kommen wie irgend möglich und wie wohl in ihrem ganzen Leben nie wieder. Noch nie hatten mehr Menschen der Amtseinführung eines Präsidenten beigewohnt.

Max betrachtete die stillen und geduldigen Massen auf

einem der beiden Plasmabildschirme im Empfangsbereich des Büros von Sal Donoso. Er war früh dran für den Termin mit dem Anwalt, der ihm übergeben wollte, was ihm Eldon in seinem Testament hinterlassen hatte.

Die Empfangsdame beachtete ihn nicht. Sie starrte gebannt auf denselben Bildschirm wie er. Max konnte nicht umhin, sie genauso zu lesen, wie er weiterhin alle Menschen las, in deren Gegenwart er sich befand, und sei es noch so kurz. Ihre besten Jahre hatte sie hinter sich, sie war zu alt, um in einem Job zu arbeiten, der eigentlich was für Berufsanfänger war. Brille, kurzes, bläulich getöntes Haar, braunes Kostüm und zu viel Make-up. Ihr Gesicht trug die unverkennbaren Zeichen eines zu heftig gelebten, über die Maßen ausgekosteten Lebens. Sie schaute voller Bewunderung in den Fernseher, die Finger verschränkt. Sie trug keine Ringe. Er vermutete, dass sie oft einsam war.

Nachdem die Polizei ihn am Strand aufgegriffen hatte, hatte er eine Woche in einem Lager in der Nähe von Hialeah verbracht. Dort teilte er sich einen Schlafsaal mit einer Bootsladung Haitianer, die auf den Rücktransport warteten, ein paar frisch eingetroffenen Kubanern, die darauf warteten, im Land willkommen geheißen zu werden, und ein paar Männern anderer Nationalitäten, hauptsächlich Südamerikaner und Bewohner irgendwelcher Karibikinseln, deren Schicksal ungewiss war.

Er wurde viermal verhört. Die Polizei drohte ihm mit einer Anklage, weil er illegal nach Kuba gereist war. Er war kurz davor gewesen, die Männer auszulachen und ihnen von den Realitäten dieses Landes zu berichten, aber er ließ es bleiben. Ein mehr als vierzig Jahre altes Gesetz lässt sich nicht einfach so argumentativ widerlegen, egal wie absurd, widersprüchlich und heuchlerisch man es finden mag. Dann war das FBI an der Reihe, mit zwei Verhören. Sie befragten ihn nach seiner Beziehung zu Vanetta Brown und wie geheime Regierungsdokumente in seinen Besitz gelangt waren. Er erzählte ihnen eine selektive Version der Wahrheit, in der sämtliche Namen fehlten und auch sonst fast alles, was geschehen war. Es war eine einfache, solide Geschichte und daher leicht einzuprägen, weshalb es den Verhörspezialisten nicht gelang, ihn in irgendwelche Widersprüche zu verstricken, auch wenn sie ihm immer wieder und auf unterschiedliche Arten die gleichen Fragen stellten. Sie waren gut, aber Max war besser. Als Letztes kam ein Idiot vom Heimatschutz, um ihm die gleichen Fragen noch einmal zu stellen, nur dieses Mal aus der Perspektive der Terroristenbekämpfung. Auf die Frage, ob Max Kontakt zu muslimischen Extremisten unterhalte, hätte er beinah geantwortet, klar, er habe im Vorbeifahren den Zaun von Gitmo gesehen. Stattdessen ließ er Wendy Pecks Namen fallen, woraufhin der Heimatschutz-Mann eilig den Raum verließ und versprach wiederzukommen. Was er nicht tat.

Am nächsten Tag gegen Nachmittag ließen sie ihn laufen. Ohne Erklärung. Nur ein »Sie können gehen« und das Geld fürs Taxi nach Hause.

In seiner Wohnung fand er ein paar Rechnungen und staubige Leere vor.

Er kochte sich einen Kaffee und trank ihn genüsslich. Die Tasse war viel zu schnell leer, und Max machte sich noch eine, die er mit auf den Balkon nahm. Dies war genau der Ausblick, den Solomon Boukman ihm vorgeführt hatte, den er von genau der gleichen Stelle gefilmt hatte, an der nun Max stand. Max sah ihn und roch Benzin.

Alles war ihm vertraut, so wie früher. Aber zugleich war

auch alles anders, und nichts würde mehr so sein, wie es gewesen war.

Eine Woche später erfuhr er aus den Nachrichten, dass Wendy Peck mit sofortiger Wirkung ihr Amt niedergelegt hatte – um mehr Zeit für die Familie zu haben und sich neuen Herausforderungen zu widmen, hieß es. Ihr Vorgesetzter gratulierte ihr zu ihrer guten Arbeit und wünschte ihr alles Gute für die Zukunft.

Max setzte sich an den Computer und rief die Seite Justice4Dennis.com auf. Es gab sie nicht mehr.

Vanetta Brown jedoch stand weiterhin unter »meistgesuchte Personen« auf der FBI-Fahndungsliste: eine Inlandsterroristin, auf deren Kopf eine Belohnung von einer halben Million Dollar ausgesetzt war und die sich derzeit aller Wahrscheinlichkeit nach in Havanna, Kuba, aufhielt. Wie sie gesagt hatte: Ihre Unschuld war rein akademischer Natur.

Er war nicht überrascht. Nicht im Mindesten. Er wusste, wie die Dinge liefen. Und trotzdem machte es ihn krank.

Anfang Dezember hatte er die Familie Liston besucht. Er hatte Lena und Jet erzählt, was in Kuba passiert war, und alles, was dahin geführt hatte. Er war nicht überzeugt, dass Lena von Joes geheimen Aktivitäten tatsächlich nichts gewusst hatte, aber er hakte nicht weiter nach. Was spielte es für eine Rolle? Was würde ihm das Wissen nützen?

Beide hörten ihm zu, ohne viel zu sagen. Sie fragten nicht, ob er Solomon Boukman getötet habe. Sie gingen davon aus, dass er es getan hatte. Als er ging, brachte Jet ihn zum Wagen. Er dankte Max, sie gaben sich die Hand und nahmen sich in die Arme, weil sie beide wussten, dass dies sein letzter Besuch war, dass er nicht wiederkommen und auch nicht mehr eingeladen würde. Zu viel war seinetwegen passiert. Es tat weh, aber es war das Beste.

Er musste oft an Rosa Cruz denken. Hatte sie es geschafft, durch Erpressung wieder in ihre alte Stellung zu kommen? Er hoffte es für sie, aber er hatte keine Möglichkeit, es herauszufinden.

Und was Benny Ramírez anging, so war sich Max ziemlich sicher, dass er es gewesen war, den er eines Nachts in einem kleinen, menschenleeren Café auf dem Ocean Drive, Ecke 6th Street gesehen hatte: einen groß gewachsenen, schlanken Mann mit längeren braunen Haaren, einem hübschen, aber ausdrucksleeren Gesicht und einer noch nicht verheilten rosafarbenen Narbe, die sich von seinem Mundwinkel bis zum Wangenknochen zog. Er redete mit sich selbst, oder vielleicht sang er, während er den Fußboden wischte. Max spielte mit dem Gedanken, sich den Mann von Nahem anzuschauen, entschied sich aber dagegen und ging weiter.

Mitte Dezember besiegelte er den Verkauf seines Penthouses. Ein Bauunternehmer aus Uruguay hatte ihm eine Million dafür geboten. Fast doppelt so viel, wie er dafür bezahlt hatte, und er war froh, überhaupt einen Käufer zu finden. Er nahm das Angebot an.

Max war gerade dabei, die wenigen Habseligkeiten zusammenzupacken, die er in sein neues Zuhause mitnehmen wollte, als es an der Tür klopfte. Im Korridor stand eine Urne, an der ein Zettel klebte. Es war eine Plastikurne in Eichenbraun, wie man sie in jedem Walmart für vielleicht zwanzig Dollar bekam.

Auf dem Zettel stand: *»Du wirst schon wissen, was damit zu tun ist. J. Q.«*

Und das wusste er.

Er brachte die sterblichen Überreste Vanettas zum städtischen Friedhof von Miami, wo Ezequiel und Melody Dascal Seite an Seite begraben lagen. Er verstreute die Asche über ihren Gräbern. Er blieb noch eine ganze Weile dort stehen und überlegte, was er sagen konnte, aber die Worte wollten ihm nicht einfallen.

Als er ging, fing es an zu regnen, erst ein paar dicke Tropfen, dann kam der Schauer.

Auch in dem Sitzungszimmer, in das Sal Donoso Max geführt hatte, stand ein Fernseher. Er lief ohne Ton, als Obama auf die Bibel Abraham Lincolns, die von seiner Frau gehalten wurde, den Eid ablegte. Seine beiden Töchter und ein paar Milliarden Menschen auf der ganzen Welt schauten zu. Der Lauftext am unteren Bildrand vermerkte, dass sich der Präsident soeben verhaspelt hatte.

Donoso war eine makellose Erscheinung, der weiße Ziegenbart spitz getrimmt, seine Schuhe glänzten, seine Hände waren manikürt.

Die beiden Männer nahmen an dem großen Konferenztisch Platz, auf dem vier Aktenboxen standen, daneben ein Umschlag.

»Das hat Eldon Ihnen hinterlassen.« Donoso schob ihm mit der flachen Hand seine Erbschaft zu, als schlösse er eine schwere Tür.

Auf den Aktenboxen standen die Namen von Max und Joe und ihre alten Dienstnummern. Über Max gab es drei Akten, unter deren Deckel vergilbtes Papier hervorlugte.

Max schlug einen der Deckel auf und fand sich am dunklen Ende seiner Erinnerungen wieder. Es waren die späten 1970er Jahre, und er sah Fotos und überflog Berichte von allen Untaten, die er sich als Polizist geleistet hatte. Es war genug, um ihn wieder ins Gefängnis zu bringen, aber diesmal lebenslänglich und ohne Aussicht auf Begnadigung. Überrascht war er nicht. Eldon hatte gegen alle etwas in der Hand, sogar gegen seine treuesten Fußsoldaten.

»Es gibt keine Kopien«, sagte Donoso.

Mit einem Gefühl der Beklemmung zog er Joes Akte zu sich heran. Sie glitt mühelos über den Tisch und fühlte sich leicht an. Er öffnete sie und stellte fest, dass sie leer war.

»Was ist das?«

»Eldon hat nie etwas gegen ihn gefunden.« Donoso lächelte. »Deshalb hat er ihn so sehr gehasst.«

Max öffnete den Umschlag.

Er enthielt die Eigentumsurkunde für das Boxstudio auf der 7th Avenue.

Max rang sich ein Lächeln ab. Eldon schickte ihn zurück zum Anfang, an den Ort, an dem ihre gemeinsame Geschichte begonnen hatte – und wo sie zu Ende gegangen war. Er hatte keine Ahnung, was er mit einem baufälligen alten Gebäude in einem Viertel, in dem kein Mensch leben wollte und wo die Immobilienpreise im tiefsten Keller waren, anfangen sollte. Er würde es wohl noch ein wenig verrotten lassen, bis ihm etwas Besseres einfiel: Verfall oder Entscheidung, was immer zuerst kam.

»Was machen Sie so dieser Tage?«, fragte Donoso.

Max sagte ihm die Wahrheit: »Früh schlafen gehen.«

Vor Kurzem hatte er sein neues Heim bezogen: ein kleines Haus an einer ruhigen Wohnstraße in einer Kleinstadt mit gut funktionierenden Nachbarschaftswachen und sehr niedriger Kriminalitätsrate. Es lag drei Flugstunden von Miami entfernt.

Max hatte keine Ahnung, ob Boukman noch einmal nach ihm suchen würde, ob er nicht schon irgendwo in diesem neuen Leben, das er eben erst begonnen hatte, auf ihn lauerte; ob er sich irgendwo versteckt hielt, ihn beobachtete und seine Zeit abwartete. Vielleicht waren sie quitt. Vielleicht auch nicht. Rache kannte keine Verjährungsfristen, aber das Einzige, was Boukman ihm jetzt noch nehmen konnte, war das bisschen Zeit, das ihm noch blieb. Er schlief allein. Er hatte keine Freunde.

»Ich könnte einen Privatdetektiv gebrauchen«, sagte Donoso. »Mein bester Mann ist neulich an einem Herzinfarkt gestorben.«

»Damit bin ich durch.«

»Wenn Sie es sich noch mal anders überlegen …«

»Werde ich nicht.«

Er nahm den Mac Arthur Causeway zurück zum Flughafen. Miami Beach entschwand im Rückspiegel, und die geschäftige, überfüllte, sich immer weiter ausbreitende Skyline der Innenstadt kam auf ihn zugerast wie eine Phalanx aufgepumpter Rausschmeißer in Designeranzügen: prall gefüllte Geometrie hinter verspiegeltem Glas.

Sein Flug ging erst in fünf Stunden, ihm blieb also reichlich Zeit, irgendwo anzuhalten und die Akten zu verbrennen.

Er lauschte den letzten Takten der Rede Präsident Obamas, der keine billigen Lösungen, sondern harte Zeiten versprach und die Amerikaner aufrief, enger zusammenzurücken und in den zahllosen Krisen, denen die Nation sich ausgesetzt sah, Seite an Seite zu arbeiten. Es war eine nüchterne Rede, die niemanden außen vor ließ, ohne sonnige Phrasen und ohne jeden Siegestaumel. Als er endete, applaudierten ihm zwei Millionen Menschen und skandierten die Silben seines Namens, wie sie es schon ein Jahr lang im ganzen Land getan hatten.

Max dachte an Joe, der jetzt zu Hause vor dem Fernseher säße.

Und ihm sank das Herz. Plötzlich fand er, er bräuchte Musik – irgendwelche Musik –, um sich aus der traurigen Gedankenspirale zu reißen, in die er soeben geraten war. Er ging sämtliche Sender durch, aber überall waren nur Expertisen zur Antrittsrede zu hören. Er suchte weiter, bis er nichts mehr hörte. Er glaubte, am Ende des Frequenzbands angekommen zu sein, und wollte gerade wieder zurückdrehen, als die ersten Klänge eines Liedes ertönten: ein Beat, dann *»one – two – three – four«* im Hintergrund, dann eine fröhliche Geige.

Er kannte dieses Lied.

»Waitin' on a Sunny Day« von Bruce Springsteen.

Im ersten Moment war ihm unheimlich zumute. Aber als der erste Schreck vorüber und der kalte Schauder abgeklungen war, fing er an zu lächeln, zaghaft zunächst und dann immer breiter, als er sich auf den Song einließ und das Undenkbare tat: Er fing an mitzusingen, mit Bruce – aus vollem Herzen zu singen, obwohl er den Text nicht kannte und nicht wusste, was als Nächstes kam.

LOS ENDOS

Danksagung

Mein besonderer Dank geht an Sally Riley, die mir zeigte, dass der Weg zurück der Weg nach vorn war. An Aurelien Masson, *for ze tuff* (Gong!) *love*, Joe Finder für seinen guten Rat zur rechten Zeit, *Mister* Burns für das Riechsalz und die Plaudereien.

Außerdem danke ich David Shelley und der ganzen Mannschaft von Little, Brown; Clare Alexander und dem Team von Aitken Alexander Associates; Seb und Rupert Stone, Nick Guyatt, Jan und Michael, Frankie, Mark und Tom, Big T, The Mighty Bromfields, The Bents, The Mabes, Ana-Maria Rivera, The Kanners, Mitch Kaplan, Roger Smith, Nic Joss, Stav Sherez, Darrell und Lynette Davis, Honorary Councillor Iain Munn, Rory Gilmartin, Richard Thomas, Lloyd Strickland, Tim Heath und Clare Oxborrow.